Scott Thornley

DER GUTE COP

Kriminalroman

Aus dem Englischen von
Karl-Heinz Ebnet und
Andrea O'Brien

Herausgegeben von
Thomas Wörtche

Suhrkamp

Die Originalausgabe erschien 2012 unter dem Titel
The Ambitious City. A MacNeice Mystery
bei Random House Canada und und die
Neuausgabe 2018 bei House of Anansi Press, Canada.

Wesley Gordon Woods, OBE (1915–2008)
*Altphilologe und Linguist, anglikanischer Priester,
Bomber-Navigator, britischer Kulturattaché, Künstler und Vogelkundler –
mein Onkel und Mentor*

Erste Auflage 2020
suhrkamp taschenbuch 5081
Deutsche Erstausgabe
© der deutschen Ausgabe Suhrkamp Verlag Berlin 2020
© Scott Thornley 2012
Suhrkamp Taschenbuch Verlag
Alle Rechte vorbehalten, insbesondere das
des öffentlichen Vortrags sowie der Übertragung
durch Rundfunk und Fernsehen, auch einzelner Teile.
Kein Teil des Werkes darf in irgendeiner Form
(durch Fotografie, Mikrofilm oder andere Verfahren)
ohne schriftliche Genehmigung des Verlages reproduziert
oder unter Verwendung elektronischer Systeme verarbeitet,
vervielfältigt oder verbreitet werden.
Umschlagabbildungen: Michael Jones/EyeEm/Getty Images (Helm);
Renphoto/Getty Images (Blut); FinePic®, München (Hintergrund)
Umschlaggestaltung: zero-media.net
Druck und Bindung: CPI – Ebner & Spiegel, Ulm
Printed in Germany
ISBN 978-3-518-47081-7

DER GUTE COP

»Zeig mir einen Helden, und ich schreibe dir eine Tragödie.«
F. SCOTT FITZGERALD

PROLOG

Das Hafenbecken des Stahlwerks, von den Einheimischen nur als »das Grab« bezeichnet, fiel zwanzig Meter zum dicken Schlick am Seegrund ab. Der Name war eine nicht unbedingt subtile Anspielung auf Dundurns Geschichte oder zumindest auf die Geschichte eines Mythos, der bald nach der Fertigstellung des Beckens 1926 begründet wurde. Rivalisierende Mafiagruppierungen hätten hier angeblich ihre einbetonierten Toten versenkt. Wegen der zunehmenden Verschmutzung der Bucht mit menschlichen Fäkalien und Industrieabfällen wollte sich später allerdings keiner mehr freiwillig in das Gewässer wagen, um das nachzuprüfen. So ließ es auch die Polizei beim Mythos bewenden.

Abgeschirmt vom Lärm der Saugpumpen, die seit vier Monaten Tag und Nacht liefen, saß Howard Ellis, der Leiter des *Hamilton-Scourge*-Projekts, in seinem »Zimmer mit Aussicht« – so nannte er den einzigen der sechs Baucontainer auf der Baustelle, von dem aus die Dundurn Bay zu sehen war. Von den anderen Containern waren nur das rot-braune Wirrwarr der Kräne, Förderbänder sowie die dreckverkrusteten Männer und Dieselwolken ausstoßenden Schwertransporter zu erkennen, die die Tagesausbeute an Schlamm weiß Gott wohin abtransportierten.

Seit der Fertigstellung der Sky-High-Bridge 1958 hatte die Stadt kein Projekt mehr in dieser Größenordnung erlebt. Und davor musste man schon bis zu den Anfängen der Industrialisierung im Hafenbereich zu Beginn des 20. Jahrhunderts zurückgehen. An einem Ende des langen Arbeitstisches, der den Großteil von Ellis' Container einnahm, lagen drei schwere Bücher aufgeschlagen. Eines enthielt die Baupläne, ein weiteres – das größte der drei – Unterlagen zur Ausschreibung des Vorhabens, und den letzten Band blätterte Ellis durch, so wie er früher den Eaton-Katalog durchgeblättert und sich gewünscht hatte, seine Eltern würden ihm das blaue CCM-Rad schenken. Anders als die Pläne und Scans des Seebodens erfüllte dieser letzte Band das Projekt aber erst mit Leben. Er hatte ihn so oft aufgeschlagen, dass er den ersten Absatz beinahe auswendig kannte:

Es war kurz nach Mitternacht, Sonntag, der 8. August 1813; die Schoner *Hamilton* und *Scourge* ankerten – gefährlich buglastig, da sie mit Männern und Munition überladen waren – meilenweit vor der Mündung des Forty Mile Creek. Das amerikanische Geschwader, zu dem sie gehörten, hatte sich hier versammelt, um am nächsten Tag gegen die vor Burlington liegende britische Flotte loszuschlagen. Die Männer lehnten an den Kanonen, an den Kisten mit Kanonenkugeln und den Schießpulverfässern, sie schliefen an und unter Deck, als in der ansonsten ruhigen Nacht mit einem Mal eine Sturmbö aufzog. In weniger als fünf Minuten sanken beide Schiffe und rissen bis auf etwa ein Dutzend Soldaten sämtliche Besatzungsmitglieder mit sich in das nasse Grab, wo sie bis auf den heutigen Tag ruhen – in einhundert Metern Tiefe auf dem Boden des Ontario-Sees.

Ellis sah wieder zur Bucht hinaus und versuchte sich den Tag vorzustellen, an dem die zwei Kriegsschiffe aus der Tiefe geborgen und endlich wieder an der Oberfläche auftauchen würden. Feuerlöschboote, stellte er sich vor, sprühten dann hohe Wasserfontänen, Frachter und Schlepper ließen ihre

Signalhörner ertönen, Wimpel flatterten an der Burlington Bridge und an den rostigen Kränen des Stahlwerks, und die Bucht wäre voll mit den Segel- und Motorbooten des Royal Dundurn Yacht Club. In das Tröten der Schiffshörner mischten sich der Applaus und die Jubelrufe der tausendköpfigen Menge. Und natürlich wäre er mittendrin und würde die Schoner an ihren Bestimmungsort lotsen.

Vielleicht, dachte er, würde eine ganze Flotte von Großseglern auflaufen – eine ganze Begleitarmada aus Segelschiffen –, falls die Typen ganz oben mal ihren Arsch hochkriegen würden. *Sicherlich ein historischer Tag für Dundurn*, dachte er, *aber vor allem ein Tag beispiellosen Ruhms für Howard Ellis ...*

Als er die Thermosflasche mit dem Kaffee aus seiner Aktentasche nahm, stürzte ein junger Mann vom Technik-Container zur Tür herein. »Hier, Mr Ellis«, sagte er, reichte ihm einen großen braunen Umschlag und verschwand so schnell, wie er gekommen war. Einmal in der Woche erhielt Ellis das Ergebnis der Sonarabtastung, mit der erfasst wurde, was seit fast zweihundert Jahren ungestört in der giftigen Brühe vor dem östlichen Hafenbecken lag. Der Schlick dort war so dicht, dass lediglich Strukturen bis etwa einen Meter unterhalb der Oberfläche sichtbar wurden. Er hatte die grobkörnigen Ausdrucke an einer Wand aufgehängt und überflog sie nun noch einmal, bevor er den Umschlag mit den neuen Scans öffnete.

Er schenkte den Becher voll, lehnte sich zurück, genoss den ersten Kaffee des Tages und betrachtete die neuesten Ausdrucke. Bei ihrem Anblick zuckte er zusammen und verschüttete seinen Kaffee. Er sprang auf, griff sich die Ausdrucke und rannte zwei Container weiter, zu Nummer vier, um den dortigen Leiter zu sprechen. Wenn er das, was er hier vor sich hatte, wirklich glauben wollte, musste er es mit eigenen Augen auf dem Computermonitor sehen.

1

»Biker-Morde – Ermittlungen in Cayuga ausgeweitet.« Die Schlagzeile war kurz und prägnant, der Artikel knapp an Details, weil man den Tatort auf der Farm in Cayuga abgesperrt hatte, bis das ganze Ausmaß des Gemetzels klar war. Bislang hatte die Polizei sieben tote Biker gefunden, zwei waren durch einen aus nächster Nähe ins Gesicht abgegebenen Gewehrschuss getötet worden, einer durch einen etwas weniger unschönen Schuss aus einer kleinkalibrigen Waffe. Drei starben an stumpfer Gewalteinwirkung oder an Genickbruch, einem wurde die Kehle bis zur Wirbelsäule aufgeschlitzt. MacNeice' Kollege Detective Superintendent John Swetsky war der Fall übertragen worden, wenige Stunden später hatte er die meisten verfügbaren Leute aus der Mordkommission damit betraut. Die meisten, aber nicht alle. Swetsky und sein Team waren mittlerweile seit mehr als zwei Wochen dran, und für MacNeice war es an der Zeit, mal nachzufragen, ob sie seine Unterstützung gebrauchen könnten.

Der Streifenwagen, der den Weg zum Anwesen blockierte, fuhr zur Seite, als der Uniformierte den schweren Chevy erkannte. MacNeice, der langsam über die lange Zufahrt fuhr, zählte drei weitere Streifenwagen, zwei Polizeibusse und vier Zivilwagen, von denen einer Michael Vertesi gehörte, dem jungen Detective Inspector, der ihm unterstellt war. Hinter dem Farmhaus stand ein großer schwarzer Trailer – die mobile Spurensicherungseinheit, die sie sich von den Mounties geliehen hatten, die aber mit Leuten von der Spurensicherung aus Dundurn besetzt war. Und wiederum dahinter der einzige Rettungswagen der Stadt mit einer Kühleinheit, wenig respektvoll Eislaster genannt. MacNeice hielt an. DI Vertesi und DI Montile Williams, sein anderer Untergebener, kamen aus dem Farmhaus.

»Dafür, dass das Biker waren, ist das Haus ziemlich aufgeräumt«, sagte Vertesi und streifte die Latexhandschuhe ab. »Was führt Sie hier raus, Boss?«

»Wollte bloß sehen, ob ich helfen kann. Swetsky hat die ganze Abteilung leergeräumt – heute Morgen dachte ich fast, ich hör die Grillen zirpen. Wo finde ich ihn?«

»In der Scheune, er sieht sich den Lagerbestand an«, sagte Williams. »Die haben da mehr Geräte rumstehen als die ganze Müllabfuhr und Stadtreinigung von Dundurn zusammen.«

Auf dem Weg zur Scheune sah MacNeice die Polizisten, die in zwei Linien ein offenes Feld nach Beweisen absuchten. Laut den täglichen Berichten waren bislang fast vierhundert Geschosshülsen aus einer Vielzahl unterschiedlicher Waffen gefunden worden, die meisten davon in und um den Gebäuden und auf der Zufahrt.

Die Leichen waren zwischen den Scheunen in zwei Meter tiefen Gruben verscharrt, übereinandergestapelt und jeweils in Plastikplanen eingeschweißt. Die Spurensicherung untersuchte sie erst auf DNA, bevor sie ins Labor der Rechtsmedizinerin gebracht würden. Er hörte das hochfrequente Sirren der Trailer-Lüftung. Weil er noch nichts gegessen hatte, vermied er es, sich dem Fahrzeug zu nähern.

Die Maschinen waren in der großen Hauptscheune in drei Reihen abgestellt – es fand sich dort alles, von Geländewagen bis zu Kompaktladern, Traktoren und Erdbohrern –, und das waren nur die Dinge, die er von der Schwelle aus erkennen konnte. Dann hörte er den Großen auch schon kommen, bevor er ihn sah. Swetsky tauchte aus der entferntesten Reihe auf, in der Hand hatte er ein Klemmbrett.

»Mac! Was führt Sie in den Sherwood Forest? Hat man Sie dazu gedrängt?«

»Nein, aber nachdem Sie sich das ganze Dezernat gekrallt haben, dachte ich mir, ich könnte ebenfalls zur Hand gehen. Wie kommen Sie voran?«

»Wir gehen gründlich vor. Ich hab jedem eine Etage im Farmhaus zugewiesen und Palmer in den Keller geschickt, wo er hingehört.«

»Schon festgestellt, mit wem die Damned Two Deuces im Clinch liegen?«

»Nein – bislang gehören alle Toten zu den D2D. Die anderen haben die Toten verscharrt und sich aus dem Staub gemacht. Ich hab gehört, eine Gang aus Quebec war hier, aber dafür hab ich noch keine Beweise.«

»Ich hab die Berichte gelesen. Bis auf die eingeschweißten Leichen scheint alles ziemlich sauber zu sein.«

»Na ja, wir inventarisieren den ganzen Scheiß« – Swetsky deutete mit einem Nicken zum Traktor neben sich –, »in der anderen Scheune steht noch mehr davon rum. Ob Sie es glauben oder nicht, manches davon ist sogar rechtmäßig erworben. Außerdem wollen wir sichergehen, dass wir keine Leiche übersehen.«

MacNeice' Handy klingelte, er warf einen Blick aufs Display. »Ich muss ran.« Draußen im Sonnenlicht meldete er sich.

»Mac«, war eine vertraute Stimme zu hören. »Mein Gott, wie lang ist das her? Alles klar bei dir?«

Er hörte im Hintergrund kreischende Möwen und den am Mikrofon zerrenden Wind. »Mir geht's gut, Bob. Wo steckst du?«

»Was weißt du über das *Hamilton-Scourge*-Projekt?«

Das letzte Mal hatte er Bob Maybank, Dundurns allseits beliebten Bürgermeister, auf Kates Beerdigung getroffen – daran dachte MacNeice nun auf der Rückfahrt in die Stadt. Kaum ein Tag schien zu vergehen, an dem er den Bürgermeister nicht im Fernsehen oder in der Zeitung sah, persönlich aber waren sie sich das letzte Mal auf dem Friedhof begegnet. MacNeice war beeindruckt gewesen, dass er die Fahrt in den Norden auf sich genommen hatte, um der Urnenbeisetzung beizuwohnen. Es war ja nicht so, dass er den Bürgermeister nicht mochte – im Gegenteil. Sie waren zusammen aufgewachsen, hatten in denselben Mannschaften gespielt und waren zuweilen mit denselben Mädchen ausgegangen. Er bewunderte sogar, was Bob für Dundurn leistete. Aber vier Jahre waren eine lange Zeit zwischen zwei Anrufen. Es gab Freunde von ihm und Kate, die sich nach ihrem Tod rargemacht hatten, zu ihnen gehörte auch Maybank. Jetzt war die Dringlichkeit in seiner Stimme nicht zu überhören – er hatte angerufen, weil er etwas brauchte.

MacNeice schlängelte sich durch den Verkehr, fuhr den Berg hinunter und dachte an das vom Bürgermeister erwähnte Hafenerneuerungsprojekt. 2012 würde das Land den zweihundertsten Jahrestag des Krieges von 1812 begehen, und wenn Maybank sein Projekt wirklich hinbekam, würden damit neue Einnahmen für die Stadt generiert, sowohl durch die Baumaßnahmen als auch nachher, wenn die Touristen kamen. Was konkret geplant war, wusste MacNeice nicht so genau. Wie viele in Dundurn war er äußerst skeptisch, dass die Bundesregierung und die Provinz im großen Stil in eine Stadt investierten, die landesweit vor allem für ihre bereits tote oder sterbende Schwerindustrie bekannt war. Die Schwerindustrie, so die allgemeine Auffassung, die den einzigen Daseinsgrund für die Stadt bildete. Für die heißbegehrte »New Economy« schien es ausgemachte Sache, dass Dundurn unter die Kollateralschäden fiel.

Maybank hatte schräge Anweisungen gegeben, wie der Baucontainer zu finden sei: »Fahr am Hochofen vorbei, vorbei an den verrosteten roten Gebäuden, die ganze lange Reihe, bis das Leben, wie du es kennst, endet – dann biegst du links ab.« MacNeice hielt neben dem glänzend schwarzen Lincoln Town Car und sah hinaus auf die Bucht, in der Kormorane nach Fischen tauchten, die so blöd gewesen waren, durch den Kanal zu schwimmen. Er stieg aus seinem Chevy, ging zur Holztreppe des ersten Containers, und erst da bemerkte er die Gerüche, Öl und Chemikalien, vermischt mit dem Modergeruch des Meeres – das alles war nicht unangenehm. Aber der Wind blies den Schwefeldunst des Stahlwerks ja auch über die Stadt und nicht übers Wasser.

Die Containertür ging auf, und Bürgermeister Maybank begrüßte ihn mit einem gewinnenden Lächeln, festem Händedruck und einem Schlag auf die Schulter. »Mac, willkommen in der Zukunft – willkommen im Museum der Großen Seen. Komm rein, hier draußen riecht es nach Scheiße. In zwei Jahren, das verspreche ich dir, hast du hier den Duft von Zuckerwatte und Kokosöl in der Nase.«

»Spar dir dein Wahlkampfgequatsche, Bob. Ich bin da, und die Wahl hast du schon gewonnen.«

»Ja, aber das Geheimnis ist doch – der Wahlkampf hört nie auf.« Er lächelte breit und ließ MacNeice den Vortritt.

Drei Leute warteten drinnen auf sie, die ihm als Julia Marchetti, Maybanks PR-Managerin, Terence Young, Architekt des Projekts, und Howard Ellis, der Projektleiter, vorgestellt wurden. MacNeice gab ihnen die Hand, sah zu Maybank und wartete auf eine Erklärung.

»Dieses Projekt ist für uns eine Riesenchance, Mac. Wir haben die Unterstützung aller drei Regierungsebenen sowie des US-Kongresses und des Senats und der US Navy – die ist zuständig für die Grabstätten auf See gefallener Marinesoldaten. Sie alle wissen um die Einzigartigkeit dieser Sache, in Nordamerika und auf der Welt.«

»Die Bergung der beiden Schiffe und ihre Überstellung in den Besitz von Dundurn wurde schon vor zwanzig Jahren gesetzlich geregelt«, erläuterte Young äußerst enthusiastisch, »nur war damals die Technik noch nicht so weit. Dass die beiden Schiffe und alles an Bord erstklassig konserviert sind, liegt an der Temperatur – die ist da unten das ganze Jahr knapp über dem Nullpunkt. Wenn man sie hochholt, würde sich alles in wenigen Wochen vor unseren Augen einfach auflösen.« *Puff*, schien er mit einer Geste zum Ausdruck zu bringen. »Heute sind wir aber in der Lage, sie während der gesamten Bergung vom Seegrund bis zur Wasseroberfläche kühl zu halten. Stellen Sie sich ein riesiges Aquarium vor – drei Zentimeter dicke Glasplatten, in bläuliches Licht getaucht. Alles wird exakt so aussehen wie jetzt, allerdings als Ausstellungsobjekt, das man jederzeit besichtigen kann.«

Maybank schob MacNeice auf dem Tisch eine Luftaufnahme des Geländeabschnitts hin und schlug die Pläne des Architekten auf. »Sorry, Bob«, sagte MacNeice, »ich bin von der Mordkommission. Komm mal allmählich auf den Punkt – was mache ich hier?«

Kurz wirkte der Bürgermeister verärgert, dann lächelte er. »Okay, Mac, Folgendes. Bei einer Routinekontrolle der Scans vom Boden des Hafenbeckens hat Ellis heute etwas entdeckt.« Er nickte dem Projektleiter zu.

Ellis trat neben MacNeice. »Wir haben das Hafenbecken zur Seeseite hin mit einer Wand abgetrennt und pumpen innen das Wasser ab, dazu erstellen wir wöchentlich Aufnahmen von unseren Fortschritten. Wir scannen den Boden des

Hafenbeckens. An der Wand hinter dem Bürgermeister hängen die Aufnahmen der letzten vier Monate. Wie Sie sehen, findet sich dort nichts Ungewöhnliches.«

MacNeice sah zur Wand. Die verschwommenen blaugrauen Bilder sahen alle gleich aus.

Ellis breitete mehrere Ausdrucke auf dem Tisch aus. »Das hier sind die letzten Scans – der Zeitraum beträgt sieben Tage.« Er ordnete sie in der zeitlichen Reihenfolge an. Die ersten beiden sahen genauso aus wie die an der Wand, Nummer drei bis fünf allerdings waren anders. »Sie sehen, hier zeichnen sich allmählich die Umrisse ab, hier, hier, hier und hier.« Er legte einen weiteren Ausdruck daneben und deutete auf eine rundliche Erhöhung. »Der Schlick wird rund um die Uhr abgepumpt. Diese Aufnahme ist von gestern Morgen, der Umriss ist immer deutlicher zu erkennen. Ich meine, das Ding liegt immer noch unter der Oberfläche, aber morgen wird der Boden trockengelegt sein.« Wie eine Trumpfkarte warf er den letzten Ausdruck auf den Tisch. »Das hier ist von heute Morgen.« MacNeice spürte Maybanks Blick auf sich. Der Bürgermeister wartete auf eine Reaktion.

Die Aufnahme zeigte vier liegende Säulen, zwei mit runder, zwei mit quadratischer Grundfläche. Zu erkennen war jetzt, dass die rundliche Erhöhung ein Automobil war – ein altes Automobil. MacNeice nahm den Ausdruck zur Hand und betrachtete ihn eingehend. »Sieht aus wie ein Wagen aus den Dreißigern.«

»Sehr gut, Mac«, kam es vom Bürgermeister. »Man sagte mir, es ist ein Packard 120 Sedan, Baujahr 1935.«

»Und diese Säulen hier, die sind an die zwei Meter lang?«, fragte MacNeice an Ellis gewandt.

»Die quadratischen sind aus Beton – ein Meter achtundneunzig nach dem Maßstab des Ausdrucks. Und bei den runden – auf denen man ganz schwach ein Spiralmuster erkennen kann – handelt es sich um zwei Meter vierzig lange, mit Beton ausgegossene Schalungsrohre.«

»Schalungsrohre?«

»Na ja, die äußere Hülle, die man braucht, wenn man Betonsäulen gießen will. Solche Säulen aber« – Ellis zeigte auf das Ende einer dieser runden Säulen – »sind normalerweise mit Eisengitter verstärkt, diese hier scheinen aber nur aus Beton zu bestehen.« Er trat zurück und ließ MacNeice selbst die Schlussfolgerungen ziehen, zu denen alle anderen im Container längst gekommen waren.

MacNeice sah zum Bürgermeister, der nickte. »Howard meint, die eckigen Säulen liegen schon seit einem halben Jahrhundert oder noch länger auf dem Grund des Beckens. Aber die in den runden Schalungsrohren sind neueren Datums. Wenn Sie die ganz rechts ansehen, erkennen Sie, dass sich das Verschalungsmaterial im Dreck ablöst.«

»Und was hat das alles mit mir zu tun, Bob?« MacNeice ließ den Blick über die Bilderfolge schweifen.

»Julia, Ellis und Young, könnten Sie uns bitte einen Moment allein lassen?« Der Bürgermeister wartete, bis sie die Tür hinter sich geschlossen hatten. »Du bist der Beste, und ich brauche dich. Dieses Projekt ist für die Stadt viel zu wichtig, es darf durch so eine absurde Sache nicht behindert werden. Die Finanzierung beruht darauf, dass alles glattläuft.«

»Befehlskette, Bob.«

»Ich bin der Bürgermeister, verdammte Scheiße«, blaffte Maybank. »Sag mir, was du brauchst, und ich leite alles in die Wege. Und am besten fängst du an, indem du mir sagst, was wir jetzt tun sollen. Wenn das hier zum Tatort erklärt wird, stürzt sich die Presse auf uns.«

»Wenn es ein Tatort ist, ist es die Aufgabe der Presse, sich auf euch zu stürzen. Und dann habt ihr auch eine Menge Polizisten hier.«

»Ich will keine Polizisten hier haben. Ich will dich.« Der Bürgermeister beugte sich über den Tisch zu ihm. »Ich will nur das Beste für die Stadt, Mac. Aber was hilft es Dundurn, wenn diese Karre und ein paar Säulen länger als ein halbes Jahrhundert hier liegen und jetzt ein Riesen-Medienwirbel darum veranstaltet wird? Wir waren unser Leben lang Kanadas Stiefkind. Dieses Projekt wird uns wieder auf die Beine helfen und zurück ins Spiel bringen.«

»Hör mir mit deinen Metaphern auf und nimm mal lieber diese Luftbildaufnahme des Geländes zur Hand.«

Maybank breitete den großen Farbausdruck vor sich aus, und MacNeice legte den Finger auf ein Eisenbahngleis in der Nordwestecke des Hafenbeckens. »Lass dir vom städtischen Bauamt so schnell wie möglich ein Zelt errichten, sagen wir zehn auf zwanzig Meter, genau hier. Alle Seiten müssen abgedeckt sein, dazu brauchen wir eine Klimaanlage, und dann besorgst du noch einen Kühllaster, den parkst du hier« – er deutete auf eine Stelle im Bild. »Du brauchst eine Security rund um die Uhr, der du vertrauen kannst, nimm dafür nicht die Polizei.« Er griff sich einen Stift und zeichnete das Zelt und den LKW ein. »Mit den Kränen holst du die Säulen hoch, verlädst sie auf die Waggons und rollst sie auf dem Gleis ins Zelt. Den Packard schaffst du ebenfalls mit rein.«

Er zeigte mit dem Stift auf seine Zeichnung. »Noch eins. Das Spiel mit den Medien hast du schon verloren, Bob. Jedem Arbeiter, der in der Gegend aufgewachsen ist, sind diese Gerüchte zu Ohren gekommen. Dieselben, mit denen auch wir groß geworden sind – über die Mafia, die Bucht, die einbetonierten Toten. Du kannst diese Gerüchte vielleicht von deinem Gelände fernhalten, aber du kriegst sie nicht aus den Köpfen.«

»Was rätst du mir also?«

»Ich würde an deiner Stelle Julia Marchetti bitten, eine tolle Story dazu zu verfassen: Das alles ist Teil der großartigen Geschichte von Dundurn – einer harten Stahlstadt, in der der gleiche Geist, der gleiche Wagemut, der gleiche Durchhaltewille herrscht, der zweihundert Jahre zuvor unserem Land zum Sieg im Krieg von 1812 verholfen hat. Dundurn ist unsere Bronx, unser Brooklyn; sie war nie eine beschauliche, unschuldige Stadt.«

»Den Scheiß hast du dir jetzt aus den Fingern gesogen?«

MacNeice schmunzelte, sah kurz zum Fenster und ging zur Tür.

»Aber, Mac, du übernimmst für mich die Ermittlungen, ja?«

»Das kann ich nicht versprechen. Wir sind unterbesetzt, wie du weißt – du hast den Kürzungen im Polizeietat zugestimmt. Ich kann dir nichts zusagen. Bau das Zelt auf, schaff die Sachen ran, besorg ein paar Leute mit Presslufthämmern, dann ruf mich an.«

Als MacNeice wieder am Schreibtisch saß, informierte er sich im Internet über die *Hamilton* und die *Scourge*. Einer der Schoner war ursprünglich ein britisches Schiff gewesen, aber wie so häufig in Kriegszeiten war er gekapert und umbenannt worden. Seine Herkunft konnte er aber nicht verleugnen, denn die Galionsfigur der *Scourge* zeigte nach wie vor den ursprünglichen Namensgeber Lord Nelson. Die Galionsfigur der *Hamilton* sollte die Göttin Diana darstellen, erinnerte MacNeice aber eher an eine Figur aus *Stolz und Vorurteil*. Bemerkenswert an den Fotos der beiden Wracks war, dass von Schäden nichts zu sehen war. Beide Schiffe standen aufrecht auf dem Seegrund, die Masten ragten in die Höhe, Entermesser, Säbel und Enterbeile waren ordentlich verstaut. Die Kanonen waren durch die Einwirkung der

Windbö zwar aus ihren Pforten gerollt, sahen aber aus, als könnten sie jederzeit wieder ausgefahren werden, sofern nur der Befehl dazu gegeben würde.

Für die Männer auf den unteren Decks hatte es keine Hoffnung gegeben. Das Wasser drang durch die Stückpforten, schlug über das Oberdeck herein, schwappte die Niedergänge hinunter und blockierte damit jeden Fluchtweg. Wer auf Wache gewesen war oder an Deck geschlafen hatte, wurde vermutlich über Bord gespült. Es überlebten nur die, die schwimmen konnten oder ins einzige Rettungsboot kletterten, das ebenfalls voller Wasser war. Manche konnten schwimmen, viele nicht, und weil das einzige Treibgut aus anderen Besatzungsmitgliedern bestand, die sich selbst nur mit Mühe über Wasser halten konnten, war die Zahl der Opfer hoch.

Er suchte nach Informationen über die Bergungs- und Konservierungsarbeiten und stellte überrascht fest, dass unter den ersten Treffern dazu die *Mary Rose* auftauchte, das Flaggschiff des englischen Königs Henry VIII. Während ihrer Flitterwochen in Großbritannien hatte Kate ihn zu dem Schiff geschleppt – oder dem, was von ihm unter einem riesigen Zelt noch erhalten war. Das gewaltige Gerippe wurde beständig mit Polyethylenglykol befeuchtet, einer Wachslösung auf Wasserbasis. Wissenschaftler und Mitarbeiter standen in gelbem Ölzeug auf den Gerüsten, gingen dort ihrer Arbeit nach, überprüften das Wrack auf seinen Verfall, während die Besucher auf der anderen Seite einer Plexiglaswand standen und dem Treiben zusahen. »Ohne diesen Nieselschauer würde sich das Schiff in null Komma nichts auflösen«, hatte ihnen ein junger australischer Seemann erklärt. »Die Würmer sind im Moment nicht aktiv, aber wenn es dort drinnen nicht mehr regnet, vermehren sich die wie Maden auf einem Kadaver.«

MacNeice fuhr den Computer herunter. Er hatte keine Lust, an seine Flitterwochen zu denken.

Auf der Heimfahrt über die Main Street und die schmale Bergstraße hinauf zum Cottage schwirrten ihm Erinnerungen an frühere Zeiten durch den Kopf. Sobald er die eine Erinnerung dingfest gemacht und aus dem Gedächtnis verbannt hatte, tauchte eine neue auf. Als er den Wagen abstellte, musste er plötzlich daran denken, wie er mit Kate auf einer Insel in der Georgian Bay geschlafen hatte. Ihre Haut hatte sich so lebendig angefühlt, so glatt und geschmeidig, so anders als das Moos, die Flechten und der graue Felsen. Sie war so unversehrt gewesen, so frisch und weiß unter dem Wacholder, dessen untere Äste abgedorrt waren und von dessen Stamm sich die Rinde schälte. Die Schatten der Zweige hatten Linien auf ihren Bauch und ihre Beine gezeichnet, einen Arm hatte sie erhoben, um die Augen zu beschatten. Sie waren schwimmen gewesen, Wassertröpfchen perlten noch auf ihrem Bauch – die küsste er als Erstes. Er erinnerte sich an ihr Stöhnen, das ganz tief aus ihr kam ...

Er musste sich anstrengen, um die Erinnerungen auszublenden. Wenn solche Bilder auftauchten, half es, an dunklen, krustigen Schorf zu denken. Nie fällt es einem leicht, den Heilungsprozess allein der Natur zu überlassen. Immer ist man versucht, zu kratzen und an den Schorfrändern zu zupfen, und wenn man einmal damit anfängt, hört man erst wieder auf, wenn es erneut blutet – dann dauert es noch länger, bis die Wunde verheilt. In der Küche öffnete er eine Weinflasche, setzte sich an den Tisch mit Blick auf den Kühlschrank. Er fürchtete, wenn er in den hinter dem Haus ansteigenden Wald hinaussah, würde er wieder von diesen Bildern von Kate in jener nördlichen Landschaft überfallen werden und keinen Schlaf mehr finden. Und wenn doch, würden ihm die nur allzu vertrauten Albträume wieder wachrütteln.

MacNeice hatte alles im Haus weggeräumt oder entfernt, was ihn an seine verstorbene Frau denken ließ, aber es gab kein Versteck vor den Erinnerungen, die seine skrupellos genaue Beobachtungsgabe heraufbeschwor. Er erinnerte sich an den Geruch der Sonnencreme auf ihrer Haut, als er sich vorbeugte, um ihren Bauch zu küssen ... Er versuchte an die gesunkenen Schiffe zu denken, an die Ertrinkenden, das half, ebenso Charlie Haden mit »Wayfaring Stranger«, das auf der Stereoanlage im Wohnzimmer lief. Allmählich vertrieb die Musik die Bilder von Kate, bis er so müde war, dass er ins Bett gehen konnte.

Um sechs Uhr morgens kam der Anruf.

»MacNeice.«

»Bob hier. Wollte bloß Bescheid geben, bis Mittag ist alles an Ort und Stelle. Ich halte mich raus, aber ich will regelmäßig Berichte.«

»Ich gehe davon aus, dass du mit dem Deputy Chief gesprochen hast?«

»Ja. Wallace hat mir erzählt, wie viel ihr zu tun habt. Ich sag das bloß dir, Mac, wenn du bei der Sache Unterstützung brauchst, frag mich, und du bekommst alles, was du willst – versprochen.«

»Deine Worte werden dir vielleicht noch mal leidtun.«

»Räum einfach auf.«

»Ich tue, was ich kann.«

Er setzte sich im Bett auf, gähnte und stellte fest, dass er es wohl gerade noch vermieden hatte, nicht von Kate zu träumen. Dann schwang er die Füße auf den Boden, überlegte, ob er Swetsky anrufen und ihn bitten sollte, Vertesi wieder ihm zu überstellen, aber falls der Wagen und die Säulen nur versenkter Müll waren, bestand keine Notwendigkeit dafür. Er würde es einfach herausfinden müssen.

2

MacNeice parkte an der Südseite des großen Party-Zeltes. Die Seitenwände waren nach unten gerollt, drei stämmige Typen in Pseudo-Polizeiuniformen standen davor und starrten ihn an. Zwei von ihnen sahen wie Rausschmeißer vom Boogy Bin aus, die sich nebenbei was dazuverdienten.

Sein Handy klingelte. DC Wallace war in der Leitung. »Also, was brauchen Sie da unten?«

»Das weiß ich noch nicht. Vielleicht handelt es sich bloß um jahrzehntelange extreme Müllentsorgung.«

»Womit steht der Bürgermeister bei Ihnen in der Kreide?«

»Das weiß ich nicht, ehrlich, Sir, aber ich werde es herausfinden.« MacNeice stieg unterdessen aus, öffnete den Kofferraum und nahm aus seinem verbeulten Aktenkoffer eine kleine Maglite und eine Sony-Digitalkamera.

»Geben Sie mir Bescheid – solange es ungefährlich ist, dass ich davon weiß. Ich habe auch nichts dagegen, nichts zu wissen.«

»Ich rufe an.« Er steckte die Kamera und die Taschenlampe in die Jackentasche und schloss den Kofferraum. Als er sich dem Zelt näherte, traten zwei der Security-Leute vor. Sie erklärten ihm, dass nicht jeder reinkönne.

MacNeice zeigte seine Polizeimarke. »Detective Superintendent MacNeice. Ich suche Howard Ellis.«

»In Ordnung. Sie werden schon erwartet.«

Der Typ sah aus, als hätte er zu viel Gewichte gestemmt. Aber wenn es sein Job war, andere einzuschüchtern, dann gelang ihm das ziemlich gut. Sein Gefährte glich eher einem

Eishockeyspieler und füllte seine Uniform so sehr aus, dass alle Nähte zu platzen drohten, wenn er mal niesen musste. Der dritte Security-Typ lehnte an einem Schienenwagen und telefonierte. Sein Wanst hing ihm über den Gürtel, auf dem Hemd zeichneten sich Schweißflecken ab. Mit leerem Blick sah er zu MacNeice, als sich dieser dem Eingang näherte, dann wandte er sich wieder ab.

»Das da hinten, das ist sein Container, oder?« Er sah zu den im Morgenlicht gleißenden Containern, dann auf seine Uhr: 8.43 Uhr.

»Ja, der ganz am Ende. Aber er wartet hier drinnen auf Sie.«

»Sie sind Rausschmeißer im Boogy Bin, oder?«

»Ja, Pete Zaminsky. Kenne ich Sie?«

»Nein.«

»Das hier mach ich tagsüber – genau wie Donny.« Mit einem Nicken wies er zu dem Security-Mitarbeiter links von MacNeice.

Zaminsky zog die Zeltklappe auf, und MacNeice lief gegen eine Wand aus kühler Luft; es war, als würde er in eine riesige weiße Blase treten. In dem weiträumigen Zelt nahmen sich die Säulen auf ihren Schienenwagen geradezu winzig aus. Sie waren mit einem Hochdruckschlauch gereinigt worden und leuchteten wie bleiche Knochen, das Kartonagematerial der Schalungsrohre war entfernt. Der gesäuberte Packard, völlig verrostet, zeigte noch kleine Spuren der ursprünglichen schwarzen Lackierung. Hinten im Zelt, links, stand ein Kühllaster mit laufendem Motor. Ein Schlauch lief vom LKW-Auspuff unter der Zeltwand ins Freie. Die Beschriftung auf der Fahrerkabine lautete *LeBlanc Bros. Fish Company*. MacNeice lächelte – Maybank musste festgestellt haben, dass der einzige Wagen der Stadt mit einer Kühleinheit, in der man Leichen konservieren konnte, bereits rappelvoll mit den Bikern aus Cayuga war. Luc und Patrick LeBlanc waren Freunde von ihm und Bob, sie kannten sich noch aus der Highschool. Er fragte sich, was Maybank ihnen versprochen hatte, um ihren LKW zu bekommen.

»Ellis ist drüben beim Wagen, der Typ mit dem weißen Helm.«

»Wer ist der neben ihm?«

»Den kenne ich nicht. Ist vor etwa einer Stunde mit einem Schweißbrenner gekommen.«

Der Rausschmeißer machte kehrt und ging, während Ellis schon ganz aufgeregt auf ihn zukam. Er sah aus wie ein Kind, das es kaum erwarten konnte, endlich mit der Ostereiersuche zu beginnen.

»Mr Ellis«, fragte MacNeice, »hat hier irgendjemand die Sachen angefasst, außer um sie hierherzuschaffen und zu reinigen?«

»Nein, Sir. Wir haben den Schlick weggespritzt, das war alles. Der Kofferraum des Packard ist zugeschweißt – deswegen ist er hier.« Er deutete zum Schweißer. »Er ist von der Feuerwehr. Irgendwas ist auch noch auf der Rückbank – durch die Fenster ist das aber nur schwer zu erkennen. Ich hab auf Sie gewartet.«

Der Wagen war nach wie vor in bemerkenswert gutem Zustand. Selbst die Fenster waren zwar dreckverschmiert, ansonsten aber unversehrt. »Von den platten Reifen mal abgesehen, habe ich auf der Straße schon schlimmere Wagen gesehen. Haben Sie eine Erklärung dafür?«

»Bei unseren ersten hier entnommenen Bodenproben sind wir auf eine etwa drei Meter dicke Dreckschicht gestoßen – sie besteht aus Kohlenteer, Öl und Schmierstoffen. Mitte des vorigen Jahrhunderts haben alte Frachter ihr Bilgewasser einfach ablaufen lassen. Das war zwar illegal, aber damals hat sich noch keiner um die Umwelt geschert. Der

Wagen war seit mehr als siebzig Jahren in diesem Zeug eingelagert.«

»Aber steigt Öl nicht nach oben?«

»Klar, aber da drin treibt so viel Dreck, und von der Bucht wird täglich noch mehr eingeleitet ... Jedenfalls hat sich das alles mit der Zeit in diesen schweren Schlick verwandelt.«

»Wie die Dinosaurier in den Teergruben?«

»Genau.« Ellis schien beeindruckt von dem Gedankensprung. Er wirkte sehr viel lebhafter als am Tag zuvor beim Treffen mit dem Bürgermeister.

MacNeice sah zum Nummernschild. Jemand hatte mit einem Lappen bereits darübergewischt.

»Massachusetts 1936«, sagte Ellis.

Ein dumpfer Knall war zu hören, die schmale blaue Flamme des Schweißbrenners fauchte. »Wir können loslegen«, sagte der Schweißer.

»Dann legen Sie los«, sagte MacNeice.

Wenige Minuten später war der Kofferraumdeckel gelöst. Der Schweißer schloss das Ventil am Brenner und hob den Deckel von der Karosserie. Der Inhalt war im ersten Moment kaum zu erkennen.

»Lumpen?«, fragte Ellis.

»Nein. Kleidung an einer Leiche. Oder Leichen. Schauen Sie hier.« MacNeice zeigte auf eine Hand neben dem Radkasten. Er zückte seine Maglite und beleuchtete ein Stück ledrige weiße Haut und blassgraue Knochen in tödlicher gegenseitiger Umklammerung. Er streifte sich Latexhandschuhe über. Bevor er irgendetwas anfasste, machte er mehrere Fotos vom Kofferrauminhalt. Während der Schweißer um den Wagen herumging und sich vergewisserte, dass sich alle Türen öffnen ließen, sagte MacNeice: »Sie wurden darüber unterrichtet, was Sie hier zu sehen bekommen?«

»Ja, ich habe nicht das Geringste gesehen.«

Nachdem er fort war, sagte MacNeice: »Mr Ellis, können Sie mir eine Plane besorgen, so sauber wie möglich?«

»Kein Problem.«

»Bringen Sie sie mir, dann können Sie mich allein lassen. Es wird eine Weile dauern.«

MacNeice wandte sich wieder dem Packard zu und machte Aufnahmen vom Fahrzeug, von den Nummernschildern und dem Kofferraum. Als der Kleiderhaufen vor ihm allmählich Gestalt annahm – zu erkennen war das Zickzack der Beine, ein gekrümmter Torso –, klingelte sein Handy.

»MacNeice.« Er erhob sich und sah zu den Säulen auf den Schienenwagen.

»Williams, Sir. Wallace hat angerufen, er meint, Sie bräuchten Vertesi. In Cayuga geht's ziemlich hoch her, aber ich bin heute in der Stadt. Kann ich vielleicht helfen?«

»Ja. Ich bin ganz am Ende vom östlichen Hafenbecken des Stahlwerks. Dort steht ein großes Zelt mit einem privaten Sicherheitsdienst. Sagen Sie den Leuten dort, dass Sie mit mir verabredet sind. Wie schnell sind Sie hier?«

»In einer Viertelstunde.«

»Perfekt.« MacNeice wählte Mary Richardsons Nummer, aber bevor die Verbindung hergestellt wurde, kam schon der nächste Anruf.

»Mac, hier ist Bob. Was haben wir bislang?«

»Zu den Säulen kann ich noch nichts sagen, aber im Kofferraum des Packard liegt eine Leiche, vielleicht sind es auch zwei. Ich ziehe Mary Richardson hinzu.«

»Wer ist die noch mal wieder?«

»Die Rechtsmedizinerin der Stadt.«

»Ist das eine gute Idee? Ich meine, ich möchte das alles, wenn möglich, unter Verschluss halten.«

»Das kannst du nicht, Bob. Wir halten Morde nicht unter Verschluss.«

»Kannst du mir wenigstens etwas Zeit geben, bevor das an die Öffentlichkeit kommt?«

»Ich kann nicht für die Rechtsmedizinerin sprechen.«

»Dann halte mich auf dem Laufenden. Und bitte, Mac, behandle alles so diskret wie möglich.«

Als er Mary Richardson in der Leitung hatte, erklärte sie sich bereit, vorbeizukommen.

Ellis kehrte mit einer leuchtend gelben Plane zurück. Er legte sie auf dem Beton ab und wischte sich mehrmals über sein Hemd, obwohl MacNeice darauf keinerlei Schmutz- oder Staubspuren erkennen konnte. Ellis wartete, vielleicht wollte er hören, dass er bleiben durfte. MacNeice richtete sein Augenmerk wieder auf den Kofferraum, kurz darauf hörte er Ellis mit einem Seufzen weggehen.

Williams blieb nach seinem Eintreffen hinter dem Eingang zum Zelt stehen, stemmte die Hände in die Hüften und sah sich verwundert um. MacNeice lehnte mit verschränkten Armen am hinteren Kotflügel des Packard.

Williams kratzte sich am Kopf. »Was ist das hier, Boss? Und was machen wir hier? Hübsche Karre, bräuchte bloß eine neue Lackierung und einen Satz Reifen.«

»Ein Packard 120, ist vom Grund des Hafenbeckens hochgeholt worden.«

»Und was hat das mit uns zu tun?«

»Absolut nichts. Im Kofferraum liegen ein oder zwei Leichen, aber da liegen sie schon, hübsch in den Schlick gepackt, seitdem das Ding neu war.« Als er sah, dass Williams immer noch nicht kapiert hatte, fuhr er fort: »Die Säulen da drüben – in denen sind vielleicht weitere Leichen.«

»Ohne Scheiß?«

»Uns geht es nicht um die quadratischen Säulen. Die beiden runden Säulen ganz hinten sind jüngeren Datums.«

»Okay, verstanden, wir haben hier also einen Tatort. Aber wir haben doch schon einen Haufen Übeltäter an der Backe, warum sind wir also hier?«

»Wir erweisen jemandem eine Gefälligkeit, vorerst.«

»Eine Gefälligkeit? ›Kannst du mir die Wäsche von der Reinigung holen‹, das ist eine Gefälligkeit. ›Komm und wirf mal einen Blick auf die Leichen, die wir in der Bucht gefunden haben?‹ Mann, das geht zu weit. Gut, was soll ich tun?«

»Ziehen Sie sich Handschuhe an. Dann rollen wir die Plane aus.« MacNeice hatte sich an den Humor des jungen schwarzen Detective gewöhnt und ließ ihn gewähren, weil er ihn für intelligent hielt und ihm eine gewisse Intuition zusprach. MacNeice ergriff ein Ende der gelben Nylonplane, Williams das andere, und so breiteten sie sie auf dem Pier aus.

Beide Männer zogen ihr Jackett aus, falteten es ordentlich zusammen und legten es am hinteren Rand der Plane ab. Dann krempelten sie die Hemdsärmel hoch und traten an den Kofferraum.

»Hübscher Anzug. Nadelstreifen, glaube ich«, sagte Williams.

MacNeice ergriff die rechte Seite, wo die Hand lag, während Williams die angewinkelten Beine packte. »Bei drei.« Der Leichnam war überraschend leicht, aber schwierig hochzuheben, weil die Knochen im Kleiderstoff hin und her schlackerten. Der linke Fuß, der noch im Schuh steckte, riss ab und fiel in den Kofferraum zurück.

Williams sah zu MacNeice. »Sorry, Sir, mir ist ein Fuß abhandengekommen.«

»Kein Problem. Ich hab den Kopf verloren. Schauen Sie – er war nicht allein.« Mit einem Nicken wies er auf das zweite Skelett.

Sie legten den Leichnam, immer noch in seiner Fötusstellung, behutsam auf die Plane. Die Knochen sackten mit einem dumpfen Klacken zu Boden, dann war Stille. Sie gingen zum Kofferraum zurück. Der Schädel des Mannes lag mit weit aufgerissenem Kiefer gegen die Karosserie gelehnt. Von der Haut und den Haaren war nichts mehr zu sehen, nur noch graue Knochenmasse. MacNeice hob ihn heraus, legte ihn in die korrekte Position oberhalb des Torsos und kehrte zum Wagen zurück. Williams hatte den Fuß mit dem Schuh herausgenommen und neben das Hosenbein gelegt.

Die anderen Überreste stammten von einer Frau, die, nach allem, was noch zu erkennen war, ein rot-gelb gestreiftes Sommerkleid getragen hatte. Nach den Schuhen zu schließen – vermutlich waren sie dunkelrot gewesen – war sie noch jung, um die zwanzig. An Armen und Beinen hingen noch ledrige weiße Hautfetzen. Ihre Hände glichen, wie die seinen, erstarrten Klauen.

Williams neigte den Kopf, um sich den Leichnam anzusehen.

MacNeice neben ihm sagte: »An einem Sommermorgen, vor langer Zeit, ist dieses Mädchen aufgewacht, hat sich ihr hübsches Kleid angezogen, hat den Tag begonnen und sich ganz großartig gefühlt.«

»Wahrscheinlich hat sie auch gedacht, dass sie vorn mitfahren darf«, sagte Williams leise.

MacNeice beugte sich in den Kofferraum. Der Stoffbezug im Kofferraumdeckel war zerrissen – oder zerkratzt worden –, er hatte sich nicht erst unter Wasser so zersetzt. Der Wagen war wunderbar gearbeitet; sie waren noch am Leben gewesen, als sie in den Kofferraum verfrachtet wurden.

»Löffelchenstellung«, sagte Williams.

»Löffelchenstellung? Ah ja ... Gut, schaffen wir sie raus.« Unter dem Leichnam lag eine kleine rote Handtasche mit intakten Riemen.

Als die beiden so nebeneinander auf der Plane lagen, konnte man sie sich tatsächlich als ein junges Pärchen bei einem Sommerausflug vorstellen – allerdings musste man dabei die Augen schon arg zusammenkneifen.

MacNeice machte weitere Fotos. »Schauen Sie nach, was Sie sonst noch im Wagen finden«, wies er Williams an. Er selbst kauerte sich neben den verdreckten grauen Anzug mit den weißen Knochen und tastete die freiliegende Jackett-Tasche ab – nichts. Nichts in den Innentaschen oder in den Taschen der Hose, deren Stoff bei der Berührung zerfiel.

»Auf der Rückbank liegt ein großer Koffer«, rief Williams.

MacNeice öffnete die Handtasche. Es war nicht viel drin. Mit seinem Stift kramte er darin herum – eine Zigarettenpackung, ein Schildpattfeuerzeug zum Aufklappen, ein Lippenstift, ein kleiner Handspiegel und eine Mitgliedskarte. Er nahm sie heraus. Sie war braun, sehr fleckig, sehr brüchig und auf eine Rosemary McKenzie ausgestellt für das Wonderland, einen Tanzpalast unter freiem Himmel, der sich viele Jahre lang in Parkdale and Maine befunden hatte, einem Viertel im Osten der Stadt. Keine Brieftasche, keine Schlüssel oder andere Personaldokumente außer der Karte für das Tanzlokal.

»Großer Gott – Boss, in diesem Ding ist ein Kind.«

Williams wich von dem offen auf dem Beton liegenden Koffer zurück und lief auf und ab.

MacNeice trat hinüber. Auf den ersten Blick sah es tatsächlich wie ein fünf- oder sechsjähriges Kind aus. Aber dann betrachtete MacNeice es sich genauer und brach in Lachen aus.

»Was ist daran so komisch?« Williams war richtig sauer.

»Das ist eine Puppe, Williams. Die Puppe eines Bauchredners.«

»Was zum Teufel ...« Williams kam näher. Er war so erleichtert, dass er keinerlei Versuch unternahm, die Peinlichkeit zu überspielen.

MacNeice klappte den Koffer zu und rieb an dem mit Nieten auf dem Deckel angebrachten Namensschild. »Die Puppe heißt Archie. Und hier – schauen Sie, gleich darunter – der Bauchredner …« Er beugte sich zur Seite, damit sein Schatten nicht auf die kleinen Kapitälchen fiel. *Charlie »Chas« Greene. Boston, Mass.*

»Der Typ da drüben ist also wahrscheinlich Chas Greene.«

»Sie haben von ihm schon mal gehört?«

»Nein.«

»Den kann ja mal jemand recherchieren. Aber das machen nicht wir.«

Keiner der beiden hatte die Ankunft von Mary Richardson mitbekommen. Sie war nur noch wenige Meter von der Plane entfernt, als sie die beiden ansprach. »Gentlemen, vielleicht mögen Sie mich Ihren Freunden hier vorstellen?«

MacNeice sprang auf. Es war ihm unangenehm, dass sich jemand so dicht nähern konnte, ohne dass er etwas bemerkt hatte. »Ich denke, bei dieser Frau handelt es sich um Rosemary McKenzie, und wenn das da drin seine Puppe ist, haben wir hier Charlie Greene vor uns liegen. Sie waren zusammen im Kofferraum des Packard.«

»Wie lange?«

»Ich vermute, seit 1936 oder 1937. Ich habe gehofft, Sie würden uns das sagen.«

»Das ist nicht mein Job.« Sie stellte ihren schwarzen Koffer ab und wandte sich den Säulen hinter ihm zu. »Was haben Sie da noch, Detective?«

»Ich bin mir nicht sicher, aber wahrscheinlich stecken in den Säulen weitere Leichen.«

»Was soll ich machen?«

»Na ja, für den Anfang könnten Sie sich mit den beiden hier befassen. Und wir knacken unterdessen die Säulen. Die beiden runden ganz hinten sind sehr viel jünger.«

»Die beiden sind höchstwahrscheinlich ertrunken oder erstickt. Ich sehe sie mir mal an, aber, um es gleich klarzustellen, ich schätze es nicht besonders, wenn Sie mich deswegen rufen. Ich wundere mich über Ihre Prioritäten, Detective.« Sie öffnete ihre Tasche und holte eine große Schere heraus.

»Es ist eine Gefälligkeit für einen Freund.« MacNeice ging zum Zelteingang und bat den Rausschmeißer, Ellis und den Presslufthammer-Typen aufzutreiben.

»Sagen Sie ihnen, sie sollen jetzt kommen.«

Williams war über den Beifahrersitz des Wagens gebeugt, als MacNeice zurückkam. »Ein Borsalino, eine Straßenkarte des Staates New York und, halten Sie sich fest, die Registrierung des Wagens, das alles war im Handschuhfach«, rief er. »Wenn das sein Wagen war, dann ist er nicht Charlie Greene, sondern Chaim Greenblatt.«

»Dann war Greene sein Künstlername«, sagte MacNeice.

»Ja, scheint so. Chas oder Chaim – da musste man nicht lange überlegen, besonders damals.«

Richardson hatte die Krawatte abgeschnitten und die Überreste des Hemdes, der Hose und der noch vollständig erhaltenen Unterhose entfernt. Vor ihnen lag ein Skelett, das – so sah es zumindest aus – teilweise mit weißem Leder überzogen war, an dem hier und da noch schwarze, eingetrocknete Fleischreste klebten.

»Bemerkenswert«, sagte Richardson.

»Wieso?«

»Na ja, ich hätte ein Skelett erwartet, aber Fleisch … und Innereien in jeglicher Form« – sie zeigte mit ihrer Schere auf die schwarze Masse im Unterleib – »das ist wirklich bemerkenswert. Der Kofferraum muss luftdicht verschlossen gewesen sein.«

»War er.«

»Sie ist in einem etwas besseren Zustand.« Mit einem Nicken zeigte Richardson auf die Überreste der jungen Frau. »Ein interessantes Studienobjekt für Sheilagh Thomas, die Medizinanthropologin in Brant.«

MacNeice wollte nach seinem Notizbuch greifen und merkte erst dann, dass es sich in seinem Jackett befand.

»Keine Sorge, Detective, ich rufe sie schon an. Ich schneide nur noch das Kleid auf, und wenn Sie nicht noch mehr für mich haben, wartet im Labor Arbeit auf mich.«

»Nur die runden Säulen noch, Frau Doktor.« Wie aufs Stichwort erschien im Zelteingang Ellis, im Schlepp einen Hünen, der so mühelos einen Presslufthammer geschultert hatte wie ein Teenager sonst seinen Baseball-Schläger. MacNeice zeigte in Richtung der beiden weitestentfernten Säulen. »Wir fangen mit den beiden ganz hinten an.« Ellis konnte sich kaum vom Anblick des Packard und der Leichen auf der Plane losreißen, während sich der Typ mit dem Presslufthammer keinen Deut dafür zu interessieren schien. MacNeice kehrte zu Richardson zurück, die mit der Schere in der Hand vor dem Leichnam der Frau kniete.

»Sie trägt so ein reizendes Höschen. Jammerschade, das zu zerschneiden«, sagte sie.

»Sie dürfte es sich auch anders vorgestellt haben, wie ihr das Höschen ausgezogen wird, als sie es angezogen hat«, flüsterte MacNeice. Teile der Spitze fielen in ihren Schoß, wo sich eine schwarze, tauartige Masse kräuselte. Danach durchtrennte sie die brüchigen BH-Träger und beugte sich näher heran. »Fünfundsiebzig B. Man sieht das Etikett durch den Rippenbogen.«

»Seit wann gibt es denn BH-Größen?«

»Gute Frage. Ich hab keine Ahnung.«
»Was ist das, was sie da um den Hals hat?«
»Ein Anhänger. Den überlasse ich Ihnen. In Herzform. Wie nett. Und diese Masse da unten auf ihrem Kleid ...«
»Ja?«
»Ist ihr Herz. Die Klumpen links und rechts davon, die wie große eingetrocknete Teebeutel aussehen, sind die Lungenflügel. Recht viel mehr gibt es nicht zu sagen, denke ich, aber Dr. Thomas wird von den beiden zweifellos fasziniert sein.«

3

Der Litauer mit dem ernsten Blick, der lediglich als August vorgestellt worden war, rollte den Kompressor zur ersten Säule und drückte MacNeice einen dicken schwarzen Marker in die Hand. »Sie zeigen, wo soll ich machen Schnitt.«

MacNeice zog mit dem Stift eine Linie quer über die Mitte der Säule. August klappte die Abdeckung des Bedienfelds am Kompressor hoch, setzte Brille und Helm auf und winkte MacNeice und Ellis zur Seite. »Zurück. Wenn ich aufhöre, Sie können kommen.«

»Wollen Sie meinen Helm, Detective?«, fragte Ellis.

»Nein, danke.« Sie traten etwa fünf Meter zurück. August befestigte den Druckluftschlauch, dann dröhnte der Presslufthammer los. MacNeice widerstand dem Drang, sich die Ohren zuzuhalten. Mit dem auf Brusthöhe gehaltenen Hammer nahm August den ersten Einschnitt vor.

»Unglaublich, was? Er geht damit um wie mit einem Skalpell«, schrie Ellis im Getöse.

MacNeice lächelte und nickte.

Eine Minute später löste August den Presslufthammer und ließ ihn vor sich hin tuckern. Er winkte MacNeice heran. Für MacNeice war im Beton nichts zu erkennen als Beton.

»Nichts da?«

»Doch, da ist was.« August zeigte auf die Säule.

»Woher wollen Sie das wissen?«

»Zu weich, stimmt nicht. Kommt raus wie Biskuitkuchen. Vielleicht Lady besser fortschicken?«

»Nein, nein. Sie ist hier, um sich das anzusehen. Keine Sorge, es ist ihr Job.«

»Schlechter Job«, sagte er und sah zu Richardson. »Okay, zurück. Ich arbeite an beiden Seiten.«

Manche Szenen könnte man brüllend komisch finden, wären sie nicht der blanke Horror. Beim Anblick des allmählich freigesetzten großen männlichen Torsos, der zwischen zwei angebohrten Betonklötzen eingespannt war – im einen steckten noch Kopf und Schultern, im anderen verschwanden die aus Bermuda-Shorts herausragenden Beine –, brach Montile Williams in schallendes Gelächter aus. Was ihm allerdings schnell verging, als ihm der Fäulnis- und Verwesungsgeruch in die Nase stieg.

MacNeice bemerkte, dass Ellis auf dieses seiner Ansicht nach respektlose Verhalten bestürzt reagierte, also bat er ihn zu gehen. Ellis hatte hier sowieso nichts mehr verloren.

»Wie eine Torte, aus der einer rausspringt«, sagte August. »Wie weiter? Oben oder unten? Oder nächste Säule?«

»Erst die Füße, dann den Kopf. Ellis hat gesagt, Sie gehen mit dem Ding um wie mit einem Skalpell – jetzt können Sie uns das beweisen. Wenn er freigelegt ist, machen wir uns an die nächste Säule.«

August meißelte die Beine frei, um die herum der Beton wie von allein wegplatzte. Erst sackte das eine Bein, dann das andere nach unten, worauf der gesamte Torso in sich zusammenfiel. Schwer zu sagen, ob es sich um einen dicken Mann mit dünnen Beinen gehandelt hatte oder um einen schlanken Mann, dessen Oberkörper sich durch die Fäulnisgase ungeheuer aufgebläht hatte. Aber da die Bermudas nicht spannten, ging er vom Ersteren aus, wenngleich der Geruch nahelegte, dass beide Theorien zutreffen könnten. Überall lagen mittlerweile große Betonbrocken herum.

Williams musste den nächsten Lachanfall unterdrücken.

MacNeice drehte sich zu ihm um. »Nicht schon wieder«, warnte er ihn. Er nahm seine Kamera und machte mehrere Aufnahmen. An Richardson gewandt sagte er: »Was meinen Sie, wie lange er da drin war?«

»Nicht lange – ein Jahr vielleicht, vielleicht ein wenig länger. Ich werde hier keine Autopsie durchführen, MacNeice. Wir schaffen ihn ins Labor.«

»Wenn in der anderen Säule ebenfalls eine Leiche steckt, bringen wir sie im Fischkühllaster ins Leichenschauhaus.«

August setzte erneut den Presslufthammer an und zog einen kontrollierten Schnitt entlang des Körpers. Beim zweiten Durchgang bröckelte die rechte Seite weg, Brustkorb, Schultern, Arme und Teile des Halses wurden sichtbar. Er hämmerte weiter, und ein paar Minuten später lag der Leichnam flach auf dem Schienenwagen. August wischte die größeren Brocken weg, legte den Presslufthammer ab und rollte den Kompressor zur zweiten runden Säule.

Die Stirn des großen dicken Mannes, der Mitte bis Ende fünfzig gewesen sein musste, wies eine großkalibrige Eintrittsöffnung auf. Er trug ein gelbes, blutverschmiertes Hemd über Bermuda-Shorts mit Dschungelmuster. Die Handgelenke waren mit einem Seil gefesselt, das auch um den Hals geschlungen war und über dem Kopf weiterlief – vermutlich war er damit fixiert worden, während der Beton gegossen wurde. Die Zunge steckte ähnlich einem dicken braunen Kaugummiknäuel zwischen den Lippen des geöffneten Munds.

»Kennen Sie den?«, fragte Williams und musterte das Gesicht.

»Nein, aber ich glaube nicht, dass er Zahnarzt war«, antwortete MacNeice und machte weitere Fotos, Nahaufnahmen und vom Körper insgesamt.

»Was soll das heißen?«, fragte Richardson.

»Das soll heißen, dass er wie die Idealbesetzung für eine Schlägertype aussieht.«

Richardson stellte ihre Tasche ab, vermaß die Eintrittsöffnung – .44er Kaliber – und inspizierte Mund, Augen und Ohren. »Achtzehn Monate, würde ich sagen.«

»Sie markieren nächste Säule?«, fragte August, als Mac-Neice und Williams sich der zweiten Säule näherten.

»Nein, gehen Sie genauso vor wie bei der ersten«, sagte MacNeice.

»Der Stadt sei Dank für die Klimaanlage, Boss, aber wenn da auch eine drin liegt, muss ich mir was vor die Nase halten«, sagte Williams. Bei dem fürchterlichen Gestank war ihm nicht mehr zum Scherzen zumute. August sah zu Mac-Neice. »Ich mach andere zwei später. Muss erst Mittagessen, aber nicht hier.«

»Danke, August. Und reden Sie bitte nicht über das, was Sie hier gesehen haben.«

»Kein Interesse. Kein gutes Gespräch.« Er streifte die Brille über und begann zu hämmern.

Den zweiten Leichnam hatte es übler erwischt. Der freigelegte Mann trug ein schwarzes T-Shirt und eine schwarze Hose. Nach den langen schwarzen Haaren und der schlaksigen Statur zu urteilen, schien er etwa Mitte dreißig gewesen zu sein. Vom Gesicht war nicht mehr viel übrig – alles bis zu den Ohren war abgeschert worden. Keine Stirn, keine Augen, keine Nase, kein Mund oder Kinn; sogar der Schädelinhalt war ausgelaufen. Das Seil, mit dem er beim Eingießen des Betons hochkant gestellt worden war, war um die auf den Rücken gedrehten Arme gebunden, so dass ihm beide Schultern nach vorne gezogen und ausgekugelt wurden. Auch Hände und Füße hatte man entfernt, und an beiden Unterarmen war das Fleisch bis auf die Knochen weggeschnitten.

»Tattoos?«, fragte Williams.

»Vielleicht. Identifikationsmerkmale, genau wie Gesicht und Hände.« MacNeice wandte sich an Richardson, die ein wuchtiges Vergrößerungsglas aus ihrer Tasche zog. »Komisch – beim ersten hatten sie nichts dagegen, dass wir ihn identifizieren, bei ihm aber wollen sie nicht, dass wir erfahren, wer er war.«

»Wir tun, was wir können, mit dem, was wir haben.« Richardson besah sich den Arm, hob ihn an und betrachtete die Wunde am Handgelenk näher. »Ein elektrisches Messer.«

Williams fuhr zu ihr herum.

»Ein Tranchiermesser mit Doppelklinge, mit dem man einen Truthahn zerteilen würde. Gezahnte Klinge, die mit hoher Geschwindigkeit hin- und herfährt. Wahrscheinlich hat man ihn vollständig ausbluten lassen, bevor man ihn in das Schalungsrohr gepackt hat. Im Gegensatz zu dem anderen.«

»Mitsamt Kleidung geschlachtet«, sagte Williams.

Wieder machte MacNeice Fotos, dokumentierte sowohl die einzelnen Verstümmelungen als auch den Leichnam im Ganzen.

»Wenn ich Sie unterbrechen darf, Gentlemen, ich muss zurück. Ich habe keinen Wagen – Junior hat mich abgesetzt –, aber ich bin für jeden Vorschlag zu haben.«

MacNeice wies Williams an, Richardson seinen Autoschlüssel zu geben und im Fischlaster zu folgen, sobald die Leichen verladen waren. Die Rechtsmedizinerin packte zusammen und verließ ohne ein weiteres Wort das Zelt. MacNeice tastete die Hosentaschen des Toten ab. Natürlich fanden sich keine Ausweispapiere. Sie schnitten zwei Abschnitte von der Plane, wickelten die Toten so sorgfältig wie möglich ein und packten sie in den Fischlaster, in dessen Laderaum die Temperatur knapp über dem Gefrierpunkt lag. Als Zaminsky die Zeltklappe öffnete, um den LKW durchzulassen, klingelte MacNeice' Handy. Er trat durch den nördlichen Eingang ins Freie und atmete zum ersten Mal seit einer geraumen Weile wieder durch.

»MacNeice«, meldete er sich und sah hinaus zu einem Frachter, der langsam durch den Kanal glitt, sah zu den Möwen, die in seinem Fahrwasser kreisten und darauf hofften, dass die Schrauben irgendetwas aufwühlten.

»Was habt ihr?«, fragte der Bürgermeister.

»Zwei noch nicht so alte Tote in den runden Säulen. Man könnte also annehmen, dass wir in den quadratischen Säulen auch welche finden, nur wären die wesentlich älter. Dr. Sheilagh Thomas von der Universität wird sie und die beiden aus dem Kofferraum des Packard abholen.«

»O Gott, unzählige Beteiligte. Bleibt mir noch ein bisschen Zeit, bevor mir alles um die Ohren fliegt?«

»Nein. LeBlancs Fischlaster ist gerade mit den frischesten Leichen abgefahren. Es wird bald die Runde machen, wenn es nicht sowieso schon geschehen ist. Also einfach versuchen, vorndran zu bleiben. Und nichts verschleiern.«

»Oder alles verharmlosen.« Der Bürgermeister hatte es kapiert.

»Es gibt bei den zwei Typen nichts zu verharmlosen. Einer hat ein großes Loch in der Stirn, der andere hat überhaupt keine Stirn mehr – und auch kein Gesicht und keine Hände oder Füße. Richardson meint, sie liegen seit etwa eineinhalb Jahren da drinnen. War das nicht der Zeitpunkt, zu dem du dieses Projekt angeleiert hast?« Sein Blick fiel auf den aufgeplatzten Beton am Kai, und er bestaunte die kleinen Pflanzen, die in den Rissen blühten.

»Mein Gott, ja. Okay, versuch doch, noch für einen Tag oder so den Deckel draufzuhalten.«

MacNeice steckte das Handy ein und hielt nach dem Frachter Ausschau, der mittlerweile verschwunden war. Ihm ging durch den Kopf, was passierte, wenn die Polizei Le-

Blancs LKW mit Williams anhielt und im Kühlraum statt der Seeforellen zwei Leichen fand. Grinsend kehrte er ins Zelt zurück. Die Klimaanlage surrte, schien aber mit dem strengen Fäulnisgeruch überlastet zu sein. Als er sein Jackett holte, sah er zu den beiden Leichen auf der Plane. Sie schliefen, tief und fest.

Draußen trat er an den Rand des Hafenbeckens, das ausgebaggert wurde. Vor der senkrecht abfallenden Wand wurde ihm schwindlig, auch das provisorisch aus Kantholz gezimmerte Geländer war wenig vertrauenerweckend. Alle Arbeiten in der tiefgelegenen Grube waren zum Stillstand gekommen. Einige größere Wasserlachen waren zu erkennen, ansonsten war das Becken mehr oder weniger flach und trocken. Graue Möwen kreisten und landeten im Schlick, wo sie nach Futter suchten. Plötzlich wurde ihm bewusst, was für ein riesiges Raumvolumen sich hier auftat. Und von diesem Gedanken war es nicht mehr weit zu der Frage, wie viel Beton nötig sein würde, um das neue Museum der Großen Seen zu errichten.

Als er ging, informierte er Zaminsky, dass er außer einer Dr. Sheilagh Thomas und August, dem Typen mit dem Presslufthammer, niemand sonst ins Zelt lassen solle. Falls es Probleme gebe, solle er sich sofort bei ihm melden. MacNeice reichte ihm eine Karte. »Apropos, von wem ist Ihre Firma beauftragt worden?«

»Wir sind von der Versicherung des Projekts angeheuert worden. Man sagte uns, man müsse der Security trauen können. Und uns kann man trauen.«

»Das bezweifle ich nicht. Bewahren Sie also Stillschweigen.«

»Mein Wort drauf.« Es sah so aus, also hätte es Zaminsky auf einen High-five abgesehen, aber dann entschied er sich doch für einen Handschlag.

4

MacNeice war am Verhungern, wie er auf der King Street merkte. Kurzerhand steuerte er Marcello's an. An einer roten Ampel griff er sich die schwarze CD-Tasche und ging die einzelnen Fächer durch, bis er das Brahms-Klavierkonzert gefunden hatte. Kates Lieblingsstück. Er hatte es aus tausend Gründen immer bei sich, heute zumindest war er in der richtigen Stimmung für den Melodienfluss, der ihn woandershin tragen würde. Musik war ein Geschenk – er hatte ihr den Jazz geschenkt, sie ihm klassische Musik, und beides bildete einen sicheren Hafen und neutrales Terrain.

Er bog in den Parkplatz hinter dem Restaurant ein und wartete, bis das Klavier seinen Einsatz hatte. Mit der Musik noch im Kopf stieg er aus und betrat das Lokal.

»Calamari und Pasta pomodoro«, gab er bei Marcello die Bestellung auf. »Sagen Sie, March, nur unter uns. Wenn ein Mafioso jemanden umbringt, ist es dann normal oder überhaupt vorstellbar, dass er ihm Gesicht, Hände und Füße entfernt, bevor er ihn einbetoniert?«

»Manche Italiener machen das so. Kalabrier aber nicht. Wir ziehen es vor, jemanden in den Kopf zu schießen und dann einfach zu verschwinden. Wollen Sie einen Shiraz oder was Leichteres zu den Calamari? Ich lasse sie grillen, nicht *fritti* – einverstanden?«

»Gegrillt ist wunderbar, und Shiraz auch.«

»Ja, also, in meiner Stadt, San Giorgio, gibt es ganz viele weiße Kreise. Man sieht sie überall – vor der Bäckerei, dem Rathaus, der Polizei, der Kirche – überall.«

»Und sie stehen wofür?«

»Sie zeigen an, wo jemand erschossen wurde. Nur erschossen – *peng!* Der Schütze verschwindet. Aber jemanden aufschneiden, das macht man in Neapel. Neapolitaner, die zerhacken gern Leute – damit schicken sie eine Botschaft.«

»Eine Botschaft?«

»Ja, wenn Sie einen, den Sie kennen – mit dem Sie vielleicht verwandt sind, den Sie vielleicht geliebt haben –, nur noch zerstückelt sehen, dann denken Sie vielleicht noch mal über das Leben nach. Aber Sie wissen, die russische Mafia ist schlimmer als die in Neapel. Ich bringe Ihnen den Shiraz. Mineralwasser dazu?«

»Perfekt.«

MacNeice haderte mit dem Gedanken, dass sich jemand wirklich die Mühe machte, einen Toten in der Bucht zu versenken, um dann darauf zu warten, dass der Tote eines Tages an die Oberfläche kommt und die damit verbundene Botschaft übermittelt würde. *Was für eine Geduld – eine einbetonierte Zeitkapsel ohne festgelegtes Öffnungsdatum – nur Geduld und ein glücklicher Zufall, auf den man hoffen muss. Wie feinsinnig.* Aber falls damals die Pläne für das östliche Hafenbecken bereits bekannt gewesen waren, dann wäre auch der – ungefähre – Zeitpunkt bekannt gewesen, an dem die Zeitkapsel geöffnet würde. Ein Plan, der so brillant wie verquer war.

Als Marcello erneut vorbeikam, hielt MacNeice ihn auf. »Sagen Sie mir, wenn ich einem aus Neapel die gleiche Frage stelle, wäre es dann möglich, dass er Ihnen zustimmt? Oder könnte er auch sagen: ›Nein, wir doch nicht, wir machen so was nicht. Aber die verrückten Kalabrier – Mann, das sind die Schlimmsten‹?«

»Ja, das könnte schon sein.« Marcello brach in schallendes Gelächter aus, verpasste ihm einen Schlag auf die Schulter und verschwand in der Küche.

Später, gestärkt durch das Essen, fuhr MacNeice zum Leichenschauhaus. Weil sich bei Richardson bald die Leichen aus Cayuga stapeln würden, baute er darauf, dass seine beiden vom Hafen, die zuerst eingeliefert wurden, auch zuerst drankamen.

Ihm wurde immer etwas mulmig, wenn er durch den weißgefliesten unterirdischen Korridor ging, aber als er sich der zweiflügeligen Edelstahltür näherte, hörte er klassische Musik – Bach, eines der Brandenburgischen Konzerte. Er schob mit der Schulter einen Flügel auf und trat ein. Richardson, die an einer Rollbahre stand, drehte sich zu ihm herum. »Gerade rechtzeitig. Was, Junior?«

»Genau«, sagte Junior mit seinem gruseligen Lächeln, mit dem er deutlich zu verstehen gab, dass er seine Arbeit allzu sehr mochte. MacNeice kannte Richardsons jungen Laborassistenten nicht anders als in weißer Kleidung und hohen grauen Gummistiefeln. Klar, zu seinen Aufgaben gehörte es, allen Unrat vom rot gekachelten Boden zu spritzen, der auch jetzt makellos feucht glänzte.

Er freute sich nicht unbedingt darauf, »No-Face« zu sehen, wie Richardson ihn genannt hatte, aber diesmal lag er wenigstens mit dem Nicht-Gesicht nach unten auf der Bahre.

Nachdem sie in ihrem Büro die Musik ausgestellt hatte, sagte sie: »Wir haben etwas gefunden, was Sie interessieren könnte.« Sie strich die langen Haare an der Schädelbasis zur Seite; dort hatte sie ein Stück ausrasiert, auf dem ein kleines blaues Tattoo zum Vorschein kam: neun Ziffern – 177126619 – eine Art Personenkennziffer. Im Rücken fand sich darüber hinaus die kleine Narbe einer Eintrittswunde, wahrscheinlich Kaliber .22. Richardson meinte, die müsse der Tote schon jahrelang gehabt haben. Sie gab eine Mutmaßung zum Mageninhalt ab – Bier und Cheeseburger –, zur Bestätigung seien aber eingehendere Untersuchungen nötig.

»Noch was?«, fragte MacNeice.

»Er besaß eine beeindruckende Kühlerfigur«, raunte Junior ihm zu und kicherte.

»Wie bitte?«

»Er war sehr gut bestückt, Detective«, erklärte Richardson und warf Junior einen vernichtenden Blick zu.

»Gut. Irgendwas zum Bermuda-Träger?«

»Noch nicht.«

Selbst brillant ausgeführte Morde, ging MacNeice beim Verlassen des Gebäudes durch den Kopf, konnten aufgedeckt werden, wenn das Schicksal eine ebenso brillante Wendung nahm. Keiner kam auf die Idee, unter den Haaren nach einem versteckten Tattoo zu suchen ... Das Tattoo, kam ihm der Gedanke, war also höchstwahrscheinlich gestochen worden, als es noch sichtbar gewesen war. *Ein Häftling oder ein Soldat – jemand, der unter Kahlrasierten lebte.*

Im Chevy zückte er sein Handy und wählte eine Nummer.

»Swetsky, hier ist Mac.«

»Was brauchen Sie, Kumpel?«

»Zwei Männer. Ich habe zwei Leichen, die aus der Bucht gezogen wurden.«

Swetsky bedeckte die Sprechmuschel und brüllte irgendwas in den Raum hinein. MacNeice riss das Handy weg. Er mochte es nicht, wenn er das Gefühl hatte, sein rechtes Ohr wäre unter Wasser.

»Sie haben Williams. Wollen Sie Vertesi auch wiederhaben?«

»Wenn möglich, ja.«

Wieder bedeckte Swetsky die Sprechmuschel, wieder

brüllte er etwas, dann meldete er sich wieder. »Kein Problem. Palmer und die beiden DI vom West End müssen reichen. Ich hab sowieso so viele Polizisten hier draußen, die stehen sich alle gegenseitig auf den Füßen. Ich bin mehr Verkehrspolizist als Ermittler.«

»Kann ich mir vorstellen. Es ist ein großer Fall, Swets.«

»Wir kriegen das schon hin. Ich schicke Vertesi am Abend rein.«

Auf der Fahrt in die Dienststelle führte MacNeice zwei weitere Gespräche, einmal mit Wallace, dem er mitteilte, dass ihm wieder zwei DI zugewiesen worden waren, das zweite mit Bob Maybank, um sein Versprechen einzulösen. Er verlangte umgehend die nötigen Mittel, um jemanden anzuheuern, der sie bei den Recherchen unterstützte, und wollte ihm Bescheid geben, wenn er einen gefunden hatte. Der Bürgermeister hörte sich alles an und sagte nur, als MacNeice seine Ausführungen beendet hatte: »Geht klar.«

Kaum war er auf den Dienststellenparkplatz eingebogen, als er umkehrte, das rote Signal-Blinklicht aufs Armaturenbrett klatschte und durch die Main Street zurück zum östlichen Hafenbecken raste. Auf dem Werksgelände verstaute er die Leuchte wieder unter dem Armaturenbrett. Es war 17.16 Uhr. Ellis, Aktentasche und weißen Helm in der Hand, war soeben auf dem Weg zu seinem Wagen. MacNeice hielt neben ihm an, bevor er in seinen silbernen Volvo steigen konnte. Er ließ die Scheibe nach unten.

»Eine Frage, Ellis.«

»Was gibt's?« Er schien es eilig zu haben.

»Wie viel Beton wird das Projekt hier benötigen?«

»Wir brauchen unterschiedliche Betone. Drei Firmen haben die Ausschreibungen gewonnen. Wenn Sie sehen wollen, wie sich das alles aufteilt, sollten Sie mal einen Blick auf das Modell in Terence Youngs Büro werfen. Er kann Ihnen sämtliche Einzelheiten dazu nennen.« Ellis teilte ihm noch mit, wo er das Büro des Architekten finden konnte, und stieg in seinen Wagen.

In der Rezeption, einer Sinfonie aus schwarzem Leder und Chrom, wurden die ausgestellten Gebäudemodelle wie Kunstwerke in einem Museum präsentiert. Und Youngs Büro war ein Statement für sich: dunkelgraue Wände, seidig-glänzender, niedriger Schreibtisch, schwarzes Ledersofa, entsprechende Armsessel und eine ganze Glaswand mit Blick über die Bucht.

»Was wollen Sie über das Projekt wissen, Detective?«, fragte Young und lehnte an seinem Schreibtisch.

»Ich weiß, worum es bei dem Projekt im Großen und Ganzen geht, ich brauche aber mehr Einzelheiten.«

Young ließ sich über die neuen Techniken aus, die es ermöglichten, die Schiffe vom Seegrund zu bergen und sie im gekühlten Zustand zu transportieren. Er trat vor ein großes, graues Modell des östlichen Hafenbeckens. »Der Kai ist 350 Meter lang, neunzig Meter breit und zwanzig Meter tief. Das Gebäude, das Sie hier vor sich sehen, wird sich weitere fünf Stockwerke über das Hafenbecken erheben und insgesamt über zehn Stockwerke verfügen.« Die Schiffe würden in großen Süßwassertanks untergebracht, in denen die gleiche Temperatur herrschte wie an ihrem gegenwärtigen Aufenthaltsort.

»Erzählen Sie mir mehr über das Gebäude.«

»Gut, wie der Name schon sagt, wird das Museum der Großen Seen ein geschichtswissenschaftliches Zentrum sein, das sich als Orientierungshilfe versteht und den Krieg von 1812 in den größeren Kontext der weltpolitischen Ereignisse der damaligen Zeit stellt – Napoleon, Wellington, sogar

Beethoven. Der einheimischen Bevölkerung soll dadurch deutlich gemacht werden, dass es sich nicht nur um einen regionalen Konflikt gehandelt hat.« Er löste den Endabschnitt des Modelltisches, der sich der Länge nach teilte, so dass zu beiden Seiten Schnittansichten sichtbar wurden. »Geplant ist eine Art Freizeitpark – man durchläuft die gesamte Entwicklung der menschlichen Besiedelung der Seen, erfährt von der Geschichte des Krieges und gelangt schließlich zum riesigen Wassertank mit den beiden Schiffen.« Eine Lampe erstrahlte im Schoner-Aquarium des Modells und tauchte die Schiffe in ein geisterhaft blaues Licht. Hunderte winzige Plastikfiguren reihten sich entlang der Glaswände und betrachteten auf insgesamt drei Etagen die Schiffe. Nach dem Maßstab des Modells schienen sie nur wenige Meter von den Schiffswracks entfernt zu sein.

»Freizeitpark ... und Beethoven.«

»Klar, 1813, als die Besatzungsmitglieder auf diesen Schiffen gelebt haben und gestorben sind, hat er ›Wellingtons Sieg‹ komponiert.«

MacNeice fand das alles äußerst interessant, er war aber aus einem anderen Grund gekommen. »Erzählen Sie mir von den Beton-Verträgen. Soweit ich weiß, sind drei Firmen beteiligt. Es war ein offenes Verfahren?«

»Jeder im Umkreis von fünfundsiebzig Kilometern konnte sich an der Ausschreibung beteiligen. Die Regierung wollte lokale Unternehmer bevorzugen, aus einer Vielzahl von Gründen, von denen die Schaffung von Arbeitsplätzen nur einer war, Umweltgründe ein anderer. Die Gebote, die den Zuschlag erhielten, kamen von Mancini Concrete, die sind gleich hier in der Nähe, von McNamara in Waterdown und von ABC Canada in Grimsby.« Diese Unternehmen würden das Material für Smith-Deklin liefern, das Subunternehmen, das die Ausschreibung für das Gießen des Betons gewonnen hatte. »Für die Fertigstellung des Projekts sind Tausende Tonnen Beton nötig, auch das Stahlwerk wird davon profitieren, vielleicht sogar noch mehr als die beauftragten Unternehmen.«

»Weil es die Stahlträger für das Gebäude liefert?«

»Das sicherlich auch, vor allem aber wegen der Stahlarmierung des Betons. Es ist ein gewaltiger Auftrag, allein schon wegen des riesigen Wassertanks und der dafür erforderlichen strukturellen Stabilität.«

»Wer waren die Verlierer des Ausschreibungsverfahrens?«

»DeLillo aus Buffalo – Fort Erie. Sie wurden von ABC ausgestochen, was ihnen wahrscheinlich nicht sehr gefallen hat. ABC ist ebenfalls ein amerikanisches Unternehmen, das das kränkelnde Werk in Grimsby aufgekauft hat, um an der Ausschreibung teilnehmen zu können.«

»Ist es nach internationalem Recht nicht verboten, Seekriegsgräber zu stören?«

Young lächelte. Diese Frage, sagte er, habe sich erledigt, als Ronald Reagan ein Gesetz unterzeichnet und der Kongress ihm zustimmt hatte, demzufolge Kanada die beiden Schiffe bergen könne. »Die Unterschrift ist auch jetzt noch gültig, Jahrzehnte später.« Der Präsident habe verfügt, dass die Überreste der Seeleute entweder nach Arlington oder Annapolis überführt und dort mit allen militärischen Ehren bestattet würden.

MacNeice studierte das Modell, spähte in die einzelnen Geschosse mit ihren Ausstellungen über das frühe Nordamerika, die Säle über Indigene, die Franzosen und die United Empire Loyalists, die nach der amerikanischen Unabhängigkeitserklärung von Großbritannien in diesen Landstrich kamen und sich hier ansiedelten. Das Gebäude – Böden, Innenwände, Außenwände – war, Etage für Etage, ein Wunderwerk aus Beton. Sogar die konkaven Solarpaneele, die der

Bewegung der Sonne über den Himmel folgten, waren auf Betonflügeln montiert.

Später, in seinem Wohnzimmer, schenkte sich MacNeice einen doppelten Grappa ein und betrachtete die schlanke Flasche mit der klaren Flüssigkeit im Gegenlicht. In den vergangenen vier Jahren war Grappa zu seinem verlässlichsten Abendgefährten geworden. Und wie angemessen das Getränk doch war – eine fünfundvierzigprozentige heilbringende Seligkeit, die den Pressrückständen des Weins abgerungen wurde – welch ein Genuss, und aus welchem Schmerz erwachsen.

5

Sie hatten sich gestritten, er wusste nicht mehr, worüber, aber es reichte, damit sie in der ihnen beiden unbekannten Stadt getrennte Wege gingen. Es war dunkel; kein Mond war zu sehen, und MacNeice bildete sich ein, er würde den Rückweg kennen. Der Ort strahlte eine nicht greifbare Bedrohung aus, die immer stärker wurde, je länger er mitten auf der Straße vor sich hin ging. Er hatte sie verloren, baute aber auf ihren Orientierungssinn – außerdem wäre es sinnlos gewesen, umzukehren, redete er sich ein, weil er weder sehen konnte, woher er kam, noch, wohin er ging. Es war seltsam, in einer Stadt ohne Straßenbeleuchtung zu sein. *Ein Blinder sieht nichts*, sagte er sich.

In einer Sackgasse entdeckte er einen unbefestigten Weg. Er war ausgetreten, jedenfalls fühlte er sich unter den Füßen so an. Langsam ging er weiter, riss die Augen auf, um mehr erkennen zu können, und kam an einen hüfthohen Maschendrahtzaun. Dahinter fiel der Boden sechs oder sieben Meter senkrecht zu einem Vorsprung ab, weiter war nichts mehr zu sehen. Als er sich nach einem Ausweg umsah, entdeckte er einen sehr schmalen Pfad zwischen einer dunklen Backsteinwand – vielleicht einem Gebäude – und einem Zaun. Er rüttelte am Zaun, der von den Pfosten im Boden kaum gehalten wurde. Als hätte ihn jemand bereits gelockert.

MacNeice ging in die Hocke, wollte sich zum einen sammeln, zum anderen aber verhindern, dass ihn seine Vorstellungskraft über den Zaun springen ließ. Er könnte umkehren, aber wozu? Noch nie hatte er solche Angst vor dem

Unbekannten gehabt, weder als Polizist noch als Tourist. Er versuchte durchzuatmen, hielt nach einem Licht Ausschau, versuchte zu erkennen, was jenseits des schmalen Pfads lag.

Er musste daran denken, wie er im Alter von zehn Jahren mit seinem Vater beim Wandern gewesen war. Sie waren zur Jagd auf Präriehühner aufgebrochen. Kilometerweit von ihrer Hütte entfernt, wurden sie von einem Unwetter überrascht, und an jenem Nachmittag im späten Oktober war es mit einem Mal so finster wie um Mitternacht. Sein Vater sagte: »Halte dich an den Himmel, Mac. Halte dich an den Himmel. Es wird sich etwas abzeichnen, und du wirst keine Angst mehr haben.«

Wieder starrte er in die Dunkelheit, versuchte etwas zu erkennen, aber Erde und Himmel schienen nahtlos ineinander überzugehen, es gab nur den klapprigen Zaun und die Dunkelheit dahinter. Er betrachtete die Backsteinmauer, wollte sehen, ob dort etwas in den Schatten lauerte, und da hörte er es.

Jemand näherte sich von hinten, schnell, schwer atmend, als würde er schon lange Zeit laufen – auf der Flucht vor jemandem oder zu jemandem hin. Die Geräusche wurden lauter, aber noch immer konnte er nichts sehen. Er spannte sich an, rechnete jeden Moment mit dem Aufprall, wartete. Er sagte sich, er würde hochschnellen und sofort zuschlagen; er sagte sich, er müsse den anderen zurückstoßen, damit sie nicht beide durch die Wucht des Aufpralls über die Kante fielen.

Er ballte die Fäuste, stierte in die Dunkelheit und wollte sich auf den herannahenden Läufer werfen, da sah er, dass es Kate war. Er stieß einen Schrei aus, aber sie war schon bei ihm und dann an ihm vorbei, so schnell, dass sie gegen den Zaun und darüber hinweg in die Leere stürzte. Ihre Atemgeräusche verstummten.

MacNeice sprang auf. Er sah sie gerade noch unten auf dem Vorsprung aufprallen, knapp vor dem Abgrund. Sie lag auf dem Bauch, war benommen vom Fall, drehte sich auf den Rücken und sah zu ihm hoch. Aber bevor er ihr zurufen konnte, »Nicht bewegen«, rollte sie sich in die falsche Richtung und verschwand geräuschlos im Abgrund hinter der Kante.

MacNeice schrie auf und zerrte am Zaun, bis er ihn in den Händen hielt.

Schweißüberströmt wachte er auf, schwer atmete er in der Finsternis des Schlafzimmers. Unwillkürlich fasste er hinüber zu Kates Bettseite. Er rang nach Luft, weinte und wusste nicht, ob wegen des Traums oder weil sie nicht da war.

Als er sich beruhigt hatte und der Traum so weit verblasst war, dass er nicht mehr war als ein Traum, setzte er sich im Bett auf und überlegte, was er davon halten sollte. Es war widersinnig, eine Bedeutung hineinzulesen, trotzdem tat er es.

Es war der einzige Traum, in dem sie tatsächlich vorgekommen war, in dem er sie tatsächlich gesehen hatte, wenn auch nur ganz kurz, flüchtig, als sie an ihm vorbeirannte und in die Tiefe stürzte, und dann noch einmal, als sie unten auf dem Vorsprung lag, bevor sie verschwand. Seit Jahren war er in seinen zahllosen Träumen auf der Suche nach ihr, erhaschte einen Blick auf sie, wenn sie um eine Ecke bog – manchmal nur ihr Bein, ihren Rücken –, aber wenn er selbst dort ankam, war sie nicht mehr da. Oder er roch ihr Parfüm, hörte eine Tür zufallen, sah zitternde Gardinen, spürte ihre Anwesenheit, bekam sie aber nie richtig zu Gesicht. Dieser Traum war schlimmer, denn er hätte sie retten können, hatte es aber nicht getan. Welche Schlussfolgerung konnte man aus so einem Traum ziehen? Das fragte er sich, aber natürlich kannte er die Antwort: Er hatte sie im Stich gelassen.

Er sah zum Radiowecker – 4.10 Uhr. Statt das Risiko einzugehen, in den Traum zurückzufallen und wieder am Schorf der Wunde zu kratzen, stand er auf, ging ins Bad und stellte die Dusche an.

6

MacNeice traf früh in der Dienststelle ein. Beide Männer warteten bereits in seinem Kabuff. Vertesis ungläubigem Blick war anzusehen, dass Williams ihm von den Vorfällen am Vortag im Hafen erzählt hatte. MacNeice hängte sein Jackett über den Stuhl und holte das große Whiteboard aus dem Abstellraum. Er stellte es auf, nahm einen roten Marker und schrieb *Beton*.

Vertesi schlug sein Notizbuch auf.

»Beton«, sagte MacNeice, während er das Wort auf das Whiteboard kritzelte. »Das *Hamilton-Scourge*-Projekt wird Unmengen an Beton benötigen. Drei Firmen haben die Ausschreibung gewonnen. Ich möchte alles über sie erfahren, über sie, aber auch über die, die leer ausgegangen sind, sowie über diejenigen, die diese Entscheidung getroffen haben.« Darunter schrieb er: *Gewinner: Mancini – Dundurn, McNamara – Waterdown, ABC-Grimsby – New York*. Und darunter, durch eine Linie getrennt: *Verlierer: DeLillo – Fort Erie-Buffalo*.

»Sie meinen, die Mafia mischt da immer noch mit, obwohl die Betonindustrie in der Wirtschaft kaum noch eine Rolle spielt?«

»Das Hafenprojekt ist so was wie ein warmer Sommerregen, der auf ein ausgetrocknetes Bachbett niedergeht. Für kurze Zeit blüht alles auf. Nach ein, zwei Wochen sprießen Blumen, Gräser, es gibt Kaulquappen und Schlangen, alle rangeln und wollen ein Stück davon abhaben. Und wenn man sich das ansieht, könnte man meinen, es wäre immer so.«

»Nur aus Interesse, von wie viel Beton ist denn die Rede?«, fragte Vertesi.

»Von Tausenden von Tonnen.«

»Ich kenne die Familie Mancini«, sagte Vertesi. »Ich rede mal mit Alberto. Er ist der Gründer des Unternehmens und immer noch CEO.«

»Dachte ich mir, dass Sie den kennen«, sagte MacNeice. »Außerdem werden wir jemanden für die Recherchen brauchen, mir schwebt Ryan vor, der Technikfreak von unten.«

»Sehr gute Idee! Der kriegt bei den Forensikern völlig den Koller. Er hat sich eine Wahnsinns-Computeranlage hingestellt, und sie lassen ihn chemische Formeln nachschlagen. Der ist definitiv einen Versuch wert«, sagte Williams.

MacNeice wandte sich erneut ans Whiteboard und übertrug die Tattoo-Ziffern aus seinem Notizbuch. Selbst wenn in den quadratischen Säulen ebenfalls Leichen steckten, würden sie sich zunächst auf die beiden jüngsten Toten konzentrieren. Angenommen, die Verstümmelungen an der zweiten Leiche wurden nicht vorgenommen, weil es dem Täter einen Kick verschaffte, Menschen zu zerstückeln, sondern um die Identifizierung zu verhindern, dann kam dem Tattoo eine besondere Bedeutung zu.

»Williams, beginnen Sie mit den Personenkennziffern des kanadischen Militärs und der Haftanstalten, und wenn Sie da nichts finden, machen sie mit dem amerikanischen Militär und deren Gefängnissen weiter. Schicken Sie Bilder von dem Typen in den Bermuda-Shorts an alle Polizeidienststellen in Nordamerika. Ich werde Wallace noch wegen Ryan anrufen, bevor ich runterfahre. Mal sehen, was uns aus den anderen beiden Säulen entgegenkommt.«

»Eine Frage noch, Boss – wie können Sie jemanden anheuern, obwohl doch genereller Einstellungsstopp ist?«, fragte Williams.

MacNeice lächelte. »Sagen wir einfach, ich hab einen dienstbaren Geist. Ich weiß nicht, wie lange er mir zu Diensten sein wird und wie viele Wünsche ich frei habe, aber ich gedenke, ihn gehörig zu beanspruchen, solange es geht. Und genau genommen handelt es sich ja auch um eine temporäre Umbesetzung bereits vorhandenen Personals und nicht um eine Neueinstellung.«

7

Das Verkaufsbüro von Mancini Concrete war genau so, wie Vertesi es sich vorgestellt hatte: ein Holztresen, an dem im Lauf der Jahre unzählige schwergewichtige Männer gelehnt, über Tonnensätze und Liefertermine verhandelt und die Furnieroberfläche und die abgerundete Oberkante bis auf das blanke Holz abgerieben hatten. Hinter dem Tresen waren vier schwere graue Metallschreibtische zusammengeschoben, die unter den Papieren, großen Mappen, diversen Rolodex-Karteien, altertümlichen Computern, Kaffeetassen, Telefonen, Handys und Tischkalendern ächzten. Auf drei Tischen standen Betonmischer-Modellautos mit dem Mancini-Logo in roten Blockbuchstaben auf der Fahrertür und der weißen Mischtrommel. Über allem – inklusive der Männer an den Schreibtischen – lag eine dünne, feine Staubschicht, was unumgänglich schien, weil auf dem Werksgelände draußen von sechs Uhr morgens bis sechs Uhr abends ununterbrochen LKWs ankamen und abfuhren. Eine Wand des Büros wurde von einem Regal und einer Arbeitsplatte eingenommen, die über und über mit verstaubten, anscheinend seit Jahren nicht mehr angerührten Planrollen und Bauplänen bedeckt war. Vertesi musste an Bilder von Pompeji und seiner Bewohner nach dem Vulkanausbruch denken.

Auf einem fünften Schreibtisch, separat stehend nahe der Rückwand, befanden sich ein Telefon, ein Laptop mit einem Mauspad und ein rotes Ferrari-Modell, das so groß war wie die Betonmischer-LKWs. Vertesi konnte das gelbe Emblem mit dem Hengst aus fünf Metern Entfernung erkennen; wohl der Schreibtisch von Albertos einzigem Sohn Pat. Vertesi und er waren zwar gleich alt, aber nicht befreundet. Michael Vertesi hatte die örtliche katholische Highschool besucht, Pat Mancini war dagegen wegen des Eishockey-Programms an der St. Michael in Toronto gewesen und hatte in der Junior-A-Liga gespielt. Er war groß und schnell, und jeder hatte ihm eine lange Karriere in der NHL prophezeit. Pat Mancini galt als brachialer Spieler, aber nach einigen hervorragenden Spielzeiten und einer Gehirnerschütterung zu viel hatte er – oder die NHL – es gut sein lassen. Keiner kannte die genauen Umstände, aber er war still und leise zurückgekehrt und hatte im Familienunternehmen zu arbeiten begonnen. Freunde – italienische Eishockey-Fans – erzählten Vertesi, dass Mancini lediglich auf der falschen Position eingesetzt worden sei, dass er im Grunde ein technisch versierter Spieler sei, der zufällig auch groß und wuchtig war. Auf dem Eis war er als Schläger verschrien; ein Affront gegen die gesamte italienische Bevölkerung von Dundurn.

»Man kann hier jetzt auch Ferraris leasen?«, fragte Vertesi, als er den Blick eines der Angestellten auffing. Mit einem Nicken deutete er auf den hinteren Schreibtisch.

»Der? Nein, das ist Pats Spielzeugauto. Wir halten uns an unseren Beton.«

Vertesi entging nicht die Geringschätzung; es war nicht schwer auszumalen, welchen Groll dieser Angestellte dem Sohn des Besitzers entgegenbrachte – einem jungen Mann, der nie in der Branche gearbeitet hatte und plötzlich den besten Platz bekam und sich das Modell einer 250000-Dollar-Karre auf den Schreibtisch stellte. Er dachte noch darüber nach, wie das auf die Männer wirken musste, die ihr Leben hier im Staub verbrachten, als die Tür zum Büro dahinter aufging. Pat Mancini erschien und bedeutete ihm, durchzugehen. Ohne den Detective anzusehen, öffnete der

Betonverkäufer vorn die Klappe am Tresen und stieß mit dem Fuß die Tür darunter auf. »Danke«, sagte Vertesi, bekam aber keine Antwort. Er ging an einem weiteren Verkäufer an seinem Schreibtisch vorbei, der sich einen verstaubten schwarzen Telefonhörer zwischen Schulter und Ohr geklemmt hatte und zu ihm aufsah.

»Hallo. Pat Mancini«, stellte sich Mancini mit einem stählernen Handschlag vor.

»Hallo. Wir kennen uns. Ich bin Michael Vertesi.« Vertesi betrat das Büro, wo sich Alberto zur Begrüßung von seinem Schreibtisch erhob. Alberto Mancini hatte volles weißes Haar, ein Gesicht wie von einem Bildhauer gemeißelt, leuchtend blaue Augen und tiefe Falten, die sich von den Wangenknochen bis zum Kiefer zogen. Er trug einen grauen Anzug, ein weißes Hemd und eine schmale blaue Krawatte, die seine Augen noch heller erscheinen ließ.

»Michael, wie geht es deinem Dad?« Sie gaben sich die Hand und tauschten Freundlichkeiten über den letzten Weihnachtsbesuch aus, dann bot der Ältere Vertesi einen der beiden Sessel vor seinem Schreibtisch an. Pat ließ sich auf dem anderen nieder. Beigefarbene Rollos waren vor die Fenster gezogen; eine Schreibtischlampe und zwei Stehlampen sorgten für eine Beleuchtung, die nichts gemein hatte mit dem Sonnenlicht und der neongrellen Helligkeit im Verkaufsbereich. Dieses Büro hätte sich überall befinden können, aber nicht unbedingt bei einem Baustoffhändler. Die Wände waren mit dunklen Eichenpaneelen verkleidet, gerahmte Auszeichnungen der Industrieverbände und Kommunen hingen nebeneinander. Auf dem Tisch standen benutzte Espressotassen, Schokoladenwaffeln und eine Vase mit sechs roten Rosen. Neben dem Schreibtisch bot ein eleganter Servierwagen aus Holz verschiedene Gläser und drei Reihen Wein- und Schnapsflaschen an. Kein Computer im ganzen Raum.

Alberto Mancini setzte sich, legte die Arme auf den Tisch und schob eine Hand über die andere. »Ich hab gehört, du bist letztes Jahr angeschossen worden. Aber du scheinst dich gut erholt zu haben.«

»Ja.«

»Ich erinnere mich«, sagte Pat. »Ein Schuss in den Bauch, oder?« Sein linker Mundwinkel ging nach unten; er nickte kurz und rutschte auf seinem Sessel hin und her.

»In die Seite, ja, aber es geht mir wieder gut.«

»Ein Mangiacake hat Michael einen Spaghettifresser genannt!«, erklärte Alberto seinem Sohn.

»Ohne Scheiß?« Pat beugte sich vor, auf seinem Gesicht ein breites Grinsen. Auf seinem Kinn wurde eine dünne weiße, leicht gebogene Narbe sichtbar.

»Ohne Scheiß.« Vertesi zückte Notizblock und Stift, um deutlich zu machen, dass er nicht zu einem gemütlichen Plausch vorbeigekommen war.

»Gut, richte jedenfalls deinem Pop und deiner Mutter meine Grüße aus, Michael.«

»Mache ich, Sir. Danke.«

»Worüber willst du reden?«

»Über das *Hamilton-Scourge*-Projekt am östlichen Hafenbecken und die Ausschreibung für die Betonlieferungen.«

»Was willst du darüber wissen?«

»Also, Sir ...«

»Nenn mich bitte Alberto.« Sein Lächeln war so sanft wie das des Papstes, und genau wie dieser breitete er jetzt die Hände aus – um auf die Schäfchen in der Kirche seinen Segen niedergehen zu lassen.

»Danke, Alberto.« Gegen seinen Willen fühlte er sich gerührt und war überzeugt, dass man es ihm auch ansah. Vor langer Zeit, als ihre Familien am Sonntag zusammen zur Messe gegangen waren, war ihm beigebracht worden, Ältere in aller Form anzusprechen, und daran hatte sich nichts geändert – bis jetzt nicht. »Wir haben im Hafenbecken Leichen gefunden, zwei davon sind vor relativ kurzer Zeit ums Leben gekommen, andere schon vor Jahrzehnten.«

»Dann stimmt es also!«

»Wenn Sie meinen, was man sich so erzählt, ja, es stimmt.«

»Was hat das mit uns zu tun, Michael?« Alberto machte einen völlig entspannten Eindruck, nur die oben aufliegende Hand ging bei der Frage ein wenig nach oben.

»Zwei der Leichen wurden ungefähr zu der Zeit, als die Ausschreibung zu diesem Projekt lief, in Säulen einbetoniert.«

»Worauf willst du hinaus?«, fragte Pat. Er sah schnell zu seinem Vater, als wollte er einschätzen, wie angriffslustig er auftreten konnte, bekam von dort aber keine Hilfe. Alberto hätte auch dem Wetterbericht für Saskatoon lauschen können.

»Weil sich unsere Familien kennen, Alberto, dachte ich, ich frage Sie, falls ...«

»Falls ich die Leute umgebracht und dort abgelegt habe.« Der Papst war passé. Eisiger Sarkasmus schwang in seiner Stimme mit.

»Nein, Sir, ich möchte wissen, ob Ihnen irgendetwas bei der Ausschreibung aufgefallen ist, was zum Tod dieser Männer geführt haben könnte.«

»Mein Junge, wir leben nicht mehr in den Zwanzigern. Wir sind alles Geschäftsleute. Wir konkurrieren miteinander. Wir gewinnen, wir verlieren, wir spielen unentschieden, erzielen eine Menge Treffer oder gar keinen. So ist das Geschäft, und dann gehen wir alle zum Abendessen nach Hause.« Nicht die geringste Unsicherheit, das geringste Bedürfnis, sich zu rechtfertigen.

»Vielleicht kapier ich hier was nicht ganz, aber du beschuldigst meinen Dad, Leute umzubringen?« Pat Mancini drehte sich zu Vertesi hin und ging ihn nun mehr oder minder direkt an. Er verströmte eine nervöse Energie, als fiele es ihm schwer, stillzusitzen, oder als fühlte er sich in seiner eigenen Haut nicht wohl.

Vertesi sah dem Sohn unumwunden in die Augen. »Nein, Pat, ganz und gar nicht.« Er wandte sich wieder dem Vater zu. »Neben Mancini Concrete gibt es noch zwei weitere Betonlieferanten. Kennen Sie die anderen Geschäftsinhaber?«

»McNamara, ja. ›Der Ire‹, wie wir ihn nennen. Der andere ist eine amerikanische Firma. Die wurde bei der Ausschreibung zum Teil berücksichtigt, rein aus ...« Er sah zu seinem Sohn, auf dessen Miene sich aber nur Leere abzeichnete. »Proporzgründen. Der Politik wegen. Die Amerikaner sind an der Show beteiligt, weil die beiden Schiffe im Grunde genommen ja ihnen gehören, also wurde ihnen ein Drittel der Lieferungen zugesprochen. Aber sie haben ein kanadisches Unternehmen in Grimsby gekauft, das vor dem Bankrott stand. An ihrem Lieferanteil profitieren also beide Länder.«

»Ist der erheblich?«

»Bei einem Projekt in der Größenordnung ist er gewaltig«, sagte Pat und sah zu seinem Vater.

»Hör zu, wir allein hätten das ganze Projekt nie termingerecht stemmen können«, sagte Alberto. »Ich denke, noch nicht mal der Ire und Mancini zusammen hätten das hingekriegt. Vergiss nicht, die Stadt hat eine Deadline, die sie unbedingt einhalten möchte. Wir haben einen dritten Lieferanten gebraucht.«

»Und Sie sind zufrieden mit dem ausgewählten Lieferanten?«

Der Alte breitete die Arme aus und drehte die Handflächen nach oben, wie es Italiener gern tun, wenn sie sich mit jemandem unterhalten. »Ich mach die Gesetze nicht, Michael ...«

»Wissen Sie, ob McNamara das ebenso sieht? Oder gab es bei ihm Vorbehalte gegen einen amerikanischen Lieferanten, der ein Drittel des Auftragsvolumens abgreift?«

»Na ja, die Amerikaner machen ja nicht die Arbeit, die sacken nur den Gewinn ein.«

»Wie hoch ist die Wahrscheinlichkeit, dass der Mutterkonzern von ABC Canada die Niederlassung in Grimsby schließt, wenn das Projekt fertiggestellt ist, und sämtliche Unternehmenswerte in den Bundesstaat New York abzieht?«

»In unserer Branche handeln wir mit Beton, nicht mit Spekulationen. Neben dem Kieswerk gab es nicht viel, was die Firma vor dem Einstieg von ABC noch am Laufen gehalten hat. Jeder kann sich also seinen Teil dazu denken.« Er sah auf seine Uhr, dann zog er den Ärmel nach unten.

»Gab es einen anderen potenziellen Käufer für das Werk in Grimsby, der von ABC ausgebootet wurde?«

»Er stellt gute Fragen, Patrizio, siehst du das?« Alberto Mancini lächelte seinem Sohn zu, bevor er sich wieder Vertesi zuwandte. »*Si, si*, das ist nun in der Tat ein interessanter Weg, den du weiterverfolgen könntest. Aber du musst deine Hausaufgaben machen.« Alberto Mancini stand auf. »Tut mir leid, ich muss zu einem auswärtigen Treffen. Wenn du weitere Fragen hast, ruf mich einfach an.« Er ging zur Vase mit den Rosen, suchte sich eine aus, knipste den Stängel ab, steckte sich die Blüte ins Knopfloch an seinem Jackett. Er sah exakt so aus, wie man sich den distinguierten Vorsitzenden eines Betonunternehmens vorstellte.

»Eine letzte Frage noch: Gibt es im Umkreis von fünfundsiebzig Kilometern einen legitimen vierten Mitbewerber für dieses Projekt?«

Alberto Mancini trat um den Schreibtisch herum und nahm Vertesis Hand zwischen seine beiden Hände. »Eigentlich nicht, nein.« Dann legte er Vertesi eine Hand auf die Schulter und führte ihn zur Bürotür. »Pat wird dich nach draußen bringen. *Ciao*, Michael, und pass auf dich auf.«

Pat Mancini erhob sich, um Vertesi zum Ausgang zu begleiten. »Du parkst draußen?«

»Ja, gleich links.«

»Du wirst in die Waschstraße müssen. Das hier ist der Tod für jede gute Lackierung. Du fährst eine normale Karre?«

»Was sonst?«

»Was habt ihr da jetzt? Einen aufgemotzten Chevy, oder hat man dich zu einem Hybrid verdonnert, aus *Proporzgründen*?«

»Noch nicht – es ist ein Chevy. Danke, Pat. Schön, dass du wieder hier bist.«

»Na ja, mir blieb keine große Wahl. Haben wir uns wirklich mal gekannt?«

»Nicht richtig. Wir haben uns nur gesehen, als wir euch in der Weihnachtszeit besucht haben. Als wir noch klein waren.«

»Klein sind wir jedenfalls nicht mehr. Mike, lass dir eines gesagt sein: Wir kümmern uns um unsere Leute, da gibt es keine Beschwerden. *Ciao* vorerst.« Pat schüttelte ihm die Hand und ließ noch eine Weile lang die Tür offen, nachdem Vertesi gegangen war. Vertesi spürte den Blick des jüngeren Mancini noch auf sich, als er in seinem Wagen darauf wartete, dass zwei Betonmischer auf das Werksgelände einbogen.

8

MacNeice parkte seinen Chevy neben einem alten Land Rover, einem, der noch aus der Zeit stammte, bevor sich die Firma ein schickes Image verpasst hatte. Der Lack auf der Motorhaube war bis auf die Grundierung abgeblättert, der Innenraum war ein einziger Verhau. Auf der Rückbank lagen Zeitungen, ein Tennisschläger, zwei weiße, abgewetzte Tennisschuhe, eine Handschaufel, einige Schneebesen, Bürsten und mehrere Schnellhefter mit dem Emblem der Universität, auf dem Boden dazu mindestens ein Dutzend Kaffeepappbecher. Auf dem Beifahrersitz waren sechs oder sieben CDs ohne Hülle verteilt; er konnte nicht erkennen, was sich darauf befand. Zur Abrundung war auf dem Armaturenbrett, unter dem Rückspiegel, die Wackelfigur eines hawaiianischen Mädchens mit Lei und Grasröckchen montiert. MacNeice lächelte. *Die goldene Hausfrauennadel wird man ihr dafür nicht verleihen*, dachte er. Er schlüpfte in sein Jackett und ging zum Zelt hinüber. Draußen war ein neues Security-Team postiert, das einen sehr viel aufgeweckteren Eindruck machte, was jedoch nicht viel hieß. MacNeice zeigte seine Marke, der Typ am Eingang nickte, öffnete ihm die Klappe und sagte gleichgültig: »Sie erwartet Sie schon.«

Drinnen musste er sich erst an das grelle Licht gewöhnen. Die Überreste der beiden runden Säulen waren mittlerweile ins Labor zur Untersuchung abtransportiert; die Leichen neben dem Packard waren verschwunden, und August hatte mittlerweile die quadratischen Säulen aufgebrochen. Neben einem dritten Schienenwagen stand eine Frau in einer abgetragenen Schlabberjeans und einem T-Shirt. Sie sah zu ihm. Sie war schlank und hatte grau-braune Wuschelhaare, die aussahen, als verbrächte sie ebenso viel Zeit beim Friseur wie bei der Autowäsche.

»Detective Superintendent MacNeice. Das hier ist Ihre Show, hat man mir gesagt.« Ein tanzender Blick, eine rauchige Stimme – tief, rau und fest – und ein unverkennbar britischer Akzent. *Was haben Britinnen bloß immer mit den Toten?*, dachte er.

»Was halten Sie bislang davon?«, fragte sie und fügte schließlich noch an: »Sheilag Thomas, übrigens. Schön, Sie endlich kennenzulernen. Mary hält Sie für den klügsten Kopf der Mordkommission.«

MacNeice tat das Kompliment mit einem Schulterzucken ab. »Ich wollte Sie das Gleiche fragen, Doktor. Was halten Sie bislang davon?«

»Ex post, sie haben ungefähr siebzig bis achtzig Jahre dort unten gelegen, sind mehr oder weniger zum gleichen Zeitpunkt gestorben, und was Sie da auf den Draisinen sehen, ist das, was sich aus dem Beton noch lösen ließ ...«

»Ex post?«

»*Aus späterer Sicht* – ich sollte Ihnen noch sagen, dass das Alter zum Todeszeitpunkt bei Harry hier« – sie patschte auf einen Oberschenkelknochen – »an die achtundzwanzig Jahre betrug, bei Arthur etwa zweiunddreißig. Genaueres erfahren wir, wenn wir das Material vom Beton gelöst und die Knochen eingehender untersucht haben. Stellen Sie sich vor, Sie nehmen jemandem den Gips vom Bein ab, und dann bleibt alles bis auf die Knochen am Gips kleben – das ungefähr ist uns hier passiert.«

»Irgendwelche Hinweise auf frühere Verletzungen?«

»Sie meinen, andere als Harrys eingeschlagener Schädel

und Arthurs gespaltene Stirn? Nein, aber ich würde meinen, dass das in jeder Hinsicht ausreichen sollte.«

»Was brauchen Sie von mir?«, fragte er.

»Na ja, als Erstes wäre es interessant zu erfahren, welches Ziel Sie verfolgen. Die Leute, die diese Männer einbetoniert haben, sind selbst längst unter der Erde – oder liegen irgendwo anders in der Bucht. Vielleicht entdecken wir etwas, was bei Ermittlungen weiterhelfen könnte, aber in welchem Fall ermitteln Sie denn überhaupt oder gegen wen?«

»Ich habe den schweren Verdacht, dass Sie mir gleich irgendwas vorschlagen wollen, Sheilagh – was dagegen, wenn ich Sie Sheilagh nenne?«

»Sie sind tatsächlich ein kluger Kopf. Normalerweise bestehe ich auf ›fantastisch‹, Sheilagh reicht aber auch. Ein Vorschlag – genau. Die Universität würde Sie gern von der Last befreien, die Harry und Arthur« – sie deutete auf die skelettierten Überreste, als würde sie einen Teller Räucherlachs anpreisen – »sicherlich für Sie sind, damit wir sie zur Unterweisung und Erleuchtung der nächsten – genau genommen erst der zweiten – Generation von Medizinanthropologen verwenden können. Natürlich werden Sie – und mit ›Sie‹ meine ich die Polizei und die Stadt Dundurn – die Ersten sein, denen wir unsere Befunde mitteilen, außerdem werden wir keine Mühen scheuen, um alles aufzudecken, was es, ähm, aufzudecken gibt.«

»Ich kann nicht für die Stadt sprechen …«

»Mit Verlaub, da bin ich anderer Ansicht. Ich habe bereits mit dem Büro des Bürgermeisters gesprochen und dort zu hören bekommen, ›was immer MacNeice mit ihnen zu tun gedenkt, wird im Interesse der Stadt sein‹. Sie sehen also, ich umgarne Sie mit vernünftigen Gründen und später, falls nötig, auch mit Wein und appelliere damit an Sie, sie uns zu überlassen.«

»Na denn, so übermache ich im Interesse der braven Bürger von Dundurn Harry und Arthur der Universität.«

»Hervorragend. Ich latsch dann mal zum Rover für den Papierkram.« Sie verbeugte sich leicht, was sich so seltsam wie charmant ausnahm, und schlenderte fröhlich Richtung Ausgang.

Wenn Richardson über einen trockenen Humor verfügte, dann war der von Thomas sicherlich saftiger. Sie trug braune Wanderstiefel, deren Flecken davon zeugten, dass sie damit anscheinend jahrelang Löcher gegraben und Gott weiß was auf dem Leder verschüttet hatte. Er versuchte sich vorzustellen, das alles stamme von ihren Bemühungen, in Dundurn einen englischen Landgarten anzulegen, aber er hatte da so seine Zweifel.

»Das Auto ist eine ziemliche Müllhalde«, sagte sie, als sie zurückkam. »Ich hab ein Weile suchen müssen, bis ich sie gefunden habe.«

»Mir sind einige Kaffeebecher aufgefallen.«

»Ha! Sie glauben, ich wäre ein Koffeinjunkie, Detective. Ich trinke nur Tee, Wasser, Wein und Single-Malt Irish Whiskey. Und keine zehn Pferde würden mich dazu bringen, Tee aus einem Pappbecher zu trinken.«

Als sie seine Verwirrung bemerkte, erklärte sie: »Die Becher sind für Proben. Menschliche Proben.« Sie schob Harrys Beinknochen auf dem Schienenwagen zur Seite, murmelte »nein, nein, erheben Sie sich nicht«, und legte ihren Ordner ab. Sie blätterte die Seiten durch, bis sie auf das fotokopierte Formular mit dem Logo der Universität stieß. Sie trug auf der gestrichelten Linie die Bezeichnung der Objekte ein, deren Besitzverhältnisse übertragen wurden, und las zur Bestätigung durch, wie mit den wissenschaftlichen Erkenntnissen zu verfahren sei, die bei der Untersuchung der Objekte gewonnen würden. Sie unterschrieb ganz unten, über ihrem bereits aufgedruckten Namen, und versah das Ganze mit dem aktuellen Datum, bevor sie das Blatt samt Stift MacNeice reichte.

»Muss ich das alles lesen?«, fragte er.

»Würde ich nicht machen. Was dagegen, wenn ich rauche?«

»Nein. Wurde das von der Rechtsabteilung der Uni aufgesetzt?«

»Von mir.« Sie lächelte.

Er beugte sich vor, schielte zu den Knochen und unterschrieb.

Sie betrachtete die Unterschrift. »Danke, Iain.«

»Nennen Sie mich nicht Iain.«

»Genau. Alle nennen Sie Mac. Ich melde mich, sobald ich was über die beiden hier und die zwei aus dem Kofferraum habe. An denen arbeiten wir außerhalb dieses Vertrags, sie verbleiben also im Eigentum der Stadt. Aber wir würden uns glücklich schätzen, wenn wir auch in ihrem Fall eine Änderung der Eigentumsverhältnisse herbeiführen könnten.« Sie klappte den Ordner zu. »Bis dahin, *bonne chance* und viel Glück.« Wieder verbeugte sie sich und streckte ihm die Hand hin. Für eine so starke, fast maskuline Frau war ihre Hand sehr weich, und ihr Handschlag der einer Königin – sanft und fest, so verharrte sie einen Moment länger als nötig, bevor sie schnell losließ.

»Ein Letztes noch. Warum haben Sie sie Harry und Arthur genannt?«

»Das klingt menschlicher als ›Objekt eins‹ und ›Objekt zwei‹ oder irgendeine Nummer. Weil ich Optimistin bin, sehe ich die Namen als Platzhalter, die irgendwann gegen ihre richtigen Namen ausgetauscht werden. Klar, sollten keine Namen gefunden werden, erhalten die beiden eine bleibende Nummer.«

»Verstehe. Gut, auf Wiedersehen, Sheilagh.« Beim Gehen warf er einen letzten Blick auf die Schädel von Harry und Arthur und bemerkte, dass sie – wie die meisten Schädel, die er gesehen hatte – zu grinsen schienen.

9

Bei der Rückkehr in die Dienststelle entdeckte er Ryan, ihren Rechercheur, der auf dem Rücken unter dem Schreibtisch lag. Um ihn herum waren diverse Schachteln verteilt, und über ihm ragte das seltsamste Computergebilde auf, das MacNeice jemals untergekommen war. Es sah aus wie ein Sammelsurium ausrangierter Komponenten aus *Mad Max* – zusammengeklaubte und mit Drähten, Klebebändern und viel Hoffnung zusammengehaltene Teile –, aber dann begannen die Bildschirme hinter den Tastaturen und dem Joystick auf seinem Camouflage-Plastikgehäuse zu flirren.

Williams telefonierte mit dem Stift in der Hand und blickte auf, als MacNeice eintraf. Er nickte und glitt mit einem Stuhl weit genug zurück, um Ryan gegen den Fuß zu stupsen.

Der junge Mann fuhr hoch und krachte mit dem Schädel beinahe gegen die Unterseite des Schreibtisches. »Sorry, Sir. Ich hab gerade alles angeschlossen und die Verbindung zum Dienststellenserver hergestellt. In fünf Minuten läuft alles.«

»Schön, Sie zu sehen, Ryan. Ich hab gehört, Sie haben das alles selbst gebaut, dieses ... wie nennen Sie es?«

»Hab ich, Sir, von Grund auf, aus Einzelteilen, von denen die Leute gedacht haben, sie wären kaputt, was aber auf einem Missverständnis beruht. Sie könnten das Ding als selbstgebauten Supercomputer bezeichnen. Ich nenne ihn Millennium Falcon, weil er nicht schön ist, aber in null Komma nichts auf Warpgeschwindigkeit kommt.«

»Genau das, was wir anscheinend brauchen. Und das ist alles legal?«

»Im Graubereich, Sir. Aber ich verspreche, es wird uns einiges an Arbeit abnehmen. Und ich habe eine Menge Material davor bewahrt, auf irgendeiner Deponie in Südostasien zu landen.«

»Okay. Gut, dann machen Sie mal.«

Als Williams mit seinem Telefonat fertig war, erklärte er, es sei ihm bislang nicht gelungen, den Ursprung der Personenkennziffer herauszufinden. Weil Gefängnisse in die Zuständigkeit der Bundesregierung fielen, hatte er in Ottawa anrufen müssen. Nachdem er mehrmals weiterverbunden wurde, hatte er feststellen dürfen, dass derjenige, der berechtigt gewesen wäre, ihm Auskunft zu erteilen, sich gerade nicht an seinem Arbeitsplatz befand. Es über die Hintertür zu versuchen und die Gefängnisse direkt anzurufen hatte nicht funktioniert, weil es übers Telefon keine Möglichkeit gab, sich als denjenigen auszuweisen, für den er sich ausgab. Den Dienstweg einzuhalten würde seine Zeit dauern, aber es war die einzig korrekte Vorgehensweise, wie ihm mehr als einmal gesagt wurde.

Als Williams schließlich gefragt hatte, aus wie vielen Stellen sich die Personenkennziffer eines Häftlings zusammensetze und ob diese alle aus Ziffern, Buchstaben oder einer Kombination aus beidem bestünden, hatte man ihn in der Leitung hängen lassen, bis er schließlich auflegte. »Aber ich habe bei einem nachgesehen, den ich in Kingston eingebuchtet habe – sieben Ziffern, nicht acht –, No-Face war also nicht in unserem System. Beim kanadischen Militär war es keinen Deut besser. Alle Anfragen müssen über das Verteidigungsministerium laufen. Bislang hat noch niemand zurückgerufen.«

»Ich könnte vielleicht helfen«, sagte Ryan unter dem Schreibtisch.

»Kennst du jemanden?«, fragte Williams.

»Nein. Aber ich bin ziemlich gut darin, so was herauszukriegen.«

»Dann mal los«, sagte Williams und warf MacNeice einen vielsagenden Blick zu. »Vertesi hat sich nach seinem Treffen mit Mancini gemeldet. Er ist zu ABC-Grimsby unterwegs.«

MacNeice trat vor das Whiteboard. Williams hatte Fotos von No-Face und dem Bermuda-Träger, dem Pärchen aus dem Packard und sogar von Archie der Puppe aufgehängt. Für die Fotos der beiden aus den eckigen Säulen würden sie auf Dr. Thomas warten müssen, MacNeice nahm daher einen Marker zur Hand und fügte *Zwei männliche Skelette, ca. 70 Jahre in der Bucht* hinzu.

»Okay, ich bin so weit«, sagte Ryan, kam unter dem Tisch hervor und ließ sich vor seinen drei Bildschirmen nieder, auf denen jeweils irgendwelche Informationen verarbeitet wurden. MacNeice reichte ihm einen Haftzettel mit der Kennziffer und kehrte an seinen Schreibtisch zurück, um Richardson anzurufen.

Hinter sich hörte er den jungen Mann auf die Tastatur einhacken. Er lauschte, genoss den Rhythmus, bis sich Richardson meldete. »Irgendwas über den Bermuda-Träger, Mary?«

»Bis auf das Loch im Kopf keine weiteren Kennzeichen, keine Narben, Tätowierungen, noch nicht einmal Leberflecken. Sein Mageninhalt aber passt visuell und olfaktorisch zu dem des anderen. Ich tippe auf Cheeseburger mit Speck und Bier.«

»Irgendwelche Indizien, die darauf hindeuten könnten, dass er vor dem Tod gefoltert wurde?«

»Keine beim Bermuda-Träger.«

»Und beim anderen, können Sie bestimmen, in welcher Reihenfolge die Verstümmelungen zugefügt wurden?«

»In der Tat, ja. Ich bin mir ziemlich sicher, dass ihm als Erstes die Füße abgenommen wurden, dann die Hände, dann das Fleisch an den Unterarmen und zum Schluss das Gesicht.«

»Großer Gott.«

»Ja. Aller Wahrscheinlichkeit nach war er zu diesem Zeitpunkt bewusstlos, vom Schock und vom Blutverlust.«

»Der Wahrscheinlichkeit nach, aber sicher sind Sie sich nicht ...«

»Nein. Vielleicht hatte er eine außergewöhnlich starke Konstitution, möglich wäre aber auch, dass der Schlächter sich beeilt hat, um zu gewährleisten, dass er noch bei Bewusstsein war. Warum fragen Sie?«

»Ich möchte wissen, ob die Verstümmelungen vorgenommen wurden, nachdem wegen der Kopfverletzung der Tod eingetreten ist – das würde nämlich darauf schließen lassen, dass lediglich sämtliche Hinweise auf seine Identität ausgelöscht werden sollten.«

»Und wenn nicht?«

»Steht zu vermuten, dass er etwas getan oder gewusst hat, was nach Ansicht seines Mörders solche grauenhaften Verstümmelungen rechtfertigt.«

Er legte auf. Ryans Herumgehacke schien noch schneller geworden zu sein.

»Boss, sehen Sie sich das mal an«, sagte Williams, der neben Ryan saß.

Auf dem mittleren Monitor liefen mehrere Spalten mit Informationen scheinbar von allein – und rasend schnell – über den Bildschirm. Text- und Ziffernzeilen füllten von oben bis unten allen verfügbaren Platz, blinkten auf und begannen von neuem.

»Da sind wir ja«, sagte Ryan.

»Wo? Wo sind wir?«, fragte Williams.

Ryan tippte auf die Enter-Taste. »Das ist keine kanadische Ziffer – 17712619 ist eine Personenkennziffer der US Army.«

Williams sah zu MacNeice auf, der sich zum Foto des gesichtslosen Mannes am Whiteboard hingedreht hatte.

Ryan gab etwas anderes ein, wieder erschienen Informationen auf dem Bildschirm. Keine zehn Sekunden später sagte er: »Die Personenkennziffer gehörte einem Master Sergeant Gary Robert Hughes, einem Nahkampf-Spezialisten der Zweiten Infanteriebrigade der Zweiten Infanteriedivision.«

»Mit langen Haaren, in einer Betonsäule im Hafen von Dundurn?« Williams schüttelte den Kopf.

»Machen Sie weiter«, sagte MacNeice.

Ryan wühlte sich weiter hinein in die Akten, die nicht öffentlich zugänglich waren, davon war MacNeice überzeugt. Wie die Hände des jungen Mannes von der Tastatur zum Joystick wechselten, erinnerte MacNeice an einen Musiker an einer Hammond-Orgel.

»Hughes wurde 2008 nach vierzehn Dienstjahren ehrenvoll entlassen. Da war er vierunddreißig.« Weiteres Geklicke, dann: »Nach seiner Entlassung wohnte er zunächst in Georgia, in der Nähe der US-Basis Fort Benning. Aber im Dezember desselben Jahres zog er in den Norden des Bundesstaates New York.«

»Ist das alles rechtmäßig?«, fragte Williams.

»Die Informationen? Ja, ja, völlig rechtmäßig.« Ryan nickte mehrmals, nahm aber den Blick nicht vom Bildschirm.

»Machen Sie weiter«, sagte MacNeice.

Ryan bewegte den Joystick und gab mehrere Tastaturbefehle ein, und plötzlich leuchtete der zweite Monitor auf. »Letzte bekannte Adresse für Sergeant Hughes lautet 3245 Trail Road, Tonawanda, New York.« *Klick, klick, klick.* »Hier ist seine Telefonnummer.«

»Ich rufe mal aus Swetskys Büro dort an«, sagte MacNeice, notierte sich die Nummer und verließ das Kabuff.

te Schweigen, während man im Hintergrund ein Kind hören konnte, das im Garten spielte.

»Mrs Hughes?«

»Ja, ja, ich bin hier. Gary ist mein Mann.« Erneut musste sie Atem holen. »Was sind Sie für ein Detective?«

»Ich bin von der Mordkommission, Mrs Hughes. Wir interessieren uns dafür, wo sich Gary Hughes im Moment aufhält, weil wir glauben, dass er hier Zeuge eines Mordes wurde.«

»Ich verstehe nicht. Mit ›hier‹ meinen Sie bei Ihnen in Kanada?«

»In Dundurn, ja.«

»Aber warum sollte Gary in Kanada sein?«

»Wann haben Sie Ihren Mann zum letzten Mal gesehen?«

Er hörte, dass sie jetzt weinte. MacNeice wartete geduldig. Ganz in der Nähe fragte ein Kind: »Mommy, was ist los?« Sie sagte dem Kind, dass ihr etwas ins Auge geflogen sei, »und geh jetzt bitte wieder raus, Mommy ist schon okay.« Dann konnte sie endlich antworten. »Gary ist vor zwei Jahren, fast auf den Tag genau, fortgegangen. Er wollte sich mit jemandem treffen, angeblich hatte es mit einem Job zu tun, aber er ist nie zurückgekommen.«

»Wissen Sie, wo dieses Treffen stattfand?«

»Nicht weit von hier – in einer Bar. Ich weiß nicht, worum es genau ging. Detective, bitte sagen Sie mir, was ist los?«

»Sie haben Familie?«

»Ja … Ja, wir haben drei Kinder, vier, sieben und neun. Das jüngste und älteste sind Jungs, Jenny ist die Siebenjährige.«

»Womit hat Sergeant Hughes nach seiner Entlassung aus dem Militär seinen Lebensunterhalt verdient?«

»Da war nicht viel. Gary hat alles Mögliche unternommen, um eine feste Stelle zu finden.«

»Ist es ihm schwergefallen, Arbeit zu finden oder sich im Zivilleben wieder anzupassen?«

Williams erhob sich und trat ans Whiteboard. »Tolle Arbeit, Ryan. Obwohl wir wahrscheinlich lieber nicht wissen wollen, wie du es gemacht hast ...«

»Danke, Detective, aber das war nicht schwer. Die Datenbank des Militärs ist mit einer völlig veralteten Software abgesichert.«

»Das heißt, du bist in ihr System eingebrochen?«

»Sagen wir mal so, ich habe in Dateien gestöbert, die im Keller gespeichert sind ... Aber ja, ich bin eingebrochen.«

»Das hängen wir nicht an die große Glocke.«

»Ja, Sir. In einer Minute sollte ich ein Foto von ihm haben, wie er damals ausgesehen hat – ich meine, mit Gesicht.«

Williams wischte *No-Face* von der Tafel und schrieb *Gary Robert Hughes* unter das Bild. Mit Blick auf den Bermuda-Träger fragte er: »Kannst du bei dem Typen auch das Einschussloch in der Stirn verschwinden lassen?«

»Kein Problem.«

Es klingelte fünfmal, bevor abgenommen wurde. »Hallo – sorry, ich war im Garten – wer ruft an?« Die Frau war außer Atem.

»Mit wem bitte spreche ich?«, fragte MacNeice. Sein Stift schwebte über einer neuen Seite seines Notizbuchs.

»Sue-Ellen Hughes. Was wollen Sie?«

»Mrs Hughes, ich bin Detective Superintendent MacNeice von der Polizei in Dundurn.«

»Dundurn ... Sie meinen, in Kanada?«

»Ja.«

»Ich verstehe nicht.«

»Können Sie mir sagen, in welcher Beziehung Sie zu Gary Robert Hughes stehen?«

MacNeice hörte, wie die Frau tief durchatmete, dann folg-

»Beides. Die Army hat ihn ausgebildet, sie hat aus ihm eine Waffe gemacht – er hatte in zwei Kampfsportarten den zweiten Schwarzgurt –, aber nach der Entlassung gab es keinerlei Berufsberatung ... Und wer braucht schon einen Killer außerhalb der Army?«

»Hatte er Freunde in Tonawanda?«

»Nur Army-Kumpel. Er ist hierhergekommen, weil er eine Ausbildung zum Schreiner machen wollte, aber dann ging es mit der Wirtschaft bergab – nicht nur für uns, sondern auch für die Baufirma, für die er arbeiten wollte. Mit einem Mal ging alles in die Brüche.«

»Haben sich Ihr Mann und seine Kumpel bei Ihnen zu Hause getroffen?«

»Nein, immer nur im *Old Soldiers*. Das ist eine Kneipe am Stadtrand von Tonawanda. Gary hat nie viel getrunken, solange er in der Army war, aber hier oben ... Na ja, alles war anders.«

»Haben Sie jemanden von seinen Freunden mal kennengelernt oder waren Sie mit ihm im *Old Soldiers*?« MacNeice notierte sich *Old Soldiers* und machte dahinter zwei Fragezeichen.

»Nein, ich kümmere mich um die Kinder, das ist meine Aufgabe.«

»Wie kommen Sie zurecht, Mrs Hughes?«

»Wenn Sie finanziell meinen, überhaupt nicht. Das Kriegsveteranenministerium hat seine Pension gestrichen, weil sie glauben, er wäre freiwillig verschwunden, das heißt, sie glauben, er hätte sich mit einer anderen Frau aus dem Staub gemacht ...«

»Aber Sie glauben das nicht?«

»Doch nicht Gary ...« Ihr Atem ging wieder schwer, er hörte, dass sie sich über die Augen wischte oder sich schnäuzte.

»Sie leben von Sozialhilfe?«

»Ja. Mir bleibt keine andere Wahl.«

»Ich möchte mich entschuldigen, dass ich Sie mit diesem Anruf aufgewühlt habe.«

»Bitte, Detective, ich weiß, Sie halten etwas zurück« – sie schluchzte jetzt – »sagen Sie mir nur, was geschehen ist. Wo ist Gary?«

»Ich kann im Moment nichts sagen, aber ich verspreche Ihnen, wir reden bald wieder miteinander.« Bevor er auflegte, hörte er eine weitere Stimme, vielleicht die des älteren Sohnes, der sie fragte, was los sei.

MacNeice kehrte ins Kabuff zurück und gab Williams Bescheid. Anschließend schrieb er Sue-Ellens Namen unter den ihres Mannes auf das Whiteboard und verzeichnete auch die drei Kinder. »So übel das für Mrs Hughes jetzt war, das Schlimmste steht ihr erst noch bevor.«

»Hier ist sein offizielles Foto, Sir.« Ryan gab MacNeice den Ausdruck: die Kopf-Schulter-Ansicht eines Soldaten vor der amerikanischen Flagge.

Was MacNeice auffiel, war der durchdringende Blick – finster und intelligent, ohne jede Angst, Bosheit oder Sorge –, so sah er in die Kamera, als hätte er auf einem fernen Hügel irgendeine Bewegung erspäht. Das Kinn war leicht angezogen, die Haut spannte über Knochen und Muskeln, er wirkte drahtig, fit: ein professioneller Krieger. Sein Mund, fest zusammengepresst, verriet weder Anmaßung noch Stolz, noch gab er zu verstehen, wozu er im Kampf fähig war. Die Uniform war makellos.

Schlagartig erkannte MacNeice die traurige Ironie des *Hamilton-Scourge*-Projekts. Alles hatte mit dem Tod amerikanischer Soldaten begonnen, und jetzt, fast zwei Jahrhunderte später, schien es erneut zum Tod eines amerikanischen Soldaten gekommen zu sein. Er befestigte das Bild an der Tafel.

»Ich werde mir von meinem dienstbaren Geist wünschen, dass neben den Skeletten der Schiffsbesatzungen, die auf dem Seegrund liegen, auch Gary Robert Hughes in die USA überführt und mit allen militärischen Ehren bestattet wird, damit seine Frau rückwirkend seine Pension erhält.«

»Wird vielleicht nicht ganz einfach werden, wenn er in ziemlich schmutzige Sachen verwickelt war«, sagte Williams.

»Geschichte ist das, was überliefert wird. Je nachdem, was wir herausfinden, können wir vielleicht überliefern, dass er nur zur falschen Zeit am falschen Ort gewesen ist.«

10

Taaraa Ghosh hatte lange gebraucht, aber jetzt war ihr Timing perfekt. Sie konnte ganz genau vorhersagen, wann ihre Mutter oben auf den Stufen erscheinen würde. Außerdem gab ihre Mutter ihr immer Bescheid, bevor sie die Wohnung verließ. Es war ja nicht so, dass sie sich Sorgen um ihre Mutter machte oder fürchtete, die Stufen am Berg wären gefährlich. Sie genoss es nur, unten auf der Bank zu sitzen, einige Minuten lang den Vögeln zu lauschen und dann zu ihrer Mutter hochzublicken, die in diesem Moment oben erschien und ihr überschwänglich zuwinkte, als wollte sie ein vorbeifahrendes Schiff anhalten. Darüber freute sich Taaraa so sehr, dass sie immer feuchte Augen bekam. So überwältigt war sie von der Gewissheit, sie zu sehen und von ihr gesehen zu werden.

Ihre Mutter hatte viel durchmachen müssen, so viel, dass es für mehrere Leben gereicht hätte. Obwohl sie zusammen einkauften und mit dem Bus hinaus zum Megastore fuhren, wo sie alles besorgten, vom Reis bis zur Unterwäsche, war das der Augenblick – genau dieser Augenblick –, der sie immer am meisten erfreute.

Taaraa stellte sich vor, wie ihre Mutter zur Schwelle der ersten Stufe ging und dort stehen blieb, bis ihre Tochter zu ihr hochsah. Nachdem sie sich gegenseitig bemerkt hatten, würde sie schnell hinuntersteigen. Aus irgendeinem Grund – ihre Mutter fragte oft danach, aber Taaraa konnte es nicht erklären – lachte Taaraa immer, wenn ihre Mutter unten angelangt war. Sie umarmten sich, und sie sagte, »Taaraa,

Tochter, warum lachst du?« Die einzige Antwort, die ihr sinnvoll erschien, lautete: »Das Leben ist komisch ...« Und sie lachte weiter, wenn sie dann zusammen die letzten paar Stufen zur Straße hinunter nahmen.

Als Taaraa an jenem Tag die ersten Stufen hinaufstieg, musste sie bereits über die Absurdität ihres Rituals lachen: der Berg, der kein Berg war, die bengalische Frau, die Hunderte von Stufen hinunter- und hinaufstieg, um den Tag mit ihrer bengalischen Tochter verbringen zu können. *Das Leben ist komisch*, dachte sie, *und könnte nicht perfekter sein.*

Vertesi hatte gerade MacNeice und Williams über seinen Besuch bei Mancini und ABC in Kenntnis gesetzt, als er über Funk informiert wurde, dass am Fuß des Bergs eine Leiche gefunden worden war, zwischen den Eisenbahngleisen und der Treppe zur Wentworth. Er näherte sich auf der King Street der Wentworth und gab durch, dass er hinfahren und sich alles ansehen werde.

MacNeice trat ans Whiteboard und zeichnete ein Baumdiagramm. Ganz oben schrieb er *Smith-Deklin – Betongießen*. Darunter führten drei Linien zu den Betonlieferanten: *ABC*, *Mancini* und *McNamara*. Egal, was dahinterstehen mochte, politische Machenschaften, der gedrängte Zeitplan oder der gewaltige Umfang des Projekts, er war überzeugt, dass der Tod von Gary Robert Hughes und des Bermuda-Trägers etwas mit dem *Hamilton-Scourge*-Projekt zu tun hatte. Sein Instinkt sagte ihm, dass die Antwort in den Beziehungen zwischen den drei Lieferanten verborgen lag. So verband er die Lieferanten ebenfalls mit Strichen und fügte zwei Fragezeichen hinzu.

»Sie meinen, die stecken mit drin, Boss?«, fragte Williams.

»Nur so ein Gedanke.« Wenn der Auftrag, wie Vertesi bestätigt hatte, zu gleichen Teilen gesplittet worden war, gab es keinen Grund, warum man dem anderen Böses wollte. Andererseits waren die Leichen nicht mit Ketten gefesselt oder in einer Kühltruhe im Hafen versenkt worden; sie steckten in einem Betonmantel. Zwei der konkurrierenden Firmen stammten aus den USA. Unter das Bild des Bermuda-Trägers schrieb er: *Amerikaner?* Er legte den Marker zur Seite. Im Lauf der Zeit hatte er gelernt, seiner Intuition zu vertrauen, also setzte er sich an seinen Schreibtisch und ließ die Bilder auf sich wirken. Sein Handy klingelte. Ohne den Blick vom Whiteboard zu lassen, meldete er sich.

»Boss, wie schnell können Sie hierherkommen?«

»Schnell. Was gibt es?«

»Nichts Gutes – und zwei Uniformierte.«

»Ich bin sofort da.« MacNeice erhob sich und griff sich sein Jackett.

»Brauchen Sie mich, Sir?«, fragte Williams.

»Nein. Finden Sie alles heraus, was es über diese Kneipe in Tonawanda, das *Old Soldiers*, gibt.« Damit verließ er das Kabuff und lief durch den Gang zur Treppe.

MacNeice hielt hinter Vertesis Wagen, nördlich der graffitibeschmierten Eisenbahnhütte, und betrachtete überrascht und besorgt den Tatort. Dann stieg er aus und knallte die Tür zu. Der Verkehr strömte nach wie vor den Berg hinauf und hinunter. Die Teenager, die vermutlich die Leiche entdeckt hatten, saßen auf den Stufen oberhalb davon, zwei Streifenpolizisten standen daneben. Einer von ihnen war Metcalfe, ein junger Mann aus dem East End, der mittlerweile im zweiten Jahr bei der Polizei war. Er hatte eine Hand vor der Nase, die zweite Hand lag auf dem Griff seiner Dienstwaffe. Den anderen Uniformierten, der sich damit beschäftigte, den Verkehr zu regeln, kannte MacNeice nicht. Vertesis Wagen war zwar direkt vor MacNeice' Chevy geparkt, Vertesi selbst aber war nirgends zu sehen. Hinter dem Zivilwagen stand ein Streifenwagen mit blinkenden Lichtern.

»Metcalfe! Räumen Sie die gottverdammte Treppe. Sofort!« MacNeice wandte sich zu dem anderen Polizisten, der den Fahrer eines Buick mit rudernden Armen deutlich zum Weiterfahren aufforderte. »Wenn Sie zur Verkehrspolizei wollen, können wir das in die Wege leiten. Aber das hier ist ein Tatort – sperren Sie sofort die Straße. Sichern Sie die Umgebung. Und wo zum Teufel sind die Sanitäter? Wo steckt Vertesi?« Der junge Polizist, *Chang* laut seinem Namensschild, eilte zu ihm herüber.

»Tut mir leid, Sir, sofort. Äh ... die Sanitäter haben die Meldung falsch aufgefasst. Die sind in der Wellington Street, genau wie die Polizei und die Feuerwehr. DI Vertesi, Sir, er ist bei ... der Mutter der Toten.«

»Okay, Chang, danke. Ihr erster Fall?«

»Der erste Mord? Ja, Sir. Keine leichte Sache, ganz bestimmt nicht.«

»Nein, das ist es nie.« MacNeice zeigte zur Treppe, wo einiges in Bewegung gekommen zu sein schien, und zu den Autos, die abbremsten, damit die Insassen sehen konnten, was hier los war. »Das hier ... ist, technisch gesprochen, ein Riesendurcheinander, also holen Sie Ihr Absperrband und sichern Sie das Gelände. Kein Verkehr mehr auf der Straße, kapiert? Und wenn dort drüben Leute aus ihren Häusern kommen, sagen Sie ihnen, sie sollen sich wieder verdünnisieren. Dann rufen Sie in der Dienststelle an, die soll Leute nach oben schicken, damit dort ebenfalls die Treppe und die Straße gesperrt werden. Keiner kommt mehr rauf oder runter, verstanden?«

»Ja, Sir.« Chang lief davon, um das gelbe Absperrband aus

dem Kofferraum zu holen. Sechs der Kids auf der Treppe kamen auf MacNeice zu, als er sich dem Tatort näherte, drei andere verzogen sich und stiegen die Treppe hinauf, als hätten sie mit allem hier nichts zu tun.

»Metcalfe, schnappen Sie sich die drei dort drüben und bringen Sie sie her. Wir wollen von allen eine Aussage.«

»Dieses Mädchen da, die ist so was von tot – das ist meine Aussage, Officer«, kam es von einem großen, schlaksigen Teenager mit einer Mütze der Chicago Bulls, deren Schirm zur Seite zeigte. Seine Freunde kicherten. »So was von *tooo-ooot*.«

»Ihr bleibt schön da drüben vor dem Wagen. Wir lassen euch nicht lange warten, versprochen.«

»Genau, Chief. Weil … wir haben nämlich auch Termine.« Wieder der Bulls-Typ. Jeder grinste.

»Ich bin ein großer Bulls-Fan«, sagte MacNeice, »aber ich glaube, Miami wird sie dieses Jahr vom Court fegen.«

»Miami? Klar doch … wie Sie meinen. Aber das schaffen die nicht, nie und nimmer.« Er zuckte abfällig mit der Schulter, zeigte mit der Faust zum Boden, klappte die mittleren Finger ein und bildete mit Zeigefinger und kleinem Finger zwei Stierhörner.

Wie von MacNeice erwartet, fiel einer seiner Kumpel mit ein. »Ja, Mann, die haben schon ein paar echt gute Leute da unten. Der Typ hat recht, Mann – Miami ist nicht übel.«

MacNeice ließ sie über Basketball reden, eine Sportart, die ihn nur mäßig interessierte. Jedenfalls konnte er sich jetzt drauf verlassen, dass sie noch einige Zeit hier herumhängen würden.

Eine sehr kleine Frau hatte Vertesi an die Wand eines Hauses an der Ecke gedrängt. Sie klammerte sich an ihn, jammerte, dazwischen versuchte sie alle paar Sekunden, sich von ihm loszureißen und über die Straße zu entkommen, so dass er sie mit Gewalt zurückhalten musste. MacNeice winkte Vertesi zu und gab ihm zu verstehen, vorerst dort zu bleiben.

Chang hatte recht gehabt. Es war kein schöner Anblick. Der Hals der jungen Frau war vom rechten Schlüsselbein bis zum linken Ohr der Länge nach aufgeschlitzt. Im Bauchbereich hatte sie vier große Stichwunden, die sich in etwa kreisförmig vom Rippenbogen bis zum Schambein zogen. Sie trug ein blaues Baumwollkleid mit Paisleymuster und eine blassgelbe Strickjacke. Aus der Wunde am Hals trat noch immer Blut aus, obwohl das Herz schon vor einiger Zeit jede Tätigkeit eingestellt hatte. Der dicke Blutfleck am Boden, der Schmutz, das Laub und die Grashalme an Gesicht und Kleid wiesen darauf hin, dass sie mit dem Gesicht voran auf dem Boden aufgeschlagen und später umgedreht worden war. Als weitere Demütigung waren ihr die Gedärme aus der Bauchhöhle heraus- und zwischen die Beine zu Boden gerutscht. Aus Respekt vor der jungen Frau und ihrer Mutter widerstand MacNeice dem Drang, nach seinem Taschentuch zu greifen.

Er zückte sein Handy und rief in der Einsatzzentrale an. »Betty, vergessen Sie die Sanitäter. Schicken Sie den Coroner und die Spurensicherung. Wir brauchen hier mindestens ein halbes Dutzend Leute, um die Gegend abzusuchen.« Er sah zu Vertesi, der mittlerweile an der Wand zu Boden gerutscht oder von der Frau dorthin gezerrt worden war. Sie war nun auf den Knien, schluchzte vor sich hin und schlug mit der Hand auf den Bürgersteig ein. »Und schicken Sie jemanden, der sich um die Mutter der Toten kümmert.«

»Schon dabei, Mac. Tut mir leid wegen dem Chaos mit der falschen Adresse. Wir wissen immer noch nicht, wie das passieren konnte.«

Die junge Frau hätte nicht gerettet werden können, trotzdem war er immer noch wütend. Er hatte zwölf Minuten zum Tatort gebraucht und dort lediglich zwei Streifenpolizisten und Vertesi angetroffen. MacNeice steckte sein Handy ein. Er rief Metcalfe zu, der mit dem Plastikband die Treppe absperrte. »Sie waren als Erster da. Haben Sie jemanden bei der Toten gesehen?«

»Ja, Sir, die Mutter. Die Kids waren auf der Treppe und haben coole Sprüche geklopft, aber sie wollten nicht näher ran. Die Mutter war bei der Toten und hat geweint, bis Vertesi sie weggezogen hat. Sonst war niemand da.«

»Fassen Sie das Geländer nicht an. Wir müssen Fingerabdrücke nehmen. Von den Kids auch. Ein Team sollte bald eintreffen. Lassen sie sich Namen und Adressen geben, fragen Sie, wann sie hier waren, was sie gesehen haben, und stellen Sie sicher, dass sie keine Fotos mit ihren Handys machen. Ich will das Bild nicht im Internet finden. Sorgen Sie dafür, dass sie alles löschen, und verklickern Sie denen, dass sie sich strafbar machen, wenn irgendwo ein Foto auftaucht. Sie wissen, was zu tun ist?«

»Ja, Sir. Und entschuldigen Sie die Verwechslung.« MacNeice eilte die Stufen hinunter und tippte Chang auf die Schulter.

»Chang, lösen Sie dort drüben DI Vertesi ab«, sagte er. »Und passen Sie auf ihre Hände auf. Wir können es nicht gebrauchen, dass sich die Mutter mit Ihrer Dienstwaffe was antut, weil sie keinen anderen Ausweg aus diesem ganzen Horror sieht.«

»Ja, Sir. Ich tue, was ich kann.«

Der sichtlich erschütterte Vertesi kam daraufhin über die Straße, richtete sich die Krawatte, zog das Jackett glatt und sagte: »Danke. Und wenn wir das hier hinter uns haben, wäre ich für jeden Ratschlag dankbar, wie ich damit hätte umgehen sollen.« Ihm standen die Tränen in den Augen.

MacNeice legte ihm die Hand auf die Schulter. »Kein Problem.«

Dann richtete er den Blick auf die junge Asiatin und betrachtete erneut die Wunde am Hals. Sie war sehr tief, Haut und Gewebe klafften weit auseinander. »Mit der Rückhand ...«

»Sir?«

»Nach oben ... ein Schnitt mit der Rückhand nach oben. Sehen Sie nur, wie tief die Eintrittswunde am Schlüsselbein ist. Ein sauberer Schnitt von dort bis zum Nacken.« MacNeice vollführte die Bewegung mit der Hand. »Er ist Rechtshänder. Wenn es ein Mann ist.«

»Bei so einem Scheiß ist es immer ein Mann, Sir.«

Die vier Stichwunden im Bauch waren jeweils fast fünf Zentimeter lang und präzise gesetzt. *Eine symbolische Geste*, dachte MacNeice, während er in die Hocke ging, um sie aus der Nähe zu betrachten. »Schwanger?«

»Meinen Sie?«

»Mir fällt sonst nichts ein, warum man einer Frau in den Bauch stechen sollte, vor allem, wenn man sie schon umgebracht hat. Hatte sie eine Tasche oder so was bei sich?«

»Einen kleinen Rucksack. Die Mutter hat ihn.«

»Gut. Den brauchen wir.«

Keiner der beiden bemerkte die Sirenen, bis die Wagen fast vor dem Tatort standen. Plötzlich ging ihr Gespräch im Blinklicht der Einsatzfahrzeuge und deren Sirenengeheul unter.

Ein dreiköpfiges Team der Spurensicherung war eingetroffen, sie trugen orangefarbene Tyvek-Anzüge und hatten glänzende Metallkoffer dabei. Zwei hatten bereits Gesichtsmasken übergestreift. Unmittelbar vor dem Tatort blieben sie stehen. Der ältere der beiden, er war vielleicht fünfunddreißig, stellte seinen Koffer ab und kam auf sie zu. »Was können Sie uns sagen, Sir?« MacNeice deutete mit einem Nicken auf Vertesi.

»Nicht viel. Sie wurde von der Mutter umgedreht.« Vertesi sah zu der Frau und Chang, der sie festhielt und sie etwas beruhigt zu haben schien. »Sie hat sie gefunden.«

Der Typ von der Spurensicherung wandte sich zur Toten.

MacNeice betrachtete immer noch das Mädchen. Ameisen krabbelten über das Gesicht. Die Augen standen offen, hatten sich eingetrübt und waren leicht seitlich verdreht, als hätte sie erwartet, dass jemand von dieser Seite den Hang heraufkam. »Keine Ringe an den Fingern«, sagte er.

Chang hatte die Frau mittlerweile dazu gebracht, sich auf den Stufen des Hauses niederzulassen. MacNeice bemerkte den auf ihn gerichteten Blick des jungen Polizisten. Er gab ihm zu verstehen, dass er das wunderbar machte.

»Ich gehe zur Mutter, mal sehen, was wir von ihr erfahren können. Spricht sie Englisch?«

»Ja, Sir, auch wenn sie eigentlich nur heult.«

Langsam überquerte er die Straße. Chang erhob sich, um ihn zu begrüßen, die Frau sackte auf der Treppe zusammen und weinte.

»Danke, Officer Chang. Bleiben Sie in der Nähe, falls wir Sie noch brauchen.«

MacNeice setzte sich neben die Mutter und berührte sie sacht an der Schulter. »Kann ich mit Ihnen reden? Es ist sehr wichtig, dass wir uns unterhalten ...« Die Frau hatte den Kopf auf den Arm gelegt und reagierte nicht. An ihren Händen und der einen Gesichtsseite klebte getrocknetes Blut. »Sprechen Sie Englisch?« Er wartete und sah zu Vertesi, der ein paar Meter danebenstand.

»Natürlich ... ja«, antwortete sie schließlich. Ihre Stimme war rau, jedes Wort klang, als käme es tief aus der Brust. Sie richtete sich auf und sah zur anderen Straßenseite.

»Ich bin Detective Superintendent MacNeice. Meinen Kollegen Detective Inspector Michael Vertesi haben Sie ja schon kennengelernt. Wir wollen herausfinden, was Ihrer Tochter zugestoßen ist – sie war doch Ihre Tochter?«

»Ja, meine einzige Tochter. Sie heißt Taaraa, auf Hindi heißt das ... die von selbst leuchtet.« Sie schlug sich die Hand auf die Wange, ließ sie dort und wippte dabei vor und zurück. Mit dem vielen Blut an ihrem Kleid und ihrer Jacke würden andere glauben, dass sie ernsthaft verletzt wäre.

»Mein tiefes Bedauern, aber ...« Er wartete eine ganze Minute, bis sie reagierte.

»Ich weiß. Sie müssen.« Sie holte ein Gingham-Taschentuch aus ihrer Jacke und wischte sich mehrmals über das Gesicht. Das eingetrocknete Blut ließ sich nur dort entfernen, wo Tränen über die Wangen gelaufen waren.

»Wissen Sie, wer Taaraa das angetan hat?«, fragte er.

MacNeice hatte den Eindruck, dass es der Frau schwerfiel, überhaupt etwas herauszubringen. »Wissen Sie ...?«

»Nein, ich weiß es nicht.«

»Wie heißen Sie, bitte?«

»Ich bin Radha Dutta. Der Name meiner Tochter lautet Ghosh, Taaraa Ghosh.«

»Können Sie mir eine Telefonnummer geben, unter der Ihr Mann zu erreichen ist, Mrs Dutta?«

»Er ist heute nicht da. Ich bin allein.«

»Ging Taaraa noch zur Schule? Oder hat sie gearbeitet?«

»Sie war auf dem Dundurn Nursing College – sie will Krankenschwester werden und im Frühjahr ihren Abschluss machen.« Sie schlug sich beide Hände vors Gesicht und beließ sie dort, als wollte sie es am Bersten hindern. Wieder kamen ihr Tränen, aber sie ließ das Taschentuch fallen. MacNeice hob es auf und berührte sie sanft an der Schulter, bevor er es ihr reichte.

»Wohnen Sie hier in der Nähe, Mrs Dutta?«

»Wir wohnen oben auf dem Berg, nicht weit von der Treppe.«

»Waren Sie bei Ihrer Tochter, als es passiert ist?«

»Nein, wir wollten uns hier treffen. Wir wollten einkaufen gehen. Taaraa hat eine Wohnung in der Wentworth, in der Nähe der Cannon. Wir treffen uns immer hier am Anfang der Stufen.«

»Teilt sie sich die Wohnung mit jemandem?«

»Ja, mit einer anderen Schülerin auf ihrem College, einer jungen Kanadierin. Die Adresse lautet Wentworth vierundneunzig.«

»Haben Sie noch Verwandte in der Stadt, die wir für Sie kontaktieren sollen?«

»Nein, keine Verwandten mehr.«

»Können wir Ihren Mann anrufen?« MacNeice beobachtete ihr Gesicht. Sie sah weg, hin zur Straße, die den Berg hinaufführte, und antwortete so leise, dass er nachfragen und sie bitten musste, es zu wiederholen.

»Er ist auf Arbeitssuche. Er ist nach Oakville gefahren. Aadesh wurde vom Stahlwerk entlassen. Er war nur sechs Jahre hier.«

»Wann wurde er entlassen?«

»Im Februar.«

»Das muss hart für die Familie gewesen sein. Dann war er lange arbeitslos.«

»Es ist hart. Aber ... wir sind aus Bangladesch.«

»Mrs Dutta, es wird gleich jemand eintreffen, der sich um Sie kümmert. Detective Vertesi und ich müssen den Mörder Ihrer Tochter finden. Wir müssen ihren Rucksack mitnehmen, der wird natürlich an Sie zurückgegeben.« Sie nickte, und er streifte einen Handschuh über, nahm den Rucksack am Riemen und gab ihn an Vertesi weiter. »Wir werden mit

Ihnen noch einmal reden müssen, im Moment aber kann ich Ihnen nur mein herzlichstes Beileid aussprechen. Ich garantiere Ihnen, wir werden alles in unserer Macht Stehende tun, um den Täter zu finden.«

MacNeice wies Chang an, bei der Mutter zu bleiben, und machte sich auf den Weg, um mit der Spurensicherung zu reden, die sich bereits an die Arbeit gemacht hatte.

»Haben Sie irgendwas für uns?«, fragte er den Leiter.

»Die Messerschneide war ungefähr vier Zentimeter breit und an die zehn Zentimeter lang – zwei der Stichwunden im Bauch sind bis zum Rücken durchgegangen. Sie ist zweimal umgedreht worden. Nach dem ersten Angriff ging sie zu Boden und landete auf dem Rücken. Dann wurden ihr die Wunden hier zugefügt.« Er deutete auf die Stichwunden im Bauch. »Dann hat der Täter sie wieder mit dem Gesicht nach unten gedreht. Und danach hat die Mutter sie erneut umgedreht. Die Rechtsmedizinerin wird das alles bestätigen. Ach ja, sie hatte das hier in der Hand.« Er hielt eine Plastiktüte hoch, in der ein kleiner zerknüllter Zettel lag. »Eine Einkaufsliste, so wie es aussieht.«

»Wo ist der Absatz ihres rechten Schuhs?«, fragte MacNeice.

»Den haben wir noch nicht gefunden. Um ehrlich zu sein, mir ist gar nicht aufgefallen, dass er fehlt – es überrascht mich, dass Sie das bemerkt haben. Schließlich wird ihr Fuß vom anderen Bein fast ganz verdeckt.«

»Fast.« MacNeice streifte sich auch den anderen Handschuh über, kehrte zu den Stufen zurück und spähte über die Gräser, Felsen und den Schotter. Am Fuß des Aufgangs wies nichts darauf hin, dass sie hätte fliehen wollen, aber am Rand des ersten flachen Abschnitts fand er den Absatz eingeklemmt zwischen zwei größeren Felsen. Er hob ihn auf und versuchte sich vorzustellen, was geschehen war. Ghosh saß auf einer Bank, sie wartete auf ihre Mutter und sah die Treppe hinauf, ohne zu bemerken, dass sich ihr jemand von hinten näherte. Und dann, als der Täter vor ihr stand, als ihr bewusst wurde, dass sie weder an ihm vorbeikam noch über die Treppe fliehen konnte, entschied sie sich für den einzigen Ausweg, schlüpfte unter dem Geländer durch, wobei sie stürzte und ihren Absatz verlor. Er drehte sich um und betrachtete den Schotterweg, der in den Wald hineinführte. Warum war sie nicht hinaus zur Straße gelaufen? Panik, vielleicht. Der Täter hatte sie genau an einer Stelle erwischt, die von den Häusern und von der Straße nicht einsehbar war.

Er betrachtete den abgebrochenen Absatz, während Vertesi zu ihm aufschloss. »Wie ist der Täter von hier wieder weggekommen? Er muss doch von oben bis unten mit Blut eingesaut gewesen sein.«

»Es war genau geplant. Das war alles im Voraus geplant.« Sie hatte nicht weiter auf ihre Umgebung geachtet. Der Mörder hatte bereits auf sie gewartet, das kleine Eisenbahngebäude verstellte den Blick von Norden, der Wald und das Unterholz boten wunderbar Deckung, und an einem Sommernachmittag war auf der Straße nicht viel Verkehr. In ein oder zwei Minuten war alles vorbei, und er fuhr davon, entweder den Berg hinauf oder hinunter. MacNeice wandte sich an Vertesi. »Wo hat er seinen Wagen geparkt? Veranlassen Sie, dass nach frischen Reifenspuren gesucht wird. Vielleicht hat er auch das Messer weggeworfen. Wir müssen die gesamte Straße auf beiden Seiten absuchen, rauf und runter.«

»Ja, Sir.«

»Was ist in dem Rucksack?«

»Ihre Schlüssel mit einer daran befestigten Alarmpfeife, Brieftasche, Kreditkarten, siebenundfünfzig Dollar, etwas Kleingeld, ihr Krankenhausausweis, Lippenstift und Lippenpflege, ein Notizbuch – Schulaufzeichnungen, wie es aussieht, anderer Krimskrams, aber kein Handy. Ich hab ihre Mutter darauf angesprochen, sie meinte, Taaraa sei ohne ihren BlackBerry nirgendwohin gegangen. Ihrer Aussage zufolge war auch einer der Riemen gelöst, als sie ihn fand. Ich werde ihn auf Fingerabdrücke untersuchen lassen.«

MacNeice gab Vertesi den Schuhabsatz. »Setzen Sie ein paar Leute dran, die sich bei den Anwohnern umhören, dann fahren Sie ins Dundurn Hospital. Wir wollen deren Videoaufzeichnungen – von innen und außen –, von überall, wo Ghosh sich aufgehalten haben könnte.«

»Kein Problem. Ich erstelle auch eine Liste mit den Personen, die wir befragen sollten, und rufe zur Unterstützung Williams an.«

MacNeice sah die beiden Frauen vom Psychologischen Dienst eintreffen und am Straßenrand parken. Als sie ausstiegen, deutete Metcalfe bereits in Richtung der Mutter.

»Ich bin in der Wentworth vierundneunzig«, sagte er zu Vertesi.

11

Einige der bescheidenen, an die hundert Jahre alten Häuser in der Wentworth Street hatten es augenscheinlich besser getroffen als manche andere. Weil sie alle dicht an der Straße standen, ließen sie sich kaum hinter einem natürlichen Bewuchs verstecken, weshalb man nur durch die Instandhaltung von Veranda und Fenstern für ein ansehnlicheres Erscheinungsbild sorgen konnte. Nummer 94 mit seinem roten Backsteinanbau hob sich jedoch von den umliegenden Bauten ab. Der marode Kasten tilgte jeden schwer erworbenen Charme, den sich die benachbarten Häuser noch bewahrt hatten. Um 19.28 Uhr bewegte sich der Türknauf der Wohnung im ersten Stock. MacNeice war die alte Treppe hochgestiegen und stand nun vor der Tür. Eine junge Frau mit offenem Gesicht und blonden Locken öffnete ihm. Sie trug ein weites Dundurn-Sweatshirt, knielange Basketball-Shorts und mandarinengelbe Flipflops. Erschreckt zuckte sie zusammen, anscheinend hatte sie nicht erwartet, jemanden bereits oben auf der Treppe anzutreffen.

»Tut mir leid, ich wollte Sie nicht erschrecken. Ich bin Detective Superintendent MacNeice.« Mit der linken Hand hielt er ihr seinen Ausweis hin, während er ihr die Rechte freundlich entgegenstreckte.

»Tut mir leid, es war keine Zeit mehr, mein hübsches Lächeln aufzusetzen. Ich bin Wendy Little. Was kann ich für Sie tun?«

»Ich bin wegen Ihrer Mitbewohnerin hier. Wendy, können wir reingehen?«

»Ähm, ja, sicher. Aber sie ist nicht da ... Es ist auch nicht sehr aufgeräumt ... ich mach gerade die Wäsche.«

»Ich verspreche, ich werde es gar nicht bemerken.« Eine Lüge, natürlich – er nahm alles wahr: die aus einem gelben Plastikeimer quellende Wäsche auf der Theke, das Geschirr in der Spüle, den wuchernden Gummibaum auf der Fensterbank, die Poster an der Wand – von denen das auffälligste das Parlamentsgebäude von Bangladesch zeigte. Vor dem Sofa lagen Sportsocken auf dem Boden, eine einzelne DVD lag neben der Fernbedienung. Der nicht unbedingt neue Fernseher stand auf einem DVD-Player und einem Sound-System. Wendy hob die Socken auf und bot MacNeice an, auf dem Sofa Platz zu nehmen. Sie ließ sich auf einem der beiden blauen Leinwand-Regiestühle nieder, sprang aber gleich wieder auf. »Entschuldigung, wollen Sie vielleicht Kaffee oder Tee? Wir haben auch Limo ...«

»Nein, danke, Miss Little. Setzen Sie sich bitte.« Sie nahm wieder Platz und strich ihre blau-weißen Shorts glatt, so wie es Mädchen sonst mit ihren Röcken tun.

»Miss Little ...«

»Nennen Sie mich ruhig Wendy.« Sie nickte mehrmals, als wollte sie die informelle Anrede eigens betonen.

»Wendy, Ihre Mitbewohnerin, Taaraa Ghosh ...«

»Ist Taaraa irgendwas passiert?« Wieder stand sie auf.

»Ich muss Ihnen leider sagen, dass Taaraa tot ist.«

Sie fiel auf ihren Stuhl zurück, als hätte ihr jemand die Füße weggezogen, und schlug beide Hände vor den Mund. Tränen traten ihr in die Augen. »Nein, das kann nicht sein. Sie ist doch erst vor ein paar Stunden fort, sie wollte mit ihrer Mutter zum Einkaufen.«

»Sie hat auf ihre Mutter gewartet, als sie getötet wurde, unten an der Treppe am Berg.«

»Ein Unfall?« Wieder war sie auf den Füßen.

»Nein, sie wurde ermordet.«

Wendy zog an ihrem Sweatshirt und schwankte ein wenig. Ihr Mund ging auf, aber sie brachte keinen Ton heraus. Nach einer ganzen Weile, in der sie offensichtlich bemüht war, ihren Atem und ihre Angst unter Kontrolle zu halten, sagte sie etwas, mit leiser, ferner Stimme.

»Aber ... wer tut ihr so was an? Ich meine, jeder mag Ghosh.« Sie wischte sich die Tränen aus den Augen. »Wir alle nennen sie nur Ghosh. Sie ist die beste Freundin, die ich je hatte. Nächstes Wochenende wollten wir zu meinen Eltern nach Fonthill.«

»Wissen Sie, ob sie einen Freund hatte – jemanden, mit dem sie sich regelmäßig getroffen hat?«

»Nein. Bei unserem Lernpensum bleibt für Jungs keine Zeit.« Sie ging in die Küche und nahm sich eine Rolle Küchentücher. Die Tränen flossen ihr jetzt nur so übers Gesicht. Sie putzte sich lautstark die Nase – er war beeindruckt davon; vermutlich ein Überbleibsel ihrer Kindheit auf dem Land, wo man auf damenhaftes Benehmen keinen Wert gelegt hatte. Schließlich sackte sie wieder auf ihrem Stuhl zusammen, und MacNeice wartete, bis sie sich etwas beruhigt hatte.

»Können Sie mir irgendwas über ihre Eltern erzählen, hatte sie in der Stadt noch andere Verwandte?« Er hatte sein Notizbuch aufgeschlagen und richtete den Blick darauf, weniger auf sie.

»Sie hat niemanden außer ihrer Mom und ihrem Stiefvater. Ich weiß, sie hat ihren Vater und einen jüngeren Bruder in Bangladesch verloren – sie wurden auf einem Marktplatz in die Luft gesprengt, als sie noch klein war.« Das Häuflein zusammengeknüllter Papiertücher in ihrem Schoß wuchs stetig an.

»Und ihr Stiefvater?«

»Sie ist mit ihm ausgekommen, aber ich hab ihn nie kennengelernt.«

»Wie hat sie ihre Schwesternausbildung finanziert?«

»So wie wir alle, durch das Ausbildungsprogramm. Zu unserer Ausbildung gehört, dass wir im Krankenhaus arbeiten, davon werden die Kosten beglichen. Unsere Ausbildung ist sehr praxisorientiert.«

»Gab es jemanden im Krankenhaus, vielleicht einen Mann, mit dem sich Taaraa gestritten oder mit dem sie eine Art von Beziehung hatte?«

»Nicht dass ich wüsste. Ich meine, wir haben die gleiche Schicht, arbeiten aber auf unterschiedlichen Stationen. Wir werden ständig woandershin geschickt. Im Moment bin ich in der Pädiatrie, Ghosh ist in der Chirurgie.«

»Am Ende Ihrer Schicht haben Sie sich also nie auf einen Kaffee oder zum Essen getroffen?«

»Klar doch, meistens jedenfalls.«

»Und wenn nicht, was hat Taaraa dann gemacht?«

»Sie ist nicht gern zum Essen nach Hause gegangen, sie hat sich lieber mit ihrer Mom im Stadtzentrum getroffen.«

»Warum wollte sie nicht zum Essen nach Hause?«

»Sie mag kanadisches Essen. Gib ihr einen Burger, und sie ist happy ... Deswegen wäre es für sie auch so eine tolle Sache gewesen, mit zu mir nach Hause nach Fonthill zu fahren. Da hätte es Hähnchen oder Rindfleisch gegeben, Apfelkuchen, Pfirsichauflauf – da steht sie drauf.«

»Können Sie mir sonst noch was über sie erzählen?«

»Nein, jedenfalls nicht jetzt. Ich bin doch ziemlich durch den Wind ...« Bei »durch den Wind« ging ihre Stimme eine ganze herzzerreißende Oktave nach oben. »Ich muss Mom anrufen ... und wohl auch unseren Betreuer.«

»Keine Sorge, das Krankenhaus wird schon von uns informiert. Sie kommen so weit zurecht?«

»Ja ... ich glaube schon ... Ich meine, ich weiß nicht, was ich jetzt tun soll.«

»Tun Sie gar nichts, Sie sollten die Nachricht erst mal verarbeiten. Ich muss noch Taaraas Zimmer sehen. Wollen Sie es mir zeigen, oder sagen Sie mir, wo ich es finde?«

»Ihr Zimmer ist hinter meinem. Meins ist gleich neben dem Badezimmer. Ghoshs Zimmer ist nicht so schön wie meins, aber sie wollte das bessere Zimmer nicht, obwohl sie die Wohnung aufgetan hat.«

Das Zimmer war einfach, aber elegant eingerichtet: an der Wand weitere Fotos vom Parlamentsgebäude, an der Decke eine safranfarbene Seidenbahn, die über das Bett hinweglief und sich am Kopfende über die Wand zum Boden zog. Auf der Kommode stand ein gerahmtes Familienporträt von ihr als junges Mädchen zusammen mit ihrer Mutter sowie ihrem Vater und ihrem Bruder, die beide seit langem tot waren. Ihre Kleidung war ordentlich in der Kommode verstaut – keine Geheimnisse hier. Auch im Schrank gab es nichts, was sein Interesse geweckt hätte. Ebenfalls nichts unter der Matratze oder unter dem Bett, und unter dem Kopfkissen nur ein ordentlich zusammengelegtes, indigofarbenes Baumwollnachthemd. Er nahm ihren Laptop mit. Natürlich kannte er das Passwort nicht, aber solange sie Ryan mit an Bord hatten, sollte das kein Problem sein.

Er kehrte ins Wohnzimmer zurück. »Danke, Wendy«, sagte er. »Später wird die Spurensicherung kommen und ihr Zimmer gründlich unter die Lupe nehmen. Ich gebe Ihnen meine Karte, für den Fall, dass Ihnen noch was einfallen sollte.«

Er ging zur Tür. Draußen stand er dann noch eine Weile, bis er hörte, wie von drinnen der Riegel vorgeschoben wurde.

12

MacNeice gab den Laptop bei Ryan ab und fuhr durch die Main Street nach Hause. Er sehnte sich nach seinem Cottage oben auf dem Berg und freute sich über die von einem längst pensionierten Verkehrsingenieur eingerichtete Ampelschaltung, die immer dann auf Grün sprang, kurz bevor er hätte abbremsen müssen – solange er konstant sechzig Stundenkilometer fuhr. Er schob Miles Davis in den CD-Player und sah auf die Uhr – 21.48 Uhr. Er hatte seit Mittag nichts mehr gegessen, aber ihm war auch nicht danach. Heute war ein Doppelter-Grappa-Tag.

Kaum hatte er vor seinem Cottage angehalten, als sein Handy klingelte. »MacNeice«, meldete er sich müde.

»Ich bin's, Boss. Vor dem Haus des Stiefvaters«, sagte Vertesi.

»Komme sofort.«

»Nicht nötig. Ich hab ihn schon gesprochen. Er ist nicht unser Mann.«

»Wie können Sie so sicher sein?«

»Er sitzt im Rollstuhl. Er hat sich vor Jahren das Rückgrat gebrochen, kurz nachdem er nach Kanada kam.«

»Aber er hat im Stahlwerk gearbeitet.«

»Da hat er sechs Jahre lang in einer Kabine über der Haspelanlage gesessen und die Computersteuerung für die jeweiligen Produkte bedient.«

MacNeice war froh, ihn als Tatverdächtigen ausschließen zu können. Laut Vertesi hatte ihn der Tod so heftig mitgenommen wie die Mutter, dazu kam, dass er die Stelle in Oakville nicht bekommen hatte, weil keine Zeit war, ihn in ein neues Computerprogramm einzuarbeiten, wie der dortige Personalleiter ihm erklärt hatte. »Man hätte ihm dort gesagt, dass sie jemanden bräuchten, dem man nicht erst auf die Beine helfen muss – das war jetzt ein Zitat.«

»Na, wie feinfühlig«, erwiderte MacNeice nur. »Noch was?«

»Im Dundurn General Hospital ist man entsetzt – Ms Ghosh scheint dort sehr beliebt gewesen zu sein. Ich hab Ryan Bescheid gegeben, man stellt ihm die Videoaufzeichnungen auf DVD zusammen, außerdem bekommen wir Porträtaufnahmen von allen, die dort arbeiten, auch von den Teilzeitkräften. Sie sind wirklich schockiert – sie war so was wie der Liebling von allen.«

»Das überrascht mich nicht. Hat Ryan ihren Computer entsperren können?«

»O ja, in etwa fünf Minuten. Ich soll Ihnen sagen, sie hat keine E-Mail eingerichtet. Klingt in meinen Ohren ja komisch, aber es gibt kein E-Mail-Konto.«

»Das ist interessant. Fahren Sie morgen bei ihren Eltern vorbei und bitten Sie sie um ein aktuelles Foto von ihr. Und versprechen Sie ihnen, dass sie es innerhalb eines Tages zurückbekommen.«

»In Ordnung, Boss.«

»Wir sehen uns dann morgen.« Er steckte das Handy in die Jackett-Tasche.

Er betrat das Cottage, ließ die Fingerspitzen eine Weile auf dem gerahmten Foto eines wunderbaren Akttorsos ruhen. Mit einem müden Lächeln legte er den Schlüsselbund auf den Tisch unter dem Foto und ging in die Küche, um den Grappa zu holen. Das dickwandige Glas fasste genau einen Doppelten. Er schenkte sich ein, hob es an und trank. Durch das Fenster waren nur die flackernden Lichtpunkte des Secord Drive weit unten zu sehen. Er zog die Vorhänge vor und ging ins Schlafzimmer, um sich umzuziehen. Er hängte das Jackett über den Türknauf, stützte sich auf die niedrige Kommode, die sich die gesamte Wand entlangzog, und streifte die Schuhe ab, ohne die Bänder zu lösen.

Einen zweiten Grappa? Aber dann ging er nur in die Küche und stellte die Flasche in den Schrank zurück. Als er sich zum Ausguss hinwandte, sah er sein Spiegelbild im Fenster. »*Basta cosi*«, sagte er sich. Dann schenkte er sich Wasser ein, löschte das Licht in der Küche und im Wohnzimmer, ging ins Schlafzimmer und kam sich wie ein Verdammter vor.

Kates Tod lag etwas mehr als vier Jahre zurück. Die Träume waren so zermürbend wie eh und je, aber sie kamen nur noch gelegentlich und nicht jede zweite Nacht. Er beeilte sich – Zahnseide, Zähneputzen, sich den Tag vom Gesicht schrubben –, bevor er so viel wie möglich pinkelte, damit er, falls ihm ein traumloser Schlaf vergönnt sein sollte, durchschlafen konnte. Er schloss die Vorhänge, entkleidete sich, zog sein uraltes T-Shirt unter dem Kissen hervor und streifte es sich über.

Er sah auf den Radiowecker – 22.51 Uhr – und legte sich auf seine Seite des Betts. Der Grappa hatte gewirkt: Sein Körper versank in der Wärme, und er spürte, wie sich die Anspannung aus seinem Körper löste und in die Matratze sickerte. Wie von allein fielen ihm die Augen zu. »Ghosh«, flüsterte er noch. Langsam entschwand der Tag, und er war eingeschlafen.

13

Als MacNeice in der Dienststelle eintraf, stand ein zweites Whiteboard im Kabuff, auf dem ganz oben in Rot Taaraa Ghoshs Name geschrieben war. »Ich hab heute Morgen Wendy Little angerufen und sie auf den Laptop angesprochen. Anscheinend hatte Ghosh alles auf ihrem BlackBerry. Mails auf dem Computer waren für sie ›Zeitverschwendung‹, so hat es Wendy genannt. Ms Ghosh hatte damit also nichts am Hut, anscheinend hat sie sich ganz auf ihre Schwesternausbildung konzentriert.«

»Das nenne ich Engagement«, sagte Williams.

MacNeice legte sein Jackett über den Stuhl und bemerkte ihr Fotoalbum mit dem gepolsterten Kunstledereinband. Er blätterte es durch. Anscheinend eine glückliche Familie, die viel im südlichen Ontario herumgereist war. Auf mehreren Fotos hatten beide Frauen dem lächelnden Mann im Rollstuhl die Arme um die Schulter gelegt. Zu sehen waren sie beim Besuch der Niagara-Fälle, einer Pfirsichplantage, der African Lion Safari, des CN-Towers – jedes Bild verströmte überschäumende Lebensfreude. Er legte das Album auf den Aktenschrank und setzte sich an seinen Schreibtisch.

Er schlug den Polizeibericht und den der Spurensicherung auf. Das Messer war bislang nicht gefunden worden – *kein gutes Zeichen*, dachte er –, zwei Teilabdrücke eines Joggingschuhs oder eines Trekkingstiefels hatte man in der Nähe ihrer Fußabdrücke entdeckt, die etwa zur gleichen Zeit entstanden sein mussten. Weitere Teilabdrücke, diesmal mit Blutspuren, führten zum Straßenrand, wo sie verschwanden.

»Er hat seine Schuhe ausgezogen«, sagte MacNeice leise. Sein gesamter Oberkörper musste voller Blut gewesen sein, aber er war nicht in Panik geraten. »Zeigen Sie mir eine Luftbildaufnahme der Gegend.«

Ryan rief das entsprechende Bild auf seinem Computer auf. »Hier, Sir.« Er rollte zur Seite.

MacNeice studierte den Bildschirm, dann den Abdruck der Fußspuren, die an der Straße aufhörten. »Vergrößern Sie diesen Ausschnitt.« Er deutete auf den linken mittigen Bereich des Bildschirms. Mit zwei Mausklicks wuchs das Bild an, MacNeice musterte den Ausschnitt. Nach einigen Sekunden sagte er: »Ich glaube, hier können wir sehen, wie er entkommen ist.« Er deutete auf die Stelle, an der der blutige Fußabdruck endete, zog mit dem Finger einen Kreis um den Weg zum letzten Haus und tippte auf die Einfahrt, die auf dem Bildschirm zu erkennen war. »Da hat er geparkt. Sie hat die Treppe hinaufgesehen. Er ist vor ihr angekommen und hatte seinen Wagen in ihrem toten Winkel stehen.«

»Ich hab das Haus gestern überprüft«, sagte Vertesi. »Es steht leer und ist zum Verkauf ausgeschrieben. Die betonierte Einfahrt ist voller Risse, aus denen das Unkraut sprießt.«

»Woher hat er gewusst, dass sie sich mit ihrer Mutter treffen wollte?«, fragte Williams.

»Entweder Zufall – was ich aber nicht glaube –, oder er hat gewusst, dass sie sich immer mit ihrer Mutter hier trifft«, sagte MacNeice. »Sie hat ihre Wohnung verlassen ... Zoomen Sie aus der Luftaufnahme raus.« Ryan brachte das Bild in die vorherige Ansicht. »Hier, von der Cannon bis zu der Stelle, wo die Wentworth zum Berg hochgeht. Ich vermute mal – er wartet auf der Straße vor ihrer Wohnung, bis sie aus dem Haus kommt. Als sie auf der Wentworth in südliche Richtung geht, fährt er los, parkt in der Einfahrt und wartet auf sie.«

»Es gab da so ein paar Ölflecken. Möglich, dass die noch frisch waren. Ich lasse sie überprüfen.«

»Finden Sie heraus, ob es sich um das Öl eines PKW oder eines Pickups handelt. Und dann suchen Sie die Straße vor der Wentworth 94 nach entsprechenden Ölflecken ab.« Wieder warf er einen Blick auf den Bericht. Laut Spurensicherung handelte es sich um Schuhgröße 43 bis 44. Er blätterte weiter zu den Fingerabdrücken: Mehrere teilweise und Dutzende vollständige Abdrücke waren gefunden worden. Ältere Abdrücke waren aussortiert worden, aber nach der Untersuchung der jüngeren Abdrücke stand fest, dass die meisten von den Teenagern dort stammten. Ghoshs Abdrücke wurden auf dem Geländer sichergestellt, unter dem sie durchgeschlüpft war, allerdings hatte es in der unmittelbaren Umgebung keine weiteren frischen Abdrücke gegeben. »Er trägt Handschuhe. Wer trägt im Sommer schon Handschuhe?«, sagte MacNeice mehr zu sich selbst.

»Boss, das müssen Sie sich ansehen. Ryan hat gerade einen Link geöffnet.« Vertesi rückte vor dem Bildschirm zur Seite. »Das ist nicht gut.«

MacNeice und Williams wandten sich dem Monitor zu. In Farbe war die Nahaufnahme der toten Frau zu sehen. Das Bild war nicht, wie von MacNeice befürchtet, von einem der Teenager auf der Treppe gemacht worden, sondern von jemandem, der genau über ihr gestanden hatte. »Was ist das?«

»Das ist das Internet, Sir«, antwortete Vertesi.

»Woher kommt das?«, fragte MacNeice.

Ryan sah zu MacNeice. »Jeder mit einem Handy kann es in die Welt hinausschicken. Nach der Bildqualität zu urteilen, stammt es entweder von einem BlackBerry oder einem iPhone.«

»Von ihrem. Er hat das Foto gemacht, als sie auf dem Rücken lag, dann hat er sie umgedreht«, sagte MacNeice.

»Wie schnell kriegen wir das aus dem Netz?«, fragte Williams.

»Gar nicht – es ist jetzt da draußen. Selbst wenn die Provider es runternehmen, ist es längst geteilt und weitergeschickt worden. Wahrscheinlich starren in diesem Augenblick eine Million Kids in China auf dieses Bild. Sorry.«

»Das ist ein ziemlicher kranker Arsch«, sagte Vertesi.

MacNeice legte den Bericht der Spurensicherung zur Seite. »Übertragen Sie alles aufs Whiteboard. Ich bin dann in der Rechtsmedizin. Und ich rufe den Deputy Chief an und sag ihm, dass es im Netz ist, damit er vorbereitet ist, wenn CNN sich meldet. Beginnen Sie mit den Befragungen im Krankenhaus – alle Ärzte, Pfleger, Krankenschwestern und die Mitarbeiter der Verwaltung, die mit Taaraa Ghosh zu tun hatten.«

»Machen wir«, rief Vertesi MacNeice hinterher, der schon das Kabuff verlassen hatte.

14

In MacNeice brodelte es. Die Verbreitung ekelhafter Bilder und Videos im Netz nahm weltweit zu. Hochgeladen wurden sie von geifernden Drecksäcken, die in der Anonymität des Internets zum eigenen primitiven Vergnügen andere Menschen terrorisierten und erniedrigten. Aber selbst dieses Maß an Abgebrühtheit wurde nach MacNeice' Auffassung durch das Bild einer aufgeschlitzten Frau noch überboten. Er atmete tief durch, als ihm erneut ein Gedanke in den Sinn kam – so, wie alles geplant und zur Schau gestellt wurde, war der Mord an der Treppe möglicherweise bloß der Anfang.

MacNeice bog mit dem schweren Chevy auf den Parkplatz der Rechtsmedizin ein und stieß ganz in der Nähe des Eingangs zum Untergeschoss rückwärts in eine Parklücke. Er wollte schon den Motor abstellen, schnallte sich dann aber wieder an, verließ den Parkplatz, bog nach rechts auf die Barton und schließlich auf die Wentworth. Es begann zu regnen, er stellte die Scheibenwischer an.

Am Fuß des Bergs hielt er genau dort an, wo er schon am Vortag geparkt hatte. Seitlich vor ihm stand ein Streifenwagen, das gelbe Absperrband markierte den Tatort. Die Treppe schien für die Öffentlichkeit gesperrt. Er sah den uniformierten Polizisten im Wagen, der sich zu ihm umdrehte. Als er an ihm vorbeiging, nickte er ihm zu. Hinter sich hörte er, wie die Tür geöffnet wurde.

»Kann ich Ihnen behilflich sein, Sir?«

»DS MacNeice. Nein. Steigen Sie wieder in Ihren Wagen, damit Sie nicht nass werden.«

»Ah, Sir, aber Sie werden ja patschnass. Ich hole Ihnen meinen Regenmantel aus dem Kofferraum.«

»Sparen Sie sich die Mühe, ich komme auch so zurecht.« Sein Ton sorgte dafür, dass der Officer die Wagentür zuknallte.

MacNeice stellte sich mitten auf die Straße. Es dauerte keine Minute, bis zwei PKW und ein Minivan an ihm vorbeigerauscht waren.

Der Polizist in seinem Streifenwagen schaltete die Scheibenwischer an – kaum zu fassen, was er hier sah. »Großer Gott, der Idiot wird noch übern Haufen gefahren.«

Dieser Typ, MacNeice, sah sich anscheinend gründlich um und ließ mehrmals den Blick schweifen – von der Stelle, an der die Tote gelegen hatte, zum Anfang der Treppe und zurück. Ein Pickup kam um die Kurve und konnte dem DS in seinem dunkelblauen Anzug, der mitten auf der Straße stand, gerade noch ausweichen. Sein Anzug wurde von Sekunde zu Sekunde dunkler.

Der Polizist hielt es nicht mehr aus, er griff zum Funkgerät. »Vitelli, hier ist Rankin. Ich hab hier ein Problem. Kommen.«

»Beschreiben Sie Ihr ›Problem‹. Kommen.«

»Ich bin auf der Wentworth, unten am Berg, wo gestern die Frau aufgeschlitzt wurde.«

»Ich weiß. Was ist los?«

»Ich hab hier einen Detective Superintendent MacNeice – kennen Sie den Typen zufällig? Kommen.«

»Ja, der ist so was wie Gott. Legen Sie sich bloß nicht mit ihm an. Kommen.«

»Was Sie nicht sagen. Der Typ steht mitten auf der Wentworth und starrt den Berg hinauf und dann zum Tatort und dann wieder den Berg hinauf, dabei schüttet es wie aus Eimern, und die Autos müssen ihm ausweichen. Was soll ich machen? Kommen.«

»Wenn der Typ im Regen steht, gehen Sie davon aus, dass er schon einen Grund dafür hat. Kommen.«

»Verstanden. Völlig durchgeknallt. Aber verstanden. Ende.«

MacNeice wischte sich den Regen von Mund und Augen und ging noch mal den vermeintlichen Tathergang durch. Sie hatte hier auf ihre Mutter gewartet, die die Treppe herunterkam; ein wöchentliches Ritual, bei dem ihr Blick nach oben gerichtet war, nicht nach unten oder hinter sich. Der Täter hatte sich von unten angeschlichen oder bereits unterhalb der Treppe gewartet. Rechts ging es zwei Meter steil nach unten, in der Tiefe ragten zerklüftete Felsen auf, links war nur eine ein Meter tiefe Böschung, der Boden bestand aus Geröll, Schotter und Gräsern. Es herrschte nicht viel Verkehr, die Häuser auf der gegenüberliegenden Straßenseite sahen verlassen aus, also war sie hier hinter dem Geländer nach unten gesprungen und hatte sich den Absatz abgebrochen. Jetzt war sie auf der Flucht, und wie ein verängstigtes Tier kannte sie keinen anderen Gedanken mehr, als zu fliehen – tragischerweise in die falsche Richtung.

Ein von oben kommender Wagen konnte MacNeice nur knapp ausweichen. Spritzwasser platschte ihm gegen die Schienbeine, selbst durch den Regen hindurch hörte er den Fahrer brüllen: »Arschloch!«

Sie wollte also die Straße überqueren und hoffte wahrscheinlich, einen Wagen anhalten zu können, aber am Ende des unbefestigten Wegs, der wegen des kleinen Eisenbahngebäudes von der Straße aus nicht einsehbar war, hatte er sie eingeholt. Vielleicht waren sein Kopf und seine Schultern zu erkennen gewesen, von ihr selbst aber dürfte zwischen dem Gebäude und dem Unterholz nichts zu sehen gewesen sein. Sie saß in der Falle. MacNeice folgte der durchgezogenen weißen Linie um die Kurve. Ein Schulbus kam von oben auf ihn zu.

Rankin im Streifenwagen schloss die Augen und wartete auf den Aufprall. Wie zum Teufel sollte er erklären, dass er in seinem Wagen gesessen hatte, während der angeblich beste Polizist der Mordkommission von einem Schulbus plattgemacht worden war? Als er nichts hörte, schlug er die Augen auf. Der Bus hatte angehalten und ließ MacNeice die Straße überqueren; der Busfahrer hatte sogar sein kleines Stopp-Schild ausgeklappt, um den Verkehr in beiden Richtungen zum Anhalten zu bewegen. MacNeice winkte ihm zum Dank zu und ging hinüber zur Hangseite der Straße.

Rankin atmete so heftig, dass mittlerweile die gesamte Frontscheibe beschlagen war. Er schaltete das Gebläse an, konnte MacNeice im dichten Regen aber nicht mehr ausmachen. Mit der Serviette seines Muffins wischte er stellenweise die Scheibe frei. Jetzt entdeckte er MacNeice auf der anderen Straßenseite, wo er auf ein gegenüberliegendes Haus starrte. Ohne einen Blick nach links oder rechts überquerte er kurzerhand erneut die Straße und stand dann vor der Einfahrt. »Vielleicht ist er Gott, auf jeden Fall ist er völlig bekloppt«, murmelte Rankin. MacNeice kauerte sich hin. Der Regen prasselte so heftig, dass es überall um ihn herum aufspritzte, aber Rankin sah, wie er etwas am Boden berührte und dann an seinen Fingern schnupperte.

MacNeice stand auf, sah sich um und starrte wieder zur Straße. Rankin vergrößerte die freie Fläche auf seiner Scheibe. Und erneut, ohne auch nur im Geringsten auf den Verkehr zu achten, kam MacNeice die Straße herunter. Zu beiden Seiten der Fahrbahn schoss das Wasser ins Tal, aber er stapfte durch die Pfützen, als wären sie gar nicht da. Als er sich dem Streifenwagen näherte, ließ Rankin die Seitenscheibe nach unten. »Haben Sie gefunden, wonach Sie gesucht haben, Sir?« MacNeice war völlig durchnässt, die schwarz glänzenden Haare klebten ihm an der Stirn. Er lächelte breit.

»Ja, hab ich, Officer ...«
»Rankin, Sir. Stephen Rankin.«
»Rankin, das war einer von hier.«
»Sir?«
»Ein Einheimischer.« Er klopfte aufs Dach des Streifenwagens und lächelte Rankin zu. »Halten Sie die Augen offen.«

Rankin warf einen Blick in den Rückspiegel, um zu sehen, wohin der Verrückte verschwunden war, aber der Spiegel war so beschlagen, dass er nichts erkennen konnte. Er ließ wieder das Fenster herunter und sah in den Seitenspiegel. MacNeice wendete bereits mit seinem Wagen, trotzdem sah Rankin, dass er immer noch lächelte.

Rankins Funkgerät piepte. »Rankin, hier ist Vitelli. Treibt er sich immer noch auf der Straße rum? Kommen.«

»Äh, nein, er ist gerade den Berg runtergestapft. Grinst wie ein Irrer. Und ist auch so nass wie ein Irrer. Kommen.«

»Du bist soeben einem Genie begegnet. Kommen.«
»Hat mir aber eine Scheißangst eingejagt. Kommen.«
Über Funk war nur Vitellis Gelächter zu hören.

15

MacNeice schwang die Metalltür auf, trat ins Labor und blieb wie angewurzelt stehen. Junior rammte ein Küchenmesser in eine zusammengeklappte Schaumstoffmatratze, während Mary Richardson am Autopsietisch lehnte, auf dem unter einem weißen Plastiktuch vermutlich die sterblichen Überreste von Taaraa Ghosh lagen. Richardson trug ein dunkelgraues Kostüm und eine blassblaue Bluse unter ihrem weißen Laborkittel. Es schien sie zu amüsieren, was immer ihr junger Assistent auch tat.

»Ah, Detective«, sagte sie, als sie MacNeice bemerkte. »Ich habe Sie eigentlich früher erwartet.«

»Tut mir leid. Ich bin am Berg vom Regen erwischt worden und musste noch nach Hause, mich umziehen.«

Mit einem süffisanten Lächeln sah sie auf das Klemmbrett in ihrer Hand. »Ach, der ›Berg‹, ja. Ich bevorzuge den Ausdruck Schichtstufe, aber ich habe ja auch richtige Berge gesehen.« Sie stieß sich vom Tisch ab und brachte damit den Leichnam unter dem Tuch zum Wackeln. »Also, diese junge Frau ist wohl einzigartig für jemanden in ihrem Alter, noch dazu, da sie so hübsch ist …«

Die abgehackten Bewegungen und das Gegrunze ihres Assistenten in der Ecke lenkten beide ab. Zumindest MacNeice kam es so vor, als würde Junior mit dem, was er da trieb, irgendwie nicht recht weit kommen. Um ihn herum schwebten kleine Partikel der Schaumstofffüllung.

»Einzigartig inwiefern?«, fragte er und sah wieder zu ihr.

»Sie war noch Jungfrau.«

Wamm, wamm, stöhn, *wamm, wamm.*

»Muss er das machen?«, fragte MacNeice.

»Er überprüft eine Theorie. Aber keine Sorge, er ist mit seinen Kräften bald am Ende. Überrascht Sie ihre Jungfräulichkeit, Detective?«

»Sie scheint mir eine außergewöhnlich zielstrebige junge Frau gewesen zu sein. Nein, es überrascht mich nicht.«

Wamm, stöhn, *wamm, wamm, wamm.*

Richardson rang sich nun doch zu einer Erklärung durch. »Junior haben es ihre Verletzungen im Bauch angetan. Er glaubt nämlich nicht, dass sie zufällig entstanden sind, jetzt versucht er sie an der Matratze zu wiederholen – bislang ohne Erfolg.«

»Es waren vier Stiche in einem Quadrat.«

»Eher in Rautenform, wobei das Zentrum ziemlich genau ihr Nabel ist, obwohl nichts darauf hinweist, dass der Täter den auch wirklich gesehen hat. Anhand der Verteilung des Bluts müssen wir nämlich davon ausgehen, dass sie ihr Kleid während des Angriffs anhatte.«

»Kann ich sie sehen?«, fragte MacNeice. Richardson wollte schon das Tuch wegziehen, so dass er sich schnell verbesserte. »Ich meine, haben Sie ein Foto davon?«

»Junior, komm doch mal und zeig Detective MacNeice den Ausdruck.«

Der schwitzende Junior brachte MacNeice das Foto. »Das Schwierige daran ist Folgendes: Zwei Stiche gehen in die eine, zwei in die andere Richtung«, sagte er. »Wenn man schnell hintereinander zusticht, ist es fast unmöglich, so etwas richtig hinzubekommen. Ich bin nahe dran, aber es will mir nicht glücken.« Er demonstrierte es mit dem Messer. Der Angreifer musste die Armhaltung verändern, um in unterschiedlichen Winkeln zustechen zu können.

»Die Frage ist: Warum macht man sich die Mühe? Sie war

doch schon tot«, sagte Richardson. »Und wenn es der finale Gnadenstoß gewesen wäre, warum sich dann um solche Präzision bemühen? In diesem Augenblick hätte doch die Flucht seine größte Sorge sein müssen.«

MacNeice betrachtete das Foto in seiner Hand. Ihm kribbelte es im Nacken. »Kann ich mir mal Ihren Stift ausleihen, Doktor, und Ihr Klemmbrett?«

Richardson reichte ihm alles. »Wir beschäftigen uns mittlerweile seit mehr als zwei Stunden mit diesen Wunden, MacNeice, wenn Sie also etwas sehen sollten, was uns entgangen ist, würde mich das ziemlich frustrieren.«

MacNeice klemmte den Fotoausdruck fest und setzte den Stift an einer der Stichwunden an. Mit schnellen Linien verband er die vier Wunden und reichte alles Richardson. »Mein Gott«, entfuhr es ihr leise.

Richardson gab das Klemmbrett an Junior weiter, er warf einen Blick darauf und sagte: »Das kann nicht sein!« Nach einem weiteren Blick gab er die fast perfekte Zeichnung eines Hakenkreuzes zurück.

»Jede andere Interpretation ist gern willkommen, aber ich sehe keine andere«, sagte MacNeice, als er den Ausdruck in Empfang nahm.

»Bleibt trotzdem die Frage nach der Präzision bei der Ausführung und den unterschiedlichen Winkeln«, kam es von Junior.

»Ich weiß nicht. Vielleicht ist er beidhändig, und er hat das Messer in die andere Hand genommen oder sich anders vor das Opfer gestellt.«

An Richardson gewandt, sagte er: »Was haben Sie über die Halsverletzung? Vor allem interessiert mich, in welchem Winkel ihr der Schnitt zugefügt wurde – ich versuche auf die Größe des Täters zu schließen.«

MacNeice zuckte zusammen, als Richardson das Plastiktuch zurückschlug und Taaraa Ghoshs Gesicht, Hals und Oberkörper aufdeckte. Gnädigerweise hatte man ihr die Augen geschlossen, aber der Hals, nun vom Blut gereinigt, sah noch schlimmer aus als am Berg. Ihr Mund war leicht geöffnet, als wollte sie gerade etwas sagen.

Richardson griff zu ihrem Skalpell, beugte sich über die Tote und öffnete ein wenig die Wunde. »Sie sehen, der Einstich geht leicht nach unten. Er ist so tief, dass Sie das deutlich erkennen können. Wenn beide auf ebenem Boden standen ...« Sie sah über ihre Brille zu MacNeice.

»Ja, sie waren mehr oder weniger auf gleicher Höhe.«

»Dann ist Ihr Täter ungefähr eins achtzig bis eins fünfundachtzig groß, vielleicht ein bisschen größer. Er ist Rechtshänder und hat das Messer geführt wie bei einem Peitschenhieb.«

Junior stellte die Bewegung mit seinem Küchenmesser nach und lächelte MacNeice zu. Dann wiederholte er den Hieb, als wollte er ihn üben. »Es reicht, Junior.«

Richardson zog dem toten Mädchen das Tuch über den Kopf und legte das Skalpell zu den anderen Instrumenten in eine flache Schale. Sie musterte MacNeice. Ihre grauen Haare waren modisch kurz geschnitten und betonten das schmale Gesicht und ihre aristokratische Nase. Ihre Haut hatte nichts von ihrem zarten Pfirsichton verloren. MacNeice fragte sich, ob er selbst kreidebleich geworden war, denn sie betrachtete ihn besorgt.

Junior entfernte sich messerfuchtelnd, und Richardson sah stirnrunzelnd zu MacNeice. »Ein Letztes noch, Mac, die bogenförmige Schnittwunde, die Präzision der Wunden im Bauch – der Täter, den Sie suchen, ist mit der Handhabung eines Messers äußerst vertraut. Bei keiner der Wunden ist irgendein Zögern erkennbar. Wenn Sie ihm je begegnen sollten, würde ich einen weiten Bogen um ihn machen.«

»Können Sie was zur Klinge sagen?«

»Es muss ein Jagd- oder ein militärisches Messer sein. Die Klinge ist einen halben Zentimeter dick und nach den Stichen im Bauchbereich an ihrer breitesten Stelle viereinhalb Zentimeter breit. Zur Länge kann ich nichts Genaues sagen, aber weil zwei der Stichverletzungen bis zum Rücken durchgehen, schätze ich zwischen dreizehn und fünfzehn Zentimetern. Mit anderen Worten, ein ziemlich fieses Teil.«

»Werden Sie eine vollständige Autopsie vornehmen?«

»Ich denke nicht. Wir wissen genau, woran diese junge Frau gestorben ist. Es ist nicht notwendig, der Familie noch mehr Schmerz zuzufügen.« Richardson legte die Hand auf die vom Plastiktuch bedeckte Schulter der Toten und ließ sie kurz dort.

Eine letzte Frage hatte MacNeice noch. »Gab es irgendwelche Quetschungen oder Anzeichen dafür, dass er sie festgehalten oder mit einem anderen Gegenstand außer dem Messer traktiert hat?«

»Nein. Es gibt leichte Blutergüsse um die Wunden im Bauchbereich, aber die gehen wahrscheinlich auf das Heft zurück, das er ihr in den Bauch gerammt hat. Er hat sie nicht angefasst, er hat nur die Klinge an ihrem Kleid abgewischt, als er fertig war.«

MacNeice dankte Richardson und nickte Junior zu, der mit der Schaumstoffmatratze zu kämpfen hatte, die er aufrollen wollte. Er sah sich in dem großen, hellen Raum um. Ein steriles, effizientes Umfeld war nötig, wenn man den Tod studieren wollte – Neonbeleuchtung, weiße Fliesen, rostfreier Stahl, bis auf den rotgekachelten Boden. Sogar der Geruch verriet den Zweck des Raums – eine leicht ätzende Mischung verschiedener Chemikalien, die den widerlichen Gestank der menschlichen Verwesung überdeckten. Richardsons Büro war mit seinem orientalischen Teppich und der gedämpften Beleuchtung eine Zufluchtsstätte vor der klinischen Helligkeit, die ihr Beruf verlangte.

Im Gang spürte er wieder, wie ihn die Wut packte; tief atmete er durch, bis er hinterm Steuer seines Wagens saß. Er betrachtete die Hakenkreuzskizze und versuchte sich vorzustellen, was es sonst sein könnte. »Mit welcher Scheiße haben wir es hier zu tun?«

Auf der King Street, auf der Fahrt ins Stadtzentrum, dachte er über den Mörder nach. Wenn er sich nicht täuschte, dann war es mit dem einen Mord nicht getan. Trotzdem konnte er sich irgendwie des Eindrucks nicht erwehren, dass die vier Einstichstellen mehr mit Grafikdesign zu tun hatten als mit Faschismus.

16

Noch vor der Rückkehr in die Dienststelle klingelte MacNeice' Handy zweimal, der eine Anruf kam vom Bürgermeister, der andere von DC Wallace. Wallace hatte eben erst die Pressekonferenz zum gewaltsamen Tod einer jungen Frau am Fuß der Treppe hinter sich gebracht und dabei auf die Arbeit der Mordkommission unter Leitung von Detective Superintendent MacNeice verwiesen, die äußerste Anstrengungen unternehme, den Täter zu finden. Nun rief er an, um zu hören, ob dem wirklich auch so war und wie schnell MacNeice mit guten Neuigkeiten aufwarten könne.

Bob Maybank rief an, weil die Gewerkschaften sich fürchterlich darüber aufregten, dass sie keinen Zugang zum östlichen Hafenbecken hatten. Sie machten Druck und wollten wissen, wann ihre Leute wieder mit der Arbeit weitermachen konnten, für die sie angeheuert worden waren. In der Gewerkschaftsführung gab es im Moment eine hohe Bereitschaft zur Kooperation, sogar Respekt für den Bürgermeister. Doch hing das in hohem Maß von Maybanks Vermögen ab, finanzielle Mittel für das Hafenprojekt aufzutun. Sollte dieses Projekt durch irgendetwas gefährdet sein, würden sie die Stadt lahmlegen.

MacNeice erzählte beiden, dass die Ermittlungen in eine ruhige, nichtsdestotrotz produktive Phase eingetreten seien, wie lange das aber noch so gehen würde, könne man unmöglich sagen. Weder äußerte er seine Vermutung, dass der Mord an Taaraa Ghosh nur der erste einer ganzen Reihe sein könnte, noch erwähnte er die kryptische Hakenkreuzzeichnung, die ihr ein fast fünf Zentimeter breites Messer in den Bauch geschnitzt hatte. Zur Besänftigung der Gewerkschaften erzählte er Maybank, dass jeder wieder zu seiner Arbeit zurückkehren könne, sobald das Hafenbecken nach Indizien abgesucht sei. Keiner der beiden Anrufer war mit seinen Antworten richtig zufrieden.

Ryan saß an seinem Computer und überprüfte die DVDs vom Dundurn General Hospital. »Sie haben zwei Nachrichten, Sir, von Sue-Ellen Hughes. Sie bittet um Rückruf – so bald wie möglich – und meinte, sie würde noch mal anrufen, wenn Sie sich nicht melden.«

»Danke. Wie kommen Sie voran?«

»Ich hab mir eine krude MES geschrieben, damit ich die Aufnahmen schneller verarbeiten kann.« Als er MacNeice' fragenden Blick sah, holte er weiter aus: »Eine Mustererkennungssoftware, die automatisch die äußerlichen Kennzeichen unserer Zielperson erfasst – Größe, Hautfarbe, Haare, sogar ihre Gehweise – und sie mir anzeigt, so dass ich den Rest überfliegen kann, ohne dass mir was entgeht.«

»Und das funktioniert?«

»Ich hab an die dreißig Sequenzen aus der Chirurgie. Ich bin sie ein zweites Mal ohne das Programm durchgegangen, und ja, Sir, sie funktioniert. Mit der Chirurgie bin ich fast fertig. Bleiben nur noch die Allgemeinmedizin, die Geburtsabteilung, die Intensivstation, die Cafeteria, die Notaufnahme und der Parkplatz.«

»Nehmen Sie sich als Nächstes die Notaufnahme vor, und dann den Parkplatz – aber lassen Sie erst mal sehen, was Sie haben.«

»Kein Problem. Ich rufe es auf.« Er deutete zum linken Monitor.

Während MacNeice auf die Videos wartete, besah er sich Ryans Geräte. Der Monitor, auf den sein Blick fiel, hatte einen hellblauen Rahmen mit aufgeklebten Blutspritzern in der oberen Ecke. Der Monitor ganz rechts war beige oder in der Farbe, die von den Herstellern vor der Apple-Revolution als beige bezeichnet worden war. Der größte Monitor stand in der Mitte. Er hatte einen breiten schwarzen Rahmen mit einem runden Aufkleber, wie man ihn in einem Laden für Kiffer-Zubehör finden würde. MF stand in schwarzen Blockbuchstaben in der Mitte des Aufklebers; darüber in gelb *Achtung* und darunter, ebenfalls in gelb, *Syndrom*. Der Hintergrund bestand aus einem Wirbel in Lila und Grün

»Was ist das MF-Syndrom?«, fragte MacNeice.

»Millenium-Falcon-Syndrom. Das hat man, wenn man auf veraltete Komponenten setzt und fest daran glaubt, dass nichts schneller, leistungsfähiger oder cooler ist, selbst wenn man das Ganze mit Klebebändern und Schnüren und ausgeschlachteten Teilen von toten Falcons zusammenhalten muss, aber man gibt nicht auf. Das ist MFS. Dein Urteilsvermögen wird durch Nostalgie und Zuneigung getrübt – eine Schwärmerei.« Er erhob sich, fasste hinter den mittleren Monitor und zog ein Kabel zum Monitor links. »Ist man von dieser Störung betroffen, kann man sterben – im technischen Sinn –, wenn man aber überlebt, gilt man als der vielleicht beste Tech-Pilot weit und breit.« Er lächelte, setzte sichund sagte: »Ich bin bereit, Sir. Ghosh war vor ihrem Tod nur vier Tage in der Chirurgie. Hier ist alles, was wir haben.«

MacNeice erkannte bei der Betrachtung der Aufnahmen, was ihr Tod für das Krankenhaus bedeuten musste. Sie war eine sympathische junge Frau mitten im Praktikum, die einen herzlichen Umgang mit dem Personal pflegte – mit den Ärzten, Schwestern und den Krankenpflegern. Wenn sie sich mit jemandem unterhielt, hatte ihr Gegenüber fast immer ein Lächeln im Gesicht. Ihr Umgang mit jungen wie alten Patienten, mochte er noch so kurz sein, offenbarte eine meist gut gelaunte Frau mit großem Einfühlungsvermögen.

»Machen Sie weiter. Zufällig bildet das Erkennen von Mustern die Grundlage aller wissenschaftlichen, psychiatrischen und kriminalistischen Ermittlungen.«

»Das war mir so bislang nicht klar gewesen. Danke, Sir.«

MacNeice setzte sich an seinen Schreibtisch, wo am Telefon ein rotes Licht aufleuchtete. Sue-Ellen Hughes war eine intelligente Frau mit schneller Auffassungsgabe, wie ihm während des Gesprächs mit ihr nicht entgangen war. Hätte er allerdings nur ein wenig weiter darüber nachgedacht, hätte er wissen können, dass sie die einzelnen Punkte ihrer Unterhaltung verbinden und ihn anrufen würde, wenn er sich nicht bei ihr meldete. Er drehte sich auf seinem Schreibtischsessel herum und sah zum Whiteboard und zu dem Foto von Master Sergeant Hughes.

Es wirkte so, als wäre der Blick des Sergeants direkt auf ihn gerichtet – als wäre er zu diesem fernen Hügel geworden. *Wahrscheinlich gibt es eine Bezeichnung für dieses Phänomen*, dachte MacNeice. Er erinnerte sich an den Besuch in der National Portrait Gallery in London mit Kate. Dort hatte es mehrere Gemälde gegeben, die die gleiche Wirkung erzielten. Gleichgültig, wie weit man sich vom Bild entfernte, gleichgültig, wie weit man nach links oder rechts ging, der Blick der dargestellten Person schien immer unverwandt auf den Betrachter gerichtet zu sein und ihm zu folgen. Das Gleiche traf auf dieses Foto von Hughes zu, und er fragte sich, ob sich der junge Mann dieses Effekts bewusst gewesen war, als er sich hatte ablichten lassen.

Er griff zum Hörer und rief Vertesi auf seinem Handy an.

»Ja, Boss, was gibt's?«

»Fassen Sie mir die Ergebnisse der Befragungen zusammen.«

»Gut, um die Oberschwester in der Intensivstation zu zitieren« – MacNeice hörte, wie er in seinem Notizbuch blätterte –, »Taaraa Ghosh war die beste Schwester, die sie in dreißig Jahren erlebt hat. Das fasst es ziemlich gut zusammen – sie war dort so was wie der Star, fleißig, zupackend ... Hier noch ein Zitat: ›die perfekte Krankenschwester, und immer guter Laune.‹ Die Ärzte mochten sie ebenfalls. Einer aus der Geburtsabteilung erzählte mir, er habe mit ihr darüber gesprochen, dass sie doch, wenn sie mit der Schwesternausbildung fertig wäre, ein Medizinstudium beginnen sollte. Seiner Meinung nach hätte sie eine hervorragende Kinderärztin abgegeben. Auf meine Frage, wie sie darauf reagierte, sagte er, sie habe es sich überlegen wollen.«

»Kann Williams die restlichen Befragungen allein durchführen?«

»Puh ... na ja, ich würde sagen, in dieser Schicht, also bei denen, die bereit waren, sich befragen zu lassen, sind wir etwa zur Hälfte durch. Warum? Was soll ich machen?«

»Ich möchte, dass Sie nach Tonawanda fahren und der Frau des Sergeants sagen, was ihm zugestoßen ist.«

»Großer Gott, Mac. Das soll ich wirklich tun?«

»Sie ist nicht dumm, sie wird es uns nicht durchgehen lassen, wenn wir sie weiter hinhalten, auch wenn wir es nur gut meinen. Sagen Sie ihr, dass ihr Mann ermordet und sein Leichnam verstümmelt wurde, bevor er einbetoniert und in der Bucht versenkt wurde.«

»O Mann!«

»Aber erzählen Sie ihr das nur, wenn es notwendig ist. Fangen Sie an mit ›Ihr Mann ist ermordet worden‹, und dass er anhand seines Tattoos im Nacken identifiziert werden konnte. Vielleicht will sie gar nicht mehr hören.« Was MacNeice aber nicht glaubte.

»Noch was?«

»Sprechen Sie sie auf seine Narbe im unteren Rückenbereich an, die von einer kleinkalibrigen Waffe stammen muss, aber nur darauf. Sie soll Ihnen die neuesten Fotos von ihm geben, aber lassen Sie sie nicht allein, solange Sie nicht wissen, dass Sie jemanden hat, an den sie sich wenden kann. Wenn es niemanden gibt, dann rufen Sie mich an, und ich informiere die örtliche Polizei, damit sie jemanden bei ihr vorbeischickt. Ich will ihr nicht am Telefon erzählen, dass er tot ist.«

»Wenn Sie so clever ist – glauben Sie wirklich, ich kann ihr die Wahrheit verschweigen?«

»Verschonen Sie sie zumindest mit den Einzelheiten. Erzählen sie ihr einfach, Sie seien nicht befugt, mit ihr darüber zu reden.«

»Gut. Noch was?«

»Statten Sie dem *Old Soldiers* einen Besuch ab. Aber tun Sie nichts, was Sie in Gefahr bringen könnte – haben Sie das verstanden?«

»Ja, Sir. Wann soll ich aufbrechen?«

»Sofort. Ich rufe Mrs Hughes an und teile ihr mit, dass Sie in etwa zwei Stunden bei ihr sind. Geben Sie Williams Bescheid, dass Sie dorthin unterwegs sind. Und schließen Sie zu Hause Ihre Waffe weg, bevor Sie aufbrechen.« Er gab Vertesi Sue-Ellen Hughes' Adresse und Telefonnummer und wies ihn an, sich beim Grenzübergang nicht als Polizist zu erkennen zu geben – er solle bloß sagen, er unternehme einen Tagesausflug zu alten Freunden.

MacNeice hörte sich Sue-Ellen Hughes' Nachrichten an, bevor er ihre Nummer wählte. Beim anschließenden Gespräch wollte sie eine Erklärung für Vertesis Besuch. Als er ihr sagte, es hätten sich Neuigkeiten ergeben, die besser persönlich übermittelt würden, fragte sie mit stockender Stimme: »Was für Neuigkeiten?« Vertesi, antwortete er, würde in etwa zwei Stunden bei ihr sein, und wenn sie nach seinem Besuch noch das Bedürfnis habe, mit ihm zu sprechen, stehe er jederzeit zur Verfügung. Er war überzeugt, dass sie nicht den Tod ihres Mannes fürchtete. Nach zwei Jahren musste sie mit dem Schlimmsten rechnen, selbst wenn sie sich das gegenüber Freunden, der Familie und sich selbst nicht eingestand. Aber ihr Mann war auf so groteske Art und Weise getötet worden, dass es nicht leicht war, ihr das mitzuteilen. Vertesi zu ihr zu schicken war der möglicherweise aussichtslose Versuch, ihr die Wahrheit nahezubringen, ohne sie ihr unverblümt zu sagen.

17

Vertesi sah sofort, dass sich Mrs Hughes mehr recht als schlecht über Wasser hielt. Der Teppichboden, der schon da gewesen sein musste, lange bevor sie das Haus gemietet hatten, war von der Eingangstür bis zur Küche am anderen Ende des Gangs abgetreten. Am Türrahmen der Küche markierten drei Strichskalen in Rot, Blau und Grün das Wachstum ihrer Kinder. An der Wand im Wohnzimmer hingen ihre bunten und wilden Kritzelzeichnungen neben der großen Reproduktion eines Gemäldes von einer Scheune auf einer windumtosten Anhöhe. Es gab einen Fernseher, der mindestens zwanzig Jahre vor den ersten Flachbildschirmen produziert worden war, dazu ein Sofa im französischen Landhausstil und entsprechende Sessel, die unter dem Ansturm hüpfender Kinder eingesackt waren.

Mrs Hughes stellte ein Tablett mit Tassen und einer Teekanne, Milch und Zucker und vier schokoüberzogenen Keksen auf einen kleinen runden Tisch, der ansonsten voll war mit Zeitschriften und Kinderbüchern. Vertesi beeilte sich, sie zur Seite zu räumen, stand dann mit dem ganzen Packen auf dem Arm da, bis er den Stapel schließlich auf dem Fußboden ablegte. Er setzte sich in einen alten Schaukelstuhl mit einem gestrickten Kissenbezug, während Mrs Hughes ebenfalls Platz nahm und in Erwartung dessen, was sie zu hören bekommen würde, ihre Knie umfasste.

MacNeice hatte sie richtig eingeschätzt. Vertesi nahm seine Teetasse entgegen, und bald darauf lieferte er ihr die Kurzfassung dessen, was mit ihrem Mann passiert war. Sofort wollte sie mehr hören, aber er wich aus. »Es tut mir leid, ich bin nicht befugt, mehr zu erzählen.« Sie lief vor Wut rot an, bevor eine tiefe Traurigkeit sie erfasste. Vertesi, der sich in seiner Haut überhaupt nicht wohlfühlte, schrieb MacNeice' Telefonnummer auf die Rückseite seiner Visitenkarte und legte sie auf den Tisch. Der älteste Sohn, der sehr seinem Vater glich, erschien in der Küchentür, dicht gefolgt von seinen beiden jüngeren Geschwistern. Er schien zu verstehen, was hier vor sich ging, und lief mit ihnen hinaus in den Garten zum Spielen.

Vertesi dachte an das, was er ihr erzählt hatte – dass ihr Mann ermordet und verstümmelt und sein Leichnam in Beton gegossen in einem Hafenbecken in der Dundurn Bay versenkt worden war. Sie griff nach der Tasse, aber ihre Hände zitterten so stark, dass sie sie wieder abstellen musste; danach fasste sie sie nicht mehr an. Vertesi jedoch war froh um die Ablenkung. Er mochte Tee zwar nicht, schenkte sich aber eine zweite Tasse ein. Ebenfalls war er froh um MacNeice' Bitte, sie nach der alten Narbe auf Hughes' Rücken zu fragen, denn das schien sie von dem Wort *verstümmelt* abzulenken.

»Gary war ein wilder Typ«, sagte sie. »Mit siebzehn hat er zu einer Gang gehört. An seinem achtzehnten Geburtstag ist er aus einem Laden gekommen, da sind Typen einer rivalisierenden Gang vorbeigefahren und haben auf ihn geschossen. Gary hat überlebt, und ein paar Monate später hat er sich freiwillig zum Militär gemeldet. Kurz darauf hab ich ihn kennengelernt.«

Das gleiche Bild, das in Dundurn am Whiteboard hing, stand hier auf dem Sims über dem Gaskamin. Daneben gab es weitere Bilder von Hughes und der Familie nach dem Ende seiner Dienstzeit. Drei davon gab sie Vertesi.

Gemeinsam mit ihren drei Kindern stand sie dann in der Tür des flachen einstöckigen Hauses mit den weißen

Tür- und Fensterrahmen, hielt die Fliegengittertür auf und sah Vertesi hinterher, der rückwärts aus der kurzen Einfahrt stieß. Er winkte zum Abschied; nur das kleine Mädchen winkte zurück. Ganz in der Nähe wohnten ein Bruder und dessen Frau, und Sue-Ellen Hughes hatte versprochen, sie aufzusuchen, sobald sie sich einigermaßen gefasst hatte. Langsam fuhr Vertesi davon und freute sich auf ein kühles Bier im *Old Soldiers*.

Ein paar Straßen weiter hielt er an und betrachtete die Fotos. Auf einem befand sich der älteste Junge, Luke, in einem Aufstellpool. Er trug eine Taucherbrille mit Schnorchel und stützte sich auf den glänzend blauen Metallrand, als hätte er gerade nach Perlen getaucht. Hughes trug ein weißes T-Shirt und knielange grüne Shorts. Auf dem Arm hatte er Sam, noch ein Säugling, und er schien die etwa vierjährige Jenny, die sich an sein Bein klammerte, durchs Gras zu schleifen. Sie lachte lauthals, ihre Schwimmbrille hing ihr um den Hals. Hughes, die Haare immer noch militärisch kurz geschnitten, sah in die Kamera und grinste – er machte einen durch und durch glücklichen Eindruck. Auf einem der anderen Schnappschüsse waren Sue-Ellen und ihr Mann im Garten zu sehen; sie saß in einem Adirondack-Gartenstuhl auf seinem Schoß, die Sonne ging unter, und beide hatten ein Glas Weißwein in der Hand. Laut Sue-Ellen war es an ihrem fünfzehnten Jahrestag aufgenommen worden.

Auf dem dritten Bild baute Gary – jetzt mit langen Haaren, nacktem Oberkörper, in Shorts – eine Schaukel auf. Man konnte sehen, warum er als eine tödliche Waffe galt. Sein Körper, nicht übermäßig mit Muskeln bepackt, war klar konturiert und durchtrainiert. Er hantierte mit einem Schraubenschlüssel am Seitenteil der Schaukel, das Tattoo auf seinem Unterarm war deutlich zu sehen – das Emblem seines Bataillons, eine Pfeilspitze, auf der ein indianischer

Häuptling mit Federschmuck abgebildet war. Ebenfalls war sein Ehering zu erkennen: anscheinend das Gegenstück zu dem von Sue-Ellen, der ihm aufgefallen war, als sie sich die Tränen weggewischt und die Nase geputzt hatte.

Vertesi bog auf einen weiten, zum größten Teil leeren Parkplatz ein, fuhr um eine Pizzeria, einen Laden für Gebrauchtmöbel und um ein Einkaufszentrum für Haushaltswaren herum, bevor er das *Old Soldiers* ansteuerte. Drei Harleys standen davor. Er entschied sich für eine Stelle in der Mitte des Parkplatzes mit Blick auf die Zufahrtsstraße, die ihn zum Highway zurückbringen würde, wie er vermutete.

Vertesi rief MacNeice an und brachte ihn auf den neuesten Stand. »Ich kann mit ziemlicher Sicherheit sagen, dass er die Frau nicht verlassen hat, wie die Army das behauptet«, sagte er. »Sie ist sehr hübsch. Und ich befürchte, sie wird erst glauben, dass er es ist, wenn sie ihn gesehen hat – aber das ist nur eine Vermutung.«

»Wenn sie ihn sehen möchte, dann sind wir ihr das schuldig.«

Er erzählte MacNeice, was sie ihm über das Tattoo an seinem Nacken erzählt hatte – Hughes hatte von ihm als einem Barcode gesprochen, als wäre er selbst ein reiner Gebrauchsgegenstand. Stolz war er vor allem auf die Tattoos an den Armen – das Bataillonswappen am rechten Arm und die Namen der Kinder und von Sue-Ellen am linken. Er erzählte von den Familienfotos, die er von ihr bekommen hatte, und fügte noch an, dass er nun vor dem *Old Soldiers* stehe.

»Beschreiben Sie es mir.«

»Von außen ein typisches Lokal für Harley-Fahrer und Country-Musik. Von der Neonreklame für *Pabst* und *Michelob* abgesehen, sieht es aus wie die Kulisse für einen Western. Ist es okay, wenn ich denen das offizielle Porträt von Sergeant Hughes zeige?«

»Ja. Sie sind ein alter Kumpel und haben Gary nach seinem Abschied aus der Army aus den Augen verloren. Und jemand hat Ihnen den Tipp gegeben, doch mal im *Old Soldiers* nachzufragen.«

»Gut.«

Vertesi war keine halbe Stunde im Lokal. Er nickte mehreren Männern zu, die am verdunkelten Fenster saßen; keiner erwiderte seinen Gruß. An der Theke bestellte er ein leichtes Bier und versuchte mit dem Barkeeper ins Gespräch zu kommen. Das funktionierte nicht – der Typ zog sich ans andere Ende der Theke zurück und unterhielt sich mit zwei Männern auf Barhockern, die rauchten und Jack Daniels aus einer gemeinsamen Flasche tranken. Fünf Minuten vergingen, dann kam der Barkeeper wieder zu ihm, um ihm das leere Glas wegzunehmen. »Noch eins für unterwegs?«, fragte er. Vertesi verstand es als Aufforderung, endlich abzuhauen, bestellte aber noch eins. Als der Barkeeper es vor ihn hinstellte, zeigte er ihm das Foto von Hughes. »Kennst du den?« Der andere tat so, als würde er eingehend das Bild betrachten, bevor er »nein« sagte.

»Komisch. Er war angeblich ständig hier. Bist du neu?«

»Nein.«

Vertesi probierte es anders. »Es kommt dir nichts an ihm bekannt vor?«

»Er ist Master Sergeant, zweite Infanteriedivision, hat mit Auszeichnung im Irak und in Afghanistan gedient.«

»Dann kennst du ihn also doch?«

»Nein. Ich hab Ahnung von Uniformen und Rangabzeichen.« Von der verrauchten Ecke der Theke war heiseres Lachen zu hören.

»Ertappt.«

»War nicht schwer, Kumpel. Bist du von der Polizei vor Ort, von der Bundes- oder der Staatspolizei?«

»Weder noch.«

»Dann gibt's nichts weiter zu sagen, außer ›War's das?‹« Weiteres heiseres Gelächter und Gehuste.

Vertesi trank das Bier aus, legte Geld auf den Tresen, winkte zum Abschied ans andere Ende der Theke, nickte dem Barkeeper zu und verließ das *Old Soldiers*.

18

Abgesehen vom schnellen Herumgehacke auf der Tastatur des Falcon und dem nervtötenden Quietschen des Joysticks war von Ryan nicht viel zu hören, er war ein stiller Zuwachs zu ihrer Einheit. MacNeice' Blick ging vom Whiteboard über die Toten im Hafenbecken zu dem über Taaraa Ghosh. Ryan hatte Ghoshs Highschool-Abschlussfoto neben eine Aufnahme vom Tatort geheftet. Er hatte das Gefühl, als hingen die Ermittlungen in einer Warteschleife – bis die Videos, die Auswertung der Befragungen, die kriminaltechnischen Untersuchungen zu den frischen Ölflecken in der Einfahrt des leerstehenden Hauses und eines ähnlichen Ölflecks vor der Wentworth 94 eintrafen, hieß es abwarten.

Er sah zu Hughes' Porträt und dem Foto, das er von dessen Leichnam auf dem Schienenwagen gemacht hatte. Darunter haftete ein Foto der beiden Betonsäulen, in denen er und der Bermuda-Träger eingeschlossen gewesen waren. Kurzerhand wählte er Swetskys Nummer. Er hörte, wie abgenommen wurde, dann Swetskys laute Stimme – er blaffte irgendwas, was er nicht verstehen konnte.

»Swets, gibt es vielleicht Hinweise, dass die D2D-Jungs irgendwas mit Beton am Hut hatten?«

»Nein, außer dass hier alle möglichen Geräte rumstehen. Wahrscheinlich könnte irgendwo auch ein Betonmischer versteckt sein, bislang haben wir aber keinen gefunden. Warum? Was haben Sie?«

»Nur zwei Männer, die zwei Jahre lang einbetoniert waren – auf dem Grund der Bucht.«

»Sorry, unsere Jungs bevorzugen in Plastik eingeschweißte Leichen, die sie irgendwo verbuddeln. Beton macht zu viel Arbeit.«

»Wie geht's voran?« Er sah zum Foto der verstümmelten Leiche.

»Mit der Durchsuchung und Inventarisierung sind wir so gut wie fertig. Trotzdem bleibt noch viel zu tun, unter anderem die Typen zu finden, die noch unter uns weilen. Aber die Spurensicherung macht den Laden schon dicht – wahrscheinlich wollen die Mounties ihren Wagen wiederhaben. Der Eislaster wird heute spätabends mit den Leichen abfahren. Ich hab gehört, Sie haben einen weiteren Fall.«

»Ja, schlimme Sache.« Sergeant Hughes beobachtete ihn wie einen fernen Hügel. »Swets, wie sind die Biker ums Leben gekommen?«

»Welche? Drei haben wir über der Erde gefunden. Die wurden erst vor kurzem umgebracht – wegen denen sind wir überhaupt erst auf das alles aufmerksam geworden. Die wurden alle in ihrem Wagen erschossen – im Grunde exekutiert.«

»Und die anderen, die in Plastikfolie verschweißt und verscharrt wurden?«

»Zweien wurde das Genick gebrochen, was nicht so einfach ist – die haben nämlich einen ordentlichen Stiernacken. Einem wurde der Schädel mit einem Stiefelabsatz eingetreten. Der hat jetzt eine halbmondförmige Delle in der Stirn – der Klugscheißer von der Spurensicherung meint, Größe sechsundvierzig. Dem Letzten wurde mit einem glatten Schnitt der Kopf abgetrennt, auch das war nicht so einfach wegen seinem dicken Nacken.«

»Alle Achtung.« Sergeant Hughes' Blick war noch immer auf ihn gerichtet.

»Das können Sie laut sagen. Das Interessanteste ist aber,

dass keiner sonst irgendwie bearbeitet worden wäre. Einfach nur *bingo* beim Genick, *zack* mit dem Stiefel, *ratsch* mit dem Messer – aber sonst kein Kratzer. Sehr saubere Arbeit in allen Fällen.«

Die Antwort auf die nächste Frage sorgte schließlich dafür, dass MacNeice aus der Dienststelle rannte, den Hang nach Cayuga hinaufraste, wobei ihm das rote Blinklicht im Chevy den Weg freiräumte. Während er über die Zufahrtsstraße jagte, erfasste er zum ersten Mal das riesige Anwesen, das in seiner Gänze von einem zwei Meter hohen Maschendrahtzaun mit Stacheldrahtkranz umgeben war. Am Tor stand ein Streifenwagen, der die Zufahrt blockierte. Als der uniformierte Polizist MacNeice sah, blendete er kurz auf und fuhr den Wagen zur Seite. MacNeice ließ die Seitenscheibe nach unten, als er neben dem Wagen stand. »Swetsky?«

»Er erwartet Sie schon, Sir. Sie finden ihn in der ersten Scheune. Die Spurensicherung weiß ebenfalls, dass Sie kommen. Sie warten im schwarzen Lieferwagen.«

MacNeice fuhr vor der Scheune vor. Der riesige, von einer Quecksilberdampflampe beleuchtete Innenraum war in geisterhaft blaues, hartes Licht getaucht, das er leicht irritierend fand. »Swetsky, wo stecken Sie?«, rief er.

»Hinten. Gehen Sie einfach durch.«

MacNeice ging zwischen den aufgereihten Geräten ans Ende der Scheune, wo sich ein großer, offener Bereich auftat. Er gab Swetsky die Hand und sah sich um. Eine Arbeitsbank zog sich über die gesamte Stirnwand, darüber war ein Metallgitter befestigt, an dem alles Mögliche angebracht war, von Motorradwerkzeugen bis zu schweren Schraubenschlüsseln in der Größe von Baseballschlägern, Brecheisen, Hämmern, riesigen Gummischlegeln und Ketten. Links und rechts, jeweils am Ende, waren Presslufthämmer (drei) befestigt, Kettensägen (vier), Nagelpistolen (vier), ein Gestrüppschneider,

Laubbläser (zwei) und Bohrer unterschiedlicher Bauart und Größe.

»An einem Werkzeugladen können die anscheinend nicht vorbeigehen.«

»So wie Nutten auf knappe Unterwäsche stehen. Okay, das haben wir bislang. Sie wissen, wonach Sie suchen?«

»Nicht genau, aber ich hab gesehen, was es mit einem menschlichen Körper anstellen kann.« MacNeice ließ den Blick über die auf der Arbeitsbank ausgebreitete Kollektion schweifen. Drei kleinere Kettensägen, deren Sägezähne allerdings zu grob waren, um einen Schädel in so feine Scheiben zu schneiden. Es gab zwei elektrische Tranchiermesser, mit denen man einen Truthahn zerlegen konnte, aber zu schwach, um einen Knochen zu durchsägen. Außerdem waren beide Kartons noch ungeöffnet – das transparente Siegel war nicht angerührt. Am Ende der Reihe lag eine Maschine mit grün-schwarzem Benzintank und einem langen, flachen Stahlschaft, der auf beiden Seiten mit scharfen dreieckigen Zähnen bestückt war. »Was ist das für ein Ding, das wie die Schnauze eines Sägefisches aussieht?«

»Ein Heckenschneider.«

MacNeice zog sich Handschuhe über und nahm das Gerät zur Hand. »Haben Sie hier irgendwo Hecken gesehen?«

»Nur Maschendraht und Stacheldraht. Sie meinen, Sie haben, was Sie gesucht haben?«

»Möglich. Ich werde es morgen zur Rechtsmedizin bringen, damit es mit den Verletzungen gegengeprüft werden kann.« Behutsam legte er es auf der Arbeitsbank ab.

»Er gehört Ihnen. Ich muss nur verzeichnen, dass Sie ihn sich genommen haben – ein Heckenschneider, chinesisches Fabrikat. War's das? Oder wollen Sie sich noch etwas umsehen?«

Nachdem Swetsky mit dem Papierkram für den Heckenschneider fertig war, sah er zu MacNeice. Der hatte seine Frage immer noch nicht beantwortet, musterte jetzt aber den Betonboden. Der Boden fiel leicht von beiden Seiten zur Mitte und einer großen Abflussabdeckung hin ab.

»Haben Sie zufällig einen Kreuzschlitz-Schraubenzieher und eine Taschenlampe?«, fragte er.

»Klar. Wie groß soll die Taschenlampe sein?«

»Groß und hell, dazu noch eine kleine Maglite.« MacNeice kniete sich auf den Boden neben das Abflussgitter und wartete. »Hat das Anwesen seine eigene Faulgrube, oder ist es ans Abwassersystem der Stadt angeschlossen?«

»An die Stadt. Was bei Gott kein Segen ist – das sind doch alles richtige Kleiderschränke, entsprechend mächtig dürften auch ihre Hinterlassenschaften sein.«

Nachdem MacNeice die Abdeckung aufgeschraubt hatte, griff er sich die Taschenlampe und leuchtete in den Abflussschacht. Er fiel knapp einen Dreiviertelmeter zu einem Plastikeinsatz ab, der mehrere Zentimeter unterhalb des horizontalen Ablaufs angebracht war. Er zog sein Jackett aus, krempelte die Hemdsärmel hoch, schaltete die kleine Maglite an und streckte den Arm so weit wie möglich in den Schacht. Unten auf dem Einsatz waren Kiesel zu erkennen und zwischen ihnen mehrere weiße Teilchen in der Größe von Maiskörnern; eines war größer als die anderen. »Sauger.«

»Sauger?«

»Gibt es in diesen Regalen irgendwo einen Staubsauger? Einen, der noch nie benutzt worden ist.«

»Eine bestimmte Marke? Ich hab sechs davon, noch originalverpackt. Ich würde das englische Modell nehmen, das verspricht hohe Saugkraft, außerdem kann man sehen, was drin ist – der Müllbehälter ist aus durchsichtigem Plastik.«

»Dann den Engländer, bitte. Mit dem langen, schmalen Saugrohr.« Er beleuchtete die Seiten des Schachts. Sie sahen sauber aus, wahrscheinlich wurde der Abfluss nur selten benutzt.

Nachdem Swetsky den Staubsauger zusammengebaut und eingesteckt hatte, bat MacNeice ihn, zu überprüfen, ob das Müllfach auch wirklich leer war. Es war leer.

»Dann geben Sie mir das Saugrohr, aber schalten Sie erst an, wenn ich es Ihnen sage.«

»Okay.« Er reichte MacNeice das Saugrohr, das der in den Abflussschacht schob.

MacNeice positionierte den Sauger direkt über den Körnern. »Machen Sie an.« Die Saugkraft war phänomenal, das Plastikrohr wurde nach unten an den Boden gezogen, und die weißen Teilchen und Kiesel verschwanden klappernd im Schlauch und dann in der Kammer. »Gut, Sie können ausmachen. Öffnen wir das Müllfach.«

Swetsky hob den Staubsauger auf die Arbeitsbank und klappte ihn auf, während MacNeice drei Blätter von der Papiertuchrolle riss und sie auf der Bank ausbreitete. »Okay, schütteln Sie alles raus.«

Mehrere Kieselsteine purzelten auf die Tücher. »Fester.«

»Sagte der Bischof zur Schauspielerin.« Swetsky schüttelte und drehte den Behälter so, dass alles, was sich irgendwie verfangen hatte, herausfallen konnte.

»Da haben wir es ja«, sagte MacNeice und beugte sich über die kleinen weißen Teilchen. »Was halten Sie davon?«

»Was soll ich denn davon halten?«

»Sie sollen sie für Knochenteile halten. Fragmente eines Schädelknochens.«

»Großer Gott – Sie bringen die Sache hier mit den beiden in der Betonsäule in Verbindung?«

»Nur so eine Ahnung.«

»Ich hol mal einen von den Nerds«, sagte Swetsky und machte sich zum schwarzen Lieferwagen davon.

MacNeice ging durch den zweiten Gang in der Scheune, wo weitere Geräte standen, Ausrüstungsgegenstände und Möbel, die alle neu zu sein schienen. Zwei in Plastik verschweißte Fiberglas-Boote mit Mittelmotor standen neben der industriellen Einschweißmaschine, mit der nicht nur die beiden Boote behandelt worden waren. Links davon waren sechs glänzende Lamellenstühle aus Stahl übereinandergestapelt. Er griff sich einen von ihnen, ging zum Abfluss zurück und ließ sich neben dem Loch im Boden nieder.

»Rede mit mir, Hughes«, sagte er leise.

Swetsky kam mit einem Mann in einer olivgrünen Cargo-Hose und kurzärmeligem Madras-Hemd zurück. Er streckte ihm eine Hand entgegen, in der anderen hatte er ein Bier. »Dennis Turnbull. Schön, Sie kennenzulernen, Sir. Ich hab schon viel von Ihnen gehört. Entschuldigen Sie den Aufzug – wir sind schon am Zusammenpacken.«

»Kein Problem.« MacNeice trat vor die Papiertücher.

»Was haben Sie da?«, fragte Turnbull.

»Ich hoffe, das können Sie mir sagen.« Er deutete auf das größte der weißen Körner.

Turnbull beugte sich darüber. Nach einigem Schweigen stellte er seine Bierdose ab. »Ich bin gleich wieder da.« Er rannte durch den Gang und war verschwunden.

»So schnell hab ich ihn nicht laufen sehen, seitdem wir hier sind.«

»Denken Sie an die Schädelknochen.«

»Das mach ich doch. Ich mach nichts anderes, Sie makabrer Arsch.«

Einige Minuten später kam Turnbull zurück, er hatte sich Latexhandschuhe übergestreift und brachte ein großes Mikroskop mit. »Wäre zwar einfacher gewesen, das alles zum Wagen zu bringen als umgekehrt, aber Sie wissen ja, ein paar Bier, und wir sind alle etwas wackeliger unterwegs, was?« Er stellte das schwere Instrument ab, steckte es ein, holte eine Pinzette aus einem Etui, das er in einer der Hosentaschen verstaut hatte. Über das Mikroskop gebeugt, fokussierte er die Linse. »Hmmm. Ja, ja. Sehr sauber. Verdammt sauber.« Er richtete sich auf. »Wo haben Sie das gefunden?«

»Im Siphon des Ablaufs hier. Worum handelt es sich?«

»Knochensplitter. Von einem Menschen, möglicherweise. Wahrscheinlich, wenn man sich ansieht, was hier für eine Scheiße abgezogen wurde.«

»Darf ich mal sehen?«, fragte MacNeice und beugte sich übers Mikroskop. »Finderlohn.«

Das poröse, cremefarbene Knochenstück füllte das Sichtfeld und schien dabei fast aus sich selbst heraus zu leuchten. Er trat zurück. »Könnte das Stück von einem Schädel stammen?«

Turnbull lehnte mit dem Bier in der Hand an der Werkbank. »Na ja, vielleicht ein wenig voreilig, diese Schlussfolgerung, aber klar, könnte sein. Es könnte aber beispielsweise auch ein Schweineknochen sein« – er sah zum Mikroskop –, »aber für mich sieht es wie ein Menschenknochen aus.«

»Können Sie diese Metallstühle auf Kratzer untersuchen, die von Ketten herrühren könnten, sowie auf Abriebspuren von Seilen sowie auf Blut- und Gewebespuren und Haare – und diesmal meine ich nicht von Schweinen. Und das Gleiche machen Sie mit dem Heckenschneider, und den bringen Sie dann zu Richardson ins Labor, damit sie die Schnittcharakteristik mit der an der Leiche vergleichen kann, die sie bei sich auf Eis liegen hat.«

»Kein Problem, Sir.« Turnbull zog einen Plastikbeutel aus der Hose und gab die Fragmente hinein.

»Swets, Sie werden nicht ...«

»Ich weiß, worauf Sie hinauswollen. Der Abfluss soll aufgegraben werden.«

»Wenn das menschliche Knochen sind, ja.«

Sie verließen zusammen die Scheune, Turnbull mit seinem Mikroskop und dem Asservatenbeutel, MacNeice mit dem Gefühl, dass sich in seinem Fall gerade einiges geklärt hatte, gleichzeitig aber auch einiges komplizierter geworden war. Bevor sie gegangen waren, hatte Swetsky eine große Karte mit der Aufschrift »Nicht anfassen« über den Abfluss gelegt. Nachdem Turnbull zu seinem schwarzen Lieferwagen abgezogen war, fragte MacNeice Swetsky: »Erzählen Sie mir von diesem Anwesen.«

»Es war der Landsitz der D2D. Ein riesiges Grundstück, über drei Quadratkilometer, und wie Sie selbst sehen, ist außen nicht viel herum. Jemand – ziemlich viele wahrscheinlich – sind hier reinmarschiert, haben gründlich aufgeräumt und sind wieder abgezogen. Man sieht es nicht gleich wegen der vielen Geräte, aber schauen Sie sich das mal an.« Swetsky ging zur Nordwand der Scheune und zeigte es ihm. Die Wand war völlig durchlöchert – manche Einschüsse stammten von Schrot, andere von automatischen Waffen und großkalibrigen Handfeuerwaffen. »Hunderte.« Mit einer Kopfbewegung wies er nach hinten über die Schulter. »An der anderen Scheune gibt es noch mal so viele.«

»Was haben Sie bislang?«

»Wir haben keine Ahnung, wer uns den Tipp gegeben hat, bis jetzt aber haben wir zwei von den D2D: Donald ›Bunny‹ Winter und Herbert ›Canny‹ Guenther, die beide ursprünglich aus Edmonton stammen. Canny bekam seinen Spitznamen in Alberta, wo er angeblich seine erste Frau verspeist haben soll – aber das konnte ihm nie nachgewiesen werden.« Dann beschrieb Swets ihm die Leichen.

Auf dem Rückweg nach Dundurn ging MacNeice in Gedanken noch einmal seine Notizen durch. Große Typen, übersät mit Tattoos, die meisten davon auf den Armen – Schlangen, ein Kreuz mit einem darangeketteten Pinup-Model, eine Teufelsfratze. Einer hatte zwei Zweier-Spielkarten im Nacken, andere Harley-Logos auf Brust und Rücken, einer eine schwarze Rose über dem Herzen, aus der rote Blutstropfen flossen. Das letzte Tattoo war verstörend – mittig auf der Brust ein blauer weiblicher Torso, bei dem das Schamhaar zu einer heraldischen Lilie geformt war. Als MacNeice nachfragte, antwortete Swetsky, die anderen stammten wohl aus der Gegend hier, der aber dürfte vielleicht ein Tourist aus Quebec gewesen sein und somit – man möge ihm den Kalauer entschuldigen – lebender Beweis für die Beziehungen einer Montrealer Gang zu den D2D. Die Beschreibung der Leiche war an die Sûreté du Québec geschickt worden, von der man sich eine Identifizierung erhoffte.

Potenzielle Konkurrenzkämpfe im Betongewerbe; eine Fehde zwischen Biker-Gangs, die scheinbar nichts mit Beton zu tun hatten; zwei in Beton gegossene Leichen, eine davon ein Ex-Soldat, der vor allem für den Nahkampf ausgebildet worden war – und das alles ungefähr zur gleichen Zeit … vor zwei Jahren. MacNeice erklomm den Hang, von dem aus man einen Blick über die Stadt hatte, als ihm bewusst wurde, was Marcello ihm über Verstümmelungen zu sagen versucht hatte: *Man verstümmelt Leute, damit andere es sehen können.*

Das, überlegte er, galt sowohl für den Zeitpunkt des Todes wie auch für den Zeitpunkt, an dem die Leiche gefunden werden sollte. Wenn alles entfernt war, was eine Identifizierung ermöglichte, war ein Leichnam nur noch ein Leichnam. Er konnte dann nur noch über einen DNA-Abgleich identifiziert werden, aber woher eine entsprechende DNA-Probe nehmen, wenn man nicht wusste, wen man vor sich hatte und nach wem man suchen sollte? Der Tod von Hughes war eine brutale anonyme Botschaft, die durch ein kleines, von den Haaren verdecktes Tattoo zunichtegemacht worden war. Trotzdem war er mit jemandem versenkt worden, der sich relativ einfach identifizieren lassen sollte – das hieß also, die Verstümmelung war nicht geschehen, um eine Identifizierung zu verhindern. Worum ging es aber dann? MacNeice bog in den Parkplatz des Dundurn Hospital ein, um nach Williams zu sehen, der dort die Befragungen durchführte, als es ihm wie Schuppen von den Augen fiel. *Rache.*

19

Es war später Nachmittag, Ende August. Lea Nam hatte im Sportzentrum der Brant University ihr Krafttraining und Stretching absolviert und zog sich die Laufschuhe an. Als eine der besten Crossläuferinnen an der Uni bereitete sie sich auf zwei im September anstehende Wettkämpfe vor. Sie verließ die Halle und stellte ihre Stoppuhr auf die Zielzeit: die Zeit, die sie beim vorherigen Lauf gebraucht hatte. Sie drückte auf Start und lief über das Fußballfeld in Richtung Cross-Strecke.

Sie folgte dem Ufer, steuerte Princess Point an und war jetzt schon mehr als eine Minute besser als bei ihrer Jahresbestzeit. Ihr Körper funktionierte hervorragend, dachte sie, auch ihr rechter hinterer Oberschenkelmuskel, der in den vergangenen Monaten immer wieder gezwickt hatte, fühlte sich so gut wie neu an. Auf dem Rückweg vom Point lief sie den Hang zur Anhöhe hinauf, der Wald sorgte für ein wenig Abkühlung unter der Nachmittagssonne. Der Weg war uneben, ihr aber vertraut; es warteten keine Überraschungen auf sie, und sie freute sich über ihre hervorragende Kondition, die es ihr erlaubte, sogar am Hang noch schneller zu werden. Herzschlag und Atmung waren im grünen Bereich. Lea sah auf ihre Uhr. *Un-auf-haltsam,* dachte sie.

Der Weg folgte über mehr als einen Kilometer der Abbruchkante, das Gelände stieg an und fiel ab, bevor nochmals ein Anstieg kam. Immer noch war ihr hinterer Oberschenkelmuskel in Ordnung. So, erinnerte sie sich, war sie als Kind gelaufen – aus reiner Freude, als könne sie ewig vor sich hin laufen, endlos, über Steine oder abgebrochene Äste springen wie ein Reh oder eine Tänzerin, immer mit dem Gefühl, die Geschwindigkeit noch steigern zu können. Ohne ihr Tempo zu drosseln, sah sie bei der Zweieinhalb-Kilometer-Marke auf die Uhr – eine halbe Minute unter der Zeit des vorausgegangenen Laufs. »*Un-auf-haltsam!*« Lea sprintete zum höher gelegenen Weg hinauf.

Bei der Drei-Kilometer-Marke checkte sie erneut die Zeit, aber bevor sie das Ziffernblatt erkennen konnte, tauchte jemand direkt vor ihr auf und verstellte ihr den Weg. Etwas Silbernes blitzte auf, instinktiv sprang sie nach rechts. Irgendetwas traf sie am Hals, aber das war nur das eine Problem. Das andere war ihre Geschwindigkeit, weshalb sie nun im unwegsamen Gelände außerhalb des Weges das Gleichgewicht zu verlieren drohte. Mit der rechten Hüfte prallte sie gegen einen Felsvorsprung und wurde Richtung Hang katapultiert, wo sie über abgebrochene Zweige stolperte. Dann verlor sie den Boden unter den Füßen und stürzte kopfüber die Abbruchkante hinunter.

Instinktiv riss sie die Arme hoch, um Gesicht und Kopf zu schützen, während sie unkontrolliert den steilen Hang hinunterschlitterte und -stolperte. Ein Ast bohrte sich ihr in die linke Seite und raubte ihr die Luft. Verzweifelt versuchte sie sich irgendwo festzuhalten. Es war zu spät – wieder rutschte sie weg, befand sich im freien Fall und schlug mit den Füßen zuerst auf. Die Wucht des Aufpralls ließ sie erneut nach vorn taumeln, mit der Stirn prallte sie gegen etwas Hartes, und ihr rechtes Auge füllte sich mit Blut. Verzweifelt tastete sie mit den Armen, bekam aber nur Zweige zu fassen, die sofort abbrachen. Auf dem Rücken liegend, alle viere von sich gestreckt, rutschte sie weiter, bis sie gegen einen Baum krachte – und noch eine Rippe knackste. Das Atmen fiel ihr schwer, aber jetzt lag sie still. Über ihr, zwanzig, dreißig Meter höher, sah sie im Gegenlicht eine Gestalt mit einem schimmernd schwarzen Ballonkopf stehen. Keuchend und unter großen Schmerzen versuchte sie sich aufzurichten. Als sie wieder aufblickte, war die Gestalt verschwunden. Panisch sah sie sich um, aber die Gestalt war nirgends zu sehen.

Nach wenigen Minuten tauchten drei Männer vom Crosslauf-Team auf dem tiefergelegenen Weg auf; sie hörte, wie sie sich beim Laufen unterhielten. Sie versuchte ihnen zuzurufen, brachte aber nur ein Flüstern zustande, dann packte sie einen Stock, schleuderte ihn unter großen Mühen in ihre Richtung und verfehlte nur knapp das Gesicht des ersten Läufers. Jemand rief ihren Namen. Bevor sie ohnmächtig wurde, sah sie noch einmal nach oben – ihr Angreifer war tatsächlich verschwunden.

Casey Mullin, ein ehemaliger Polizist, der mittlerweile bei der Universitätspolizei der Brant University arbeitete, begegnete MacNeice am Eingang zur Traumaambulanz des Dundurn General Hospital. »Es geht nicht um Mord«, begrüßte er ihn, »aber ich bin froh, dass Sie hier sind, MacNeice.«

»Tut mir leid, ich bin eigentlich wegen einer anderen Sache hier. Was ist vorgefallen?«

»Lea Nam, unser Superstar im Crosslauf – sie wurde in der Cootes Ravine angegriffen. An der Stelle hat der Hang ein Gefälle von bis zu fünfzig Prozent, sie war sehr schnell dran, es war also so, als würde sie geradewegs über eine Klippe springen. Die Jungs, die sie gefunden haben, sagen, dass sie an mehreren Stellen stark geblutet hat – aber darüber sollten Sie sich mit den Ärzten unterhalten. Nam hat was von einem ›Ballonkopf‹ gemurmelt – was immer sie damit meint. Wir haben den Weg abgesperrt und die Stelle gekennzeichnet, falls Sie es sich ansehen wollen.«

»Gibt es in der Nähe einen Parkplatz?«

»Ja. Eigentlich genau oberhalb davon. Auch den haben wir abgesperrt. Er dient als Ausweichparkplatz bei den Universitätswettkämpfen – die meiste Zeit steht er also leer.«

»Danke, Mullin. Geben Sie Ihren Leuten Bescheid, dass ich komme.« MacNeice ging an drei jungen Männern in Laufkleidung mit BU-Logos vorbei – vermutlich jene, die das Mädchen gefunden hatten. An der nächsten Schwesternstation erkundigte er sich, wer von den Ärzten für Lea Nam zuständig sei.

Die Schwester sah sich um und wies ihm mit ihrem Kugelschreiber den Weg. »Dr. Dorothy Woodworth – dort drüben.« Damit widmete sie sich wieder ihren Unterlagen.

MacNeice sprach die Ärztin an, die sich eine Röntgenaufnahme auf ihrem Bildschirm ansah.

»Dr. Woodworth, ich bin Detective Superintendent MacNeice. Kann ich Sie kurz sprechen?«

Sie musterte ihn von Kopf bis Fuß. »Fassen Sie sich kurz, Detective.«

»Lea Nam. Was können Sie mir über ihre Verletzungen sagen?«

»Sie hat Abschürfungen und Quetschungen am ganzen Körper, eine Stichwunde in der Seite und eine gebrochene Rippe« – sie deutete auf das Röntgenbild –, »die die Lunge nur knapp verfehlt hat, dazu zwei angebrochene Rippen auf der anderen Seite. Ein schlimmer Schnitt über dem rechten Auge – den haben wir genäht –, und dann gibt es diesen Schnitt im Sternocleidomastoideus.« Als sie MacNeice' verständnislosen Blick bemerkte, zeigte sie auf einen von zwei großen Halsmuskeln, der sich von der Schädelbasis hinter den Ohren bis zum Schlüsselbein erstreckte.

»Könnte dieser Schnitt nicht vom Sturz herrühren, sondern von einem Messer verursacht worden sein?«

»Höchstwahrscheinlich ja, aber es ist nicht so schlimm, wie es hätte sein können. Das Mädchen hatte großes Glück. Sie ist angeblich eine hervorragende Sportlerin, das sieht man. Auch diese Verletzung haben wir genäht – es wird noch ziemlich wehtun, aber sie ist tough; sie wird damit zurechtkommen.«

»Ist sie bei Bewusstsein? Kann ich mit ihr reden?«

»Sie ist gerade aufgewacht. Wir haben die Rippe reloziert und die Stichwunde gesäubert. Die Narkose hat bereits nachgelassen, wir haben ihr aber Demerol gegeben gegen die Schmerzen, sie wird also benommen sein. Ich gestatte Ihnen fünf Minuten jetzt, morgen aber wäre die Patientin ansprechbarer.«

»Ich nehme beides. Können Sie mich zu ihr bringen?«

»Fünf Minuten, Detective. Ich will Sie nicht holen müssen.«

Lea lag in der Station an der Ecke. Ein uniformierter Polizist aus dem West End lehnte an der Wand, nahm aber Haltung an, als er MacNeice mit der Ärztin bemerkte, und hielt ihnen die Tür auf. Die blinkenden Lichter elektronischer Geräte umgaben die junge Sportlerin, deren Arme auf der blauen Decke lagen. Zwei Venenkatheter waren gelegt, einer am rechten Arm, der andere an ihrer Hand. Sie hatte die Augen geschlossen. Stirn und Hals waren verbunden, ansonsten waren überall auf ihrer Haut Abschürfungen und kleinere Kratzer zu sehen.

»Lea ... Lea, ich bin Detective Superintendent MacNeice. Ich würde mich gern kurz mit Ihnen unterhalten.«

Dr. Woodworth blieb am Bett stehen, bis die junge Frau die Augen aufschlug und MacNeice ansah. »Fünf Minuten«, wiederholte sie und ging.

Er wartete, bis die Patientin ihm in die Augen sah. »Können Sie mir irgendwas über die Person erzählen, die Sie angegriffen hat?«

Es dauerte mehrere Sekunden, bis sie antwortete. Die Wirkung der Schmerzmittel war unüberhörbar, ihre Stimme war kaum zu verstehen. »Ich ... bin gelaufen, hab auf die Uhr gesehen ... und aufgeblickt ... da war er. Etwas ... Silbernes ... und dann bin ich den Hang hinunter ... danach weiß ich nichts mehr.«

»Irgendwas über ihn – wie hat er ausgesehen, was hat er angehabt, wie groß war er?«

»Weiß nicht ...«

»Haben Sie sein Gesicht gesehen?«

»Keine Ahnung ... es ging ... alles so schnell ... ich musste aufpassen ... wo ich hinlaufe ... er war groß ... und schlank ... sein Gesicht habe ich nicht gesehen ... ein Ballonkopf ... ein schwarzer, glänzender Ballonkopf ... ganz schwarz, vielleicht ...«

»Ballonkopf? Mit einem großen, runden Kopf? Einem Motorradhelm vielleicht? Lea?«

»Ja ... schwarze Sachen.« Sie schloss die Augen. Er wartete, dass sie sie wieder aufschlug, aber das geschah nicht. MacNeice ging, und noch auf dem Weg zum Chevy rief er Williams an und brachte ihn auf den neuesten Stand. Der junge Detective sagte nur: »Eine von zweien.«

20

Erst auf dem Weg zum Campus fiel MacNeice ein, dass er weder wusste, wo das Sportzentrum lag, noch, wie er den Ausweichparkplatz finden sollte. Als ihm ein Jogger entgegenkam, blendete er kurz auf und hielt an.

»Was ist los?«, fragte der junge schlaksige Mann. Er trug ein Tank-Top und knielange ausgebeulte Shorts.

»Ich suche den Ausweichparkplatz für Sportveranstaltungen.«

»Ach, wo Lea angegriffen wurde?«

»Genau. Woher wissen Sie das?«

»Der Campus ist klein. So was spricht sich schnell rum. Sind Sie ein Bulle?«

»Ja. Wie komme ich da hin?«

Er bog am Ende der Straße nach rechts, nahm, wie beschrieben, die nächste links und fuhr dann am Sportzentrum und dem Trainingsplatz vorbei. Zwei Streifenwagen – einer von der Stadt, der andere von der Uni – versperrten die Einfahrt zum Parkplatz. Auf der Rasenfläche unterhalb davon standen ein blauer Polizeibus – er hatte die Leute hergebracht, die den Hügel absuchten – sowie ein schwarzer Suburban von der Spurensicherung. Er fuhr über den Randstein und überquerte die Rasenfläche, bis er neben dem jungen Polizisten vor seinem Streifenwagen stand. MacNeice stieg aus und begrüßte Gianni Del Bianco. Dessen Vater war schon Polizist gewesen, als MacNeice so alt gewesen war wie dessen Sohn jetzt.

»Hallo, Del. Zeigen Sie mir, wo die junge Frau angegriffen wurde.«

»Klar, Sir. Sie sehen die gelben Markierungen dort an den Schösslingen – die um die Stämme gewickelt sind ...«

»Die sehe ich. Alle sind da unten?«

»Ja. Sie suchen den Hang ab. Die Spurensicherung ist auf dem Weg zugange. Sie war wohl kurz unterhalb der Markierungen, als der Angriff erfolgte, dann ist sie noch mal an die zwanzig Meter in die Tiefe gestürzt. Es geht dort fast senkrecht runter, aber auch das ist markiert, eine etwa vier Meter breite Schneise. Der Weg, den sie genommen hat, ist deutlich zu erkennen. Sie muss mehr oder minder runtergeflogen sein.«

»Jedenfalls schön, Sie gesehen zu haben. Richten Sie Ihrem Vater Grüße aus.«

»Mach ich, Sir. Danke.«

Langsam schritt MacNeice über den Parkplatz. Irgendwo aus der Schlucht ertönte der Ruf einer Krähe. Die Antwort kam kurz darauf aus dem Wald, aus der entgegengesetzten Richtung. Während er diesem Zwiegespräch lauschte, suchte er den Beton nach frischen Ölflecken ab. Nichts. Er erreichte die Stelle zwischen den markierten Bäumen – immer noch nichts.

Er drehte sich um und ließ den Blick über den Parkplatz zur anderen Seite hin wandern. Und dort, leicht rechts versetzt, glitzerte etwas im Licht – ein kleiner schwarzer Kreis, der das nachmittägliche Sonnenlicht reflektierte. Zunächst hielt er es für den Deckel einer Dose, beim Näherkommen aber erkannte er einen frischen Ölfleck. Er maß knapp zehn Zentimeter im Durchmesser und lag so nah am Randstein, dass er unmöglich von einem PKW oder Pickup stammen konnte.

MacNeice ging in die Hocke, tauchte den Zeigefinger ein und hielt ihn sich an die Nase – süßlicher Geruch von Öl und Benzin. »Zweitakter«, sagte er. Vom Fleck ausgehend war der schwarze Abdruck eines Motorradreifens zu erkennen, der nach gut einem Meter in Richtung Parkplatzausfahrt im Nichts verschwand.

MacNeice näherte sich dem unbefestigten Weg, der hinter einer Betonbarriere an der Schlucht entlangführte. Im Staub und Schotter war nicht zu erkennen, ob sich hier jemand zum oberen Weg begeben hatte. Also ging er hinüber zur östlichen Parkplatzecke, wo die Schösslinge markiert waren. Zwischen den Bäumen wand sich ein schmaler Pfad über Steine und Baumwurzeln. Steil, aber gangbar. Während er den Boden noch nach Fußspuren absuchte, die möglicherweise eine Verbindung zwischen diesem Vorfall und dem Mord an Taaraa Ghosh herstellten, stieg bereits jemand von der Spurensicherung in seinem Tyvek-Anzug zu ihm hoch. Er hatte einen Asservatenbeutel bei sich, den er vor Freude, MacNeice zu sehen, hochhielt. Etwas außer Atem sagte er: »Taaraa Ghoshs BlackBerry, Sir. Er hat es der Läuferin hinterhergeworfen. Ihre Leute haben das Gerät auf halber Höhe des Abhangs gefunden.«

»Sonst noch was?«

»Zwei Fußabdrücke. Der Weg ist ziemlich ausgetreten, aber sie sind ganz frisch und noch gut zu erkennen. Wir werden sie mit denen an der Treppe am Berg abgleichen. Überall auf ihrem Weg nach unten ist Blut zu finden – sie ist gegen Felsen geprallt und durchs Unterholz gekracht.«

»Wenn Sie das in Ihrem Wagen verstaut haben, möchte ich, dass Sie sich um den Ölfleck dort drüben kümmern.« Er zeigte auf den kleinen Kreis. »Vergleichen Sie das Öl mit dem in der Wentworth Street, sowohl mit dem Ölfleck am Berg als auch mit dem vor Ghoshs Wohnung. Wie schnell kann ich mit einem Ergebnis rechnen?«

»Na ja, wir sind hier so gut wie fertig, also gleich morgen früh, spätestens gegen Mittag.«

»Morgen früh also. Nehmen Sie auch die Reifenspur ab, die vom Ölfleck wegführt. Ich will wissen, um was für einen Reifen es sich handelt und, wenn möglich, zu welchem Motorrad er gehört. Vermutlich handelt es sich um einen Zweitakter, aber ich brauche mehr Informationen.«

»Das kann eine Weile dauern, Sir.

»Versuchen Sie es bis morgen Mittag.« MacNeice kehrte zu Del Bianco zurück, der sich mit dem Campus-Polizisten unterhielt und seine Windjacke in seinen Wagen warf.

»Woher kommen die Läufer, wenn sie den Weg an der Schlucht nehmen?«

Der Campus-Polizist, er hieß James, zeigte zum Sportzentrum auf der gegenüberliegenden Seite des Trainingsplatzes. »Sie kommen meistens aus dem Seiteneingang zur Sporthalle, laufen dann quer über den Platz zur Straße, die zwischen den Bäumen dort drüben verschwindet. Das ist eine Teerstraße, die bis zum Princess Point führt.«

»Können Ihre Leute sämtliche Mülleimer auf dem Campus überprüfen, vor allem die an den Straßen? Ich suche alles, was irgendwie verdächtig ist. Del Bianco weiß, wie ich zu erreichen bin, falls Sie etwas finden. Und zu guter Letzt, bitten Sie die Jungs, die Nam gefunden haben, dass sie mit Del reden, wenn sie aus dem Krankenhaus zurück sind.«

»Klar«, erwiderte James und griff nach seinem Funkgerät.

An den jungen Polizisten gewandt, sagte MacNeice: »Ich möchte wissen, ob heute, gestern oder irgendwann im Lauf der vergangenen Woche hier oben ein Motorrad gesehen wurde.«

»Mach ich. Sie meinen, er hat den Weg hier ausgekundschaftet?«

»Er wusste ganz exakt, wo sie sein würde, also gehe ich davon aus, ja.«

MacNeice stieg den steilen Pfad vom Parkplatz zum Weg

unten hinunter, auf dem nach wie vor eine Menge los war. Er zählte zwölf uniformierte Polizisten, jeweils sechs zu beiden Seiten der Sturzlinie. Sie tasteten sich langsam den Hang hinunter und hielten sich an Seilen fest, die um die größeren Bäume neben dem Weg oben und unten gespannt waren. Leas Sturz und dessen Verlauf waren deutlich zu erkennen. Jahrelang unberührtes, trockenes Laub war aufgewühlt, Zweige frisch abgeknickt, Sträucher flachgedrückt. Kurz vor einer sechs Meter hohen, fast senkrecht abfallenden Wand stand der Baum, der ihren Sturz gestoppt hatte.

Er ging zu zwei Leuten in Tyvek-Anzügen, die auf Knien an der Absturzstelle zwei deutlich erkennbare Fußabdrücke eingipsten – die wahrscheinlich vom Täter stammten. Als sie MacNeice sahen, sagte der Ältere: »Trekkingschuhe, vielleicht auch Arbeitsstiefel. Das werden wir noch feststellen.«

»Irgendeine Ahnung, wie er hier weggekommen ist?«

»Über den Weg, den Sie runtergegangen sind, Sir – den Pfad dort. Da haben wir die gleichen Fußabdrücke gefunden.«

»Gute Arbeit. Noch was?«

»Ghoshs BlackBerry. Was meinen Sie, warum hat er es weggeworfen?«

»Weil er gewusst hat, dass wir es finden werden.« Dass Taaraa Ghoshs Mörder sie damit wissen lassen wollte, dass das ebenfalls sein Werk war, sagte er ihnen nicht. MacNeice beobachtete die Polizisten, die sich vorsichtig den Hang hinuntertasteten. Sie machten nicht unbedingt den Eindruck, als wollten sie etwas finden, sondern waren vollauf damit beschäftigt, sich auf den Beinen zu halten. Er kehrte zum Pfad zurück und trat über Wurzeln, die wie freigelegte Knöchel aus dem harten Boden eines vergessenen Schlachtfelds ragten. Der Täter hatte den Weg verlassen und war dort, wo man den zweiten Fußabdruck gefunden hatte, scharf nach oben abgebogen. MacNeice ging in die Hocke und betrachtete die quer durch den Wald führende Strecke. Er versuchte sich vorzustellen, ob der Täter bei seiner Flucht in Panik geraten war. Es waren keine abgeknickten Zweige zu sehen, das Laub am Boden war mehr oder weniger unberührt. *Er ist hier nur durch, weil der Weg kürzer war*, dachte MacNeice. *Von Panik keine Spur.*

Plötzlich hörte er hinter sich einen Schrei. »Scheiße!« Der Polizist ganz oben am nächstgelegenen Seil war ins Stolpern geraten und stürzte in die Tiefe, krachte gegen seine unter ihm stehende Kollegin, riss sie von den Beinen, und zusammen schlitterten sie auf den nächsten Kollegen zu, der sich bereits gegen den Aufprall wappnete. Er wurde nach hinten geworfen, hielt aber stand. Die beiden befreiten sich schließlich und konnten sich nur unter großen Mühen am Seil wieder nach oben hangeln.

»Wie heißt der Mann?«, rief MacNeice nach unten.

»Nichol, Sir«, brüllte jemand zurück. »Constable Martin Nichol.«

»Damit haben Sie sich eine lobende Erwähnung verdient, Nichol. Und melden Sie sich zur Mannschaft fürs Tauziehen gegen Detroit.«

»Er ist Kapitän des Teams, Sir«, rief jemand. Gelächter und spöttische Kommentare von allen am Hang.

An der Dienststelle steuerte MacNeice die Bäume am hinteren Rand des Parkplatzes an. Er öffnete das Fenster und hoffte, das Rotkardinalmännchen zu entdecken, das er schon seit Tagen hörte. Dann schlug er eine neue Seite in seinem Notizbuch auf und protokollierte, was er über den Täter wusste. Er war nicht weit gekommen, als er die Taktik änderte und schrieb: *Was haben eine bengalisch-kanadi-*

sche Schwesternschülerin und eine koreanisch-kanadische Uni-Sportlerin gemeinsam? Zwei ehrgeizige Frauen, die einer Minderheit angehören, werden am helllichten Tag an einem mehr oder minder abgeschiedenen Ort angegriffen. Nur ein angedeutetes Hakenkreuz. Wäre Nam nicht den Abhang hinuntergestürzt, hätte ihr sicherlich das gleiche Schicksal wie Ghosh geblüht. *Faschistische Xenophobie – in Dundurn?* Es mochte ja den einen oder anderen verborgenen Neonazi in der Stadt geben, aber er konnte sich an keinen offiziellen Vorfall erinnern. *Warum jetzt, warum hier? Wer ist der/die Nächste?* Die letzte Frage unterstrich er.

Etwas Rotes schoss am Chevy vorbei und landete auf einem Zweig der Felsenbirne. Nachdem es seine kräftigen Flötentöne in die schwere Nachmittagsluft hinausgeträllert hatte, hob es eine Schwinge und begann sich zu putzen. Beim Anblick des flammendroten Vogels notierte sich MacNeice den Anfangsvers eines Gedichts, das er vielleicht einmal an einem verregneten Tag verfassen würde: *Ein Blutstropfen auf der Schwinge eines Kardinals, er mag unsichtbar sein ...* Und so, frei assoziierend, fiel ihm wieder ein, dass die noch halb betäubte Lea Nam ihren Angreifer als eine schwarze Gestalt mit schwarzem Ballonkopf beschrieben hatte. Das Gedicht hatte er schon wieder vergessen, als er sich notierte: *Er trägt Schwarz, damit das Blut nicht zu sehen ist. Trägt er einen Helm, um sein Gesicht zu verbergen oder um seinem Opfer Angst einzujagen?*

MacNeice steckte das Notizbuch in die Jackett-Tasche, schloss die Seitenscheibe und stieg aus. Bevor er sich entfernte, sah er noch mal zum Kardinal. Der Kopf des Vogels drehte sich zu ihm hin, nahm ihn aber offenbar nicht als Gefahr wahr, denn er hob die andere Schwinge und fuhr mit dem Putzen fort.

Montile Williams war mit der Abschrift der tagsüber durchgeführten Befragungen beschäftigt, als MacNeice im Kabuff erschien. Ryan ließ die Videoaufzeichnungen durch sein spezielles Mustererkennungsprogramm laufen und sah nur auf, um MacNeice ins Bild zu setzen: »Die Notaufnahme ist eine wahre Goldmine, wenn es um Ghosh geht, Sir. Morgen habe ich Ihnen einiges zu zeigen.«

MacNeice hörte sich fünf von Williams aufgezeichnete Befragungen von Krankenhausmitarbeitern an – viele von ihnen schluchzten oder weinten. Und nicht nur, weil der Mord sie so erschüttert hatte – sie hatten die Fotos von ihrem Leichnam im Internet gesehen.

Vieles, was sie sagten, bestätigte frühere Aussagen: Das Opfer war bei allen beliebt gewesen. Williams hatte alle gefragt, ob jemand im Krankenhaus mit Schwester Ghosh nicht klargekommen sei oder mit ihr gar eine Auseinandersetzung gehabt habe. Bei der letzten Befragung gab der Arzt auf der Intensivstation zu Protokoll: »Hören Sie, jeder hier, dem diese Frage gestellt wird, könnte Ihnen wahrscheinlich das Aufnahmegerät vollquatschen, was die anderen alles für Armleuchter sind – ich eingeschlossen –, aber nicht bei Ghosh. Es mag vielleicht politisch nicht ganz korrekt sein, aber ein paar unter uns haben sie tatsächlich Taaraa Gandhi genannt.«

»Ich hab für morgen noch acht Befragungen angesetzt, aber ich möchte wetten, sie laufen genauso ab wie die hier.«

MacNeice begann, seine Beobachtungen über die Gemeinsamkeiten der beiden Frauen von seinem Notizbuch auf das Whiteboard zu übertragen.

»Soll ich mich um den Lea-Nam-Fall kümmern?«

»Es ist alles ein und derselbe Fall«, sagte MacNeice und sah zum Whiteboard, wo bereits ein Foto von Lea Nam bei der Überreichung einer Goldmedaille neben das Foto von

Ghosh geheftet worden war. Dann ging sein Blick zur zweiten Tafel, zu Hughes in Uniform. Es kam selten vor, dass MacNeice ein kalter Schauer der Panik über den Rücken lief. In Cayuga hatten sie Knochenteilchen gefunden, die wahrscheinlich von dem verstümmelten Sergeant stammten, der Bermuda-Träger war immer noch nicht identifiziert, dazu kam jetzt seine Überzeugung, dass Taaraa Ghosh und Lea Nam für den Messerstecher erst der Auftakt gewesen waren. Schon jetzt gab es mehr Leichen, als er überhaupt Ermittler zur Verfügung hatte, und er hatte das Gefühl, dass sich die beiden Fälle zu etwas sehr viel Größerem auswachsen würden.

Williams beobachtete MacNeice beim Beschriften der Tafeln. »Wir sind ziemlich dünn besetzt, Boss. Haben Sie und Ihr dienstbarer Geist noch irgendwas in petto?«

»Gute Frage.«

Ryan schwang herum. »Wenn ich mit den Krankenhausaufnahmen fertig bin, mach ich mich an die Recherche zum Pärchen im Packard.«

»Tolle Idee – tun Sie das.« An die beiden hatte er gar nicht mehr gedacht. Er war froh, dass sich Ryan anbot.

MacNeice hörte Schritte im Gang – kurz darauf erschien Vertesi im Kabuff, öffnete einen Umschlag und drückte MacNeice die Fotos von Hughes und seiner Familie in die Hand. MacNeice heftete sie ans Whiteboard und nahm wieder an seinem Schreibtisch Platz, während Vertesi von seinem Besuch bei Hughes' Witwe und seinem kurzen Aufenthalt im *Old Soldiers* erzählte.

»Die haben Sie durchschaut«, sagte MacNeice.

»Aber so was von, keine Frage – noch bevor ich aus dem Wagen gestiegen bin.« Beim Anblick der neuen Bilder am Whiteboard versank Vertesi noch weiter in seinem Stuhl. »Mein Gott, eine weitere Messerattacke. Aber diesmal hat er sie nicht erwischt ... Hat sie den Täter irgendwie beschreiben können?«

»Kaum. Nur dass er vermutlich einen schwarzen Motorradhelm trug und verdammt schnell mit dem Messer ist. Aber sie war schneller und konnte gerade noch ausweichen.«

»Meinen Sie wirklich, dass Hughes von den Bikern umgebracht wurde?«

»Ich bin mir ziemlich sicher, dass er in dieser Scheune getötet wurde«, erwiderte MacNeice.

»Wenn man sich so seine Familie ansieht«, sagte Vertesi mit Blick auf das Foto von Hughes mit seinen Kindern, »dann war der nie und nimmer ein Biker.« Er schüttelte den Kopf. »Diese Typen tragen Tattoos von Schlangen, Harleys und Girlies zur Schau. Unser Mann hatte das Wappen seines Bataillons und die Namen seiner Familie auf der Haut.«

Nach einer Weile lullte das Geräusch von Ryans Computerlüftung – ein sirrendes Hintergrundrauschen – sie alle in eine tiefe Müdigkeit. MacNeice wollte gerade aufstehen, als sein Telefon klingelte.

»Turnbull von der Spurensicherung, Sir. Wir sind gerade mit der Untersuchung des Knochenteilchens fertig – es stammt definitiv von einem Menschen. Wir brauchen mehr Zeit, wenn wir die exakte Herkunft bestimmen wollen, aber Dichte und Festigkeit stimmen mit einem Schädelknochen überein.«

»Danke. Irgendwas zum Heckenschneider?«

»Der Heckenschneider ist wirklich sehr gut gereinigt worden. Wahrscheinlich mit dem Hochdruckschlauch, den sie dort haben. Bislang keine Spuren, aber wir suchen noch. Wenn Ergebnisse vorliegen, bringe ich alles zur Rechtsmedizin und vergleiche den Schnitt mit dem an der Leiche dort. Sobald wir damit fertig sind, bekommen Sie einen Bericht dazu. Ich nehme auch den Knochensplitter mit, damit Richardson einen DNA-Abgleich mit Ihrer Leiche vornehmen kann.«

»Perfekt. Und die Stühle?«

»Einer hat tiefe Abriebspuren an der Unter- und Oberseite der Sitzfläche, die mit einer heftigen Abwehrreaktion einer gefesselten Person übereinstimmen könnten. Mittels UV-Mikrofotografie versuchen wir festzustellen, ob in den Rissen und Spalten noch DNA-Spuren zu finden sind. An der Stuhllehne ist nichts, wahrscheinlich haben sie Arme und Oberkörper mit Seilen gefesselt.«

»Schicken Sie uns so schnell wie möglich Ihren Bericht.« MacNeice legte auf und trat ans Whiteboard. Unterhalb von *Hughes* schrieb er: *Hughes (wahrscheinlich) in der D2D-Scheune, Cayuga, getötet. Was hat er da gemacht?*

Wieder klingelte sein Telefon; wieder war Turnbull in der Leitung. »Sorry, Sir. Der Ghosh-Fall: Die Ölflecken aus der Hauseinfahrt am Berg und in der Wentworth Street North stammen vom selben Zweitakter-Motorrad. Wir sind noch nicht fertig, aber die Probe von der Uni weist die gleichen Charakteristika auf. Morgen werden wir die Bestätigung haben.«

»Ich danke Ihnen, Turnbull.«

MacNeice trat an die zweite Tafel und schrieb mit einem roten Marker: *Tatverdächtiger fährt Zweitakt-Motorrad.* Er betrachtete die Fotos von Lea Nam mit ihrer Goldmedaille und von Taaraa Ghosh bei ihrem Highschool-Abschluss, dann das Bild von Ghosh mit aufgeschlitztem Hals. Dabei versuchte er sich den Augenblick des Angriffs vorzustellen: Ein schwarz gekleideter Fremder mit schwarzem Helm und schwarzem Visier tritt ihr auf den Stufen entgegen und geht auf sie los. Zunächst ist sie sicherlich verwirrt, vielleicht auch wütend ...

»Genug für heute«, sagte er. »Ich werde morgen als Erstes im Dundurn General mit Lea Nam sprechen.« Er griff sich sein Jackett, wünschte allen einen guten Abend und wollte gehen.

»Sie vergessen Ihren dienstbaren Geist nicht, Sir?«, rief Williams ihm noch nach, bevor er sich wieder seinem Computer zuwandte.

Der Mann mit dem schwarzen Helm wollte MacNeice nicht aus dem Kopf, auch als er bereits auf die kurvenreiche Straße zu seinem Cottage einbog. Was würde als Nächstes kommen? Zwei Frauen, die einer Minderheit angehörten, ein Hakenkreuz. Würde er zur Abwechslung einen Mann angreifen, um seinen Mut zu beweisen, oder ging er weiterhin auf junge Frauen los, weil sie für ihn irgendwas symbolisierten? Was? Die Fortpflanzung, möglicherweise – bring sie um, und sie können niemanden mehr in die Welt setzen, der genauso ist wie sie. Oder fand er sexuelle Befriedigung darin, auch wenn er sich an keiner der beiden vergangen hatte? Waren Ghosh und Nam zu seinen Opfern geworden, weil sie als höchst erfolgreiche Frauen mit ihrem Leben zum Vorbild für ihr Geschlecht und ihre ethnische Zugehörigkeit wurden – töte sie, und du raubst ihnen jede Hoffnung? Und welche Rolle spielte die Polizei in diesem Szenarium? Machte der Täter sich überhaupt Gedanken darüber, oder war er von der Unfähigkeit der Cops dermaßen überzeugt, dass er glaubte, nach Belieben weitermachen zu können? Hörte er Stimmen im Kopf, gab der Teufel ihm etwas ein … oder Gott? Wusste er, dass das alles irgendwann ein Ende finden würde? Oder hatte er es auf abstruse und skurrile Weise auf einen »Suicide by Cop« abgesehen?

21

Der Regen prasselte auf den Asphalt, aufsteigende Schwaden waberten um seine Füße, so dass es aussah, als würde er über der Wentworth Street schweben. Autos wichen der einsamen Gestalt aus, die auf dem Randstreifen stand; gelegentlich brüllte ihn jemand an oder hupte, bevor er an ihm vorbeirauschte. MacNeice achtete nicht auf den Verkehr, er war ganz auf die Stufen konzentriert, die den Hang hinaufführten, sowie auf den Straßengraben rechts von ihm. Er spürte, wie ihm das Wasser unter dem Hemd über den Rücken lief, spürte die klatschnassen Hosenbeine, die ihm jedes Mal wenn ein Wagen vorbeifuhr, am Schienbein klebten.

Er hörte sie lange vorher, bevor sie über ihn hinwegzogen – Krähen, die krächzend durch den Regen zum Berg flogen. MacNeice hob den Kopf, blinzelte durch den Regen und sah sie auf dem Geländer am Treppenabsatz niedergehen, wo Taaraa auf ihre Mutter gewartet hatte. Die letzte flog sehr niedrig, mit ihren glänzenden schwarzen Knopfaugen blickte sie auf ihn herunter, während Regentropfen von ihrem öligen Gefieder perlten. Die Krähe landete direkt vor MacNeice, mitten auf der Straße, und neigte den Kopf leicht zur Seite, als wollte sie den Menschen vor sich besser verstehen. Ein Pickup kam den Hang heruntergedonnert, seine Scheinwerferlichter erfassten den Vogel, dessen Schatten in Richtung MacNeice fiel. MacNeice wollte schon einen Warnruf ausstoßen, aber es war zu spät. Der Pickup brauste über den Vogel hinweg und rauschte an MacNeice vorbei, wieder spritzte Regenwasser auf seine Hose. Die unverletzte Krähe drehte sich nur um und hüpfte die Straße hinauf, überquerte sie in Richtung Hang, bevor sie in den Graben flatterte, in dem Taaraa Ghosh gestorben war.

MacNeice wischte sich Wasser aus den Augen und folgte der Krähe. Die drei Vögel auf dem Geländer hoben der Reihe nach ab und schwebten zu der Stelle, wo die Krähe auf dem Boden verschwunden war. MacNeice folgte ihnen, und dann sah er, dass die Vögel an etwas zerrten. Er hielt kurz inne, bevor er nähertrat: Die Krähen zogen an blutigen, im Boden vergrabenen Sehnen und Muskelgewebe. Als sie MacNeice oben auf dem Graben entdeckte, duckte sich eine der Krähen und riss den Schnabel auf; ihre leuchtend rote Zunge spitzte hervor. MacNeice erwartete einen Warnschrei, hörte aber nur das Prasseln des Regens. Er zog seine Dienstwaffe, zielte auf den Kopf des Vogels und feuerte im letzten Augenblick knapp darüber hinweg in die Erde. Dann wachte er auf.

Sein T-Shirt war schweißnass. Er zog es aus und warf es auf den Boden. Dann wurde ihm schlagartig klar – *schwarze Overalls, die kann man jederzeit ganz leicht an- und ausziehen, und dann sieht man aus wie ein x-beliebiger Motorradfahrer ...*

MacNeice setzte sich im Bett auf und blinzelte zum Radiowecker – 5.12 Uhr. Er überlegte kurz, sich wieder hinzulegen; nein, er hatte genug geschlafen und geträumt. Er stand auf, spritzte sich über dem Waschbecken Wasser ins Gesicht und stieg auf seinen Hometrainer. Um 7.40 Uhr fuhr er auf der King Street zum Dundurn General Hospital, um mit Lea Nam zu reden. Um 8.06 Uhr ging er durch die Stationen, wo soeben Frühstück serviert wurde, Schwestern Medikamente ausgaben und Ärzte ihre Visiten abhielten; die beste Zeit, um eine Gesundheitsfabrik voll in Aktion zu sehen.

Die Vorhänge im Zimmer waren zugezogen, nur das Licht

ganz oben an der Wand brannte. Lea hatte sich, von mehreren Kissen gestützt, aufgesetzt. Ihr rechtes Auge war dunkelblau angelaufen und geschwollen. Der Verband vom Vortag war entfernt und durch einen transparenten adhäsiven Wundverschluss ersetzt worden, der sich im rechten Winkel von der Augenbraue nach oben zog. Der Hals war immer noch dick bandagiert. Ihre glänzenden kohlrabenschwarzen Haare waren ihr aus der Stirn nach hinten gebunden, vermutlich von ihrer Mutter, die auf einem Stuhl neben dem Bett saß. Als sie MacNeice bemerkte, erhob sie sich hastig.

Er streckte ihr die Hand hin. »Ich bin Detective Superintendent MacNeice.«

»Ruby Nam.« Sie hatte einen ganz leichten Händedruck. »Können Sie mir sagen, wer das getan hat?«, fragte sie und sah zu ihrer Tochter.

»Leider noch nicht.« Er wandte sich an die junge Frau. »Lea, wir haben gestern schon kurz miteinander gesprochen.«

Sie lächelte. MacNeice war erstaunt, wie schön sie war, trotz ihrer Verletzungen. »Ich erinnere mich. Ich habe Ihnen was von einem Ballonkopf erzählt.«

»Ja. Ich nehme an, Sie meinten damit einen Motorradhelm.«

»Ja. Ich war gestern etwas weggetreten. Aber ich habe ganz in der Nähe vom Sportzentrum jemanden mit so einem runden schwarzen Helm und einem Motorrad gesehen.«

MacNeice zückte sein Notizbuch und einen Stift. »Wo genau haben Sie ihn gesehen und wann?«

»Im Moment trainiere ich für zwei große Meetings, ich bin also seit drei Wochen jeden zweiten Tag auf der Strecke. Ich weiß nicht mehr, an welchen Tagen ich ihn gesehen habe, aber mir ist an mindestens drei Tagen ein orangefarbenes Motorrad aufgefallen, das am Rand des Hangs abgestellt war.

Hinter dem Trainingsplatz gibt es einen Parkplatz – Sie kennen den?«

»Ja.«

»Da hab ich ihn gesehen. Er hat mich beobachtet, wie ich den Platz überquert habe zum Anfang der Strecke. Es kam mir seltsam vor, dass da jemand war, jedes Mal stand er neben seinem Motorrad und sah zu mir herüber.«

»Erzählen Sie mir von dem Motorrad. War es eher ein Roller oder eine schwere Maschine wie eine Harley-Davidson?«

»Keine Harley – die kenne ich. Ein Typ im Team fährt auch eine. Nein, sie war kleiner. Aber auch kein Roller. Sie wissen, was ich meine?«

»Ja. Hatte sie Schmutzfänger?«

»Daran kann ich mich nicht erinnern. Das letzte Mal, als ich ihn gesehen habe, war ich auf dem Weg zum Princess Point, und ich dachte mir noch, wie seltsam, ihn hier zu sehen.«

»Wir werden Ihnen eine Sammlung von Motorradbildern zusammenstellen, die Sie bitte durchgehen. Gibt es sonst noch was, Lea?«

»Wie schnell, denken Sie ... ich meine, wann glauben Sie, dass Sie ihn schnappen werden?«

»Wir wollen ihn natürlich so schnell wie möglich fassen. Dabei sind Sie uns eine große Hilfe.«

Die kritische Frage kam von Ruby Nam: »Meinen Sie, er geht noch mal auf meine Tochter los?«

»Das glaube ich nicht. Ein weiterer Angriff gegen Ihre Tochter wäre zu riskant für ihn. Solange sie im Krankenhaus liegt, selbst wenn sie auf den Campus zurückkehrt, wird die örtliche Polizei und die Universitätspolizei ein Auge auf sie haben. Ich werde jemanden mit den Motorradbildern herschicken.« Erneut streckte er Ruby Nam die Hand hin, die sie zögerlich nahm. Er lächelte Lea zu und verließ den Raum.

Der Polizist an der Tür stand auf, als MacNeice an ihm vorbeiging, und setzte sich wieder, als er am Ende des Gangs um die Ecke verschwand.

Zwei Stunden später sprang der Polizist erneut auf, als Vertesi mit einem dicken Umschlag auftauchte. Er klopfte an, bevor er in das ziemlich dunkle Zimmer trat, und bat die junge Frau im Bett, das Licht am Kopfende anzuschalten.

Vertesi stellte sich Lea und ihrer Mutter vor und erinnerte sie an den Grund seines Besuchs. Mithilfe des Rolltabletts ging er mit ihr eine Reihe von Kärtchen durch, auf denen Motorräder abgebildet waren, von Enduro-Maschinen bis zu schweren Cruisern, von Rollern bis zu japanischen Supersportlern.

Mehrmals kam von ihr ein »vielleicht«, aber zumindest wiesen die von ihr identifizierten Motorräder immer ein ähnliches Profil auf: Es handelte sich durchweg um Gelände- oder Straßenmaschinen mit Zweitakt-Motor. »Ich bin mir ziemlich sicher, dass sie orange war ... Na ja, es hat immer die Sonne geschienen, es könnte also auch rot gewesen sein ... tut mir leid.«

»Es muss Ihnen nicht leidtun – Sie machen das ganz großartig. Motorräder sind nicht so leicht auseinanderzuhalten.« Bei jedem »vielleicht« legte er die Karte auf einen gesonderten Stapel. Als alle »Nein«-Karten aussortiert waren, gingen sie den »Vielleicht«-Stapel ein zweites Mal durch.

Zwanzig Minuten später verließ er das Krankenhaus mit vier Motorrädern, die als mögliches Täterfahrzeug in Frage kamen. Eines davon war zwar blau-weiß, sein Profil schien laut Lea aber zu passen. »Was sind das für Motorräder?«, hatte sie gefragt.

»Alle vier sind japanische Maschinen, aber, ehrlich gesagt, Lea, ich kenne mich damit auch nicht aus. Die Spurensicherung wird mehr wissen. Jedenfalls waren Sie uns eine große

Hilfe. Noch eins, haben Sie das Motorrad jemals gehört, im Leerlauf oder während der Fahrt?«

»Nein. Eigentlich dachte ich mir beim ersten Mal, dass das Motorrad liegengeblieben ist.«

Nach seiner Rückkehr zur Dienststelle gab Vertesi die Bilder bei der Spurensicherung ab, bevor er nach oben eilte. Im Kabuff war Williams über Ryans Computer gebeugt. Deputy Chief Wallace gab eine Pressekonferenz zum Fall Lea Nam, zu der sehr viel mehr Journalisten erschienen waren als bei dem Fall Ghosh. »Wallace wurde gefragt, ob zwischen den beiden Attacken eine Verbindung besteht«, sagte Williams.

Wallace zögerte nicht mit seiner Antwort. »Dafür gibt es im Moment keinerlei Bestätigung, die Ermittlungen befinden sich noch in einem frühen Stadium. Wir schließen allerdings nichts aus.« Unter den Mikrofonen der großen Radio- und Fernsehsender befanden sich auch zwei von Sportsendern – Beleg dafür, dass Nam als Läuferin einen gewissen Bekanntheitsgrad genoss. Rechts von ihm saß MacNeice, der einleitend ein paar Worte gesagt hatte, bevor er das Mikrofon an den Deputy Chief übergab.

Nach MacNeice' Rückkehr ins Kabuff sprach Williams ihn gar nicht auf die Pressekonferenz an, sondern wollte lediglich wissen, ob er bei Wallace um zusätzliches Personal nachgefragt habe.

»Ja. Er hat gesagt: ›Reden Sie mit Ihrem dienstbaren Geist, dann sagen Sie mir, wen Sie wollen.‹«

»Verdammt – ich dachte, er wäre Ihr dienstbarer Geist«, entgegnete Williams. »Und? Haben Sie mit Ihrem dienstbaren Geist geredet?«

»Ja.«

»Und?«, fragte Vertesi.

»Er hat gesagt: ›Sag deinem Boss, wen du willst, aber denk daran, die Löhne sind eingefroren.‹«

»Und haben Sie schon jemanden im Sinn? Ich meine, Swetsky fahndet nach den Jungs, die die Biker kaltgemacht haben, sein Team wird also eher noch größer und nicht kleiner werden. Und da hatte er noch gar nicht mit den Toten zu tun, die in Plastik eingeschweißt wurden.«

»Ich hätte schon jemanden im Sinn, aber das ist sehr unwahrscheinlich«, sagte MacNeice.

»Fiza Aziz!«, kam es prompt von Vertesi.

»Genau.«

»Nie und nimmer. Sie meinen, die verlässt einfach so die Uni?« Trotzdem musste Williams einräumen, dass Fiza Aziz unter den gegebenen Umständen nicht nur die perfekte, sondern auch die einzige Kandidatin war.

»Ich weiß es nicht.«

»Sie ist in Ottawa nicht glücklich, Boss«, sagte Vertesi. »Wir haben das letzte halbe Jahr ab und zu gemailt. Aziz war nach unserem letzten gemeinsamen Fall ausgebrannt. Das Angebot für einen Kriminologie-Lehrstuhl war zu dem Zeitpunkt für sie genau das Richtige. Aber das war damals …«

»Und was ist mit dem Einstellungsstopp?«, fragte Williams.

»Vielleicht könnte ich es so hindrehen, dass ihr Abschied als eine Art Sabbatical oder als Freistellung vom Dienst gewertet wird, oder vielleicht sogar als berufliche Fortbildung – rückwirkend.«

»Sie haben noch nicht mit ihr gesprochen?«, fragte Vertesi.

»Nein.«

Williams setzte sich an seinen Computer und öffnete eine Suchmaschine. »Was ist los?«, wollte Vertesi wissen.

»Nur so eine Idee – mal sehen. Ich dachte mir, Aziz – Angehörige einer Minderheit, Muslimin, promoviert und Polizistin –, erinnerst du dich noch an den Artikel im *Standard*, als sie zum DI befördert wurde? Nur so eine Vermutung, aber Ghosh und Nam sind beide auf ihrem Gebiet ebenfalls höchst erfolgreich.« Er gab *Taaraa Ghosh* ein. Die erste Seite der Suchergebnisse bestand ausschließlich aus Nachrichten zum Mord an ihr, auf der zweiten Seite aber fand sich ein Artikel, der drei Monate zuvor erschienen war: »Neue kanadische Mitbürgerin unter den besten Krankenpflegeschülern.« Beigefügt war ein Foto, auf dem sie lächelnd einem älteren und ebenfalls lächelnden Patienten den Blutdruck maß. Unter anderem wurde im Begleittext erwähnt, dass ihr Vater und Bruder bei einem Terroranschlag in Bangladesch ums Leben gekommen waren.

Williams gab daraufhin Lea Nams Namen ein. Erneut kamen nach den jüngsten Artikeln zum Überfall ältere Berichte über ihre sportlichen Erfolge – oder bevorstehenden Erfolge – bei Laufwettbewerben.

MacNeice setzte sich an seinen Schreibtisch und sah zu Williams' Monitor.

»Du meinst also, unser Täter liest die Zeitungen, um sich seine Opfer zu suchen?«, fragte Vertesi.

»Warum nicht? Engt das Bewerberfeld ein. Sie tauchen in den Nachrichten auf, weil sie irgendwas Herausragendes leisten, außerdem kommt er so an Fotos, damit kann er sie aufspüren. Bislang hat er zwei von ihnen erwischt ...«

»Und man kann den Suchvorgang auch umdrehen«, sagte MacNeice.

»Wie?«, fragte Vertesi.

»Man gibt ›herausragende junge Immigrantin‹ plus ›Dundurn‹ ein. Findet man dazu Artikel, hat man sein potenzielles Opfer«, antwortete Williams. »Geht man von den ersten beiden aus, hat er es nicht auf Immigrantinnen abgesehen, die in den Nachrichten auftauchen, weil ihnen als alleinerziehende Mutter die Sozialhilfe nicht ausgezahlt wurde und ihre Kinder Leukämie haben.« Er sah zu Ryan. »Ergibt das Sinn?«

»Die Anfrage müsste verfeinert werden«, sagte Ryan.

»Aber Sie wissen, wie Sie das anstellen müssen?«

»Ja, Sir. Sobald ich mit dem Krankenhaus durch bin, wenn das okay ist?«

»Schließen Sie die Videoaufnahmen ab«, sagte MacNeice.

Er stand auf und ging zu Swetskys Büro, wo er nicht gestört werden würde. Er wusste nicht, ob Aziz sein Angebot annehmen würde. Er war sich ziemlich sicher, dass ihr Burnout so gut wie nichts mit dem letzten Fall zu tun hatte, sondern eher mit der Anziehung, die sie aufeinander ausübten – oder mit der damit einhergehenden Ablenkung. Diese Ablenkung hatte zum Tod eines jungen Mannes geführt, eines Mordzeugen, den die Täter zum Schweigen bringen wollten und den sie übers Geländer in einem Hotel-Atrium geworfen hatten, zwanzig Stockwerke über der Rezeption. Er war durch ein Glasdach gekracht und vor ihren Füßen aufgeschlagen. Damit, fürchtete er, war auch ihr Vertrauen in ihn zerstört worden.

Er griff zum Telefon auf dem Schreibtisch, atmete tief durch, hob den Hörer ab und wählte. Es klingelte mehrmals, bis sie sich meldete. MacNeice schlug das Herz schneller, als er ihre Stimme wieder hörte – sie klang so ruhig, so selbstgewiss. Er begrüßte sie, und nach einem verlegenen Schweigen fragte er: »Ist der Unterricht das, was du dir vorgestellt hast, Fiza?«

Es folgte eine lange Pause, in der er sie seufzen hörte, dann, endlich, sagte sie: »Nein. Nein, ganz und gar nicht, Mac. Ich weiß nicht – Unterrichten hat nichts mit dem Leben zu tun, es ist eher eine kontinuierliche Vorbereitung auf das Leben.«

»Ich bin mir nicht sicher, ob ich das verstehe.«

»Ich bin mir dessen auch nicht sicher. Die Fakultät besteht nur aus Kriminologen, im Großen und Ganzen sind das alles wunderbare Menschen, engagierte Menschen, aber keiner von denen hat jemals die Angst gerochen oder so brutale Dinge erlebt wie wir – sie sorgen sich um ihre Lehrverträge, Mac, und um ihre Cottages in den Gatineaus, an die sie eine Veranda dranbauen wollen.«

»Aber ich habe gedacht, nach unserem letzten Einsatz hättest du von diesen brutalen Dingen die Schnauze voll.«

»Das habe ich auch gedacht.«

Wieder wurde es still in der Leitung, und MacNeice wartete einfach, bis sie fortfuhr. Sein Blick blieb an einem Schnappschuss hängen, der über dem Telefon an die Wand geheftet war: Swetsky irgendwo auf einem Steg, wo er breit grinsend einen großen Muskellunge in die Kamera hält. An den Rand hatte er geschrieben: *Der ist mir nicht entwischt.* War es eine Art Talisman, um mit der bitteren Realität der Mordkommission zurechtzukommen? Ihm wurde bewusst, dass er den Großen nie so hatte lächeln sehen.

»Mac ...«

»Ja?«

»Warum rufst du an?«

»Um dich zu fragen, ob du zurückkommen willst. Deine Stelle ist frei, wenn du interessiert bist – und wir brauchen dich hier.«

Aziz atmete tief ein; er hörte ihren Stuhl knarren, während sie herumrutschte. »Ist das dein Ernst?« Und dann sagte sie: »Natürlich ist es dein Ernst.«

»Du musst von den Biker-Morden gehört haben, personell sind wir bis aufs Äußerste angespannt. Außerdem gibt es hier jemanden, der junge Frauen aufschlitzt und umbringt, Fiza. Ich meine es sehr ernst.«

»Wie lange kann ich es mir überlegen?«

»Fiza, so viel Zeit haben wir nicht.«

»Im Ernst, wie schnell müsste ich zu euch zurück? Ich will hier niemanden im Stich lassen, egal, für wie ungeeignet ich mich als Lehrerin halte.«

»Mit jetzt meine ich noch heute. *Jetzt.*«

»Okay – heute Abend.«

22

Alle Blicke richteten sich auf ihn, als er ins Kabuff kam. »Wir werden heute Abend erfahren, ob sie zurückkommt«, sagte er achselzuckend. Obwohl sie wussten, dass sie ihn lieber nicht nach weiteren Einzelheiten fragen sollten, wagte sich Vertesi aus der Deckung: »Vielleicht sollten wir ihr ein Hotelzimmer buchen bis zum Umzug.« Daraufhin mussten MacNeice und alle lachen. Sie fehlte ihnen ebenso sehr wie ihm. »Stellen wir das vorerst zurück«, sagte MacNeice, »ich will nichts verschreien.«

»Ryan kann uns jetzt Aufnahmen von Ghosh bei ihren vier Wochen in der Notaufnahme zeigen«, sagte Williams.

Sie hatten für MacNeice einen Stuhl direkt vor Ryans mittleren Monitor gestellt, alle anderen saßen außen herum. Ryan, seitlich an seinem Schreibtisch, hatte nur noch sein Keyboard und seinen Joystick vor sich.

Die Durchsicht des Videomaterials war zunächst verwirrend, so als würde man die einzelnen Segmente eines Gepäckförderbands verfolgen, das nach einem langen Flug an einem vorbeiläuft. Die Szenen begannen mit normaler Geschwindigkeit, dann schob Ryan seinen Joystick nach vorn, und die Bilderfolge wurde beschleunigt, oder er nahm ihn zurück, und Taaraa lief in Zeitlupe an ihnen vorüber. Die Polizisten konzentrierten sich auf die Bilder. Sie sahen das sich immer leicht verändernde Personal vorüberziehen – schnell, langsam, normal –, und nach einer Weile waren sie so in diesen Rhythmus vertieft, dass die normale Geschwindigkeit ihnen wie ein Kriechen erschien.

Alles, was Ghosh tat, schien von Freundlichkeit, Professionalität und Mitgefühl geprägt zu sein, egal, ob sie einen alten Mann mit seiner Gehhilfe stützte, einer Hochschwangeren in den Rollstuhl half oder vor einem Jungen mit einem aufgeschlagenen Knie kauerte.

Beim dritten Durchgang sagte MacNeice: »Einen Moment. Spielen Sie das zurück. Ich sag Ihnen, wo Sie anhalten sollen.«

Ryan, der in seinem Schreibtischsessel lümmelte, richtete sich auf und schob den Joystick vor, die Bilder schwirrten an ihnen vorbei.

»Halt.« MacNeice lehnte sich näher zum Monitor vor. Williams sah zu Vertesi, der nur die Stirn runzelte.

»Was ist, Boss?«, fragte Williams.

»Ich bin mir nicht sicher. Ryan, können Sie dieses Einzelbild freistellen, und die Sequenz dann noch mal langsam abspielen?«

»Kein Problem.« Mehrmals tippte er auf seiner Tastatur herum und bewegte dazu die Maus. Kurz darauf tauchte das Einzelbild in einer Ecke des mittleren Monitors auf, während das Video auf dem kleineren Monitor weiterlief.

»Stopp. Stellen Sie auch dieses Bild frei.« MacNeice deutete auf den Frame.

Klick, klick, klick, und das zweite Bild erschien neben dem ersten. »Wir lassen weiterlaufen, Sir?«

MacNeice nickte.

Bald darauf gesellte sich zu den ersten beiden Bildern ein drittes, viertes, fünftes, sechstes, siebtes und achtes, die sich allesamt kachelartig auf dem Hauptmonitor des Falcon anordneten.

»Bevor Sie irgendwas anderes machen – können Sie jedes Bild mit dem jeweiligen Datum und der Zeit der Aufnahme versehen?«

»Geben Sie mir fünf Minuten, Sir«, sagte Ryan.

MacNeice verließ das Kabuff, um sich einen Espresso zu holen. Als er fort war, rückten Vertesi und Williams näher an den Bildschirm und betrachteten die Bilder.

»Ich glaube, es geht um den Typen in der hellen Jacke.« Ryan deutete auf die linke Seite des Monitors. Derselbe große junge Mann war auch am Rand der anderen Frames zu sehen, in manchen Fällen auch zur Hälfte am Bildrand abgeschnitten.

Bedächtig schüttelte Williams den Kopf. »Alle Achtung, der Boss hat ein scharfes Auge. Ich hab die ganze Zeit nur auf die Leute geachtet, die mit Ghosh zu tun hatten.«

Als MacNeice mit dem Kaffee in der Hand zurückkehrte, fragte er: »Was haben wir also?«

»Der Typ in der beigen oder grauen Jacke links«, sagte Williams.

»Genau. Wer ist das? Warum ist er da?«

»Wie zum Teufel ist der Ihnen aufgefallen?«, fragte Vertesi. »Er nimmt nirgends am Geschehen teil – manchmal erscheint er gar nicht richtig auf der Aufnahme.«

»Genau darum geht es. Er ist kaum zu sehen, dennoch ist er immer da. Manche fallen auf, weil sie immer irgendwie beteiligt sind, so wie das Personal. Andere fallen auf, weil sie offensichtlich nichts zu tun haben, so wie er. Er steht oder sitzt zwischen den anderen, aber immer getrennt von ihnen. Nie unterhält er sich mit ihnen oder hat mit ihnen zu tun, nie wird er von ihnen mit einbezogen ... Er sieht nur zu.« MacNeice studierte die acht Aufnahmen.

»Ich habe das Mustererkennungsprogramm darüberlaufen lassen, es kommen gleich noch mehr Bilder von ihm, Sir«, sagte Ryan und klackte auf seiner Tastatur herum. Kurz darauf erschienen oberhalb der acht Bilder sechs zusätzliche Fotos.

»Nur Beine und ein Teil der Jacke ...«, sagte Williams. »Als hätte er die Kamera entdeckt«, mutmaßte Ryan.

»Davon bin ich überzeugt. Versehen Sie auch diese Aufnahmen mit dem jeweiligen Datum.« MacNeice trank seinen Kaffee aus und setzte sich.

»Sollen wir noch mal die Videos der Chirurgie durchgehen, um zu sehen, ob er dort ebenfalls auftaucht?«, fragte Vertesi.

»Er wird dort nicht auftauchen, wenn es unser Mann ist. Die Chirurgie liegt viel zu weit im Gebäudeinneren. Er braucht eine Tür ganz in der Nähe, die nach draußen führt, einen einfachen Fluchtweg. Wir haben uns bei der Suche nach dem Täter auf das Krankenhauspersonal konzentriert, was auch ganz richtig war – bis Lea Nam überfallen wurde. Ich bezweifle, dass sie jemals ein Krankenhaus von innen gesehen hat.«

»Wir sind so weit, Sir.« Ryan lächelte und ließ demonstrativ die Fingerknöchel knacken. Die acht Aufnahmen verschwanden vom Schirm und erschienen gleich darauf wieder, diesmal aber, mit Datum und Zeit versehen, in einem am unteren Bildschirmrand liegenden schwarzen Balken. Der Bildschirm schien kurz zu ruckeln, dann erschienen weitere sechs Bilder.

»Mein Gott, schaut euch das Datum an«, sagte Vertesi. »Er war an insgesamt fünf Tagen da. Wer muss in so kurzer Zeit fünfmal in die Notaufnahme? Und noch dazu an drei aufeinanderfolgenden Tagen.«

»Können Sie die besten Bilder irgendwie verbessern – wie lautet das Wort dafür?«, fragte MacNeice.

»Scharfstellen?«, antwortete Ryan. »Ich kann die Auflösung interpolieren, und ich kann die Belichtung anpassen, so dass ihn sogar ein entfernter Verwandter erkennen würde. Geben Sie mir noch mal fünf Minuten.«

»Sir, ich hab ihn«, kam es dann nach einer Weile von Ryan. Er kam auf seinem Schreibtischstuhl herübergerollt.

Legte man den Türrahmen hinter ihm als Maßstab zugrunde, musste der junge Mann knapp eins fünfundachtzig groß sein, er war schlank und wog an die achtzig Kilo. Er hatte einen langen Hals mit einem überproportional großen Kopf. Sein Gesicht wirkte viel zu hübsch – jungenhaft, fast schön – für jemanden, der so gefährlich war. *Wie alt ist er?*, fragte sich MacNeice; schon die Vorstellung, dass er sich rasierte, fiel ihm schwer, oder dass er jemals Pickel gehabt hatte. Er hatte große, weit auseinanderliegende Augen, die Haare waren zerzaust und wahrscheinlich mausbraun-blond, aber das war schwer zu sagen, denn die Bilder waren allesamt schwarz-weiß. War er intelligent? Wieder betrachtete MacNeice sein Gesicht. Wenn eine Katze, die einen Spatzen jagt, als intelligent gilt, dachte er sich, dann hatte er hier eine sehr intelligente Katze vor sich. Auf allen Aufnahmen bis auf eine lächelte er. Seine Miene erinnerte MacNeice an einen Klon von Chas Green – sie war ebenso ausdruckslos. Auf eine Aufnahme allerdings schien er abgelenkt zu sein, sein Blick war auf die Schwesternstation gerichtet, die selbst nicht zu sehen war. Nachdem sie alle Bilder durchhatten, begann Ryan wieder von vorn.

»Schaut – seine linke Hand auf dem ersten Bild.« Vertesi zeigte auf den Monitor. Um die Handfläche trug er einen schmalen, enganliegenden Verband.

»Ja, aber der ist auf den übrigen Aufnahmen nicht zu sehen«, sagte Williams. »Kannst du sie wieder in der Gesamtschau zeigen?«

»Zoomen Sie auf diese Hand.« MacNeice hatte sich abgewandt und betrachtete auf dem Whiteboard das Foto von Taaraa Ghoshs Bauch, auf dem er die Einstiche zu einem Hakenkreuz verbunden hatte.

»Am ersten Tag trug er einen Verband. Dann nicht mehr. Er muss alles ausgekundschaftet haben. Einen anderen Grund gibt es dafür nicht«, sagte Vertesi und wandte sich an MacNeice. »Wenn die Überwachungskameras ihn erfasst haben, sogar dann noch, als er sich aus dem Bildbereich hinausbewegt, warum hat ihn dann sich die Krankenhaus-Security nicht geschnappt?«

»Die Security schreitet nur ein, wenn es irgendwo Ärger gibt. Wenn jemand eine Prügelei anfängt, einen Stuhl durch die Gegend schleudert oder auf eine Krankenschwester losgeht. Aber der Typ hier steht nur lächelnd rum, er legt es nicht drauf an, die Aufmerksamkeit auf sich zu lenken, und er bekommt sie auch nicht«, sagte Williams. »Ich bringe diese Großaufnahme mit Datum und Zeit zur Notaufnahme – mal sehen, ob die mir irgendwas über ihn sagen können.«

»Boss, können wir das Bild an andere Dienststellen in der Provinz schicken?«, fragte Vertesi.

»Noch nicht. Bislang haben wir einen lächelnden Typen in einem Krankenhauswartezimmer. Wir wissen nicht, wer er ist oder warum er dort aufgetaucht ist. Wir brauchen den Krankenhausbericht, und wir brauchen das Motorrad. Ryan, können wir die Videoaufnahmen des Parkplatzes durchgehen?«

Ryan rückte wieder vor den mittleren Monitor. Nach wenigen Minuten hatte er die Parkplatzaufnahmen des entsprechenden Datums, kurz darauf deutete er auf den Bereich, in dem die Motorräder abgestellt waren.

»Okay, wir suchen eine Zweitakt-Maschine, wie immer man die auch erkennen mag«, sagte Williams.

»Ja, mit einem roten oder orangen Tank – was auf einem Schwarz-Weiß-Video ja ganz leicht zu sehen ist«, bemerkte Vertesi sarkastisch.

»Hier, rechts« – Ryan deutete auf den Monitor – »am

Rand der Stellfläche. Das ist eine Yamaha RZ 500 LC von 1986 in Orange und Weiß oder Rot und Weiß. Mit einem Vierzylinder-Zweitaktmotor, Sechsganggetriebe und einem Drehmoment von 67 Newtonmeter.«

»Ohne Scheiß jetzt?« Williams besah sich die Reihe der abgestellten Motorräder.

»Ich fahre Enduros. Es ist die einzige Zweitakt-Maschine, die hier steht.«

»Was zum Teufel heißt ›Drehmoment von 67 Newtonmeter‹?«

Williams sah zu Vertesi.

»Das heißt, das ist eine Rennmaschine«, antwortete Ryan. »Die war auf Geschwindigkeit ausgelegt, mit der fährst du nicht mal kurz zum Laden um die Ecke, um dir eine Limo zu kaufen. Sie wurde bis 1987 gebaut. Aber in den Staaten konnte man die gar nicht kaufen – die war damals schon zu heiß für deren Umweltauflagen, weshalb Yamaha den Bau dann wahrscheinlich auch eingestellt hat.«

»Können Sie das Kennzeichen lesen?«, fragte MacNeice.

»Nein, Sir, er parkt quer zur Kamera. Aber ich scanne sämtliche Aufnahmen an diesem Datum, vielleicht wurde er ja bei der An- oder Abfahrt erfasst.«

»Wer würde so ein Motorrad reparieren oder warten, Ryan?«, fragte MacNeice.

»Na ja, wer so eine Maschine besitzt, kann sie wahrscheinlich wie einen Lego-Duplo-Bausatz zerlegen. Wenn sie meine wäre, würde ich keinen an sie ranlassen. Es gibt Motorradfreaks, die ich fragen könnte, aber ...«

»Gehen Sie diskret vor, aber zeigen Sie Ihren Freunden das Bild. Sagen Sie ihnen, Sie wären befördert worden und tragen sich jetzt mit dem Gedanken, eine – was ist das wieder für ein Ding?«

»Eine 86er RZ 500 LC. Heißt das, ich bin befördert worden, Sir?« Ryan schwang herum und warf MacNeice einen treuherzigen Blick zu.

»Ich hab ihn, Sir«, sagte Ryan eine Weile später und rutschte zur Seite.

MacNeice und die beiden Detectives nahmen Platz, und Ryan schob den Joystick nach vorn. Der Biker trug die helle Jacke, die sie an dem jungen Mann in der Notaufnahme gesehen hatten, und einen hellen Jethelm mit Shorty-Visier, wie Ryan ihnen erklärte. Er fuhr von rechts kommend auf den Parkplatz und stellte am hinteren Ende der aufgereihten Motorräder seine Maschine ab.

»So weit wie möglich von der Kamera entfernt«, sagte Williams.

»Ryan, ist der Helm weiß oder silbern?«, fragte Vertesi.

»Silbern, durchgehend. Genau wie das Visier.«

Aber auch hier stand das Nummernschild im rechten Winkel zur Kamera. »Er parkt immer an der gleichen Stelle. Seht euch das an«, sagte Ryan, während er seinen Joystick nach vorn wuppte. Die Maschine fuhr fünfmal in den gleichen Parkplatz oder in den daneben. »Aber jetzt wird es interessant.«

Ryan hatte alle Abfahrt-Sequenzen zusammengestellt. Auf jeder Aufnahme schob der Biker die Maschine kurz zurück und fuhr dann aus dem Aufnahmebereich – er nahm den langen Weg zur Parkplatzausfahrt, die einzige Möglichkeit, der Kamera zu entgehen. »Bei seinem letzten Besuch, am Tag fünf, macht er was anderes.« Er schob sich rückwärts aus dem Parkplatz, fuhr nach vorn, bog aber nach den Motorradstellplätzen links ab in Richtung der Überwachungskamera.

»Der Typ hat Nerven«, sagte Williams.

»Halten Sie die Aufnahme an, bevor er unten aus dem Bild verschwindet«, sagte MacNeice und zeigte auf den Bildschirm. Ryan ließ den Biker langsam an die untere Bildkante heranfahren. »Genau hier, stopp. Können Sie ranzoomen?«

»Klar.« Ryan tippte auf die Tastatur und zoomte mit dem Joystick langsam an den Fahrer heran. Das Visier war verspiegelt, gab aber den Blick auf das Gesicht unterhalb der Nase frei.

»Er lächelt«, sagte Vertesi kopfschüttelnd.

»Ja, und noch dazu in die Kamera.« Auch MacNeice schüttelte den Kopf. »Er hält sich fünf Tage in der Notaufnahme auf, und keiner bemerkt ihn. Als hätte man ihm damit grünes Licht für den Überfall auf Taaraa Ghosh erteilt.« MacNeice starrte auf den Helm. Genau über dem Visier, mittig, reflektierte die Sonne auf dem Helm. »Können Sie den Helm vergrößern und das grelle Schlaglicht rausnehmen?«

Ryan nickte. Gleich darauf füllte der Helm den Monitor, wobei das Schlaglicht noch greller wirkte. Ryan änderte die Helligkeit, bis das Silber zu einem Dunkelgrau, fast zu Schwarz wurde. Im Schlaglicht waren jetzt vier kurze Linien zu erkennen – genau wie die, die auf Taaraas Bauch eingeritzt waren.

»Drucken Sie das aus.« MacNeice sah zu Ryan, und erst jetzt fielen ihm die fünf leeren Pappbecher auf, die auf der Ecke seines Schreibtisches ineinandergesteckt waren. »Wie lange sind Sie denn schon hier?«

Bevor Ryan darauf antworten konnte, sagte Williams: »Lange, Boss. Die ganze Nacht.«

»Großer Gott, Ryan, Sie müssen nach Hause«, sagte MacNeice in aller Schärfe.

»Das hab ich auch schon versucht, Boss«, schaltete sich erneut Williams ein. »Aber er nimmt diesen ›Wettlauf gegen die Zeit‹ sehr ernst.«

»Ich kann dich hören, Detective Williams ...«, sagte Ryan, ohne sich umzudrehen.

»Was ist das auf Ihrem rechten Bildschirm?«, fragte MacNeice.

»Ich tracke das Bike. Ich kenne jede legale und illegale Werkstatt in der Region. Ich hab eine coole Story abgesetzt, ich hätte diese geile RZ 500 gesehen und würde dem Besitzer ein Angebot machen wollen, wenn ich sie finden könnte.«

MacNeice musste über Ryans Einfallsreichtum und technische Versiertheit lächeln. Er betrachtete die Monitore, auf denen jeweils Dinge abliefen, die sich grundlegend von den anderen unterschieden. Und allmählich kapierte er, warum Ryan den Millennium Falcon einen Supercomputer nannte. MacNeice war alles andere als ein Maschinenstürmer, dem es lieb gewesen wäre, wenn der technische Fortschritt mit dem Radio und der Vinylplatte an sein Ende gekommen wäre. Sein Denken und sein ästhetisches Empfinden – wie er es mangels eines anderen Ausdrucks bezeichnen wollte – stammten jedoch eher aus einer Zeit, in der man sich noch an der Schönheit von Dingen erfreute, die man anfassen konnte.

»Hat schon einer angebissen?«, fragte MacNeice.

»Ich hab jemanden, der sagt, es hätte einer wegen eines Kurbelgehäuses für eine RZ 500 angerufen, er hat ihn an Yamaha weiterverwiesen. Laut Yamaha hat er bei ihnen nichts bestellt, sie haben aber angeboten, die Sache über Yamaha Japan weiterzuverfolgen. Sie wollen sich morgen bei uns melden, wenn sie einen Namen und die Adresse haben.«

»Das Ölleck.«

»Genau. Er hat ein Problem, und ohne Ersatzteile kann er es nicht reparieren.«

»Keinem von denen ist die Maschine bekannt?«

»Nein. Er repariert seine Maschine auf jeden Fall selbst.«

23

Später am Nachmittag rief Turnbull von der Rechtsmedizin bei MacNeice an. Wie von ihm vermutet, stammten die Knochensplitter im Abfluss von Sergeant Hughes. Am Heckenschneider war keine DNA feststellbar, aber die Schnittcharakteristik stimmte überein. Junior hatte großen Spaß gehabt, mit einer Kokosnuss, einem Plastikschädel und einem Schweineschädel zu experimentieren – was allerdings keine Rückschlüsse zugelassen hatte. Schließlich hatte er den menschlichen Knochen eines Körperspenders aufgeschnitten und feststellen können, dass die Schnittcharakteristik identisch war.

MacNeice legte auf. Biker und Betonfirmen. Wo war die Verbindung? Er erhob sich, trat ans Whiteboard und nahm einen Marker zur Hand. Unter den Fotos von Hughes strich er *wahrscheinlich* durch und unterstrich *in der D2D-Scheune, Cayuga, getötet.*

»Wow, Boss, da wird Swetsky seine Ermittlungen neu ausrichten müssen«, sagte Williams.

»Das will ich meinen. Vertesi, woher beziehen die Betonlieferanten ihre Rohstoffe?«

»ABC-Grimsby hat eine große Kiesgrube, mit der sie auch Mancini beliefern – auch wenn Alberto Mancini nichts davon erwähnt hat.«

»Und McNamara?«

»Der Typ, mit dem ich geredet habe, meint, sie karren ihren Sand und Kies aus Orangeville heran.«

»Das vergleichsweise weit entfernt ist.«

»Ja. Aber ist das wichtig?«

»Entfernung ist Zeit, und Zeit ist Geld. McNamara war im Nachteil«, sagte MacNeice, während er immer noch auf die Fotos von Hughes sah.

»ABC und Mancini sind beides Firmen von Italienern«, bemerkte Williams.

»Ja, mein Typ hat aber auch erzählt, Mancini wollte die Kiesgrube kaufen und ist in letzter Minute von ABC ausgebootet worden. Darüber dürfte er nicht besonders glücklich gewesen sein«, sagte Vertesi und trommelte auf den Schreibtisch.

»So ist das Geschäft. Er hatte das Nachsehen und musste einen Nebendeal abschließen, um an die Rohstoffe zu kommen. Und woher hat er die vorher bezogen?«

»Keine Ahnung.«

»Aber Italiener und Biker? Das kriege ich nicht zusammen«, sagte Williams.

»Ich schon.« Ryan hatte so leise vor sich hin gearbeitet, dass die drei Polizisten ihn fast vergessen hatten. »Biker kann man immer als halb-legale Schlägertruppe anheuern. Man sieht sie bei Rockkonzerten, Motocross-Veranstaltungen, ATV-Quad-Rennen, beim Wrestling – da sind sie für die ›Sicherheit‹ zuständig. Sie verkleiden sich vielleicht als Zivilisten und tragen Anzug, trotzdem bleiben sie Biker, und was sie machen, ist höchstens halb-legal.«

»Ja, aber die Italiener haben doch ihre eigenen Schläger?« Fragend sah Williams zu Vertesi.

»Nicht unbedingt«, erwiderte Vertesi.

»Ist doch keine schlechte Idee, einen unabhängigen Sicherheitsdienst anzuheuern – wahrscheinlich auch noch schwarz –, wenn sowohl die städtischen Behörden als auch die Regierungen der Provinz und des Landes dein Unternehmen ins Auge gefasst haben«, sagte MacNeice.

»Aber sind Biker nicht wahnsinnig auf ihr Territorium fixiert?« Williams wirkte verwirrt.

»Klar«, antwortete Ryan. »Es fliegen sofort die Fetzen, wenn eine rivalisierende Gang unerlaubt auftaucht.«

»Aber Hughes war kein Biker. Oder wenn, dann hat seine Frau nichts davon gewusst«, sagte Vertesi.

»Wer lag hier mit wem im Clinch? DeLillo mit ABC, Mancini mit McNamara, McNamara mit ABC? Mir fehlt so was wie ein Handlungsstrang.« Williams notierte sich die Namen der konkurrierenden Firmen auf einem Notizblock und dachte nach. »Sie beliefern alle das Projekt des Bürgermeisters, außer DeLillo. McNamaras Kosten sind höher als die von ABC und Mancini, aber rechtfertigt das schon einen Krieg?«

»Vielleicht. Wir brauchen die Bestätigung, dass das *Old Soldiers* die Zentrale der Biker-Gang war.« MacNeice betrachtete das digital bearbeitete Bild des Bermuda-Trägers ohne Einschussloch in der Stirn. »Aber zuerst, Vertesi, müssen Sie den Mancinis noch ein paar Fragen stellen.«

Mit dem netten Umgangston seines ersten Besuchs hatte es sich. Vertesi wurde von einem der Angestellten in Alberto Mancinis Büro geführt. Alberto streckte ihm diesmal nicht die Hand entgegen, sondern wies nur wortlos auf einen der Stühle vor dem Schreibtisch. Sein Sohn nickte ihm von seinem Platz aus zu.

»Ich weiß es zu schätzen, dass Sie mich so kurzfristig empfangen«, sagte Vertesi.

»Du machst nur deine Arbeit, Michael«, erwiderte Alberto. »Wie kann ich dir helfen?«

»Soweit ich weiß, hat Mancini Concrete einen Vertrag mit ABC-Grimsby. Stimmt das?«

»*Si.*«

»Und Sie wollten die Grimsby-Kiesgrube erwerben, wurden von ABC aber überboten.«

»Ich würde nicht von *überbieten* reden. Ich habe das ABC-Angebot nie zu Gesicht bekommen.«

»Wollen Sie andeuten, dass ABC mit unfairen Mitteln zum Zug gekommen ist?«

»Ganz und gar nicht. Aber andere tun das vielleicht.«

»Könnten Sie das näher erklären, Sir?«

»Mein Vater muss dir überhaupt nichts erklären.« Pat Mancini hatte sich in seinem Stuhl zu Vertesi hingedreht.

»Bitte, Patrizio«, sagte Alberto, den Blick auf seine Finger gerichtet. »Über Politik und Proporz haben wir ja schon ausführlich gesprochen, Michael. Viele glauben, ABC hätte aus diesen Gründen den Zuschlag bekommen.«

»Und was glauben Sie?«

»Ich vergeude meine kostbare Zeit nicht mit solchen Überlegungen. Ich wollte die Grimsby-Grube, um Zugang zu den Rohstoffen zu haben. Als ich sie nicht bekommen habe, habe ich einen Vertrag über den Ankauf der Rohstoffe geschlossen, und damit hatte ich, was ich wollte – Zugang zu den Rohstoffen.«

»Wo haben Sie die vorher bezogen?«

»Von Orangeville, North Milton, Brampton.«

»Alles weiter weg.«

»*Si.*«

»Hat McNamara auch so einen Vertrag abschließen wollen?«

»Da musst du schon McNamara fragen.«

»Gibt es irgendeine Verbindung zwischen Mancini Concrete und einem hier ansässigen Motorradclub namens Damned Two Deuces?«

»Da kann ich dir jetzt nicht mehr folgen, Junge.« Alberto

Mancini hob langsam die Hand und ließ sie wieder auf den Schreibtisch sinken.

»Was zum Teufel soll das?«, fragte Pat. Die Narbe an seinem Kinn wirkte heller und zorniger.

»Ich dachte, Sie heuern vielleicht Biker als Wachpersonal an. Hier, zum Beispiel.« Vertesi machte eine ausholende Handbewegung, die das gesamte Werksgelände zu umfassen schien.

»Warum sollte Pa Biker brauchen? Bei uns geht nichts Bares über den Ladentisch. Hier gibt's nichts zu klauen.«

Vertesi blieb auf Alberto Mancini konzentriert. »Sie haben von den toten Bikern gehört, die man in Cayuga gefunden hat?«

Alberto Mancini nickte.

»Wir können jetzt eine der Leichen aus der Bucht mit der Farm dort in Verbindung bringen.«

»Ja, eine Verbrechenswelle in der Betonbranche – das ist so was von daneben.« Pat Mancini klang richtig wütend.

»Patrizio, das reicht.« Albertos Ton war scharf, sein Sohn lehnte sich wieder auf seinem Stuhl zurück. »Michael, wir heuern hier keine Biker an. Ich kenne diese Leute nicht, und nein, wir haben auch keine Sicherheitsprobleme.«

Er erhob sich, ganz der italo-kanadische Patriarch, der keinen Deut an seiner Stellung als Geschäftsmann und öffentlicher Person zweifelte. »Wenn es keine weiteren Fragen gibt, fahre ich jetzt zum Essen nach Hause.«

Er wartete, dass sich auch Vertesi erhob, und begleitete ihn zur Tür. Pat Mancini blieb sitzen und sagte nichts mehr. Alberto gab Vertesi die Hand. »Richte deinen Eltern Grüße aus.«

Draußen auf der Holztreppe sah Vertesi die LKWs aufs Werksgelände kommen, sie fuhren an ihm vorbei und parkten nebeneinander an den Betonsilos, unter denen sie am

Morgen wieder beladen würden. Die am Zaun geparkten PKW und SUV waren im aufgewirbelten Staub nur noch schemenhaft zu erkennen. Etwas abseits unter dem Schutz einer Leinwandplane stand ein weiterer Wagen – flach, schnittig, mit breiten Reifen –, Pat Mancinis Karre.

Wann war Pat aus der NHL ausgestiegen? Vor fast zwei Jahren. Wie fühlt es sich an, nach der glorreichen Zeit als Eishockey-Spieler in die Fußstapfen seines Vaters zu treten und bei einer Betonfirma zu arbeiten, wo man erst mal den Staub von der Plane schütteln musste, wenn man in den hübschen Wagen steigen und in der Innenstadt herumcruisen wollte?

Andererseits gab es nicht viele Eishockey-Spieler, die von sich behaupten konnten, es bis ganz nach oben geschafft zu haben. Pat Mancini war an der Spitze gewesen. Er hatte gut gespielt und würde immer noch spielen, wenn ihm nicht mehrere schwere Gehirnerschütterungen einen Strich durch die Rechnung gemacht hätten.

Daher war Pat Mancini nach Dundurn heimgekehrt, war im Schoß der Familie willkommen geheißen worden, doch das, was er am besten konnte, war ihm von nun an verwehrt.

24

Für einen Außenstehenden hätte der in ein Zwiegespräch mit dem Spiegel vertiefte junge Mann mit seinem schwarzen Helm vielleicht etwas seltsam ausgesehen. Aber er war nun mal allein, und er selbst fand es weder ungewöhnlich, sich selbst in der dritten Person anzusprechen, noch, dass der Spiegel ihm antwortete.

Es gefiel ihm, im Helm zu atmen; dann kam er sich unsichtbar vor – er wollte gar nicht geschützt sein, sondern gefährlich, gefährlich wie Darth Vader. Und dann war ihm, als gäbe es nur ihn und das, was er sehen konnte – mehr nicht. Manche bauten sich ein Soundsystem in ihren Helm ein, aber nicht Billie Dance. Ihm gefiel die gefilterte Realität der Außenwelt in der kontrollierten Welt seines Helms. Er konnte sagen, was er wollte, konnte andere beschimpfen oder sie auslachen, und solange er nicht richtig laut wurde – was so gut wie nie vorkam –, konnte ihn auch keiner hören. Mit dem schwarzen Helm hatte er seinen – aus der stundenlangen Beschäftigung mit Dungeons and Dragons hervorgegangenen – Kindheitstraum so gut wie verwirklicht: Er wollte der ritterliche Rächer sein, der sich daranmacht, die Dinge geradezurücken. Was ihm früher dazu gefehlt hatte, war ein Anliegen, das eines ritterlichen Rächers würdig war. In Wahrheit hatte es dieses Anliegen aber schon immer gegeben, es hatte schon vor seiner Geburt auf ihn gewartet.

»Die demografische Entwicklung Kanadas«, sagte er dem Spiegel, »die der ganzen Welt als Nachweis unserer glückseligen multikulturellen Gesellschaft verkauft wird, hat alles verändert.«

»Hä?«, antwortete das Spiegelbild.

»Als hätten die Weißen – die dieses Land besiedelt und urbar gemacht haben – seit den 1960ern, mit dem Aufkommen der Pille, nicht mehr gevögelt und keine Kinder mehr gezeugt.« Er nahm den Helm ab, betrachtete kurz sein Gesicht, bewunderte seine glatte, helle angelsächsische Haut und seine hellblonden angelsächsischen Haare. »Sie wurden fett und selbstzufrieden. Sie wollten dieses und jenes, und sie wollten, dass jemand hinter ihnen herputzte und die Drecksarbeit erledigte. Gut, nicht gleich von Anfang an. Zuerst«, sagte er und betrachtete die verzerrte Reflexion seines Gesichts auf dem schwarzen Visier, »hatten sie nur Mitleid mit den farbigen Immigranten, von denen viele die Sprache nicht lernen konnten oder wollten – ihr Leben lang nicht. Es dauerte nicht lange, und die Immigranten vögelten sich dumm und dusselig und bekamen haufenweise Kinder, und diese Kinder gingen zur Schule und wurden zu was Besserem als ihre Eltern, und dann vögelten sich die Kinder dumm und dusselig, um was Besseres zu werden als die weißen Kanadier, die ursprünglich mal Mitleid mit ihnen gehabt hatten.«

»Das ist nicht richtig.«

»Nein, das ist nicht richtig. Das ist ziemlich scheiße! Aber erst als ich die demographische Entwicklung ...«

»Statistik?«

»Nicht, was du im *Economist* liest – sondern das, was dem Zeug, das du liest, überhaupt zugrunde liegt.«

An der Uni hatte er das Fach Bevölkerungswissenschaft für sich entdeckt. Billie Dance war ein Naturtalent. Seine Mathe-Noten waren immer schon überragend gewesen – mit drei hatte er im Kopf dividieren können. Aber die Schule hatte ihn gelangweilt, aus einer Vielzahl von Gründen.

»Nenn mir einen!«

»Na ja, Schach zum Beispiel. In der neunten Klasse hat Billie die Stadtmeisterschaft gewonnen, und auf Provinzebene ist es nur deshalb nichts geworden, weil er eine Lungenentzündung bekam. Das absolute Beste aber war, als er in der zwölften Klasse den Jugendmeister der Provinz besiegt hat! Den hat er in Grund und Boden gespielt – in drei Partien hintereinander, vor dem gesamten Schachclub ... Aber der bestand ja bloß aus vier Personen, und die asozialen Ärsche haben das natürlich niemandem erzählt.«

»Und was ist dann passiert?«

»Nichts. Das war das Schwierigste an der Highschool, und danach hat er nie mehr Schach gespielt. Aber als er seine Masterarbeit über das sich verändernde Antlitz Kanadas erfolgreich verteidigt hat, war das für ihn eine Art Durchbruch gewesen. Ihm wurde bewusst, dass er sich die Demographie zunutze machen konnte.«

»Inwiefern?«

»Ganz einfach. Wie bei der Sahne.«

»Sahne setzt sich oben ab.«

»So ungefähr. Du musst nur oben den Rahm abschöpfen. Denn die besten, erfolgreichsten dieser Leute setzt man an die Spitze von Unternehmen, die nichts Besseres zu tun haben, als weiße Kanadier zu feuern. Sie sitzen in der Regierung und erzählen uns, was wir zu tun und zu lassen haben. Sie können sich die besten Häuser leisten, aber meistens schaffen sie sich eine Umgebung, die gar nicht mehr nach Kanada aussieht – man könnte glauben, man wäre in Indien oder Korea oder China.«

»Und die demographischen Zahlen?«

»Schau dir die vergangenen sieben Jahrzehnte an – ich hab das gemacht –, dann siehst du, wohin das führt.«

»Wohin?«

»In eine Situation, in der die Weißen tief in der Scheiße hocken. Nimm Toronto. Jedes Jahr ziehen 150000 Menschen in die Stadt. Der Zuwachs in vier Jahren ist damit größer als die Einwohnerzahl der meisten kanadischen Städte. Mehr als die Hälfte dieser Menschen spricht Englisch nicht mehr als Muttersprache. Wir werden dann das sein, was die Engländer in Indien oder in Afrika waren, nur waren das aber gar nicht ihre Länder.«

»Und dann was?«

»Wir werden vertrieben oder ausgelöscht. Wenn wir wieder vögeln, dann nur in Mischehen, und weißt du, was dann dabei herauskommt?«

»Was?«

»Die demographische Beschreibung der Bevölkerung ergibt dann keinen Sinn mehr, weil wir ein einziger großer grauer/pinker/brauner/gelber Klumpen sind.«

»Ein Klumpen.«

»Und die Geschichtsbücher wird man verbrennen. Wer braucht dann noch den Scheiß über die Zeit, als die Weißen das Sagen hatten? Keiner mehr.«

»Was ist mit den Juden? Ist das nicht der Punkt, an dem die Juden ins Spiel kommen?«

»Das war das Problem mit Hitler und seiner durchgeknallten Bande – die haben das Problem doch völlig verkannt. *Wir* sind doch die Juden. Kapierst du das nicht?«

»Äh, nein.«

»Na, dann geh mal zur Bibel zurück. Jesus – unser Mann – war ein Jude. Ergo sind wir alles Nachkommen von Juden.«

»Dann haben wir also Jahrhunderte damit verschwendet, Juden umzubringen.«

»Exakt, totale Zeitverschwendung. Sie sind wir. Zwischen *jüdisch-christlich* steht ein Bindestrich, kein Punkt.«

»Aber Hitler hatte ein cooles Logo.«

»Unseres ist cooler, nicht so retro wie das von den Neonazis. Bei unserem braucht man eine gewisse Intelligenz für die Interpretation, und die fehlt den Neonazis – die sind dumm wie Stroh. Aber jetzt machen wir uns an die Arbeit.«

»Aber sollten wir nicht eine Anhängerschaft um uns scharen wie die Skinheads?«

»Nein, nein, nein! Wir sind kein weißer Abschaum wie die. Die Tempelritter haben mit acht Mitgliedern begonnen, acht Kriegermönchen. Der Orden wuchs auf Tausende von Mitgliedern heran, weil sie einem Kodex verpflichtet waren. Scheiße, schon das Gerücht, dass sie im Anmarsch sind, hat gereicht, dass ganze Städte verlassen wurden, dass die Leute wie die Ratten vor dem Feuer flohen. Wir haben einen Kodex, und wir besitzen Hingabe. Die Menschen werden uns folgen, aber erst müssen wir den Weg mit Taten vorgeben, nicht mit Worten.«

Billie zog seinen schwarzen Overall über Jeans und T-Shirt, schlüpfte in schwarze Trekkingschuhe und schnallte sich den Rucksack mit den breiten gepolsterten Riemen um. Er schob sein langes Messer in die Klettverschlussscheide und befestigte den Griff links von seinem Brustkorb. Schließlich, fast wie bei einer Zeremonie, setzte er den schwarzen Helm auf.

Er stand vor dem Spiegel, hatte die Hände locker an den Seiten, drehte den Kopf leicht nach links, dann nach rechts. Er sah auf zur Uhr – 18.14 Uhr. »Zeit, mal wieder Rahm abzuschöpfen.«

Seine rechte Hand bewegte sich so schnell, dass man kaum mitbekam, wie das Messer gezückt und mit der Rückhand nach oben gezogen wurde.

»Gott, bist du schnell.«

»Gott, das bin ich.«

»Gehen wir auf die Jagd.«

»Das tun wir. Heute Abend. Aber erst die Recherche, die Grundlage der Demographie.« Er steckte das Messer wieder in die Scheide und legte den Rucksack auf den Tisch.

»Den Rahm abschöpfen ... du solltest dir ein T-Shirt damit bedrucken lassen.«

»Vielleicht mach ich das mal.«

»Du erinnerst dich, dass die Krankenschwester dich gesehen und gefragt hat, was du da tust? Den Fehler machen wir nicht noch einmal.«

»Nein.«

»Aber es war ziemlich cool, wie du sie angelächelt hast.«

»Ja, das hat ihr eine Scheißangst eingejagt. Sie hat gewusst, dass ich sie mir schnappen würde – sie hat nur nicht gewusst, wann.«

»Komisch, dass sie nicht die Security verständigt hat.«

»Das tun sie nicht. Auch das lässt sich demographisch erklären, mein Freund. Die meisten Menschen glauben, sie müssen sich irren, sie bilden es sich nur ein oder wollen nicht für Probleme sorgen. Dann ist da noch ihre schlimmste Angst ...«

»Die ist?«

»Sie haben Angst, es wäre so unendlich peinlich, wenn sie falsch liegen. Sie wollen nicht gedemütigt werden, also tun sie nichts.«

»Die menschliche Natur, meinst du also?«

»Der Mensch. Natur ist was anderes.

»Hä?«

»Wenn du einem Wolf, einem Bären, einer Hyäne, einer Schlange blöd kommst, dann zögern sie nicht, sie überlegen nicht, ob sie sich lächerlich machen. Nein, das macht bloß der Mensch – so dämlich einfach ist das.«

25

Um 21.42 Uhr, als MacNeice sich mit Marcello einen Grappa genehmigte, klingelte sein BlackBerry. Er sah aufs Display, entschuldigte sich und trat durch die Hintertür des Restaurants in die Gasse. »Ich hab schon nicht mehr geglaubt, von dir zu hören.«

Sie sprach so leise, dass MacNeice sich das andere Ohr zuhalten musste. »Mac, ich komme.«

»Toll. Wann kannst du hier sein? Wir brauchen dich jetzt, nicht nächste Woche oder in zwei Wochen.«

»Ich habe den 8.50-Uhr-Flug für morgen zum Dundurn Regional Airport gebucht.«

MacNeice lachte. »Ich lass dich abholen und in die Dienststelle bringen. Dann bist du vor dem Mittagessen bei uns. Und für den Fall deiner Zusage hat dir Vertesi bereits ein Zimmer im Chelsea reserviert.«

»Ihr lasst wohl nie locker, oder?«

»Fiza, wir haben einen Typen mit einem großen Messer, der auch nicht lockerlässt, es sei denn, wir stoppen ihn. Wir haben jetzt eine der Leichen in der Bucht mit den Morden an den Bikern in Verbindung gebracht, mit denen Swetsky in Cayuga beschäftigt ist – wie diese Verbindung im Einzelnen aussieht, wissen wir aber noch nicht. Als ich sagte, wir brauchen dich, war das mein voller Ernst.«

Fiza stieß ein herzliches Lachen aus, in das er mit einfiel. Seine innere Anspannung löste sich endlich.

Er blieb noch draußen stehen, nachdem er das Gespräch beendet hatte, beobachtete drei Stare auf einer Telefonleitung, die zwitschernd erst nach links, dann nach rechts rückten, als würden sie tanzen oder als wollten sie sehen, wo sie den besseren Blick über die Dächer hatten. Er wollte schon die Tür öffnen, als sein Handy erneut klingelte. Ohne aufs Display zu sehen, sagte er: »Was vergessen?«

»Ich bin's, Boss«, kam es von Williams. »Es gibt eine weitere Tote, unten am Van Wagners Beach. Wir sind auf dem Weg.«

»Ich komme sofort.«

MacNeice ging rein, ließ sein Essen anschreiben und rannte durch die Hintertür hinaus. Nach einem flüchtigen Blick auf die Uhr war es 22.11 Uhr.

Am Südwestufer des Ontario-Sees, nicht weit vom Kanal entfernt, über den die Frachter Zufahrt zur Dundurn-Bucht hatten, erstreckte sich auf einer Länge von etwa einer Meile Van Wagners Beach. Strandhörner prägten die Küste, daneben ragten alle hundert Meter aus Stein errichtete Wellenbrecher in den See hinaus und verhinderten, dass der Sand abgetragen wurde, wenn die Novemberstürme das Wasser aufwühlten. Es war Dundurns nächster und beliebtester Strand, im Sommer Treffpunkt für alle, die sich kein Cottage im Norden leisten konnten.

Die Sonnenanbeter – junge Familien und Teenager – zogen ab, wenn die Sonne hinter den Bäumen an der Van Wagners Beach Road unterging. Dann trafen die wahren Romantiker ein: jene, die hinter den Felsen vögeln, nackt baden, sich volllaufen lassen oder einfach nur die herrliche Wärme des Sonnenuntergangs auf ihrem Rücken genießen wollten, während sie ins Dämmerlicht über dem See hinaussahen.

Um neun Uhr abends beendete Samora Aploon, eine fünfundzwanzigjährige Medizinstudentin, ihre Schicht im Burger Shack. Mit ihrem Lehrbuch über Herz-Thorax-Chirurgie unterm Arm und ihrem Abendessen auf dem Shack-Tablett ging sie über den Strand zur zweiten Mole und ließ sich auf einem der vom Gebäude abgewandten flachen Felsen nieder. Die Entfernung dämpfte den Lärm der Meute, die es auf Burger und Bier abgesehen hatte und jeden Abend zu dieser Zeit im Shack einfiel. Die Leute fuhren laute Autos und noch lautere Motorräder. Es war noch hell genug, dass sie die letzten sechs Seiten während des Essens lesen konnte.

Samora streifte die Sandalen ab und vergrub die Füße in dem noch warmen Sand. Sie legte das aufgeschlagene Buch auf den Felsen und beschwerte es, damit sie beim Lesen die Hände frei hatte, mit einem handtellergroßen flachen Stein – so einem, den sie bei ruhigem Wellengang über das Wasser schnellen lassen konnte. Dann wickelte sie ihren Fishburger aus, trank einen Schluck Gingerale und betrachtete die entfernte, sich bis nach Niagara erstreckende Küste, die bei Secord einen Bogen machte. Sie mochte das purpurfarbene Dämmerlicht, das so ganz anders war als die satten Farben des Westkaps in Südafrika, woher sie stammte.

Sie wollte gerade in den Burger beißen, als er hinter den Felsen auftauchte. Sie hatte ihn nicht gehört. Unmittelbar vor ihr blieb er stehen, und sie sah ihr eigenes Gesicht im schwarzen Visier gespiegelt. Sie wollte fragen, was er wollte – da schlug er zu. Der Plastikbecher mit dem Gingerale flog zwischen die Felsen und schaukelte auf den trägen Wellen, Deckel und Strohhalm lösten sich und strudelten in der Gischt. Sie hatte keine Zeit mehr, den Fishburger loszulassen. Ihre Hand hielt ihn immer noch umklammert, als zwei junge Frauen, deren Freunde Bier und Pommes holten, mit Decken und einer Boombox kamen, um sich dort einen Platz für den Abend zu suchen. Beide blieben bei ihrem Anblick wie angewurzelt stehen, dann begannen sie zu schreien.

Fünf Streifenwagen waren mit blinkenden Lichtern auf der Straße geparkt, daher war es nicht schwer, den Tatort zu finden. Ein gelbes Absperrband war über die erste Mole und um die Bäume am Straßenrand bis über die dritte Mole hinaus gespannt. MacNeice hielt hinter Vertesis Wagen.

Mehrere uniformierte Polizisten hatten sich um die beiden Frauen und ihre Freunde versammelt, die auf den Felsen der ersten Mole saßen. Beide Mädchen sahen zu ihm, als er den Strand überquerte.

»Detective Superintendent.« Der uniformierte Sergeant begrüßte MacNeice als Erster.

»Was haben wir, Sergeant Matthews?«

»Eine junge Frau, Samora Aploon. Medizinstudentin aus Südafrika. Ein Schnitt mit einem Messer, der sie fast ganz durchtrennt hat. Keiner hat was gehört oder gesehen, bis die beiden hier geschrien haben.« Er deutete in die Richtung der beiden Frauen. Jemand hatte eine rotkarierte Plastiktischdecke über die Tote gelegt. Vertesi hob eine Ecke hoch und musterte zusammen mit Williams die Tote.

»Hat schon jemand mit ihren Kollegen vom Burger Shack gesprochen?«

»Die sind ziemlich von der Rolle. Aploon galt als stille Mitarbeiterin, keiner hatte mit ihr außerhalb der Arbeit was zu tun, aber alle mochten sie anscheinend.«

»Danke, Sergeant.«

Matthews nickte und ging zu den jungen Frauen, die jetzt vor den Felsen standen und von ihren Freunden im Arm gehalten wurden.

Müde, aber auch wütend trat MacNeice zum rotkarierten Vinyl. Williams half ihm, die Decke vom Leichnam zu ziehen. Das Messer hatte Samoras T-Shirt mitten auf der linken Brust durchschnitten und war durch das Schlüsselbein in den Hals eingedrungen, der bis zur Wirbelsäule aufgeschlitzt war. Beim Herausziehen hatte das Messer fast noch das ganze linke Ohrläppchen abgetrennt. Blut war in den Sand gesickert, der im schwachen Licht jetzt schwarz aussah. Sie war durch die Wucht des Angriffs erst zur Seite gefallen und lag jetzt auf dem Rücken, während ihre Füße noch im Sand steckten. Ihr Bauch wies vier Einstichstellen auf. Sie trug schwarze, knielange Baumwoll-Shorts, dazu eine Hüfttasche – nichts schien angerührt worden zu sein. In der rechten Hand hielt sie ihren Burger.

MacNeice streifte die Latexhandschuhe über, kniete sich hin und öffnete den Reißverschluss der Bauchtasche. »Kleingeld, einige Scheine – Trinkgeld –, eine rote Brieftasche, Schlüssel. Kein Handy.«

»Wer hat denn heutzutage kein Handy? Der Täter hat es garantiert mitgenommen«, sagte Vertesi.

Die Nacht am Strand schien kein Ende zu nehmen. Keiner wusste etwas, keiner hatte irgendetwas gesehen oder gehört. Wenn Samora geschrien hätte, wäre das im feucht-fröhlichen Trubel des Shack untergegangen. Auch ein wegfahrendes Motorrad hätte im steten Kommen und Gehen keine Aufmerksamkeit erregt.

MacNeice ging mit seiner Maglite auf der Beach Road auf und ab, suchte nach Blut- und Ölspuren, fand einiges vom Letzteren, aber nichts vom Ersten. Aber das Öl war alt und eingetrocknet, und im losen Sand und Schotter des Straßenrands konnte man unmöglich einzelne Reifenspuren identifizieren.

Es war 1.18 Uhr, bevor die Leiche abtransportiert und zur Rechtsmedizin gebracht wurde. Sie war nahezu ausgeblutet und hatte den grauen Sand dunkelrot gefärbt. »Nehmt auch die Tischdecke mit. Ich will nicht, dass sich Burger Shack darum kümmern muss«, sagte MacNeice den Leuten von der Rechtsmedizin. Das Tuch, dessen Schachbrettmuster fast vollständig von einem dunklen Fleck verdeckt wurde, lag ordentlich gefaltet oben auf dem schwarzen Leichensack. MacNeice spürte den unterschwelligen Zorn seiner Leute, was nur seine eigenen Gefühle widerspiegelte. So müde alle auch waren, keiner wollte den Tatort verlassen, obwohl hier keiner mehr viel ausrichten konnte. Schließlich nahm Williams die Hüfttasche und sagte, er werde versuchen, Samoras nächste Verwandte zu kontaktieren. Vertesi beobachtete weiterhin den Strand, als könnte ihr Verdächtiger plötzlich irgendwo auftauchen, aber auch er verabschiedete sich schließlich und ging langsam zu seinem Wagen.

»Das nenn ich eine Niederlage«, sprach MacNeice zum dunklen Fleck im Sand. Er ging in die Hocke und blickte übers Wasser, um einen Eindruck davon zu gewinnen, was Samora zum Zeitpunkt ihres Todes gesehen hatte.

Auf dem Weg zu seinem Chevy versuchte er sich die Route vorzustellen, die der großgewachsene junge Mann genommen hatte – die günstigste Route für den Angriff wie für den Rückzug. Knapp links von den Felsen, damit sie ihn nicht kommen sah, aber weit genug rechts, damit er den Mitarbeitern im Burger Shack nicht auffiel. Außerdem würde eine schwarz gekleidete Gestalt, die so ungezwungen unterwegs war, als wollte sie lediglich Steine übers Wasser flitschen lassen, im dunklen Dämmerlicht kaum zu sehen sein. Er sollte sich nicht allzu sehr darauf versteifen, dass der Täter ihr junger Mann auf den Krankenhausvideos war, genau davon war er jedoch überzeugt. Er wünschte sich nur, sie hätten ihn bereits geschnappt, und Samora Aploon hätte ihr Essen genießen, ihr Lehrbuch einpacken und den Bus nehmen können, um sicher nach Hause zu kommen.

Zurück im Cottage, hinterließ MacNeice dem Deputy Chief eine Nachricht und brachte ihn auf den neuesten Stand. Es war 2.30 Uhr, als er schließlich ins Bett kam. Er griff sich *Die Tagebücher des Samuel Pepys* und las dort weiter, wo er aufgehört hatte – bei der in London wütenden Pest. Nach mehreren Minuten, abgelenkt von den Bildern der jungen aufgeschlitzten Frau am Strand, rollte er sich aus dem Bett, sah auf seinen Radiowecker – 2.58 Uhr –, ging in die Küche und schenkte sich einen großzügigen Grappa ein. Als er wieder ins Bett ging, war es 3.11 Uhr. Dort lag er dann, machte ein paar Atemübungen, bis er langsam wegdämmerte.

An der Wand hingen vertraute Fotos, schlecht gerahmt und schief gehängt. Eine Weile hatte er damit zu tun, sie gerade zu rücken. Aber der Luftzug, der durch die Gittertür hereinstrich, verschob die Rahmen wieder, schließlich gab er es auf und betrachtete sie nur noch. Er selbst war zu sehen mit seinen Eltern, die glücklich wirkten.

»Beim Zelten«, sagte er. »Der erste Tag beim Zelten. Ich war sechs.«

»Ja, dachte ich mir – du siehst aus, als würde dir der Arsch auf Grundeis gehen.« Das hatte Davey White gesagt. Davey, der seit seiner Kindheit tot war.

»Ja, ich hatte ein bisschen Angst, glaub ich.«

Alle größeren und kleineren Ereignisse seines Lebens waren hier versammelt – von der Auszeichnung für Tapferkeit bis zur Hochzeit mit Kate und dem Füttern der Meisen hinter dem Cottage, die auf seiner Hand hockten. Seltsamerweise hatten sich Kates Familienfotos mit seinen vermischt. Obwohl sich ihre Eltern nicht besonders gut kannten, waren sie hier Seite an Seite zu sehen, als wären sie die besten Freunde gewesen. »Komisch, sie miteinander zu sehen ... ich meine, so ...«

»Ja, Kate gefällt das auch nicht. Das hättest du nicht tun sollen.«

Er fuhr zu Davey herum. »Du hast Kate gesehen?«

»Ja, klar. Sie will dich auch sehen – aber erst, wenn du diesen verdammten Schrein entsorgt hast.«

»Sie ist am Leben? Du hast sie wirklich gesehen?«

»Ich kann sie zu dir bringen, Mac. Sie war heute hier. Ich dachte, du wüsstest das.«

Er betrachtete eine Gruppe von vier Fotos, auf denen Kate zu sehen war – im Alter von fünf, sieben, zehn und dreizehn Jahren –, und auf allen spielte sie Geige, auf allen hatte sie die Augen geschlossen. »Sie hat mir mal erzählt, dass sie selbst bei ›When The Saints Go Marching In‹ die Augen schließt.«

»Warum das denn? Damit sie sich besser konzentrieren kann?«

»Nein, nein, damit die Leute sie nicht sehen können – hat sie damals jedenfalls gesagt. Als ich erwidert habe, ›Aber du spielst doch direkt vor ihnen‹, weißt du, was sie da geantwortet hat?«

»Nein.«

»›Sie können mich nicht sehen. Wenn ich spiele, bin ich so weit weg wie möglich. Sie können mich nur sehen, wenn ich die Augen aufmache.‹«

»Schräg.«

»Vielleicht ... aber für mich klang es plausibel, damals und heute auch noch.«

»Willst du sie jetzt also sehen?«

»Ach, Dave, ich suche sie schon so lange. Ich würde ... alles dafür geben.«

»Okay, dann nimm diesen Scheiß runter. Ich hol sie.«

Davey sprang auf und trat durch die Fliegengittertür, die hinter ihm zufiel. MacNeice sah ihm nach, als er in seiner lässigen Art die Stufen hinunterging.

Er hatte schon etwa ein Dutzend Bilder abgehängt, als ihm auffiel, dass anscheinend noch viel mehr an der Wand hingen. Er nahm sich zwar vor, sie nicht alle einzeln zu betrachten, tat es aber trotzdem. Fotos von seinem Cottage, von ihnen beiden in Suffolk mit ihren Eltern, von ihr auf der Bühne – alles vertraute Szenen, als Foto aber waren sie ihm neu. Er versuchte sich zu erinnern, wann sie aufgenommen worden waren, doch es gelang ihm nicht. Es gab sogar ein Bild von seiner Beförderung zum Detective Superintendent. Er wusste, dass Kate anwesend war, er wusste noch, wo sie gestanden hatte – aber er konnte sich nicht an dieses Foto erinnern.

Obwohl der Stapel auf dem Boden immer weiter anwuchs, wurde die Wand nicht leerer. Er beschloss, die Bilder in Tüten zu stopfen, und zwar schnell. Kate sollte eine leere Wand vorfinden, wenn sie nach Hause kam. Aus der Küche holte er vier große schwarze Müllsäcke aus dem Fach unter der Spüle. Auf dem Regal fand er die cremeweiße Spachtelmasse, mit der er die Löcher schließen konnte. Er beglückwünschte sich dazu, alles vorrätig zu haben, um auch noch die letzten Spuren der Bilder zu beseitigen, obwohl er sich nicht daran erinnern konnte, die Spachtelmasse gekauft zu haben. Er schloss daraus, dass es schon lange her sein musste. Neugierig, ob sie noch brauchbar war, nahm er den Grillspieß, schraubte den Verschluss der Tube auf und wollte mit dem Spieß bereits hineinstechen, als die Gittertür aufging. Davey rief seinen Namen. In seiner Panik ließ er die Tube und den Spieß ins Spülbecken fallen, ließ die Müllsäcke auf der Arbeitsfläche liegen und rannte in den Flur.

In diesem Augenblick schlug er die Augen auf.

Mehr als die meisten anderen Leute war MacNeice vertraut mit der tiefen Enttäuschung, die Träume bereithalten. Davey White und Kate waren für einen kurzen Augenblick gesund und munter gewesen. Als er aufwachte, waren sie seit langem tot. Davey war als Teenager gestorben, war kopfüber in einen Baggersee gesprungen und gegen einen dort versenkten Traktor geprallt, Kate war vor vier Jahren an Krebs gestorben. Sie hatten sich nie gekannt, im Traum aber waren sie anscheinend gute Freunde. Das hatte ihn nicht verwundert, weder im Traum noch jetzt, als er mit offenen Augen im Bett lag.

Er setzte sich auf und sah zum Radiowecker – 5.16 Uhr.

Eine Stunde lang strampelte er in der Dunkelheit auf dem Hometrainer, starrte hinaus in den Wald und wartete auf den Tagesanbruch. Als es hell war, hörte er auf, duschte und bereitete sich auf einen weiteren Tag vor. Nach solchen Träumen tat er alles, um sich auf das Nächstliegende zu konzentrieren – Tür, Türknauf, Toilette, Duschhahn, Seife, Shampoo; Schublade, Socken, Unterwäsche; Schrank, Hose, Hemd, Krawatte, Jackett auf dem Bügel. Den Spiegel vermeiden, und wenn das nicht möglich war, den Blick nur auf die Zahnbürste richten, auf die vom Rasierer gezogene Linie, mit den Händen durch die Haare streichen. *Sich nicht in die Augen schauen. In den Augen warten nur Verlust, Bedauern, Einsamkeit, Angst.*

26

Aziz stand schweigend am Whiteboard, an dem die Fotos hingen und die bekannten Fakten zum Messerstecher aufgelistet waren. MacNeice hatte kurz vorbeigeschaut und war gleich wieder zu einer kurzen Pressekonferenz verschwunden, auf der er und Wallace den Reportern so viel über das neueste Opfer mitteilten, wie sie für klug hielten. Gleich darauf, ohne den Reportern eine Verschnaufpause zu gönnen, gaben sie das Foto des jungen Mannes vom Krankenhaus frei, bezeichneten ihn als »mutmaßlichen Verdächtigen«, und veröffentlichten auch den Screenshot seines Motorrads. Sie riefen alle auf, sich zu melden, falls sie sachdienliche Hinweise zur betreffenden Person und deren Aufenthaltsort hatten. Bei seiner Rückkehr studierte Aziz die Fotos von dem jungen Mann in der Notaufnahme. Vertesi und Williams warfen sich gelegentlich einen Blick zu, störten sie aber nicht.

Als sie MacNeice kommen hörte, wandte sie sich um. »Ich hab da so eine Idee«, sagte sie, »ist vielleicht etwas weit hergeholt, und vielleicht hast du auch schon daran gedacht.«

MacNeice betrachtete das Bild von Taaraas Bauch, senkte den Blick auf seine Hände, suchte etwas, womit er sich beschäftigen könnte, und nachdem er nichts fand, starrte er nur auf den abgetretenen Teppich und wartete auf das Unvermeidliche.

»Woran hast du gedacht?«, fragte Vertesi.

»Aufgrund der bisherigen Opfer sind wir uns wohl einig, dass der Täter ein bestimmtes Beuteschema hat.«

»Ich glaube, ich weiß, worauf du hinauswillst«, sagte Williams.

»Er hat eine Südasiatin, eine Koreanerin und eine Schwarze aus Südafrika angegriffen. Wenn sich eine muslimische Polizistin, die noch dazu einen Doktortitel in Kriminologie vorweisen kann, über den kranken Verstand eines Rassisten auslässt, wird er sich vielleicht als Nächstes sie vorknöpfen.« Aziz sah zu MacNeice, dessen Blick mittlerweile auf die Whiteboard-Rollen gerichtet war.

»Auch eine Art, um wieder in den Job reinzukommen«, sagte Williams trocken.

»Du willst selbst den Köder spielen?«, fügte Vertesi an.

MacNeice erhob sich abrupt und bat Aziz um einen kleinen Spaziergang. Bis sie sich ihre Jacke geschnappt hatte, war er schon im Treppenhaus. Als sie das Kabuff verließ, rief Vertesi ihr hinterher: »Viel Glück, Aziz. Das klingt nach einem beängstigend guten Plan.«

Wortlos stiegen sie die Treppe zum Parkplatz hinunter. Sie nahm auf der Bank neben der Tür Platz und wartete, während MacNeice eine Minute auf und ab lief, bevor er vor ihr stehen blieb. Er erzählte ihr von dem Messer und wie schnell der Täter zuschlug. »Samora hat noch nicht mal ihren Fishburger fallen lassen, so schnell ist er.«

»Der Plan ist gut«, beharrte Aziz leise.

»Fiza, ich wollte dich mit dem Fall vertraut machen, aber nicht dein Leben aufs Spiel setzen.« Er lehnte sich gegen eine der Säulen des überstehenden Dachs.

»Der Plan ist gut, das weißt du. Ich bin Muslimin. Sicherlich falle ich in sein Beuteschema – eine überaus erfolgreiche Muslimin. Mac, es wird funktionieren.«

Wollte sie ihm irgendwas beweisen? Oder war sie schon so sehr von dem Fall eingenommen, dass ihr das Risiko gar nicht mehr bewusst war? Hatte sie sich in Ottawa so sehr gelangweilt, fragte er zuerst sich und dann sie. Sie stritten sich, doch je mehr MacNeice protestierte, desto deutlicher spürte Aziz, dass ihm diese Idee selbst schon gekommen war. Dennoch war er dagegen.

Aziz versuchte es anders. Es verschaffe ihr einen Vorteil, dass sie eher Kriminologin sei und nicht so sehr Polizistin. Sie könne überzeugend über den Charakter des Täters sprechen. »Ich möchte – wie hat Williams das genannt?«

»Ihn aufscheuchen.«

»Genau. Wie könnte er mir widerstehen? Ich bin genau das, was er will.« Sie blickte auf zu MacNeice und beschattete die Augen gegen die Sonne, die ihm im Rücken stand.

»Und wenn du seine Aufmerksamkeit hast, was dann?« Er ließ sich neben ihr auf der Bank nieder und beobachtete die Ameisen, die sich über ein weggeworfenes Bonbon hermachten.

»An dem Punkt kommt das Team ins Spiel, und du.« Als sie bemerkte, worauf sein Blick gerichtet war, kickte sie das Bonbon auf den Parkplatz. Die Ameisen stoben hektisch auseinander. MacNeice und Aziz sahen den Insekten mehrere Minuten zu, wie sie nach dem Bonbon suchten, bis eines der Tiere es entdeckte und die anderen folgten, als wäre nichts gewesen. MacNeice und Aziz sahen sich an, sie zuckte mit den Schultern.

Erneut erzählte er ihr in aller Ausführlichkeit, was er über den großen, schlanken Mann wusste. Dass er seine Opfer ausspionierte, deren Gewohnheiten kannte – genau wusste, wo sie sich zu bestimmten Zeiten aufhielten –, dass er schnell zuschlug, ohne Vorwarnung. Sie lächelte, als er anfing, sich selbst zu wiederholen.

»Komm schon, Mac. Gemeinsam können wir doch einen mit einem Messer bewaffneten Psychopathen ausschalten.«

»Wie?«

»Ich werde mich eingehender mit dem Fall beschäftigen. Morgen habe ich was, was man als ein psychologisches Profil präsentieren könnte. Du berufst eine Pressekonferenz ein und stellst mich als Spezialistin für Hasskriminalität vor. Davon handelt meine Doktorarbeit, es stimmt also mehr oder weniger.«

Sein Blick schweifte zu den Bäumen. »Du bist noch nicht mal einen Tag hier, und schon hast du einen neuen Posten. Es ist verdammt riskant.«

»Du meinst, weil es funktionieren wird, richtig?«

»Ja, Fiza. Ich finde, die Chancen stehen ziemlich gut, dass es funktioniert.«

Als sie zum Kabuff zurückkamen, spürten sie sofort, dass etwas vorgefallen sein musste. Ryan, Williams und Vertesi waren kreidebleich.

»Es gibt ein weiteres Handyfoto im Netz«, sagte Williams.

Ryan rief das Foto auf seinem Monitor auf. Für Aziz, die noch keine Bilder von Samora Aploon gesehen hatte, war es ein Schock. Sie schlug unwillkürlich die Hand vor den Mund.

»Das ist Terrorismus – reiner Terrorismus«, sagte sie.

Sie hatte natürlich recht. Der Messerstecher wollte jedem eine Scheißangst einjagen, jedem außer denen, die seine Ansichten teilten. Er hatte seinem Opfer das T-Shirt nach oben geschoben, um den – schockierend rosafarbenen – Schnitt zur Schau zu stellen, der quer über die Brust bis zum Hals verlief, er hatte sein Foto gemacht und sie wieder bedeckt.

»Er will, dass jeder auf der Welt die Brust zu sehen kriegt.«

»Damit wird er leider noch mehr Aufmerksamkeit auf sich ziehen«, sagte Aziz.

MacNeice trat an die Whiteboards. »Drucken Sie es aus und hängen Sie es auf.« Auf seinem Schreibtisch lag ein

Umschlag von der Rechtsmedizin – die kühle, sachliche Beschreibung einer am Strand ermordeten jungen Frau. Wieder sah er zu den Whiteboards, und in Anbetracht des Horrors der letzten Tage begann sein Herz zu rasen. *Durchatmen*, dachte er, *durchatmen*.

»Okay, Aziz«, sagte MacNeice schließlich vor versammelter Mannschaft. »Wir probieren es mit deinem Plan.«

Bevor sie oder ein anderer reagieren konnte, klingelte Vertesis Handy. Er schwang sich zu seinem Schreibtisch herum und griff danach. »DI Vertesi, Mordkommission.« Stille, während der er MacNeice ein Zeichen gab und sein Handy laut stellte. »Wo sind Sie, Mrs Hughes?«

»Ich bin in Dundurn, im Holiday Inn, in der Nähe der ... Secord und dem Queen Elizabeth Way. Ich bin mit meinem Bruder hier. Es ist schon spät, ich weiß, aber ich möchte Gary sehen.«

MacNeice nickte schicksalsergeben.

»Gut, Mrs Hughes, ich hole Sie morgen um neun Uhr ab«, sagte Vertesi.

»Sue-Ellen, hier ist Detective Superintendent MacNeice. Wir bringen Sie morgen als Erstes in die Dienststelle. Es wird etwas dauern, um die notwendigen Vorkehrungen zu treffen, und es wäre sehr hilfreich, wenn wir Sie – falls Sie sich dazu bereiterklären – hier befragen könnten.«

»Kein Problem. Das habe ich mir schon gedacht, aber ich will meinen Mann sehen, egal wie.« Sie verabschiedete sich und legte auf.

»Vertesi, rufen Sie morgen als erstes Richardson an und geben Sie ihr Bescheid. Sie wird sich sicherlich was einfallen lassen, um die Überreste von Sergeant Hughes seiner Frau so ansehnlich wie möglich zu präsentieren. Auch wenn ich mir beim besten Willen nicht vorstellen kann, wie sie das hinbekommen will.«

Um Ruhe zu finden, schob MacNeice auf dem Heimweg *Solo Monk* in den CD-Player. Als sein Handy klingelte, drückte er auf die Freisprecheinrichtung. »MacNeice.«

»Weißt du, wo ich am frühen Abend war, Mac?« Der Bürgermeister klang kurzatmig. Wahrscheinlich war er zu Fuß unterwegs.

»Für Ratespiele ist es spät, Bob.«

»In der amerikanischen Botschaft in Ottawa, beim Abendessen mit dem Botschafter, dem Premier und einigen PR-Fuzzis vom Außenministerium. Todschicker Laden, aber auch eine verdammte Festung – unser Rathaus nimmt sich dagegen wie ein Sozialbau aus.«

Der Bürgermeister erklärte, dass der Botschafter ihn um ein Gespräch unter vier Augen gebeten und die Sitzung über das Hafenprojekt daraufhin eine unschöne Wendung genommen hatte. Es stellte sich heraus, dass der Botschafter einen Anruf aus Washington erhalten hatte und ihm mitgeteilt worden war, dass man auf dem Projektgelände die Leiche eines Veteranen gefunden hatte. Die Witwe, eine gewisse Sue-Ellen Hughes, war bei den Behörden vorstellig geworden: ob denn das Kriegsveteranenministerium nicht wieder die Pension an ihre Familie zahlen könne, damit sie ihre Kinder ernähren könne, jetzt, da ihr Mann in Dundurn tot aufgefunden worden war.

»Also, Mac, können wir mit Bestimmtheit sagen, dass es wirklich ihr Mann ist?«

MacNeice hörte eine Tür auf- und zugehen, worauf die nächtlichen Hintergrundgeräusche verstummten – der Bürgermeister war offenbar zu Hause angekommen.

»Ja, das können wir.«

»Der Botschafter war jedenfalls ziemlich angepisst, dass wir ihn nicht sofort unterrichtet haben, und der Lakai aus dem Außenministerium hat mich den Wölfen zum Fraß vorgeworfen – mein Gott, wie liebe ich dieses Klischee. Jedenfalls hab ich gesagt, dass das auf deine Kappe geht.«

»Hätte ich auch nicht anders erwartet.«

Worauf der Bürgermeister fragte, ob er sich für einen besonders witzigen Klugscheißer halte. Er meine es ernst, antwortete MacNeice. »Bob, ich bin aus zwei Gründen der naheliegende Sündenbock: Zum einen unterstehe ich nicht dem amerikanischen Botschafter, zum anderen ist es meine Aufgabe, herauszufinden, wer Hughes umgebracht hat und warum.«

Maybank erzählte ihm anschließend vom wahren Grund seines Besuchs in Ottawa. Zur Grundsteinlegung sei am Museumsstandort im Hafenbecken am Dienstag, 15. September, eine Feier geplant. »Ich will nicht, dass dieser Sergeant Hughes dann zum Thema wird – verstanden?«

»Na ja, deine Medienvertreter werden dann mehr oder weniger genau an der Stelle stehen, wo die sechs Toten gefunden wurden. Auch wenn wir den Hughes-Fall abgeschlossen haben – was bis dahin hoffentlich geschehen ist –, wird sie das meines Erachtens nicht davon abhalten, den Herrn Bürgermeister zu fragen, ob sie sich hier am Fundort der Toten befinden.«

»Darauf bin ich vorbereitet, klar, aber es wäre für uns alle besser, wenn ich sagen könnte, dass der Fall geklärt wurde.«

MacNeice hörte die Toilettenspülung. War Maybank klar, dass solche Geräusche übertragen wurden, oder war es ihm einfach egal?

»Nur damit du Bescheid weißt, Bob, Sue-Ellen Hughes ist hier und wird morgen früh den Leichnam identifizieren.«

Er hörte einen tiefen Seufzer.

»Es ist spät, Mac. Ich gehe jetzt ins Bett. Halt mich auf dem Laufenden.«

27

»Sie ist mit ihrem Bruder in Raum drei bei einer Tasse Kaffee. Er und Gary waren gemeinsam beim Militär. Er hat kein Wort gesagt, sitzt nur da und sieht aus dem Fenster.« Vertesi legte sein Jackett ab und hängte es über den Stuhl.
»Ich komme gleich, Vertesi. Aber wir wollen sie nicht überfordern, Fiza und Williams, ihr bleibt hinter dem Spiegel.«
»Sie ist eine starke Frau, aber ich glaube nicht, dass sie darauf vorbereitet ist.«

MacNeice wartete, bis Vertesi mit Notizblock und Stift Platz genommen hatte. Er sah durch das schmale Fenster seitlich der Tür und betrachtete ihren Bruder. Er trug einen weiten, langärmeligen grauen Pullover und schwarze Chinos. Die Hände hatte er auf dem Tisch verschränkt. Sein Haarschnitt – seitlich ausrasiert, oben kaum länger – deutete darauf hin, dass er immer noch in der Army war. Er sah an Vertesi vorbei zum Spiegel, dessen Zweck ihm nicht entging, dann, als er spürte, dass er beobachtet wurde, drehte er mit einem Ruck den Kopf zum Seitenfenster und zu MacNeice.
MacNeice trat in den Raum, Vertesi stellte alle vor. »Mrs Hughes, Mr Penniman, das ist Detective Superintendent MacNeice.« Mark Penniman erhob sich und streckte ihm die Hand hin. Er war gut zwei Zentimeter größer als MacNeice, hatte breite Schultern und ausgeprägte Muskelstränge am stämmigen Hals. Der Griff seiner Hand war

sehr viel fester, als MacNeice erwartet hatte. Sue-Ellen gab ihm nur die Hand, ohne aufzustehen. MacNeice erwartete einen sanfteren Händedruck, wurde aber enttäuscht. Ein Wesenszug der Familie, oder färbte es ab, wenn ein Angehöriger beim US-Militär war? Er nahm gegenüber von Sue-Ellen Platz, und Vertesi fuhr fort, sie über die Mitarbeiter der Mordkommission zu unterrichten.

In ihrem blass-rosaroten Sommerpullover sah Sue-Ellen noch hübscher aus, als Vertesi sie beschrieben hatte – ein All-American-Girl, wie es im Buche stand. Nur die dunklen Schatten unter den Augen verrieten ihre Angst und Trauer.

»Sie können uns bei einer ganzen Reihe von Fragen helfen«, sagte Vertesi zum Abschluss. »Aber ich weiß, Sie wollen ihn jetzt endlich sehen. Ich habe DS MacNeice gebeten, Ihnen noch ein paar Dinge zu erklären, bevor wir fahren.«

»Als Erstes eine Frage an Sie, Mark«, begann MacNeice. »Sie sind im aktiven Militärdienst?«

»Ja, Sir. Ich habe Urlaub, um an der Beerdigung meines Schwiegervaters teilzunehmen. Am nächsten Dienstag muss ich wieder bei meiner Einheit in Afghanistan sein.«

»Mein herzliches Beileid.«

»Danke, Sir.«

»Haben Sie sich mit Sergeant Hughes gut verstanden?«

»Die beiden waren ein Herz und eine Seele«, unterbrach Sue-Ellen mit sichtlichem Stolz.

»Wir gehörten beide zur 2. Infanteriebrigade«, sagte Penniman. »Wir waren in Übersee im Einsatz, haben zusammen den Lehrgang zum Master Sergeant gemacht. Ich habe Gary meiner Schwester vorgestellt, als er im Urlaub mit zu mir nach Hause gekommen ist.«

»Gary und Mark haben am selben Tag ihre Beförderung erhalten.« Sue-Ellen fiel es sichtlich schwer, den Plauderton aufrechtzuhalten.

»Ich weiß es zu schätzen, dass Sie Ihre Schwester heute begleiten«, sagte MacNeice.

»Ich bin da, wenn ich gebraucht werde, Sir. Um gleich eines klarzustellen: Sergeant Hughes war durch und durch Soldat – wenn Sie verstehen, was ich meine.«

»Vollkommen. Ich wollte Sie nicht gleich mit zu vielen Leuten überfallen, möchte Ihnen aber mitteilen, dass DI Aziz und DI Williams dieses Gespräch auf der anderen Seite des Spiegels mitverfolgen. Sie sind ebenfalls an den Ermittlungen beteiligt.«

Mark Pennimans Miene entspannte sich etwas, nachdem MacNeice den unsichtbaren Beobachtern einen Namen gegeben hatte.

»Ist es normal«, fragte Sue-Ellen Hughes, »dass so viele Leute an einem Mordfall beteiligt sind?«

»Bei unseren Ermittlungen geht es auch um den Mord an einem anderen Opfer, das zur selben Zeit ebenfalls einbetoniert wurde.«

»Meine Schwester hat Zeitungsartikel heruntergeladen, in denen steht, dass insgesamt sechs Tote gefunden wurden.«

»Ja, aber die anderen vier haben schon seit mehr als siebzig Jahren dort unten gelegen. Natürlich untersuchen wir sie auch, aber sie haben nicht dieselbe Dringlichkeit wie die jüngeren Morde.«

»Verstehe.«

MacNeice räusperte sich. »Ich weiß nicht, wie ich Sie darauf vorbereiten soll, was Sie gleich im Leichenschauhaus erwartet.« Er sah Sue-Ellen Hughes in die Augen. »Sie wollen es sich nicht noch mal überlegen? Es wird für Sie äußerst qualvoll sein, wenn Sie sehen, was Ihrem Mann angetan wurde.«

Tränen traten ihr in die Augen, ihr Bruder legte ihr sacht

die Hand auf die Schulter. »Ich weiß es zu schätzen«, sagte sie, »aber wie soll ich Gary denn loslassen, wenn ich ihn nicht noch ein letztes Mal sehe?«

MacNeice sah einen nach dem anderen an. »Gut, ich verstehe. Trotzdem sollten Sie im Voraus hören, was Sie gleich sehen werden. Wappnen Sie sich, was ich Ihnen gleich beschreibe, wird Ihnen großen Schmerz bereiten. Haben Sie das verstanden?«

Sie nickte, ihr Bruder biss die Zähne zusammen und nahm ihre beiden Hände in seine.

»Sergeant Hughes wurde verstümmelt. Ihm wurde von der Schädeldecke bis zum Hals und bis hinter die Ohren das Gesicht weggeschnitten.«

Einen langen Augenblick regte sich nichts in ihrer Miene, nichts schien darauf hinzuweisen, dass sie ihn gehört hatte. Aber dann zuckte sie, löste die Hände aus dem Griff ihres Bruders und schlug sie sich vor den Mund, um nicht loszuschreien. Ihr Bruder umarmte sie, sie schaukelte in seinen Armen vor und zurück und schluchzte an seiner Brust. Pennimans Miene war vor Entsetzen und Wut wie versteinert. Vertesi erhob sich, verließ den Raum und kehrte mit einer Packung Taschentücher und zwei Papierbechern mit Wasser zurück.

Ihr Schluchzen ließ nach, sie wischte sich über die Augen, putzte sich die Nase, ergriff mit zitternder Hand den Becher und nahm einen kurzen Schluck. Immer noch zitternd stellte sie den Becher ab und sah zu MacNeice. »Das war noch nicht alles, oder?«

»Nein, tut mir leid, es kommt noch mehr. Hände und Füße und die Tätowierungen an den Armen wurden alle entfernt ...«

Noch mehr Tränen tropften auf den Tisch, mühsam rang sie nach Atem. Sie hob die Hände, als wolle sie um seine Aufmerksamkeit bitten, aber sie brachte kein Wort heraus, also ließ sie sie wieder sinken. Mehrmals holte sie tief Luft und hob erneut die Hände. MacNeice bemerkte den schmalen goldenen Ehering. Langsam ließ sie die Hände wieder sinken. Minuten vergingen, dann sah sie zu ihrem Bruder, klopfte ihm auf den Arm und nickte langsam. »Okay ... okay ... okay«, sagte sie, während ihr die Tränen über die Wangen liefen. Ihr Bruder griff nach weiteren Taschentüchern und wischte ihr damit sacht übers Gesicht.

»Mrs Hughes, Sergeant Penniman« – MacNeice sprach leise –, »ich bitte Sie ein letztes Mal: Überlegen Sie es sich gut, ob Sie den Leichnam wirklich sehen wollen. Lassen Sie es bei meiner Beschreibung bewenden und ersparen Sie sich Schlimmeres.«

Sue-Ellen Hughes drückte sich die Handballen auf die Augen, dann ließ sie die Hände in den Schoß fallen. Sie sah zu ihrem Bruder, der ihr die nächsten Tränen von der Wange wischte. »Du musst das entscheiden, Schwester«, sagte er. »Ich bin hier, so oder so ...«

Sie sah von ihrem Bruder zu Vertesi und dann zu MacNeice. »Ich muss Abschied nehmen. Es kann nicht hier enden. Sonst würde es nie enden.« Wieder sah sie zu ihrem Bruder, diesmal, um seine Zustimmung zu erbitten.

»Lassen Sie sich etwas Zeit«, sagte MacNeice. Er und Vertesi schoben die Stühle zurück.

»Das ist nicht nötig«, erwiderte Penniman. »Ich kenne meine Schwester, es ist ihr Wunsch, den Leichnam ihres Mannes zu sehen. Wenn Sie so freundlich wären, uns zum Leichenschauhaus zu bringen ...« Er und seine Schwester erhoben sich.

MacNeice nickte. »Vertesi wird Sie hinbringen.« Er streckte dem Bruder die Hand hin, dessen Griff etwas weicher geworden war. Dann wandte er sich an Sue-Ellen, die ihm zunickte, bevor sie und ihr Bruder Vertesi folgten und den Raum verließen. Nachdem sie fort waren, sank MacNeice auf den Stuhl und schloss die Augen.

»Sie ist überzeugt, dass es ihr Mann ist?«, fragte MacNeice, als Vertesi zurückkehrte. Es war mehr Bestätigung als Frage.

»Oh ja«, antwortete Vertesi. Er wirkte angegriffen. »Er hatte ein Muttermal seitlich an der Brust – angeblich bezeichnete er es als seine dritte Brustwarze. Die letzte Bestätigung lieferte dann aber – Pardon, Fiza – sein Penis. Sie sind wieder im Befragungsraum, Sir, aber ich weiß nicht, wie viel Kraft Sue-Ellen noch hat. Ihr Bruder hat sie buchstäblich stützen müssen.«

»Haben die beiden irgendwas gesagt, vor oder im Leichenschauhaus, was wir wissen sollten?«, fragte MacNeice.

»Nein. Es war einfach grauenvoll.« Vertesi verstummte. »Ich meine, auf dem Rückweg haben sie versucht, über alte Zeiten zu reden – Sie wissen schon, wie es so war, am Anfang –, aber sie waren beide mit dem Kopf ganz woanders. Gut, dass ich mir die Taschen mit Kleenex vollgestopft habe.«

»Dann wollen wir mal. Wenn sie nicht mehr kann, lassen wir sie gehen.«

MacNeice nahm sein Notizbuch und seinen Ordner. »Wenn sie nichts dagegen haben, würde ich sie gern getrennt befragen. Vertesi, Sie und Aziz reden mit Sue-Ellen. Williams und ich kümmern uns um Penniman.«

MacNeice erläuterte ihnen alles. Penniman hörte aufmerksam zu, aber seine Schwester brach immer wieder in Schluchzen aus. MacNeice glaubte nicht, dass sie wirklich etwas mitbekam.

»Mrs Hughes – Sue-Ellen –, fühlen Sie sich bereit?«, fragte MacNeice. »Wir hätten Verständnis, wenn Sie gehen wollen.«

Sie wischte sich übers Gesicht, richtete sich auf ihrem Stuhl auf und sah ihm in die Augen. »Wenn ich jetzt gehe, weiß ich nicht, ob ich jemals wiederkomme, Detective MacNeice. Ich will Ihnen helfen, soweit ich kann. Ich will, dass Gary die Gerechtigkeit erfährt, die er verdient hat. Das hätte er von mir erwartet.«

»Gut, dann. Danke. Wir werden es so kurz wie möglich machen.«

MacNeice trat zur Videoleinwand und zog sie hoch. Hinter ihr wurde ein an der Wand befestigtes Whiteboard sichtbar, auf dem zwei Spalten angezeichnet waren. Die linke Spalte war überschrieben mit *Was wir wissen*, die rechte mit *Was wir nicht wissen*.

Unter der ersten Überschrift fanden sich die Bilder der *Hamilton* und der *Scourge*, Bilder und Namen des Pärchens aus dem Packard und Bilder der zwei Leichen in den beiden älteren Betonsäulen, dazu zwei Fotos des Bermuda-Trägers – die von Ryan bearbeitete Nahaufnahme, auf der das Einschussloch in der Stirn entfernt war, dazu die ebenfalls retuschierte Ganzkörperaufnahme, die MacNeice vor Ort gemacht hatte. MacNeice deutete auf den Bermuda-Träger.

»Dieser Mann hatte eine Kaliber-.44-Eintrittswunde in der Stirn. Wir haben die Bilder für die Präsentation bearbeitet, damit Sie erkennen können, wie er ohne Verletzungen ausgesehen hat.«

Unter dem Bermuda-Träger waren die drei Betonlieferanten aufgeführt, die die Ausschreibung gewonnen hatten, dazu der Verlierer, DeLillo Concrete aus Buffalo-Fort Erie. Darauf folgte das *Old Soldiers* in Tonawanda.

In die zweite Spalte schrieb er:

– Warum hat Sergeant Hughes die Army verlassen? Welche Zukunftspläne hatte er?
– Welche Freunde hatte er im Old Soldiers? Welche Arbeit hat er gesucht?
– Hatte er eine bestimmte Berufsausbildung?
– Hatte er Verwandte oder Freunde in Kanada? War er ein Spieler? Alkohol- oder drogenabhängig?

MacNeice legte den Marker in die Halterung und drehte sich um. »Diese Fragen sollen Ihnen nicht noch mehr Kummer bereiten, aber wir müssen sie stellen. In der anderen Spalte steht alles, was wir bislang wissen. Bevor wir anfangen, dürfen Sie gern zu allem, was Sie hier vor sich sehen, Fragen stellen.« Er setzte sich, schenkte sich ein Glas Wasser ein und wartete.

Penniman betrachtete das Foto des Bermuda-Trägers. »Gary wäre niemals, unter keinen Umständen mit so einem Mann befreundet gewesen.« Und das war alles, was sie beide zu der ersten Spalte sagen konnten.

Mit der Fragenliste lief es ein wenig besser, aber Sue-Ellen rang ständig um Fassung. Sie sagte, ihr Mann habe Amerikas Rolle im Irak in Frage gestellt, aber erst nach seiner Versetzung nach Afghanistan wurde er richtig wütend, sowohl über die Rolle Amerikas als auch über die militärische Strategie. »Ich glaube, Gary war allmählich ausgebrannt. Es war ein Teufelskreis, immer wieder wurden die gleichen Leute zu neuen Einsätzen abkommandiert: Er sah, wie seine Leute verwundet wurden oder starben, und das alles schien kein Ende zu nehmen.«

Sie schnäuzte sich und trocknete sich die Augen, bevor sie fortfuhr: »Und was seine Zukunft anging, war alles sehr vage. Er hatte vor, die Army zu verlassen und erst dann darüber nachzudenken, was er tun konnte. Nach der Entlassung traf er sich mit einigen Veteranen im *Old Soldiers* – ich weiß nicht, ob er sie vorher schon gekannt hat. Ich war niemals dort, ich habe sie auch nie kennengelernt. Nachdem er verschwunden ist, sagten die Ermittler, dass keiner in der Kneipe ihn gekannt hätte.«

»Ich hab gehört, dass dort Biker rumhängen, von denen viele Veteranen wären, aber das ist alles, was ich weiß«, sagte Penniman.

»Gary war kein Biker«, kam es entschieden von Sue-Ellen. »Er war zum Biertrinken dort. Ich hab mir Sorgen gemacht, er hätte PTBS, das habe ich ihm auch gesagt, aber er hat darüber nur gelacht. Er war toll zu den Kindern, zu mir, aber seine Abfindung hat für uns nicht zum Leben gereicht ... deshalb haben wir uns gestritten ... ziemlich oft.« Wieder traten ihr die Tränen in die Augen, sie verstummte.

»Sie haben was von einem Job bei einer Security gesagt? Dass er sich deswegen mit jemandem treffen wollte?«

»Ja. Er war Soldat, Nahkampfexperte, also klang das für mich plausibel. Aber mehr hat er mir nicht erzählt.«

»Hat er sich mit dieser Person in der Kneipe getroffen?«

»Ich denke ja, aber mir kam es so vor, als würde er etwas vor mir geheim halten ...«

»Hatte er Freunde oder Verwandte in Kanada?«

»Nein, Gary hatte keine Familie. Seine Eltern waren schon seit Jahren tot, Geschwister hatte er keine. Wir waren seine Familie – ich und die Kinder und Mark und seine Frau Tracy.«

»Und die Army«, fügte Mark Penniman hinzu.

MacNeice sah zur nächsten Frage auf der Liste. »Hatte er Suchtprobleme – Drogen, Alkohol, Glücksspiel?«

Sie zuckte merklich zusammen, antwortete aber. »Keine Drogen, kein Glücksspiel – nie. Natürlich hat er nach seiner

Entlassung mehr getrunken – vielleicht zu viel –, aber er war nie sturzbesoffen oder so. Er war ein guter Mann.«

»Mrs Hughes«, sagte MacNeice, »ich glaube, Sie haben heute genug durchgemacht. Hätten Sie was dagegen, wenn wir uns noch kurz mit Ihrem Bruder unterhalten? Ich würde gern erfahren, ob er etwas über die Zukunftspläne Ihres Mannes wusste – wenn Sergeant Penniman nichts dagegen hat.« Penniman nickte.

»Gut, Vertesi und DI Aziz werden bei Ihnen bleiben. Mark, würden Sie bitte mit uns mitkommen?«

Aziz erhob sich und nahm neben Sue-Ellen Platz, während MacNeice und Williams Penniman in den Befragungsraum zwei führten. Der Sergeant setzte sich mit Blick auf den Spiegel.

»Diesmal ist niemand hinter dem Spiegel«, sagte MacNeice.

»Ich glaube Ihnen, Sir.« Er lächelte, ein ehrliches Lächeln, wie MacNeice zu erkennen meinte.

»Sind Sie auch Nahkampfexperte?«

»Nein, Sir. Ich bin ebenfalls bei den Spezialkräften, aber in anderer Funktion.«

»In welcher, wenn ich fragen darf?« MacNeice hatte seinen Stift in der Hand, legte ihn dann aber neben das geschlossene Notizbuch.

»Ich bin Scharfschütze.«

»Arbeiten Sie im Team?« MacNeice versuchte seine Überraschung zu verbergen nach der unverblümten Antwort, so als hätte er nach seinem Sternzeichen gefragt und als Antwort bekommen: *Ich bin Jungfrau.*

»Ich befehlige vier Scharfschützenteams – sie bestehen jeweils aus einem Schützen und einem Beobachter.«

»Gaben Sie Garys Platoon Deckung, oder waren Sie allein unterwegs?«

»Beides. Er war immer nah dran, er war immer der Erste, der irgendwo reinging. Die Afghanen in Helmand kannten Gary und hatten wahrscheinlich auch Respekt vor ihm. Vorgeschobene Operationsbasen, da geht es heiß her – asymmetrische Kriegführung –, das war genau seine Sache. Ich bin meistens tausend Meter oder noch weiter entfernt. Im Irak war das Häuserkampf, Feuergefechte wurden fast nur in den Städten geführt, und ich trat dort gegen die irakischen Scharfschützen auf den Hausdächern an.«

»Nur so aus Interesse, wenn Sie mehr als tausend Meter entfernt sind, welche Waffe benutzen Sie da? Und was sind Ihre Ziele?«, fragte Williams.

»Das M24 – Kaliber 7.62 Millimeter. Mein Beobachter und ich liegen in unserem Versteck und suchen nach Zielen. Am besten sind andere Scharfschützen, am zweitbesten Talibanführer, an dritter Stelle Leute, die Sprengsätze legen. Diese Sprengsätze, die haben Gary echt zu schaffen gemacht. Die Army war sein Ein und Alles. Wir haben nie darüber geredet, ob es ihm gefällt, was das Pentagon so treibt. Aber er hat es gehasst, wenn seine Leute in die Luft geflogen sind.«

»Hat er um Urlaub gebeten?«, fragte Williams.

»Man bittet nicht um Urlaub – nie. Ich bin nur für die Beerdigung nach Hause gekommen, weil mein Vorgesetzter benachrichtigt wurde und mir befohlen hat, zu fliegen. Gary hatte einfach die Schnauze voll, ein Urlaub hätte daran auch nichts geändert, selbst wenn er darum gebeten hätte.«

»Können Sie sich vorstellen, dass er in seiner Verzweiflung seine Fertigkeiten für kriminelle Zwecke eingesetzt hätte, um Geld zu verdienen? Hätte er sich so sehr verändern können?«

»Niemals, Sir. Wäre nicht die Rezession gewesen, wäre Gary heute vielleicht Zimmermann oder Schreiner und würde Häuser bauen. Er war ein guter Handwerker.«

»Können Sie uns sonst noch was über Ihren Schwager erzählen, was uns vielleicht weiterhilft?«, fragte MacNeice.

Penniman sah ihn durchdringend an, dann sagte er: »Ich bin Gary vom sunnitischen Dreieck zu den Waffenmärkten in Falludscha und bis nach Afghanistan gefolgt, dorthin, wo alle, ob Freund oder Feind, täglich ihre Verbündeten wechseln. Ich hab mit eigenen Augen gesehen, was er draufhatte. Ich kann Ihnen nur eins sagen: Wer immer ihm das angetan hat, der dürfte nachher einen ganzen Haufen Leichen wegzuräumen gehabt haben. Gary ist nicht einfach so abgetreten – Sie verstehen mich?«

»Ja.«

Penniman erhob sich und gab damit zu verstehen, dass die Befragung zu Ende war. »Sie haben, was Sie brauchen?«

»Ja, ich denke schon«, sagte MacNeice. Er streckte ihm die Hand hin. Wieder fühlte sich seine Hand an wie in einer Schraubzwinge.

28

»Sie meinen, Hughes war ein Ein-Mann-Abrissunternehmen?«, fragte Vertesi.

»Vier Kleiderschränke machen einen Abgang. Zweien wird das Genick gebrochen, einem mit Schuhgröße sechsundvierzig das Gesicht eingetreten, dem letzten die Kehle bis zur Wirbelsäule aufgeschlitzt – klingt für mich ganz nach Spezialkräften«, sagte Aziz.

»Ja, eine Killer-Olympiade«, sagte Vertesi. »Aber einer mit – wie viel, achtzig Kilo – gegen vier 110-Kilo-Wummen?«

»Einer, der bloß zeigt, was man ihm in seiner kostspieligen Ausbildung beigebracht hat.« Williams zuckte mit den Schultern, als läge es doch klar auf der Hand.

MacNeice betrachtete das Whiteboard und ordnete gedanklich die vorliegenden Fakten und noch offenen Fragen. »Wir haben mehrere Leichen, konkurrierende Betonunternehmen und – möglicherweise – eine für die Security angeheuerte Biker-Gang. Aber was soll gesichert oder bewacht werden? Wir haben Hughes, der kein Biker war. Wir müssen die verscharrten Biker mit Hughes in Verbindung bringen und herausfinden, ob die übrigen Toten sterben mussten, weil er und der Bermuda-Träger umgebracht wurden. Und wenn sie Veteranen waren, warum haben sie dann ihren Ehrenkodex gebrochen und ihre Kameraden nicht wieder nach Hause geschafft? Aber vielleicht war Hughes, der laut Penniman ja immer als Erster reinging, einfach zu weit voraus und von den anderen abgeschnitten.« Er wandte sich an sein Team. »Gut, im *Old Soldiers* können wir nicht nachfragen.«

»Wir könnten einen der Biker von hier fragen – mit Nachdruck sollte das schon möglich sein«, schlug Williams vor.
»Klingt nach dem perfekten Job für Swets. Er kennt die Typen – jedenfalls die, die noch rumlaufen –, aber die muss er natürlich erst mal auftreiben.«

Das Telefon klingelte. Ryan ging ran, lauschte und wandte sich MacNeice zu. »Sir, eine Sheilagh Thomas von der Uni. Sie sagt, Sie würden den Anruf entgegennehmen.«

Sie klang aufgeräumt. »Mac, kommen Sie diesen Nachmittag raus, dann lade ich Sie auf die beste Plörre ein, die sich die Uni leisten kann.«

»Eine wunderbare Idee ...«

»Kein Aber, bitte. Es ist wichtig, und es wird Sie nicht allzu viel Zeit kosten. Ich mach schon mal die Flasche auf und lasse sie atmen – oder seufzen. Bis später.«

Bevor MacNeice das Kabuff verließ, sagte er Aziz, dass sie sich schon mal auf ihre erste Pressekonferenz vorbereiten solle.

»Detective Superintendent MacNeice?« Eine schwarzhaarige junge Frau in schwarzem T-Shirt, knielangen khakifarbenen Shorts und Sandalen begrüßte ihn an der Tür.

»Ja.«

»Ich bin Andrea Gomes, eine von Dr. Thomas' Studentinnen.«

»Freut mich, Andrea.«

»Ich hole Sie ab, der Weg zu unserem Labor ist echt verschachtelt.«

Er folgte ihr über acht Treppenfluchten, durch einen Gang voller Studenten und eine Treppe hinunter in einen weiteren Gang. An dessen Ende kamen sie über einen Ausgang zu einer neuen Treppe.

»Jetzt verstehe ich, warum Sie mich abgeholt haben«, sagte er, als sie schließlich durch einen gekachelten Gang gingen.

»Ja, ich hab ein paar Tage gebraucht, bis ich mich zurechtgefunden habe. Aber jetzt könnte ich blind rumlaufen.«

»Ich hoffe, das bleibt Ihnen erspart.«

»Sehr witzig, Sir. Hier sind wir.«

Sie standen vor einer Labortür mit einem langen, schmalen eingelassenen Fenster.

»Dr. Thomas ist in ihrem Büro, gleich links von der Tür. Ich hole noch was zum Knabbern.« Mit einem Lächeln drehte sie ab.

Bevor MacNeice die Tür öffnete, spähte er durch das Fenster. An der hinteren Wand waren auf einem deckenhohen Eichenregal große Gläser mit irgendwelchen Proben zu erkennen – was genau darin lag, konnte er nicht sagen. Fenster gab es keine, alles war grell mit Neonröhren ausgeleuchtet. In der Mitte des Raums standen mehrere Hightech-Geräte unter transparenten Plastikabdeckungen sowie sechs Computer, an denen sich Ryan wahrscheinlich sehr wohlgefühlt hätte. Um einen scharten sich mehrere Studenten, niemand schien ihn zu bemerken. Daneben zählte er mindestens drei Blumensträuße; sie sahen nicht so aus, als stammten sie aus einem Blumenladen, sondern als hätte jemand sie umstandslos in einem Garten gepflückt und in unterschiedliche medizinische Behälter gestopft.

Er öffnete die Tür und verharrte dort. Barockmusik lag über dem Summen der Geräte und der Klimaanlage. Händel, glaubte er, war sich aber nicht sicher.

Sheilag Thomas stand mit dem Rücken zur Tür an einer Arbeitsbank und las in irgendeinem dicken Wälzer. Hinter der Arbeitsbank ragte ein Bücherregal bis zur Decke, sämtliche Bände darin schienen riesig zu sein. Er sah sich noch mal im Labor um. Es war gut fünfundzwanzig Meter lang und in mehrere Bereiche, vielleicht auch in Disziplinen eingeteilt. Am Ende davon gab es eine Reihe von sehr viel größeren Geräten, dazwischen standen sechs Stahltische zur Arbeit an diversen Objekten, vier davon waren belegt.

»Beeindruckend, nicht wahr?«, sagte Thomas, als sie zu ihm nach draußen kam.

»Ich hab keine Ahnung, was ich hier vor mir habe, aber ja, es ist beeindruckend. Das Einzige, was ich erkenne, sind die Blumen und vielleicht noch die Musik – Händel?«

»Fast. Henry Purcell. Die Blumen kommen von einer Farm ganz in der Nähe meines Hauses. Die meisten wachsen dort wild. Das ist das Beste, was ich meinen Studenten bieten kann, wenn sie schon ohne Tageslicht und frische Luft auskommen müssen. Ein Rundgang gefällig?«

»Sehr gern, aber nicht jetzt. Ich muss in die Stadt zurück.«

»Die Bank kann gar nicht lang genug sein, auf die wir das schieben, aber ich verstehe schon. Kommen Sie rein, dann machen wir uns gleich an die Arbeit – aber bei einem Glas Wein, darauf bestehe ich. Und irgendwann in nächster Zeit laden Sie mich zum Essen ein, dann zeige ich Ihnen, dass meine Garderobe mehr hergibt als Holzfällerhemden – na ja, vielleicht ein bisschen mehr.«

Er lächelte. Ihre Leinen-Sommerbluse war in der Tat rotgrau-schwarz kariert.

Das Gerümpel in ihrem Land Rover war nichts gegen das Chaos auf ihrem Schreibtisch. Er sah riesige ledergebundene Folianten, gebundene Ordner, große Umschläge mit Röntgenaufnahmen und mindestens zehn Styroporbecher mit unleserlicher Aufschrift, meist ein paar Buchstaben und Ziffern. Am Ende der Arbeitsbank standen zwei Weingläser und eine Flasche Rotwein auf einem runden Tablett. Dahinter hatte ein aus einem Rohrkolbendickicht brechender

Keramik-Setter stolz den Kopf erhoben und hielt eine Stockente im Maul.

»Lassen Sie mich was freiräumen ...« Sie nahm einen Bücherstapel und stellte ihn auf den Boden hinter ihrem Schreibtisch. Eine grüne Schreibunterlage lag darauf, die gleich neben dem Telefon mit Strichmännchen – aus Knochen – bekritzelt war. Sie schob die Styroporbecher ans andere Ende der Arbeitsbank neben den Schädel eines kleinen Tiers. An den nackten Backsteinwänden hingen anatomische Zeichnungen, die aussahen, als wären sie ein paar Jahrhunderte alt, und ein gerahmtes Foto – er schätzte, aus den 1920ern – von einer eleganten jungen Frau neben einem großen Steinkamin, die eine Pfeife im Mund hatte und sie mit einem Stöckchen aus dem Kamin entzündete.

»Meine Großmutter. Eine Rebellin durch und durch.«

»Sie ist sehr hübsch.«

»Geht so.« Sie erzählte, dass die Familie Vermögen, Einfluss und Macht gehabt hatte, was ihre Großmutter, kurz nachdem diese Aufnahme gemacht wurde, in den Wind geschossen hatte, um als Krankenschwester nach Kenia zu gehen. »Dort blieb sie bis zum Zweiten Weltkrieg, dann kam sie gerade noch rechtzeitig zurück, um die Verwundeten aus Dieppe zu pflegen. Viele von denen waren natürlich Kanadier.«

»Sie hat Sie motiviert?«

»Sehr, ja. Obwohl sie schon über achtzig war, hab ich sie oft besucht. Sie hat an diesem Kamin gesessen, mir Geschichten erzählt und ihre Pfeife geraucht.«

»Hat sie je geheiratet?«

»Nein. Sie hatte während des Kriegs eine Affäre mit einem Soldaten, der in Frankreich gefallen ist. Wer das war, hat sie mit ins Grab genommen. Meine Mutter war jedenfalls das Ergebnis dieser Affäre.«

»Wie tragisch, aber damit war sie wahrscheinlich nicht allein«, sagte MacNeice. Sie nickte.

Die Labortür hinter ihnen ging auf, und Andrea erschien mit einer großen Plastikschale voll mit etwas, was wie Kartoffelchips aussah. Sie stellte sie auf den Tisch. »Bio-Süßkartoffeln und Pastinaken mit Meersalz – wir sind ganz verrückt nach denen. Ich hoffe, Sie mögen sie, Detective.« Sie sah zu Dr. Thomas. »Brauchen Sie noch was?«

»Nein, danke, Andrea, alles wunderbar. Wir sind nicht lange beschäftigt.«

Sie reichte MacNeice ein Weinglas. »Ein überraschend schöner Pinot Noir aus Niagara. Nehmen Sie Platz, Mac.«

Er folgte ihrer Aufforderung, aber noch während er ihr zuprostete und am Wein nippte, musste er wieder an seinen engen Zeitplan denken. Sie sah, dass er in Gedanken woanders war, und stellte ihr Glas ab.

»Gut, kommen wir zur Sache. Harry und Arthur. Die Proben, die wir dem Beton und ihren Knochen entnommen haben, deuten darauf hin, dass sie zusammen versenkt wurden, 1928 oder 29. Wir haben angefangen, die Gesichter am Computer zu modellieren, und haben sofort was Interessantes am Gittermodell bemerkt.«

»Was?«

»Die Wangenknochen. War anfangs nur geraten, aber wir dachten, es könnte sich um Indigene handeln.«

»Von hier aus der Gegend?«

»Davon gingen wir aus. Einer meiner Doktorandinnen fiel die Ähnlichkeit mit den Wangen- und Kieferknochen von Joseph Brant auf – einem Mohawk –, dessen Gemälde im Gemeinschaftsraum hängt. Dann der Durchbruch, daher mein Anruf und dieser recht anständige Pinot. Ich kann Ihnen mit Sicherheit sagen, dass die beiden 1929 gestorben sind und im Ersten Weltkrieg gedient haben.«

»Wie haben Sie das bestimmt?«

»Wir haben ihre Bein-, Arm- und Rippenknochen chemisch analysiert, und an einem der Säulenbruchstücke steckte noch ein Hautfetzen, dort, wo die Hand gewesen war. Bei allen Analysen fanden sich chemische Spuren, die wir als Senfgas identifizieren konnten. Diese beiden Männer waren in den Schützengräben gewesen.«

»Das heißt, wir könnten sie über das Veteranenministerium aufspüren.«

»Könnten Sie, müssen Sie aber nicht. Wir wissen, wer sie sind.« Sie warf sich einen Chip in den Mund, zerkaute ihn knirschend und lächelte triumphierend. »Andrea ist alle Vermisstenmeldungen im *Standard* aus den Jahren 1928 und 1929 durchgegangen. Am 31. März 1929 erschien ein kleiner Artikel, in dem zwei indianische Stahlbaumonteure erwähnt werden, die eine Woche lang nicht zur Arbeit erschienen sind, deren Habseligkeiten sich aber noch in ihrem Zimmer im Barton Hotel befanden, das sie für einen Monat gemietet hatten. Erwähnenswert war nicht ihr Verschwinden – das war damals nichts Ungewöhnliches –, sondern die Tatsache, dass die beiden bei der zweiten Flandernschlacht für Tapferkeit ausgezeichnet wurden.«

»Der Ypernbogen ... wo die Deutschen zum ersten Mal Senfgas einsetzten.«

»Sehr gut, MacNeice. Die beiden waren mütterlicherseits Cousins, Charlie Maracle und George Marshall. Beide erhielten eine Tapferkeitsauszeichnung – Charlie ein Military Cross, George die Military Medal mit Spange. Die Nachkommen haben wir bislang nicht recherchiert ... Noch einen Schluck Wein?«

»Nein, danke, aber als Plörre würde ich ihn definitiv nicht bezeichnen.«

»Dann kommen Sie mit, die Cracks in unserem Labor für

molekulare Anthropologie werden Ihnen unter Führung von Andrea und zwei anderen Studenten präsentieren, was sie bei der Extraktion des genetischen Materials aus den Knochen von Charlie und George entdeckt haben.«

Etwa in der Mitte des Labors war ein Laptop an einen Projektor angeschlossen, der sein Licht an die weißen Betonquader der Außenmauer warf. Die Studenten hatten sich darum versammelt und warteten nur auf sie. Weiter hinten auf den Stahltischen lagen die skelettierten Überreste von Charlie und George.

Der Vortrag war schlüssig, präzise, ausführlich und spannend. MacNeice kam es vor, als hätten die Studenten eine Zeitkapsel geöffnet. Die anspruchsvollen chemischen Analysen hatten es in sich, waren aber verständlich, die animierte Rekonstruktion des beschädigten Schädels war geradezu magisch, aber das war erst der Anfang. Unter Zuhilfenahme von Fotografien aus den National Archives, die zum Zeitpunkt der Ordensverleihung aufgenommen wurden, hatten Andrea und ihre Kollegen mittels eines Computerprogramms namens Tracer die Gesichter der jungen Männer auf ihre Schädelknochen gemorpht. Nase, Kiefer, Augenhöhlen, Stirn – alles passte exakt. Die Skelette waren auf ein Gitternetz gelegt, von oben fotografiert und auf die Bilder der uniformierten Soldaten gemorpht, um sicherzugehen, dass auch beim jeweiligen Körpertypus Bilder und Knochen übereinstimmten. Charlie war 1,83, George 1,75 Meter groß. Schließlich präsentierten die Studenten den Artikel des *Standard*, »Indianische Helden vermisst«, ein Absatz war dabei unterlegt: »Beide waren angesehene Stahlbaumonteure auf dem höchsten Gebäude der Stadt – Dundurns faszinierend modernem Pigott Building – und befürworteten entschieden die Gründung einer Gewerkschaft, die sich für die Rechte von Monteuren einsetzt.«

Der Chevy glitt mit dem Verkehr durch die Main Street, eine blecherne Blase, durch die Ellingtons »Solitude« flutete. Er stellte den Wagen auf der hinteren Parkplatzseite ab und sah zwei dunkeläugige Winterammern, die auf einer Felsenbirne die Plätze tauschten. Aus irgendeinem Grund, den er nicht benennen konnte, musste er an seinen Vater denken, einen wahren Meister keltischen Trübsinns, der an einem heißen Augusttag im Hafen stand, über den Winter sinnierte und ihm erzählte, dass die Tage nun wieder kürzer würden – und sogar zu sagen wusste, um wie viele Sekunden.

Als er vor der Tür stand, klingelte sein Handy. »Was gibt's?«

»Hab gerade eine Mail bekommen, auf den Dienststellen-Server«, sagte Williams. »Sind Sie in der Nähe?«

29

Die Mail war von einem Laptop in einem Internet-Café namens WebWORX in der Nähe der Universität verschickt worden. *Habe Ihre Pressekonferenz gesehen. Kenne Ihren Mann. Fragen Sie einen Demographen.* Unterzeichnet: *X-Dem.*
»Ich habe sämtliche Einrichtungen in Dundurn ausfindig gemacht, die demographische Studien erstellen«, sagte Aziz. »Neben der Uni gibt es nur zwei in der Stadt.«

»Sie meinen, das ist der Messerstecher, der per Mail mit uns kommuniziert?«, fragte Williams.

»Nein, unser Mann verfolgt eine Agenda«, antwortete MacNeice. »Keine Ahnung, wie die im Einzelnen aussieht, aber damit würde er das Schicksal herausfordern.«

»Ich denke, du hast recht.« Aziz sah auf ihre Uhr. »Das kann sich allerdings in den nächsten vierzig Minuten ändern.«

»Wie heißen die beiden Firmen?«, fragte MacNeice. Zumindest jetzt wollte er nicht daran denken, dass auch Fiza das Schicksal herausfordern könnte.

»Accudem Associates Limited und Braithwaite Demography Incorporated, beide sitzen im West End«, sagte Aziz. »Sollen wir uns aufteilen?«

»Ich wollte zur Polizei in Waterdown und sie schon mal vorwarnen, dass ich einen ihrer Einwohner befragen werde – Sean McNamara.«

»Noch nicht, Vertesi«, sagte MacNeice. »Ich hab einen Durchsuchungsbeschluss für die Finanzunterlagen von ABC, Mancini und McNamara beantragt.«

»Da werden ein paar Leute ziemlich stinkig werden – vor allem Alberto. Pa sagt mir ständig, der wäre ganz eng mit dem Bürgermeister.« Vertesi lächelte.

»Jemand hat eine Schlägertruppe angeheuert. Wie die Ausgaben verbucht wurden, wird die Wirtschaftsprüfung ergeben, sie werden aber sicherlich nicht aus der Portokasse beglichen worden sein. Solange wir also auf den Durchsuchungsbeschluss warten, können wir Accudem und Braithwaite einen Besuch abstatten und Fotos unseres Verdächtigen und seines Motorrads vorlegen. Aber wir bleiben zusammen, bis Fiza ihre Pressekonferenz abhält.«

Williams trat vor Aziz' Schreibtisch, lehnte sich dagegen und sah sie mit seinen braunen Augen unumwunden an. »Mir ist noch was anderes zu unserem Messerstecher eingefallen. Vielleicht hilft dir das ja weiter.«

»Ich bin ganz Ohr.« Aziz sah lächelnd zu ihm auf.

Williams nahm es als Anlass, vor den anderen auf und ab zu gehen und in ein imaginäres Mikro zu sprechen. »Okay, in der neunten Klasse, da hatten wir eine Lehrerin, Miss Dodd, die ließ sich ein neues Vortragsformat einfallen, das sie ›Einmaleins des Geschichtenerzählens‹ nannte. Zwei Monate nach Beginn des Schuljahrs kommt ein neuer Junge in unsere Klasse, Georg – ohne E am Schluss. Er war Ungar, Sohn von jemandem, der irgendwie mit der ungarischen Regierung zu tun hatte. Bei seinem ersten Vortrag bringt er eine Fahne mit, die voller Blut war. Es war die Fahne seines Großvaters. Er hatte sie während des Aufstands von 1956 getragen, bei dem er getötet wurde. Fantastisches Thema. Geronnenes Blut, fast braun – wahnsinnig cool für einen Neuntklässler.«

»Gibt es auch eine Pointe?«, fragte Vertesi.

»Lass mich zu Ende erzählen. Beim nächsten Mal meldet sich Georg also und nennt sein Thema, es lautet: ›meins/

deins‹. Miss Dodd ist hin und weg. Er geht nach vorn und stellt sich auf den Stuhl der Lehrerin. Ich sitze in der ersten Reihe, neben Sophie Levy, Chantal Davidson – eine Schwester – und Judy Jamieson, dem schnuckeligsten Mädchen in der Klasse.«

Williams hatte jetzt die Aufmerksamkeit aller, sogar von Ryan, der immer noch vor seinem Computer saß, den Kopf nun aber gesenkt hielt und reglos lauschte.

»Georg sieht uns alle an. In der Hand hält er ein mit Schreibmaschine dicht beschriebenes Blatt. Dodd lehnt ganz hinten im Klassenzimmer an einem Bücherregal. Georg lächelt, beugt sich nach vorn, als wollte er sich verbeugen, lässt Jogginghose und Unterhose auf die Knöchel gleiten und richtet sich wieder auf. Sein Schniedel hängt keine zwei Meter vor Chantals Gesicht ...«

»Teufel aber auch«, rief Vertesi.

»Genau. Dann fängt er an, sein Manifest vorzulesen – alle Probleme der Welt würden gelöst, wenn wir unsere Geschlechtsteile in aller Öffentlichkeit sehen könnten – aber er ist kaum zu verstehen, weil die Mädchen sich die Hände vor den Mund schlagen, lachen oder spitze Horrorfilm-Schreie ausstoßen, und die Jungs johlen von hinten wie blöd. Miss Dodd stößt sich mit einem Satz vom Bücherregal ab und ruft etwas, woran ich mich nicht mehr erinnern kann, und das Regal kracht zur Seite, während sie zwischen den Tischen nach vorn stürmt und Georg weiterliest, was ich aber nicht hören kann, und alle anderen auf seinen Schwanz starren. Dodd rummst gegen Georg und bekommt seinen Schniedel ins Gesicht geklatscht, als sie ihm die Jogginghose hochzieht.

Georg ist die Ruhe selbst – er liest einfach weiter. Jemand hinter mir brüllt ›Hei-lige-ver-fick-te-Schei-ße‹, und Dodd zerrt Georg vom Stuhl, der über den Boden schlittert und gegen eine Shakespeare-Büste aus Gips donnert, die wie ein Schrein auf einem Tisch am Fenster gestanden hat, und *wamm* – sind beide durch die Tür und verschwunden.«

»Und dann?«

»Dann fällt mir das Blatt, von dem er vorgelesen hat, vor die Füße. Im Klassenzimmer tobt das totale Chaos, und ich sitze nur da und lese sein Manifest. Er wollte uns klarmachen, dass alle Macht aus dem Unterleib kommt – alle Unterjochung, Gewalt, jede Vergewaltigung, alles Übel. Er hatte das alles ausgearbeitet. Am Ende wollte er uns bitten, dass wir uns alle erheben und uns ausziehen – sogar Miss Dodd!«

»Und was ist danach passiert?«

»Nichts ist passiert. Zehn Minuten später kam sie mit knallrotem Gesicht ins Klassenzimmer zurück, riss mir das Blatt aus der Hand und ging wieder. Kurz darauf klingelte der Gong, die Stunde war zu Ende, und wir sind alle raus. Georg haben wir nicht wiedergesehen – nie wieder.«

»Was wollen Sie uns also damit sagen?«, fragte MacNeice.

»Na ja ... zwei Punkte. Der Messerstecher« – eine wegwerfende Geste zu den Whiteboards – »hat ein Manifest und eine Mission. Punkt zwei, er hat einen Schwanz, auch wenn er ihn noch nicht gebraucht hat – noch nicht.«

»Du hast diesen Scheiß doch nicht erfunden?«, fragte Vertesi.

»Mann, so einen Scheiß kannst du nicht erfinden.«

Vertesis Schreibtischtelefon klingelte. Er ging ran, lauschte und legte die Hand über den Hörer. »Sir, ich hab Mark Penniman in der Leitung. Er ist auf dem Weg ins *Old Soldiers* und möchte wissen, auf welche Fragen Sie gern eine Antwort hätten.«

MacNeice nahm den Hörer entgegen. »Hallo, Sergeant.«

»Ich bin knapp einen Kilometer vor dem *Old Soldiers* und bräuchte ein paar Anweisungen, worauf ich achten soll«, sagte Penniman.

»Sergeant, das ist nicht Ihr Kampf. Wir werden die Polizei vor Ort ...«

»Bei allem Respekt, Sir, es ist mein Kampf. Und Gary würde erwarten, dass mein Arsch dort ist, wo die Action abgeht, ob in Afghanistan oder Tonawanda. Sagen Sie mir bitte, was Sie wissen wollen.«

MacNeice drehte sich zum Whiteboard um und dachte nach. »Was ich Ihnen jetzt sage, ist streng vertraulich.«

»Verstanden.«

»Wir gehen davon aus, dass es eine Verbindung zwischen Gary, dem *Old Soldiers* und dem Projekt in unserem Hafen gibt. Hier in der Gegend wurden vor kurzem vier Leichen ausgegraben, deren Verletzungen auf einen Spezialisten hinweisen – wir denken an Sergeant Hughes.«

»Fahren Sie fort.«

»Sie sagten, Gary war kein Biker, wir glauben Ihnen. Aber er war häufig im *Old Soldiers*, wo Veteranen und Biker verkehren. Wir wollen wissen: Sind sie organisiert, und wenn ja, kann man sie als Security anheuern? Mussten sie vor kurzem und vor etwa zwei Jahren einige Verluste verbuchen? Aber ich habe keine Ahnung, wie Sie danach fragen wollen, ohne Verdacht zu erregen.«

»Verstanden, Sir. Noch was?«

»Ich würde Ihnen raten, weder Sergeant Hughes' Namen zu erwähnen noch dass Sie mit ihm verwandt sind. Die kanadische Gang, auf die sie gestoßen sind, nennt sich Damned Two Deuces – D2D MC.«

»D2D, Roger. Okay, ich fahre auf den Parkplatz. Ich sehe schon, was Sie meinen. Hier stehen« – kurz war nur das Rauschen in der Leitung zu hören – »achtzehn Harleys.«

»Waren Sie selbst mal Biker?«

»Nein, Sir. Ich habe in der Highschool mal aus einem Rasenmäher einen Roller gebaut, das war alles.«

»Seien Sie vorsichtig, Sergeant …«

»Sir, wenn das Veteranen sind, wurden wir alle vom gleichen Boss ausgebildet. Mir passiert nichts.«

Die Leitung war tot, MacNeice legte auf.

»Sollten wir nicht die örtliche Polizei oder die Staatspolizei verständigen?«, fragte Aziz. »Das Letzte, was Sue-Ellen braucht, ist ein toter Bruder.«

»Glaub mir, der Kerl kann auf sich aufpassen«, sagte Williams.

»Das haben beide auch von Gary gedacht«, sagte sie.

»Er kommt direkt aus einem Einsatz, anders als Gary. Ich denke mir, wenn im *Old Soldiers* auch nur eine Kakerlake hustet, kriegt er das mit.«

»Wahrscheinlich wünscht er ihr dann ›Gesundheit‹«, sagte Vertesi und grinste seine Kollegen an.

»Ich hoffe, meine beiden Machos, dass ihr recht habt«, sagte Aziz.

Aber keiner der beiden war Macho genug, um Aziz zu erklären, dass sie – live und vor den Medien – im Grunde etwas Ähnliches abzog wie Penniman, der ins *Old Soldiers* marschierte.

MacNeice sah auf seine Uhr. »Fünf Minuten noch, bis wir gehen«, sagte er. »Zwölf, bis es anfängt.«

Aziz war nicht die geringste Nervosität anzumerken, als sie auf dem Podium vor die Fernseh- und anderen Kameras trat – das Klicken der letzteren übertönte Wallace' einführende Worte. Jeder Satz, jeder Atemzug von ihr wurden aufgezeichnet. Einmal strich sie sich eine schwarze Haarsträhne aus dem Auge, das darauf einsetzende Getöse klang wie das Sirren von Junikäfern. Überrascht davon, zögerte sie kurz, dann fuhr sie fort, als wäre nichts gewesen.

Sie sprach etwa vier Minuten, präsentierte ihr wissenschaftliches Gutachten des Messerstechers, hielt inne und lud die Anwesenden ein, Fragen zu stellen. Die Fragen der Reporter von Medien, von denen sie noch nie gehört hatte, beantwortete sie mühelos und professionell. Falls ihr die Verantwortung zu schaffen machte – Bürgermeister Bob Maybank stand so stocksteif hinter ihr, dass MacNeice schon fürchtete, er könne umkippen –, ließ sie es sich nicht anmerken.

Nur eine Frage, von einem Reporter in der ersten Reihe, schien sie kurzzeitig aus der Fassung zu bringen: »Haben Sie keine Sorge, dass Sie als muslimische Polizistin und Kriminologin ebenfalls zum Ziel für diesen Täter werden könnten?«

Das Klicken der Kameras schwoll zu einem Crescendo an, als sie auf Aziz zoomten und auf ihre Antwort warteten. Natürlich war das der springende Punkt; es war genau die Frage, die sie sich erhofft hatte. Sie wartete kurz und konzentrierte sich – ganz Profi – auf die Aufmerksamkeit der versammelten Medienvertreter: »Nein«, sagte sie, »ich mache mir keine Sorgen.«

Prompt kam die nächste Frage. »Warum nicht?«

»Weil ich keine Frau bin, die sich allein auf einer abgelegenen Treppe, einem Waldweg oder am Strand aufhält. Ich bin eine bewaffnete Polizistin, die ständig Kollegen um sich hat. Danke.«

Sie trat einen Schritt zurück, und der Deputy Chief stellte den Bürgermeister vor, der sich über die hervorragende Arbeit der Polizei unter Führung von DS MacNeice ausließ. MacNeice' Ankündigung, dass zwischen den Leichenfunden auf dem Biker-Anwesen in Cayuga und den Leichen aus dem Hafenbecken eine Verbindung bestehe, löste keine weiteren Fragen seitens der Medienvertreter aus, die immer noch auf Aziz und den Messerstecher konzentriert zu sein schienen.

Erst als sie über den Hinterausgang das Rathaus verließen, schien Aziz in sich zusammenzusacken.

»Geh weiter, atme weiter. Du hast genau das erreicht, was du wolltest, vielleicht sogar mehr. Das schwarze Kostüm war genau richtig für den Anlass.«

»Dann ist es ja gut, sonst habe ich nämlich nichts dabei. Ich hab so schnell gepackt, dass für irgendwelche Überlegungen keine Zeit war.«

Als sie für die Fahrt zu Braithwaite Demography in den Chevy stiegen, sagte MacNeice: »Jetzt fängt der schwierige Teil an – das Warten.«

30

Der Geruch nach abgestandenem Rauch fiel Mark Penniman als Erstes auf. Die Welt war in weiten Teilen steril geworden, die Raucher waren in die dunklen Ecken vor den Bars und Restaurants verbannt oder gezwungen, sich tagsüber und nachts unter den Vordächern von Bürotürmen und Bushaltestellen herumzudrücken. Überall, so schien es, außer im Irak, in Afghanistan und im *Old Soldiers* in Tonawanda. Die Ausdünstungen von jahrelang verschüttetem Bier, von Zigarettenrauch und vollen Aschenbechern waren ein solcher Angriff auf seine Nase, dass er an der Tür erst einmal kurz stehen bleiben musste. Pennimans Augen gewöhnten sich an die Dunkelheit, während die Musik ihm entgegenschlug – Creedence Clearwater Revival, »Have You Ever Seen The Rain?« Er ging durch den kurzen Vorraum, vorbei an den Zigaretten- und Kautabakautomaten, den »Be All You Can Be«-Plakaten der Army, den Postern von *Platoon*, *Full Metal Jacket*, *Saving Private Ryan*, *Band of Brothers*, *The Hurt Locker* und *Restrepo*. Die visuelle Kakophonie der Bilder zwang ihn, den Blick zu senken auf den ausgetretenen, versifften roten Läufer. Jeder ihm bekannte Soldat, der es nicht nur cool fand, Waffen abzufeuern und Kameltreiber umzunieten, sondern sich vielleicht auch mal ein paar Gedanken machte, wusste, wie widersprüchlich das alles war und um wie viel besser das Ganze aussah, je weiter man von allem entfernt war, vom Staub und von der Langeweile, dem jähen Grauen des Tötens und der eigenen Hoffnung, nicht getötet zu werden. Und dennoch waren Gary und er – zu ihrer eigenen Freude – so oft zu neuen Einsätzen abberufen worden, dass er sie kaum noch aufzählen konnte. Irgendwo ganz tief in seinem Inneren wusste er, dass sie und alle, die überlebt hatten und sich neu meldeten, ihn liebten – sie liebten den Krieg. Bis sie ihn nicht mehr liebten. So einfach wollte er das sehen – Gary hatte die Schnauze voll gehabt vom Krieg, ganz im Gegensatz zu ihm.

Penniman atmete tief ein und langsam, leise wieder aus, so wie er es tat, bevor er den Abzug durchdrückte. Dann trat er durch die mit Old-Glory-Wimpeln eingefasste Tür und sah sich um.

Linker Hand war die Theke. Drei Männer saßen am hinteren Ende bei Bier und Zigaretten und sahen zu ihm. Der Barkeeper, der sich mit ihnen unterhalten hatte, blickte auf, bevor er sich wieder seinen Freunden zuwandte. Seine Bemerkung brachte die drei zum Lachen. Penniman nahm an, dass der Kommentar auf seine Kosten ging. In der hinteren Ecke gab es zwei Flipper- und einen Video-Shooter-Automaten mit einer Spielzeug-M16, deren Geknatter Fogertys Reibeisenstimme ein bizarres Stakkato hinzufügte. Entlang der Fenster gegenüber der Theke stand ein langer Tisch mit Bänken zu beiden Seiten. Die Vorhänge, nichts weiter als dunkelbraune Tarnleinwand, ließen nur einen schmalen waagrechten Lichtstreifen von der Neonreklame des *Old Soldiers* herein. Blauer Rauch waberte über sechs große Männer; wie aufmerksam gewordene Rinder drehten sie ihre Köpfe in seine Richtung und musterten ihn, während ihre wuchtigen Leiber nach wie vor über ihre großen Biergläser gebeugt waren. Sie trugen schwarze T-Shirts, Lederwesten und schwarze Jeans. *Die eine Uniform gegen die andere eingetauscht*, dachte Penniman.

Die Tür zu den Toiletten ging auf, ein großer, schlaksiger junger Mann kam heraus. Er hinkte, nicht sehr ausgeprägt, aber er bevorzugte eindeutig den linken Fuß. Er nickte allen zu und nahm Platz an einem der Flipperautomaten.

Wir haben also zehn Leute, aber achtzehn Motorräder draußen. Wo stecken die anderen? Penniman sah zur Rückwand der Theke und entdeckte neben den Toiletten eine weitere Tür mit der Aufschrift *Privat*. Ein Lichtstreifen fiel durch den unteren Spalt – da drin also. Er trat an die Theke und studierte die Deko über den Bourbon-, Whisky- und Wodkaflaschen. Ein langes, schmales, ausgebleichtes Bataillonsfoto, dem Aussehen nach aus dem Zweiten Weltkrieg, hing leicht schief an der Wand. An beiden Seiten war jeweils ein M1-Gewehr dagegengelehnt, deren Riemen grau vom Staub waren. Darüber weitere Wimpel und Fahnen, die aussahen, als würden sie auseinanderfallen, falls sie jemals geputzt würden – auch wenn die Gefahr dafür gering schien. Rechts davon wurden in einem großen Kastenrahmen diverse Dienstabzeichen zur Schau gestellt, darüber hingen weitere gerahmte Fotos, wahrscheinlich von den großen Schlachten in Europa und im Pazifik.

Neben der als privat gekennzeichneten Tür hing das riesige Poster eines Humvee mit fabrikneuer Tarnlackierung, darüber der Titel *Humvee Invincible*. Fast hätte Penniman laut aufgelacht. Die Fahrzeuge, die bei ihnen vor Ort eintrafen, wurden von denen, die auf sie angewiesen waren, unverzüglich umgebaut. Man schweißte zusätzliche Stahlplatten – die man sich von geschrotteten Humvees besorgte – an die Seiten und die Unterseite, weil man sich dadurch mehr Schutz versprach. Fuhr man damit auf Patrouille, sahen die überladenen Fahrzeuge eher nach *Mad Max* als nach General Motors aus. Und wenn man auf eine Sprengfalle stieß, hieß das nur, dass man nicht ganz so weit in die Luft geschleudert wurde. *Was zum Teufel hattest du hier drinnen verloren, Gary?*

Der Barkeeper kam langsam auf ihn zu. »Was darf's sein, Buddy?«

»Ein Bier, gezapft, danke.«

Die fleischige Pranke legte sich auf den Adler auf dem Zapfhahn, der Barkeeper selbst sah zu Penniman. »Gerade entlassen oder noch dabei?«

»Noch dabei.«

»Was führt dich hierher?«

»Bin zufällig durchgekommen und hab das Schild gesehen. Da dachte ich mir, sieh dir mal an, was alte Soldaten so treiben. Die Typen sind alles Ehemalige?« Er drehte sich auf seinem Hocker herum und sah zu den anderen. Keiner schien mehr an ihm interessiert zu sein.

»Die meisten, ja. Unsere Werbung lügt nicht, kann man sagen.« Er stellte Penniman das Glas hin.

»Danke. Alle von der Army?«

»Ja, andere gibt's hier nicht, Bruder. Und du?«

»Ja.«

»Wo stationiert?«

»In Helmand.«

»Tonawanda liegt nicht in Helmand.«

»Ich bin für eine Beerdigung hier.«

Der große hinkende Junge schlängelte sich zwischen den runden Tischen und Holzstühlen zur Bar und nickte erneut Penniman zu. Er bat den Barkeeper um einen Bourbon.

»Du hast keine Kohle, Weasel.«

»Du weißt, dass ich zahle, Wayne. Nächste Woche krieg ich meinen Scheck.«

»Scheiße, das weiß ich. Am Dienstag schaffst du deinen Arsch hier rein und legst« – er drehte sich um, hob den Münzgeldeinsatz der Kasse hoch und warf einen Blick auf einen kleinen Quittungsstapel – »zweihundertfünfundvierzig Mücken auf den Tresen.«

»Du weißt, dass ich zahle. Komm schon, geh mir nicht auf die Eier.«

»Ich geb ihm einen aus«, sagte Penniman. »Gib ihm einen Bourbon.«

Der Barkeeper zuckte mit den Schultern, griff sich ein Glas und drehte sich zur Flasche um, schenkte einen Einfachen ein und stellte den Drink vor den Jungen.

»Danke, Kumpel. Ich meine, Wayne weiß, dass ich zahle, trotzdem danke.«

»Du bist Veteran?«

»Ja, ich bin jetzt seit … ich glaube, es sind dreieinhalb Jahre, dass ich raus bin.«

»Mir ist aufgefallen, dass du hinkst.«

»Ja, ja. Ich meine, nichts Besonderes. Treffer im linken Fuß. Da fehlen mir vier Zehen.«

»Das ist das Ticket nach Hause.«

»Scheiße ja. Sieht aber komisch aus.« Der Junge hatte seinen Drink gekippt und starrte auf das leere Glas. »Jedenfalls geh ich nicht an den Strand, haha. Ich hab nur noch den großen Zeh, mehr nicht.«

»Warum nennst du dich Weasel?«

»Eigentlich heiße ich Wenzel – das ist Deutsch. Weiß nicht, ich werde nur hier so genannt.«

»Dich stört es nicht?«

»Nein, hat ja nichts zu bedeuten.«

»Vielleicht.« Penniman leerte sein Glas. Der Barkeeper nahm es, hielt es Penniman hin und legte den Kopf schief.

»Danke, ich nehm noch eins.«

»Wo bist du?«

»Wo?«

»Ich seh dir doch an, dass du noch dabei bist.«

»Ach so. Army, 2. Division.«

»Ohne Scheiß? Ich meine, willst du mich verarschen?«

»Warum sollte ich, Wenzel?«

»Ich war mit der 2. Division im Irak. Da ist das passiert.« Er sah auf seinen Fuß.

»Wo im Irak? Wann?«

Wenzel verzog das Gesicht, als hätte er Schmerzen. »Es hat mich auf einer Patrouille in der Nähe von Falludscha erwischt. Ja. Die eine Minute laufe ich noch rum, lächle den Kindern zu, und dann, du weißt schon – *ffft, ffft, ffft* –, sitze ich auf meinem Arsch auf der Straße, der Stiefel ist offen und überall spritzt Blut raus. Hier war es Sommer, das weiß ich noch. Meine Mom hat mir Bilder von Virginia Beach geschickt. Die hatte ich dabei.«

»Du kommst aus Virginia Beach?«

»Nein, Mann, wir sind aus West Virginia. Aber sie mochte den Strand ... sie ist letztes Jahr gestorben.«

»Das tut mir leid.«

Der Barkeeper stand am Ende der Theke. Er und die anderen drei beobachteten sie jetzt. Penniman versuchte sich so lässig wie möglich zu geben, hielt sich an seinem Bier fest und blickte zum Spiegel. Er sah, wie sich der Barkeeper näherte, und leerte sein zweites Glas Bier.

»Hast du hier zu tun?«, fragte der Barkeeper.

»Noch ein Bier trinken, wenn du das meinst. Wenzel, Lust auf einen weiteren Bourbon?«, sagte Penniman und sah zu dem Jungen.

»Scheißt der Papst im Wald?« Er klang unsicher, als wollte er nicht glauben, was er gehört hatte.

»Ich glaube nicht, aber ich nehm das als ein Ja. Barkeeper, noch einen Bourbon, bitte.«

»Erst lass mal sehen, was du hast.«

Penniman zog zwei Zwanziger heraus und legte sie auf die Theke. Der Barkeeper nahm einen, drehte sich zur Bourbon-Flasche um und schenkte ein. Er nahm das leere Bierglas und füllte es bis zum Rand, stellte es vor Penniman und ging wieder ans Ende der Theke.

»Ich war schon in freundlicheren Kneipen«, sagte Penniman.

»Ja, aber die Jungs haben ihre Gründe ... Du bist immer noch im Irak?«

»Nein, wir wurden nach Afghanistan verlegt, zu der Zeit, als du wohl heimgekommen bist.«

»Ohne Scheiß. Mann, ich hab so schnell den Kontakt zu allen verloren ...«

»Weil du angepisst warst?«

»Nein, das nicht. Scheiße, mir hat's gefallen in der Army. Nein, es war ... als würden sie einen aus dem Baseball-Team schmeißen und nach Hause schicken. Ich hab nichts, Mann. Eine kleine Pension, ein Purple Heart und dieses Drecksloch von Kneipe hier.« Verächtlich sah er sich im Raum um, sein Blick war schon leicht schwiemelig.

»So übel ist die nicht. Draußen stehen viele große Maschinen – gehört dir eine von denen?«

»Nein, mein Geld reicht gerade so von Woche zu Woche. Aber manchmal fahre ich mit ihnen mit.«

»Aber es sind mehr Bikes als Typen hier drinnen ...«

»Die anderen sind hinten im Büro. Den Bikern gehört der Laden. Gute Jungs, die meisten.«

»Nettes Clubhaus.«

»Ja, klar. An den Wochenenden, Mann, da ... ich hab hier schon vierzig Maschinen gezählt. Auch Stammgäste ...«

»Vierzig. Das ist ja eine richtige Armee.«

»Hast du ihr Wappen gesehen? OSMC. Zwei gekreuzte Schwerter unter einem Totenschädel. So cool, Mann – gold und schwarz.«

»OSMC – klingt für mich fast nach USMC. Du gehörst zu denen?«

»Nein, Mann – mein Fuß ... Wer da Mitglied sein will, muss so tough sein wie in der Army. Aber ich bin bei ihnen mitgefahren.«

»Du meinst, mal schnell zur Mall oder so?«

»Ja, genau.«

»Wie bist du hier gelandet? Ich meine, in Tonawanda und nicht in West Virginia?«

»Ach, ich war schon zu Hause. Nach der Entlassung aus dem Krankenhaus. Aber nach einer Weile hab ich gehört, dass mein Sergeant ausgeschieden ist und sich hier rumtreibt. Scheiße, Mann, da hab ich den nächsten Bus genommen.«

»Er ist ein guter Typ?«

»Der Beste. Allerbeste. Der Besteste. Ich wäre auf der Straße in Stücke geschossen worden, Mann. Wie ein Reißverschluss, so hat es den Boden aufgerissen – die hatten mich. Sarge hat zwei Scharfschützen auf dem Dach abgeknallt und einen Typen in der Tür – es war wie im Film. Er zieht mich in ein Haus, plötzlich, aus dem Nichts, kommt ein Typ auf uns zugelaufen, Sarge macht so eine Karatebewegung – *bumm*, knallt der andere hin und war mausetot, Mann. Dann runter mit dem Stiefel, Verband angelegt. Als ich wieder zu mir gekommen bin, hat mir eine hübsche Frau mit einem Strohhalm O-Saft eingeflößt.«

»Glück gehabt.«

»Das war kein Glück – das war Sergeant Hughes, Mann.«

Wenzel hatte jetzt glasige Augen. Penniman konnte nicht sagen, ob es an der Erinnerung oder am Bourbon lag – wahrscheinlich an beidem.

»Ihr habt noch Kontakt?«

Wenzel wollte schon antworten, dann sah er zum Tisch am Fenster und bemerkte, dass alle Männer sie anstarrten.

»Ach, Mann ... tut mir leid. Ich sollte nicht so viel saufen ...

Das lockert die Zunge und so. Aber danke für die Drinks ... Und, hey, Mann«, sagte er leise, »pass auf dich auf.« Wenzel erhob sich und streckte ihm die Hand hin.

Penniman ergriff sie. »Meinst du da drüben oder hier?«

Der Junge beugte sich zu ihm. »Sowohl als auch.« Wenzel ließ die Hand los, richtete sich auf und rief dem Barkeeper zu: »Bis zum nächsten Mal, Wayne. Jungs ...« Dann humpelte er zur Tür.

Der Barkeeper kam herüber und nahm das leere Bourbonglas. »Du hast, was du wolltest?«

»Ich kann dir nicht folgen.«

»Klar, Buddy. Noch eins?«

»Nein, danke. Ich trinke bloß noch aus, dann verschwinde ich. Er scheint mir ganz in Ordnung zu sein.« Penniman deutete mit einem Nicken in Richtung Tür.

»Weasel? Warum, was hat er denn erzählt?«

»Nicht viel. Ich hab ihn auf sein Hinken angesprochen, und er hat erzählt, wie sehr er die Army mag.«

»Er quatscht viel Scheiß, wenn er zu viel trinkt.«

»Bin ich anderer Meinung.«

»Falls jemand aus Helmand reinschaut, wie heißt du?«

»Buddy. Ich dachte, das wüsstest du.«

Der Barkeeper starrte ihn an. Penniman leerte sein Glas, nahm den zweiten Zwanziger, zog einen Zehner aus der Tasche und klatschte ihn auf die Theke. »Trinkgeld für dich und die Veteranen.« Kurz sah er zu den Männern am Ende der Theke und am Tisch. Dann wandte er sich wieder an den Barkeeper. »Interessante Kneipe habt ihr hier. Vielleicht komm ich mal wieder vorbei, wenn ich nicht mehr bei dem Verein bin. Gibt nicht mehr viele Kneipen, in denen Veteranen so freundlich behandelt werden.«

Der Barkeeper steckte sich den Zehner in die Tasche, sagte aber nichts.

31

Die Lobby von Braithwaite Demography Incorporated sah genauso aus, wie man sich ein typisch englisches Ambiente vorstellte: dunkelgrüne Vertäfelung, darüber weiß und cremefarben gestreifte Tapeten, und an allen Wänden außer hinter der Rezeption – dort waren in Messingserifen die Initialen BDI angebracht – hingen Drucke von Jagdgesellschaften aus dem 19. Jahrhundert.

Sie nahmen in tiefen Ledersesseln Platz und warteten auf den BDI-Vorsitzenden. »Ich dachte immer«, sagte Aziz, »Demographie wäre eine neue Hightech-Disziplin, in der sich Mathe- und Computernerds tummeln. Das hier sieht eher wie ein Altherrenclub in London aus. Ohne Zigarre und Zeitung komme ich mir richtig nackt vor.«

»Ich bin mir nicht sicher, ob sie dich in so einen Club überhaupt reinlassen würden«, sagte MacNeice. »Ob nackt oder nicht nackt.«

»Ja, na ja, vielleicht.«

MacNeice lachte.

Eine junge Frau schob die schwere Eichentür auf, nickte der Rezeptionistin zu und sagte: »Dr. Braithwaite empfängt Sie jetzt. Bitte folgen Sie mir.«

Sie folgten ihr in eine andere Welt, eine aus Glas und Stahl. Die nach außen hin gelegenen Büros, deren Wände nur aus Glas bestanden, umgaben einen offenen, annähernd rechteckigen Innenraum, in dessen Zentrum von der Decke ein Karussell mit sechs auf unterschiedliche Sender eingestellten Flachbildmonitoren hing. Darunter saßen Mitarbeiter an vier weißen Tischreihen und starrten auf ihre Computerbildschirme. Sie waren alle jung. Ihren Mienen war nicht zu entnehmen, ob es sie interessierte, wer sich zwischen ihnen hindurchschlängelte. Die meisten trugen Kopfhörer, viele sahen gelegentlich zu den Fernsehmonitoren auf, die auch für die Mitarbeiter in den gläsernen Büros einsehbar waren.

Die Assistentin öffnete eine Tür in der nordöstlichen Ecke; die Glaswände dieses Büros waren mit einer halbtransparenten Folie überzogen. Anscheinend war dem Boss die Privatsphäre wichtiger als der freie Blick auf die Flachbildschirme. Aber kein Grund zur Sorge – an einer Wand in seinem Büro waren vier Monitore angebracht.

Ein Mann von mittlerer Größe und Gewicht erhob sich vom Schreibtisch und lächelte sie an. »Ich bin Roger Braithwaite, Vorsitzender und CEO von BDI.« Er hatte blasse Haut und rosige Wangen, einen getrimmten Vollbart und kurze Haare mit Geheimratsecken.

MacNeice stellte sich und Aziz vor. Sie gaben sich die Hand, und Braithwaite bat sie, Platz zu nehmen, nicht vor seinem Schreibtisch, wo Sessel standen, sondern an einem langen, schmalen Kieferntisch im Landhausstil, der auf die Fenster gerichtet war. Draußen standen große Fichten, hinter denen MacNeice seinen Chevy auf dem Parkplatz erkennen konnte. Braithwaite lächelte, ordnete einen großen Stapel Papiere und schob ihn zur Seite, bevor er die Hände faltete, als wäre er in der Kirche.

Aziz legte einen großen Umschlag auf den Tisch und entnahm ihm mehrere Fotos sowohl von dem jungen Mann aus der Notaufnahme als auch von seinem Motorrad.

»Sie wissen, warum wir hier sind. Und bei Ihren vielen Fernsehern haben Sie diese Bilder vielleicht sogar schon gesehen«, sagte MacNeice. Braithwaite wich ihrem Blick aus und nahm die Fotos zur Hand.

»Mr Braithwaite, ich denke, Sie kennen diesen Mann«, sagte MacNeice.

Braithwaite legte die Fotos auf den Tisch, lehnte sich zurück und sah hinaus zu den Bäumen, dann zu den beiden Polizisten. »Ja, ich kenne ihn.«

»Sein Name, bitte.«

»William Dance. Er ist – oder eigentlich – er war bei uns als Demograph angestellt. Ein brillanter junger Mann.« Er lächelte.

»Sie haben die Pressekonferenz verfolgt, auf der diese Bilder vorgestellt wurden?«

»Ja, auf einem der Bildschirme hinter Ihnen.«

»Warum haben Sie sich nicht bei uns gemeldet?«, fragte Aziz.

»Sie werden meine Beweggründe sicherlich verstehen, Detective.«

»Angesichts dessen, was wir diesem Mann zur Last legen, sehe ich mich außerstande, überhaupt einen Beweggrund zu verstehen.«

»Wann hat er Ihr Unternehmen verlassen?«, fragte MacNeice.

»William absolvierte sein Grundstudium als Jahrgangsbester, machte seinen Master und kam dann zu uns. Er war knapp über drei Jahre hier und hat uns vor fast neun Monaten verlassen.«

»Was ist geschehen?«

»Das wissen wir nicht genau. Seine Eltern hatten ein Cottage an einem der Muskoka-Seen, beide kamen bei einem Verkehrsunfall dort oben ums Leben. Das hat William schrecklich zugesetzt. Ich sagte ihm, er könne sich alle Zeit der Welt nehmen, was er auch gemacht hat – drei Monate insgesamt. Dann rief er an und sagte, er würde nicht mehr zurückkommen. Keine weiteren Erklärungen.«

»Haben Sie seine Adresse?«

»Seine alte. Er wohnte bei seinen Eltern, ist aber ausgezogen. Das habe ich erfahren, als ich ihn aufgesucht habe, um ihn zum Bleiben zu überreden. Der Nachbar, der mich vor dem Tor stehen sah, hat mir erzählt, dass William schon lange fort sei und alle Bindungen gekappt habe, sogar zu alten Freunden der Familie. Und dass er angeblich durch den Tod seines Vaters zu einem beträchtlichen Vermögen gekommen sei. Keiner weiß, wohin er gezogen ist.«

»Aber die Person auf diesen Fotos ist mit Sicherheit William Dance?«

»Ja, absolut. Und das ist sein Motorrad – keine Frage. Das Ding war wirklich die Pest. Er war völlig vernarrt in die Maschine und nannte sie aus irgendeinem Grund den ›Rächer‹. Soweit wir das mitbekommen haben, konnte er das Ding nicht fahren, ohne einen fürchterlichen Lärm zu veranstalten.«

»Okay. Wo befindet sich das Haus seiner Eltern?«

»Spring Lane 6, eine Sackgasse hinter der Universität, am Rand der Schlucht.«

»Wissen Sie, ob einer Ihrer Mitarbeiter vielleicht noch Kontakt zu Dance hat?«

»Das bezweifle ich. Aber mehrere Mitarbeiter der Geschäftsleitung, meine Assistentin und ein paar unserer Wissenschaftler in der Grube – sorry, draußen an den langen Tischen – haben mit ihm gearbeitet.«

»Wir würden uns gern mit ihnen so bald wie möglich unterhalten. Aziz, ruf Vertesi und Williams an und sag ihnen, dass sie kommen sollen.« MacNeice wandte sich wieder an Braithwaite. »Wir brauchen dazu Ihre Mitwirkung, vielleicht könnten Sie uns einen eigenen Raum zur Verfügung stellen, wo wir die Befragungen durchführen können.«

Braithwaite nickte. »Alle unsere Büroräume sind Befragungsräume – wir brauchen sie für unsere Recherchen. Sie können sich gern in einem davon einrichten.«

Braithwaite rief seine Assistentin und bat sie, alles in die Wege zu leiten. Aziz begleitete sie, als sie ging, und MacNeice nahm wieder Platz und zückte sein Notizbuch.

Braithwaite starrte auf seine Hände, die er vor sich auf dem Tisch liegen hatte. »Was hier passiert, ist so absurd ... Wir werden Sie in jeder erdenklichen Hinsicht unterstützen. Und ich möchte mich entschuldigen, dass ich mich nicht bei Ihnen gemeldet habe. Ich sollte Ihnen sagen, dass der Nachbar in der Spring Lane erzählt hat, William habe ihn von der Tür verjagt, als er ihm sein Beileid aussprechen wollte. Er habe ihn richtig angeschrien und die Tür zugeknallt. Das war an dem Abend, an dem er verschwunden ist.«

»Sie hatten vorher keinerlei Hinweise, dass er irgendwie labil ist?«

»Na ja, ich habe ihn schon für einen etwas komischen Kauz gehalten.«

»Wie meinen Sie das?«

Braithwaite verschränkte wieder die Hände und suchte nach den richtigen Worten. »Er ist sehr ... introvertiert, wenn Sie verstehen, was ich meine. Meiner Erfahrung nach neigen Demographen und Mathematiker dazu. Bei ihm aber kam noch was anderes hinzu – Arroganz vielleicht. Ansonsten war William aber immer sehr umgänglich. Wir sind alle entsetzt, dass er wirklich ...« Er ließ den Satz unvollendet, als würde ihm der Anstand gebieten, nicht über junge, aufgeschlitzte Frauen zu sprechen.

Über Dance' Privatleben wusste Braithwaite nichts. »Ich meine, bei gesellschaftlichen Anlässen habe ich gelegentlich seine Eltern getroffen, als sein Vater noch CEO bei Sterling Insurance war. Ich wusste, dass er noch zu Hause wohnt – aber das tun heutzutage ja viele junge Leute.« Sein Blick ging zu den Fernsehbildschirmen, obwohl sie ausgeschaltet waren – aus Gewohnheit, oder hoffte er bei ihnen eine Eingebung zu finden? –, bevor er wieder zu MacNeice sah. »Er hatte immer ein Lächeln im Gesicht, wissen Sie, auch wenn wir unter gewaltigem Druck standen. William war so undurchschaubar ... trotzdem habe ich mir mehr als einmal gedacht, wie toll es doch wäre, wenn wir mehr solche Leute wie ihn bei uns hätten. Wissen Sie, viele sind gute Mathematiker, manche hervorragende Statistiker, aber er hatte die Fähigkeit, das Ganze zu sehen, als wären es nicht bloß Daten, sondern als wäre es eine Erzählung, die sich vor seinen Augen ausbreitet.«

Nachdem sich alle vier Polizisten an die Arbeit machten, dauerte die Befragung der BDI-Mitarbeiter lediglich gut zwei Stunden. Danach saßen sie in einem der Befragungsräume zusammen und gingen ihre Ergebnisse durch. Die meisten Angestellten hielten Dance für einen brillanten Demographen und freundlichen Zeitgenossen, manche aber fanden sein unablässiges Lächeln – so eine junge Frau – »ein wenig nervtötend«. Die junge Wissenschaftlerin nahm an, dass er religiös sei. Auf Nachfrage erklärte sie: »Na ja, er hatte so was Fundamental-Christliches an sich, Sie wissen schon ... wie diese Frauen in Bountiful, die alle mit demselben Typen verheiratet sind und ständig vor sich hin lächeln. Echt gruselig.«

Ein anderer hielt Dance für einen Veganer, was dieser als Entschuldigung dafür anführte, um mit den Kollegen nicht zum Essen gehen zu müssen. Stattdessen hatte er immer sein eigenes Essen dabei und fuhr mit dem Motorrad davon – wohin, wusste niemand. Seine einzige Freizeitbeschäftigung, von der man wusste, waren Videospiele auf den Bürocomputern nach der Arbeit. »Die, mit denen ich gesprochen habe, spielten nicht gern mit ihm«, sagte Williams.

»Warum nicht?«, fragte Vertesi.

»Weil er immer gewonnen hat. Diese Spiele sollen doch Spaß machen – man will Spannung haben, man will grölen und herumalbern. Aber Dance war anders. Er war immer ganz still und lächelte die ganze Zeit. Bei einem Spiel, erzählte mir einer, habe er Dance gefragt, warum er immer lächelt, und seine Antwort jagte ihm einen ziemlichen Schrecken ein. Dance sagte nämlich« – Williams sah auf seine Notizen – »›Mir ist gar nicht bewusst, dass ich lächle. Das hier ist Krieg. Was gibt es im Krieg zu lächeln?‹ Dance war es todernst, und dabei hat er gelächelt.«

»Der Junge sollte mehr Zeit vor einem Spiegel verbringen«, sagte Vertesi. »So, wir haben den Namen, dann sollten wir auch die Registrierung für die Yamaha bekommen. Mit ein wenig Glück finden wir dadurch auch seine aktuelle Adresse.«

»Zeit zum Aufbruch«, sagte MacNeice und sah auf seine Uhr – 19.08 Uhr.

»Ich häng mich noch ein bisschen ans Telefon wegen dieses Verkehrsunfalls in Muskoka«, sagte Williams. »Sollte nicht zu lange dauern, Boss. Wir treffen uns dann in maximal ... einer dreiviertel Stunde am Haus.«

MacNeice und Aziz verließen den Parkplatz und schlugen die Richtung zur Spring Lane 6 ein. Williams und Vertesi fuhren zur Dienststelle zurück und kümmerten sich darum, dass Name und Foto des Verdächtigen – William Dance – an die Polizeidienststellen in der Provinz und die Medien freigegeben wurden.

32

»Es ist, als wärst du unsichtbar, wenn du über den Strand gehst«, sagte er seinem Freund im Spiegel.

»Ich weiß. Ich kann es nicht erklären, aber es liegt wahrscheinlich daran, wie ich gehe – unaufdringlich, konzentriert, aber auch ganz locker –, als wäre ich Teil der Landschaft, jemand, der nicht ins Auge sticht.«

»Aber das Blut – du warst doch von oben bis unten vollgespritzt!«

»Egal. Keiner hat auf mich geachtet.«

Billie Dance heftete das mit Samora Aploons Handy aufgenommene Foto an die Wand neben die anderen, die er von ihr hinter der Theke des Burger Shack oder am Strand mit ihren Büchern und Papieren und dem Esstablett gemacht hatte. »Es gefällt mir, dass sie alle wie Spionagefotos aussehen.«

Samora trug auf allen das gleiche T-Shirt, das mit der fröhlichen Schrift und dem Cartoon einer Hütte, die überhaupt nicht wie ein echtes Gebäude aussah. »Sie fiel um wie ein gefällter Baum.«

»Es war ein edler Hieb.«

Billie trat zurück und lehnte sich gegen die Wohnzimmerwand. Zur Einrichtung gehörten ein Sofa aus einem Secondhandladen in der Parkdale und ein Sessel, den er auf der Straße gefunden hatte. Die Korbsitzfläche war gebrochen, er hatte einfach eine Sperrholzplatte darübergelegt und sie mit Klebeband befestigt. Er sah zu den Fotos an der Wand.

»Sie sehen gut aus, so als Ensemble.«

»Ja, Samora – die tolle Handy-Aufnahme von ihrer Leiche – neben Ghosh ...«

»Das gibt wieder entsetztes Geschrei, wenn das ins Netz gestellt wird.«

»Ja.«

»Wann sagen wir der Welt, worum es geht?«

»Okay, kleine Geschichtsstunde: Wir sagen es der Welt nicht. Das überlassen wir unseren Gegnern. Irgendwann werden sie von selbst draufkommen. Unsere Manifeste werden aus Taten bestehen, nicht aus Worten.«

»Die neuen Tempelritter.«

»Genau. Es hat zweihundert Jahre oder so gedauert, bis sie niedergeschlagen wurden. Ich brauche keine zweihundert Jahre – ich habe eine 3G-Breitband-Verbindung. Die Ritter hatten bloß Boten und Brieftauben.«

»Was für eine Qual mit Lea Nam. Diese Erkundungsaufnahmen sehen irgendwie trostlos aus – es fehlt ihnen ein Spritzer Rot.«

Unter den Fotos von Samora und Ghosh hingen Zeitungsausschnitte zu Nam, in denen sie als Aspirantin für die Olympischen Spiele sowie als hervorragende Studentin beschrieben wurde. »Wir haben es nicht eilig. Beim zweiten Mal wird es besser laufen, du weißt doch, sie wartet nur darauf.«

»Was als Nächstes?«

»Falsch. Wer als Nächstes?«

Er drehte sich um und deutete zur gegenüberliegenden Wand, wo die ausgebleichten, blumengemusterten Tapeten wegen einer alten undichten Stelle im Dach Blasen warfen und mit Schmutzschlieren überzogen waren.

»Die Unternehmerin?«

»Ja. Die Erkundigungen sind beendet – wir sind bereit.« Er sah zum Foto einer eleganten jungen Frau, die aus einem Bürogebäude trat, sie hatte eine Aktentasche in der Hand und setzte sich gerade eine stylische Sonnenbrille auf. Darunter hingen sechs Aufnahmen in einer Parkgarage, die einen silbernen Mercedes 300 auf seinem reservierten Stellplatz zeigten, wobei am unteren Rand des Bildes jeweils die Zeiten aufgeführt waren – 8.10 bis 8.53 Uhr, 18.47 bis 19.35 Uhr.

»Ein Kinderspiel.«

»Nein, so leicht ist es nicht. Auf dem ersten Parkdeck, da kommen ständig Autos oder fahren wieder ab – könnte knifflig werden.«

»Warum nicht in ihrer Wohnung?«

»Zu hohe Sicherheitsvorkehrungen. Das ist die beste Option. Es gibt keine Kamera, weder an der Einfahrt noch auf den jeweiligen Parkdecks – nur Notfalltelefone.« Billie trat an die Wand und klopfte auf den Ausdruck. »Sie haben dort eine Schranke, aber kein Häuschen. Wir ziehen unsere Karte, und auf dem Weg nach draußen schlängeln wir uns um die Schranke herum und verschwinden.«

»Gut, am Morgen oder am Abend?«

»Ich bin ein Morgentyp.«

»Ich mag den Morgen.«

»Sie ist vermutlich die Hübscheste bislang.«

»Mag sein, aber das ist mir egal.«

»Was macht sie eigentlich?«

»In Indien, woher sie kommt, können sie vieles schneller, besser und billiger als wir hier. Wir sind schlecht ausgebildet, halten uns aber für ganz toll; wir sind faul und wenig erfinderisch, halten uns aber für brillant. Narinder Dass gehört zu den obersten zehn CEOs unter dreißig – schau, hier ...«

»Ah, ja, hübsches Foto.«

»Leitet ein Unternehmen mit Mitarbeitern in Indien, das jedes kanadische Callcenter überflüssig macht. Kein großer Verlust, sollte man meinen.«

»Genau das meine ich.«

»Du musst das schon verstehen. Mit dem Kundensupport für unsere Kreditkarten fängt es an, und von dort greift es dann auf alle möglichen Bereiche über.«

»Wenigstens bleiben sie da, wo sie hingehören.«

»Nein, tun sie eben nicht. Hör zu, die sprechen besser Englisch als die meisten Kanadier und besser als jeder Chinese. Schon mal von einem Callcenter in Peking gehört?«

»Nein.«

»Wir haben jetzt schon Millionen indischer Einwanderer, aber es werden noch viel mehr. Woher, glaubst du, hat Narinder Dass ihre Kohle?«

»Von dort?«

»Klar – Indien ist mittlerweile eine Supermacht … Und schau dir ihr Lächeln an – wer könnte ihr widerstehen? Als hätte man einen Bollywood-Superstar in Dundurn. Sie nimmt an gesellschaftlichen Veranstaltungen teil, läuft Marathon; bald kandidiert sie auch noch für ein politisches Amt, darauf kannst du wetten.«

»Ich verstehe, worauf du hinauswillst.«

»Ja, gut, das müssen wir unterbrechen. Die Leitung kappen. Legen Sie auf, Ms Dass.«

»Kein Anschluss unter dieser Nummer.«

»Genau.«

»Hast du die Pressekonferenz gesehen?«

»Nein, warum?«

»Warum? Da ging es um unser Projekt. Ich würde sagen, wir haben eine neue Kandidatin – eine Muslimin.«

»Was macht sie?«

»Sie ist Polizistin, Kriminologin … Unterm Strich hält sie uns für unzulänglich. Ich glaube, sie hat uns einen Feigling genannt.«

»Wie köstlich, kein Scheiß. Ich nehme mal an, dass Samora oder Taaraa da anderer Meinung wären.«

33

Das aus rotem Kalksand- und Backstein errichtete Gebäude lag inmitten eines weitläufigen, von einer niedrigen Bruchsteinmauer umgebenen Grundstücks und war durch die dichtstehenden Bäume und Sträucher von außen kaum zu sehen. MacNeice parkte den Chevy neben einem großen elektrischen Tor, das die Zufahrt zum Haus sicherte. Die Vorhänge waren zugezogen, schwer zu sagen, ob das Haus bewohnt war – schwer, aber nicht unmöglich. Werbezettel und Zeitungen lagen auf dem Steinplattenpfad, der sich hinter dem kleineren Fußgängertor anschloss.

Der Eichen-, Birken- und Ahornbestand auf dem Anwesen schien aus dem Wald und der dahinterliegenden Schlucht verpflanzt worden zu sein – die Stelle, an der Lea Nam angegriffen wurde, lag etwa eineinhalb Kilometer entfernt. Mehrere große Felsen waren strategisch zwischen den Bäumen platziert, zwei Grauhörnchen huschten auf Futtersuche über den Boden. MacNeice nahm die Umgebung in sich auf, als er aus dem Chevy stieg und die Tür hinter sich schloss. Er öffnete den Kofferraum, nahm seinen alten Samsonite-Aktenkoffer und trat ans Tor. Aziz folgte.

»Ich sehe mal an der Seite nach«, sagte sie und griff sich einen kleinen Ast. Sie ging den Pfad entlang, der zwischen der Steinmauer des Grundstücks und den hohen Bäumen zum Rand der Schlucht führte.

MacNeice probierte die Seitentür und stellte überrascht fest, dass sie offen war. Er sah zu Aziz und wartete, bis sie sich zu ihm umdrehte. Dann ließ er den Blick über den Wald hinter ihr schweifen und suchte nach irgendwelchen Auffälligkeiten: einer dunkleren Verfärbung des Laubs oder Schattens, einer Farbe, die sich von ihrer Umgebung abhob, einem zitternden Strauch, einem aufstiebenden Vogel oder einem Grauhörnchen, dessen Ruf die Stille durchdrang ... aber nichts erregte seine Aufmerksamkeit.

Er schob sich durch die Tür und beugte sich zu zwei Zeitungen hinunter – beide stammten von Anfang Februar. Er zählte sieben weitere Ausgaben und schloss daraus, dass Dance das Abo gekündigt hatte. MacNeice stellte den Aktenkoffer ab, setzte sich auf einen der großen Felsblöcke und versuchte sich die Familie vorzustellen, die hier gelebt hatte. Das Anwesen wirkte auf ihn so kalt wie der Stein unter ihm.

Das Nachbarhaus – aus Kalksandstein errichtet – lag weitere fünfzig Meter hinter der Steinmauer und war noch weiter von der Straße nach hinten versetzt. Durch den Garten wanderten mehrere Betonrehe, ästen oder sahen überrascht auf, als wollten sie jeden Moment in den Wald davonspringen. So standen sie, jahraus, jahrein – lebensecht und leblos.

Aziz warf ihren Stock weg und kam ebenfalls durch die Tür. »Hinten im Garten gibt es einen großen Pool und einen Whirlpool. Beide noch mit der Abdeckung für den Winter, darauf viel Laub vom letzten Herbst.« Sie setzte sich neben ihn auf den Felsen, griff sich einen Kiefernzapfen und drehte ihn langsam hin und her. »Faszinierende Dinger, diese ...«

»Ja, sind sie«, sagte er. »Und von mathematischer Struktur – in so einem Zapfen findest du den goldenen Schnitt. In Meeresschnecken und dem Parthenon und in Kiefernzapfen ... Was ist deiner Meinung nach mit Dance passiert?«

»Du meinst, warum er jetzt so durchdreht?« Sie warf den Zapfen zum nächsten Felsen, wo die Grauhörnchen ihm nur flüchtig Beachtung schenkten.

»Ja.«

»Ich glaube nicht, dass seine Erkrankung mit dem Tod seiner Eltern zu tun hat. Er muss schon länger krank sein. Ihr Tod war möglicherweise der Auslöser für alles ...« MacNeice fiel auf, dass Aziz sehr darum bemüht war, jeglichen Abscheu, den sie gegenüber William Dance vielleicht empfand, zu unterdrücken. »Wenn er sich ein Kapitel in den Psychopathologie-Lehrbüchern sichert, dann nicht durch die Morde, sondern durch seinen Gebrauch des Internets«, fügte sie hinzu.

MacNeice sah zur Fassade des Hauses. »Vielleicht hat Williams recht. Vielleicht hat es mit dem ›Unterleib‹ zu tun, und das Internet ist die schnellste Möglichkeit, sich eine Anhängerschaft aufzubauen – das wäre dann so seine Art, sich vor der Klasse auf den Stuhl zu stellen und die Hosen runterzulassen.«

Eine Weile schwiegen sie, dann sagte er: »Hörst du den Vogel? Nicht die Krähen rechts, sondern den aus der Schlucht – die hohen, spitzen, kurzen Rufe.«

Sie lauschte mehrere Sekunden. »Ja, was ist das?«

»Ein Dunenspecht. Wenn er näher kommt, hörst du vielleicht sein Klopfen.«

»Wann hast du angefangen, dich für Vögel zu interessieren, Mac?«

»Ich hab sie immer schon gemocht, aber Kates Familie in Suffolk hat mir dann vieles beigebracht. Mir ist es immer so vorgekommen, als wäre jeder dort drüben ein Vogelkundler.« Sie lauschten, aber die Rufe wurden leiser und verklangen schließlich.

»Nachdem wir jetzt ein Gesicht und einen Namen haben, werde ich eine weitere Pressekonferenz einberufen, damit du Dance direkt ansprechen kannst.«

»Um ihn zum Aufgeben zu überreden?«

»Wenn du willst. Ansonsten kann ich es tun.«

»Wer A sagt ...«, erwiderte sie fast beschwingt.

Ein Wagen näherte sich. Williams, wie MacNeice anhand der quietschenden Bremsen wusste. Kurz darauf tauchten er und Vertesi am Tor auf.

MacNeice erhob sich, sah noch einmal zum Wald hinüber und achtete auf jede plötzliche Bewegung. Aziz lächelte; sie glaubte, er würde nach dem Specht Ausschau halten.

»Hübsche Bude«, sagte Williams und deutete zum Haus.

»Gibt's Neuigkeiten?«, fragte MacNeice.

Vertesi machte den Anfang. Er hatte mit dem Polizisten aus der Provinz gesprochen, der als Erster an der Unfallstelle von Dance' Eltern gewesen war. Es war an einem ungewöhnlich warmen Nachmittag im vergangenen November passiert. Sie waren mit ihrem Land Cruiser von ihrem Cottage in der Nähe des Lake Joseph aufgebrochen und hatten vor einer Highway-Kreuzung angehalten. Der Vater saß am Steuer. Ein Zeuge gab an, der linke Blinker sei gesetzt gewesen – er wollte also nach Süden in Richtung Toronto und Dundurn abbiegen –, allerdings habe er mehrere Gelegenheiten verpasst, um auf den Highway aufzufahren, als die Strecke in beide Richtungen frei gewesen war. Stattdessen schoss er dann unerklärlicherweise in den Verkehr hinein. Der Wagen wurde seitlich von einem Dodge Ram getroffen, der zwei 3600-PS-Diesel-Schiffsmotoren geladen hatte. Durch den Aufprall verkeilten sich die beiden Fahrzeuge so sehr, dass sie noch achtzig Meter zusammen über die Fahrbahn schlitterten, bevor sie im Graben zum Stehen kamen.

»Der Fahrer des Pickup – laut dem Polizisten musste er beim Zusammenprall mindestens hundertdreißig draufgehabt haben – wurde von einem der Motorblöcke, der durch die Fahrerkabine brach, zweigeteilt. Die Autopsie ergab nur, dass Mr Dance weder Alkohol noch Drogen im Blut hatte, er hatte auch keinen Herzinfarkt oder Schlaganfall. Die Polizei ging davon aus, dass er einfach nur unaufmerksam gewesen war.«

Es folgte ein langes Schweigen. Normalerweise hätte man Mitgefühl für das entsetzliche Ableben der Dance' zum Ausdruck gebracht, aber der Augenblick verstrich, keiner sagte etwas. Vielleicht, dachte MacNeice, weil William, ihr Sohn, in ihrer beider Verantwortung fiel und letztlich ihr katastrophales Versagen dokumentierte.

»Wir haben auch das Kennzeichen des Motorrads, aber es ist immer noch auf die Adresse hier zugelassen«, sagte Vertesi. »Ach ja, und ein Streifenpolizist ist unterwegs mit einem Durchsuchungsbeschluss.« Er sah zu Williams. »Du bist dran.«

Williams wandte sich an Aziz. »Schätzchen, die Medien lieben dich. Der Deputy Chief ist ins Kabuff gekommen und hat eine Nachricht hinterlassen: *The National* möchte dich morgen um 18.00 Uhr interviewen. Der Sender will das unter dem Titel« – er sah auf seinen Notizblock – »›Die Seele eines Serienkillers‹ groß herausbringen.«

Außerdem berichtete er, dass Ryan sechs weitere Frauen gefunden hatte, die im vergangenen Jahr im *Standard* vorgestellt worden waren. Zwei der sechs waren inzwischen weggezogen, eine hatte Konkurs angemeldet, blieben eine chinesische Ärztin, eine indische Unternehmerin und eine nigerianische Immunologin – alle waren sie erfolgreich, alle waren Ende zwanzig oder Anfang dreißig.

Williams zählte sie an den Fingern ab. »Eine Bangladeschi, eine Koreanerin und eine Südafrikanerin ... am wenigsten muss sich wahrscheinlich die Nigerianerin Sorgen machen.« Als würde Dance Eishockeykarten tauschen – *Hab ich schon, brauch ich noch* –, um seine Sammlung zu vervollständigen.

»Das macht mich dann zu etwas Besonderem«, sagte Aziz leise.

»Wieso das denn? Ach so – eine im Nahen Osten geborene Muslimin.« Vertesi nickte, peinlich berührt, dass er das Offensichtliche nicht gleich erkannt hatte.

»Wir berufen für morgen zehn Uhr eine Pressekonferenz ein«, sagte MacNeice.

»Wenn Dance sie sieht, durchschaut er uns vielleicht und merkt, dass wir ihn zu einem Angriff auf Aziz provozieren wollen«, sagte Williams. »Vielleicht hält er sich dann einfach an seinen Plan und schnappt sich die Nächste auf seiner Liste.«

So oder so, dachte sich MacNeice, würden sie nicht lange warten müssen. Die Frequenz seiner Angriffe war so hoch, dass sie innerhalb der nächsten achtundvierzig Stunden mit dem nächsten rechnen mussten.

»Außer er ist sich seiner Sache dermaßen sicher, dass er sich durch so was nicht aus der Ruhe bringen lässt. Was meinst du, Mac?«, fragte Aziz.

»Wir befinden uns hier auf unbekanntem Terrain, denke ich. Bislang hat Dance nach Lust und Laune verfahren und sich durch eine Liste von erfolgreichen jungen Frauen arbeiten können. Jetzt wird er herausgefordert. Geht er auf die Herausforderung ein, oder ignoriert er sie?« Gleichgültig, wie ihr Täter sich entscheiden sollte, MacNeice beschloss, jeder der drei neuen potenziellen Kandidatinnen – sowie Aziz – zivilen Personenschutz zur Seite zu stellen. Zum Teufel mit der knappen Personaldecke und Überlastung.

Wieder sah er zum Wald, wieder fiel ihm nichts Ungewöhnliches auf, dann ging er zu den vier Eingangsstufen voraus, stellte seinen Aktenkoffer auf einen Steinvorsprung und klappte ihn auf. Er nahm drei dünne Stahlhaken heraus, die vage an kurze Grillspieße erinnerten, ging vor der Tür in die Hocke und schob einen von ihnen ins Schlüsselloch.

»Pssst! Der Meister macht sich ans Werk«, sagte Williams.

»Genau, halten Sie die Klappe.« MacNeice stocherte mit den Haken im Schloss herum, lauschte, tastete. Eine Minute später erhob er sich, warf die Haken zurück in den Koffer, nahm die Kamera und schloss den Samsonite. »Okay. Wahrscheinlich gibt es eine Alarmanlage, machen Sie sich also darauf gefasst.« Er drehte am schweren Messingknauf.

Die Tür ging auf, es begann zu piepen. »Ich kümmere mich drum«, sagte Williams. Er sprintete durch den Flur und verschwand durch die Kellertür. Fünfzehn Sekunden später wurde aus dem freundlichen Piepen ein lautes *Warp-warp-warp,* das weitere drei Sekunden anhielt, bevor es verstummte. Williams erschien in der Tür und verbeugte sich.

»Ich frag jetzt nicht, woher du so was draufhast«, sagte Vertesi.

Sie streiften ihre Handschuhe über, MacNeice schickte Williams wieder in den Keller und übertrug Vertesi das Erdgeschoss. »Ich nehme mir den ersten Stock vor«, sagte er. »Aziz, du den zweiten. Falls der Sicherheitsdienst anruft, nehme ich das Gespräch an. Lasst euch Zeit. Macht keine Unordnung, aber seid gründlich. Wir wollen so viel wie möglich über Billie Dance herausfinden, bevor die Spurensicherung eintrifft.«

Was er im ersten Stock vorfand, erfüllte ihn mit Grauen – was nicht von irgendeiner Entsetzlichkeit herrührte, sondern von der schieren Banalität des Alltäglichen, die jedem Gegenstand anhaftete. Es gab gerahmte Bilder – Mutter, Vater, Sohn, Aufnahmen aus mehreren Jahrzehnten –, die eher den gestellten Fotografien von Bildagenturen glichen, aber keine authentische glückliche Familie zeigten. Die auf alt gemachten Einrichtungsgegenstände waren teuer, gingen aber weder als Antiquitäten noch als Familienerbstücke durch. MacNeice fühlte sich wie in einem Hotel – einem Sammelsurium vorgetäuschter Bürgerlichkeit.

Das Haus war ein Vorzeigeobjekt, in dem das Leben der hier wohnenden Familie eine genauso große oder kleine Rolle spielte wie der Stuhl im Flur oder das Foto, das – stellte er sich vor – die Karte schmückte, die der CEO von Sterling allweihnachtlich an Bekannte und Freunde verschickt hatte: *Ihnen allen von meiner Familie und mir herzliche Weihnachts- und Neujahrsgrüße.* Hätte er die Zeit gehabt, hätte er die entsprechende Karte wahrscheinlich in einer der Schubladen finden können.

Von den drei Zimmern und den zwei Badezimmern im ersten Stock sah nur das elterliche Schlafzimmer bewohnt aus. Nach wie vor gab es die Sachen der Eltern – Kleidung, Schuhe, Schmuck, Bürsten, Krimskrams –, eine feine Staubschicht zeugte davon, dass hier monatelang nichts angerührt worden war. Die Schubladen waren ordentlich aufgeteilt, die oberen gehörten ihr, die unteren ihm. Im begehbaren Schrank – seine Sachen links, ihre rechts – hing geschmackvoll konservative Garderobe. Für ihn eine Reihe brauner und schwarzer Anzugschuhe, zwei Paar Tennis- und ein Paar Golfschuhe. Für sie vor allem flache Absätze, meistens blau, grau, braun und schwarz, sowie jeweils zwei Paar Sneakers und Tennisschuhe – keine für Golf.

Im Arbeitszimmer, das anscheinend allein ihm gehörte, hingen oder standen mit Ausnahme des Schreibtisches so gut wie überall gerahmte Fotos. Abgebildet war jeweils er bei Preisverleihungen, vermutlich an Mitarbeiter, die ihre Verkaufsvorgaben übererfüllt hatten, häufiger jedoch war er bei offiziellen Anlässen zu sehen, wo er im Smoking neben seiner Frau stand – ein attraktives Paar. Auf dem Schreibtisch selbst – nichts. Die Schubladen waren bis auf Heftklammern, Stifte und Füller, einen Taschenrechner und mehrere unbenutzte Blöcke oder Notizbücher leer. Die Korrespondenz, Rechnungen, das Scheckheft, Briefpapier, ein Computer oder Laptop waren verschwunden, als wären sie nie da gewesen.

Überzeugt, dass hier nichts zu finden war, stieg MacNeice in den Keller. Auf dem Weg dorthin fragte er Vertesi: »Irgendwas gefunden?«

»Nein, nichts, nada. Sie waren ausgemachte Trinker, aber Langweiler.« Vertesi öffnete ein Fach der Hausbar. »Als wäre man in einem exklusiven Howard Johnson's – für Manager und Führungskräfte.« Im Speisezimmer stand ein Mahagonitisch mit acht dazu passenden Stühlen, ein Sideboard mit teuren Stielgläsern, Kristallgläsern und mehreren Dekantern, dazu ein Rollwagen mit einer erlesenen Auswahl an Hochprozentigem – vorwiegend Scotch –, die meisten halbvoll. Neben dem offenen Kamin stand eine schlanke Bang & Olufsen-Anlage mit zwei Lautsprechern links und rechts vom großen Fenster. Eine rasche Durchsicht der Musik offenbarte eine Vorliebe für männliche Schnulzensänger.

Aziz war die Treppe zum Dachboden hinaufgestiegen, der überraschend sauber war – »Wer putzt schon den Dachboden?« Es gab einige Archivboxen mit Akten und zwei mit Urkunden und Auszeichnungen, auf denen der Name des Vaters prangte. Daneben zwei Kisten mit blauer Weihnachtsdekoration und eine Truhe, in der auf einer Schicht Mottenkugeln anscheinend Mrs Dance' Hochzeitskleid samt Schleier verstaut lag. Keine Kiste für William Junior – keine Jahrbücher, Wimpel oder Schulkleidung oder Sportausrüstung, nichts, was darauf hinwies, dass er hier aufgewachsen war.

MacNeice ging hinunter in den Keller und folgte Williams' gesummtem »Amazing Grace«.

»Willkommen im Kinderzimmer«, sagte Williams, als MacNeice auftauchte. Er hielt ein Samuraischwert in der Hand und deutete damit auf ein Regal. »Da finden Sie wahrscheinlich jeden verdammten Samurai-Film, der jemals gedreht wurde, und dort drüben – bei dem Ölfleck auf der Turnmatte – gibt es Werkzeuge und Ersatzteile für sein Motorrad. Die Tür am Ende des Gangs führt in die Garage. Wie sieht es oben aus?«

»Als würde hier keiner mehr wohnen.«

»Na ja, hier jedenfalls hat einer gewohnt ...«, sagte Williams und blätterte durch die Bücher auf den Regalbrettern unterhalb der Videos.

MacNeice überflog die Buchrücken. Mathematik, Computerwissenschaften, Demographie, Schach, Chaostheorie, Kreuzzüge, Templerorden, Dungeons and Dragons, dazu eine beträchtliche Anzahl von Videospielen, die die Themen der Bücher aufzugreifen schienen.

»Das ist *Fantasy Island* für Nerds – ach ja, mit Ausnahme des Dauersellers *Mein Kampf*.« Williams gab ihm das Buch vom unteren Regalbrett.

MacNeice blätterte einige Seiten durch, besah sich die handschriftlichen Randbemerkungen, die mit schockierend geraden Linien unterstrichenen verqueren Sinnsprüche. Der Buchrücken sagte alles – so abgenutzt, dass er fast schon brach. Er stellte das Buch zurück und öffnete die Schranktür.

Der Traum jedes Ausbildungsfeldwebels. Sechs Hosenbügel, auf jedem eine ordentlich aufgehängte Chino Länge 32. Daneben vier Madrashemden, langärmelig, blaukariert, daneben acht hellblaue Button-Down-Baumwollhemden. Auf dem Regal darüber T-Shirts in Weiß, Schwarz und Dunkelblau, alle ordentlich zusammengelegt und gestapelt. Am Boden mehrere braune und schwarze Collegeschuhe und zwei Paar weiße Converse High-Top-Sneaker – aber keine Trekkingschuhe.

Im angrenzenden Zimmer eine große Tatamimatte und ein schmales Regal mit Kerzen, Räucherstäbchen und einem Keramikbuddha. An der Wand die Illustration eines nackten Chinesen – Vor- und Rückansicht – mit aufgemalten Akupunkturpunkten, Venen und Arterien, als säßen sie auf der Haut. MacNeice fragte sich, wie Dance diesen Aspekt seiner Persönlichkeit mit *Mein Kampf* in Übereinstimmung brachte.

Er ging zurück und öffnete die Tür zur leeren Garage. Im Staub waren Reifenspuren und alte Ölflecken eines Autos zu erkennen. Die Mülltonnen waren leer und ordentlich an der gegenüberliegenden Wand aufgereiht. Ein wanderdrosseleiblaues Fahrrad mit breitem Schutzblech und dicken Weißwandreifen lehnte an einer Wand. Beide Reifen hatten einen Platten. Williams erschien hinter ihm und spähte in die Garage.

»Wo ist der Wagen der Mutter?«, fragte MacNeice.

»Hatte sie einen?«

»Wir sind hier am Arsch der Welt. Um Lebensmittel und Gin einzukaufen, hat sie einen fahrbaren Untersatz gebraucht.«

»Ich frag bei der Zulassungsstelle nach.«

Um 20.17 traf die Spurensicherung ein. MacNeice und Williams traten in den kühlen Abend hinaus. Aziz und Vertesi warteten schon auf dem Steinweg. Aziz hielt einen kleinen Plastikbeutel hoch. »Ich hab einen Teil der Post eingepackt, Michael sagt, im Speisezimmer gibt es noch einen Stapel davon.«

»Die Spurensicherung wird sie uns bringen«, erwiderte MacNeice. Links von ihnen räusperte sich jemand, vermutlich, um auf sich aufmerksam zu machen.

»Vertesi, das ist wahrscheinlich der Nachbar, der wundert sich vermutlich, was hier los ist. Versuchen Sie eine Aussage zu bekommen. Ich würde gern wissen, welche Beziehung William Dance zu seinen Eltern hatte oder ob er jemanden kennt, der uns das sagen könnte.«

Vertesi machte sich zwischen den Bäumen auf den Weg und schwang sich locker über die Steinmauer. MacNeice brachte seinen Koffer zum Chevy, schloss ihn im Kofferraum weg und sah erneut zum Wald. Nichts.

Aziz und Williams kamen nach. »Gibt's da was zu sehen, Boss?«, fragte Williams.

»Ich hab mich bloß gefragt, ob er uns beobachtet.«

»Ich dachte, du würdest nach Vögeln Ausschau halten«, sagte Aziz.

MacNeice lächelte.

»Sie meinen, er hätte wirklich den Nerv dazu?«, fragte Williams.

»Ich bin mir ziemlich sicher. Ich würde sogar so weit gehen und sagen, dass ich vorhin das Gefühl hatte, von ihm beobachtet zu werden.«

»Gut, in dem Fall würde ich doch mal nachschauen.« Williams vergewisserte sich, dass seine Dienstwaffe schussbereit war, und zog seine Maglite. Er trat über einen abgefallenen Ast und sang leise vor sich hin: »If you go down to the woods tonight, you're in for a big-motherfuckin' surprise …«

»Noch ungefähr fünfzig Meter geradeaus weiter, bis das Gelände zur Schlucht hin abfällt«, dirigierte MacNeice ihn.

Williams mühte sich durch das Unterholz und über die am Boden liegenden Äste und schwenkte die Taschenlampe. MacNeice war überzeugt, dass Dance ihn nicht angreifen würde – Williams hatte zwar die richtige Hautfarbe, aber das falsche Geschlecht.

Aziz, den Blick auf den hellen, in der Ferne immer kleiner werdenden Lichtkegel gerichtet, fragte: »Was hast du im Haus gesehen?«

»Gespürt, nicht gesehen. Ich krieg es nicht zu fassen ... eine Schwingung. Ganz seltsam.« Es lastete kein Fluch auf dem Haus, aber es strömte etwas aus, was von Traurigkeit zeugte, von fehlender Liebe. Er hatte es schon draußen gespürt, als er im Garten gesessen hatte, und dann überall drinnen. Er hörte Vertesi, der sich ihnen durch das Laub im kleinen Wald näherte.

»Wo will denn Montile hin?«, fragte er, während er sich wieder über die Mauer schwang.

»Nur was nachsehen. Was sagt der Nachbar?«

»Er war nur neugierig. Er hat die Nachrichten nicht gesehen, aber anders als Braithwaite hat er den Jungen schon immer für ziemlich schräg gehalten. Howard Matheson, so heißt er, Vermögensverwalter. Er hat nicht die geringste Ahnung, wo Dance abgeblieben sein könnte.«

Matheson hatte die Eltern als angenehm, aber wenig gesellig beschrieben. Sie waren zwölf Jahre zuvor eingezogen, nachdem Dance als CEO von Sterling in den Ruhestand getreten war. Er hatte danach weiterhin dem Vorstand angehört, aber bis auf die Vorstandssitzungen, zu denen sie angereist waren, hatten er und seine Frau den Großteil des Jahres im Norden verbracht und das Haus ihrem einzigen Kind überlassen.

»Wenigstens war der Kerl ehrlich«, sagte Vertesi. »Er hat mir erzählt, vieles von dem, was er über sie weiß, hätte er erst aus dem Nachruf auf sie erfahren.«

»Dance Senior war – was, Versicherungsmathematiker?«, fragte MacNeice und sah zu Williams, der aus dem Wald zu ihnen zurückkehrte.

»Woher wissen Sie das?«, fragte Vertesi.

»Dance Junior – eine außerordentliche Begabung für Mathematik und Daten. Nur so geraten.«

Williams schaltete die Taschenlampe aus. »Da war jemand«, rief er. »Ein, zwei Meter unterhalb der Kante ist der Boden aufgewühlt. Schwer zu sagen, ob das vor einer Stunde oder vor einem Tag passiert ist, aber es ist noch relativ frisch.«

34

Penniman parkte seinen einundzwanzig Jahre alten grauen Suburban hinter einem 24/7-Pizzaladen an der Ecke und wartete. Zehn Minuten nachdem er die Kneipe verlassen hatte, kamen zwei Schwergewichte aus dem *Old Soldiers* und stiegen auf ihre Harleys. Sie bogen auf der Zufahrtsstraße in südliche Richtung und fuhren langsam nebeneinanderher. Penniman wartete, bis sie fast außer Sichtweite waren, dann folgte er ihnen. Gut einen halben Kilometer später entdeckte er Wenzel, der in einiger Entfernung auf dem gegenüberliegenden Seitenstreifen vor sich hin trottete. Penniman ließ den Wagen ausrollen und kam schließlich auf der Bankette zum Stehen. Aus dem Handschuhfach holte er eine M9 Beretta und ließ das Magazin einrasten.

Die Biker hatten mittlerweile gewendet und Wenzel in die Zange genommen. Der Junge, der nicht zu wissen schien, was er tun sollte, war in den Graben zurückgewichen, als wollte er querfeldein davonlaufen. Aber dann, vielleicht weil ihm klar wurde, wie nutzlos das war, blieb er stehen. Mit erhobenen Händen kam er schließlich zu ihnen zurück. Als die Biker abstiegen und sich Wenzel näherten, legte Penniman den Gang ein und fuhr los. Fünfzig Meter vor ihnen wechselte er auf die andere Straßenseite und hielt, schon auf dem Schotter, direkt auf sie zu. Dann blieb er stehen. Einer der Biker packte Wenzel und hielt ihn fest, damit der andere ihm einen Schlag ins Gesicht verpassen konnte. Wenzels Nase explodierte, Blut lief dem Jungen über das Kinn. Der Biker holte zum nächsten Schlag aus, Penniman hupte. Der

Biker spuckte nur aus und verpasste Wenzel einen Schlag in den Magen. Penniman trat aufs Gaspedal, rammte das Motorrad und walzte anschließend einfach darüber hinweg. Im Suburban klang es, als würde er eine Bierdose mit der Hand zerquetschen.

Der Biker, der Wenzel festgehalten hatte, schrie auf, ließ den Jungen los und rannte fluchend auf Penniman zu. Der zweite Biker eilte zu seiner Satteltasche, vermutlich um eine Waffe zu holen.

Penniman stellte den Motor ab, stieg aus, richtete seine Pistole auf den Biker, der am nächsten zu ihm stand, und feuerte ihm zwischen die Füße. Beide Männer blieben wie angewurzelt stehen. Wenzel richtete sich kurz auf, krümmte sich aber gleich wieder zusammen und übergab sich. Stöhnend setzte er sich auf den Schotter und spuckte Blut und Kotze.

Der Biker, dessen ramponierte Maschine mit leckem Tank halb unter dem Suburban und halb im Graben lag, schrie: »Du bist so was von tot, Mann! Du bist so was von scheißtot!« Aus der Nähe erkannte Penniman jetzt, dass die beiden mit dem Barkeeper am Ende der Theke gesessen hatten.

»Steh auf, Wenzel. In den Wagen – sofort«, befahl Penniman. Wenzel taumelte zur Beifahrertür und stieg ein.

»Du verdammtes Stück Scheiße, das wirst du mir büßen«, drohte der zweite Biker, ohne Pennimans Waffe aus den Augen zu lassen.

»Hol das Ding aus deiner Satteltasche, darauf hast du's doch abgesehen. Los, mach schon.«

Der Biker zögerte.

»Die nächste Kugel trifft deinen Benzintank, also hol sie jetzt raus oder verpiss dich.«

»Ich hol sie. Scheiße, ich hol sie ja schon.« Er löste die Schnalle und zog eine .44er Magnum heraus. Ganz kurz überlegte er, ob er es darauf ankommen lassen sollte, warf sie dann aber doch auf den Boden.

»Nicht auf den Boden, du Arsch. Das ist eine Präzisionswaffe. Du gibst sie mir, und ich glaube auch, du weißt, wie.«

Der Biker hob sie auf, kam langsam mit ausgestrecktem Arm auf Penniman zu und überreichte sie ihm mit dem Griff voraus. »Ihr habt an der Theke euren Spaß gehabt – auf meine Kosten, glaub ich.«

»Du hast doch wie eine Schwuchtel ausgesehen – wie eine beschissene Army-Schwuchtel.«

»Also noch mal im Klartext: Ihr beide in euren schwarzen Lederklamotten mit den niedlichen Fransen an den Hosen und den aufgetakelten Motorrädern mit den Täschelchen und noch mehr Fransen und was weiß ich für einen Scheiß – ihr beide meint, *ich* würde wie eine Schwuchtel aussehen? Was seid ihr für erbärmliche Penner. Ich werde jetzt zurückfahren und Wenzel irgendwo abladen, wo er in Sicherheit ist. Alles klar?«

»Fick dich.«

»Noch was – eure Handys.«

Beide Biker zögerten.

»Los.« Penniman richtete seine Waffe auf den Tank des Motorrads.

»Okay, okay – Scheiße.« Sie holten ihre Handys raus und hielten sie ihm hin.

»Ich will eure beschissenen Handys nicht. Wegwerfen.« Er feuerte auf die Maschine und schoss ein Loch in den schwarzen Ledersitz. Beide Männer warfen die Geräte in hohem Bogen ins Gelände.

»Ich werde dir eigenhändig die Haut abziehen«, sagte der zweite Biker.

»Ich heul gleich. Steigt auf, Jungs. Nehmt die Maschine, die noch steht, und ab in euren Schweinestall.«

Langsam wichen die Männer zurück und stiegen auf das zweite Motorrad. Als sie davonbrausten, brüllte der, der hinten saß: »Wir kriegen dich, du Wichser.«

Penniman stieg in seinen Wagen, rollte von der Harley und fuhr in Richtung Peace Bridge und Kanada davon.

35

»Was meinst du, was sie dort finden?«, fragte Billie und schloss hinter sich die Tür.

»So gut wie nichts. Meine Bücher – meistens über Mathe, ein paar über Geschichte, was über die Tempelritter. Dann haben sie meine Fingerabdrücke, vielleicht meine DNA, aber das wäre bloß ein Problem, wenn ich abhauen wollte.«

»Was hältst du von der muslimischen Kriminologin?«

»Die traut sich was, sie ist allein am Waldrand langspaziert. Wahrscheinlich wähnt sie sich mit ihrer Glock an der Hüfte in Sicherheit.«

»Ist sie doch auch, oder?«

»Wenn ich ihr Zeit lassen würde, sie einzusetzen. Aber das wird nicht passieren.«

»Noch was?«

»Ja. Der andere ist eine große Nummer unter den Bullen – ich hab was über ihn gelesen. Keiner hat mehr Morde aufgeklärt als er, zumindest hier in der Gegend. War ziemlich cool, wie der den Wald abgesucht hat – ganz langsam, wie ein Jäger mit einer Wärmebildkamera. Wir haben uns gerade noch rechtzeitig geduckt.«

»Es war auch cool, wie er reingegangen ist.«

»Ja, Bullen und Ganoven – benutzen alle die gleichen Werkzeuge. Aber da war noch was an ihm ...«

»Was denn?«

»Als sie auf dem Felsen gesessen haben – ist es dir nicht aufgefallen?«

»Na ja, sie haben sich unterhalten.«

»Aber nicht so, wie sich ein Vorgesetzter mit einer Kollegin unterhält.«

»Mir ist nichts aufgefallen.«

»Meinst du nicht, dass sie sehr vertraut miteinander umgehen?«

»Du meinst, er fickt sie?«

»Weiß nicht, aber irgendwas ist zwischen denen, was nicht mit ihrer Bullenarbeit zu tun hat.«

»Also, schnappen wir uns erst die Muslimin oder die Inderin mit dem Mercedes?«

»Du weißt, was Statistikern wie Braithwaite nachts den Schweiß auf die Stirn treibt ...«, sagte er und musterte das Foto von Narinder Dass an der Wand.

»Dem Raffsack?«

»Bei BDI, ja. Sie hassen den Zufall – wenn ein Würfel, eine Münze geworfen wird. Sie hassen den Zufall, selbst wenn er nur mit einer einprozentigen Wahrscheinlichkeit eintritt.«

»Warum?«

»Einfach weil es Zufall ist. Statistiker messen Trends anhand von Fakten und sagen Fakten anhand von Trends voraus. Wenn du eine Münze wirfst – vor allem, wenn du damit eine wohlkalkulierte Entscheidung wie bei Ghosh und Aploon zunichtemachst –, verkackst du die ganze Statistik. Ich tippe, Braithwaite hat ihnen gesteckt, dass sie zu dem Haus fahren sollen.«

»Sollen wir also zu ihm und es mit ihm machen?«

»Nein, vergiss es. Ich mag es farbig. Braithwaite ist ein Lahmarsch, aber seine Scheiße ist wahrscheinlich so blass wie er selbst. Ich würde sagen, wir werfen eine Münze – Kopf, dann machen wir es mit der Muslimin, Zahl, mit der Inderin.«

»Wie verfickt cool ist das denn! Ich bin voll dabei.«

»Ja, ich auch.«

»Ich bin froh, dass du nicht die Yamaha gefahren hast.«
»Ich bin vieles, aber nicht blöd.«
»Sie sieht auch gut aus ...«
»Die da? Ja, finde ich auch, aber das interessiert mich nicht.«
»Ich weiß, klar, aber schöne Frauen sind mir lieber als fette und hässliche.«
»Aber nur aus ästhetischen Gründen, ja, einverstanden. Nur aus ästhetischen Gründen.«

36

Auf der Rückfahrt zur Dienststelle sortierte Aziz die Post, die sie hinter der Tür vom Boden aufgehoben hatte. Es handelte sich um Rechnungen und um Briefe von früheren Angestellten und Freunden, die William Junior ihr Beileid aussprachen. Fünf Schreiben stammten von Wes Young Toyota. Die Leasingabteilung forderte zur Zahlung der Raten für den beigen, auf Dance' Mutter zugelassenen Toyota Camry Baujahr 2010 auf. Das erste Schreiben war eingetroffen, als die Ratenzahlungen zwei Monate im Rückstand waren; von da an, mit jedem Monat ohne Rückmeldung von William Dance, war der Ton zunehmend aggressiver geworden.

MacNeice sah auf seine Uhr, als sie im leeren Kabuff eintrafen – 21.23 Uhr. »Gehen aus den Schreiben das Kennzeichen und die Besitzverhältnisse hervor?«

»Ja, willst du sie sehen?« Sie reichte ihm die Briefe.

»Behalt sie, wir werden das bei der morgigen Pressekonferenz ansprechen. Aber gib sie trotzdem ins System ein, für den unwahrscheinlichen Fall, dass er mit der Karre durch die Stadt kurvt.«

Bis MacNeice Maybank in der Leitung hatte, war es 22.12 Uhr. Vertesi und Williams waren gekommen und gegangen. Williams hatte sich bereiterklärt, Aziz in ihr Hotel zu fahren und sie am Morgen wieder abzuholen. Der Bürgermeister war nervös. Die Gewerkschaften waren aufgebracht, weil sie von Gerüchten über Verbindungen zwischen den Betonlieferanten und irgendwelchen Biker-Gangs gehört hatten, nachdem Maybank offiziell hatte verlauten lassen, dass die Toten in der Bucht nichts mit den am Projekt beteiligten Baufirmen zu tun hatten. Die Medien hatten herumgeschnüffelt und daraus eine Story zu stricken versucht, und sollten sie damit wirklich an die Öffentlichkeit treten, würden die Gewerkschaften das Projekt stilllegen. Die Termine, die er der Bundes- und Provinzregierung zugesichert hatte – den Projektpartnern der Stadt –, konnte er dann vergessen.

Der Bürgermeister hielt sich nicht mit Höflichkeiten auf, sondern machte MacNeice in aller Schärfe deutlich, dass er genau diese Situation hatte vermeiden wollen. Als er sich schließlich abreagiert hatte, fragte er, was MacNeice so spät am Abend noch wolle.

MacNeice erklärte, dass Aziz die morgige Pressekonferenz leiten werde und sie drei weitere potenzielle Opfer ausgemacht hatten; natürlich wüssten sie nicht, auf welche der drei Frauen Dance losgehen werde – falls er es überhaupt auf sie abgesehen habe. Aber die Wahrscheinlichkeit eines Angriffs in den folgenden Tagen war hoch.

»Du meinst, der hat so eine verdammte Liste? Ist ihr klar, dass sie in Gefahr ist?«

»Natürlich. Für alle diese Frauen, Aziz eingeschlossen, brauche ich Personenschutz.« MacNeice wartete auf eine Reaktion des Bürgermeisters, hörte aber nur sein schweres Atmen. »Bob, ich kann nicht versprechen, dass ihn das aufscheuchen wird, aber ich will, dass er entweder Aziz angreift, damit wir ihn stoppen können, oder sich so unter Druck gesetzt fühlt, dass er sich stellt.«

»Wie groß ist die Wahrscheinlichkeit, dass er das tut?« Maybank klang durchaus hoffnungsvoll.

»Geht gegen null.«

»Dann setzt du ihm also bloß irgendeinen Scheiß in den Kopf und benutzt Aziz als Köder.«

»Im Grunde ja.«

»Du bist ein noch abgebrühterer Mistkerl, als ich dachte.«

»Vielleicht. Gib uns die Leute, Bob, und wenn es funktioniert, werde ich für alles geradestehen, versprochen. Falls nötig, kannst du mir dann alles in die Schuhe schieben.«

»Darauf kannst du Gift nehmen, glaub mir. Wir kennen uns schon lange, und ich hab dich nie um was gebeten, nie – aber ich brauche dieses Projekt. Du bekommst deine Leute, aber lass mich nicht im Stich.«

»Ich werde mein Bestes tun.«

»Mehr als dein Bestes, Mac. Viel mehr. Und um deiner Kollegin willen hoffe ich, dass du weißt, was du tust.«

Der Kommentar des Bürgermeisters spukte ihm während der Heimfahrt, während des Essens und selbst dann noch durch den Kopf, als er mit einem Glas Grappa in der Hand in den Garten hinaussah und die Fledermäuse beobachtete, die im Lichtschein des Fensters durch die Nacht taumelten. MacNeice wusste nicht, was er tat. Im besten Fall improvisierte er. Im schlechtesten verließ er sich auf eine Frau, die noch vor wenigen Tagen Dozentin an der Uni gewesen war und behauptete, immer noch mit einer Glock 17 umgehen zu können. Und das Üble war, Aziz glaubte, dass sie genügend Zeit haben würde, um sie zu benutzen. Er hingegen war davon keineswegs überzeugt.

Er wandte sich von den Fledermäusen ab, als auf der Stereoanlage Art Peppers herzerweichendes Solo in »Loverman« erklang. Da bemerkte er das Licht, das wiederholt auf die Wand im Flur fiel – ein Wagen fuhr mit hoher Geschwindigkeit auf sein Cottage zu. Er stellte das Glas aufs Fensterbrett und erhob sich. Er hörte, wie ein Wagen anhielt und im Leerlauf vor sich hin tuckerte, die Tür aufging und schnelle Schritte über den Kies kamen. Nach dem Gang zu schließen, tippte er auf Vertesi. Er öffnete die Eingangstür, als der junge Detective gerade anklopfen wollte.

»Es geht um Mark Penniman, Sir. Wir müssen los. Ich erzähl Ihnen alles unterwegs.« Vertesi sprang in den Wagen, wendete, öffnete die Beifahrertür und wartete auf MacNeice.

»Sir, haben Sie Ihre Waffe dabei?«, fragte er, als MacNeice einstieg.

»Ja. Erzählen Sie.«

Vertesi fuhr zügig den Berg hinunter. Er schaltete die roten Blinklichter im Kühlergrill ein und raste über die Mountain Road zum Queen Elizabeth Way und dann in Richtung Niagara. Er erzählte ihm von Penniman und Wenzel, dem Zwischenfall auf der Straße, ihrer Flucht zur Grenze, von Penniman, der den amerikanischen Zöllnern, von denen viele Veteranen waren, seinen Armeeausweis hingehalten hatte. Hätte ihn jemand gebeten, seinen Beifahrer aufzuwecken, wäre alles vorbei gewesen, so, wie der Junge dagesessen hatte, blutüberströmt und mit zugeschwollenen Augen und gebrochener Nase.

»Wo sind die beiden jetzt?«

»In der Honeymoon-Suite des Niagara Paramount.« Penniman hatte an der Rezeption behauptet, seine Frau werde mit dem Zug nachkommen und er wolle schon mal alles vorbereiten. Die Suite war das einzige noch freie Zimmer im Hotel gewesen. Er hatte Wenzel dann aus der Parkgarage geholt und ihn über die Treppe vierzehn Stockwerke hochgeschleppt.

MacNeice sah zur Schichtstufe in der Ferne, der schwarzen Abbruchkante, die sich vor der blau-schwarzen Nacht abhob. »Ist Ihnen schon mal der Gedanke gekommen, dass wir hier eine Miniaturausgabe des Kriegs von 1812 erleben?«

»Ich kann Ihnen nicht folgen.«

»Soldaten überschreiten die Grenze und tragen den

Kampf um Territorien aus – genau das, was auch vor zweihundert Jahren passiert ist.«

»Sie meinen, wir feiern gerade so was wie einen Jahrestag?«

»Mehr oder weniger. Ich tippe mal, da ist was aus dem Ruder gelaufen. Ein paar Biker wurden als Security angeheuert, für den Fall, dass was passieren sollte, ohne zu wissen, dass die andere Seite das Gleiche getan hat. Und danach geht alles den Bach runter.«

37

Es war 1.49 Uhr, als Mark Penniman ihnen die Tür zu Zimmer 1421 öffnete – zur Shangri-La-Suite. Sie gaben sich die Hand und traten ein. Penniman blieb in der Tür stehen, um sich zu vergewissern, dass ihnen niemand folgte.

Die Suite war von oben bis unten in Rot gehalten, außer an der Decke, wo ein Spiegel über dem Bett hing. Die Wände waren – rot auf rot – mit Blumenmustern der *belle époque* beflockt, unter ihren Schuhen lag ein pinkfarbener Flauschteppich.

»Ihr Jungs fragt euch, wo die diesen ganzen Scheiß herbekommen, was?« Wenzel hievte sich vom langen burgunderroten Sofa hoch und lächelte den beiden Polizisten zu, die nur staunend dastanden.

Penniman schloss die Tür. »Wenzel Hausman, das sind Detective Michael Vertesi und sein Vorgesetzter DS MacNeice.«

MacNeice streckte Wenzel die Hand hin und betrachtete dessen Gesicht. Die Augen waren ein einziger Bluterguss, die Nase war geschwollen, die Nasenflügel immer noch blutverkrustet.

»Ich weiß, ich seh scheiße aus, Sir. Dieses Gesicht hat schon bessere Tage gesehen.« Vertesi setzte sich aufs Sofa, zog ein digitales Aufnahmegerät heraus, schaltete es an und stellte es aufrecht auf den herzförmigen Plexiglas-Beistelltisch. Wenzel nahm vor dem Aufnahmegerät Platz und beugte sich extra nach vorn, als wäre er nicht sicher, ob es seine Stimme auch von weiter weg aufzeichnete.

»Bevor wir anfangen: Sie sind kein kanadischer Staatsbürger, daher müssen Sie nicht mit uns reden«, begann MacNeice. »Erklären Sie sich aber bereit, uns Informationen zum Tod von Sergeant Gary Hughes zu liefern, gelten Sie als Zeuge, und wir werden alles tun, um Sie zu schützen. Sie werden vermutlich nicht in den Bundesstaat New York zurückkehren können, falls der vorsitzende Richter zu dem Schluss kommt, dass dies für Sie mit zu großen Gefahren verbunden ist. Haben Sie das verstanden?«

»Ich hab Wenzel schon klargemacht, dass er damit rechnen muss«, sagte Penniman.

»Ja, das hab ich verstanden«, erwiderte Wenzel. »Aber, Scheiße, es gibt für mich doch kein Zuhause mehr. Wenn ich da wieder aufkreuze, machen die da weiter, wo sie auf der Straße aufgehört haben. Dann machen die mich fertig, endgültig, Mann, endgültig.«

»Sergeant Penniman hat Sie nicht gegen Ihren Willen über die Grenze gebracht?« MacNeice musterte den jungen Mann und achtete auf jedes Zögern in seiner Stimme oder seinem Verhalten.

»Nein, Mann. Scheiße, wäre er nicht gewesen, hätten die mich im Straßengraben kaltgemacht. Die Wichser hätten erst aufgehört, wenn ich tot gewesen wäre.«

»Wenzel, nennen Sie uns Ihren Dienstrang, Einheit und Einsatzort Ihrer aktiven Dienstzeit.«

»Private Wenzel Hausman, Schütze bei der 2. Division, stationiert im Irak. Ehrenvoll entlassen.« Er grinste, als hätte er eine Prüfung bestanden; seine Zähne waren immer noch blutig.

»Und Ihr Vorgesetzter war Sergeant …?«, fragte Vertesi.

»Sergeant Gary Hughes.« Wenzel nahm einen Schluck von einer Coke aus der Minibar – was sichtlich mit Schmerzen verbunden war.

»Meines Wissens haben Sie erfahren, dass Hughes die Army verlassen hatte und in Tonawanda wohnte«, sagte Vertesi.

MacNeice beobachtete die Miene des jungen Mannes. So zerschlagen sein Gesicht auch war, er wirkte auf eine gewisse Weise unschuldig, was ihn vermutlich immer schon angreifbar gemacht hatte.

»Ja, Sir. Na ja, die meiste Zeit war ich total neben der Spur – ich meine, in West Virginia ist sowieso alles neben der Spur, dort war keine Zukunft für mich. Ich hing viel zu Hause rum. Aber einer der Jungs in der Stadt, mit dem ich im Nahen Osten war, hat mir gesagt, dass der Sarge wieder hier wäre, Mann, ich also nichts wie hin. Ich hab den Sarge angerufen, als ich in Tonawanda war, und er hat mich vom Bahnhof abgeholt.«

»Was hätte er denn Ihrer Meinung nach für Sie tun können?«, fragte Vertesi.

»Keine Ahnung. Aber er hat sich zwei Jahre um uns gekümmert, und ich dachte, ich könnte mit ihm noch mal ganz von vorn anfangen.«

»Irgendeine Idee, wie das hätte aussehen sollen?«

»Nein.« Er lachte, dann musste er husten.

»Das klingt scheußlich, Wenzel«, sagte MacNeice.

»Scheiße« – ein weiterer Schluck von der Coke –, »das ist nichts, Mann. Ich dachte, beim zweiten Schlag von diesem Drecksack, da ist was ...« Er deutete auf den Magen unterhalb der Rippen.

»Wir können einen Arzt holen«, bot MacNeice an.

»Nein, schon okay.«

»Hat Hughes Sie ins *Old Soldiers* gebracht?«

»Andersrum. Ich hab zwei möblierte Kellerzimmer zur Miete, in einem Haus dort an der Straße, gut einen halben Kilometer von der Stelle entfernt, wo Sergeant Penniman mich aufgegabelt hat. Meistens hab ich Sarge einmal in der Woche oder so angerufen, aber er war bei seiner Familie. Also bin ich die Straße runter auf ein Bier und einen Bourbon, und schon bald hab ich die meiste Zeit dort verbracht – tagsüber, abends, an den Wochenenden. Ich hab ein bisschen gedaddelt und mit den Jungs gequatscht.«

»Sie wissen, dass das Lokal einer Biker-Gang gehört?«

»Ja. Ja. Aber ich dachte, na, die waren doch auch alle in der Army. Also, wo ist das Problem?«

»Warum haben Sie Sergeant Hughes in die Kneipe gebracht?«

»Nachdem ich spitzgekriegt habe, dass sie Security-Jobs machen, hab ich gefragt, ob sie noch zwei Typen brauchen könnten – Sie wissen schon, ich dachte, für mich könnte auch was abfallen. Aber sie haben mich bloß ausgelacht. Also hab ich von Sergeant Hughes erzählt, der im Irak immer nach vorn geschickt wurde, als wäre er Rambo oder so – Scheiße, zu völlig abgedrehten Sachen. Also sagten sie, ›Bring den Arsch mal mit, wir wollen ihn kennenlernen.‹«

»Ging es da um die Security für Rockkonzerte und Drag-Rennen?«

»Ja, aber auch um andere Sachen. Für Unternehmen. Sie haben nie viel geredet, wenn ich mit dabei war.«

»Hughes wurde also Stammgast.« Keine Frage von Vertesi, sondern nur die Bestätigung für die Aufzeichnung.

»Ja, irgendwie, meistens hat er mit mir an der Theke gesessen, als hätten wir mit den anderen nichts zu schaffen – mit dem *Old Soldiers Motorcycle Club*, meine ich.«

»Hat er dann für sie gearbeitet?«

»Nein, das ist es ja, was ich Sergeant Penniman schon auf der Fahrt hierher erzählt habe. Sie haben ihn hingehalten und ihm größere Sachen versprochen, die sind aber nie gekommen.«

»Wie lange ging das so?«

»Nicht so lange, aber wenn du da auftauchst und trinkst und wartest, dann kommt es dir ziemlich lange vor, Mann. Sarge war nicht glücklich.«

»Und dann?«

»Dann ist ein Typ aufgetaucht, im Anzug – ein großer fetter Typ, sah wie ein Italiener aus.«

Vertesi schmunzelte, wie MacNeice bemerkte.

»Der ist also rein ins Büro, und nach einer Weile wird Sarge reingerufen. Er zieht mich mit, und wir gehen zur Tür. Jake – das ist der Anführer des OSMC – knallt seine Hand gegen den Türrahmen, *wamm!* Ich bleib stehen und mach mir fast in die Hose. Hughes packt Jake an der Hand und schält sie ihm mit so einer komischen Japsen-Jedi-Bewegung vom Türrahmen – der Typ schreit fast –, und Sarge sagt, ›Wenzel gehört zu mir. Wir sind ein Team.‹«

Wenzel bekam feuchte Augen. Er griff zur Coke, wollte noch einen Schluck nehmen, um die Tränen zu überspielen, aber sie war leer.

»Ich hol schon«, sagte Penniman. Er ging zur Minibar und brachte eine neue Coke.

Wenzel räusperte sich. »Dann sind wir also im Zimmer. Es gibt eine Couch und einen Schreibtisch und ein paar Stühle. Der Typ im Anzug sieht zu Sarge, dann zu mir, dann nickt er bloß Jake hinter dem Schreibtisch zu.«

»Wie heißt er mit vollem Namen?«, fragte Vertesi.

»Keine Ahnung. Alle nennen ihn nur Jake …«

»Und der Typ im Anzug?«, fragte Vertesi.

»Luigi. Kein Nachname, nur Luigi.«

»Und was ist dann passiert, Wenzel?«, fragte MacNeice.

»Bei dem Job für Luigi geht es also um irgendeine Security in Kanada, irgendwas Geschäftliches. Zwanzig Mitglieder des OSMC sind dabei, ich fahr bei einem von denen mit, Sergeant Hughes fährt in einem Wagen mit diesem Luigi. Das Treffen war an einem Mittwoch, los ging's dann am darauffolgenden Freitag.«

»Wohin sind Sie gefahren?«, fragte Vertesi.

»Scheiße ... irgendwo nach Niagara, eine Stadt am Queen's Way. Ich kann mich nicht mehr an den Namen erinnern.«

»St. Catharines?«, schlug Vertesi vor. Wenzel schüttelte den Kopf.

»Grimsby«, sagte MacNeice.

»Fuck, ja. Jetzt erinnere ich mich, ich dachte noch, *Grimsby* – in einer Stadt wohnen, die *Grim*-sby heißt ... wie ist man denn da drauf, wenn alles so *grimm* und *grimmig* ist. Ich meine, der Irak, das war Grimsby pur.«

»Hat Luigi gesagt, für wen er arbeitet?« Vertesi versuchte ihn wieder aufs eigentliche Thema zu bringen.

»Nicht, als wir da drin waren, aber die Kohle war super, Mann. Sarge sollte zehntausend bekommen, und ich fünfzehnhundert. Und da kommt wieder Sarge und sagt: ›Wie viel kriegen die anderen?‹ Und Jake sagt: ›Dreitausend.‹ Also sagt Sarge: ›Wenzel geht dasselbe Risiko ein, Wenzel bekommt auch dreitausend.‹«

»Worum ging es bei dem Job?«, fragte Vertesi.

»In der Nähe von Grimsby gibt es eine Kiesgrube, die gehört amerikanischen Italienern. Dann gibt es aber noch Italiener in Dundurn und andere, von denen er meinte, sie würden auch auftauchen. Luigi wollte dort irgendein Abkommen treffen. Die Sache war nur, wir wussten nicht, für welche Italiener Luigi arbeitet. Ich war an dem Tag nüchtern wie Scheiße, ich weiß daher, was ich gesehen habe. Luigi sagt also zu Sarge: ›Dein Job ist es, neben mir zu stehen, und euer Job‹ – sagt er zu Jake – ›ist es, euch aufzuteilen und uns Deckung zu geben.‹«

»Noch mal, er hat keine Namen genannt und nicht gesagt, wen er treffen wollte?« Vertesi ließ nicht locker.

»Negativ. Aber wir halten in Niagara an, auf der kanadischen Seite, in der unterirdischen Parkgarage eines Hotels, dort warten schon andere, wir laden da Waffen und Munition ein, wir sind also nicht da, um eine Runde Dame zu spielen.«

»Wissen Sie, welches Hotel das war?«, fragte MacNeice.

»Ich hatte viel zu viel Schiss, um darauf zu achten. Aber ich glaube, da haben wir Sarge und Luigi verloren. Eigentlich sollten wir ihnen dicht folgen und nicht eine Stunde hinterherhängen. Aber nachdem wir wegen der Waffen angehalten haben, waren sie viel zu weit voraus.«

»Was geschah in der Kiesgrube?«

»Nichts – absolut nichts. Wir rauschen da rein wie die Kavallerie, und keiner ist da. Wir fahren auf dem Gelände herum, aber von Luigi und Sarge keine Spur.«

»Und dann?«

»Na ja, da war so eine Wachhütte mit einem Alten, dem die Muffe geht, als er die durchgeknallten Ärsche sieht ... zwei von unseren Leuten gehen rein, nur für fünf Minuten, vielleicht auch weniger. Dann kommen sie mit einem Zettel raus, und wir fahren los. Ich frage den Typen, bei dem ich aufsitze – er war der Bruder von dem, der mir die Nase gebrochen hat –, wohin wir fahren, und er sagt: ›Halt's Maul, Weasel.‹«

»Können Sie die Landschaft beschreiben?«, fragte MacNeice.

»Ja, wir fahren einen Hang hinauf, und oben ist plötzlich alles flach – mit Farmen und allem Scheiß –, und nach einer halben Stunde parken wir die Maschinen zwischen den Bäumen ganz in der Nähe von einer großen Farm mit einem scheißhohen Zaun ...«

»Sie waren auf der Schichtstufe«, sagte MacNeice leise.

»Sir?«

»Es nennt sich Schichtstufe«, erklärte Vertesi. »Was haben Sie gemacht, als Sie in der Nähe der Farm gewartet haben?«

»Jake hängt an seinem Handy und geht auf der Straße auf und ab, die Jungs pinkeln und trinken irgendwas – mir haben sie nichts angeboten. Dann kommt Jake zurück und sagt, ›Wir gehen volle Kanne rein.‹ Und die Jungs ziehen Uzis und abgesägte Flinten aus ihren Satteltaschen, und ich bloß ›Oh Scheiße, Mann, das mach ich nicht mit … ‹«

»War das Tor zum Anwesen geschlossen oder bewacht?«, fragte MacNeice.

»Weder noch – und das hat mir eine Scheißangst eingejagt. Ich hab im Irak genug erlebt, um zu wissen, wie eine Falle aussieht.«

»Sie fuhren also auf das Anwesen und waren zu einem Feuergefecht bereit?«, stellte Vertesi klar.

»*Ich* war nicht bereit. Mir hat noch nicht mal jemand eine Waffe gegeben. Ich war bloß das Gepäck hinten auf der Harley.«

»Und dann?«, fragte MacNeice.

»Na, da ist also das Haus, und daneben zwei Scheunen – ziemlich neu –, wir kommen fast bis zum Haus, als die ganz große Kacke über uns hereinbricht. Das Feuer kommt aus den Türen und den Fenstern einer Scheune – aber wir sind so schnell unterwegs, wir können nicht mehr stoppen. Zwei unserer Jungs werden sofort getroffen, die übrigen rasen am Haus und den Scheunen vorbei. Wir sind also noch, na ja, achtzehn Bikes, und wir belegen die Scheune mit Feuer. Dann wird mein Biker getroffen, und seine Maschine schlittert im Kreis herum, weil er sich am Gasgriff verklemmt hat – wir werden beide abgeworfen. Sein Hals ist offen. Ich drücke dagegen, aber ich habe ja keinen Verband – nichts –, und immer noch schießen die Leute.«

»Sie liegen also neben einem Sterbenden auf dem Boden«, sagte Vertesi.

»Er ist tot. Ich ziehe mich zu den Bäumen zurück und verstecke mich im Gebüsch. Die Schießerei geht noch fünf Minuten weiter, dann ist Ruhe. Ich sehe drei von unseren Leuten am Boden, zwei weitere sind getroffen, einer hält sich den Arm, der andere das Bein – aber die Scheißballerei hat aufgehört. Dann wird es richtig komisch. Zwei von unseren Jungs sammeln die drei Toten ein, und alle fahren zum Tor hinaus, wo auf einmal ein 40-Tonner wartet.«

»Jakes Handyanruf«, sagte MacNeice.

»Ja. Sechs Typen kommen aus der Scheune raus. Sie sehen zu, wie OSMC die Bikes und die Toten am Ende der Straße einladen und alle mit dem Lastwagen verschwinden. Ich bleibe im Wald, bis es dunkel wird. Aus der Scheune höre ich so was wie eine Säge, aber ich hab so eine Scheißangst, dass ich einfach nur liegen bleibe und abwarte.«

»Was ist da abgegangen?«, fragte Vertesi.

»Fuck, keine Ahnung. Aber so ging es eine ganze Weile. Dann kommen zwei Typen raus und fahren rückwärts mit einem Lieferwagen an die Scheune ran, und vier andere gehen rein. Das hab ich gesehen. Sie bringen einen großen Toten heraus – ganz in Plastik eingewickelt, das war Luigi. Ich hab ihn erkannt, weil er so freakige Shorts und Socken und so ein scheiß-buntes Hemd getragen hat, als wir in Tonawanda losgefahren sind, und das konnte man durch das Plastik noch erkennen. Sie haben ihn in den Lieferwagen geworfen.« Wenzel nahm einen Schluck von der Coke. »Dann, ich weiß nicht, bringen sie noch einen Toten raus. Aber ich bin, na ja, an die achtzig Meter entfernt – ich kann nicht richtig sehen, was mit ihm ist. Nur dass er keine Füße mehr hat, das konnte man durch das Plastik erkennen. Und es war Sergeant Hughes, keine Frage – ich konnte seine schwarzen Jeans und das schwarze T-Shirt sehen. Sie haben ihn auch in den Lieferwagen geworfen. Dann kommt ein Typ mit einem Müllsack und geht hinten um das Haus rum. Die beiden Typen fahren weg. Die drei, die noch in der Scheune sind, machen die Lichter aus und sperren die Tür ab, sie haben Waffen bei sich, jeder mindestens zwei. Und dann ist es ruhig, so als hätte ich das alles nur geträumt. Ich warte, bis sie im Haus sind, dann schleiche ich am Rand der Bäume entlang, bis ich einen Wasserdurchlass finde, der unter der Straße durchgeht. Dort hab ich mir das Blut von den Händen gewaschen.«

»Hatte Hughes eine Waffe?«, fragte Vertesi.

»Nein, Sir. Er weigerte sich, eine zu tragen.«

»Wie sind Sie in die Staaten zurückgekommen?«, fragte Vertesi.

»Per Anhalter. Eine Familie aus Ohio, die nach Hause unterwegs war, hat mich mitgenommen. Ich hab ihnen erzählt, ich wäre bei einer Kneipentour mit einigen Veteranen verschüttgegangen und hätte keine Kohle mehr, nur noch meinen Führerschein.«

»Sie hatten Mitleid mit Ihnen«, sagte MacNeice.

»Ja, Sir. Ich hatte Glück, ihr Sohn war nämlich bei den Marines in Afghanistan. Dem Grenzbeamten haben sie erzählt, ich wäre ihr Sohn, der seinen Pass verloren hat, weil mir das Kanu auf dem See umgekippt ist.«

»Wie haben Sie Ihr Wiederauftauchen im *Old Soldiers* erklärt?«, fragte MacNeice.

»Ich hab die Wahrheit gesagt. Und dass ich zurückgekommen bin, um ihnen zu sagen, dass Luigi und Sergeant Hughes tot sind und der Sarge irgendwie verstümmelt wurde.«

»Haben sie Ihnen das abgekauft?«, fragte Vertesi.

»Mehr oder weniger. Sie waren danach mir gegenüber immer misstrauisch, aber sie haben sich keine Sorgen gemacht, weil sie mich für einen Krüppel oder blöd halten – und vielleicht bin ich irgendwann ja doch mal für was gut. Außerdem hab ich in der Kneipe immer meine Rechnungen bezahlt.«

»Warum sind Sie überhaupt dorthin zurückgekehrt, Wenzel?«, fragte MacNeice.

»Zum einen hatte ich ja sonst nichts, wohin hätte ich denn gehen sollen? Außerdem hatte ich viel zu viel Schiss – wäre ich nicht zurückgekommen, hätten sie mich für einen Verräter gehalten und mich gejagt.«

»Der OSMC hat an dem Tag drei Männer verloren?«, fragte Vertesi.

»Ja, Sir. Und zwei andere waren verletzt.«

»Was haben sie mit den Leichen gemacht?«

»Das hat mir nie einer erzählt, und ich hab nicht gefragt. Entweder haben sie sie irgendwie über die Grenze geschafft, oder sie haben sie im See versenkt.«

»Irgendeine Vorstellung, wie viele Opfer es auf der Gegenseite gegeben hat?«, fragte MacNeice.

»Nein. Ich weiß, es wurden ein paar getroffen, aber sie waren ja alle in Deckung. Wenn es so weitergegangen wäre, hätten sie aus unseren Leuten Hackfleisch gemacht. Aus irgendeinem Grund haben sie das Feuer eingestellt und sie abziehen lassen.«

»Warum sollten sie das tun?«, fragte Vertesi.

»Fuck, wenn ich das wüsste. Vielleicht wollten sie keinen noch größeren Krieg … Ich dachte mir damals, es ist ja wie in den Indianerkriegen oder so, Sie wissen schon, da kommt immer der Augenblick, in dem man seine Toten aufsammelt. Der Krieg geht noch weiter, aber du räumst das Schlachtfeld.«

»Wurden Sie bezahlt?«, fragte MacNeice.

»Scheiße, nein, Mann. Ich weiß nicht, ob irgendeiner was bekommen hat.«

»Und Sie haben nicht daran gedacht, die Frau des Sergeants anzurufen oder die Behörden …«

»Auf keinen Fall – dann wäre ich doch ein toter Mann gewesen. Und jetzt rede ich auch bloß, weil ich weiß, dass sie mich sowieso umbringen werden.«

»Waren Sie auch beim Überfall vor ein paar Wochen dabei?«, fragte Vertesi.

»Nein, Mann. Ich wusste gar nicht, dass da was steigt. Ich meine, in der Kneipe war irgendwie eine komische Stimmung, aber keiner hat was gesagt. Zwei Typen kommen seitdem nicht mehr, das ist alles, was ich weiß.«

MacNeice sah zu Penniman. »Haben Sie Mr Hausman erzählt, was mit Sergeant Hughes passiert ist?«

»Hab ich, Sir. Er weiß alles.«

»Wenn ich geahnt hätte, was in der Scheune abläuft, Sir, dann schwöre ich, wäre ich zu ihm rein. Ich schwöre …«

»Ich glaube Ihnen, Wenzel. Ich glaube Ihnen«, sagte MacNeice.

»Was passiert jetzt mit mir?«

»Wir bringen Sie nach Dundurn, quartieren Sie in einem Hotel ein und organisieren für Sie Personenschutz rund um die Uhr. Am Morgen werden wir die amerikanischen Behörden informieren« – MacNeice sah auf die Uhr –, »in etwa viereinhalb Stunden. Ich gehe davon aus, dass die örtliche Polizei dem *Old Soldiers* einen Besuch abstatten wird. Wir schicken jemanden vorbei, der sich Ihre Nase und Ihren Brustkorb ansieht, und Sie bekommen saubere Kleidung. Sergeant Penniman wird am Morgen nach Hause fahren und sich bei seiner Einheit melden, damit er nach Afghanistan zurückkehren kann. Stimmt's, Mr Penniman?«

Penniman öffnete eine große Dose Guinness, reagierte aber nicht.

38

Aziz trug eine blassblaue Bluse zu ihrem schwarzen Kostüm. Ihre Schuhe hatten vergleichsweise bescheidene Absätze, machten sie aber dennoch fünf Zentimeter größer. Am meisten verändert waren aber ihre Augen – ein braunschwarzer Eyeliner hob sie besonders hervor. Sie wirkte aufregender, als MacNeice sie jemals zuvor gesehen hatte. Der Lidstrich begann fünf Millimeter vom äußeren Augenwinkel entfernt und machte einen leichten Bogen nach oben – was so erotisch wie exotisch aussah. Er wusste, dass er sich solche Gedanken lieber sparen sollte.

Sie gingen über den Parkplatz zum Rathaus, Williams bildete die Nachhut. MacNeice sah so oft zu Aziz hinüber, dass sie irgendwann fragte: »Was, ist es übertrieben?«

»Nein, überhaupt nicht. Ich muss mich nur daran gewöhnen.« Er wechselte das Thema und sprach über ihren Auftritt. Er würde zunächst rekapitulieren, was sie über William Dance wussten, von der Yamaha bis zum Camry, von seiner Arbeit bei BDI bis zu seinem Untertauchen nach dem Tod der Eltern. »Ich gehe auf seine Überfälle und die Verletzungen ein, die er seinen Opfern zugefügt hat, und schließe mit der Aussage, dass wir eine provinzweite Suche eingeleitet haben, an der Hunderte von Polizisten beteiligt sind.«

»Stimmt so nicht ganz, Boss. Ich meine, ich hab nicht einen gesehen«, kam es von Williams hinter ihnen.

»Elektronisch gesehen stimmt es«, sagte MacNeice. »Damit übergebe ich an dich, Fiza. Du weißt, was du zu sagen hast?«

»Ja.« Aziz lächelte kurz, und erst jetzt sah er die ganze geniale Wirkung ihres Make-ups. Lippen und Augen lächelten gleichzeitig, als würden Mund- und Augenwinkel miteinander harmonieren – auch wenn es im Grunde nicht viel zum Lächeln gab, wie MacNeice einfiel.

Vor dem Hintereingang zum Rathaus standen mehr Übertragungswagen, als er jemals hier gesehen hatte, durch die Türen schlängelten sich so viele schwarze Stromkabel in den Presseraum, dass kaum noch Platz zum Gehen blieb. Als sie sich der Doppeltür näherten, sah er, dass der Raum bis auf den letzten Platz gefüllt war. Er lotste Aziz in den Nebenraum, aus dem der Bürgermeister auftreten würde. Drinnen nickte Julia Marchetti, die PR-Chefin des Bürgermeisters, MacNeice und Williams zu, beäugte Aziz aber neugierig.

»Bürgermeister Maybank!«, rief Marchetti, und der Bürgermeister, der sich mit Wallace unterhalten hatte, drehte sich mit seinem schönsten *Wählt-mich*-Gesicht zu ihnen um. Kurz ging ihm der Mund auf, aber er fing sich schnell. »Meine Güte, Detective Aziz, Sie sehen umwerfend aus.«

Wallace trat zu ihnen, sichtlich um Worte bemüht, die halbwegs politisch korrekt waren. »Ja, Detective Inspector, Sie sehen sehr ...«

Aziz rettete ihn. »Ich würde exotisch sagen, Sir. Und keine Sorge – Sie werden mich so nie wiedersehen.«

Wallace lächelte verlegen, vielleicht war er sich nicht ganz im Klaren, was sie überhaupt meinte.

Williams führte die vier in den Konferenzraum, kehrte aber zum Platz für die Medienvertreter zurück, um die Anwesenden im Auge zu behalten, für den unwahrscheinlichen Fall, dass Dance so verrückt war und hier aufkreuzte. MacNeice trat ans Mikro und fasste in knappen Worten den aktuellen Ermittlungsstand zusammen. Auf sein Stichwort verblasste auf dem Bildschirm hinter ihm das Stadtwappen und wurde von Bildern von Dance, seinem Motorrad und dem Toyota Camry ersetzt. Er präsentierte Studentenausweisfotos von Taaraa Ghosh, Lea Nam und Samora Aploon und betonte, dass jeder, der wisse, wo Dance sich aufhalte, verpflichtet sei – und gesetzlich dazu gezwungen werden könne –, die Behörden darüber in Kenntnis zu setzen. Jede Unterlassung ziehe schwerwiegende Konsequenzen nach sich. Eine Telefonnummer und eine Web-Adresse erschienen auf dem Bildschirm und blieben dort für den Rest der Konferenz.

Als MacNeice an Aziz übergab, stellte er sie demonstrativ in eine Reihe mit den drei Opfern: eine Immigrantin, jetzt kanadische Staatsbürgerin, die sich durch ihre Leistungen ausgezeichnet habe. Sein Magen zog sich nervös zusammen, wie er feststellen musste. Er nahm sich seine Notizkarten und setzte sich neben den Bürgermeister.

Ein Sirren erfüllte den Raum, das über das übliche Blitzlichtsurren und Klacken der Foto- und Kameraausrüstung hinausging. Aziz räusperte sich, justierte das Hauptmikrofon und ignorierte das am Podium befestigte Gebinde aus sieben weiteren Mikros.

»Ich stehe hier vor Ihnen als Mitarbeiterin der Mordkommission und Kriminologin. Ich stehe vor Ihnen auch als libanesische Muslimin, als eine Frau – wie jene, die auf so brutale Weise angegriffen wurden, als eine Frau mit Migrationshintergrund. Ich bin nicht hier, um weitere Erkenntnisse über William Dance' Geisteszustand bekanntzugeben, sondern um den jungen Mann direkt anzusprechen.«

Sie hielt kurz inne und überflog die Gesichter vor ihr. Manche hatten Stift und Notizblock in der Hand, andere waren auf den Knien und versuchte ihre Mikros näher an sie heranzubringen, ohne den anderen hinter ihnen die Sicht zu nehmen.

Aziz holte tief Luft, was im ganzen Raum zu hören war, senkte den Blick, nicht auf ihre Notizen – sie hatte keine –, sondern um sich ganz auf das zu konzentrieren, was sie als Nächstes sagen wollte. Als sie erneut zum Publikum sah, musterte sie jeden Journalisten einzeln. Sie wollte keinen aus diesem Raum entlassen, ohne ihn bewusst wahrgenommen zu haben. Sie wollte, dass jeder von ihnen zu ihrem Verbündeten wurde.

»Meine Generation – und die Generation meiner Eltern – haben den Libanon nur im Krieg erlebt. Zwar wurde dieser Krieg immer wieder von Friedenszeiten unterbrochen, aber es war immer nur eine Frage der Zeit, bis der nächste Krieg ausbrechen würde. Ich weiß, dass sich meine Eltern aus einer Vielzahl von Gründen dafür entschieden haben, nach Kanada auszuwandern: wegen Pierre Trudeau und der multikulturellen Gesellschaft, wegen des Traums von einem Land, in dem wir als Muslime in Frieden mit Menschen jeder anderen Hautfarbe und jedes Glaubens zusammenleben können. Die Gewissheit, Frieden zu finden, hat sie hierhergeführt.«

Mehrere Sekunden lang war nichts im Raum zu hören, nur ihr Atem.

»Der Tatverdächtige, den wir suchen, hat sich nicht für Kanada entschieden. Er genießt das Privileg, hier geboren zu sein. Seine Eltern und schon deren Eltern sind hier geboren. Er ist mit einem Leben gesegnet, das seine drei Opfer und ich nie kennengelernt hätten, *wenn wir uns nicht bewusst dafür entschieden hätten, hier zu leben.*«

Wieder senkte sie den Blick, diesmal, um ihre Gefühle im Griff zu behalten. Als sie wieder aufsah, war sie nur noch Polizistin. »William Dance – Detective Superintendent MacNeice hat es bereits angesprochen, Sie werden schon bald die ganze Härte des Gesetzes zu spüren bekommen. Sie sind ein kluger junger Mann, klug genug, um zu wissen, wie das enden wird. Ich appelliere an Sie: Stellen Sie sich, rufen Sie die auf dem Bildschirm angegebene Nummer an oder suchen Sie die nächste Polizeidienststelle in der Stadt auf.«

Sie sah direkt in die Fernsehkameras auf dem Medienpodium hinten im Raum, versuchte sich durch sie hindurch auf Dance zu konzentrieren, der irgendwo da draußen war und sie beobachtete. »Es ist nicht nötig, dass noch mehr Blut vergossen wird – weder Ihres noch das von Frauen, die Sie umbringen wollen. Es gibt für Sie kein Zurück mehr, aber es gibt einen Weg nach vorn – ich bitte Sie eindringlich, machen Sie dem allen ein Ende und stellen Sie sich noch heute. Stellen Sie sich.«

»Was meinst du?«
»Meisterhafte Manipulation.«
»Ja, sie hat in manchem Punkt recht ...«
»Nein, nein, nein. Sie liegt völlig daneben. Natürlich weiß ich, wie es enden wird, aber das Ende interessiert mich nicht.« Leise rezitierte er den Kodex der Templer: »Ein Tempelritter ist wahrhaft furchtlos, gefestigt in allem, geschützt durch die Rüstung des Glaubens. Er fürchtet weder Teufel noch Menschen noch ... muslimische Frauen.«
»Aber sie haben das Motorrad identifiziert, das Auto ... Sie haben einen Haftbefehl erlassen.«
»Wahrscheinlich kennen sie auch die Liste mit meinen Zielobjekten. Das kriegt jeder Idiot hin.«
»Ja, wahrscheinlich. Aber, Mann, war die vielleicht sexy, diese Muslimin ...«
»Die hat sich bloß dafür zurechtgemacht. Ja, sie ist bemerkenswert.« Billie Dance betrachtete die Bilder an der Wand. Zu den Zeitungsausschnitten über Aziz, auf denen sie ohne

Make-up zu sehen war, würden sicherlich bald Artikel über ihren heutigen Auftritt kommen, weil sie es bestimmt aufs Titelblatt der Tageszeitungen schaffen würde. Er überflog die Bilder seiner ersten drei Frauen und blieb an den rasiermesserscharfen Schnitten und den tiefen, präzise platzierten Einstichen hängen. Kurz lächelte er über die Symmetrie seiner Stiche. »Zeit, eine Münze zu werfen. Sag an.«

»Cool. Okay, bei Kopf machen wir die Muslimin, bei Zahl die Inderin. Zwei aus drei Versuchen?«

»Nein, ein Wurf, mehr nicht.« Er zog einen Quarter aus der Tasche und warf ihn hoch, fing ihn in der Luft auf und klatschte ihn sich fest auf den Rücken der linken Hand. Er zog die Hand weg. »Kopf.«

»Nein, war es nicht. Ich hab's gesehen, es war definitiv Zahl. Zahl für die Inderin.«

»Zufall. Die Schönheit des Zufalls ... Kapiert?«

»Ja, na ja ... eigentlich nicht. Ich glaube, du wolltest von Anfang an Aziz, warum also die Münze?«

»Um dem Zufall blöd zu kommen.« Ein breites Lächeln.

»Du hast dich von ihr kriegen lassen. Ich glaube, du hast dich von ihr kriegen lassen.«

»Vielleicht ...«

»MacNeice wird ihr Deckung geben. Hast du gesehen, wie er sie bei ihrer Ansprache angesehen hat?«

»Wie gesagt, zwischen denen läuft was, was nichts mit der Arbeit zu tun hat.«

»Außerdem ist sie bewaffnet.«

»Ja, aber sie wird keine Zeit haben, ihre Waffe zu benutzen. Sie hat sich mir geöffnet, jetzt werde ich sie öffnen.«

»Tolle Sache. Sie hat arabische Titten – das sind bestimmt ganz volle Titten mit so Brombeernippel.«

»Ich hasse es, wenn du mit dem Scheiß anfängst. Wir haben einen Kodex!«

»Egal, sie ist trotzdem ein süßes Teil. Und hat bestimmt auch einen vollen Busch – Musliminnen ist es wahrscheinlich nicht erlaubt, sich die Möse zu rasieren.«

»Du bist krank, weißt du das? Ich starte eine Revolution, einen Kreuzzug, und du quatschst von Mösen und Nippeln und so einem Scheiß.«

»Da ist nichts krank daran, Billie. Warum können wir nicht – du weißt schon – es mit ihr machen, bevor wir *das* mit ihr machen?«

Eine Minute oder so verging, bis Billie reagierte. »Ach, zum Teufel – ich wette, es gab immer schon Tempelritter wie dich, auch Kreuzfahrer. Eine kleine Vergewaltigung, die macht die Soldaten scharf auf den nächsten Kampf. Ich sollte mal darüber recherchieren – die Zahl der Vergewaltigungen pro Ritter im Feld zu einem gegebenen Zeitpunkt.«

Er stellte den Fernseher stumm, als Deputy Chief Wallace Fragen entgegennahm, und griff zu seinem Pinsel. Er tauchte ihn in eine Dose mit schwarzem Lack und begann die Farbe auf den Tank der Yamaha aufzutragen. »Weiß nicht, warum ich das nicht gleich gemacht habe ...«

»Ja, Mann, und die silbernen Schutzbleche sehen auch cool aus. Ist nicht viel Arbeit.«

»Ich weiß, aber auf Bike-Shows komme ich damit nicht. Und mit dem neuen Nummernschild fühlt es sich wie eine nagelneue Maschine an.«

»Wie wollen wir sie isolieren?«

»Das ist die Herausforderung oder, wie Pop sagen würde« – Billie änderte seine ganze Haltung und zitierte mit einem verächtlichen Grinsen den abgedroschenen Sinnspruch seines Vaters –, »*nein, das ist eine Gelegenheit, mein Junge.*«

»Fehlt er dir gar nicht?«

»Er mir fehlen? ... Der Gedanke ist mir noch nie gekommen. Mir fehlt meine Mutter. Der dumme Arsch, der ihn seziert hat, hat nicht bemerkt, dass er voller Krebs war. Ich denke, er hat auf den Pickup gewartet.«

»Erweiterter Suizid, meinst du?«

»Ein Doppelmord mit Selbstmord, meinst du. Der andere Fahrer ist auch gestorben. Du weißt, lange bevor er die Diagnose bekam, bei meiner Masterverleihung, da hat er zu mir gesagt: ›William, du stehst in der Blüte deines Lebens. Werde nie alt.‹«

»Blüte deines Lebens ... hmm.«

»Er war ein fähiger Kopf, aber letztlich hat er bloß ein Versicherungsunternehmen geleitet ... da war die Blüte aber schnell verwelkt. Allerdings muss man ihm zugutehalten, dass er natürlich wusste, dass ich durch einen Selbstmord das Erbe verlieren würde. Was für eine Ironie, weil ich doch das Armutsgelübde abgelegt habe.«

»Armer Loser.«

»Egal. Hey, was ist das denn?«

Im Fernsehen wurde ein Foto von Aziz eingeblendet. Billie langte zur Fernbedienung und drückte auf den Stummstellknopf.

»... schalten Sie zu unserer 18-Uhr-Sendung ein, in der Dr. Aziz in unserem heutigen Sonderbericht zum Thema ›Die Seele eines Serienkillers‹ interviewt wird. Heute Abend um sechs. Danke für Ihre Aufmerksamkeit, ich bin Kelly Forrestal.«

»Wir haben eine Araberin zum Star gemacht.«

»Wenn wir es mit ihr machen, ist das so viel wert wie zehn Unbekannte. Es könnte nicht besser laufen.«

39

»O Mann, diese Kleine ist deine Kollegin?« Wenzel saß mit der Fernbedienung auf der Bettkante.

»Streng genommen nenne ich sie nicht Kleine, und mir wäre es lieber, wenn du es auch nicht tun würdest.«

»Scheiße ... sorry, ich bin echt ein Schandmaul. Wird nicht wieder vorkommen.«

Vertesi lag auf dem Doppelbett gleich bei der Tür. Er hatte die Nacht hier verbracht, weil sonst niemand zum Babysitten verfügbar war. Um die Pressekonferenz nicht zu verpassen, hatte er die Rezeption gebeten, ihn um 9.30 Uhr zu wecken. Er lag noch im Bett, aufgestützt auf den Schaumstoffkissen, als Aziz das Podium betrat. Es hatte ihn doch überrascht, dass MacNeice nach höchstens drei Stunden Schlaf so mühelos die Präsentation absolvieren konnte. Aber vielleicht trug der Schlafmangel zu dieser seriösen Ernsthaftigkeit bei, die er ausstrahlte.

Vertesi sah zu Wenzel und musste lächeln. Der Junge hatte geduscht und sich gewaschen, nachdem sie das Zimmer bezogen hatten, aber immer noch hatte er zwei dicke Veilchen und eine schiefstehende, geschwollene Nase. Die guten Neuigkeiten: Er musste nicht husten, und anscheinend hatte er auch problemlos geschlafen. Vertesi war sich ziemlich sicher, dass die Schläge keine Schäden hinterlassen hatten, die eine medizinische Versorgung nötig machten.

Kurz nach dem Weckruf hatte ein Polizist eine Tüte mit frischer Kleidung für Wenzel abgeliefert: Jogginghose, einen getragenen Maple-Leafs-Pullover, Joggingsocken, Unterwäsche, Zahnbürste und Zahnpasta, Rasierschaum und Rasierer. Wenzel war jetzt mit kanadischen Klamotten ausstaffiert.

Nach der Pressekonferenz zappte er herum. Vertesi stand auf, duschte und zog sich an. Bevor er ging, sagte er Wenzel, er solle sich vom Zimmerservice ein Frühstück bringen lassen und fernsehen, bis er von ihm oder von MacNeice geholt werde. Er solle keinesfalls die Tür aufmachen. Draußen sei ein Polizist postiert, der würde ihm auch das Essen bringen. »Rühr dich nicht vom Fleck, iss, trink und schau dir Filme an. Kapiert?«

»Ja. Als wäre ich mit Dads Kreditkarte in den Ferien.«

»Das hat dein Dad dich machen lassen?«, sagte Vertesi und verstaute seine Waffe im Holster am Gürtel.

»Nein, ich hab meinen Dad nie gekannt.«

»Was für Schuhgröße hast du, Wenz?«

»Ach, vierundvierzig, aber ich hab kein Problem mit denen hier.« Er sah zu seinen Schuhen, die an der Tür lagen.

»Das Blut darauf kriegst du nie wieder weg. Die Stadt Dundurn wird dir ein Paar neue Nikes spendieren.« Vertesi wusste, dass die Stadt auch dafür nicht aufkommen würde; er würde sie ihm selbst besorgen.

Als MacNeice und Aziz nach der Pressekonferenz das Kabuff betraten, winkte Ryan sie sofort zu sich.

»Ich hab eine Spur zum Pärchen im Packard. Sie führt nach Rhode Island, zu einem Typen, der inzwischen etwa Mitte neunzig ist. Er war Bauchredner im Borscht Belt, in den sogenannten ›Jüdischen Alpen‹, laut meiner Google-Suche liegen die in den Catskills. Erst hatte ich seinen Sohn in der Leitung, und als ich fragte, ob sein Vater noch bei Gesundheit sei, sagte er: ›Sie meinen, ob er einen an der Murmel hat?‹ Da fühlte ich mich ertappt. ›Na ja, mehr oder weniger‹, gab ich zu.«

»Und was hat er geantwortet?«, fragte Aziz.

»Er hat gesagt, ›Mein Junge, der hat keinen an der Murmel, der hat knallharte Eier in der Hose – was halten Sie davon?‹«

»Klingt schmerzhaft ...«

»›Dad‹, sagte er, ›kann sich an alle Touren von 1932 bis 1957 erinnern, weiß aber nicht mehr, wo er seine Windeln hingelegt hat.‹ Wir haben uns darauf verständigt, dass ich um fünf anrufe, bevor der alte Knabe zeitig in die Heia geht.«

»Was haben wir an Fakten?«, fragte MacNeice.

»Okay, der Name des Bauchredners ist Al Katzenberg, sein Künstlername lautete Alley Katz. Seine Puppe war eine große rote Katze namens Mort.«

Ryans Finger tippten rhythmisch auf der Tastatur herum. MacNeice fragte sich, ob er eine Melodie im Kopf hatte. Auf dem Bildschirm erschien eine Audio-Datei. »Seine Kommentare – *Was? Was hast du gesagt? Ich versteh deinen Akzent nicht!* – habe ich alle rausgeschnitten. Gut, dann wollen wir mal. Er ist ein fitter Typ, wenn ich also irgendwelche Fragen versaut habe, sagen Sie es nur, dann rufe ich noch mal an.«

»Wie alt ist er noch mal?«, fragte MacNeice.

»Vierundneunzig. Die Laufzeit beträgt etwas mehr als vier Minuten. Aber eine Warnung – was er so sagt, ist nicht jugendfrei.«

Ein Piepen war zu hören, dann zwei Sekunden lang nichts, dann das Geräusch eines Telefonhörers, der abgenommen wird. »Mr Katzenberg?«

»Nenn mich Katz.« Die Stimme des Alten war klar und deutlich zu hören, ein wenig rau, aber keineswegs altersschwach.

»Sie sind Mr Al Katzenberg, der Bauchredner?«

»Hä? Hab ich es hier mit einem verfluchten Trottel zu tun? Was hab ich gerade gesagt? Nenn mich Katz! Wer ist dieser Wichser, den du mir da aufgehalst hast?« Im Hintergrund war ein Mann zu hören, der etwas von Kanada und Chas Greene sagte.

»Mr Katz, ich gehöre zur Mordkommission Dundurn in Ontario, Kanada.«

»Dundurn? Hilf mir auf die Sprünge, ist das in der Nähe von Montreal? In Montreal hab ich den Saal zum Kochen gebracht.«

»Nein, es liegt zwischen Toronto und Buffalo. Wir ermitteln im Mord an Chas Greene, Sir, der ist schon lange her ...«

»Wen? Chas! Du nennst ihn Chas?« Dann zu der Person im Hintergrund: »Dieser Putz redet von Greenblatt?« Die Antwort war deutlich zu verstehen: »Ja, Dad, er ruft wegen Chaim Greenblatt an.«

»Warum sagt er das nicht gleich? Verdammich, der Anruf kostet bestimmt eine Heidenkohle, oder?«

Ryans Stimme: »Sir, wir übernehmen die Kosten. Haben Sie Mr Greenblatt gekannt?«

»Nenn mich nicht immer Sir, gottverdammich. Bist du ein verfluchter Ire?«

»Tut mir leid. Nein, Mr Katz, ich bin Kanadier.«

»Ja. Ja ... klar, ich hab den Scheißer gekannt. Und seine beschissene Puppe – wie hat die wieder geheißen ...«

»Archie.«

»Verdammt! Du sollst es mir nicht sagen, ich komme von allein drauf. Und überhaupt, was soll die Eile?« Zur Seite: »Dieses Jünglechen geht mir auf den Sack, Murray.«

»Tut mir leid.«

»Hör auf mit den Entschuldigungen, gottverdammich. Und lass mir Zeit zum Nachdenken ... ja, also, Archie ... Ja, ich und Mort, die haben wir an einem Abend in Jersey City in Grund und Boden gespielt. Plattgemacht, das haben wir sie! Wir waren in den Catskills, dann sind wir auf Tour gegangen ... ach Gott, fast ein Jahr waren wir fort ...«

»Sie waren zusammen auf Tour?«

»Verfluchter Idiot, nein. Meinst du, er wollte von Mort und mir jeden Abend in jedem beschissen-miesen Club des Landes verhackstückt werden? Nein, wir haben bloß immer gewusst, wo der andere gerade war, weil wir denselben Agenten hatten.«

»Ach ja, Irving Schubert aus Brooklyn.«

»Ja, Irv. Irv, der meine Schwester Flora geheiratet hat ... Na ja, ich hab Chaim also im Auge behalten – der kleine Scheißer hat Irv sogar dazu gebracht, ihn Chas zu nennen. Nachdem ich ihn also in Jersey niedergemacht habe, sag ich zu Irv, ›Bring mich in jedes Haus, in dem auch Greenblatt war, aber zwei Wochen nach ihm.‹ Und weißt du, warum zwei Wochen?«

»Nein. Wollten Sie, dass das Publikum Chas und Archie bis dahin vergessen hat?«

»Mein Gott, sind die Bullen in Kanada alle so strunzblöd? Nein, im Gegenteil – ich wollte, dass sie die beiden in bester Erinnerung haben, dass sich die Erinnerung so richtig schön kuschelig einnistet in ihrem Oberstübchen ... Kannst du mir folgen?«

»Ich glaube schon, Katz. Also, Sie erinnern sich noch, dass Sie zwei Wochen nach Chaim in Dundurn aufgetreten sind.«

»In der Nähe von Toronto? Ja, alles voller Qualm und Gestank – ein Dreckloch, ist das die Stadt?«

»Ich glaube schon.«

»Du glaubst es? Du lebst doch dort, verdammte Scheiße, oder?« Seinem Sohn sagte er: »Da hast du mir eine schöne Flachpfeife untergejubelt.« Und sein Sohn: »Pa, es geht um Mordermittlungen. Sei einfach kooperativ.«

»Verstehen Sie, Katz, Mr Greenblatts Leiche ist vor kurzem hier aus dem Hafenbecken gefischt worden. Er hat mit einem toten Mädchen im Kofferraum eines Packard gelegen. Seit den Dreißigern.«

»Ja, er war verrückt nach Muschis, dieser Putz – immer auf der Jagd. Aber einen hübschen Wagen hat er gehabt, ich erinnere mich. Er hatte schon einen protzigen Geschmack. Ein Mädchen ... lass mich nachdenken ...«

Ein Piepen ertönte, und Ryan drückte die Pausen-Taste. »Jetzt wird es richtig gut. Es hat fünf Minuten gebraucht, bis er sich erinnert, aber dann war alles da.«

»Ich bin froh, dass du die anstößigen Stellen rausgenommen hast, Ryan.« Aziz lächelte.

»Nein, der hat keinen an der Murmel – mehr als das, er hat einen messerscharfen Verstand. Irgendwie hat er sich gar nicht eingekriegt, dass Chaim seinen Namen geändert hat, obwohl er das selbst ja auch gemacht hat«, sagte Vertesi.

»Immerhin hat er seine erste Silbe behalten«, sagte Aziz.

»Aber ihr werdet sehen, er kommt jetzt zur Sache.« Ryan drückte auf den Knopf. Sie hörten den Alten auf seinem quietschenden Stuhl herumrucklen, dann einen Laut, der wie ein gedämpfter Furz klang. Ryan hob den Daumen und bestätigte mit einem breiten Grinsen, dass es genau das war.

»Ja, ich erinnere mich. Hab keinen Piep gehört, dass Chaim vermisst wurde, bis ich nach Buffalo kam, erst da wurde mir gesagt, dass er seinen Gig hat sausen lassen. Er ist nie aufgetaucht – er ist überhaupt nie mehr aufgetaucht, nirgends.«

»Aber in Dundurn hat darüber niemand ein Wort verloren?«

»Damals nicht, nein. Aber im nächsten Jahr, als ich wieder auf Tour war und dort aufschlug, mein Gott, der Ort hat wie Scheiße gestunken – ich rieche es heute noch.«

Sie hörten ihn tief durchatmen.

»Ich hab den Clubbesitzer auf ihn angesprochen.«

»Wissen Sie noch, wie der hieß?«

»Hältst du mich für senil, du Schmock?«

»Nein, aber es ist ja schon lange her.«

»Für mich nicht, Junge. Für mich ist es wie gestern – gut, wie letzte Woche. Ja, der Typ hieß Dressler. Dem hat auch der Club Lucky in Niagara Falls gehört – das gleiche Format.«

»Tanzen, Big Bands und Comedy?«

»Klar, aber auch Essen – gutes Essen.« Sie hörten, wie er sich vom Hörer abwandte und in den Raum hineinsprach: »Nicht wie in dem verkackten Schuppen hier.«

»Und der hat sich an was erinnert?«

»Nicht unbedingt, nein. Er hat nur gesagt, eine seiner Tänzerinnen ist zur gleichen Zeit wie Chaim verschwunden ... ein hübsches Mädel ...«

»Rosemary McKenzie.«

»So hat die geheißen? Jedenfalls sag ich zu ihm: ›Das würde passen. Chaim liebt die Mädels – Schickse oder Jidd, je hübscher, desto besser.‹ Und Dressler sagt was wie: ›Aber die nicht, hoff ich. Die ist nämlich schon vergeben. Wenn Chas der seinen Schniedel reinsteckt, ist Archie bald Waise.‹ Und ich sage darauf: »Na, schau mich nicht so an, ich bin doch eine Schwuchtel.«

Er lachte lauthals los, genau wie sein Sohn.

»Den hab ich bei Junggesellenabschieden auch immer gebracht – hat immer für großes Gelächter gesorgt.«

»Hat Dressler gesagt, wessen Freundin sie war?«

»Überall, wo wir gespielt haben, war auch der Mob – meistens Italiener, aber auch Iren und sogar Juden –, such es dir also aus. Beste Strategie war immer: Zieh deinen Gig durch, krall dir die Kohle und ab zum nächsten Gig. Weißt du ... wie heißt du eigentlich?«

»Ryan.«

»Also ... Ryan, darum geht's nämlich. Mädels findest du überall, aber die hübschesten sind immer schon vergeben. Und wer clever war, hat das auch gewusst – nur Greenblatt, der war nicht clever, und Archie auch nicht.«

»Sind Sie je wieder in Dundurn aufgetreten?«

»Klar. Zum Teufel, von uns gab's nicht so viele. Und, ja, um ehrlich zu sein, Chaim und ich, wir waren beide ziemlich gut, wir hatten gleich viel Talent, aber Mort war definitiv besser als Archie.«

»Die Leute mögen Katzen, was?«

»Nein, Jungchen, daran lag's nicht. Für die Leute hatte Mort was von einem Menschen, und Archie hatte auch was von einem Menschen – genau darum ging es, verdammt noch mal. Aber Mort war im Vorteil, weil Katzen nämlich clever, aber keine Menschen sind! Hast du noch nie einen Bauchredner gesehen, Junge, einen guten?«

MacNeice hörte tiefe Traurigkeit und Resignation aus der Stimme des Alten heraus.

»Leider nicht, tut mir leid, dass ich das sagen muss.«

»Hörst du das, Murray?« Und aus der Ferne: »Ja, Dad, eine Tragödie.«

Ryan drückte einen Knopf, und die Audio-Leiste verschwand vom Bildschirm. »Das ist alles, was ich von ihm habe. Aber sein Sohn meint, falls sich sein Vater noch an was erinnern sollte, würde er sich bei uns melden. Und kurz nach dem Gespräch mit Mr Katzenberg hatte ich Glück.«

Ryan wandte sich wieder seinem Computer zu und hackte auf die Tasten ein, bis der gesamte Bildschirm von einer Bilderfolge ausgefüllt wurde. »Das ist die Tageszeitung aus Dundurn vom 3. Dezember 1937. Rechts in der Spalte findet sich ein Artikel über eine vermisste junge Frau, Rosemary McKenzie, in dem auch auf die Befragungen der Polizei eingegangen wird. Sie haben sich ihre Familie und Freunde vorgeknöpft, unter anderem« – er rief das nächste Bild auf – »einen Ex-Gauner namens Freddy O'Leary. Der Artikel zitiert mehrere ›ungenannte Quellen‹, die Freddy als Rosemarys Freund identifizierten.«

Wieder ein Klick auf der Tastatur. »Und hier drei Fotos von Freddy. Das erste ist eine Polizeiaufnahme. Er wurde wegen Körperverletzung und Tätlichkeit gegen seine Mutter verhaftet, drei Jahre vor Rosemarys Verschwinden.« Das Foto des attraktiven jungen Mannes, der in die Kamera lächelte, während ihm jemand eine Nummer vor die Brust hielt, war irgendwie irritierend.

»Seltsame Augen«, sagte Aziz.

»Ein Ex-Gauner … Sieht aber mehr nach Gauner und weniger nach Ex aus – was vielleicht erklärt, warum es keiner eilig hatte, ihn als Rosemarys Freund zu bezeichnen.«

Klick, klick. Das nächste Bild zeigte Freddy auf der Straße am 16. Januar 1938. »Der Typ, der ihn begleitet, wurde zwei Tage nachdem dieses Foto gemacht wurde, im Norden der Stadt erschossen. Er war Freddys Boss, nachdem Freddy seine Gefängnisstrafe abgesessen hatte, weil er seine Mutter bewusstlos geschlagen hatte.« O'Leary, Zigarette zwischen den Lippen, sah in die Kamera. Der Wind hatte seinen Mantel aufgeschlagen, so dass ein enger, dunkler zweireihiger Anzug, gestärkter Kragen, Krawatte und Krawattennadel sichtbar wurden. Er trug zweifarbige Schuhe.

»Gruselige Augen.«

»Ja. Würdest du so einen Typen wirklich anheuern oder ihm vertrauen?«, fragte Ryan und tippte auf eine Taste, worauf das nächste Bild neben den beiden anderen auf dem Bildschirm auftauchte. »Das ist ein Tatortfoto der Polizei vom 2. Juli 1945. Freddy war vor dem Stahlwerk in der Burlington Street die Kehle aufgeschlitzt worden. Dort ist er von der Morgenschicht gefunden worden.« Freddy war jetzt nicht mehr hübsch, sein Gesicht war teigig, der ganze Körper aufgedunsen.

»Er hatte sich wohl etwas gehen lassen«, sagte MacNeice.

»Muss mindestens hundert Kilo gewogen haben«, sagte Ryan.

»Vielleicht hat ihm Rosemary mehr gefehlt, als er sich eingestehen wollte«, sagte MacNeice. »Wurde jemand wegen dieses Mordes jemals angeklagt?«

»Nein, aber laut dem damaligen Polizeibericht soll es sich um einen Mob-Mord gehandelt haben. Angeblich hatte Freddy was mit einer irischen Gang, die die örtliche Stahlarbeitergewerkschaft übernehmen wollte.«

MacNeice trat zu Ryan und streckte ihm die Hand hin. Etwas verlegen ergriff Ryan sie. »Sie haben den Dreh raus, die richtigen Fragen zu stellen, Ryan«, sagte MacNeice. »Das war ausgezeichnete Polizeiarbeit.« Von der erholsamen Komik ganz zu schweigen.

40

Es war 13.13 Uhr, als MacNeice und Aziz im Hotel eintrafen. MacNeice entließ den Uniformierten, der vor der Tür gesessen hatte, und übernahm von ihm den Schlüssel. Drinnen fläzte Wenzel auf dem Bett und sah sich im Fernsehen *Cops* an. »Dachte, ich stimme mich ein bisschen ein.«

MacNeice stellte ihn Aziz vor und gab ihm den Karton mit den Nikes von Vertesi. Es waren Basketball-High-Tops. Wenzel zog sie an und tat so, als wollte er sich – ungelenk – an einem Korbleger versuchen. Die fehlenden Zehen waren nicht unbedingt hilfreich. »Sie waren wirklich gut zu mir, ich weiß das echt zu schätzen.«

»Heute fahren wir zur Farm raus, dann können Sie uns zeigen, was dort vorgefallen ist und wo. Sind Sie bereit?«

»Klar, klar … glaub schon.« Er sah nicht danach aus, sondern schien eher eine Heidenangst davor zu haben.

»Wenzel, es werden vier Polizisten mit dabei sein, außerdem ein Uniformierter in einem Streifenwagen, der die Zufahrt bewacht.«

Er wirkte immer noch verängstigt, aber nachdem sie im Chevy waren, hellte sich seine Stimmung merklich auf. Neugierig sah er sich um, als sie durch Dundurn und dann den Berg hinauffuhren.

Schließlich machte er den Mund auf. »Ich hab Sie heute Morgen im Fernsehen gesehen – Sie waren toll. Sie scheinen ja alle Hände voll zu tun zu haben mit unserer Sache hier und dann auch noch mit diesem Serienkiller …«

»Das stimmt«, sagte Aziz.

Als keiner der Polizisten weiter darauf einging, summte Wenzel nur noch vor sich hin und sah hinaus zu den Vorortsiedlungen, die bald von ordentlichen Äckern abgelöst wurden. Er verstummte erst, als sie sich der Farm und dem hohen Zaun mit dem Stacheldraht näherten. Und nachdem sie den Streifenwagen an der Einfahrt passiert hatten, rutschte er auf der Rückbank nach unten und sah nicht mehr aus dem Fenster.

Williams kam zu ihnen, nachdem MacNeice angehalten hatte. Vertesi erschien in der Tür der großen Scheune. »Swetsky hat sich gerade über einen Phatburger hergemacht, als wir aufgebrochen sind. Er meint, wenn Sie keine Einwände haben, sitzt er es einfach aus.«

»Kein Problem. Wahrscheinlich hat er sowieso die Schnauze voll von allem hier.«

»Es ist gruselig«, sagte Aziz und öffnete Wenzel die Tür.

»Das hier draußen ist noch nichts. Warte erst, bis du die Maschinenhalle zu sehen bekommst«, sagte Williams.

Als Wenzel Vertesis Blick auffing, führte er ein schlurfendes Tänzchen auf und deutete auf die Schuhe. »Danke!«

Vertesi hob lächelnd den Daumen.

»Wenzel, zeigen Sie uns, wo Sie waren, als die Schießerei begonnen hat.« MacNeice hängte sein Jackett über die Kopfstütze des Wagens und schloss die Tür.

»Ja, Sir. Also, Leute, mir nach …« Mit einem Mal hinkte er davon, plapperte wie ein Fremdenführer und erzählte ihnen, wie der OSMC über die Anfahrt gerauscht kam, und zeigte ihnen die Stelle, an der alles seinen Ausgang genommen hatte. Mit einer weit ausholenden Armbewegung deutete er das Schussfeld an und ging voraus zur zweiten Scheune. Zehn Meter davor blieb er stehen, drehte sich um und machte einen Schritt zur Seite, um sich seine genaue Position in Erinnerung zu rufen.

»Scheiße, die Scheunenwand ist ja gar nicht repariert worden ... Vielleicht sind die auch noch stolz auf die Löcher.« Hunderte Einschusslöcher und mehrere Einschläge von Schrotflinten waren zu sehen, die meisten an der Frontseite. »Ich war dort drüben.« Er ging zu einer kleinen Erhebung und zeigte auf die Stelle, wo man seinen Fahrer getötet hatte. »Seht ihr den kleinen Hügel mit den Bäumen und den Büschen? Dahinter hab ich gelegen – da bin ich geblieben, bis alles vorbei war.« Er wollte sich schon hinlegen, um es ihnen zu demonstrieren, bemerkte aber, dass er damit seine neuen Sachen versauen würde, also kauerte er sich nur hin und erklärte ihnen, warum sie ihn nicht gesehen hatten, als sie den toten Biker und seine Maschine abtransportiert hatten. »Den Ärschen war es auch völlig egal, was mit mir war.«

»Als die Schießerei aufgehört hat, warum sind Sie dann nicht mit ihnen weggefahren?«, fragte Aziz.

»Zu dem Zeitpunkt hab ich nicht gewusst, vor wem ich mehr Schiss haben soll, vor meinen Jungs oder vor denen in der Scheune. Außerdem hab ich es für einen Trick gehalten, ich dachte, die würden uns hier nie lebend weglassen. Ehrlich ... ich hatte genug von der Schießerei, egal, auf welcher Seite ich war.«

»Und der Wasserdurchlass, über den Sie entkommen sind?«, fragte MacNeice.

»Der liegt hinter dem Feld. Vor dem Wald, am Ende davon, da liegt dieser Durchlass. Er geht unter der Straße durch.«

»Das gegnerische Feuer kam also aus den Fenstern und den Türen der Scheune?« Vertesi zeigte darauf.

»Ja, aber auch aus den Türen der ersten Scheune und – vielleicht, ich weiß nicht – auch aus dem Farmhaus. Unsere Jungs haben es ihnen aber auch gegeben, sie haben die Scheunen weitflächig unter Beschuss genommen ...« Er schwenkte seinen Arm wie ein Gartensprenger.

Sie traten in die zweite Scheune, wo Dunggeruch – Dutzende erschossene Tiere mussten nach der Schießerei weggeschafft worden sein – in der Luft lag. Das Holz der Viehställe, die Träger und ihre Stützbalken waren von den Kugeln zerfetzt, das Licht, das durch die Einschusslöcher drang, durchschnitt den Raum in staubgesättigten Zickzacklinien.

Wieder vor der ersten Scheune, blieb Wenzel am Eingang stehen. »Was dagegen, wenn ich hier draußen warte, Sir? Ich will mir das nicht ansehen.«

»Klar«, sagte MacNeice. »Schon verstanden. Wissen Sie noch, wohin sie die Plastiksäcke gebracht haben?«

Er ließ die Schultern hängen. »Ja, die sind hinter das Farmhaus gegangen. Wohin genau, weiß ich nicht, aber ich konnte einen von ihnen hinten an der Ecke sehen, es muss also ganz in der Nähe gewesen sein.«

»Wollen Sie im Wagen warten, Wenzel?«

»Nein, Sir. Ich setz mich einfach neben die Tür in die Sonne.« Er ließ sich an der warmen Metallwand nach unten gleiten und streckte die Beine aus. Als MacNeice ging, sang oder summte er etwas vor sich hin, was wie »Ring of Fire« klang.

Die drei Detectives folgten MacNeice in die Scheune, gingen an den Reihen mit den schweren Geräten und Fahrzeugen vorbei nach hinten zum Abfluss, der immer noch offenstand, und zu den diversen Schneidewerkzeugen, die Swetsky und seine Leute zurückgelassen hatten. Sie untersuchten die Werkbank, die die gesamte Rückwand einnahm. Williams und Vertesi zeigten Aziz das Folienschweißgerät, mit dem die Leichen eingeschweißt worden waren – die beiden, die man vergraben, sowie die beiden, die man fortgebracht hatte. MacNeice stand neben dem Abfluss, sah sich um und versuchte sich vorzustellen, wie es für Hughes gewesen sein musste. Er sprach ein stilles Gebet, schüttelte den Kopf und ging zum Regal mit den Schaufeln und Spaten.

»Williams, nehmen Sie sich zwei Schaufeln. Wir werden ein bisschen graben.«

Auf halbem Weg zum Eingang wurde MacNeice plötzlich nervös. »Etwas stimmt nicht«, sagte er und blieb stehen.

Sie waren an die sechs Meter von der offenen Tür entfernt. »Aziz, geh rüber zur anderen Seite und bleib dort. Wenn was ist, gib Bescheid.«

»Boss, wir haben draußen auf der Straße einen Uniformierten, außerdem ist die Farm seit Wochen abgesperrt ...«, sagte Williams, der die Schaufeln leise an ein Quad lehnte.

MacNeice hörte gar nicht zu. Er war immer noch ganz auf die offene Tür vor sich konzentriert.

»Vertesi, sichern Sie die Hintertür. Wenn sie offen sein sollte, bleiben Sie dort. Ist sie abgesperrt, kommen Sie zurück und gehen in Deckung.« Vertesi zog seine Waffe, rannte nach hinten und versuchte dahinterzukommen, was MacNeice aufgescheucht hatte.

»Williams, entsichern Sie Ihre Waffe und bleiben Sie links hinter der Schiebetür. Lassen Sie sich nicht blicken, solange es nicht nötig ist.«

Langsam gingen sie auf den Eingang zu. Williams hielt die Waffe mit beiden Händen von sich gestreckt, als wollte er mit einem Neuner-Eisen einen Chip schlagen.

Im breiten Lichtstrahl der schräg einfallenden Nachmittagssonne jagten Schmeißfliegen in Spiralen winzigen Staubkörnchen hinterher, die harmlos im Licht trieben. MacNeice trat aus dem Schatten und hob die Hand, Williams verharrte. Er lauschte, versuchte zu hören, was MacNeice anscheinend hörte, aber außer den Zikaden und einer Krähe, die irgendwo in der Ferne krächzte, konnte er nichts ausmachen.

Nachdem sich seine Augen an die Helligkeit gewöhnt hatte, rief MacNeice: »Wenzel, sagen Sie was.«

Wenzel reagierte nicht. MacNeice sah zu Aziz, die ihre Glock gezückt hatte und mit der anderen Hand ihr Handy umfasst hielt. MacNeice deutete auf die Wand neben der Tür und flüsterte Williams zu: »Da rüber.« Nachdem Williams in Position war, holte MacNeice mehrmals tief Luft, hob die Waffe und näherte sich von links der Tür.

Der erste Typ, den er sah, hatte eine verchromte Pistole im Gürtel stecken. Er lächelte MacNeice zu und winkte ihn mit dem Zeigefinger zu sich heran. Neben ihm stand ein wahrer Koloss, der sein Gewehr auf MacNeice gerichtet hatte. Beide waren schwarz gekleidet; der mit der Pistole trug eine enge Lederhose mit kleinen silbernen Scheiben am äußeren Saum im Stil eines mexikanischen Desperados. Er war klein, schlank und gutaussehend.

»Kommen Sie, *Monsieur*, nehmen Sie an unserer Party teil. Und seien Sie klug und lassen Sie die Waffe fallen.«

»Ich glaube nicht, dass ich das tue«, erwiderte MacNeice. »Aber ich wäre dankbar, wenn Ihr Freund seine fallen lässt.«

»Bruni? Nein, nein, das wird der sicher bleiben lassen. Aber kommen Sie, kommen Sie – ich glaube, Sie werden es sich anders überlegen.«

MacNeice, die Waffe auf den ersten Mann gerichtet, trat weiter hinaus. Links von ihm war Wenzel auf den Knien. Neben ihm der uniformierte Polizist aus dem Streifenwagen, er hatte einen Knebel im Mund. Zwei weitere Männer hielten ihnen Gewehre an den Kopf.

»Jetzt – die Waffe?«

»Nein, ich bestehe darauf, dass Ihre Männer die Waffen fallen lassen.«

»*Ah, oui?*« Er zückte seine glänzende Pistole und feuerte auf den Oberschenkel des uniformierten Polizisten. Mit einem erstickten Aufschrei fiel er zur Seite weg, während der Schütze zu MacNeice sah. »Ich heiße Frédéric – das ist

Französisch. Wollen Sie es sich nicht doch anders überlegen, *Monsieur*?«

Aus der Scheune quäkte mit einem Mal eine blecherne Melodie – Ravels *Bolero*. MacNeice hörte, wie Williams an seinem Handy herumfummelte, trotzdem wurde der Klingelton zweimal wiederholt, bevor er verstummte. MacNeice zuckte mit den Schultern. Frédéric, der nur den Kopf schüttelte über diese Albernheit, sagte: »Scheiße, *merde*, ich hasse dieses Stück. Was für dämliche Musik, genauso dämlich wie der Film, was? War nur Spaß, aber ... sagen Sie dem Trottel, dass er rauskommen soll.«

»Williams, kommen Sie raus. Und richten Sie Ihre Waffe auf den großen Typen.«

Williams kam um die Ecke, bemüht, nicht allzu betreten dreinzuschauen. Er blieb gut zwei Meter von MacNeice entfernt stehen und richtete die Waffe auf die Brust des massigen Mannes.

»Was wollen Sie, Frédéric?«, fragte MacNeice.

»Was ich will? Was ich will?« Er sah zu Bruni und zuckte mit den Schultern. »Sie und Ihre Freunde sind auf meinem Grundstück, und er« – er deutete mit der Waffe auf Wenzel – »dieser ... Maple-Leaf-Anhänger, der gehört nicht zu Ihnen, oder?«

»Falsch.«

»Er ist ein *mouchard* – eine Ratte, glaube ich. Ja, das glaube ich. Eine Ratte. Wissen Sie, was wir in Montréal mit Ratten machen?«

»Ich kann es mir beim besten Willen nicht vorstellen. Ihnen ist klar, dass noch mehr von uns hier sind, Frédéric?«

»Ich weiß. Ich weiß, dass Sie ein SWAT-Team rufen, aber bis das eintrifft, ist hier alles vorbei.«

»Bislang haben Sie keinen getötet. Fangen Sie jetzt nicht damit an.«

»*Monsieur*, die Ratte muss sterben. *Alors*, feuern Sie Ihr Ding ab oder legen Sie es auf den Boden.«

MacNeice machte zwei weitere Schritte auf Frédéric zu. »Lassen Sie Ihre Waffe fallen, und sagen Sie Ihren Freunden, dass sie das Gleiche tun sollen.«

Williams war sich nicht sicher, ob es eine gute Idee war, aber er näherte sich dem Koloss, den er, riesig, wie der Kerl war, kaum verfehlen konnte. Gleichzeitig wünschte er sich eine Waffe, die etwas mehr Wumms hätte als seine Standardpistole.

»Wie köstlich. Als Erstes werde ich mich um diese Maple-Leaf-Ratte kümmern – die verbreiten Krankheiten, das wissen Sie.« Er trat vor Wenzel, hielt dem Jungen den Lauf an die Stirn und spannte den Hammer. »Bruni, *s'il vous plaît, fais le compte – à partir de trois.*«

»Ich werde Sie stoppen, bevor er bei eins ist, Frédéric. Tun Sie es nicht.« MacNeice, die Waffe mit beiden Händen umfasst, machte einen weiteren Schritt auf ihn zu.

»*Oui*, vielleicht, ja – aber Bruni wird Sie stoppen. Sind Sie bereit zu sterben, *Monsieur*?«

»Warum riskieren Sie lebenslänglich, wenn Sie noch alles abblasen können?«

»Dieses Anwesen ist *énorme*. Wir sind dann längst fort, aber Sie werden – traurigerweise – hierbleiben müssen.«

»Mr MacNeice, Sir, bitte, lassen Sie ihn das nicht tun, bitte«, jammerte Wenzel, die Augen fest zusammengekniffen.

»Ah, *splendide, mes amis*, das ist Monsieur MacNeice. Ich muss sagen, ich bin alles andere als beeindruckt.« Er sah auf seine Uhr an dem schweren schwarzen Lederarmband. »*Alors*, genug geredet. Sagen Sie *au revoir au petit mouchard*. Bruni, ab drei.«

»*Trois* ...« Der Koloss hatte eine so hohe Stimme, dass man ihn für eine Frau hätte halten können.

Frédéric sah auf den wimmernden Wenzel hinab, dem Speichel von den Lippen auf den Boden tropfte. »Nein, bitte, Sir, nicht ...«, flüsterte er.

»*Deux ...*«

MacNeice richtete seine Waffe aus, zielte auf Frédérics Kopf und ging noch weiter auf ihn zu. »Legen Sie die Waffe weg, Frédéric, legen Sie sie sofort weg.« Bruni folgte ihm mit dem Gewehr, dessen Lauf jetzt auf seine Brust gerichtet war.

»*Un ...*«

Lächelnd wandte sich Frédéric an MacNeice und wollte etwas sagen, in diesem Moment explodierte sein Gesicht. Fleischbrocken, Blut, Haare, Knochen und Gehirnmasse sprühten auf Wenzel und die Scheunenwand. Frédéric wurde nach vorn gerissen und fiel Wenzel auf den Rücken. Bruni schwang herum, wollte auf den Angreifer feuern und drehte sich erneut herum, als er den nirgends sehen konnte – da war es schon zu spät. Williams traf ihn in der Brust. Der große Mann taumelte mit erhobenem Gewehr nach hinten. Williams feuerte erneut, traf ihn am Kinn, woraufhin sein Kopf nach hinten gerissen wurde. Bruni knallte auf den Boden. Der Biker, der den verwundeten Polizisten in Schach gehalten hatte, rannte zum Farmhaus, während der andere an der Scheunenecke kauerte, als hielte er immer noch Ausschau nach dem ersten Schützen. MacNeice sprang über Frédérics Beine und kam auf ihn zugerannt.

»Weg mit der Waffe – es ist vorbei.«

Der Biker zögerte, dann legte er langsam das Gewehr auf den Boden. MacNeice kickte es außer Reichweite. »Auf den Bauch, Hände auf den Rücken. Keine Bewegung.«

Vertesi kam mit gezogener Waffe um das Gebäude gerannt und spurtete in Richtung Farmhaus. In der Scheunentür erschien Aziz. Als sie Vertesi sah, rief sie: »Michael, wo willst du hin?«

»Ich hab ihn gesehen.« Mit einem Satz war Vertesi auf der Veranda und verschwand im Haus, die Fliegengittertür fiel hinter ihm zu.

»Aziz, leg dem hier Handschellen an. Und kümmere dich um den Polizisten und Wenzel.«

Williams entwand Bruni das Gewehr. MacNeice tippte ihm auf die Schulter und zeigte zum Farmhaus. Sie liefen los, und als sie drin und hinter der Tür waren, blieben sie stehen und lauschten – es war totenstill.

Williams zeigte nach oben, aber MacNeice packte ihn am Arm. »Warten Sie«, sagte er leise und legte die Hand ans Ohr. »Hören Sie.«

Schwach, gedämpft waren schnelle Schritte zu hören.

Was ist das?, deutete Williams stimmlos die Worte an.

MacNeice riss die Augen auf. »Es gibt einen Tunnel.«

Sie rannten die Treppe hinunter. Im Keller lauschten sie wieder: Das Poltern kam von der Rückseite des Hauses. Sie eilten ins letzte Zimmer und stießen auf ein schweres, mit Dosen und Eingemachtem vollgestelltes Eichenregal, das von der Wand gerückt war. Hinter der offenstehenden Stahltür war ein Betontunnel zu erkennen, an dessen Decke in regelmäßigen Abständen vergitterte Lampen saßen. Sie liefen los und näherten sich einer scharfen Kurve, als drei laute Schüsse zu hören waren. Der erste stammte von einer Schrotflinte, die anderen beiden von einer Handfeuerwaffe. Schrotkügelchen prallten von den Gangwänden vor ihnen und prasselten bedrohlich über den Boden in ihre Richtung.

Als sie um die Ecke bogen, hing ein beißender Gestank im Gang. Hundert Meter vor ihnen sahen sie zwei Gestalten. »Scheiße!«, schrie Williams, beschleunigte und nahm MacNeice locker einige Meter ab. »Vertesi, du verrückter Arsch, wehe, du lebst nicht mehr!«

MacNeice war völlig außer Atem, als sie ihn erreichten.

Williams kauerte neben Vertesi. Um sie herum schien alles von Blut bedeckt, aber nichts davon fand sich auf Vertesi.

»Er ist taub, Boss. Er hört nicht«, sagte Williams.

Vertesi hatte sein Kleinjungenlächeln auf dem Gesicht, das alle Frauen an ihm so mochten und um das ihn die meisten Männer beneideten. MacNeice patschte ihm auf die Schulter und spähte in den Gang.

Der vierte Biker lag tot in einer Blutlache. Die Schrotflinte war hinter ihm auf dem Boden.

»Bringen Sie Vertesi raus. Ich folge dem Gang bis zum Ende. Er trat über den Biker und wich dem Blut aus. Nach weiteren hundert Metern erreichte er eine Stahltür mit einem schmalen, abgedeckten Sichtschlitz. Er schob die Abdeckung zur Seite und spähte hinaus in den Wald. Dann entriegelte er die Tür und trat mit gezogener Waffe ins Freie. Die vier Motorräder waren in einer flachen, baumbestandenen Senke geparkt. Nur ein schmaler, von Sträuchern verdeckter Pfad, der zur Straße hinaufführte, hätte das Versteck verraten können. MacNeice ging zur Straße hinauf und sah zum Farmhaus. Es war knapp einen halben Kilometer entfernt.

Alles war so schnell geschehen, dass er bislang nicht über den Schuss nachgedacht hatte, der Frédéric getötet hatte. Er hatte nichts gehört, noch nicht einmal ein verzögertes, gedämpftes *Plop*. Er ging so lange am Maschendrahtzaun entlang, bis eine tieferliegende Wiese den Blick auf das Farmhaus freigab und er die erste Scheune rechts vom Haus ausmachen konnte. Er versuchte sich den Schusswinkel zu vergegenwärtigen und konnte in der Ferne mehrere hin und her laufende uniformierte Gestalten erkennen, mehrere Streifenwagen, Krankenwagen, zwei Feuerwehrwagen und den Wagen eines SWAT-Teams, der in der Einfahrt stand. Er hatte nicht gehört, dass sie gekommen waren. Aber von hier aus war die Stelle zu sehen, wo Frédéric getötet worden war.

Er ging weiter und hielt nach frischen Reifenspuren auf der unbefestigten Bankette Ausschau. Nach fünfzig Metern fand er sie. Der Wagen war in eine von tiefen Rillen durchzogene Einfahrt eingebogen, in der Brennholz und vom Wind umgeknickte Baumstämme gestapelt wurden. Er betrachtete die Abdrücke, legte die Finger in die im Zickzack verlaufenden Furchen. Zu breit für einen PKW. *Muss ein* SUV *gewesen sein*, dachte er. Keine Fußspuren neben den Reifenabdrücken, keine abgebrochenen Zweige, kein aufgewühltes Laub. *Leichtfüßig*, dachte er, während er die Straße überquerte.

MacNeice versuchte sich die Situation vorzustellen. Die Entfernung zur Scheune betrug mehr als fünfhundert Meter. Er sah in den Graben, um Spuren des Schützen zu finden: platt gedrückte Gräser, frisch aufgeworfene Erde, den Abdruck eines Schuhs oder Stiefels. Er wollte schon zurück, als er am Straßenrand etwas entdeckte – es sah aus wie ein kleiner Spielzeugsoldat. MacNeice ging in die Hocke und betrachtete die schmale, mehr als sechs Zentimeter lange, hochkant gestellte Messinghülse. Darin steckte eine kleine gelbe Butterblume, die der Schütze von einem Büschel im nahen Graben gepflückt hatte. Noch in dem Augenblick, als Frédérics Kopf explodiert war, hatte er zu wissen geglaubt, wer der Schütze war – jetzt war er sich dessen sicher. Er streifte einen Latexhandschuh über, nahm die Hülse, nestelte sie in einen zweiten Handschuh, schob beide in seine Tasche und ging auf der Straße zur Farm zurück.

Vertesi saß auf den Stufen zum Farmhaus. »Können Sie mich hören?«

»Ja, Sir, ich bin wieder okay – nur in den Ohren klingelt's noch gewaltig.«

»Gute Arbeit. Aber warum sind Sie ihm allein hinterher?«

»Bei allem Respekt, Sir, aber Sie sind ja auch nur mit ihrer kleinen Knarre ins Freie.«

»Dachte, ich könnte es ihm ausreden – ich hab mich getäuscht. Der unterirdische Gang war seine Rückversicherung, deshalb konnte er so große Töne spucken. Wir sechs wären tot gewesen, und es hätte keine Verdächtigen gegeben.«

»Swets ist unterwegs. Er ist fassungslos, weil er die Show verpasst hat. Als ich ihm vom unterirdischen Gang erzählt habe, hat er gefragt, wo der sei, und als ich ihm gesagt habe, hinter den Konserven im Keller, wissen Sie, was er da gesagt hat?«

»Nein.«

»Palmer hat da in den zwei Wochen drei Gläser Pfirsiche weggefuttert und nichts bemerkt.«

»Und was haben Sie gesagt?«

»Dass er wahrscheinlich die ganze Zeit mit seinem Handy beschäftigt war.« Palmer war berüchtigt dafür, während der Arbeit sein Liebesleben zu organisieren. »Aber ich hab noch mal betont, dass nichts zu sehen ist, selbst wenn man direkt davorsteht. Ich hab den Gang nur entdeckt, weil der Typ keine Zeit mehr hatte, das Regal richtig hinter sich zurückzuschieben.«

»Wie geht es dem jungen Polizisten?«

»Der wird wieder – die Kugel hat nur den Muskel außen am Oberschenkel durchschlagen. Es ist ihm peinlich, dass er im Streifenwagen eingenickt ist. Frédéric hat mit seinem Chromdingens an die Scheibe geklopft.«

»Wie heißt er?«

»Tyler Wosniac, drittes Jahr bei der Polizei.«

»Den Fehler wird er nicht noch mal machen. Haben Sie Ihr Handy bei sich?«

»Ja, Sir.«

»Haben Sie Sue-Ellen Hughes' Nummer da?«

»Ja.«

»Gut. Rufen Sie sie an.«

»Was, jetzt?«

»Jetzt.«

MacNeice setzte sich auf einen der Stühle, die aus der Scheune geholt worden waren, und sah zu, wie Vertesi anrief. »Hallo, Mrs Hughes, hier ist Michael Vertesi. Der Boss möchte ...« MacNeice gab ihm zu verstehen, dass er unterbrechen sollte. »Mrs Hughes, einen Moment bitte.« Er deckte das Handy ab und sah zu MacNeice. »Was soll ich ihr sagen?«

»Fragen Sie, ob ihr Bruder zu seiner Einheit abgereist ist. Falls nicht, möchte ich ihm eine Nachricht hinterlassen.«

»Er sollte doch eigentlich heute Morgen wieder zurück, oder?«

»Ich weiß. Fragen Sie sie.«

Vertesi kam der Bitte nach. Erstaunt lauschte er ihrer Antwort, schüttelte dann den Kopf und sagte, an MacNeice gewandt, stumm *nein*.

»Okay, bitten Sie sie, ihm diese Nachricht auszurichten: ›Danke, dass er gekommen ist.‹«

»Das war's?«

»Ich wünsche ihm alles Gute.«

Vertesi gab MacNeice' Worte weiter. Nachdem er sich verabschiedet hatte, sah er fragend zu MacNeice.

»Erzähl ich später. Wie geht's Wenzel?«

»Aziz ist mit ihm drüben auf dem Feld, die laufen rum und reden, damit er runterkommt und sich beruhigt. Er hat sich angepisst vor Angst – im wahrsten Sinne des Wortes.«

»Ein Satz neuer Klamotten sollte in Ordnung gehen. Schaffen Sie ihn ins Hotel zurück und sorgen Sie dafür, dass in seiner Minibar genügend Bourbon steht.«

»Mach ich.«

»Und Williams?«

»Er ist mit zwei Uniformierten hinter dem Haus, um nach den Plastiksäcken zu suchen. Ach, übrigens, er hat zurückgerufen – also Antwort auf den Anruf, der in der Scheune losgeklingelt hat. Der war von Ryan. Die Bundespolizei hat das *Old Soldiers* dichtgemacht und vier Mitglieder in Gewahrsam genommen, unter anderem den Inhaber.«

»Perfekt. Und unser überlebender Biker?«

»Der sitzt da drüben auf der Rückbank des Streifenwagens, hat aber noch nichts gesagt. Laut seinem Führerschein aus Quebec heißt er Gérard Langlois.«

»Gut. Ich will ihn in einer halben Stunde im Befragungsraum haben.«

»Wird gemacht, Sir. Der Typ, dem die Fresse weggeflogen ist, war Frédéric Paradis.«

»Freddy Paradis ...«

»Sie meinen, es war Penniman, der ihn abgeknallt hat?«

MacNeice sah Vertesi in die Augen. »Nach unserem Bericht war es ein unbekannter Schütze, wahrscheinlich ein rivalisierender Biker. Verstanden?«

»Verstanden, Sir. Was für ein Schuss – er hat glatt noch die Wand durchschlagen und ein Quad lahmgelegt.« Vertesi ging zu den Uniformierten, die sich um den Streifenwagen versammelt hatten.

MacNeice machte sich auf die Suche nach Aziz und Wenzel. Er entdeckte sie am Waldrand. Wenzel hatte einen Stock in der Hand und schlug auf die umliegenden Gräser ein. Sie waren in ihr Gespräch vertieft und hörten MacNeice nicht kommen, bis er einen Zweig zum Knacken brachte. Wenzel zuckte zusammen.

»Sorry, Wenzel, ich wollte Sie nicht erschrecken.«

»Ach, verdammt, Mann – ich meine, Sir. Das war ziemlich abgefahren, vorhin, ich bin noch ganz zitterig, Sie wissen schon.«

»Ja, versteh ich. Ich hielt Sie für sehr mutig, Wenzel.«
»Mutig? Ich hab mich vor Angst angepisst.«

MacNeice hätte ihm gern gesagt, dass er sich dafür nicht zu schämen brauchte, aber der Junge hätte ihm im Zweifelsfall sowieso nicht geglaubt. Mit Blick auf Wenzels blut- und uringetränkte Sachen sagte er: »Wir besorgen Ihnen was Neues.«

Wenzel sah an sich hinab. »Scheiße ... na ja, ich war ja schon immer eher ein Blackhawks-Fan.«

»Aziz, alles in Ordnung?«

»Ja, Boss, alles in Ordnung.«

»Gut. In einer halben Stunde werden wir beide den letzten Biker befragen.«

MacNeice nahm sein Jackett aus dem Chevy und zog es an. Er sah sich ein letztes Mal um, dann stieg er ein; Aziz schnallte sich bereits an. Langsam fuhren sie an den schwer bewaffneten großen Männern in ihrer Schutzausrüstung vorbei.

Mehrere von ihnen starrten zu ihnen herüber, durch das offene Fenster hörte Aziz einen von ihnen fragen, »Ist er das?«, und darauf die Antwort: »Ja, das ist er.« Wenn sie ehrlich war, fragte sie sich selbst, warum MacNeice das Risiko eingegangen war.

Sie hatte versteckt in der Scheune gekauert und kaum verstanden, was gesprochen wurde – keiner hatte die Stimme erhoben –, aber dann hätte sie fast laut aufgeschrien, als Paradis einen Schuss abgab – auf den jungen Polizisten, wie sich später herausstellte – und sie befürchten musste, MacNeice wäre getroffen worden. Doch dann war er wieder zu hören gewesen, und er hatte ebenso ruhig geklungen wie zuvor. Erneut hatte sie in der Dienststelle angerufen und geflüstert: »Schafft das verdammte SWAT-Team hierher!

Schickt einen gottverdammten Hubschrauber, wenn es sein muss, aber ruft auf keinen Fall – auf keinen Fall – irgendein Handy vom Team hier an.«

Sie sah zu MacNeice. Er schien in Gedanken versunken und wirkte so ruhig, als befände er sich auf einem Sonntagsausflug auf dem Land. Sie zitterte, die verzögerte Reaktion darauf, wie knapp sie alle an einer Katastrophe vorbeigeschrammt waren.

Der tödliche Schuss war aus dem Nichts gekommen. Von ihrer Position aus hatte sie noch nicht einmal gehört – geschweige denn gesehen –, dass er Paradis' Schädel durchschlagen hatte, nur den metallischen Widerhall der Scheunenwand, die durchbohrt wurde, bevor das Geschoss in den Motorblock eines neuen Quad einschlug, der keinen Meter von ihr entfernt stand.

Als sie auf der Durchgangsstraße nach rechts bogen, sagte sie: »Wenzel hat sich gar nicht mehr eingekriegt über dich. Anscheinend erinnerst du ihn mit deiner Ruhe und allem an Hughes. Er hat sich eingepinkelt, als du einfach immer weiter auf Paradis zugegangen bist und auf seinen Kopf gezielt hast.«

MacNeice hielt an einer Ampel und sah zu, wie eine junge Frau einen Kinder-Sportwagen am Chevy vorbeischob. Hatte er wirklich gedacht, Paradis würde Wenzel exekutieren? Ja. Ebenso überzeugt war er gewesen, dass Bruni die gesamte Schrotladung seiner Flinte auf ihn abfeuern würde, aber nichts davon wollte er Aziz sagen. »Keiner der beiden hätte einen Rückzieher gemacht«, sagte er daher zu ihr. »Weder Paradis noch Bruni.« Obwohl die Ampel umgeschaltet hatte, wartete er, bis die Frau mit ihrem Kinderwagen sicher auf der anderen Straßenseite war.

Er war ein hohes Risiko eingegangen, keine Frage, aber er hatte nichts gesehen, was irgendeine Aussicht gehabt hätte, Wenzel das Leben zu retten. Wäre er mit seinen Leuten in der Scheune geblieben, um auf das Eintreffen des SWAT-Teams zu warten, hätte sich Paradis mit seinen Männern über den unterirdischen Gang aus dem Staub gemacht; zurückgeblieben wären zwei Leichen, und keiner hätte gewusst, wer es getan hatte und warum und wie er hatte fliehen können. Hätte er von drinnen das Feuer eröffnet, wäre es zu einer Schießerei gekommen, die sich in nichts von den Feuergefechten unterschieden hätte, die zuvor hier stattgefunden hatten. Die Biker verfügten zwar über mehr Feuerkraft, trotzdem hätte sich sein Team wohl durchgesetzt oder wenigstens so lange ausgeharrt, bis das SWAT-Team eintraf. Aber auch das hätten Wenzel und Wosniac nicht überlebt.

»Woher hast du gewusst, dass sie draußen sind?«

»Keine Ahnung. Als wir reingegangen sind, hat Wenzel vor sich hin gesungen, dann ist er plötzlich verstummt. Er ist ein unruhiger Geist, er war nervös. Er hätte auf und ab laufen oder Steinchen werfen oder Johnny-Cash-Songs trällern sollen – dass nichts zu hören war, kam mir seltsam vor.«

»Der sechste Sinn.«

»Nur Beobachtung.«

»Was wird der Biker uns erzählen?«

»Kommt darauf an, wie verunsichert er ist. Was ich wissen möchte: Warum machen Biker aus Quebec mit den D2D gemeinsame Sache? Wir wissen, die Farm gehört nicht Frédéric Paradis, trotzdem hat er sich wie ein Gutsherr aufgeführt. Und natürlich möchte ich erfahren, ob er es war, der Hughes abgeschlachtet und Luigi erschossen hat.«

»Wäre das irgendwie grausige Gerechtigkeit ... dass Frédéric Paradis das Gesicht weggeschossen wurde?«

»Ja...«

»Du glaubst, es war Penniman, oder?«

»Es war ein Schuss aus fünfhundert Metern Entfernung –

ich bin mir sicher.« Er schob sich im Sitz hoch und griff mit der rechten Hand in die Tasche. Dann zog er die Latexhandschuhe heraus, reichte sie ihr und fuhr schweigend weiter, während sie die Hülse mit der verwelkten Butterblume herauszog.

Sie hielt die Hülse hoch und drehte sie zwischen den Fingern hin und her. »Was in aller Gottes Namen ist das?«

»Ich weiß es nicht. So ein Kaliber ist mir noch nie untergekommen. Er hat sie wie einen Bleisoldaten auf die Straße gestellt.«

»Ich hab Paradis gesehen, als er in den Sack geschoben wurde – von seinem Gesicht ist nichts mehr übrig, nur noch der Haaransatz und der Kiefer ... und ein Teil von einem Ohr.« Sie sah auf die Hülse. »Was könnte das für ein Kaliber sein?«

»Keine Ahnung. Du erinnerst dich noch an Ferguson vom letzten Jahr?«

»Der britische Ingenieur, der dir den Namen des bulgarischen Attentäters verraten hat?«

»Er wird es wissen.«

»Warum gibst du sie nicht einfach unseren Leuten?«

»Weil ich denke, dass Sue-Ellen schon genug durchgemacht hat.«

Aziz atmete tief durch und seufzte. »Na ja, ich hätte nicht erwartet, dass der Tag so ablaufen wird ... von Dance zu dem hier.«

Sie überquerten die Hangkante. Vor ihnen erstreckte sich Dundurn, grün und grau unter einem wolkenlosen Himmel, und dahinter, kühl und schimmernd, lagen die Bucht und der See. Dieser Anblick erfüllte MacNeice immer mit einer spontanen Freude, denn er bedeutete für ihn Zuhause und – ironischerweise – Frieden. Er bog auf den Jolley Cut ein und ließ den Chevy langsam in die Stadt hinabschweben.

41

Deputy Chief Wallace wollte gerade losfahren, als sie in den Dienststellenparkplatz einbogen. Mit der Lichthupe signalisierte er MacNeice, anzuhalten, und ließ die Seitenscheibe nach unten. »Ich möchte kurz mit Ihnen reden, Mac.« Er stieß rückwärts in den nächsten Parkplatz und wartete, bis MacNeice zum Wagen kam.

»Ich bin auf dem Weg nach Cayuga«, sagte Wallace. »Die Presse ist schon da und wartet auf eine Stellungnahme. Also geben Sie mir eine.«

MacNeice begann ganz von vorn, erzählte alles, was er wusste und was er nicht wusste – vom Schützen, der aus großer Entfernung gefeuert hatte, vom unterirdischen Gang –, sagte, dass ein Polizist eine Schussverletzung am Bein erlitten habe, es ansonsten aber keine Verletzten auf ihrer Seite gebe. Die Einzelheiten seiner Konfrontation mit Paradis ersparte er sich, weil er keine Lust hatte, sich dafür zu rechtfertigen.

»Okay, wo kann ich Sie danach finden?«

»Wir befragen den überlebenden Biker. Das wird einige Zeit dauern.«

»Aziz soll dieses Interview geben – schafft sie das?«

»Nein, das werden wir absagen müssen.«

»Keine Sorge. Ich übernehme das und biete denen eine Exklusivstory über die Bikermorde. Das war's?«

»Das war's.«

Wallace vermittelte bei seiner Rückkehr keineswegs den Eindruck, als wäre er wütend, aber wütend war er. In weniger als zweieinhalb Stunden hatte er drei haarsträubende Berichte über die Ereignisse in Cayuga zu hören bekommen, unter anderem, dass MacNeice es beinahe geschafft hätte, den jungen Amerikaner sowie einen jungen Polizisten, Williams und sich selbst umzubringen. Er beorderte MacNeice in einen Befragungsraum und verlangte seine Version der Geschehnisse zu hören.

MacNeice beharrte darauf, dass die Konfrontation mit Paradis angesichts der Umstände unausweichlich gewesen sei, er aber sein Bestes getan habe, um Wenzel Hausman, den Polizisten und seine Leute zu schützen.

»Und wer hat ihn umgebracht?«

»Noch nicht identifiziert. Ich wollte in dem Moment abdrücken, als es passiert ist. Ich gehe von einem Racheakt aus.«

»Erzählen Sie mir auch die Wahrheit?«

»Ja – es war ein spektakulärer Schuss. Paradis hat sich vermutlich als Zielobjekt zu erkennen gegeben, als er unserem Polizisten ins Bein geschossen hat.«

»Meiner Meinung nach, Mac, hätten Sie mitsamt Ihrem Team ums Leben kommen können. Es war reines Glück, dass es anders ausgegangen ist.«

»Glück hat viel damit zu tun, da stimme ich zu. Aber das Risiko, das ich eingegangen bin, war wohlkalkuliert.«

»Ich hab den Scheiß-Tunnel gesehen. Sagen Sie mir, wie haben Swetsky und sein Team da zwei Wochen lang rummachen können, ohne ihn zu entdecken?«

»Mir wäre der Tunnel ebenso entgangen, und Ihnen auch. Solange man nicht alles komplett auseinandernimmt – wozu Swetsky nicht berechtigt war –, würde man ihn nie finden.«

»Gut, in Ordnung. Hören Sie, ich möchte ehrlich mit Ihnen sein, trotzdem frage ich mich, ob Sie nicht manchmal eine Todessehnsucht umtreibt.«

»Eigentlich nicht.« MacNeice tat so, als würde er wirklich darüber nachdenken – und musste erkennen, dass es tatsächlich so gewesen war, und mehr als einmal.

»Es gibt da nämlich einen verwundeten Polizisten im Dundurn General, der ist der Ansicht, dass dem so sei. Er hat Sie als ›irre cool, aber auch irre verrückt‹ beschrieben.«

MacNeice zuckte mit den Schultern. Wallace begann auf und ab zu gehen. »Man hat mir gesagt, wie die morgige Schlagzeile des *Standard* lauten wird. Interessiert es Sie?«

MacNeice musterte den Deputy Chief, der mittlerweile sehr viel ruhiger wirkte.

»›Schattenhafter Superschütze rettet sechs Menschenleben.‹« Wallace nickte, als hinge ihm der Kopf lose auf den Schultern. »Wie gefällt Ihnen das?«

»Es ist mir egal – es entspricht der Wahrheit. Und so schöne Alliterationen begegnen einem auch nicht alle Tage.«

»Sie behaupten immer noch, den Schützen nicht zu kennen?« Wallace lehnte an der Wand und hatte den Blick unverwandt auf MacNeice gerichtet.

»Ja. Er konnte sich unerkannt davonmachen. Er musste irgendwo an der Straße gewesen sein, als er den Schuss abgab. Und nach der Schießerei waren wir mit anderen Dingen beschäftigt, als diesen Schützen zu finden.«

Wallace stieß sich von der Wand ab und trat vor den durchlässigen Spiegel. Er betrachtete sein Spiegelbild und stöhnte, rieb sich die Augen und fuhr sich mehrmals durch die Haare, bevor er sich wieder zu MacNeice umdrehte. Er zog den Stuhl heraus, auf dem Langlois gesessen hatte, und ließ sich schwer darauf nieder. »Okay, erzählen Sie mir, was Sie aus dem Biker herausbekommen haben.«

Als MacNeice ins Kabuff zurückkehrte, unterbrachen die Detectives und Ryan ihre Arbeit.

»Alles cool?«, fragte Williams.

»Ja.« Er wandte sich an Aziz. »Hast du ihnen von der Befragung von Langlois erzählt?«

»Nein. Erst solltest du dir ansehen, was Williams hinter dem Haus gefunden hat.«

Williams hielt einen Plastikbeutel hoch, der auf den ersten Blick leer zu sein schien, aber dann sah MacNeice unten in der Ecke einen kleinen, schweren Gegenstand: einen einfachen Goldring – Gary Hughes' Ehering. »Er steckte noch an seinem Finger, Boss. Alles bis auf das Gesicht und die Haut vom Unterarm war noch da – Hände und Füße und auch das noch.« Er griff nach einem größeren Beutel mit Hughes' Brieftasche und Pass, dann nach einem anderen mit einer weiteren Brieftasche und einem Pass. »Luigi Vanucci aus Buffalo, New York«, verkündete er.

In Hughes' Brieftasche steckten dreiundzwanzig Dollar, in Vanuccis zweihundertfünfundsechzig, in amerikanischer Währung. Keine kanadischen Dollar – aber sie waren ja auch nicht zum Shoppen gekommen.

»Seltsam, dass sie sich nicht das Geld genommen haben«, sagte Williams. »Vielleicht sind sie bei Blutgeld abergläubisch.« Er zog einen Schnappschuss von Hughes mit seiner Familie aus der Brieftasche. Es fiel schwer, das Bild anzusehen – sie saßen zusammen an einem Picknicktisch und lächelten in die Kamera. Alle Gegenstände waren in Folie eingeschweißt, in einen Müllsack gestopft und schließlich in eineinhalb Meter Tiefe im Gemüsegarten vergraben worden. »Den Tomaten darüber geht es richtig gut.«

Auf MacNeice' Frage, wie sie darauf gestoßen waren, schmunzelte Williams. »Ich hab in der Scheune zwischen den größeren Geräten einen Metalldetektor entdeckt.« Damit war er hinter das Farmhaus gegangen, keine fünf Minuten später hatte der Ehering den Detektor ausgelöst. Nach seiner Rückkehr in die Dienststelle hatte Williams versucht, Angehörige von Vanucci ausfindig zu machen, bislang ohne Erfolg. Er scannte den Führerschein und den Pass und schickte alles an die Mordkommission in Buffalo.

Vertesi hatte Wenzel in seinem neuen Outfit ins Hotel zurückgebracht. Es ging ihm wieder besser, was sich an den Kosten für den Zimmerservice und den Gebühren für den Videokonsum bemerkbar machte.

»Okay – Gérard Langlois. Fiza, klär uns auf.« MacNeice konsultierte sein Notizbuch und schrieb, unter dem Titel *Jokers MC,* die Namen ans Whiteboard, die Langlois ihnen genannt hatte – Namen von Bikern aus Quebec. Daneben zog er einen waagrechten Strich und schrieb *Luigi Vanucci* und *Gary Hughes.*

Er zog einen weiteren Strich, neben den er *D2D* schrieb. Aziz führte aus, dass die Jokers und D2D bei Security-Aufträgen in ganz Ontario und Quebec zusammenarbeiteten. Dem zugrunde lag die Einsicht, dass zwei Clubs stärker waren als einer, aber auch, dass sie dadurch potenzielle Konflikte zwischen ihnen vermeiden konnten. Zudem stärkte das vermutlich auch ihre Position im Konkurrenzkampf gegen größere Clubs.

Langlois hatte sich ein halbes Jahr nach der ersten Schießerei in Cayuga, bei der Hughes und Vanucci umgebracht worden waren, dem Jokers MC angeschlossen. Die zweite Schießerei hatte er verpasst, weil er zu jener Zeit zur Beerdigung seiner Mutter nach Dorval gefahren war. Er hatte sogar den Namen des Beerdigungsinstituts genannt, falls MacNeice und Aziz ihm nicht glauben sollten. Seiner Aussage nach war Frédéric Paradis, der »grand marshal«, ehrgeizig und skrupellos. Lange vor der ersten Schießerei war er zum Anführer aufgestiegen. Bruni habe ihm erzählt, er habe mal einem Amerikaner das Gesicht abgeschnitten und an die Schweine verfüttert. Auf Langlois' Nachfrage, warum er das getan habe, sagte Bruni, der Typ habe vier D2D-Biker getötet – es sei ein *cadeau* von Frédéric an die D2D gewesen. Langlois glaubte die Geschichte und meinte, Frédéric müsse es ihm befohlen haben; Bruni hätte das nie von sich aus getan, weil »dieses große *bête* kein Gehirn hat«.

»Können wir diesem Typen glauben?«, fragte Vertesi.

»Aziz hat ihm erzählt, was passiert, wenn er nicht kooperiert. Er ist tough, aber nicht blöd – er weiß, dass auf jeden Biker auf der Straße mindestens ein umgedrehter Biker kommt«, sagte MacNeice. »Dass Langlois auf der Farm überlebt hat, macht ihn per se bereits verdächtig. Wenn er mit uns kooperiert, können wir ihm zumindest eine neue Identität und einen neuen Wohnort verschaffen.«

Auf die Frage nach dem Aufenthaltsort der D2D-Biker sagte er, dass sich, soweit er wisse, fünf in Montreal versteckt hielten, die anderen – weitere sechs oder sieben – seien irgendwo in Ontario untergetaucht oder an so fernen Orten wie Vancouver. Er hatte keine Ahnung, wer die Jokers ursprünglich angeheuert hatte oder warum. Als aber Aziz fragte, warum sie zur Farm zurückgekehrt waren, blockte er erst ab, sagte, sein Englisch sei nicht gut – was nicht stimmte –, und bat sie, die Frage zu wiederholen.

Schließlich erzählte er ihnen, angeblich sei irgendwo auf der Farm viel Geld versteckt, das Frédéric brauchte. Keiner außer Paradis wisse, wo es versteckt sei. Langlois bezweifelte, dass die D2D irgendwas davon wussten – so eng war man dann doch nicht.

Paradis und seine Leute hatten also die Farm beobachtet und wollten gerade reingehen, als MacNeice' Team eintraf. Da das Überraschungsmoment auf ihrer Seite war, beschlossen die Biker, es zu riskieren. Sie sahen, dass der Polizist hinter dem Steuer am Einnicken war. Paradis und Bruni kümmerten sich um ihn. Die anderen warteten eine halbe Stunde im unterirdischen Gang; als sie auftauchten, sahen sie den Polizisten und Wenzel vor der Scheune sitzen, dazu Paradis, der Wenzel grinsend eine Waffe an den Kopf hielt.

Langlois behauptete natürlich, dass er zu keinem Zeitpunkt die Absicht gehabt habe, jemanden zu erschießen, hatte aber nicht die geringsten Zweifel, dass die drei anderen ohne mit der Wimper zu zucken abgedrückt hätten – besonders Frédéric Paradis, den er etwas pathetisch als einen »*sadiste classique*« beschrieb. Bruni war mit Steroiden und Energiedrinks vollgepumpt. »Er sagte, es war ganz gut, dass der zweite Schuss Bruni den Hals weggerissen hat, sonst hätte er gnadenlos zurückgeschlagen«, sagte Aziz.

»Amen«, kam es von Williams, der sich Cayuga-Staub von den Schuhen wischte. Wegen der Schießerei hatte er insgesamt zwei Stunden beim Dezernat für interne Ermittlungen gesessen und kam erst jetzt wieder etwas runter.

»Das war es dann wohl mit der Befragung«, sagte MacNeice und sah auf seine Uhr. Es war nach acht, und er war erschöpft. »Jedenfalls war's das für mich heute.« Er stand auf, nahm sein Jackett und sah zu Aziz.

»Ich kümmere mich drum, dass Aziz in ihr Hotel kommt, Boss«, sagte Williams. »Ich hab schon alles veranlasst – ein Polizist wird vor ihrer Tür sitzen.«

MacNeice fuhr vom Parkplatz und glitt im abendlichen Verkehr durch die Main Street. Er machte keine Musik an. Als er sich seinem Cottage näherte, sah er eine rote Corvette in der Einfahrt stehen. Er fuhr heran und erkannte durch die getönte Heckscheibe, dass jemand hinter dem Steuer saß.

Er betrachtete das Nummernschild – PATMAN –, bevor er zurückstieß, umdrehte und schließlich so einparkte, dass er keinen Meter vom Fahrerfenster entfernt war.

Er öffnete die Seitenscheibe und wartete. Kurz darauf glitt auch die getönte Scheibe des anderen Fahrzeugs herunter.

»Pat Mancini«, sagte MacNeice.

»Sie kennen mich?« Mancini war überrascht.

»Ihr Kennzeichen verrät Sie. Was machen Sie hier?«

»Ich hab Wallace in der Glotze gesehen, ich hab eins und eins zusammengezählt und mir gedacht, dass Sie mich suchen.«

»Sollte ich einen Grund dafür haben?«

»Nein, nein. Deshalb bin ich hier ...«

»Es ist spät, Pat. Treffen wir uns morgen früh auf der Dienststelle.«

»Nichts da, Mann. Keiner weiß, dass ich hier bin, aber sobald ich im Bullenladen auftauche, weiß jeder davon.«

»Wer sollte es denn erfahren?«

»Ja, ja, auf diesen Scheiß falle ich nicht rein ...«

»Verschwinden Sie.«

»Ich möchte bloß mit Ihnen reden.«

»Dreißig Sekunden.«

»Fuck, Mann ... Okay, hören Sie zu, ich weiß, Ihr Mann, Vertesi, der verdächtigt mich wahrscheinlich bei dieser Sache in Cayuga, aber damit hatte ich nichts zu tun, okay?«

»Gut, dann müssen Sie sich ja auch keine Sorgen machen. Hauen Sie ab.«

»Warum sind Sie so ein verfluchter Arsch?«

»Weil es spät ist, weil Sie vor meinem Haus stehen und auf Privatbesitz parken – meinem Besitz. Es wird Zeit, dass Sie verschwinden.«

»Ich kann Ihnen einiges über die Sache erzählen, wirklich.«

»Wenn es Ihnen ernst ist, komme ich morgen vor neun zu Ihnen ins Büro.«

»Da kann ich auch nicht reden, Mann – das ist völlig unmöglich.«

»Wegen Ihres Vaters?«

»Nein, wegen der Typen drinnen und draußen. Die Branche ist klein – ich meine, die ganze Betonindustrie. Die Leute reden.«

»Worüber sollten sie denn reden?«

»Was ich Ihnen sage, haben Sie nicht von mir, einverstanden?«

»Was haben Sie mir zu sagen?«

»Geben Sie mir Ihr Wort. Und verarschen Sie mich nicht – es ist mir ernst.«

»Pat, ich bin nicht befugt, irgendwelche Deals abzuschließen.«

»Sie müssen, oder ich bin draußen – weg vom Fenster, meine ich.«

»Ich verspreche Ihnen, ich werde alles tun, um Sie außen vor zu lassen.«

»Das reicht nicht. Ich brauche Ihr Wort.«

MacNeice seufzte. »Sie haben mein Wort.«

Mancini sah sich um und starrte in die Nacht. »Können wir drinnen reden?«

»Keiner ist Ihnen hierher gefolgt.«

»Ja, klar, aber vielleicht ist Ihnen ja jemand gefolgt.«

»Steigen Sie bei mir ein und machen Sie sich klein. Wir machen eine Tour über die Brücke.«

So schnell wie er konnte glitt Mancini aus seinem Wagen und ließ sich auf dem Beifahrersitz des Chevy nieder.

Während sie auf der Mountain Road nach Norden fuhren, fragte MacNeice: »Woher wissen Sie, wo ich wohne?«

»Das war nicht schwer rauszufinden. Sie haben eine

Kiesanfahrt – dieser Kies musste von irgendwoher kommen ...«

»Gut, ich höre.« Mancini leierte seinen Text herunter, als hätte er jedes Wort geprobt. Er fing da an, wo für ihn der Anfang war – beim Eishockey. Als er bereits in der NHL gespielt hatte, wurde er für eine Weile zur Junior A runtergeschickt, damit er nicht im Rampenlicht stand und sich ganz auf sein Spiel konzentrieren konnte. An den Spieltagen kaufte er in der Arena von einem der Leute bei der Security Marihuana. Das war in Montreal, wo die Jokers für die Sicherheit in der Halle zuständig waren. »Als ich hörte, wie der Deputy Chief erzählte, dass Frédéric Paradis tot war, da wusste ich, ich muss mit jemandem reden.«

Auf der Zufahrt zur Sky-High-Bridge erzählte Mancini, dass er und ein anderer Spieler von den Jokers nicht nur Pot bezogen. Die Biker hatten nämlich auch ukrainische Tänzerinnen im Angebot, die streng genommen nicht unbedingt Tänzerinnen waren.

»Prostituierte, meinen Sie, Pat?«

»Ja ...«

Diese Frauen wären normalerweise ziemlich teuer gewesen, aber als sich MacNeice nach dem Preis erkundigte, sagte Mancini: »Das war es ja – Freddy wollte keine Kohle. Er sagte, ›Wir regeln das irgendwann, wenn du wieder auf der großen Bühne bist.‹ Das war also in Ordnung, Sie wissen schon, aber mit der großen Bühne lief es dann nicht so wie gedacht, und dann war ich ganz weg vom Eishockey.«

»Aber bei Frédéric standen Sie trotzdem noch in der Kreide.«

»Und wie. Und er hatte so einen Motherfucker von Typen – einen wie Lou Ferrigno, aber ohne diesen komischen Sprachfehler, auch wenn der Typ wie ein Mädchen klang. Den hat es heute auch erwischt, hab ich gehört.«

»Ja. Was wollten die von Ihnen?«

»Frédéric wollte Security-Aufträge. Er hatte einen Deal mit den D2D, er hatte Nutten und Dope-Connections von Windsor bis Quebec City, aber neben den großen Gangs waren sie einfach eine kleine Nummer. Frédéric war überzeugt, dass ich ihnen bessere Connections besorgen konnte.«

»Warum dachte er das?«

»Keine Ahnung. Vielleicht, weil ich Italiener bin und zum Betonunternehmen meines Vaters zurückgekehrt bin.«

»Sie meinen, Sie haben sich damit gebrüstet, Italiener zu sein?«

Mancini leugnete es erst, gab dann aber doch zu, dass Paradis ihm einmal gesagt habe, er, Mancini, hätte sich einmal, als er stoned war, über die Mafia-Verbindungen seiner Familie ausgelassen. Mancini konnte sich nicht daran erinnern.

»Ich schwöre beim Grab meines Großvaters, dass ich nicht glaube ...«

»Auch wenn Sie ihm nichts erzählt haben, Pat, aber damit hatte er Sie natürlich. Sie waren zu zugedröhnt, um sich daran zu erinnern, was Sie gesagt haben.« Mancini starrte aus dem Fenster über den dunklen Horizont des Sees. Im Schein der Brückenlichter liefen ihm Tränen übers Gesicht. »Er hat Sie nach wie vor mit Mädchen und Gras versorgt?«

»Ja, ab und zu.«

»Was bekam er im Gegenzug von Ihnen?«

»Informationen. Ich dachte, ich könnte ihn regelmäßig mit Security-Aufträgen versorgen, aber wahrscheinlich hab ich ihm vom Vertrag zwischen ABC und meinem Dad wegen des Hafenprojekts erzählt.«

»Wahrscheinlich?«

»Ich hab ihm davon erzählt.«

Außerdem hatte er ihm von DeLillo erzählt, dem Unternehmen, das bei dem Vertrag das Nachsehen hatte und es möglicherweise auf eine Konfrontation mit ABC anlegte. MacNeice wartete darauf, aber Mancini erwähnte McNamara nicht. Auf MacNeice' Frage, was er neben Frauen und Dope noch bekomme, sagte Mancini, an härteren Drogen sei er nicht interessiert gewesen, selbst seinen Graskonsum habe er runtergefahren. Frauen aber, die seien eine richtige Sucht bei ihm.

»Sie haben also vielleicht nicht gleich von Anfang an vom Mob erzählt, aber um den Nachschub an ›Tänzerinnen‹ nicht abreißen zu lassen, haben Sie ihm Mafia-Geschichten aufgetischt, richtig? Und von der italienischen Betonbranche zu beiden Seiten der Grenze geredet, das alles mit dem Hintergedanken, dass er die Security stellen könnte?«

»Mehr oder weniger.«

»Für wen wollte er arbeiten?«

»Ich schwöre, so weit kamen wir nie. Wir waren uns einig, je weniger ich weiß, was abgeht, nachdem ich die Informationen geliefert habe, desto besser wäre es.«

Mancini hatte also von konkurrierenden italienischen Firmen erzählt und überließ es Paradis, seine eigenen Schlussfolgerungen zu ziehen – und die hatte der gezogen. Er wusste nicht, wem Paradis seine Leute angeboten hatte – seinen eigenen Vater eingeschlossen –, und wollte es auch nicht wissen.

»Warum kommen Sie jetzt, Pat, nachdem Frédéric tot ist?«

»Meinen Sie, der verfluchte Froschfresser arbeitet allein? Nie im Leben. Zum einen hat er einen Bruder – Joe. Und soweit ich weiß, ist sein Bruder noch durchgeknallter als er.«

»Joe und Fred Paradis. Namen wie aus einem Raymond-Chandler-Roman.«

»Ich hab keine Ahnung, wer Raymond Chandler ist, aber ihm gegenüber würde ich keine Witze über den Scheiß machen.«

Nachdem Mancini im Unternehmen seines Vaters eingestiegen war, schickte Paradis seine ukrainischen Mädchen per Zug nach Dundurn, wo sie ein, zwei Tage blieben, bevor sie mit dem Zug zurückfuhren. Als Gegenleistung lieferte Mancini neben seinen Mob-Fantasien genügend plausible Informationen, um bei Paradis den Eindruck zu erwecken, er stünde kurz vor einem Durchbruch – einem Riesenauftrag, um der Mafia seine teure Schlägertruppe andienen zu können.

»Ich war nicht da, als es zu dieser Wildwest-Schießerei gekommen ist«, sagte Mancini. »Ich hab nichts davon gehört – weder von Paradis noch in den Nachrichten –, erst heute. Jetzt hab ich eine Scheißangst. Ich mag die Tänzerinnen ... okay, man kann mir die schönen Frauen vorwerfen, aber nicht den ganzen anderen Scheiß. Auf keinen Fall.« Mancini sah zu den vorbeifahrenden Autos und musterte die Insassen, als könnten sie ihm gefährlich werden.

»Wie viel weiß Ihr Vater davon?«

»Nichts. Mein Dad würde strahlförmig kotzen, wenn er wüsste, wo sein Lieblingssohn drinhängt.« Er beharrte darauf, dass Mancini Concrete ein redliches Unternehmen sei und sein Vater hart geschuftet habe, um einer der ehrbarsten und angesehensten Bürger von Dundurn zu werden.

»Wollen Sie in der Branche bleiben?«

»Ich hab einfach kein Händchen für Beton. Ich meine, ich bin Eishockeyspieler – sorry, ich *war* Eishockeyspieler. Was weiß ich schon von Beton? Die Typen sehen doch, was ich bin: ein Ex-Hockeyspieler und jetzt Daddys Liebling.«

»Das ist ein harsches Urteil, Pat. Meinen Sie das im Ernst?«

»Ja. Mir ist echt der Arsch auf Grundeis gegangen, als ich die Pressekonferenz gesehen habe. Mein Pa hat Sie zuvor im Fernsehen gesehen, als diese Polizistin, die Muslimin, über diesen Mangiacake-Messerstecher gesprochen hat. Da hat er gesagt: ›Das ist ein guter Mann.‹ Deshalb bin ich zu Ihnen gekommen.«

Als sie Princess Point passierten, fragte MacNeice ihn, was er jetzt vorhabe. Mancini sagte, er habe einen ganzen Seesack mit Klamotten in seinem Kofferraum liegen, er wolle sofort nach L. A., wo ein Kumpel von ihm für die Kings gespielt hatte. Er wolle erst mal den Ball flach halten, hatte aber keine Ahnung, wie lange es dauern würde, bis die Paradis-Familie oder die D2D ihn vergessen würden.

»Ich könnte Sie daran hindern.«

»Ich weiß, aber wozu? Ich war ehrlich zu Ihnen.«

»Bislang glaube ich Ihnen. Und Sie haben mir wirklich nichts mehr zu erzählen?«

Bis auf die Motorengeräusche war für mehrere Sekunden im Wagen nichts zu hören.

»McNamara«, sagte Mancini endlich.

Endlich, dachte MacNeice. »Was ist damit.«

Wieder langes Schweigen, währenddessen draußen die nächtliche Landschaft vorbeizog.

»Ich habe Freddy gesagt, dass ich glaube, die Iren würden mit aller Gewalt ins Projekt drängen.«

Mancini behauptete, dass es keinerlei Beweise dafür gebe außer einem Telefonat zwischen McNamara und seinem Vater, das er mitangehört hatte. Er hatte im Büro auf dem Sofa, drei Meter von seinem Vater entfernt, einen Espresso geschlürft und dabei Sean McNamara am Telefon gehört, der auf seinen Vater eingebrüllt habe. Als er seinen Vater danach darauf ansprach, hatte Alberto ihm lediglich eine Schokoladenwaffel in die Hand gedrückt, als wäre er ein kleiner Junge, und gesagt: »Nur Geschäftliches mit unseren irischen Freunden ...«

»Als Sie und Ihr Dad mit Vertesi gesprochen haben, sagten Sie, Ihre Familie könne schon auf sich selbst aufpassen. Was haben Sie damit gemeint?«

»Scheiße, Mann, ich wollte ihn doch bloß ein bisschen aufscheuchen. Er ist so ein zugeknöpfter Typ, aber Pa mag ihn. Das war doch nur so ein Spruch aus einem Gangster-Film.«

»Was, wenn Joe Paradis Sie sucht und stattdessen Ihren Vater findet?«, fragte MacNeice.

Wieder starrte Mancini aus dem Beifahrerfenster, bevor er sich MacNeice zuwandte. »Gute Frage.« Nach einer Pause fragte er: »Wo bring ich ihn mehr in Gefahr, hier oder in L. A.?«

Geduldig erklärte MacNeice, dass seine Familie das einzige logische Ziel darstellen würde, um entweder Rache zu nehmen oder finanzielle Entschädigung einzufordern, falls er sich tatsächlich aus dem Staub machte. Der Motorradclub aus dem Bundesstaat New York würde sich nicht so einfach abwimmeln lassen, und die lokalen Gruppierungen ebenfalls nicht. Vielleicht konnte er sich aus der Schusslinie nehmen, wenn er nach Kalifornien ging, aber was war mit seinen Eltern, Brüdern und Schwestern, Tanten und Onkeln? »Auch wenn Sie die Mädchen abbekommen haben, die Rechnung dafür zahlt Ihre Familie.«

Schweigend fuhren sie an der Dienststelle vorbei. Mancini klopfte mit dem Mittelfinger auf das Armaturenbrett. Ohne Rhythmus, nur ein nervöses Tippen, während die Gebäude an ihnen vorüberzogen. So durchquerten sie die Stadt, bewegten sich im Einklang mit den Ampeln und dem Verkehr und dem Fingerklopfen. Sie überquerten die Parkdale Avenue und das leerstehende Grundstück, wo vor langer Zeit ein Tanzpalast unter freiem Himmel gestanden hatte und eine junge Frau in einem Partykleid an ihrem letzten Abend für ein paar Dollar getanzt hatte. Sie kamen am Dairy Queen und McDonald's vorbei, an Autohändlern und Tankstellen, die rund um die Uhr Kaffee und Donuts verkauften.

MacNeice fuhr auf die Mountain Road South und bog einige hundert Meter später in die Straße ab, die zu seinem Cottage führte. Er hielt neben der Corvette und sah zu Mancini, der immer noch vor sich hin stierte und mit den Knöcheln der rechten Hand gegen die Seitenscheibe klopfte.

»Was machen Sie, Pat? Bleiben Sie, oder nehmen Sie Reißaus?«

»Sie sind verrückt, wissen Sie das?« Abrupt wandte er sich MacNeice zu.

»Ob Sie es glauben oder nicht, Sie sind schon der Zweite heute, der mir das sagt.«

»Ja, kann ich mir vorstellen. Gut, ich bleibe. Aber nicht lange – Sie müssen die Sache schnell lösen.«

MacNeice konnte sich ein Schmunzeln nicht verkneifen, Pats Bitte entbehrte nicht einer gewissen Ironie. Erst hatte er mit dem Feuer gespielt, und jetzt konnte er es kaum erwarten, dass jemand anders es löschte, bevor er darin umkam.

Mancini musterte ihn und interpretierte das Lächeln ganz richtig. »Gut, okay, schon kapiert ...«

»Keine Sorge, Pat. Meine Aufgabe ist es, wie es auf unseren Firmenwagen steht, zu dienen und zu beschützen. Ich muss nur wissen, inwieweit ich mich auf Sie verlassen kann.«

»Wenn Sie diese Typen einbuchten oder so wie heute umlegen, dann werde ich als Zeuge aussagen ... Scheiße, Mann, ich bin Eishockeyspieler, kein Soldat.«

Noch eine Aussage, der es nicht an Ironie mangelte, aber diesmal achtete MacNeice darauf, dass seine Miene ihn nicht verriet. Der in der Bucht gefundene Soldat hatte nur für seine Familie sorgen wollen – indem er einen sogenannten Security-Auftrag angenommen hatte, den Pat unwissentlich geschaffen hatte.

Mancini stieg aus, kam um den Wagen herum, beugte sich noch mal zum Fenster herab und gab ihm die Hand. »Ich weiß, dass Sie sich für mich einsetzen. Pa täuscht sich nie bei einem Menschen – außer vielleicht bei mir.«

»Pat, schreiben Sie sich noch nicht ab. Es erfordert einiges an Mut, zu mir zu kommen. Halten Sie sich bedeckt, und lassen Sie die Finger von den Frauen und vom Dope, einverstanden?«

Zum ersten Mal lächelte Mancini. »Mach ich, versprochen ... trotzdem, eins muss ich Sie noch fragen: Hatten Sie jemals eine ukrainische Tänzerin?«

»Gute Nacht, Pat.«

MacNeice sah Mancini nach, der seinen PS-strotzenden roten Wagen sanft den unbefestigten Weg zur Straße hinunterbewegte. Dann ging er hinein, legte die Schlüssel ab und verpasste dem Hintern des Mädchens auf dem Foto einen sachten Klaps.

Die rote Corvette näherte sich der Abzweigung, die entweder zur Peace Bridge und weiter nach Amerika führte oder über die Sky-High Bridge nach Hause; plötzlich schoss sie über die Fahrspuren und nahm die Ausfahrt Richtung Niagara.

Keine leichte Entscheidung, sagte er sich. *Ich bin so erzogen worden, anderen gegenüber mit meinem Wort einzustehen – gegenüber meinem Vater, meinen Trainern, den Clubbesitzern, den Fans. Ich hab mit meinem Körper und meiner verfickten Seele für mein Wort eingestanden. Ich hab sogar MacNeice mein Wort gegeben. Aber scheiß drauf, scheiß drauf! Es reicht. Ich hab genug gegeben. Jetzt bin ich dran.* Er fädelte in den spätabendlichen Verkehr ein, stellte den Klassik-Rock-Sender ein und begann bei Hendrix mitzugrölen.

Dann, zwischen Secord und Vineland, bekam sein Entschluss erste Risse. MacNeice' Argumente – wer würde dafür bezahlen müssen, falls er abhaute – versetzten seiner Entscheidung den Todesstoß. Pat verließ den Queen Elizabeth Way an der Ausfahrt nach Vineland, drehte um und fädelte sich in den spärlichen Verkehr Richtung Dundurn ein. Das Gitarrengeplänkel von »Hotel California« verlangte eine langsamere Geschwindigkeit, also setzte er den Tempomat auf 120 Stundenkilometer und blieb auf der mittleren Fahrspur.

Als er sich Secord näherte, fuhr ein anderer Wagen hinter ihm auf. Es war spät, der andere hätte sich jede beliebige Fahrspur aussuchen können, aber er verringerte stetig die Entfernung und blieb schließlich zwanzig Meter hinter ihm. Er betrachtete das Scheinwerfermuster und den glitzernden Kühlergrill. *Keine Bullen, es sei denn, die fahren mittlerweile Mustangs. Nicht in Panik geraten, Pat.*

Mancini wechselte auf die rechte Spur, behielt das Tempo aber bei. Zunächst blieb der Mustang auf der mittleren Spur, plötzlich aber beschleunigte er. Mancini spannte sich an und wartete, was der andere Wagen tun würde. Als der Mustang parallel zur Corvette war, verringerte er die Geschwindigkeit und blieb auf gleicher Höhe. Mancini widerstand dem Drang, hinüberzublicken. Stattdessen wich er ein Stück nach rechts aus und spürte, wie der Mustang ebenfalls näher rückte. Mancini umfasste mit beiden Händen das Lenkrad und sah zum anderen Wagen, der kaum mehr als einen halben Meter neben ihm war.

Der Beifahrer im Mustang ließ die Scheibe nach unten, deutete mit dem Zeigefinger auf ihn und senkte den Daumen. Dann lächelte er – ein breites, bedrohliches Lächeln.

Mancini trat das Gaspedal durch, die Corvette reagierte sofort und drückte ihn in den Sitz, der Hinterreifen wühlte noch den Schotter auf dem Seitenstreifen auf, bevor er auf der Fahrbahn festen Halt fand. Der Mustang fiel im Rückspiegel zurück, aber bis die Corvette 175 km/h erreichte, hatte er die Entfernung wieder auf siebzig Meter verkürzt.

So, hier bin ich in meiner Welt. Hier weiß ich, was zu tun ist: Jede Spielfläche ist in unsichtbare Abschnitte unterteilt, jeder Spieler – wie jeder Wagen – ein Hindernis. Das ist meine Welt, ihr Wichser.

Mancini wechselte die Fahrspuren, rauschte an anderen Autos vorbei und umkurvte LKW-Gespanne, als wären sie Gummikegel.

Los, versucht es doch! Wenn ich in der Zone bin, kann mir keiner. Versucht es doch! Eine kleine Körpertäuschung, schon bin ich an den Schwergewichten vorbei ... Nur nicht unterkriegen lassen, Patman. Das Eis gehört dir – du darfst dich verfickt noch mal nur nicht unterkriegen lassen.

Er sah in den Rück- und in die Seitenspiegel. Der Mustang schlängelte sich langsamer durch den Verkehr, aber nachdem er eine freie Strecke vor sich hatte, kam er mit heftig zitternden Scheinwerferlichtern immer näher. Mit 200 km/h vergrößerte die Corvette den Abstand erneut, aber nur für ein paar Sekunden – der Mustang schwang an zwei Campingbussen vorbei, dann holte er wieder auf.

Als er sich der Sky-High Bridge näherte, sah Mancini die zitternden Scheinwerferlichter des Mustangs etwa dreißig Meter hinter sich. Es schnürte ihm die Brust zu, aber er fühlte sich beschwingt, berauscht – als könne ihm nichts etwas anhaben. Er machte es sich im Sitz bequem, lockerte den Griff ums Lenkrad und hielt das Gaspedal durchgedrückt.

Das hätte ich schon längst tun sollen. Das Spiel zu dem machen, was ich am besten kann. Ich sehe alles. Das Netz, die Linien, die Spieler – ich sehe sogar die Spieler hinter mir. Ich kann ihre Geschwindigkeit einschätzen, ihre Beine, ihr Spiel-

verständnis. Nichts ist zu hören ... nur mein Herzschlag. Mein Atem ist ganz leicht.

Die Corvette fuhr auf die Brücke auf. Als wären sie mit einem Gummiband miteinander verbunden, fiel der Mustang zurück – fünfzig Meter –, aber dann zog sich das Gummiband wieder zusammen, und die Lücke schrumpfte. Mancini gab Vollgas. Der Tachometer kletterte auf 295 km/h, während er auf den höchsten Punkt, den Scheitelpunkt der Brücke, zuraste. Er war absolut davon überzeugt, dass er seinen Gegner ausstechen, ihm davonfahren konnte. Er war sich sicher, dass das Herz des anderen Fahrers bereits im kritischen Bereich schlug, während er tatsächlich immer ruhiger wurde. Er lächelte, noch immer ging sein Atem ganz leicht. Zum ersten Mal seit langer Zeit hatte er keine Angst – er musste nicht lügen, er musste anderen nichts vormachen –, er war wieder im Spiel. Mancini nahm sich Zeit und warf einen Blick über die Stadt, dann lachte er. Auch Dundurn zitterte.

Keine zweihundert Meter vor dem höchsten Punkt – es war einer dieser Zufälle – lief im Radio ein David-Bowie-Klassiker. Plötzlich kam ihm der Gedanke, dass die Corvette bei dieser Geschwindigkeit abheben könnte. Er packte das Lenkrad fester – nicht zu fest, aber auch nicht zu locker.

Ground Control to Major Tom ...

Und er wusste, er war in Sicherheit, er hatte es geschafft, seine Beine waren Stahlkolben. In Erwartung des Starts versank er noch weiter im Sitz, lachte laut auf und sang den Text mit: »Ground Control to Major Tom ...«

Fünfzig Meter, und die Stahlkonstruktion, die sich über ihm spannte, flog an ihm vorbei wie ein Raumschiff, das sich mit Lichtgeschwindigkeit bewegte. Die Lichter des Mustangs waren nun mindestens hundert Meter weit hinter ihm. Der Wind brachte die Hängebrücke zum Schwingen, aber die Corvette hielt die Spur, der Motor jaulte noch mehr auf, und vor ihm waren nur noch Stahl und Himmel.

Take your protein pills and put your helmet on.

Das Telefon klingelte, noch bevor der Wecker losgegangen war. Vertesi. »Haben Sie schon die Nachrichten gehört, Boss?«

»Was für Nachrichten?« MacNeice sah zum Wecker, und erst jetzt fiel ihm ein, dass er vergessen hatte, ihn zu stellen. Es war 8.49 Uhr.

»Pat Mancini. Sein Wagen ist gegen 1.30 Uhr auf der Sky-High Bridge explodiert. Er und der Wagen sind in Einzelteilen im Kanal gelandet – also etwa vierzig Meter tiefer, wenn ich mich nicht irre.«

»Mein Gott, nein ...« MacNeice richtete sich im Bett auf.

»Doch. Die Fahrspuren Richtung Toronto sind gesperrt, der Verkehr wurde auf die Gegenfahrbahn umgeleitet. Die Aufräumarbeiten haben die gesamte Nacht angedauert. Ein Teil des Autodachs wurde auf der Hebebrücke gefunden, die ist fast hundert Meter entfernt.«

»Wissen Sie, was die Explosion verursacht hat?« MacNeice stieg aus dem Bett und ging in die Küche. Er schaltete die Espressomaschine an, öffnete eine Grappa-Flasche und gab einen Schuss in die Tasse.

»Man geht von Plastik aus, möglicherweise ein paar C4-Stangen direkt unter dem Fahrersitz. Die Brücke selbst hat nichts abbekommen, nur der Asphalt ist schwer in Mitleidenschaft gezogen.«

»Wer ist bei der Familie?« MacNeice klemmte sich den Hörer zwischen Schulter und Ohr, stellte die Tasse unter den Ausguss und drückte den Knopf für einen doppelten Espresso.

»Soweit ich weiß, nur der Priester und die Familie eben. Ich werde um neun hinfahren, um ihnen mein Beileid auszusprechen. Wenn Sie mitkommen wollen, warte ich.«

»Wer ist auf der Brücke?« Er ließ die Tasse kreisen, vermischte den Kaffee mit dem Grappa, bevor er trank.

»DS Whitman und zwei Jungs vom East End. Die Feuerwehr war als Erster da, dazu ein Trupp Sprengstoffentschärfer und die Spurensicherung. Die Taucher sollen so um zehn Uhr dazustoßen.«

»Ich fahre zur Brücke. Sie müssen allein zu den Mancinis. Seien Sie respektvoll, aber sagen Sie ihm, dass ich noch heute mit ihm sprechen möchte.«

»Irgendeine Idee, warum Pat in die Luft gesprengt wurde?«

»Darüber reden wir in der Dienststelle.«

Der Kaffee half, um den benebelten Kopf freizubekommen. Erstaunlicherweise hatte er nach den Ereignissen des Vortags nicht geträumt. Dennoch fühlte er sich wie gerädert.

42

Vierunddreißig Minuten später traf MacNeice auf der Brücke ein. Sofort nach dem Aussteigen zerrte der Wind an ihm.

Die Überreste der Corvette lagen unter einer Plane auf einem Tieflader. Nach dem niedrigen, gezackten Umriss zu schließen war nur noch das Fahrgestell vorhanden. Andere Teile waren aufgesammelt und in einen Lieferwagen verladen worden, und was von Pat Mancini noch übrig war, hatte man in Richardsons Labor gebracht.

Detective Superintendent Harvey Whitman wehte es die Haare aus der Stirn, Hose und Hemd wurden ihm eng an den Körper gepresst. Er trug eine schwarze Pilotenbrille, seine Augenbrauen waren so eng zusammengezogen, dass allein die tiefe Furche in der Mitte sie noch voneinander trennte.

»Schauen Sie sich das an …« Whitman ging zum geborstenen Asphalt voraus. Die Straßenoberfläche war auf einer Länge von mehr als fünf Metern aufgerissen, ein langes Teeroval war einfach geschmolzen. »Der Typ war ziemlich flott unterwegs. Die Spurensicherung meint, er muss so 270 bis 300 draufgehabt haben – noch ein wenig schneller, und er wäre abgehoben. Und mit einem Mal, komisch, ist er wirklich abgehoben. Ich jedenfalls hätte die Karre irgendwo abgestellt und wäre wie der Teufel gerannt.«

»Wenn er gewusst hätte, dass er das Zeug im Wagen hat, hätte er das bestimmt getan.«

»Sie meinen, er ist so zum Spaß herumgerast?«

»Nein, nach Spaß stand dem jungen Mann gestern nicht der Sinn. Gab es irgendwelche Zeugen?«

Whitman sagte nein, zumindest keinen, der angehalten hätte. Als die Feuerwehr eintraf, gab es einen zweihundert Meter langen Stau. Die Fahrer trauten sich nicht näher ran, überall lagen brennende Wrackteile, von Mancinis Fahrspur bis zur anderen Brückenseite.

MacNeice betrachtete die aufragende Brückenkonstruktion. »Sind da nicht irgendwo Verkehrskameras installiert?«

»Ja. Wir haben schon bei der Highway-Verwaltung angerufen, mal sehen, ob es einen Life-Feed gibt. Aber um 1.30 Uhr kommt es selten zu Verkehrsstörungen, vielleicht war die Kamera ausgeschaltet.«

»War schon jemand in Mancinis Wohnung?«

»Ja. Ich war gegen vier Uhr dort. Er hat in Burlington in einer Wohnanlage das Penthouse mit Blick auf den See. Außer einem kleinen Beutel Gras haben wir nichts Ungewöhnliches gefunden. Viele gerahmte Fotos, die ihn als Eishockeyspieler zeigen, einige größere Fotos von Ferrari-Formel-1-Wagen, Ledermöbel, riesiges Wasserbett – typische Junggesellenbude. Wir haben sie versiegelt.«

»Ist irgendwas in dem Wagen heil geblieben?«

»Man hat die Leinwandschlaufe eines Seesacks gefunden, das war alles. Alles ist entweder durch die Explosion zerfetzt oder fortgeweht worden.« Whitman sah zum See, wo schmale weiße Gischtkronen gegen die Küste trieben.

»Kennt man schon die Ursache?«

»Noch nicht. Aber die Jungs von der Spurensicherung sind da nicht sehr optimistisch. Was bei unserem Eintreffen nicht mehr hier oben war – und das war nicht viel –, ist jetzt da unten.« Er lehnte sich lässig über das Geländer. MacNeice hielt sich gut einen Meter davon entfernt. »Die Strömung da unten ist tückisch. Ich bin an dem einen Ende immer reingesprungen und dreißig Meter weiter unten im Kanal wieder aufgetaucht.«

MacNeice' Handy klingelte. Er las die Uhrzeit ab – 9.52 Uhr –, bevor er das Gerät ans Ohr hielt. Im lauten Wind war es unmöglich, irgendwas zu hören oder sich selbst verständlich zu machen. Er hielt sich das Handy an den Mund, brüllte »Bleiben Sie dran« und rannte zum Chevy. Sobald er drin war, sagte er: »Schießen Sie los – was gibt's?«

Es war Williams. »Ich hab letzten Abend mit der Mordkommission in Buffalo Kontakt aufgenommen, ich hab da mit einem tollen Typen zu tun, Demetrius Johnson – einem Bruder. Johnson hat sich sofort an die Arbeit gemacht, vor zehn Minuten hat er zurückgerufen. Luigi Vanucci hatte ein Haus in einer exklusiven Gegend in einem Vorort von Buffalo. Er hat allein gewohnt und mit den Nachbarn nichts zu schaffen gehabt. Johnson sagt, er hatte das Haus möbliert gemietet, aber dann, eines Tages vor zwei Jahren, ist er weg und nicht mehr zurückgekommen. Das Haus hat vier, fünf Monate leergestanden, bis jemand Neues eingezogen ist. Das alles hat er von einer Frau auf der gegenüberliegenden Straßenseite. Der neue Bewohner ist Aktienhändler. Er ist sauber, sagt Johnson, *wenn man von einem Aktienhändler so was überhaupt behaupten kann.*« Williams las von seinem Notizblock ab, wie MacNeice heraushörte.

»Er wird sich seine Steuererklärungen vornehmen, um herauszufinden, wovon Vanucci gelebt hat, die Nachbarin erzählte aber, sie habe von jemandem gehört, dass er ein Sicherheitsunternehmen hatte. Johnson hat noch nicht mit dem Hausbesitzer reden können, meint aber, er könnte ihn heute noch erreichen.«

Der Chevy wurde vom Wind durchgerüttelt. MacNeice sah über die Stadt und musste an Pat Mancini denken. »Großartige Arbeit, Williams. Haben Sie von Vertesi gehört?«

»Ja, Mann, er ist im Haus des Vaters. Wie ist es da oben so?«

»Gibt nichts zu sehen. Was nicht durch die Explosion zerstört wurde, treibt jetzt entweder im Kanal oder ist irgendwo draußen im See oder wird vom Wind irgendwohin geweht. Alles andere ist eingetütet und beschriftet. Es bleibt nur ein langer, übler Riss im Fahrbahnbelag zu flicken.«

»In gewisser Weise macht es das für uns einfacher.«

»Wieso?«

»Na ja, ich meine, zumindest wissen wir jetzt, dass Mancini Concrete bei dem Feuergefecht in Cayuga auf der einen Seite stand.«

»Nicht unbedingt ... aber darüber reden wir, wenn ich zurück bin. Ist Aziz schon da?«

»Ja, ich hab sie abgeholt. Im Moment sind nur wir beide hier. Wir wollten Sie anrufen, dachten uns aber, Sie schlafen noch, und Aziz hielt es für besser, Sie nicht zu stören. Ryan wird in einer halben Stunde oder so da sein.«

»Ich auch. Kümmern Sie sich um die Ermittlungen zum *Old Soldiers*. Überprüfen Sie, ob es irgendwas über das Büro hinter der Theke gibt – vielleicht liegt da ja die Visitenkarte eines Sicherheitsunternehmens mit Vanuccis Namen rum oder so was ...«

»Ja, wird erledigt. Das macht richtig Spaß, diese grenzüberschreitende Polizeiarbeit. Demetrius wollte wissen, ob ich aus der Karibik stamme. Er konnte nicht glauben, dass meine Familie schon seit Generationen in Kanada ansässig ist – und aus einem Ort namens Africville stammt.«

»Woher wusste er, dass Sie schwarz sind?«

»Das weiß man, Sir. Das weiß man einfach.«

MacNeice legte auf, saß eine Weile lang nur da und sah über die Stadt, bevor er zu Whitman zurückkehrte und sich von ihm bestätigen ließ, dass er dessen Bericht bekommen werde sowie die Aufnahmen sämtlicher Überwachungskameras – falls sie was aufgezeichnet hatten.

Er fuhr an den aufgereihten Streifenwagen vorbei, die die Zufahrt zur Brücke blockierten, sah zu den Polizisten, die den Verkehr auf die Gegenfahrbahn leiteten, und musste an die Fahrt am Abend zuvor denken. Hätte er bemerken können, dass die Bedrohung, der Mancini ausgesetzt war, größer war, als er angenommen hatte? Natürlich war es möglich, dass sein Wagen manipuliert wurde, als er in der Kieszufahrt zu seinem Cottage gestanden hatte. War das C4 schon deponiert gewesen, bevor er bei ihm eintraf, und wurde es aus einem nachfolgenden Fahrzeug per Handy gezündet oder über eine Zeituhr? Wer hatte demjenigen, der den Sprengsatz gelegt hatte, den Tipp gegeben? Und warum jetzt? Hatte Pat Mancini sterben müssen, weil er mit einem Polizisten gesprochen hatte?

Vertesi kam unmittelbar nach ihm, als er in den Parkplatz der Dienststelle einbog.

»Tja«, sagte Vertesi, während sie zum Gebäude gingen, »sie sind alle ziemlich erschüttert. Seine Mutter musste nach oben gebracht werden. Sie hatte sich gerade etwas beruhigt, als ich kam. Und als sie mich sah, musste sie so heftig weinen, dass sie ohnmächtig wurde – wahrscheinlich, weil ich noch am Leben bin. Es waren mindestens zwanzig Leute anwesend – Schwestern, Brüder, Kinder, Verwandte, ein paar davon kannte ich noch von der Schule oder der Kirche. Mr Mancini war so blass, dass er richtig grau wirkte. Er versteht nicht, warum jemand so etwas tut, immer wieder hat er mich am Revers gepackt und mich angefleht: ›Ihr müsst die Leute finden, die das getan haben. Ich will wissen, wer Patrizio das angetan hat.‹«

MacNeice hielt ihm die Tür auf, und zusammen stiegen sie die Treppe hinauf.

Vor dem zweiten Whiteboard blieb MacNeice stehen, zog sein Jackett aus und warf es über die Stuhllehne. Er schrieb Pat Mancinis Namen neben die von Vanucci und Hughes, trat zurück und betrachtete die Tafel. Dann wandte er sich an die drei Detectives. Er erzählte ihnen von seiner nächtlichen Fahrt mit Pat Mancini, davon, wie dessen Vorliebe für Gras und Frauen ihn zu einem Lügengespinst animiert hatte, in das er sich immer tiefer verstrickte, das ein immer stärkeres Eigenleben angenommen und ihn spätestens mit Wallace' Pressekonferenz schließlich eingeholt hatte.

»Er hat mir gesagt, er wisse nicht, wie Paradis seine Informationen nutzen würde, und ich habe ihm geglaubt – er war viel zu eingeschüchtert. Ich möchte erst mit Pats Vater reden, bevor wir die Familie mit einem Durchsuchungsbeschluss noch mehr verunsichern. Vertesi, Sie begleiten mich. Ich hoffe zwar, dass es nicht nötig ist – immer abhängig davon, wie unser Treffen verläuft –, aber wir werden auch deren Aufzeichnungen mitnehmen müssen.«

»Puh ... das wird heftig«, sagte Vertesi.

»Ich weiß«, sagte MacNeice. »Aber zwei Betonunternehmen haben Biker für die Security eingesetzt. Bei der Durchsicht der Bücher finden wir vielleicht heraus, welche beiden Unternehmen das waren – und erfahren vielleicht auch, wer den Beton für den unterirdischen Gang geliefert hat.«

»Was ist mit dem Geld, das Paradis angeblich irgendwo in Cayuga versteckt hat?«

»Swetsky wird die uneingeschränkte Befugnis erhalten, den Ort völlig auseinanderzunehmen. Er hat bereits die Demontage der Abwasserleitungen in der Scheune angeordnet.«

»Was willst du mit Langlois machen?«, fragte Aziz.

»Solange Vertesi und ich bei Alberto Mancini sind, kannst du ihn ja zusammen mit Williams in die Mangel nehmen.

Erzähl ihm von Pat Mancini, dass wir alles auf eine Karte setzen und nichts zu verlieren haben – er hat eben das Pech, dass er noch am Leben ist. Und selbst wenn er kein Wort sagt, werden die noch übrigen D2D und Jokers annehmen, dass er geplaudert hat. Das Beste für ihn ist also, dass er uns erzählt, was er weiß.«

Mancini Concrete war für den Rest der Woche geschlossen, Trotzdem hatte Alberto MacNeice zu sich ins Büro gebeten und nicht nach Hause. Ein Mann, der sich nur als Pats Onkel vorstellte, öffnete ihnen die Tür. Er war von mittlerer Größe, schlank und elegant und gab ihnen ernst die Hand. Sein schwarzer Anzug und die schwarze Satinarmbinde wirkten in dem von einer feinen Staubschicht bedeckten Büro fehl am Platz. Als sie an Pats Schreibtisch vorbeigingen, tippte Vertesi MacNeice auf die Schulter und deutete auf den Ferrari. MacNeice konnte sich lebhaft vorstellen, wie schmerzlich es für Pat gewesen sein musste, hier zu sitzen und so zu tun, als wäre er im Betongewerbe tätig, und ansonsten auf den Zug aus Montreal zu warten.

Alberto Mancini erhob sich und begrüßte sie. Sein Auftreten beeindruckte MacNeice, nur die leicht geröteten Augen verrieten seine Trauer und seinen Schmerz. MacNeice sprach in knappen Worten ihr aller Beileid aus, was der ältere Mann zu würdigen schien. Er bedeutete ihnen, auf den Stühlen vor seinem Schreibtisch Platz zu nehmen.

»Darf ich Ihnen etwas anbieten? Kaffee, Wasser, etwas Stärkeres?« Er deutete zum Getränkewagen mit den Kristalldekantern und den diversen Flaschen.

»Danke, nein.« MacNeice sah zum Onkel, der mit in den Raum gekommen war und sich auf dem Sofa niedergelassen hatte.

Mancini bemerkte seinen Blick. »Mein Bruder ist Gesellschafter im Unternehmen, außerdem ist er Pats Lieblingsonkel. Ich habe ihn gebeten, dabei zu sein.«

MacNeice nickte. »Wie Sie wünschen. Als Erstes sollten Sie wissen, dass Ihr Sohn vergangenen Abend zu mir gekommen ist.«

Mancini richtete sich überrascht auf und sah zu seinem Bruder.

»Er hatte Angst – aber er kam nicht, um mich um Schutz zu ersuchen«, erklärte MacNeice. »Er wollte mit mir reden.«

»Das verstehe ich nicht. Worüber hat er mit der Polizei reden wollen?« Mancini schenkte sich aus einer Edelstahlkaraffe, die auf dem Schreibtisch stand, ein Glas Wasser ein.

»Sir, wie viel wissen Sie über das Leben Ihres Sohnes?«

Die Frage hing einige Sekunden im Raum – solange Mancini sein Wasser trank. Dann betrachtete er das leere Glas, bevor er es langsam auf einen Leder-Untersetzer stellte. Er sah zu MacNeice. »Wie jeder Vater eines jungen Mannes vermutlich nicht sehr viel. Aber Pat war ein guter Junge ...«

»Das glaube ich. Nur, während seiner Zeit als Eishockeyspieler geriet er an einen Motorradclub in Montreal, der sich die Jokers nannte.«

»Das glaube ich nicht«, protestierte Alberto Mancini zögerlich. Er macht sich selbst was vor, dachte MacNeice.

»Er hat für Frauen und Marihuana Informationen verkauft.«

»Er war Eishockeyspieler, Detective MacNeice. Welche Informationen konnte er schon haben, die eine Biker-Gang interessieren könnten?«

»Ihr Sohn hatte eine lebhafte Fantasie. Entweder gab er vor, Italiener mit Beziehungen zur Mafia zu sein, oder ihm wurde vorgetäuscht, dass er eine solche Behauptung aufgestellt hatte.«

»Das ist ein übler Scherz – und mir ist an diesem Tag nicht zum Scherzen zumute.« Der alte Mann verschränkte die Arme und sah MacNeice herausfordernd an.

»Ich mache keine Scherze – weder heute noch an irgendeinem anderen Tag. Die gestern von Deputy Chief Wallace dargelegten Ereignisse waren für Ihren Sohn neu, aber er kannte die daran Beteiligten. Ihr Sohn hat Frédéric Paradis, einem der gestern erschossenen Biker, von dem Deal mit ABC erzählt. Er hat ihm von einem Streit berichtet, den Sie am Telefon mit jemanden von McNamara hatten.«

Wieder sah Alberto Mancini zu seinem Bruder, dann hob er das Kinn und gab zu verstehen, dass er gehen solle. Der Jüngere stand auf, strich sein Jackett glatt, verließ den Raum und schloss leise hinter sich die Tür.

»Fahren Sie bitte fort.«

»Es gibt nicht viel mehr. Pat hatte Angst und wollte das Land verlassen. Ich habe ihn überredet zu bleiben, und er hat zugestimmt – wegen der potenziellen Gefahr für Sie und Ihre Familie, falls er verschwinden würde.«

»Verstehe ...« Mancini stand auf und ging zum Getränkewagen. »Bitten trinken Sie mit mir einen Grappa.«

»Einen kleinen«, sagte MacNeice.

»*Si, grazie mille*«, sagte Vertesi.

»*Prego*.«

Mancini nahm eine hohe, schmale Flasche und schenkte drei Gläser ein. Er reichte sie ihnen, sie prosteten sich wortlos zu, leerten die Gläser und stellten sie auf den Schreibtisch, bevor er wieder Platz nahm. MacNeice und Vertesi taten es ihm gleich.

»Was wollen Sie von mir wissen?«

»Worum ging es bei dem Gespräch, das Pat in diesem Büro gehört hat, und mit wem haben Sie telefoniert?«

»Noch etwas?«

»Ja. Pat meinte, er sei nicht der Richtige für die Betonbranche, und hatte das Gefühl, jeder würde es verstehen, nur Sie nicht ...«

»Er war nicht der Richtige, und ich hab es gewusst. Aber ... ich habe gehofft, er würde dazulernen.« Er unterstrich seine Worte mit einer ausladenden Handbewegung. »Keiner träumt davon, groß in die Betonbranche einzusteigen, aber es ist ein gutes Gewerbe. Es war gut zu unserer Familie. Ich wollte es ihm vermachen.«

»Und Ihr Bruder?«

»Er ist Geschäftspartner – im Grunde ist er nicht viel älter als mein Sohn –, aber ich kontrolliere zwei Drittel des Unternehmens.«

»Und meine erste Frage ...?«

»Wir konnten zwar zusammen zwei Drittel des Hafenprojekts für uns gewinnen, aber McNamara war wegen der Entfernung, die ihre LKW zurücklegen müssen, im Nachteil. Wegen der Treibstoff- und Arbeitskosten machen sie mit jeder Tonne Verlust, dazu kommen die Strafzahlungen, die die Regierung ihnen wegen der Umweltkosten aufzwingt.«

»Und McNamara hat Ihnen die Schuld gegeben?«

»Sie haben zwei italienischstämmige Firmen gesehen und von einer italienischen Verschwörung gefaselt.«

»Mit wem haben Sie damals telefoniert?«

»Mit dem Besitzer, Sean McNamara. Er ist in meinem Alter. Wir haben ungefähr zur selben Zeit angefangen. Wir schätzen einander, sind aber Konkurrenten – das Geschäft ist hart.«

»Wissen Sie zufällig, wer eine größere Menge Beton an eine Farm in Cayuga geliefert hat?«

MacNeice musterte ihn, aber seiner Miene war nichts zu entnehmen.

»Nein.«

»Haben Sie ABC vor McNamara gewarnt oder sie wissen lassen, dass McNamara wegen Ihres Exklusivvertrages sauer war?«

»Ja. Sie hatten ein Recht darauf, es zu erfahren.«

»Hat außer Ihnen noch jemand davon gewusst?«

»Jeder in der Branche hat sich das denken können. Aber bei uns wusste außer Pat nur noch Gianni Moretti von dem Telefonat.« Da er MacNeice die nächste Frage schon ansah, fügte er hinzu: »Giannis Schreibtisch steht gleich neben dem von Patrizio. Er ist unser ältester Mitarbeiter – seit einundzwanzig Jahren arbeitet er für uns.«

»Wie war das Verhältnis zwischen ihm und Pat?«

»Ich verstehe die Frage nicht ganz, Detective.«

»Wie hat Gianni Moretti es aufgenommen, dass Pat zu Mancini Concrete zurückgekehrt ist und sofort einen Tisch neben ihm bekommen hat, obwohl er keinerlei geschäftliche Erfahrung vorzuweisen hatte?«

»Ach so, verstehe. Gianni war durchaus enttäuscht, ja, aber von mir, nicht von Pat.«

»Enttäuscht?«

»Er hatte das Gefühl, ich würde ihm meinen Sohn vorziehen. Das stimmt natürlich – ich habe meinen Sohn vorgezogen. Ich habe Gianni gebeten, ihm alles beizubringen, was er vom Geschäft weiß.«

»Aber das ist nicht geschehen?«

»Nein.«

»Pat hat angedeutet, er hätte durch die Kieslieferung für meine Anfahrt herausgefunden, wo ich wohne. Wer in diesem Büro könnte das noch wissen?«

»Es könnte natürlich unser Kies gewesen sein, aber das müsste Ihr Bauunternehmer besser wissen als ich.«

»Mein Bauunternehmen war, wenn ich mich recht erinnere, Menzies Paving and Stone.«

»Menzies gehört zu unseren Kunden, der Auftragseingang müsste in unserem Büro also vorliegen.«

»Gibt es jemanden, der sämtliche Auftragseingänge einsehen kann?«

»Gianni.«

»Eine letzte Frage: War es jemals nötig, dass Sie zusätzliche Security anheuern mussten?«

»Wofür?«

»Um Ihre Fahrzeuge und Geräte zu schützen, Mr Mancini.«

»Nein, nie.«

»Wir werden mit einem Durchsuchungsbeschluss wiederkommen und Ihre Bücher der letzten drei Jahre einsehen. Wir werden uns bemühen, Ihren Arbeitsablauf so wenig wie möglich zu stören. Ich gehe davon aus, dass Sie das verstehen.«

»Na ja ... ich verstehe eigentlich gar nichts. Unsere Buchhaltung ist absolut in Ordnung, unser Geschäft beruht auf Seriosität. Aber tun Sie, was Sie tun müssen. Wann wird es so weit sein?«

»Heute.« MacNeice erhob sich und streckte seine Hand aus. Bevor Mancini sie ergriff, drückte er auf einen Knopf neben dem Telefon. Die Tür ging auf, sein Bruder kam zurück.

»Ich danke Ihnen, dass Sie sich für uns Zeit genommen haben, Sir. Und entschuldigen Sie die Störung.«

»Finden Sie heraus, wer das getan hat, Detective.«

»Ich verspreche Ihnen, wir tun unser Bestes.« MacNeice drehte sich zur Tür um.

»Auf Wiedersehen, Mr Mancini«, sagte Vertesi. »Mein Vater und meine Mutter möchten Ihnen gern ihr Beileid aussprechen.«

»Ja. Sie sollten zu uns nach Hause kommen, Michael.«

Der Bruder führte sie durch das Büro zum Eingang, Mac-

Neice sah dabei zu Gianni Morettis Schreibtisch und nahm sich vor, ihn durchsuchen zu lassen. An der Tür wandte er sich an den Bruder. »Entschuldigen Sie, wie lautet Ihr Name?«

»Roberto. Roberto Mancini.«

Erneut sah MacNeice zu den Schreibtischen. »Haben Sie hier ebenfalls ein Büro?«

»Nein, ich bin Buchhalter. Ich arbeite im Stadtzentrum. Meine Aufgaben als Gesellschafter sehen vor, dass ich die Bücher führe, in finanziellen Dingen mit Rat zur Seite stehe und die Steuererklärung mache.«

»Haben Sie eine Visitenkarte?«

»Ja.« Er zog einen silbernen Kartenhalter heraus und reichte MacNeice und Vertesi jeweils eine Karte.

»Dann arbeiten Sie also eng mit Gianni zusammen?«

Die Vertrautheit, mit der der Name ausgesprochen wurde, schien ihn zu überraschen. »Ja, ja«, sagte er. »Gianni Moretti.«

»Aber die Unterlagen werden hier aufbewahrt, nicht in Ihrem Büro?«

»Ja, sie bleiben auch hier. Ich habe nur Kopien davon, für die Steuer, aber der alltägliche Papierkram findet hier statt.«

»Danke, Mr Mancini.«

Vertesi wartete, bis sie im Auto saßen und das Firmengelände verlassen hatten: »Was hat Sie zu dem Durchsuchungsbeschluss bewogen, Boss?«

»Erst nur Gianni Moretti. Aber nach dem Gespräch an der Tür gab es zwei Gründe dafür: Moretti und Roberto Mancini.«

»Ich kann Ihnen nicht ganz folgen.«

»Keiner der beiden war sonderlich glücklich, dass Pat Mancini zurückkam und die Poleposition übernahm, ohne es verdient zu haben.«

»Sie meinen, einer der beiden hätte den Iren den Hinweis zukommen lassen, dass ABC mit Verstärkung zum Treffen erscheint. Sein eigener Onkel?«

»Das, oder jemand hat bei ABC angerufen und von den Jokers und D2D erzählt. Auch hätte einer der beiden wissen können, dass Pat mit mir sprechen wollte, und hat den Bikern einen Tipp gegeben.«

»Pat hat wahrscheinlich beiden vertraut, vor allem seinem Onkel...«

»Ja. Und da er keinerlei Absicht hatte, im Betongeschäft zu bleiben, hat er sich selbst nie als Bedrohung für sie gesehen.«

»Wenn dem so war, dann ist es gut, dass die Firma bis nach der Beerdigung geschlossen ist.«

»Außer dass Roberto jetzt weiß, dass wir kommen und uns die Unterlagen holen wollen – falls ich recht habe. Ich will, dass Giannis Computer und alles, was er in seinem Schreibtisch hat, beschlagnahmt wird.«

Vertesi zückte sein Handy und telefonierte. »In fünf Minuten kommen zwei Streifenwagen.«

43

Nach der Bekanntgabe, dass Pat Mancini auf der Brücke durch eine aus bislang ungeklärten Gründen erfolgte Explosion ums Leben gekommen war, wiederholten die Fernsehnachrichten die Cayuga-Pressekonferenz vom Vortag. Hinter dem Deputy Chief waren zwei Wagen des Coroners und ein Fahrzeug des SWAT-Teams zu sehen, im Hintergrund bewegten sich mehrere schwarz gekleidete Gestalten zwischen einem Farmhaus und einer Scheune. Der Deputy Chief rekapitulierte für die Kameras die gewalttätigen Ereignisse und erwähnte, dass das Ermittlerteam der Polizei in Dundurn unter Leitung von MacNeice und Swetsky mit Hochdruck und unter Einsatz aller verfügbaren Kräfte an dem Fall arbeite. Dann verkündete er, dass die Ermittlungen »mit dem Tod von Frédéric Paradis und zwei weiteren Mitgliedern des Jokers-Motorradclub aus Montreal eine neue Wendung« genommen hätten.

»Das ist doch der perfekte Zeitpunkt, um es mit ihr zu machen, Billie.«

»Du meinst, weil sie und die anderen durch die Biker abgelenkt sind?«, sagte Dance und schaltete den Fernseher aus.

»Exactamundo! Wir könnten sie im Hotel abpassen, nachdem sie sich den lieben langen Tag mit den Bikern herumgeschlagen hat.«

»Hmm ... daran hab ich auch schon gedacht. Es gibt einen Balkon genau über ihrem. Da könnten wir rein und uns von dort auf ihr Stockwerk abseilen.«

»Genau! Das wäre dann unsere erste Bettgeschichte.

Wahrscheinlich schläft sie nicht nackt, trotzdem werden wir ihre Mumu abchecken.«

»Muss aber schnell gehen, und leise – wir dürfen nicht den Bullen wecken, der vor der Tür pennt. Die Alarmanlage des Hotels ist ein Witz. Es wäre möglich ...«

»Dann machen wir es. Die Leute würden sich gar nicht mehr einkriegen deswegen.«

»Ja, genau. Andererseits würden wir die Leute aber nicht unbedingt mit der Nase auf den ganzen Dreck stoßen, oder?«

»Ich kann dir nicht folgen, Billie. Sie haben einen Bullen vor der Tür, sie schläft. Wir könnten sie aufgeritzt und nackt auf dem Bett liegen lassen. Wie cool und sexy wäre das denn!«

»Sehr sexy ... aber denk nach. Sie werden den Bullen vor der Tür zur Rechenschaft ziehen, sie werden MacNeice zur Rechenschaft ziehen, weil er das Stockwerk darüber nicht hat sichern lassen ... Aber ich will, dass es viel weitere Kreise zieht – ich will, dass es im ganzen verfickten, zugemüllten Land bekannt wird. Und ich will, dass sie noch berühmter wird. Ihr Serienkiller-Interview ist letzten Abend abgesagt worden – damit wäre sie in ganz Kanada im Fernsehen gewesen. Ich will, dass sie ein Star wird ... So lange können wir noch warten.«

»Also was? Dann machen wir Narinder Dass?«

»Wir gehen für eine Weile in Deckung. Wir unterbrechen den Zeitplan, damit unterminieren wir ihre Gewissheit, dass wir irgendeinem Zeitplan folgen.«

»Ein Muster, das nicht aufgeht, das Schlimmste für Statistiker und Demographen.«

»Genau. Wenn ich sie aufritze, wird sie unser *Star* sein – unser Name und ihr Name werden für immer miteinander verbunden sein. Sogar ihre Eltern werden dann nicht mehr an sie denken, ohne gleichzeitig an uns zu denken.«

»Mann, du bist der Tempel-Zauberer von Oz.«
»Der bin ich – und der buchstabiert sich A-N-G-S-T.«

44

MacNeice erkannte die schwarze Limousine, die unberechtigterweise auf dem Behindertenparkplatz vor der Dienststelle abgestellt war. Er sagte Vertesi, er solle schon mal vorausgehen, und schlenderte zum Wagen des Bürgermeisters. Der Chauffeur stieg aus, lächelte kurz und öffnete ihm die Tür.

»Ist das ein Privatbesuch, Bob?«, fragte er, als er neben ihm Platz nahm.

Der Bürgermeister drückte auf den Knopf, um die getönte Trennscheibe zum Chauffeur zu schließen. »Ich war auf dem Weg zu einem Arbeitsessen, als mich Alberto Mancini angerufen hat – da bist du gerade bei ihm losgefahren. Was zum Teufel soll das alles?«

»Das ist mein Job, Bob. Und vielleicht rufen dich auch ABC und McNamara an, bevor dieser Tag zu Ende geht.«

»Großer Gott, wir versinken in Leichenbergen und irgendwelchen verfluchten Machenschaften, dabei sollten wir doch das kühnste Projekt in der Geschichte dieser Stadt feiern. Als ich dich angerufen habe ...«

»Als du mich angerufen hast, hast du mich gebeten, die Sache nicht an die große Glocke zu hängen. Ich hab dir gesagt, bei Mordsachen geht das nicht, und jetzt ...«

»Was, verdammt noch mal, geht hier vor sich, Mac? Pat Mancini war hier ein Held, verdammte Scheiße. Wer hat ein Interesse daran, den Jungen in die Luft zu jagen?«

»Die Frage sollte ich bald beantworten können. Welches spezielle Problem soll ich für dich also lösen?«

»Mancini ist ein Freund von mir. Er ist aufgebracht, weil seine Büroräume durchsucht und Unterlagen beschlagnahmt wurden. Anscheinend sind, nachdem du weg warst, zwei Streifenwagen mit der ganzen Lichtershow aufgetaucht und haben die Zufahrt zum Betriebsgelände blockiert, als wären wir in *Zwei außer Rand und Band* oder so.«

»Ich denke, jemand aus Mancinis Firma hat mit irgendjemandem telefoniert und dafür gesorgt, dass Pat auf der Brücke exekutiert wurde. Aber wenn es dir ein Trost ist, wir durchsuchen auch ABC-Grimsby und McNamara, und hoffentlich macht die US-Bundespolizei das Gleiche bei ABC-New York.«

»Mac, ist das alles wirklich nötig?«

MacNeice fasste zum Türgriff. »Wir sehen uns später, Bob.«

»Warte! Bevor du gehst, als Freund, möchte ich eines klarstellen – McNamara und ABC sind mir scheißegal. Und weißt du auch, warum?«

»Die liegen nicht in deinem Wahlkreis.«

»Genau. Aber Mancini hat gerade einen Sohn verloren, und er hat hier in der Stadt viel Einfluss. Du kapierst, Mac?«

»Ja, aber das alles spielt keine Rolle neben Pat Mancini, der kleingehäckselt über die Brücke geweht wurde und jetzt in der Bucht als Karpfenfutter dient, während wir in deiner Limousine sitzen und uns über Wählerstimmen den Kopf zerbrechen. Wenn du also sonst nichts mehr zu sagen hast, Bob, dann lass mich meine Arbeit machen.« Er sah zu Maybank, der immer noch wütend war, aber MacNeice nur mit einer schlappen Handbewegung wegscheuchte.

MacNeice stieg aus, sah zu, wie der Wagen eine Runde um den Parkplatz drehte und auf die Straße einbog. Auf dem Weg zum Eingang klingelte sein Handy. Er sah aufs Display. Harvey Whitmans Name wurde angezeigt.

»Sie haben Glück«, verkündete Whitman. »Die Highway-Verwaltung hat sich gemeldet. Die studentische Aushilfe, die die Überwachungskameras auf der Brücke ausschalten sollte – die hat das vergessen. Ich hab sie gebeten, die Sequenz vor und nach 1.30 Uhr herauszuschneiden. Sie wollen sie mir in der nächsten Stunde zuschicken.«

»Schön zu hören. Noch was?«

»Na ja ... Die Taucher sind vor über einer Stunde runtergegangen. Die ersten, die wieder hochkamen, haben Teile vom Auto gefunden – aber nur, weil sie rot lackiert waren. Von Pat bislang nichts. Ach ja, ich hab die Spurensicherung in seine Penthousewohnung geschickt, bis auf etwas Gras war die Wohnung sauber. Haben Sie mehr Glück gehabt?«

»Ja, ich mach mich bei einigen Leuten sehr unbeliebt.«

Whitman lachte. »Das ist immer ein gutes Zeichen, Mac.«

Williams schäumte, nachdem sein Kontakt bei der Mordkommission in Buffalo angerufen hatte: Die Bundespolizei war gezwungen worden, die Schließung des *Old Soldiers* aufzuheben. Der Richter beschied dem Staatsanwalt, er solle sich erst wieder bei ihm melden, wenn er Beweise vorlegen könne, dass im Bundesstaat New York auch tatsächlich Verbrechen begangen wurden, und andere Zuständigkeiten – sprich Dundurn, Kanada – sollten es ebenso halten.

»Das überrascht mich nicht, Williams«, sagte MacNeice, zog sein Jackett aus, nahm Platz und sah aufs Whiteboard. »Wir müssen Beweise vorlegen und Wenzel Hausman als Zeugen präsentieren. Wenn die Clubmitglieder hier für eine Weile im Gefängnis sitzen, sollte sich alles ein wenig abkühlen.«

Positiver verlief die zweite Befragung von Langlois. Als er

über seine Kollegen nichts mehr aussagen wollte, erzählte ihm Aziz von Pat Mancinis Tod. Langlois ließ die Arme sinken, rückte den Stuhl näher und legte beide Hände auf den Tisch, als wollte er einen Dur-Akkord anschlagen. Es stellte sich heraus, dass Langlois von Pats Vorliebe für ukrainische Mädchen wusste, allerdings waren diese Mädchen nicht nur für Pat bestimmt gewesen – dass die Polizei davon nichts wusste, würde ihn nun aber überraschen. Langlois war derjenige gewesen, der sie von Montreal nach Dundurn begleitet hatte. Insgesamt vier Mal hatte aber nicht Pat die Tür geöffnet, als er mit ihnen bei der Penthousewohnung eintraf, sondern ein anderer, den Pat als seinen Onkel Roberto vorstellte. Die Mädchen blieben die Nacht über, zweimal auch das ganze Wochenende. Langlois erschien wieder am Montagmorgen und brachte sie zurück zum Bahnhof.

»Gut. Williams, holen Sie Roberto Mancini zur Befragung. Wenn er nicht auf dem Firmengelände ist, finden Sie ihn wahrscheinlich im Haus der Familie.«

MacNeice wandte sich an Vertesi. »Können Sie bis Mittag eine Befragung und eine Durchsuchung der Büros bei McNamara organisieren?«

»Unsere Leute warten nur darauf, dass wir so weit sind. Ich bin also schon auf dem Weg.« Er schwang auf seinem Stuhl herum und rief die Polizei in Waterdown an, die die Operation durchführen sollte.

MacNeice holte die Visitenkarte aus seiner Tasche und wandte sich an Aziz. »Ich möchte, dass unsere Abteilung für Wirtschaftskriminalität die Unterlagen für Mancini Concrete beschlagnahmt, die bei der Mancini Group Financial aufbewahrt werden, James Street South 1, Suite 1200.«

»Ich kümmere mich darum«, sagte Aziz.

Als Williams aufstand und gehen wollte, ertönte der blecherne Refrain von Ravels *Bolero* und löste die Anspannung im Kabuff. »Scheiße! Sorry, Boss, ich hatte noch keine Zeit, das zu ändern ...« Er trat hinaus in den Gang, um den Anruf entgegenzunehmen.

»Ryan, ich bekomme gleich Videoaufnahmen von der Brücke auf den Computer. Können Sie die bitte für mich öffnen?«

»Ja, Sir.« Ryan rollte seinen Stuhl an MacNeice' Schreibtisch. Nach einer Minute sagte er: »Ja, hier ist es. Ich schicke alles weiter an den Falcon, da haben wir es in null Komma nichts.«

Lächelnd kam Williams zurück – sein neuer bester Freund Demetrius Johnson hatte angerufen. Johnson hatte mit Vanuccis Vermieter gesprochen. Nach dem Verschwinden des Dicken hatte der Vermieter drei Monate gewartet, bis er das Haus für neue Mieter ausgeräumt hatte. Weil die Immobilie möbliert vermietet wurde, hatte es sich lediglich um Kleidung, persönliche Gegenstände, seinen Computer und Akten gehandelt. Das alles befand sich immer noch in einem Sekurit-Container, der Vermieter war mehr als froh, wenn er den ganzen Kram endlich loswerden und sich die Kosten dafür sparen könnte. Williams hatte mit Johnson vereinbart, sich auf der amerikanischen Seite der Grenze zu treffen, in Martin's Real Italian Restaurant, um sich auszutauschen und sämtliche Unterlagen in Empfang zu nehmen, die eventuell von Belang sein könnten.

»Wann treffen Sie sich mit ihm?«

»Heute Abend um sechs.«

MacNeice gab sein Okay und versprach, sich um Wallace und dessen Zustimmung zu kümmern. Dann fügte er *Roberto Mancini* und *Gianni Moretti* den Listen auf den Whiteboards hinzu.

Ryan drehte sich zu ihm herum. »Okay, Sir, Schwarz-Weiß-Aufnahmen von der Sky-High.«

»Ihnen ist klar, wonach wir suchen. Ich möchte wissen, ob irgendwelche Autos Mancinis Corvette gefolgt sind. Versuchen Sie die Bilder so scharf wie möglich hinzukriegen.«

»Es erleichtert die Sache, dass es unten am Bildrand eine Zeitangabe gibt. Geben Sie mir fünf Minuten.« Ryan schob den Joystick nach vorn und sah zu, wie die Zahlen durchliefen.

Aziz, die am Telefon hing und das Gespräch kurz unterbrach, drehte sich herum. »Wann willst du, dass die Durchsuchung des Büros durchgeführt wird?«

»Innerhalb der nächsten zwei Stunden oder früher.«

Sie gab die Information weiter und legte auf. »Schau dir das an. Ich hab beim Telefonieren nebenbei Roberto Mancini gegoogelt.« MacNeice rollte seinen Stuhl neben ihren. Auf dem Bildschirm waren mehrere Fotos von Roberto und seiner Frau Angela und ihren beiden Kindern zu sehen. »Eine große glückliche Familie.«

»Das wird nicht mehr lange so sein«, sagte MacNeice. »Es wird sehr hässlich werden. Roberto hat sich die Frauen mit Pat geteilt, wahrscheinlich stammte von ihm auch der Großteil der sogenannten Tipps. Pat wusste doch viel zu wenig vom Geschäft, er hätte noch nicht mal so tun können – vermutlich war er einfach nur der Bote. Roberto wusste, dass Pat ihn nicht verraten würde, und das hat er auch nicht getan. Selbst im Gespräch mit mir hat er seinen Lieblingsonkel geschützt.«

»Es fällt mir trotzdem schwer zu glauben, dass er so dumm sein konnte. Schau dir seine Frau an – wie schön sie ist, die Kinder sind wunderbar. Er scheint seinem Bruder nahezustehen. Meinst du, er hat gewusst, dass sie Pat umbringen würden?«

»Darf ich ehrlich sein?«

Aziz nickte.

»Wenn Pat aus dem Weg ist, ist Roberto der logische Nachfolger, sobald Alberto sich zurückzieht. Ihm gehört jetzt schon ein Drittel des Unternehmens. Und wenn Pat weg ist, muss er sich keine Sorgen mehr machen, dass sein Neffe irgendwann das Geschäft übernimmt, für das er weder Talent besitzt noch irgendein Interesse aufbringt, und somit Robertos Anteil gefährdet.«

Bevor Aziz etwas erwidern konnte, drehte sich Ryan zu ihnen. »Das ist harter Stoff. Machen Sie sich auf was gefasst.« Er wartete, bis sie neben ihm saßen. »Okay, hier die Zeitleiste unten auf dem Bildschirm. Ich hab die Aufzeichnung um exakt 1:28:24 angehalten, das Bild deckt ungefähr eine Strecke von zweihundert Metern ab, wenn man die Länge der Mittelstreifen als Maßstab nimmt. Die Corvette wird auf der linken Spur hier auftauchen« – er zeigte auf die linke Seite des großen Monitors –, »in etwa einer Zehntelsekunde. Ich lasse alles langsamer ablaufen, damit Sie es besser erkennen. In Echtzeit verschwimmt alles nur – der Wagen war einfach wahnsinnig schnell. Bereit?«

»Bereit.« MacNeice sah die Corvette im Bild auftauchen. Sogar in Zeitlupe war die Frontpartie des Wagens verwischt, als näherte er sich der Lichtgeschwindigkeit. Mitten in der Aufnahme dehnte sich ein elliptischer Blitz aus, bis er den ganzen Bildschirm ausfüllte. »Mein Gott«, entfuhr es MacNeice.«

»Es ist noch nicht vorbei. Sir.«

Der starke Wind blies Lücken in die Rauch- und Feuerwolke, und dann tauchte oben rechts im Bild ein weiterer Wagen auf. »Ich halte das Video hier kurz an. Nach der Geschwindigkeit zu urteilen, muss er vielleicht hundert Meter hinter der Corvette und fast ebenso schnell unterwegs gewesen sein.« Der Wagen war drei Fahrspuren von der Corvette entfernt. »Aber sehen Sie.« Ryan ließ das Video weiterlaufen, der zweite Wagen glitt ans untere Ende des Bildausschnitts, wo er es wieder anhielt. »Er behält seine Geschwindigkeit bei. Er bremst noch nicht einmal ab, um die Explosion zu sehen. Wenn die Corvette rot ist, dann ist dieser Wagen – ein Mustang Baujahr 2011 – dunkelgrau, blau oder schwarz.« Er ließ die Aufnahme weiterlaufen, der Rauch verzog sich, das Feuer teilte sich auf mehrere brennende Wrackteile auf.

»Ist es möglich, den zweiten Wagen zu vergrößern?«, fragte MacNeice und schob seinen Stuhl weg.

»Die Kamera ist allerneueste Technologie, die Brückenbeleuchtung überstrahlt auch nicht die Umgebung ... ich kann's versuchen.«

Sergeant Ray Ryu von der Abteilung für Wirtschaftskriminalität traf sich mit Vertesi am Eingang der Polizeidienststelle in Waterdown. Drei weiße SUV mit jeweils fünf Polizisten warteten bereits mit laufendem Motor.

Vertesi und Ryu gaben sich die Hand. »Sie fahren bei mir mit«, sagte Ryu. »Dann können Sie mir schon mal erzählen, was Sie wissen. In acht Minuten sind wir da.«

»Sie arbeiten in Waterdown?«

»In Toronto, aber meine Frau und ich wohnen hier. Sie ist Lehrerin an einer hiesigen Highschool.«

Vertesi sah aus der Heckscheibe des Zivilwagens und fragte sich, wie sich die weiße SUV-Parade mit ihren blinkenden Scheinwerfern und den Magnetlichtern auf den Motorhauben in den ruhigen Straßen von Waterdown machte. »Nicht unbedingt diskret«, sagte er.

»Die Steuerzahler wollen was haben für ihr Geld, Detective.«

Vertesi hatte gerade Zeit für eine Kurzfassung des Falls, als Ryu am Tor zum Betriebsgelände von McNamara eintraf.

Die SUV fuhren hintereinander durch und parkten dann wie Pferde vor einem Saloon. Ihm gefiel das Trara, trotzdem fragte er sich, wie effektiv das alles war, als mehrere Männer aus dem Betongebäude auftauchten, die Hände in die Hüften stemmten und sich vor Lachen ausschütteten.

»Das ziehen die immer ab. So geht das eine Weile, aber irgendwann kippt es. Unsere Jungs sind größer als die, außerdem haben sie Waffen und wissen damit umzugehen. Wir bleiben noch kurz im Wagen. Genießen Sie die Show ...«

Als die Polizisten mit gefalteten Pappkartons ins Gebäude marschierten, ließ die ausgelassene Stimmung bei den Umstehenden merklich nach, irgendwann folgten sie ihnen dann nach drinnen.

»Sehen Sie, was ich gemeint habe – es kippt?«

»Ja.«

»Ich erinnere mich an Sie, Vertesi. Letztes Jahr, da haben Sie doch eine Schrotladung abbekommen, draußen am See ...«

»Das war ich, ja. Mein Weg zum Ruhm.«

Sie sahen sich nicht an, sondern schauten gebannt zur Aluminium-Außentür des Gebäudes.

Bald darauf kam eine junge Polizistin heraus und winkte ihnen zu. »Unser Zeichen. Ich lasse Sie bei der Sache das Kommando übernehmen – ist das für Sie in Ordnung?«

»Kein Problem.«

Sean McNamara, ein Typ mit einer Boxervisage, saß hinter einem altertümlichen Eichenschreibtisch. Schon an seinem Büro wurde klar, wo die Unterschiede zwischen ihm und Alberto Mancini lagen. Er hatte einen großen ausgestopften Fisch über dem Fenster angebracht, durch das man einen Blick auf das Firmengelände hatte, an den Wänden hingen mehrere gerahmte Farbfotos von Betonlastern mit dem McNamara-Logo – einem grünen Kleeblatt. Der Boden war mit einem zu einem matten Graugrün abgestumpften Teppich für innen und außen ausgelegt; der Weg zum Schreibtisch war so stark ausgetreten, dass die schwarzen Nylonfasern zu erkennen waren. Bei jedem Schritt spürte Vertesi, wie der Holzboden nachgab. Es gab stapelbare Stühle für die Gäste und einen alten, dick gepolsterten Kunstleder-Bürosessel für McNamara. Er hatte einen Aschenbecher mit mehreren Zigarrenstummeln auf dem Tisch stehen und sog an einem frischen Stumpen, als sie eintraten. Falls er sauer war, ließ er es nicht anmerken.

»Ihr beide seid die harten Jungs?«

»Ich bin Sergeant Ray Ryu von der Abteilung Wirtschaftskriminalität, und das ist Detective Inspector Michael Vertesi von der Mordkommission Dundurn.«

»Ein wenig außerhalb Ihres Zuständigkeitsbereichs, was?«

»Ein wenig, ja«, sagte Vertesi.

»Was kann ich für Sie tun?«

»Wir ermitteln im Mord an mehreren Personen, die mit der Betonbranche in Verbindung standen. Die Ermittlungen haben uns auch zu Ihrem Unternehmen geführt.«

»Schwachsinn.«

»Ich lasse Ihren Kommentar mal so stehen.«

»Sie meinen, Sie pfeifen auf meinen Kommentar, verdammte Scheiße?«

»Das haben jetzt Sie gesagt. Sir, wir wissen, dass Sie von der Exklusivvereinbarung zwischen Mancini Concrete in Dundurn und ABC-Grimsby hinsichtlich der Betonlieferungen für das Hafenprojekt wussten.«

»Und?«

»Nach unserem Wissen haben Sie Alberto Mancini angerufen und ihn der geheimen Absprache zwischen Mancini und ABC beschuldigt. Ist das richtig?«

McNamara stand auf, sah aus dem Fenster zu den gedrungenen grauen Türmen und verstaubten Hallen seines Unternehmens und nahm einen langen Zug von seiner Zigarre. Er blies den Rauch aus und deutete mit dem Stumpen auf das Firmengelände draußen. »Das alles hab ich aufgebaut – ich allein. Es gab keine Familie, die mich unterstützt hätte. Es gab nur mich.«

»Ich kann Ihnen nicht folgen, Sir«, sagte Vertesi, obwohl ihm völlig klar war, worauf McNamara hinauswollte.

»Ich beschäftige vierundneunzig Leute in dieser Stadt. Ich hab mir meinen Erfolg hart erarbeitet. Die alle würden Ihnen in die Augen spucken, wenn sie wüssten, was Sie hier oben wollen, ist Ihnen das klar?«

»Im Moment konzentriere ich mich auf genau eine Person, Sir – und das sind Sie.«

McNamara lächelte, nahm zwei weitere Züge von seiner Zigarre, bewunderte weiter den Ausblick und wippte vor und zurück, von den Ballen auf die Ferse, von der Ferse auf die Ballen. Schließlich drehte er sich um und setzte sich wieder. Vertesi dachte schon, er würde das ganze Programm abspulen und die Füße auf den Tisch legen, aber das ließ er dann doch bleiben. Er rollte seinen Stuhl nur ganz an den Tisch heran, setzte beide Ellbogen auf und hatte die Zigarre mitten im Mund stecken. Er paffte müßig vor sich hin, links und rechts quoll der Rauch aus seinen Mundwinkeln. Vertesi musste an sich halten, um nicht loszulachen. Nach einigen weiteren Zügen nahm er die Zigarre aus dem Mund, zupfte einen Tabakkrümel von der Lippe und schnippte ihn auf den Boden.

Als er aufblickte und bemerkte, dass beide lächelten, sagte er: »Sie halten mich für eine Witzfigur? Sie ... ein Schlitzauge und ein Itakerbulle. Ihr meint, ihr könnt mir Angst einjagen? Ihr habt nicht den geringsten Schimmer, ihr beiden.« Er schwang seinen Stuhl herum und sah wieder hinaus, wo das Geschäft seinen gewohnten Gang ging. »Nehmt die beschissenen Computer mit – die nerven sowieso nur. Computer sind für den Beton scheißegal, und mir auch, ihr dummen Wichser.«

»Verzeihen Sie, Mr McNamara«, sagte Vertesi, »aber Sie benehmen sich, als wären Sie für die Rolle des toughen Iren gecastet worden. Aber ich weiß, Sie wurden hier geboren, genau wie Ryu und ich. Sind Sie jetzt also bereit, sich auf ein ernsthaftes Gespräch einzulassen?«

»Fick dich, Spaghettifresser.«

»Wir können uns auch woanders unterhalten ... das ist Ihnen klar, Sir?«, sagte Ryu. »Und damit Sie es wissen, wir sind nicht hier, um Sie wegen Beleidigung oder Volksverhetzung zu belangen, aber das wird mir ein Vergnügen sein, wenn Sie so weitermachen.«

»Ja, klar.« McNamara stieß ein heiseres Lachen aus, starrte Vertesi mehrere Sekunden an und neigte den Kopf, als würde er einem exotischen Tier gegenüberstehen. »Ich wurde dreiundvierzig geboren. Sagt Ihnen dieses Datum irgendwas, Vertesi?«

»Nein, sollte es?«

»Mein Dad ist in dem Jahr mit den Alliierten auf Sizilien gelandet, etwa einen Monat nach meiner Geburt.«

»Was wollen Sie damit sagen?«

»Als ich alt genug war, da hab ich ihn gefragt« – McNamara beugte sich wieder über den Schreibtisch und hieb mit der Zigarre in die Luft –, »›wie war das denn so, als ihr in Italien einmarschiert seid, Dad?‹ Und wissen Sie, was er gesagt hat?«

»Keine Ahnung.«

»Er hat gesagt: ›Da gab's bloß Fliegen, Flöhe und verfickte Itaker.‹ Ist das nicht großartig? Fliegen, Flöhe und verfickte Itaker.« McNamara kriegte sich gar nicht mehr ein vor Lachen und schaukelte auf dem Sessel vor und zurück.

Am liebsten hätte ihm Vertesi die Zigarre in den Rachen gestopft, aber er hatte einiges dazugelernt, seitdem er angeschossen worden war – vor allem, dass er seine Wut im Zaum halten sollte, wenn dieser Knopf bei ihm gedrückt wurde. Er wartete ab, sah zu, wie McNamara sich wieder beruhigte und einen langen Zug von der Zigarre nahm, erst dann sagte er: »Mein Großvater hat das damals auch miterlebt, und der hat mir eine etwas andere Geschichte erzählt. Er hat gesagt, dass Ihr Dad und alle anderen die Straßen vollgepisst und in die Gassen und Kirchen geschissen haben und jedes italienische Mädchen ficken wollten, das ihnen in die Quere kam. Komisch ist bloß, Mr McNamara – Sie und Ihr Dad sind hier in Kanada geboren, nicht in Belfast, aber jetzt hocken Sie hier, rauchen diese Scheiß-Zigarre und machen einen auf irischen Gangster wie James Cagney.«

McNamara nahm gerade einen langen Zug. Er musste husten – er verschluckte sich am eigenen Rauch –, dann lachte er so heftig los, dass er aufstehen musste, um nicht den rauchigen Schleim auszuspucken, der ihm vielleicht noch im Rachen steckte. Als er sich wieder einigermaßen gefangen hatte, zog er die Hose hoch und lächelte sie – aufrichtig diesmal – über den Tisch hinweg an. »Junge, du gefällst mir. Cagney, was? Wieso, ich hab doch nie ... Das ist das Beste!« Wieder lachte er, aber jetzt, wie er vielleicht auch mit seinen Enkeln lachen würde – verhüte Gott, dass er Enkelkinder hat!, dachte Vertesi.

»Okay, reden wir darüber, was ihr beide meinem bescheidenen kleinen Unternehmen im Herzen des wunderbaren Waterdown antun wollt.« Er drückte seine Zigarre im

Aschenbecher aus, wo sie zwischen den anderen vor sich hin glomm – ein kleines Stumpen-Stonehenge.

»Als Erstes«, sagte Vertesi, »haben Sie den Damned Two Deuces Motorcycle Club und seinen Partner in Quebec, die Jokers, angeheuert, um Sie bei den Verhandlungen in Grimsby mit ABC zu vertreten?«

»Ja, Sir. Nächste Frage.« McNamara nickte und setzte sich aufrechter hin. Er schien es kaum erwarten zu können, mit dem Spielchen fortzufahren.

»Warum?«

»Weil mir gesagt wurde, ABC hätte kein Interesse daran, mit mir einen ehrlichen Deal abzuziehen, außerdem würden sie ihre eigene Gang aus New York mitbringen, um mir kräftig in meinen irischen – meinen irisch-*kanadischen* Arsch – zu treten.«

»Wer hat Ihnen das gesagt?«

»Das ist keine hübsche Geschichte, Detective Vertesi.«

»Für hübsche Geschichten bin ich nicht hier.«

Wieder lachte er. »Nein, bestimmt nicht. Okay, ich wurde von Roberto Mancini angerufen.«

»Im Ernst?«

»Scheiße ja – im Ernst. Es war so ein ›Dachte, das sollten Sie wissen‹-Gespräch. Er meinte, ich könnte ja mit den D2D reden. Ich wusste nicht, was Mancini vorhatte, aber ich wollte auf keinen Fall nach Grimsby fahren, um mich vermöbeln zu lassen.«

»Wie viel haben Sie den D2D gezahlt?«

»Als Erstes stellte sich heraus, dass ich mit den D2D gar nichts zu tun hatte. Na ja, die waren schon da, aber den Deal hat dieser kleine verwichste französische Aufschneider abgezogen, Freddy Paradis – mit diesem riesigen Scheißkloß, der ihm nicht von der Seite gewichen ist – wahrscheinlich, um mich zu beeindrucken.«

»Wie viel.«

»Ich hab ihm sieben-fünf gegeben, dazu die Zusicherung, die Summe zu verdoppeln, wenn das Problem« – er ließ seine fleischige Hand kreisen – »gelöst würde. Und es wurde gelöst, also machte ich noch mal siebeneinhalbtausend locker. Das war's. Ende der Geschichte.«

»Bis zu den Nachrichten gestern.«

»Ja. Ich war nie ein Waisenknabe, aber bis gestern wusste ich nichts von den Morden. Ich hatte ein Problem, ich hab gezahlt, damit es verschwindet, damit war für mich der Fall erledigt.«

»Sie haben gehört, was mit Pat Mancini passiert ist?«

»Klar. Ich hab den Jungen gemocht. Ich hab ihm als Eishockeyspieler die Daumen gedrückt, wirklich. Aber vom Geschäft verstand er nichts, null, und er hätte wahrscheinlich auch nichts dazugelernt ... Trotzdem, ich hab keine Ahnung, warum er oben auf der Brücke in den Himmel gejagt wurde. Sehr viel höher kommt man nicht hier in Dundurn und Umgebung. Wir haben der Familie einen großen Kranz geschickt. Ich hab nichts gegen die, wirklich nicht – die Itaker, meine ich. Und früher, da hatten die ... Scheiße, die Italiener und die Iren, die haben mehr gemein als bloß das große I im Namen. Hab ich recht?«

»Mir ist völlig schleierhaft, was Sie meinen könnten, Mr McNamara, außer dass beide wissen, wie es ist, wenn man von fremden Truppen besetzt ist. Nein. Das Essen, der Wein, die Frauen, die Kunst, die Geschichte, das, was sie der Welt geschenkt haben – das alles spricht zugunsten Italiens, fürchte ich.« Vertesi lächelte nicht. McNamara musterte seine Miene und wartete auf einen Hinweis, wie er das alles verstehen sollte. Vertesi gab ihm keinen.

»Gott, sind Sie ein großspuriger Arsch. Aber wenn Sie von Ihrem goldenen Streitwagen mal runterkommen, Sie verfluchter Ben Hur, dann könnten Sie mir vielleicht Silvio Berlusconi erklären.«

Endlich lächelte Vertesi. »Einverstanden.«

»Wenn Sie beide sich dann mal wieder einkriegen mit Ihrem Alte-Welt-Geplänkel, möchte ich daran erinnern, dass wir Ermittlungen durchführen.« Ryu erhob sich und knöpfte sich das Jackett zu.

»Letzte Frage«, sagte Vertesi. »Die Biker-Farm in Cayuga, da gibt es einen langen betonierten unterirdischen Gang, der im Wald ins Freie führt. Werden wir dafür in Ihren Unterlagen eine Rechnung finden?«

»Das waren wir nicht. Hören Sie, nehmt allen Scheiß mit, den ihr braucht, Jungs – wir haben nichts zu verbergen. Wenn ihr wissen wollt, wie das mit den D2D und den Jokers war, das hab ich euch schon erzählt.« McNamara stand auf und schüttelte Ryu die Hand. Als sie über den ausgetretenen Teppich zur Tür gingen, legte er Vertesi die Hand auf die Schulter und sagte: »Ich mag dich, Junge, ehrlich.« Und in bester Cagney-Imitation fügte er hinzu: »Na, dann viel Glück bei euren Ermittlungen, Jungs.« Sie gaben sich die Hand, und Vertesi und Ryu machten sich auf den Weg zum Eingang.

»Wir machen Schluss«, ließ Ryu die Rezeptionistin wissen. Die SUV wurden beladen, und die Mitarbeiter hatten sich wieder draußen versammelt, um sich das Spektakel nicht entgehen zu lassen. »Los, wir verschwinden.«

Im Wagen fragte Ryu: »Und, haben Sie, wofür Sie gekommen sind?«

»Ja. Und es hat mich überrascht, dass er einfach so« – Vertesi schnippte mit den Fingern – »eine Kehrtwendung hingelegt hat. Die zweite Version des McNamara hat mir wesentlich besser gefallen.«

»Kommt wohl nicht alle Tage vor, dass er auf den ganzen Müll angesprochen wird. Die Stimmung war eine Weile ziemlich angespannt.«

»Ja, die Alten kommen in ein neues Land und bringen ihren ganzen alten Scheiß mit, der nie funktioniert hat und wegen dem sie ihr altes Land überhaupt verlassen haben – und reichen ihn an die nächsten Generationen weiter.«

»Sagen Sie, was hat das mit diesem Cagney auf sich?«, fragte Ryu, während er den Wagen vom Firmengelände steuerte.«

»Sie kennen James Cagney nicht?«

»Nein.«

»Nein. Na ja, wahrscheinlich kennen ihn heutzutage die meisten nicht mehr. In den Dreißigern und Vierzigern hat James Cagney, ein kleingewachsener, großspuriger irisch-amerikanischer Schauspieler, einen kleingewachsenen, großspurigen irisch-amerikanischen Gangster gespielt. Mein Dad hat sich am Wochenende gern die alten Filme angesehen. Das war mal was anderes, als immer nur Italiener in der Rolle von Schlägern und Gaunern zu sehen.«

»McNamara hat also Cagney nachgemacht?«

»Ja, aber das kann ich auch. Und mein Dad.«

Ryu bog in den Parkplatz der Dienststelle ein, von dem sie aufgebrochen waren. »Das Team bleibt zusammen, wir gehen die Unterlagen durch und haben innerhalb einer Woche hoffentlich einen Bericht für Sie.« Vertesi bedankte sich mit einem Nicken und stieg aus.

Vertesi verließ Waterdown in südliche Richtung auf der Plains Road, um den Weg über die Sky-High Bridge zu nehmen – er wollte sehen, wo Pat Mancini gestorben war. Die Fahrbahn war in beiden Richtungen wieder für den Verkehr geöffnet, nur die beschädigte Fahrspur schien für die Ausbesserungsarbeiten gesperrt.

Traurig war nur, dachte er, dass keiner an der Stelle, an der er gestorben war, Kränze oder Fotos oder Sammelbildchen oder tränenverschmierte Botschaften ablegen konnte. Aber ab jetzt würde er jedes Mal wenn er die Brücke überquerte, an Pat Mancini denken müssen, der hier den Nachthimmel zum Leuchten gebracht hatte.

45

Durch das schmale Fenster seitlich an der Tür sah MacNeice, wie Roberto Mancini in seinem schwarzen Anzug mit der Trauerbinde im Befragungsraum auf und ab ging. Williams saß am Tisch wie jemand, der eine Tennispartie verfolgte, die ihn kein bisschen interessierte.

»Williams' Schweigen muss Mancini ziemlich auf die Nerven gehen«, sagte Aziz.

»Wenn wir die Zeit hätten, würde ich noch eine halbe Stunde warten – aber die haben wir nicht. Bereit?«

»Immer.«

»Wir werden ihn nicht lange für uns haben. Pats Vater hat wahrscheinlich schon seinen Anwalt losgeschickt.«

Williams erhob sich, als MacNeice und Aziz hereinkamen, Roberto Mancini blieb stehen. Aziz hielt Williams die Tür auf. Wortlos ging er hinaus, zwinkerte ihr aber zu. Aziz erwiderte das Zwinkern, dann folgte sie MacNeice.

»Nehmen Sie Platz, Mr Mancini.« MacNeice zog einen Stuhl unter dem Tisch heraus und setzte sich. Aziz machte es ebenso.

»Ich stehe lieber.« Wieder begann er auf und ab zu gehen.

»Mr Mancini, das war keine Bitte. Setzen Sie sich jetzt.«

Mancini sah sie an, versuchte seine Würde zu wahren, dann kam er der Aufforderung nach. Er verschränkte die Arme, nur sein linkes Bein wippte heftig auf und ab. Er sah keinen von ihnen an, hatte stattdessen den Blick auf die Tischoberfläche gerichtet. »Das ist ein Skandal. In Kürze wird mein Anwalt eintreffen, bis dahin sage ich kein Wort.«

»Wie Sie wünschen, aber ich habe Ihnen einiges zu sagen. Neben mir sitzt Detective Inspector Fiza Aziz, sie ist promovierte Kriminologin.«

Mancini blickte kurz auf, bevor er sich wieder seiner Faszination für die Tischoberfläche widmete.

»Mr Mancini, ich vermute, Sie wissen, warum Sie hier sind, wahrscheinlich wissen Sie aber nicht, dass wir Ihnen helfen wollen.« Das Fußwippen wurde für ein Moment unterbrochen. »Sie hatten unseres Wissens eine sehr enge Beziehung zu Ihrem Neffen. Sie waren ähnlich alt – nur, wie viel, fünf Jahre Unterschied?«

Mancini ging darauf nicht ein, sondern strich mit dem Finger über die künstliche Maserung.

»Ich bin überzeugt, sein Dad hat sich gefreut, als Pat eine Führungsposition bei Mancini Concrete übernommen hat. Mich interessiert aber eher, wie Sie dazu standen.«

Mancini zog die Hand zurück und lächelte schwach in MacNeice' Richtung, dann rutschte er auf dem Stuhl herum und sah zur Tür, als erwartete er jeden Moment seinen Anwalt.

»Aziz hat Sie gegoogelt, Mr Mancini – Sie haben eine schöne Frau und Kinder. Sie haben allen Grund, stolz auf sie zu sein.«

»Das bin ich auch.« Er lächelte Aziz an und sah wieder zur Tür.

»Sie sehen, wie leicht das war, Mr Mancini. Ich möchte deutlicher werden: Eigentlich versuchen wir Sie zu schützen.«

»Ich bin ein angesehenes Mitglied der Gesellschaft«, antwortete Mancini. »Ich brauche Ihren Schutz nicht – aber Sie werden bald selbst Schutz brauchen.«

»Wenn Sie wie Pat die Nachrichten verfolgen würden, wüssten Sie, dass Sie und Ihre Familie in großer Gefahr schweben.« Mancini verschränkte die Arme, wandte den Blick aber nicht von der Tür ab.

MacNeice war bereit, so lange zu warten, bis eine Reaktion kam. Nach dreißig Sekunden Schweigen sah Mancini kurz zu ihm – offensichtlich wollte er hören, was als Nächstes kommen würde.

»Roberto, sprechen Sie Ukrainisch?«

Dem jungen Mann wich das Blut aus dem Gesicht. Er schloss die Augen und atmete tief durch.

»Seien Sie versichert, wir sind nicht an den Nächten interessiert, die Sie mit ukrainischen Tänzerinnen in Pats Wohnung verbracht haben, sondern an dem Preis, den Sie für dieses Vergnügen bezahlt haben. Was Sie als angesehenes Mitglied der Gesellschaft in fremden Betten treiben, geht uns nichts an.«

Mancini stiegen Tränen in die Augen, er bebte am ganzen Körper, gab aber keinen Laut von sich.

»Sie verstehen, Pat hat nämlich geglaubt, er könnte sich mit diesen Damen den sinnlichen Freuden hingeben, indem er Informationen austauscht – oder erfindet –, die den Zwecken jener dienen, die die Damen zur Verfügung gestellt haben.«

Mancini stand auf, sah hilfesuchend zum Seitenfenster und begann wieder auf und ab zu gehen.

»Setzen Sie sich bitte. Es dauert nicht mehr lange.«

Mancini lockerte seine schwarze Seidenkrawatte und ließ sich wieder auf den Stuhl fallen.

»Sie haben uns wirklich nichts zu sagen?«, fragte MacNeice.

Mancini beugte sich vor, legte beide Unterarme auf den Tisch, sagte aber nichts.

»Dann mache ich weiter. Als die Jokers in Dundurn aufgekreuzt sind, hat sich für die Damned Two Deuces damit das

Spiel geändert – unterbrechen Sie mich, wenn Sie das alles schon wissen ...«

Mancini stierte wieder auf die Tischoberfläche. Seine Schultern zitterten, da jetzt beide Beine auf und ab wippten.

»Pat hat mit vorwiegend falschen Informationen für den Sex bezahlt – dafür ist er gestorben. Womit haben Sie bezahlt? Ihr Computer und Ihre Finanzunterlagen wurden beschlagnahmt, Mr Mancini, und vielleicht taucht auch gar nichts Bestimmtes in den Büchern auf, aber sind Sie sich sicher, dass sich nicht irgendwo in den Tiefen ihrer Festplatte irgendeine Korrespondenz findet?«

Mancini schlug auf den Tisch, und sein Blick schoss zur Tür, als in der Scheibe daneben ein Gesicht auftauchte, das MacNeice nicht kannte. Es klopfte, dann ging die Tür auf.

Der Anwalt trug einen dreiteiligen grauen Anzug, in der Hand hatte er einen schmalen Aktenkoffer aus Krokodilleder, den er vor sich auf den Tisch legte. »Ich bin Jacob Goldman. Ich wurde beauftragt, Mr Mancini zu vertreten, ich beantrage daher, dass ohne meine Anwesenheit und Einwilligung keine weiteren Fragen mehr gestellt werden. Ich werde meinen Mandanten instruieren, welche Fragen er beantworten wird – habe ich mich verständlich ausgedrückt?«

Aziz und MacNeice erhoben sich. Goldman gab jedem kurz die Hand und setzte sich neben seinen Mandanten. »Nehmen Sie Ihren Aktenkoffer vom Tisch«, sagte MacNeice, ohne sich zu setzen. Goldman sah ihn verwirrt an. Als er bemerkte, dass es MacNeice ernst war, nahm er kopfschüttelnd den Koffer vom Tisch.

»Soll ich für Mr Goldman unser bisheriges Gespräch zusammenfassen, Mr Mancini?« Er wartete auf eine Antwort, aber Mancini saß nur mit versteinerter Miene da. Wieder beschloss er, es auszusitzen.

Goldman sah seinen Mandanten an, dann MacNeice und Aziz. Unsicher, worum es überhaupt ging, sagte er: »Ja, Detective Superintendent, bitte fassen Sie zusammen, was Sie bislang mit meinem Mandanten besprochen haben.«

»Nein.« Ein Wort, leise ausgesprochen. Als Roberto Mancini aufblickte, weinte er. Tränen tropften auf sein makellos weißes Hemd. »Jacob, ich brauche Sie nicht, nicht jetzt. Ich entschuldige mich für die Unannehmlichkeiten ...«

»Roberto, seien Sie nicht töricht. Ich weiß nicht, was hier vor sich geht, aber ich kann Ihnen versichern, es wird unverzüglich vorüber sein.«

»Nein. Bitte gehen Sie. Ich rufe Sie an.« Mancini sah nicht zu seinem Anwalt, ließ nur seinen Tränen freien Lauf und hatte den Blick auf MacNeice gerichtet.

»Detectives, ich möchte kurz mit meinem Mandanten unter vier Augen sprechen, bitte.«

»Nein, Jacob. Bitte gehen Sie.«

»Wenn mein Mandant zu irgendetwas gezwungen wurde«, sagte Goldman und nahm seinen Koffer, »dann verspreche ich Ihnen, werde ich Sie beide persönlich und die Polizei von Dundurn verklagen.« Er öffnete die Tür, sah noch einmal zurück, schüttelte erneut entschieden den Kopf und ging.

Mancini wartete, bis die Tür geschlossen war. »Fahren Sie fort ...«

»Davor muss ich Sie darauf hinweisen, dass das Gespräch aufgezeichnet wird, außerdem muss ich Sie fragen, ob es wirklich klug war, auf Ihren Rechtsbeistand zu verzichten.«

»Ihre Frage wurde zur Kenntnis genommen«, sagte Mancini.

»Wie Sie wünschen. Unser Zeuge, ein Mitglied der Jokers, hat uns eine ungefähre Vorstellung gegeben, in welcher Weise Sie für die Tänzerinnen bezahlt haben, aber wir würden es gern von Ihnen selbst hören.«

»Ist es möglich, ist es irgendwie möglich ...« Mancini weinte jetzt hemmungslos. Aziz holte eine Packung Taschentücher und stellte sie vor ihm hin. Er nahm sich mehrere, wischte sich über das Gesicht und putzte sich die Nase. »Meine Familie – muss sie das alles erfahren?«

»Wir müssen erst wissen, wie weit Sie darin verstrickt sind, Mr Mancini – wir müssen alles erfahren –, bevor wir entscheiden können, was, wenn überhaupt, verschwiegen werden kann.«

Aziz ergriff zum ersten Mal das Wort. »Nach den Bildern zu urteilen, die wir online gesehen haben, haben Sie eine Familie, die hoffentlich zu Ihnen hält ... wenn Sie sich ehrlich bemühen, uns bei diesen Ermittlungen zu helfen.«

»Kann ich einen Schluck Wasser haben?«

»Natürlich.« MacNeice verließ den Raum, ging zur Kaffeeküche und füllte einen großen Pappbecher aus dem Wasserspender. Er wollte schon wieder zurück, als sein Handy klingelte. Er ging ran.

»Ich bin's, Boss. Ich bin gerade dabei, nach Buffalo aufzubrechen. Demetrius ist mit den Vanucci-Kartons durch. Sie haben auch alles runtergeladen, was auf seinem Computer war.«

»Perfekt, Williams. Dann müssen wir uns nicht darum kümmern, dass das amerikanische Büro von ABC durchsucht wird.«

»Er meint, ich soll nicht mit dem Dienstwagen kommen. Ich bin also nach Hause gefahren und hab mir meinen Pass und die graue Krücke geholt.«

»Die graue Krücke ... Ach so, Ihren BMW?«

»Ja, der sieht zwar ziemlich fertig aus, läuft aber wie eine Eins. Wie geht's mit Mr Smoothie?«

»Er hat seinen Rechtsbeistand fortgeschickt. Ich denke, er wird kooperieren.«

»Das ist doch schon mal die halbe Miete. Viel Glück, Boss – ich hab das Gefühl, wir kommen voran.«

Durch das Seitenfenster sah MacNeice, dass Mancini den Kopf zwischen den Händen verborgen und Aziz ihm die Hand auf den Unterarm gelegt hatte. Sie sagte etwas zu ihm. MacNeice wartete, bis sie sich wieder gesetzt hatte, bevor er die Tür öffnete.

»Hier, bitte.«

Mancini nahm den Becher entgegen, trank die Hälfte, wischte sich erneut über das Gesicht und ließ die Taschentücher in den Papierkorb fallen, den Aziz neben ihn gestellt hatte. »Pat und ich waren wie Brüder, wussten Sie das?« Er erwartete keine Antwort, also sprach er weiter, bevor jemand etwas erwidern konnte. »Wir sind zusammen aufgewachsen, wir haben als Kinder Eishockey gespielt ... Ich habe dann Wirtschaft studiert. Pat war im Sport sehr viel besser als ich, es war vernünftig, dass er es mit einer Profikarriere versucht hat.«

»Wann haben Sie von den Mädchen erfahren und dem Deal, den er eingegangen ist, um sie zu bekommen?«

»Er hat mich zu sich eingeladen. Ich dachte, er wollte eine Playoff-Partie ansehen.«

»Und die Frauen waren schon da?«

»Ja, beim ersten Mal. In dem Jahr war ich an insgesamt fünf Nächten bei ihm. Dann haben wir es reduziert, vor allem, weil die Wirtschaft abstürzte und wir nichts Glaubhaftes erfinden konnten. Aber nachdem das Hafenprojekt des Bürgermeisters in Fahrt kam, waren wir wieder drin im Geschäft.«

»Was haben Sie Ihrer Frau erzählt?«, fragte Aziz.

»Ich wäre ... ich meine, ich war geschäftlich unterwegs. Nicht für das Betonunternehmen, sondern für andere Kunden, die ich in Winnipeg und in Thunder Bay habe.«

»Hat er Ihnen in dieser ersten Nacht gesagt, was der Preis dafür ist?«

»Nein, erst als sie fort waren. Ich war noch im Bett, der Typ, der sie abgeholt hat, hat also annehmen müssen, dass Pat einen Dreier abgezogen hat.«

»Und als er damit herausrückte?«

»Na ja, Pat ... Er hat mir die Geschichte von Frédéric, vom Pot und den Mädchen und dem ganzen Mafia-Zeugs erzählt.«

»Wie klang das für Sie?«

»Erst hatte ich einen Heidenbammel. Ich hätte für den Sex einfach bezahlt, aber Pat war nicht mehr zu bremsen. Ich sagte, ›Pat, du wohnst in einem Penthouse in Burlington, und ich bin ein beschissener Buchhalter in Dundurn. Wir wissen so gut wie nichts über die Mafia.‹ Und er: ›Aber das wissen die Froschfresser doch nicht. Die denken nur, *Italiener und Beton – das muss die Mafia sein.*‹ Dann hat er gelächelt und gesagt: ›Nächsten Donnerstag kommen zwei neue Mädchen.‹«

»Wann hat er Sie Frédéric Paradis vorgestellt?«

»An diesem Donnerstag dann. Er war schon bei Pat, als ich gekommen bin. Ich war mir sicher, er würde mich sofort als Hochstapler durchschauen, aber, ich weiß nicht, vielleicht lag es an der Sprache ... Jedenfalls hab ich ihm von ein paar Aufträgen von Mancini Concrete erzählt, und er hat sich bloß einen abgegrinst. Dann hat er mir die Hand geschüttelt und gesagt, jetzt hätten wir einen Vertrag, und mich gefragt, ob ich irgendwas brauche, um ihn zu versüßen, Dope oder Koks. Ich sagte, nein. Eine halbe Stunde später kamen die Mädchen, begleitet von einem anderen Biker.«

»Wie haben Sie die Informationen übermittelt?«, fragte Aziz.

»Meistens per Telefon, manchmal auch per E-Mail. Frédéric wollte, dass ich einen Facebook-Account einrichte und mit ihm per Skype kommuniziere.«

»Haben Sie das getan?«, fragte Aziz.

»Nein. Ich sagte ihm, dass ich mich mit Computern nicht so auskenne. Es war alles ... zu einfach.«

»Wir wissen also, Pats Vater hat ABC darüber in Kenntnis gesetzt, dass MacNamara sauer war wegen des Exklusivvertrags, den Mancini Concrete erhalten hatte.«

»Ja, davon hab ich gehört.« Er leerte den Wasserbecher und hielt ihn mit beiden Händen umfasst.

»Haben Sie McNamara erzählt, dass ABC schlagkräftige Unterstützung zum Treffen in der Kiesgrube mitbringt?«

»Ja.«

»Warum?«

»Na, für mich es war ein Spiel, aber die Belohnung war real. Ich habe McNamara erzählt, dass ABC einen privaten Sicherheitsdienst aus New York mitbringt, und Pat hat ABC erzählt, dass McNamara mit einer Motorrad-Gang anrückt.«

»Und über die Konsequenzen haben Sie sich nie Gedanken gemacht?«, fragte Aziz etwas fassungslos.

»Wir wussten über Motorrad-Gangs genauso viel wie über die Mafia. Wir gingen von einer Prügelei oder einer Pattsituation aus, aber doch nicht, dass das irgendwie auf uns zurückfallen könnte. Für Frédéric war es ein gut bezahlter Job, die Chance, einen Teil der Kohle abzukassieren, die wir ihm geschuldet haben.«

»Wussten Sie, was geschah, als Frédérics Leute bei ABC-Grimsby aufkreuzten?«, fragte MacNeice.

»Nein, wir haben nur die Informationen geliefert, aber nicht gewusst, was er damit anstellt. Dann, als der Deputy Chief diese Pressekonferenz gab, ist Pat vollkommen ausgeflippt. Er hat mich angerufen und gefragt, was wir jetzt verdammte Scheiße tun sollen.«

»Waren Sie besorgt, hatten Sie Angst?«

»Als ich gehört habe, dass Frédéric und dieser riesige Wichser – sorry, Detective« – Aziz winkte nur ab –, »als ich gehört habe, dass die beiden in Cayuga getötet wurden, dachte ich, das Schlimmste, was jetzt passieren könnte, ist, dass wir keine Mädchen mehr bekommen. Und selbst das war okay, weil es allmählich schwierig wurde, mir zu Hause immer irgendwelche Ausreden einfallen zu lassen ...«

»Hat Pat Ihnen von Frédérics Bruder erzählt?«

»Ja, aber ich wusste nicht, ob der irgendwas von mir und Pat weiß.«

»Gibt es noch jemanden, der von Ihnen und Pat und den Bikern weiß?«

»Nicht unbedingt, nein.«

»Klare Ansage, bitte – wer weiß noch von Ihrem Deal?«

»Gianni hat sich vielleicht einiges zusammenreimen können. Er sitzt neben Pat.«

»Haben Sie mit Gianni darüber geredet?«

»Nein, nicht konkret.«

»Noch mal, Klartext. Was haben Sie Gianni gesagt?«

Mancini schluckte. »Ich hab ihm erzählt, dass Pat nebenbei was mit den D2D laufen hat – und der Lohn dafür im Vögeln bestand.«

»Sie haben nicht erwähnt, dass Sie auch daran beteiligt sind?«, sagte Aziz.

»Nein, das konnte ich mir doch nicht leisten. Pat war Single – keinen hat es interessiert, wenn er herumvögelt ...«

»Haben Sie Pat meine Privatadresse gegeben?«

»Nein. Das war Gianni. Sie haben eine Kieszufahrt. Wir haben den Kies geliefert. Gianni hat mich angerufen und gesagt, dass Pat zu Ihnen will.«

»Und Sie haben die D2D angerufen und ihnen alles erzählt?«

»Nein, das würde ich nie tun. Pat ist wie ein Bruder für mich!«

»Dann ...?«

»Gianni war der Einzige, der vom Biker-Deal wusste.«

»Es sei denn, er hat es weitererzählt ...«, wandte Aziz ein.

»Das würde er nicht tun. Er wäre nicht da, wo er ist, wenn er nicht die Klappe halten könnte.«

»Vielleicht nicht bei Ihnen, aber bei Pat – da würde er es auch nicht weitererzählen?«

Mancini starrte auf den Pappbecher, drehte ihn nervös hin und her und begann wieder zu weinen. Dann sah er auf, wollte etwas sagen, brachte aber keinen Ton heraus. Er schob den Becher zur Seite und schlug die Hände vors Gesicht.

»Zeit für eine Pause. Ich mache Espresso.« MacNeice wollte sich schon erheben.

»Nein, lass mich.« Aziz stand auf und griff sich den Pappbecher. »Ich fülle nach.«

Keiner der beiden Männer sagte etwas, als sie fort war. Mancini hatte den Blick von MacNeice abgewandt, der spürte, dass der andere etwas zurückhielt. Mancini wippte wieder mit dem rechten Bein auf und ab. Als Aziz mit einem Tablett und Kaffee und Wasser für alle drei zurückkehrte, wirkte Mancini erleichtert und stürzte sich auf die Getränke. MacNeice berührte Aziz unter dem Tisch am Oberschenkel. Beiläufig sah sie in seine Richtung, unmerklich zeigte er mit einem Nicken auf Mancini, der jetzt die Crema in dem fast leeren Becher kreisen ließ. Als er den Kaffee ausgetrunken hatte, sah er zu MacNeice.

»Was ist es, Mr Mancini?« MacNeice hatte seinen Kaffee noch gar nicht angerührt.

»Sorry?«

»Was verschweigen Sie uns?«

Mancini schob den leeren Becher zur Seite und nahm einen Schluck vom Wasser. Er sah erst den einen, dann den anderen an. »Gianni hat mich gefragt, was er mit der Information machen soll.«

»Welcher Information?«

»Dass Pat Ihnen einen Besuch abstatten wollte.«

»Und Sie sagten?«

»Ich ... ich sagte ihm, er soll die D2D anrufen. Die Jungs vor Ort waren noch hier, sie wohnen in einem Haus in Aldershot.«

»Sie haben ihm die Nummer gegeben?«

»Ja.«

»Sie haben sie also nicht selbst angerufen, sondern Gianni darum gebeten. Haben Sie einen Gedanken daran verschwendet, was dabei herauskommen könnte?«

»Nein ... na ja, schon. Ich dachte, sie verpassen Pat eine kleine Abreibung, jagen ihm ein bisschen Angst ein, Sie wissen schon. Er hat das gebraucht. Er hatte nicht viel zu verlieren, aber ich, verdammt noch mal. Er musste ruhiggestellt werden, bis alles vorbei war ... ich dachte, sie würden ihm nur Angst einjagen.«

»Pat war für Sie ein unreifer Junge, der einfach mal eine Abreibung brauchte«, sagte MacNeice mit ausdrucksloser Stimme. »Sie hielten ihn für naiv.«

Mancini schluchzte. Als er sich übers Gesicht wischen wollte, stieß er den Wasserbecher um. Er wollte die verschüttete Flüssigkeit mit den Taschentüchern aufsaugen, was sich aber als wenig praktikabel herausstellte, also wischte er so lange mit dem Anzugärmel herum, bis der Stoff nass und der Tisch trocken war. »Pat war schon immer verzogen, wissen Sie«, brachte er schließlich heraus. »Er war der gutaussehende, talentierte Sportler, er war klug und witzig – aber ihm fehlte jede Straßenhärte. Da war nichts.« Wut flackerte in seiner Miene auf. »Deshalb war er als Spieler auch nicht gut genug, verstehen Sie? Er dachte immer, es geht bloß darum, den Puck im Netz unterzubringen, ohne darauf zu achten, wer gerade zum Schlag gegen seinen Schädel ausholt.«

»Ich denke, Sie waren beide naiv«, sagte MacNeice. Er kippte seinen Espresso und schob den Becher zur Seite.

»Ja ... vielleicht. Ja, wahrscheinlich. Es war auch ein Spiel.«

»Nur um das klarzustellen, Mr Mancini«, unterbrach Aziz. »Wenn sie Pat verprügelt hätten, meinen Sie, dass sein Kopf eine weitere Gehirnerschütterung vertragen hätte?«

Er riss die Augen auf. Natürlich hatte er keinen Gedanken an die Folgen verschwendet, die schwere Prügel für einen jungen Mann gehabt hätten, der wegen Hirnschäden den von ihm geliebten Sport hatte aufgeben müssen. »Ich ... glaube nicht. Nein ... hören Sie, ich hab einfach nicht darüber nachgedacht. Pat ist in Panik geraten und hat davon geredet, reinen Tisch zu machen. Ich habe ihm gesagt, er hat leicht reden, aber ich bin derjenige, der alles aufs Spiel setzt – meinen Beruf, meine Familie ... Ich weiß, Sie halten es für falsch, aber ... mein Ruf.«

»Das alles hätten Sie sich überlegen sollen, bevor Sie das erste Mal in Pats Wohnung aufgetaucht sind«, sagte MacNeice bedächtig.

Anscheinend war ihm erst jetzt die ganze Tragweite seines Handelns klar geworden. Roberto Mancini schlug wieder die Hände vors Gesicht und schluchzte zwei, drei Minuten lang.

Als er sich schließlich gefangen hatte, sagte MacNeice: »Ich kann mir vorstellen, wie schwer das alles für Sie ist. Wir haben nur noch ein paar wenige Fragen.«

»Waren Sie eifersüchtig auf Pat, weil ihm eine Führungsposition bei Mancini Concrete übertragen wurde?«, fragte Aziz.

»Eifersüchtig? Ach so, verstehe – weil mir ein Drittel und meinem Bruder zwei Drittel des Unternehmens gehören?«

»Und wenn er in den Ruhestand ginge, hätten Sie immer noch lediglich ein Drittel, aber Pat zwei.«

»Nein. Meistens hatte ich das Gefühl, ich hätte noch nicht mal dieses eine Drittel verdient. Nein, ich wollte, dass Pat gewinnt ... ich wollte immer, dass er gewinnt.«

»Hat er Ihnen gesagt, dass er keinerlei Interesse am Unternehmen hatte?«, fragte Aziz.

»Klar. Aber das musste er mir gar nicht sagen – es war nicht zu übersehen.«

»Und ...?«

»Mein Bruder Alberto ist brillant. Er weiß immer, was er tut. Gianni hätte Pat ins Unternehmen einführen können. Es ist ein gutes Unternehmen, und es war ja nicht so, dass er irgendeine andere Ausbildung gehabt hätte. Das war so der Gedanke, und ich denke auch, dass Pat, wenn er etwas erwachsener geworden wäre, sich durchaus hätte reinfinden können.«

»Nachdem es aus und vorbei war mit ihm und dem Austoben, wozu Sie ja nie die Gelegenheit hatten«, sagte Aziz.

»Ja ... na ja.« Mancini war die beißende Ironie nicht entgangen.

»Und Gianni Moretti – hat es ihm Spaß gemacht, der Lehrer eines unwilligen Schülers zu sein?«, fragte MacNeice.

»Nicht unbedingt. Pat war für alle im Büro bloß eine Witzfigur, aber die Mancinis hatten sie immer gut behandelt. Gianni war genau der Richtige, um ihm alles beizubringen. Wenn es geklappt hätte, hätte Pat und mich keiner mehr aufhalten können, um das Unternehmen zusammen so richtig groß zu machen. Er hatte das Charisma, und ich kann mit Geld umgehen.«

»Hätte Gianni Moretti auf die Idee kommen können – und

sei es nur aufgrund seiner langen Firmenzugehörigkeit –, dass er der Richtige gewesen wäre, um eine Führungsrolle einzunehmen?«

Mancini schien die Frage zu überraschen. »Er gehört nicht zur Familie. Er wird immer eine gute Stelle haben, aber hier geht es um die Familie.«

»Welche Nummer hat Gianni Moretti angerufen?«, fragte Aziz.

Er fummelte an seinem Handy herum und reichte es Aziz, die sich die Nummer notierte, bevor sie es zurückgab. Als er das Handy entgegennahm, klingelte es.

»Gehen Sie nicht ran«, sagte MacNeice. Mancini, der sowieso nicht erpicht darauf schien, schaltete das Handy aus.

»Was passiert jetzt mit mir?«

»Das ist eine gute Frage, Mr Mancini. Durch Ihr Zutun wurde Ihr Neffe getötet, Sie haben Ihre Familie entehrt und das Vertrauen enttäuscht, das Ihr Bruder in Sie gesetzt hat.«

Mancini zuckte zusammen und blinzelte mehrmals.

»Die Frage, wessen man Sie anklagen könnte, gestaltet sich jedoch etwas schwieriger. Sie und Pat haben eine Tragödie losgetreten, die zum Tod von mehreren Menschen geführt hat, sowohl Amerikanern als auch Kanadiern, und nicht alle waren gewalttätige Gangmitglieder. Sie sind also zusätzlich mitverantwortlich für deren Tod.«

»Ich verstehe …« Seine Stimme verriet, wie viel Angst er hatte.

»Mr Mancini, wir wissen Ihre Entscheidung, Ihren Anwalt fortzuschicken und offen mit uns zu reden, zu schätzen.« MacNeice sah zu Aziz, die zustimmend nickte. »Aber ich bestärke Sie jetzt darin, Ihren Anwalt und Ihre Familie anzurufen – und sonst niemanden.«

»Und die Medien? Was werden Sie denen sagen?«

»Die Antwort darauf sowie die Anklagepunkte, die gegen

Sie aufgrund Ihrer Aussagen erhoben werden, kommen vom Kronanwalt. Bis dahin wird keiner von uns irgendwas gegenüber den Medien verlautbaren lassen.«

MacNeice erhob sich schwer, in Gedanken war er bei den wahren Opfern – bei Gary Hughes, Luigi Vanucci, Sue-Ellen Hughes und ihren Kindern. Sogar bei Pat Mancini.

»Was soll ich jetzt tun?« Roberto Mancini weinte wieder ungehemmt. MacNeice sah zu, wie seine Tränen auf den Tisch tropften. Aziz antwortete für ihn.

»Lassen Sie diese Befragung sich erst einmal setzen, Mr Mancini. Wenn Sie für sich annehmen können, wie viel Leid durch Sie anderen zugefügt wurde, dann werden Sie hoffentlich auch in irgendeiner Weise die Verantwortung dafür übernehmen können, was Ihrer Familie angetan wurde, Ihrem Neffen, der Familie Ihres Bruders und auch den anderen, deren Leben Sie zerstört haben. Sie gehören nicht zu den Opfern in dieser Geschichte, also erlauben Sie sich auch nicht den Luxus, sich für eines zu halten.«

Er wischte sich mit dem Hemdsärmel über die Augen und rang sichtlich nach Worten. Beide sahen ihm schweigend zu. Mancini schüttelte einige Male den Kopf, hustete und begann schließlich zu reden. »Das tut mir alles so entsetzlich leid ... und ich weiß auch ... ich hätte Pat aufhalten können, an diesem ersten Abend. Ich hätte ihn stoppen können. Er hat zu mir aufgesehen, er hat mich für jemanden gehalten, der ihm in vielem voraus war.« Wieder wischte er sich übers Gesicht und putzte sich mit dem letzten Taschentuch die Nase. »Ich hab es nicht getan, weil es einfach so ... so ... abgefahren war!« Er schüttelte den Kopf. »Ich wollte das auch mal haben, wissen Sie, einfach mal die Sau rauslassen ... wie Pat ... einmal nur.«

MacNeice streckte ihm die Hand hin. »Danke für Ihre Aufrichtigkeit. Wenn Sie klug sind, nehmen Sie sich Detective

Aziz' Worte zu Herzen.« Sie gaben sich die Hand, dann ging MacNeice.

Die Tür wurde wieder geöffnet, ein uniformierter Polizist erschien. Aziz wartete, bis sich Roberto Mancini gefangen hatte, dann folgte sie den beiden zum Aufzug. Mancini blieb stehen und drehte sich zu ihr um. Vielleicht lag es am kalten, bläulichen Licht, vielleicht war es auch nur das Ende eines grausamen Nachmittags, jedenfalls schien er plötzlich um Jahrzehnte gealtert. Die Aufzugstüren schlossen sich, und Aziz stand einen Augenblick lang davor, sah zu, wie der silberne Lichtstreifen zwischen den beiden Türen nach unten glitt, bevor sie langsam ins Kabuff zurückging.

46

»Ryan, Sie kamen in letzter Zeit etwas zu kurz«, sagte Mac-Neice und ließ sich müde auf seinen Stuhl fallen.

Der junge Mann sah lächelnd über die Schulter. »Ich hab was – es ist gerade von der Spurensicherung im Fall Dance reingekommen.« Ryan öffnete eine Datei auf seinem Computer, und auf dem Monitor erschien der Scan eines Briefes, der im Haus der Dances gefunden worden war. Er tippte auf die Tastatur, und der Umschlag füllte den gesamten Bildschirm aus.

»Was ist das?«

»Adressiert an William Dance, Senior, datiert auf« – mit dem Cursor umkreiste er den Poststempel – »den 14. November des letzten Jahres. Das Schreiben stammt vom Chedoke Health Centre – Sie wissen schon, dieser Privatklinik, in der sich vor allem Führungskräfte aus der Wirtschaft behandeln lassen. Ich hab dort angerufen und nach jemandem verlangt, der für die Patientenverwaltung zuständig ist. Und ich hab mich – tut mir leid, Sir – für einen Polizisten ausgegeben, der am Dance-Fall arbeitet.«

»So was könnte Sie den Job hier kosten, Ryan.«

»Das ist mir bewusst, Sir. Deswegen hab ich auch gesagt, ich sei Detective Inspector Michael Vertesi.« Nachdem er MacNeice' Schmunzeln als Zustimmung auffasste, kam er zum Punkt. »Schließlich hat man mir – oder eigentlich Vertesi – zwei Dokumente geschickt, Sir.«

Wieder tippte er auf seiner Tastatur herum und war mit einem Mal in Vertesis Mail. »Bei dem ersten handelt es sich um einen Brief von Charles Pepper, dem CEO des Chedoke Health Centre, bei dem zweiten um die Kopie einer Rechnung für eine MRT von Dance' Brustkorb und Magen. Die MRT-Rechnung beläuft sich auf 7074,21 Dollar und enthält fettgedruckt den Vermerk, dass Mr Dance' nächste MRT-Untersuchung für den April terminiert sei – lange nachdem er dann gestorben ist.«

»Er muss schwerkrank gewesen sein, wenn er nicht mit den anderen Patienten auf seine MRT warten wollte. Und der Brief?«

Ryan öffnete den Brief und vergrößerte einen Absatz, damit MacNeice ihn leichter lesen konnte:

Bill, ich schreibe dir das schweren Herzens, sowohl als alter Freund als auch als ehemaliger Kollege sowie in meiner Funktion als Leiter des Chedoke Health Centre. Nach den von uns durchgeführten Untersuchungen stimmen die von uns konsultierten Onkologen hier und am Dundurn General Hospital mit der Diagnose überein, die Dr. Philip Martin dir letzten Monat gestellt hat. Nach unser aller Einschätzung hättest du, sofern umgehend mit einer entsprechenden Chemotherapie begonnen würde, vielleicht noch ein halbes Jahr, möglicherweise ein ganzes Jahr zu leben. Ebenso sind wir davon überzeugt, dass du ohne Behandlung höchstens noch wenige Wochen zu leben hast. Ich schreibe dir das, um nach unserem Treffen am 9. November noch einmal meine persönliche Besorgnis und Fürsorge für dich zum Ausdruck zu bringen.

MacNeice lehnte sich zurück. »November. In Muskoka ist nicht viel Verkehr, und an einem klaren Tag steht ein Land Cruiser an einer Kreuzung, will auf den Highway einbiegen und fährt exakt in dem Augenblick los, als sich ein Truck mit hoher Geschwindigkeit nähert. Das lässt darauf schließen, dass Dance' Vater nicht die Absicht hatte, sich einer Chemotherapie zu unterziehen.«

Ryan nickte.

MacNeice klopfte ihm auf die Schulter. »Gute Arbeit. Drucken Sie den Brief und die Rechnung aus.« Er heftete sie ans Whiteboard, als Aziz zurückkam.

»Was ist das?«

»Dance' Vater hat allem Anschein nach in Muskoka Selbstmord begangen.«

»Großer Gott – und hat dabei seine Frau und den Truck-Fahrer mit sich genommen. Sind denn alle Männer in dieser Familie wahnsinnig?«

Das Telefon auf MacNeice' Schreibtisch klingelte, er ging ran. »MacNeice.«

»Mary Richardson. Ich hab hier zwei Vertreter des US-Militärs bei mir. Sie haben die erforderlichen Dokumente, die ich brauche, damit ich die sterblichen Überreste von Hughes freigeben kann, sie wollen aber auch Kopien der von uns erstellten DNA- und Pathologieberichte. Da wollte ich erst Ihre Zustimmung einholen, bevor wir die ebenfalls übergeben.«

»Ist ein Familienmitglied mit dabei?«

»Nein, sie sind allein gekommen. Allerdings handelt es sich bei den beiden um Bürokraten, wie sie im Buche stehen – aber ich sollte vielleicht ein wenig leiser reden. Junior unterhält sie gerade. Er versucht die Einzelteile des jungen Mannes zusammenzusetzen, der von der Brücke gesprengt wurde.«

»Großer Gott, Mary.«

»Sorry, Galgenhumor. Möchten Sie mit einem der Typen reden?«

»Ja.« Er drehte sich um und betrachtete die Armeeaufnahme von Hughes.

»Detective MacNeice, hier ist David Farrody, US-Kriegsveteranenministerium. Gibt es Probleme, die sterblichen Überreste von Sergeant Hughes und alle dazu vorliegenden Informationen freizugeben?«

»Nicht im geringsten. Werden die sterblichen Überreste der Familie übergeben, damit eine Beerdigung stattfinden kann?«

»Sie werden in einem Leichenschauhaus aufbewahrt, bis das Datum der Beerdigung festgelegt ist.«

»Als Sergeant Hughes' Hände gefunden wurden, hat sein Ehering noch an einem Finger gesteckt. Soll ich einen Streifenwagen damit zu Ihnen schicken?«

»Nein. Unsere Aufgabe sieht lediglich vor, den Leichnam in die Vereinigten Staaten zu überführen. Um alles andere soll sich direkt die Familie des Verstorbenen kümmern.«

»Danke. Können Sie mir noch mal Dr. Richardson geben?«

»Sicher.«

»Geben Sie die Leiche frei, Mary, und händigen Sie ihnen alle Unterlagen aus, die sie wollen.«

»Wird gemacht.«

MacNeice legte auf und griff sich sein Jackett.

»Sie gehen, Boss?«, fragte Vertesi.

»Nur nach Hause, zum Trainieren, um den Kopf freizukriegen. Ich komme wieder. Ihr kommt eineinhalb Stunden ohne mich zurecht?«

»Kein Problem«, sagte Aziz als Erste. »Ich verfasse den Bericht über die Befragung von Mancini.«

»Vertesi, wenn Sie sie wieder ins Hotel fahren, dann begleiten Sie sie bitte bis an die Tür und überprüfen Sie auch das Zimmer, bevor Sie gehen.«

Aziz ersparte sich den Kommentar, dass sie problemlos

allein in ihr Hotel kommen könne. Sie lächelte Vertesi nur zu.

»Mein Gott, unseren Psycho – den habe ich glatt vergessen«, kam es von Vertesi.

»Ich nicht. Er ist überfällig.« MacNeice verließ das Kabuff.

Im Wagen auf der Main Street ging MacNeice in Gedanken noch einmal die Befragung durch. Roberto Mancinis Blick, als er davon gesprochen hatte, dass er auch mal die Sau rauslassen wollte – *einmal nur* –, war für ihn der Moment gewesen, an dem sich so vieles herauskristallisiert hatte. Es war wie bei der Chaostheorie: der harmlose Flügelschlag eines Schmetterlings führte zum Tod von so vielen Menschen. Dieser eine Moment, in dem er nachgegeben hatte, hatte letztlich Pat und ihn selbst zur Strecke gebracht, und jetzt mussten die Familien auf der Suche nach Erklärungen die kläglichen Überreste der Katastrophe durchsieben.

Er überquerte die letzte Anhöhe vor seinem Zuhause, und sein Herz machte einen Satz. In seiner Zufahrt stand ein Wagen. Diesmal war es ein schwarzer Porsche Cayenne mit getönten Scheiben und einem Kennzeichen aus Quebec. Er hielt neben dem SUV und löste die Verriegelung des Holsters. Er ließ die Beifahrerscheibe nach unten, schaltete die Zündung aus, zog seine Dienstwaffe und richtete sie auf die Scheibe des Porsche. Sekunden vergingen, in denen er unverwandt die Waffe auf das dunkle Glas gerichtet hielt.

Schließlich senkte sich die Scheibe, und dahinter kam ein massiges, lächelndes Gesicht zum Vorschein. Bevor MacNeice etwas sagen konnte, tauchte der Lauf einer Flinte auf, und das Lächeln des Fahrers wandelte sich zu einem breiten Grinsen.

»Steigen Sie aus«, sagte MacNeice.

Der Porschefahrer spitzte die Lippen und schüttelte bedächtig den Kopf. Mit der abgesägten Flinte gab er MacNeice zu verstehen, dass er sich umdrehen solle. Er sah zur anderen Seite. Dort, keine zwanzig Zentimeter von seinem Ohr entfernt, außerhalb der Scheibe, war der Lauf einer Pistole auf ihn gerichtet. Die Person, die sie in der Hand hielt, tippte zweimal gegen das Glas. MacNeice sah zum Porschefahrer, der immer noch lächelte und langsam nickte. Dann ein lauteres Klopfen an der anderen Seite. MacNeice legte seine Waffe auf den Beifahrersitz und stieg mit erhobenen Händen aus.

Vor ihm stand ein kleiner, drahtiger Mann mit zurückgegelten, an den Schläfen ergrauten Haaren; er trug ein türkisfarbenes Leinenhemd mit offenem Kragen und eine weite schwarze Leinenhose. Hoch am rechten Wangenknochen hatte er das kleine Tattoo einer bourbonischen Lilie; kleine blaue Tupfer liefen von knapp unterhalb des Auges bis zu ihr, vermutlich sollten sie vergossene französische Tränen darstellen. MacNeice hörte den satten Schlag der SUV-Tür, dazu das Knirschen von Schritten auf dem Kies.

Ein riesiger Mann mit dunklen welligen Haaren erschien hinter dem Chevy, er trug eine weit geschnittene schwarze Jeans und ein weißes Baumwollhemd, das ihm über die Hose hing. Es musste Brunis älterer Bruder sein. Jetzt lächelte er nicht mehr und hatte seine Flinte auf der Schulter liegen. Er bedeutete MacNeice, zum Eingang des Cottages zu gehen. Der Kleinere ging voraus und öffnete ihnen die Tür, als wäre er hier ganz zu Hause. MacNeice folgte ihm nach drinnen.

Ihr Boss hatte es sich bereits im Wohnzimmer mit einem Glas von MacNeice' Grappa bequem gemacht. Die Flasche mit einem zweiten Glas stand auf dem Tisch, daneben lag eine verchromte Pistole, die identisch war mit der von Frédéric.

»Bitte, nehmen Sie Platz, *Monsieur* MacNeice.« Der Mann lächelte, erhob sich und streckte ihm die Hand entgegen. Er trug einen dunklen grau-blauen Anzug, ein helles blaugrünes Hemd und schwarze Wildlederschuhe.

»Sie müssen Joe Paradis sein.«

»*Oui, c'est moi*. Aber ich ziehe den französischen Namen vor – Joseph Paradis. Ja, ich bin Frédérics Bruder. Bitte, setzen Sie sich … Ihr Grappa ist übrigens superb.« Er nickte den anderen Männern zu, die wieder hinausgingen und die Tür hinter sich schlossen. »Bitte, *Monsieur*, setzen Sie sich.« Er lächelte, schenkte MacNeice einen Grappa und für sich einen weiteren ein und setzte sich wieder.

»Was wollen Sie, Joseph?«

»Bitte …« Er bot MacNeice das Glas Grappa an. Er nahm es. »Wir haben viel zu bereden, denke ich.«

MacNeice sah ostentativ zur Waffe und schätzte ihre Entfernung ab, was Joseph nicht entging.

»*Ah, oui*, die Waffe.« Er stellte das Glas ab und nahm die Waffe an sich. »Ich bin nicht hier, um Ihnen Schaden zuzufügen, *Monsieur*. Wenn, dann wäre das längst geschehen, ja?«

»Ich verstehe.«

»Natürlich. Nehmen Sie sie. Machen Sie schon – nehmen Sie sie in die Hand.« Er gab ihm die funkelnde Pistole. »Ich bin hier, um mit Ihnen über die Lage zu sprechen, in der wir uns beide befinden, *vous comprenez*?«

»In diesem Fall sollte ich sie lieber hierhinlegen …« MacNeice legte sie auf den Beistelltisch neben eine Ausgabe von *Birds of North America*.

»Wie Sie wünschen. Nun genießen wir den Moment. Chinchin, MacNeice.«

MacNeice nahm ihm gegenüber Platz, hob das Glas und prostete ihm zu. Er trank langsam, sah zu, wie Joseph den exklusiven Grappa genoss.

»Mein Bruder ist gestorben, wie er gelebt hat – gewaltsam. Sie waren mit dabei. Erzählen Sie mir davon.«

»Er wollte einen unschuldigen jungen Mann erschießen, nachdem er bereits einen Polizisten verletzt hatte. Bei ihm waren drei Männer. Einer, denke ich, war der Bruder Ihres Begleiters draußen.«

»*Oui*, das stimmt.«

»Einer der vier hat überlebt und befindet sich in polizeilichem Gewahrsam. Die D2D und die Jokers haben ihn anscheinend fallen lassen. Warum?«

»Noch nicht, *Monsieur* ... *S'il vous plaît*, erzählen Sie mir von Frédérics Tod.« Er hielt sich das kleine Glas an die Nase und atmete tief ein.

»Frédéric wollte uns alle umbringen. Wäre nicht der unbekannte Heckenschütze gewesen, wären wir jetzt tot.«

»Ah, ja, der Heckenschütze – gehörte er zu Ihnen?«

»Nein. Wir wissen nicht, wer Ihren Bruder erschossen hat. Er war mindestens fünfhundert Meter entfernt, und bis wir seine Position bestimmt hatten, war er längst fort.«

»Es war kein Polizist?«

»Ganz bestimmt nicht.«

»Sie haben hier ein schönes Haus.« Joseph sah sich um. »Man sieht, dass Sie Ihr Zuhause mögen.«

»Das tue ich, sehr.«

»*Oui*, das merkt man.« Er leerte seinen Grappa und stellte das Glas ab. »Ich habe Grappa nie gemocht – ›italienischer Fusel‹, habe ich ihn immer genannt –, bis jetzt. Ich danke Ihnen, dass Sie mir was Neues nahegebracht haben.«

»Warum sind Sie hier?«

»Frédéric und ich waren Waisen. Ich habe mich um ihn gekümmert, seitdem er vierzehn war.«

»Er war extrem gewalttätig, Joseph. Haben Sie ihm das auch beigebracht?«

»*Touché – mais non.* Wie Sie sehen, bin ich alles andere als gewalttätig. Meine Welt, ja, aber ich ... bin die Ruhe selbst.«

»Sie haben ihn aber unterstützt?«

»Bei diesem Abenteuer, nein. Er wollte es auf seine Weise durchziehen, ohne mich. Ich war froh, als er fort war.«

»Sie wussten nicht, was wegen Frédéric in Cayuga passiert ist?«

»Ich habe meinen Bruder einige Zeit nicht gesprochen. Wir haben Mädchen im Zug hergeschickt – neben meinen anderen Interessen leite ich in Montréal auch einen Escort-Service –, aber Dope hat er ausschließlich auf eigene Rechnung gekauft und verkauft. Ich habe das schon vor langer Zeit aufgegeben.«

»Stand er mit Ihnen in Konkurrenz?«

»*Oui et non* – ich ließ ihn machen. Ich bin nicht daran interessiert, mich hier geschäftlich zu betätigen. Das habe ich nicht nötig. Die Jokers in Montréal haben ihre Nische. Wir bringen weder die Polizei noch die Angels gegen uns auf, wenn Sie verstehen? Wenn man sich für Gewalt entscheidet, muss man gewalttätiger sein als alle anderen, und selbst dann kann man nicht gewinnen.«

»Ja, dafür ist eine heikle Balance nötig.«

»Wir sind nahe davor, unser Unternehmen auf eine uneingeschränkt legale Grundlage zu stellen, aber Frédéric wollte ein anderes Leben – er wollte alles verticken, von Pot und Ecstasy bis zu Koks. Das südliche Ontario bezeichnete er als seinen Wilden Westen. Innerhalb von sechs Monaten werden wir in Montréal aber so sauber sein wie McDonald's.«

»Gestern ist ein junger Mann zu mir gekommen. Nachdem er mich wieder verlassen hat, wurde er auf der Brücke in die Luft gesprengt. Wissen Sie etwas darüber?«

»*Oui*, natürlich. Ich habe es in den Nachrichten gesehen. Ich denke, Sie wissen, wer dafür verantwortlich ist, *non*?«

»Ich vermute, es geht auf die Kappe der D2D, der Letzten, die von denen noch übrig sind.«

»*Oui*, das vermute ich auch.«

»Wenn ich Sie nach einem dunklen Mustang neueren Baujahrs frage, könnten Sie mir da zufällig etwas zu sagen haben?«

»Sehe ich aus wie jemand, der ein Muscle Car fährt, *Monsieur*?«

»Offen gesagt, nein, aber Sie kennen vielleicht Leute, die so etwas tun. Lassen Sie es mich anders formulieren ... wissen Sie, wer Pat Mancinis Wagen mit Sprengstoff versehen hat?«

»Es waren zwei.« Er richtete sich auf und beugte sich vor. »Ich werde bald aufbrechen, MacNeice. Wir fahren nach Montréal zurück, und ich möchte, dass diese Eskapade meines Bruders bald der Vergangenheit angehört.«

»Ich weiß nicht, ob ich Ihnen folgen kann.«

»Dieses Treffen hat nie stattgefunden.«

»Ich glaube, ich verstehe.«

»Sie suchen einen gewissen Randall ›Bigboy‹ Ross. Er hat Kenntnisse im Umgang mit C4. Er fährt keinen Mustang, aber sein Partner, Perry Mitchell. Sie sind Mancini hierher gefolgt. Als Sie mit ihm zu Ihrer Fahrt aufgebrochen sind, haben sie die Corvette – wie sagt man – *modifiziert*.«

»Und die beiden gehören zu den D2D?«

»*Oui.*«

»Wussten Sie davon?«

»Nein, ich habe heute erst Erkundigungen darüber eingeholt. Sie waren heute sehr fleißig, und wir auch.«

»Wo kann ich sie finden?«

»Langlois hat Ihnen die Adresse in Aldershot genannt. Seien Sie vorsichtig – in der Zwischendecke des Kellers sind *explosive plastiques* untergebracht.«

»Woher weiß ich, dass Sie damit nicht denen eine Falle stellen – oder mir?«

»Das können Sie nicht wissen. Meinen Sie wirklich, ich mache so etwas?«

MacNeice trank seinen Grappa aus. »Nein, ich denke, Sie erzählen mir die Wahrheit – aber ich würde gern wissen, warum.«

Joseph lächelte, stand auf und sah hinaus in den Wald. »Ich habe meinen Bruder geliebt, aber ich habe gewusst, dass es so enden würde – und er auch. Je gewalttätiger er und Bruni wurden, desto zivilisierter wurden wir.« Er drehte sich zu MacNeice um. »Ich besitze kein Motorrad, Pascal auch nicht – das ist Brunis Bruder. Und ich verabscheue Lederhosen.«

»Und Pascal ... irgendwelche Rachegelüste wegen des Todes seines Bruders?«

»Nein. Frédéric und Bruni waren *deux gouttes d'eau* – auf Englisch, ah ... sie glichen sich wie ein Ei dem anderen –, obwohl Bruni viel mehr Platz beansprucht hat. Er war süchtig nach Kokain und Steroiden. Als Pascal ihn das letzte Mal sah, hat Bruni versucht, ihn umzubringen.«

»Sind Sie wegen des Geldes gekommen, das in Cayuga versteckt ist?«

»Ich brauche Frédérics Geld nicht.«

»Wissen Sie irgendetwas über die Morde dort?«

»Ich wusste nichts, und er hätte mir auch nichts erzählt. Ich hätte hier noch einiges einzutreiben, ja – für die Mädchen –, aber ich kann damit leben. Wir werden den Escort-Service bald abstoßen. Ich fahre jetzt, und ich vertraue darauf, dass Sie nirgendwo anrufen, um mich daran zu hindern.«

»Hätte ich einen Grund dazu, von den Waffen und dem Einbruch hier mal abgesehen?«

Joseph lächelte und nahm die glänzende Waffe zur Hand. »Die Waffen sind registriert, aber es stimmt schon, Pascals Gewehr ist abgewandelt – damit es reisetauglich ist. Nichts in Ihrem Haus wurde gestohlen oder beschädigt, *Monsieur*, und es war nicht schwierig, hereinzukommen.«

»Ich werde was dagegen unternehmen müssen.«

»Das ist nicht nötig – wir kommen nicht wieder.« Er schob sich die Waffe in den Gürtel und streckte ihm die Hand hin. MacNeice schüttelte sie und bemerkte die schwere Rolex am Handgelenk.

Auf dem Weg zur Tür blieb Joseph stehen. »Wenn ich etwas stehlen wollte, *Monsieur* MacNeice, dann würde ich dieses Foto mitnehmen – *très, très jolie.*« Lange betrachtete er eingehend die junge nackte Frau am Steinstrand.

Zusammen traten sie aus dem Cottage. Seine Männer saßen bereits im Porsche, dessen Motor lief. Joseph ging zur Beifahrerseite herum. »*Bonsoir*, MacNeice, und danke für den Grappa – und *bonne chance.*« Er stieg ein. »*Allons-y! Revenons à la civilisation.*« Der schwarze Cayenne verließ die Zufahrt und holperte langsam den Weg hinunter.

MacNeice holte seine Waffe aus dem Chevy und ging hinein. Er legte der jungen Frau auf dem Foto die Hand auf den Hintern und sagte: »Danke.« Nachdem er die Gläser in den Ausguss und den Grappa in den Schrank gestellt hatte, überprüfte er die Küchentür und alle Fenster – alle waren verschlossen. Er stand an der Schwelle zum Schlafzimmer und überlegte, ob er sich in seine Trainingsklamotten werfen sollte, ging dann aber, immer noch mit beschleunigtem Herzschlag, aus dem Cottage und sperrte hinter sich die Tür ab. Bevor er den Berg zum Highway hinunterfuhr, rief er in der Dienststelle an.

»MacNeice«, meldete er sich, als er Ryan auf dessen Headset hörte. »Ist Aziz noch da?«

»Ja, Sir. Und Vertesi.«

»Danke, Ryan. Stellen Sie mich zu Aziz durch.«

»Wie geht's beim Training?«

»Ich komme zurück. Ruf Swetsky und Palmer an, wir brauchen sie alle – wir brechen nach Aldershot auf.«

»Willst du das SWAT-Team dabeihaben?«

»Ja, aber hoffentlich können wir eine Schießerei vermeiden. Irgendwas von Williams?«

»Er hat vor fünf Minuten versucht, dich zu erreichen. Ich hab ihm gesagt, er soll es auf deinem Handy probieren.«

»In acht Minuten bin ich da.« MacNeice überquerte schon den Parkplatz, als sein Handy klingelte.

»Ich bin's. Luigi hat alles dokumentiert, wie sich herausgestellt hat. Wir haben E-Mails und Ausdrucke der gesamten Kommunikation von ABC. Demetrius hat mir was davon vorgelesen. Ein ABC-Manager verspricht Vanucci fünfzig Riesen und beauftragt ihn damit, Grimsby zu schützen, nachdem McNamara und seine Schläger Drohungen gegen sie ausgestoßen haben. Anscheinend wollte Luigi alles schwarz auf weiß haben, deshalb fragte er den Typen auch, warum er sich nicht einfach an die örtlichen Behörden in Kanada wendet ...«

»Gute Frage.«

»Genau. Auch diese Mail hat Demetrius gelesen – darin wird unsere Provinzregierung mit der ihrigen verglichen, und wenn unsere so wäre wie deren Regierung, wäre ABC längst plattgemacht ... Ich habe drei Kartons mit Dokumenten, meistens Fotokopien der Originale, dazu zwei CDs mit dem, was auf dem Computer war.«

»Das ist alles?«

»Ja. Das reicht, um das *Old Soldiers* auseinanderzunehmen. Aber eines sollte klar sein – Wenzel Hausman darf sich in Tonawanda nicht mehr blicken lassen.«

»Das Sicherste dürfte sein, wenn er nach West Virginia zurückkehrt, sobald hier alles vorbei ist.«

»Danke, Boss. Ich sollte in weniger als einer Stunde zurück sein.«

MacNeice war so guter Stimmung nach diesen Neuigkeiten, dass er zur Hintertür lief und die Treppe hinaufsprintete.

Vertesis Kopf tauchte über der Bürolandschaft auf. »Er ist da.«

»Swetsky und Palmer sind unterwegs«, sagte Aziz. »Sie sollten in zehn bis fünfzehn Minuten eintreffen. Wir haben SWAT-Unterstützung. Zwei Männer haben soeben zwischen den Bäumen Position bezogen, an die zweihundert Meter vom Haus entfernt.«

»Sie haben eine Kamera mit 300-Millimeter-Objektiv, die sie an einen Laptop anschließen können, Ryan wird also bald die Bilder hierhaben«, sagte Vertesi.

Ryan klickte auf seiner Tastatur herum. »Die Verbindung zu mir steht, Sir. Geben Sie mir noch ein paar Sekunden, dann können Sie es selbst sehen.«

»Von Swets soll ich noch ausrichten, dass er was für dich hat«, sagte Aziz.

»Es kommt alles zusammen«, sagte MacNeice. »Williams bringt den Vanucci-Rosetta-Stone mit – Unterlagen und Mails, die bestätigen, dass die Typen im *Old Soldiers* für ABC angeheuert wurden.« MacNeice nahm einen Marker und trug die neuen Informationen auf dem Whiteboard ein.

»Fantastisch«, sagte Vertesi.

»Und es gibt noch mehr – ich hab Joseph Paradis getroffen.«

»Was! Wo?« Aziz sprang vor Überraschung auf.

»In meinem Wohnzimmer. Er hat auf mich gewartet und meinen Grappa getrunken. Er hat mir auch einen angeboten.«

Vertesi konnte es nicht fassen. »Mein Gott!«

»Genau.«

»Was wollte er?«, fragte Vertesi.

MacNeice erklärte ihnen alles und schrieb die Namen der beiden Männer ans Whiteboard, die Paradis zufolge den Sprengsatz gelegt hatten.

Aziz allerdings bekam nur mit halbem Ohr mit, was er sagte. »Wie sind die in dein Cottage gekommen?«, wollte sie wissen.

»Keine Ahnung. Es ist nichts beschädigt worden, und mit Ausnahme der Eingangstür war alles, was abgesperrt war, auch nachher abgesperrt. Anscheinend sind sie einfach reinspaziert.«

»Zeit für ein paar neue Schlösser«, sagte Vertesi.

»Okay«, schaltete sich Ryan dazwischen, »hier sind ein paar Bilder von dem Gebäude. Als Erstes eine Totale.« Er tippte auf die Tastatur, und ein einstöckiges weißes Holzhaus erschien hinter einer Reihe abschirmender Bäume. Rechts davon gab es eine Garage für ein Fahrzeug. Hinter dem Haus standen links eine heruntergekommene Scheune und ein Getreidesilo ohne konische Dachbedeckung. Die Zufahrt führte im rechten Winkel von der Straße weg und lief dann seitlich am Haus entlang. Dort war ein schwarzer Anhänger geparkt.

»Ist das ein Pferdeanhänger?«, fragte Vertesi.

»Eher ein Motorradanhänger«, sagte Ryan. »Mit dem Ding kann man ein halbes Dutzend Maschinen transportieren.«

»Eine ganze Menge.«

»Das nächste«, sagte MacNeice.

»Selbe Ansicht, aber viel näher dran. Er ist aus dem Wald nach rechts gegangen, um freie Sicht zu haben – niedrig, als würde er zwischen den Gräsern auf dem Boden liegen.« Das

Haus hatte eine kleine überdachte Veranda mit zwei Stühlen, weitere – die aussahen wie Küchenstühle – standen auf dem Rasen vor dem Haus neben einem kleinen Obstbaum. An allen Fenstern waren die Rollläden heruntergezogen.

»Nächstes.«

»Zwei Fahrzeuge treffen ein. Einmal ein Dodge-Ram-Pickup mit Anhängerkupplung, der andere – *ta-ta* – ein dunkelblauer Mustang neueren Datums.« Ryan hob die Füße und drehte sich auf seinem Schreibtischsessel einmal um die eigene Achse. »Ich brauch ein paar Minuten, um die letzten beiden Bilder hochzuladen.«

»Gut gemacht, Ry.«

»Wir können sie nicht überraschen – sie sehen uns unweigerlich kommen«, sagte Aziz.

»Tagsüber, ja, aber die Nacht spielt uns in die Hände. Dort draußen gibt es weder Straßenbeleuchtung noch irgendein Umgebungslicht – werfen wir einen Blick auf die Wetterberichte und Mondphasen.«

»Zunehmender Mond, erstes Viertel, Sir«, sagte Ryan.

Alle drei Polizisten starrten ihn an. »Woher zum Teufel weißt du das, Ry?«

»Geländemaschinen, Computer, Mondphasen – das sind so meine Themen. Ich interessiere mich für den Himmel, seitdem ich als kleiner Junge mit meinem Großvater durch ein Teleskop geschaut habe. Nerdig, ich weiß.«

»Überhaupt nicht nerdig«, erwiderte MacNeice.

»Na ja, vielleicht schon …«, sagte Vertesi.

»Himmel bedeckt, Regen ist angekündigt, Gewitterwahrscheinlichkeit bei sechzig Prozent«, sagte Aziz und sah auf ihren Monitor.

»Perfekt«, sagte MacNeice.

»Hier – zwei weitere Bilder.« Ryan deutete mit einem Nicken auf den großen Bildschirm des Falcon. »Der erste ist ein Lincoln Town Car, an die zehn Jahre alt, der zweite ein aufgemotzter Jeep Cherokee. Die Karre ist aber viel zu flach, um damit wirklich ins Gelände zu gehen, ich würde also sagen, sie wurde tiefergelegt. Die nächste Aufnahme zeigt die Familienzusammenführung.« Er tippte auf die Tastatur, und das Bild erschien.

Vier Männer und eine Frau waren aus dem Haus gekommen, um sechs Männer zu begrüßen, die aus den Autos gestiegen waren. Jeder, auch die Frau, trug Schwarz.

»Das muss die Friseurin sein. Ihr Name steht im Grundbucheintrag der Immobilie ...«

»Fiza, ruf das Observierungsteam an und sag ihnen, sie sollen in Deckung bleiben. Keine Fotos mehr bis zur nächsten Statusänderung. Ansonsten nur noch über Handy Berichte über das, was sie mit eigenen Augen sehen – ich will nicht, dass der Lichtschein des Laptops bemerkt werden könnte.«

»Mach ich.« Sie rollte auf ihrem Stuhl zu ihrem Schreibtisch. »Weihe ich sie in unseren Plan ein?«

»Es kommt noch eins, Sir. Hier.« Ryan rutschte vom Bildschirm weg.

Zwei Kinder stürmten aus der Eingangstür. Die Kamera hatte sie mitten im Sprung eingefangen, als sie von der Veranda hüpften – zwei Jungen, einer vielleicht vier, der andere fünf oder sechs.

»Nicht gut«, sagte Vertesi.

»Überhaupt nicht gut«, fügte Aziz hinzu und griff nach ihrem Telefon.

»Sag ihnen, sie sollen vorerst nur beobachten und uns berichten«, sagte MacNeice.

MacNeice befestigte die letzten Aldershot-Fotos am Whiteboard, als Swetsky um die Ecke kam.

»Was haben Sie hier, Mac?« Swetsky legte seinen kräftigen Arm auf die obere Leiste des Whiteboards.

»Wo ist Palmer?«, fragte MacNeice.

»Er wollte sich erst noch mit jemandem treffen. Wenn wir ihn brauchen, schiebt er innerhalb von zehn Minuten seinen Arsch hierher, dafür sorge ich.«

MacNeice nickte. »Das sind Fotos vom Anwesen der D2D in Aldershot. Kommen Ihnen irgendwelche Leute drauf bekannt vor? Ryan hat das Bild vergrößert und schärfer gemacht.«

Swetsky beugte sich zum Bild hin. »Hmm, ja, oh ja. Die drei haben sich in den Westen aufgemacht – schön zu sehen, dass sie wieder zu Hause sind. Diese beiden kenne ich nicht. Die junge Frau ist Randy Ross' Freundin, Melanie Butter.«

»Butter, wie ...?«, fragte Vertesi.

»Genau – schmilzt ganz schnell dahin.« Sofort bedauerte Swetsky den erbärmlichen Witz. »Äh, Mist, tut mir leid, Aziz.«

»Kein Problem, Detective«, entgegnete Aziz spitz, während sie zum Hörer griff.

»Sorry, Mac, ich denke immer, sie ist einer von den Jungs«, sagte Swetsky leise.

»Das ist sie aber nicht.« Er klang schärfer als beabsichtigt. »Ms Butter hat zwei Kinder mit im Haus.«

»Das sind ihre, nicht die von Ross. Der Vater wurde vor ein paar Jahren auf seiner Harley an einem Bahnübergang in Tweed von einem Güterzug gerammt.«

»Ich erinnere mich. Er wollte noch vor dem Zug über die Gleise kommen«, sagte Vertesi.

»Auslese der Besten, was?«, sagte Swetsky. »Wie sieht der Plan aus?«

»Wir haben SWAT-Unterstützung, und mit Williams sind wir zu sechst plus die beiden im Wald. Wir haben gerade erfahren, dass Randall Ross und Perry Mitchell, der Typ, dem der Mustang gehört« – MacNeice tippte auf das Foto –, »wahrscheinlich Pat Mancini auf dem Gewissen haben.«

»Ja, klingt plausibel. Der hat sich seine Brötchen mit Sprengungen im Steinbruch oben im Norden verdient.«

»Das Haus liegt an der Zufahrtsstraße zum Highway und ist aus jeder Richtung einsehbar. Auf der anderen Straßenseite gibt es einen kleinen Wald – da sind unsere Männer –, aber im Tageslicht gegen sie vorzugehen würde in einer Katastrophe enden. Zehn Männer, eine Frau und zwei Kinder ... wir wollen kein Blutbad. Zumindest die Kinder und ihre Mutter müssen lebend rauskommen.« MacNeice betrachtete das Foto von den Jungs, die von der Veranda sprangen, als hätten sie keine Sorgen in der Welt.

»Wie stellen wir das an?«, fragte Swetsky mit Blick auf MacNeice.

»Das weiß ich noch nicht. Aber sie sind nicht grundlos zusammengekommen, und ich möchte die Gelegenheit nicht verstreichen lassen.«

Die Jokers, von denen drei tot waren und einer sich in Gewahrsam befand, mussten in Dundurn erledigt werden. Wenn es noch andere gab, waren sie wahrscheinlich nach Quebec zurückgekehrt. »Wir können außer Sichtweite des Farmhauses in beiden Richtungen Straßensperren errichten. Wenn einer wegfährt, fangen wir ihn dort ab. Das Problem ist nur, wenn er uns sieht, wird er das Farmhaus alarmieren, und dann haben wir dort eine Schießerei oder Schlimmeres.«

»Nur ein Gedanke – die zehn Männer können sicherlich nicht alle über Nacht bleiben. Einige von denen werden irgendwann im Lauf des Abends abfahren«, sagte Aziz.

»Guter Gedanke.«

»Also, eher früher als später, wollen Sie das sagen?«, fragte Swetsky und setzte sich.

»Ich stimme Mac zu – wir wollen keinen Schusswechsel. Aber mir fällt nichts ein, wie wir ihn verhindern sollen«, sagte Aziz.

»Erzählen Sie mir mehr über Melanie Butter«, sagte Mac-Neice. »Steckt sie tief in dieser ganzen Biker-Kultur mit drin, oder ist sie bloß eine Friseurin mit einem tragischen Hang für die falschen Männer?«

»Ich bin ihr nur einmal begegnet, in ihrem Salon in Burlington. Am Spiegel hingen Fotos ihrer Kinder. Keine Tattoos, zumindest habe ich keine gesehen. Sie sieht so aus wie jemand, der Haare schneidet. Und sie schiebt definitiv keinen Brass auf die Bullen.«

»Es ist jetzt weit hergeholt, aber meinen Sie, wir könnten Melanie Butter ans Handy kriegen und ihr sagen, was in dem Haus bald los sein wird? Ihr vielleicht vorschlagen, dass sie mit den Jungs das Haus verlässt, um Snacks zu holen oder so, während wir reingehen?«

»Hat was von einer Verzweiflungstat«, sagte Vertesi.

»Ja, Rettung in letzter Sekunde. Wenn sie uns verpfeift, machen die sich in null Komma nichts aus dem Staub, und wir müssen sie irgendwo auf der Straße stoppen.«

»Ist nicht schwer, an ihre Nummer zu kommen. Ich kenne die Frau, der der Salon gehört.« Swetsky zückte bereits sein Handy.

MacNeice sah auf seine Uhr. »Es ist jetzt 20.38 Uhr. Williams wird bald hier sein. Und wenn Palmer Wort hält, muss er auch bald kommen ...« Zur Bestätigung sah MacNeice zu Swetsky.

»Er wird kommen, und wenn nicht, kriegt er von mir ein Disziplinarverfahren an den Hals.«

»Gut. Aziz, gib dem SWAT-Team Bescheid, wir treffen uns auf dem Parkplatz im LaSalle Park, der ist ungefähr fünf Minuten vom Farmhaus entfernt. Von dort werden wir mit Streifenwagen an beiden Enden der Straße, an der die Farm liegt, Sperren errichten. Sorgen Sie dafür, dass die Feuerwehr und die Notarztwagen um 21.45 Uhr im Park eintreffen, damit wir uns mit ihnen nicht überschneiden. Ich werde Ms Butter um 21.35 Uhr anrufen und ihr, abhängig von ihrer Reaktion, etwas Zeit geben, damit sie herauskommen kann. So oder so, um exakt 21.45 Uhr werden wir am Farmhaus eintreffen. Irgendwelche Fragen?«

»Wer geht als Erster rein?«, fragte Vertesi.

»Das SWAT-Team wird das Gelände vom Haus bis zur Scheune und zur Garage ins Visier nehmen. Wir beziehen auf dem Rasen Stellung. Ich werde versuchen, sie zur friedlichen Aufgabe zu überreden. Wir tragen Schutzwesten und bleiben hinter unseren Fahrzeugen.«

»Behalten Sie Ross im Auge – er weiß, wie man Dinge in die Luft jagt.« Swetsky ging ans Whiteboard und deutete auf das Bild des Farmhauses. »Ich würde ihm durchaus zutrauen, dass er die Zufahrt mit Sprengfallen gepflastert hat.«

»Gut, dann stellen wir den SWAT-Wagen aufs Gras. Ryan, drucken Sie diese Bilder aus und beschriften Sie die Personen mit ihren jeweiligen Namen, die Swets Ihnen geben wird.«

»Sprengfallen in Aldershot ... was kommt als Nächstes?«, sagte Vertesi kopfschüttelnd.

»Aziz, stell den Status des Diensthelikopters fest.«

»Wofür das denn?«, fragte Vertesi.

»Ihr Boss will die Farm festlich beleuchtet haben.« Swetsky lächelte.

»Auf jeden Fall richten wir die Autoscheinwerfer und die Scheinwerfer des SWAT-Wagens aufs Haus.«

Aziz wählte die Nummer.

»Wie hoch schätzen Sie die Chance ein, dass wir sie da kampflos rausholen?«, fragte MacNeice Swetsky.

»Null bis zehn Prozent, aber vielleicht haben die Neumitglieder ja einigen Einfluss. D2D ist so gut wie ausgelöscht. Sie haben einem Psychopathen die Leitung übertragen, und jetzt sind eine ganze Menge von denen abgekratzt. Wenn sie vorhatten, sich neu zu organisieren und in nächster Zeit eher bedeckt zu halten, dann war es ein Fehler, Pat Mancini in die Luft zu sprengen. Vielleicht ist das Treffen dazu gedacht, den neuen Jungs auf den Zahn zu fühlen ... Mac, drehen Sie mit mir doch eine kleine Runde, solange Aziz den Hubschrauber checkt.«

Swetsky schlurfte die Treppe zum Ausgang hinunter, MacNeice folgte ihm. Swets war so groß und wuchtig, dass man sich kaum vorstellen konnte, wie jemand, der ihm entgegenkommen sollte, um ihn herumnavigieren wollte. Unten stieß er MacNeice die Tür auf. »Gehen wir rüber zu meinem Wagen.«

»Was haben Sie vor, Swets?«

»Den guten Samariter spielen. Die Geschichte mal gelesen?«

»Möglich.«

»Es geht dabei um eine Beziehung, nicht um Wohltätigkeit. Er hatte kein Mitleid mit dem armen Scheißer am Straßenrand. Er wollte ihn bloß kennenlernen, er wollte wissen, ob es ihm gut geht, und er war bereit, einiges auf sich zu nehmen, damit es ihm auch wirklich gut ging.«

»Haben Sie mich hier rausgelotst, um mit mir über Religion zu plaudern?«

»Ja, möglich. Ich war, seitdem ich sechzehn bin, nicht mehr in der Kirche. Ich hab rumgevögelt, und ich hab meine Sünden nicht gebeichtet.«

»Die Uhr tickt, Swets ...«

»Entspannen Sie sich – ich weiß. Das hier ist wichtig.« Er öffnete den Kofferraum. Drinnen lag eine große Sporttasche. »Sie wissen noch, was Langlois gesagt hat – warum Freddy zur Farm zurück ist?«

»Das Geld.«

»Wir haben die Bude so gründlich zerlegt, dass man sie jetzt genauso gut auch abreißen könnte.«

»Und?«

»Letzte Nacht haben wir also unsere Pizza gemampft, ich schieb mir ein Pepperonistück rein, und mein Blick fällt auf so eine Salamischeibe im Mozzarellameer – da hat es *Shazam!* gemacht. Ganz hinten in der Scheune steht nämlich so ein Ölfass. Ich hab gesehen, wie die Jungs es hin und her gerollt haben, und Palmer hat gesagt ›Öl‹, und das war es dann. Wenn wir nicht so wahnsinnig gründlich gewesen wären, hätte ich keinen Gedanken mehr an dieses Ding verschwendet. Aber ich fahr allein zur Scheune raus und löse den Deckel des Fasses.« Swetsky sah aus wie eine große fette Katze mit einem Kanarienvogel in der Backe.

»Und?«, fragte MacNeice.

»Definitiv Öl, aber an der Innenseite, links und rechts, läuft ein ganz dünner Draht runter. Man kann ihn kaum sehen, aber man spürt ihn, er ist in die Nut eingehängt, die um das ganze Fass herumläuft – fast unsichtbar. Ich fasse rein und ziehe beide Drähte hoch, bis ein eingeschweißtes Päckchen zum Vorschein kommt. Ich zieh es raus und hol mir ein Teppichmesser von der Werkbank. Und das war da drin.« Er deutete auf die Tasche.

»Die Uhr, Swets.«

»Machen Sie sie auf.«

MacNeice beugte sich in den Kofferraum und zog den Reißverschluss auf. Die Tasche war vollgestopft mit dicken

100-Dollar-Bündeln, unzählige Sir Robert Bordens sahen nach links, jedes Bündel wurde von einem Gummiband zusammengehalten. MacNeice zuckte zurück, als wäre ein ganzes Schlangennest in der Tasche.

»Jedes Bündel ist zehntausend wert, und über achtzig davon liegen da drin.«

»Und jetzt – brauchen Sie Hilfe beim Tragen, um sie reinzuschaffen?«

»Die beiden, die gewusst haben, wie viel es war, sind tot.«

»Ich werde vergessen, dass wir dieses Gespräch jemals geführt haben.« MacNeice drehte sich um und wollte gehen.

»Doch nicht für mich, Sie beschissener Saubermann – für die Frau von Hughes! Keiner weiß, dass ich die Kohle habe. Wir nehmen zweihunderttausend raus und geben sie ihr. Der Rest wandert in die Asservatenkammer, und wir erleichtern ihr ein wenig das Leben.«

»Verstehe …«

»Jemand bringt es zu einem Geldwechsler in Niagara, den ich kenne. Er überweist es direkt auf ihr Konto, vorausgesetzt, sie hat eins.«

»Das ist eine verrückte Idee, Swets … Bringen wir erst mal die nächsten Stunden hinter uns, dann reden wir noch mal drüber. Tut mir leid, dass ich gedacht habe …«

»Hey, fuck, Mann! Wäre es andersrum gewesen, hätte ich Ihnen längst meine Knarre unter die Nase gehalten.« Er ratschte am Reißverschluss und knallte den Kofferraumdeckel zu.

MacNeice' Gedanken rasten, als sie in die Dienststelle zurückgingen.

»Tja, das Ölfass ist genauso versiegelt wie vorher … nur ist jetzt nicht mehr ganz so viel Öl drin.« Swetsky lachte und schlug MacNeice so hart auf den Rücken, dass der ins Stolpern kam.

47

»Der Hubschrauber ist nicht einsatzfähig, weil die Jesus-Mutter defekt ist. Eine neue ist zwar bestellt, aber noch nicht eingetroffen«, sagte Aziz.

Auf Vertesis Frage, was eine Jesus-Mutter sei, musste Aziz gestehen, dass sie dasselbe gefragt habe. »Das ist die große Mutter, mit der der Rotor am Helikopter befestigt ist. Wäre für mich ein triftiger Grund, heute Abend nicht zu fliegen.«

Nach Williams' Ankunft beluden sie die Wagen mit Kevlar-Westen, Gewehren, Munition und zwei Megafonen. Und als sie gerade einsteigen wollten, kam doch noch Palmer angerannt. »Was ist los?«, rief er.

»Ihr Auftritt, Mac«, sagte Swetsky bloß und ließ sich auf den Beifahrersitz von MacNeice' Chevy nieder.

»Sie sind ein Pickel am Darmausgang, Detective. Sie werden sich das alles von der Außenlinie ansehen.«

MacNeice öffnete die Fahrertür, Palmer legte die Hand darauf. »Was soll der Scheiß? Was soll ich tun?«

»Nehmen Sie die Hand vom Wagen.« MacNeice baute sich vor ihm auf, und Palmer ließ die Tür los.

»Aber – was geht hier vor sich?«

»Das lesen Sie morgen im *Standard*, wie alle anderen in Dundurn. Ihnen sind Ihre persönlichen Interessen wichtiger als die Männer und Frauen, die auf Sie zählen, Palmer, aber das war wahrscheinlich heute das letzte Mal.« MacNeice stieg ein, ließ den Motor an und fuhr los.

Palmer winkelte die Arme an und ballte die Hände zu Fäusten, die klassische *Fickt-euch*-Geste, während die beiden

Fahrzeuge den Parkplatz verließen. »So hat er wahrscheinlich auch dagestanden, als der Feuerwehrmann, dessen Frau er flachlegt, ihm sein Motorrad abgefackelt hat. Ich werde ihn morgen Vormittag melden. Mit ein bisschen Glück ist er ab Montag im Innendienst«, sagte Swetsky.

»Natürlich sind wir jetzt einer weniger«, sagte Aziz.

»Selbst wenn er es noch rechtzeitig geschafft hätte, wären wir einer weniger gewesen. Hättest du gewollt, dass er dir Deckung gibt?«, sagte MacNeice und blickte in den Rückspiegel.

Das Gespräch verstummte, als sie sich der Sky-High Bridge näherten. An der Stelle, an der Pat Mancini den Tod gefunden hatte, war die längliche, elliptische Narbe im Belag durch ein neugeteertes Rechteck ersetzt worden. MacNeice sah kurz zur Stadt zurück. An den Silhouetten der rostroten Türme des Stahlwerks blinkten Lichter, aber die gedrungenen Gebäude, in denen die Hochöfen, Beizanlagen, Wickelmaschinen und was auch immer untergebracht waren, wirkten vor dem Lichtgefunkel der Stadt wie schwarze Löcher. Das Gleiche galt für die Bucht, die einer konturlosen, schiefergrauen Fläche glich, in deren Tiefe Teile von Pat Mancini in den Bäuchen fetter, glücklicher Karpfen ruhten.

Ungefähr drei Kilometer vor dem LaSalle Park ergriff er wieder das Wort. »Frag bei den Beobachtern nach, Fiza. Ich möchte wissen, ob sich irgendwas verändert hat. Von jetzt an erwarte ich alle fünf Minuten eine Meldung, und falls sich was ändert, natürlich früher.«

»Okay.«

»Hast du die Batterien der Megafone überprüft?«

»Ich hab sie nicht überprüft, ich hab gleich neue eingelegt.«

»Wunderbar.«

Aziz kontaktierte das SWAT-Team. »Nichts Neues«, berichtete sie. »Melanie Butter sitzt allein auf der Veranda und raucht. Die Kinder schaukeln abwechselnd, die Schaukel hängt an einem Baum gleich rechts von der Zufahrt.«

»Gutes Zeichen. Das heißt, sie ist zum Treffen nicht eingeladen«, sagte Swets.

»Hoffen wir, dass sie auch weiterhin draußen bleibt«, sagte MacNeice.

Etwa ein Dutzend Parkbesucher, manche mit Fußbällen oder Picknickdecken und Esskörben bepackt, gafften und machten mit ihren Handys Fotos von den Polizisten. MacNeice stieg aus und ging zum Sergeant neben den zwei großen schwarzen Bussen. »Machen Sie sich mal keine Sorgen wegen der Leute, Mac«, sagte er. »Wir haben ihnen gesagt, wir sind hier auf einer Übung und einer PR-Tour, um Nachwuchs für die Polizei anzuwerben.« Er lächelte.

»Wie beruhigend, Sergeant Keeler. Und die Leute haben es Ihnen abgenommen?«

»Volle Kanne. Wär ja eigentlich keine schlechte Idee. Klar, von den Kids wollen immer ein paar an den Waffen rumfummeln, ansonsten ist es doch einfach große Klasse, wenn man mal rauskommt und sich unters Volk mischt. Echt jetzt, ohne Scheiß.«

»Schlagen Sie das doch mal offiziell vor.« MacNeice sah zu Keelers Männern, die vor dem zweiten Bus standen. »Sie sind umfassend unterrichtet?«

»Klar, Sir. Wir haben die Bilder in beiden Wagen. Aber DI Aziz hat, so viel ich weiß, Ausdrucke mit dabei.«

»Ich habe nicht mit zwei Einheiten gerechnet. War das Ihre Idee?«

»Das ist ein großer Einsatz für uns, das heißt, wir können eine ganze Menge lernen. Gehen wir in mein Büro.« Er stieg in den Bus, MacNeice folgte.

Drinnen saß ein junger Polizist mit schwarzer Kevlar-

Weste vor einem Computer. Auf dem Bildschirm stellten insgesamt vier Rechtecke die beiden SWAT-Einheiten sowie die beiden Zivilwagen dar.

»Jansen, das ist Detective Superintendent MacNeice.«

Der junge Mann sah auf, streckte ihm abrupt die Hand entgegen und sagte: »Sir.«

MacNeice schüttelte ihm die Hand und wandte sich an Keeler. »Erläutern Sie mir Ihren Plan.«

»Wir koordinieren unsere Bewegungen. Wir platzieren diesen Wagen vorn links auf der Zufahrt, wo wir freie Sicht auf die Scheune haben. Die zweite Einheit hält hier an – auf der rechten Seite –, da haben wir freie Sicht auf das Haus und auf alles, was sich bei den Fahrzeugen oder der Garage abspielt.« Jansen tippte auf der Tastatur herum, bis dünne rote Linien die jeweiligen Sichtlinien markierten. Macs Wagen stand links davon, quer zum Haus, um Deckung zu bieten, während die Autoscheinwerfer auf die Eingangstür gerichtet waren. Vertesis Wagen stand entgegengesetzt dazu auf der anderen Seite der Zufahrt. Blassweiße Dreiecke zeigten zum Haus.

»Die Autoscheinwerfer werden durch unsere Scheinwerfer noch verstärkt – wir haben insgesamt drei auf jedem Fahrzeugdach. Zeigen Sie sie ihm, Jansen.« Wieder tippte Jansen auf der Tastatur herum, und die lichtgesättigte Fläche der weißen Scheinwerferkegel hüllte das gesamte Haus und die Fahrzeuge ein. »Wenn die anderen uns sehen wollen, sollten sie sich besser Sonnenbrillen aufsetzen«, sagte Keeler.

»Okay, keiner weiß, wie sie reagieren werden, aber ich möchte ihnen die Möglichkeit einräumen, sich zu ergeben. Daher werden wir es zuerst per Lautsprecher probieren. Klar?«

»Ja, Sir. Wir warten dann auf Ihr Signal – oder ihres. Wenn sie auf uns ballern, legen wir los.«

MacNeice nickte. »Hoffen wir nur, dass das nicht passiert.«

MacNeice verließ den Bus. Noch bevor er an seinem Auto war, drehten die vollbesetzten Busse um.

»Swetsky, Sie übernehmen das Steuer.« MacNeice warf ihm den Schlüssel zu und stieg an der Beifahrerseite ein.

»Mac, ich hab nachgedacht. Wenn Melanie Butter ihr Handy im Haus hat, besteht doch das Risiko, dass jemand anderes rangeht, wenn du sie anrufst«, sagte Aziz.

»Das Risiko besteht, aber ich sehe keine Alternative. Du?«

Swetsky verließ den Parkplatz.

»Nein.«

MacNeice wählte die Nummer von Butters Handy. Swetsky bog auf die vierspurige Straße Richtung Norden, die zu ihrem Ziel führen würde. »Hi, hier ist Mel. Ich bin im Moment nicht da, bitte hinterlassen Sie eine Nachricht.« MacNeice legte vor dem Piep auf.

»Anrufbeantworter?«, fragte Aziz.

»Ja, und ich halte es für einen Fehler ...« Sein Handy klingelte. »MacNeice.«

»Hi. Tut mir leid, haben Sie mich gerade angerufen? Ich hatte das Handy in der Jeans und bin nicht so schnell rangekommen.« Ihre Stimme war wie auf dem Anrufbeantworter fröhlich und melodisch.

»Ja, Ms Butter, das hab ich.«

»Kenne ich Sie?«

»Nein. Ich bin Detective Superintendent MacNeice von der Mordkommission Dundurn.«

Sie schnappte hörbar nach Luft.

»Ich rufe an, um Sie zu bitten, Ihre Kinder so schnell wie möglich vom Haus wegzubringen.«

»Warum? Was ist los?«, flüsterte sie.

Aziz, die den Beobachter in der Leitung hatte, sagte leise:

»Sie hat die Veranda verlassen und geht auf die Kinder zu, Mac.«

Er gab mit einem Nicken zu verstehen, dass er sie gehört hatte. »Das Haus wird in Kürze gestürmt. Wenn es zu Gewaltanwendung kommt, möchte ich sichergehen, dass Ihnen und den Kindern nichts geschieht. Haben Sie mich verstanden?«

»Ja, aber wie ... was kann ich tun, wo kann ich hin? Meine Kinder ... die haben nichts, wo sie ...«

»Ich weiß, Ms Butter. Können Sie mit Ihrem Wagen aus der Zufahrt rausfahren?«

»Scheiße ... nein, da ist alles zugeparkt. Meiner steht nämlich in der Garage ... oh, fuck ... Was passiert da jetzt?«

»Unser Beobachter sagt, sie gerät in Panik. Wenn jetzt jemand nach draußen kommt ...« MacNeice hob die Hand. Aziz verstummte.

»Ms Butter, sehen Sie über die Straße zum Wald.«

»Ja. Was?«

»Nehmen Sie Ihre Kinder.«

Swetsky tippte ihm auf die Schulter und zeigte voraus. Sie passierten den Streifenwagen an der Kreuzung und bogen in die Straße zum Farmhaus ein. MacNeice nickte. »Sagen Sie ihnen, Sie wollen ihnen die Kaninchen im Wald zeigen.«

»Die Scheißkaninchen?« Ihre Stimme überschlug sich fast.

»Ja. Gehen Sie zum Waldrand. Dort sind zwei Polizisten. Wenn Sie dort sind, legen Sie sich auf den Boden, und so bleiben Sie dann. Man wird Ihnen sagen, wenn es wieder sicher ist. Haben Sie mich verstanden, Ms Butter?« Er bemühte sich, so ruhig und beschwichtigend wie möglich zu klingen.

»Zum Waldrand gehen ... Kaninchen suchen ... hinlegen. Mein Gott, wenn sie mich erwischen ... Scheiße!«

»Sie werden Sie nicht erwischen. Wenn jemand rauskommt, machen Sie und die Kinder sich nur auf die Suche nach den Kaninchen. Gehen Sie jetzt, Ms Butter.«

»Okay, okay.« Die Leitung war tot.

»Kaninchen ... das ist fantastisch«, sagte Swetsky.

»Wenn es funktioniert.«

Plötzlich beugte sich Aziz, das Handy am Ohr, nach vorn. »Gerade ist die Eingangstür aufgegangen ... Der Beobachter glaubt, es ist Ross ... Er ruft nach ihr ... Er hat die Veranda verlassen und geht jetzt über den Rasen ...«

»Soll ich anhalten?«, fragte Swetsky.

»Fahren Sie weiter.«

»Er ruft nach ihr. ›Babe, verdammte Scheiße, wo steckst du?‹« Aziz sah sich um. »Ms Butter hat gesagt, ›Schatz, wir haben Kaninchen gesehen. Wir wollen sie suchen.‹ Er scheint es ihr abzukaufen, meint der Beobachter.«

»Kaninchen ... die Scheißkaninchen.« Swetsky schüttelte nur den Kopf.

»Er ist wieder reingegangen.« Aziz atmete aus. Sie reichte MacNeice eine Kevlar-Weste vom Rücksitz. »Leg die an.«

MacNeice zwängte sich hinein, als sie den niedrigen Hügel überquerten.

»Farmhaus in Sichtweite. Dort links sind Ms Butter und die Kinder, fast bei unseren Männern. Der Beobachter blinkt mich an, wahrscheinlich wollen sie wissen, was sie mit ihnen tun sollen.« Swetsky deutete auf den schmalen weißen Lichtstrahl.

»Sag es ihnen, Fiza«, wies MacNeice sie an. Er sah, wie Ms Butter zu den sich nähernden Fahrzeugen starrte.

Aziz bedeckte ihr Handy. »Schon dabei.« Dann: »Ja, sie sollen sich neben Ihnen auf den Boden legen. Sagen Sie ihnen, es ist ein Spiel. Und sorgen Sie dafür, dass sie da bleiben, egal, was passiert. Genau ... ihr alle jagt Kaninchen. Ich bin jetzt offline.« Sie steckte das Gerät in die Tasche ihrer Weste und nahm ihre Glock 17 aus dem Holster. »Bereit.«

»Gut. Gib mir das Megafon. Vergessen Sie nicht, Swets, stellen Sie den Wagen so hin, dass die Scheinwerfer auf die Tür gerichtet sind.«

»Kapiert. Ich komme auf Ihrer Seite mit raus«, sagte Swetsky und löste schon den Sicherheitsgurt.

»Fernlicht.«

»Klar doch.«

Swetsky riss den Chevy unsanft in den nicht sehr tiefen Graben, der sich die Zufahrt entlangzog, und wühlte Schotter auf, als er ihn dann um die eigene Achse driften ließ. MacNeice und Aziz klammerten sich an ihre Sitze. MacNeice, den Blick auf das Farmhaus gerichtet, sah, wie sich der Rollladen vor der Eingangstür bewegte. Hinter ihnen krachten die SWAT-Busse über den Graben und kamen zum Stehen, einer vor dem Rasen neben den Stühlen, der andere rechts von der Zufahrt. Swetsky, Aziz und MacNeice hatten bereits ihren Wagen verlassen, als Vertesi eintraf. Zwölf schwerbewaffnete Männer in voller Kampfmontur stürmten aus den Bussen. Sechs suchten Deckung hinter den in der Zufahrt geparkten Fahrzeugen, die anderen nahmen ihre Positionen außerhalb des Hauses ein und kauerten jeweils zu dritt zu beiden Seiten der Veranda. Einer der Beobachter kam hinter MacNeice angerannt und kauerte sich ans Heck des Chevy neben Aziz. Keeler stand, drei Meter entfernt, hinter dem Führungsfahrzeug. Er hob kurz die Hand, um MacNeice auf sich aufmerksam zu machen.

MacNeice nahm das Megafon an den Mund. »An alle Anwesenden im Haus – hier ist die Polizei. Sie haben keine Chance zu entkommen, es ist aber auch nicht nötig, dass Blut vergossen wird. Lassen Sie Ihre Waffen fallen. Kommen Sie mit erhobenen Händen raus und legen Sie sich mit dem

Gesicht nach unten auf den Rasen. Jetzt.« Er schaltete das Megafon aus und legte es auf die Motorhaube. Stille, nur noch die Geräusche des Abends – Schwalben, Fledermäuse, Grillen – und das tiefe Motorbrummen der SWAT-Fahrzeuge waren zu hören. Das Haus war angestrahlt wie zu Mittag bei grellstem Sonnenschein.

MacNeice sah eine Bewegung hinter einem Fenster im ersten Stock. »Sie beziehen drinnen Position – runter. Ich versuche es noch mal.« Er griff sich das Megafon und betätigte den Schalter. »Randall Ross, Perry Mitchell und alle übrigen – kommen Sie raus. Die Hände über dem Kopf erhoben ...« Die Fenster im oberen Stock zersplitterten, zwei Gewehrschüsse krachten in die Fahrerseite des Chevy, dessen Seitenscheiben in tausend Splitter zersprangen. »Keeler, sie gehören Ihnen!«, brüllte MacNeice.

Auf Keelers Signal feuerten vier SWAT-Angehörige Tränengasgranaten in die Fenster vorn und an der Seite – die großkalibrige Munition riss riesige Löcher in die Rollläden. MacNeice sah kurz jemanden, der drinnen wegsprintete, bevor der zerfledderte Rollladen wieder vors Fenster schwang. Gleichzeitig eröffnete jemand mit einem Sturmgewehr das Feuer auf das SWAT-Team, das hinter den Fahrzeugen noch Position bezog. Die Polizisten mussten dazu gut einen Meter zwischen dem Jeep und dem Pickup überwinden – das letzte SWAT-Mitglied, das gerade die Deckung des Jeeps verlassen hatte, wurde getroffen.

Und dann wurde aus allen Fenstern mit Gewehren, Sturmgewehren und Uzis das Feuer auf sie eröffnet, unter ohrenbetäubendem Getöse wurde der Boden umgepflügt und die Autokarosserien aufgerissen. Der Chevy erzitterte und krachte auf die Felgen, nachdem auf der Fahrerseite beide Reifen zerschossen wurden. In einer kurzen Pause zwischen den Feuerstößen hörten sie jemanden vom SWAT-

Team brüllen: »Einer getroffen, einer ist getroffen!« Alle Antworten gingen im darauf einsetzenden Getöse unter.

Unter dem unerbittlichen Feuer, das direkt über sie hinwegging, drängte sich das Team am Haus an die Wand und wartete auf die Gelegenheit, ihre Blendgranaten ins Gebäude zu werfen. Die Männer hinter den Fahrzeugen kauerten am Boden und harrten aus, bis ihre Gegner Magazine wechselten, damit sie das Feuer erwidern konnten. MacNeice wurde bewusst, dass das Tränengas den Bikern kaum was anzuhaben schien. »Unten bleiben, alle!«, rief er seinen Leuten zu, kroch dann zum Heck des Chevy, verharrte dort, holte tief Luft und sprintete zu Keeler.

Mehrere Schüsse schwirrten an ihm vorbei, rissen die Straße auf, und etwas traf sein Bein. Über den Lärm brüllte er: »Sie tragen Masken.« Auch der SWAT-Bus erzitterte unter den Treffern. Er ging so nah an Keeler heran, dass sich sein Gesicht im Plexiglas-Visier spiegelte. »Das ist Deckungsfeuer!« Keeler nickte. MacNeice zeigte mit der linken Hand mehrfach nach unten in Richtung Boden. »Im Keller ist Sprengstoff – sie wollen sich Zeit erkaufen für Ross. Verstehen Sie?«

Wieder nickte Keeler. Durch sein Helm-Mikro rief er: »Sechs, acht und drei, M84 in den Keller, dann in die Fenster im Erdgeschoss und ersten Stock. *Los-los-los!*«

Fwumm, fwumm, fwumm. Die Blendgranaten krachten durch die Fenster, die Schüsse aus dem Haus hörten auf. Irgendwo aus dem oberen Stockwerk schrie jemand, dreimal ertönte ein lauter Knall, gefolgt von hellen Blitzen, dann Stille. Das Tränengas waberte aus den Fenstern – es sah aus, als würde das Gebäude ausatmen. Das SWAT-Team ging vor. Keeler setzte seine Maske auf und rief seinen Männern zu: »Zugriff! Rein jetzt!«

Ein Blitz, irgendwo drinnen gab es eine Explosion, und

die Rollläden flogen durch die Fensterrahmen nach draußen.

»Was, verdammte Scheiße, war das denn?«, brüllte Keeler. Er wandte sich an MacNeice und schnitt mit der Hand waagrecht durch die Luft. »Das kam nicht von uns!«

MacNeice war klar, was es war: Das hatte Ross angerichtet. »Ziehen Sie Ihre Männer zurück!«

»Was?«

»Holen Sie sie raus – schnell! Machen Sie!«

Keeler kapierte und brüllte in sein Mikro: »Alle raus aus dem Gebäude. Es fliegt in die Luft. *Los-los-los!*«

Die Leute, die mit den Waffen im Anschlag zur Seitentür unterwegs waren, sahen in Keelers Richtung, zögerten, zerstreuten sich dann aber und suchten hinter den Fahrzeugen in der Zufahrt Deckung. Die sechs vor dem Haus sahen Keeler und MacNeice hektisch winken und liefen auf den Bus und den Chevy zu. Sie hatten die Fahrzeuge fast erreicht, als das ganze Gebäude, vom Dach bis zum Boden, zunächst in sich zusammenzusacken schien. Doch eine Sekunde später explodierte das Haus mit einem ohrenbetäubenden Knall, alles, Glas-, Holz- Metallsplitter, Leitungsrohre, Dachbedeckung, Möbel- und Leichenteile, zerstäubte in einer gewaltigen, in den nächtlichen Himmel aufsteigenden Wolke aus Staub und Trümmern.

Alle hinter den Fahrzeugen pressten sich flach auf den Boden. Die, die es noch nicht geschafft hatten, krochen wie Krabben unter oder hinter die Busse. Williams, der sich bei Vertesis Wagen befunden hatte, sagte später, er sei einfach nur wie ein kleiner Junge staunend und mit offenem Mund dagestanden – »besser als in jedem Film« –, aber dann hatte Vertesi ihn an der Kevlar-Weste gepackt und ihm zugebrüllt – »*was hochsteigt ...*« Damit riss er ihn zu Boden.

Und es kam auch wieder runter – die schwersten Trümmer zuerst; sie bohrten sich in den Boden, prasselten auf die Fahrzeuge, blieben im weichen Untergrund stecken und prallten von härteren Materialien ab. Dann Glas und Holz und verbogene Rohrleitungen. Keiner konnte wirklich sagen, wie lang der höllische Hagel anhielt, aber irgendwann hörte er auf, und die Leute krochen aus ihren Verstecken.

Teilchen von Isoliermaterialien, von Polster, Kleidung, Kissen, Decken und Teppichen schwebten schneeflockengleich, losgelöst von allem, durch die Luft und hatten keine Eile, zu Boden zu sinken. Die Luft schien lebendig zu sein, als wäre sie von einem Zauber erfüllt. Beide Scheinwerfer des Chevy waren zerstört, aber der Kunstschnee trieb im noch verbliebenen Lichtkegel des SWAT-Busses, und MacNeice glaubte dazu den Refrain von »White Christmas« zu hören.

Wo das Farmhaus gestanden hatte, loderten mehrere kleine Feuer, entfacht von Gegenständen, die noch vor der Explosion Feuer gefangen hatten. Zwei der Brandherde lagen relativ nah an einem Maisfeld. Keeler rief seinen Männern zu: »Masken aufbehalten! Die Feuer dort löschen.«

MacNeice drehte sich um und hielt Ausschau nach seinem Team. Aziz, Swetsky, der junge Polizist aus dem Wald – alle erhoben sich unsicher, die Fassungslosigkeit stand ihnen im Gesicht. Er sah zu Vertesis Wagen. Niemand dort hatte sich erhoben, aber er sah eine Hand winken und hörte Vertesi. »Alles okay.«

»An alle, haltet euch was vor die Nase und den Mund! Nicht diese Luft einatmen!« Aziz und Swetsky kamen hinter dem Wagen hervor und hatten sich ihre Jacken vor Mund und Nase geschlagen. Ihre weit aufgerissenen Augen sagten ihm alles.

»Miller. Miller! Bring den Leuten hier Gesichtsmasken. Schnell!«, brüllte Keeler.

»Wie geht's Ihrem Verletzten?«

»Die Kugel hat die Hüfte durchschlagen. Er wird einige Physio vor sich haben, aber er wird überleben. Die Wunde ist versorgt. Aber er wäre fast von einem Kühlschrank erschlagen worden, der hinter dem Jeep gelandet ist.«

Mit angelegten Masken stiegen die Detectives über das Trümmerfeld und begutachteten die Überreste des Hauses. Eine Verandasäule stand noch, das einzige vertikale Bauteil, das übriggeblieben war. Die Betonfundamente waren freigelegt, der Kaminofen war hochgehoben und einige Meter von seinem ursprünglichen Standort wieder abgesetzt worden. Der Wasserboiler war auf dem Motorradanhänger gelandet und hatte ihn einknicken lassen. In dem Loch, das der Keller gewesen war, brannte kein Feuer, kein Rauch stieg auf; es war, als wäre alles vom Himmel aufgesogen worden. Vom Heizöltank fehlte jede Spur, nur das Heizöl tränkte noch den Kellerboden und vermischte sich mit dem Wasser aus der gebrochenen Wasserleitung.

Drei vom SWAT-Team erstickten mit Feuerlöschern kleinere Brandherde. Sie hörten die Streifenwagen, Krankenwagen und die Feuerwehr, die sich auf der Straße näherten. Zwischen den Überresten waren deutlich mehrere Eingeweideschnipsel zu sehen – hässliche Gewebereste, aber kaum noch als menschlichen Ursprungs erkennbar.

MacNeice bat den jungen Beobachter: »Holen Sie Ms Butter und die Kinder, aber halten Sie sie vom Haus fern.«

»Kein Problem, Sir. Mann, ich hätte nie ...«

»Ich auch nicht, Junge, ich auch nicht. Gehen Sie und vergewissern Sie sich, dass es Ihrem Kollegen und Ms Butter und den Kindern gut geht.«

Der junge Polizist rannte davon und sprang über die Trümmer wie ein Crossläufer über Hecken.

»Ich gehe mit ihm, Mac. Sie wird ziemlich geschockt sein«, sagte Aziz.

Ein Feuerwehrmann kam auf MacNeice und Swetsky zu, und als er das Loch im Boden sah, sagte er nur: »Was zum Teufel habt ihr hier eingesetzt?«

»Das geht auf deren Kappe«, antwortete Keeler, der nun ebenfalls zu ihnen kam.

»Sehr effektiv, muss man sagen.«

»Sie können die Löscharbeiten übernehmen. Ich hab einen Verletzten in der Zufahrt – ist ein Krankenwagen unterwegs?«

»Ist das der Verletzte?«

»Nur ein paar Schnitte.«

Immer noch kopfschüttelnd marschierte der Feuerwehrmann über die Zufahrt und rief den anderen zu, ihm zu folgen.

Keeler beugte sich zu MacNeice hin. »Auf der Zufahrt und hinter dem Haus liegen ein paar größere Stücke von den Bikern rum – die Wucht der Explosion hat sich vor allem nach hinten entladen. Mac, wir müssen das Gebiet abriegeln, sonst trampeln die Leute auf ziemlich unappetitlichen Dingen herum.«

»Da haben Sie recht, Sergeant. Verteilen Sie Ihre Leute, sie sollen das gesamte Gelände weitflächig absperren. Die Feuerwehrleute können dann die Überreste markieren. Und schaffen Sie ein Team her, das hier alles aufsammelt.«

»Ich ruf in der Zentrale an«, sagte Swetsky, »bevor sich die Kojoten gütlich tun.« Er zog sein Handy aus der Hüfttasche und ging in Richtung Straße davon.

Der Lincoln, der Mustang, der Pickup und der Jeep hatten den Großteil des Gewehrfeuers und der Explosion abbekommen. Jedes Fahrzeug saß auf den zum Haus hin gelegenen Felgen. Die Scheiben waren zerschossen, die Karosserie an der Hausseite aufgerissen. Bruchstücke von Wasserrohren, Stahlrahmen, sogar einzelne Holzzierleisten ragten aus einem Wagen – sie sahen wie Tiere aus, die bei einer bizarren nächtlichen Jagd aufgespießt worden waren. Im Unterschied zu ihnen war von den SWAT-Fahrzeugen so gut wie alles abgeprallt und hatte lediglich ein paar tiefe Dellen hinterlassen. Auch MacNeice' Chevy war nicht verschont geblieben. Front und Fahrerseite hatten Dutzende Treffer abbekommen, die Karosserie war durchlöchert, die Sitzpolster waren zerrissen, alle Fensterscheiben zersplittert und die Reifen an der Hausseite zerfetzt. Ein beträchtlicher Brocken vom Kamin hatte der Motorhaube eine tiefe Falte zugefügt. Er fragte sich, ob seine CD-Sammlung überlebt hatte und wie lange es dauern würde, den Wagen wieder in einen fahrtüchtigen Zustand zu bringen. Er tätschelte die beschädigte Motorhaube wie ein Cowboy seinen Gaul, bevor er ihm den Gnadenschuss verpasste – nur dass MacNeice noch nicht gewillt war, sich von seinem Chevy zu verabschieden.

Sein Handy klingelte. Er sah auf die Nummer, dann meldete er sich.

»Was um Gottes willen ist passiert?«, fragte Wallace. »Ich hab Berichte vorliegen, denen zufolge man die Explosion oben auf dem Berg sehen konnte.«

»Die Biker haben den Sprengstoff im Keller gezündet. Ich weiß nicht, wie, Sir. Wir wurden unter Beschuss genommen. Wir haben M84-Blendgranaten ins Haus geworfen oder gefeuert, dann war eine Pause, und plötzlich ist das ganze Ding hochgegangen.«

Er erzählte Wallace, dass er versucht habe, die Männer zur Aufgabe zu überreden, außerdem, dass seiner Meinung nach nicht alle im Haus so erpicht auf ein Feuergefecht gewesen waren wie die beiden, die Pat Mancini auf dem Gewissen hatten. Und er erzählte ihm von der Mutter und ihren Kindern.

»Scheiß drauf, MacNeice«, erwiderte Wallace. »Also sind

zehn Scheißkerle in die Luft geflogen. Ich hab's kapiert – Sie haben das nicht gewollt. Trotzdem weine ich denen keine Träne nach. Ich kümmere mich um die Presse. Sperren Sie die gottverdammte Straße ab. Und keine Fotos, bis aufgeräumt ist!« Wallace legte auf.

MacNeice steckte das Handy in die Tasche und sah Aziz die Straße entlangkommen. Sie hatte den Arm um Melanie Butter gelegt, die Jungs trotteten hinterher.

»Ms Butter, ich bin DS MacNeice. Ich bedaure zutiefst, dass es dazu gekommen ist.«

Sie hatte die Hände vors Gesicht geschlagen und sah an ihm vorbei zu dem zerstörten Haus. »Ich ... Randy war nicht ... Warum haben Sie das getan? Warum?«

»Wir waren das nicht. Es war Sprengstoff im Keller, irgendwas ist passiert. Wir setzen keinen Sprengstoff ein.«

»O mein Gott, wo sind die Männer, die da drin waren?« Sie wollte sich an Aziz vorbeidrängen, aber die Polizistin hielt sie zurück.

»Sie sind tot, Melanie. Tot ...«

Die beiden Kinder sahen sich nach vertrauten Gegenständen um. Einer von ihnen hob einen Stuhl auf, der auf die Straße geschleudert worden war, und setzte sich. Sein Bruder kam zu ihm und schob sich neben ihn auf die Sitzfläche.

»Aber ... sie alle? Tot?« Sie fasste sich an den Kopf. Zwei Sanitäter-Teams näherten sich von der Straße.

»Können wir helfen?«, fragte die Erste, die bei ihnen war.

»Ja«, sagte Aziz. »Das ist Melanie Butter. Sie hat hier mit ihren beiden Söhnen gewohnt. Können Sie sich um sie kümmern?«

»Klar, Detective. Aber was ist mit Ihnen, Sir?«

»Ich?«, fragte MacNeice.

»Ja, Sir, Sie verlieren viel Blut.« Sie deutete auf seinen rechten Unterschenkel.

»Mein Gott, Mac, du bist getroffen!«, entfuhr es Aziz.

»Das hab ich glatt vergessen. Ja, ich hab was gespürt – wie einen Hornissenstich. Als ich weggerannt bin.«

»Die werden sich um Sie kümmern.« Die Sanitäterin hatte den Arm um Melanie Butter gelegt. »Kommen Sie, meine Liebe. Alles wird gut werden.«

Ihr Kollege wandte sich an die Jungs. »Wollt ihr mal einen Krankenwagen von innen sehen? Wir haben da ziemlich tolle Sachen drin. Los, schauen wir uns das mal an.« Er hatte jeden Jungen an der Hand gefasst. »Passt aber auf die Glasscherben und so auf.«

Ein junger Mann vom zweiten Team sagte: »Setzen Sie sich auf den Stuhl, Sir. Wir sehen uns mal das Bein an.«

Gehorsam ließ sich MacNeice nieder. Einer der Sanitäter zog ihm das Hosenbein nach oben, der zweite öffnete seine Tasche. »Sie haben Glück gehabt, Sir, der Muskel ist nur oberflächlich getroffen. Kein Problem.«

»Schön zu hören.« Aber MacNeice hörte ihm gar nicht zu. Er starrte nur auf die Verwüstungen. Die Feuerwehrleute hatten mehrere tragbare Scheinwerfer um das Gelände aufgestellt. Überall, wo sie auf menschliche Überreste stießen, steckten sie gelbe Markierungen in die Erde. Es gab sehr viele davon.

»Wir säubern die Wunde und verbinden sie, aber Sie sollten wirklich entweder sofort in die Notaufnahme oder das morgen im Krankenhaus nachsehen lassen.«

»In Ordnung, mach ich …«

»Dieses *in Ordnung* kenne ich schon. Ich werde dafür sorgen, dass er es auch wirklich macht«, sagte Aziz und lächelte MacNeice zu.

MacNeice war immer noch damit beschäftigt, sich zusammenzureimen, was eigentlich geschehen war. »Ross, nehme ich an, war unten im Keller und hat irgendetwas zusammengebosselt. Durch die Blendgranate war er möglicherweise etwas weggetreten und hat alles fallen lassen.«

»Mac, das Zeug im Keller war ziemlich träge. Damit es hochgeht, musste Ross schon einen Zünder betätigen.«

»Ich weiß, aber die Männer ...« Die Feuerwehrleute setzten Markierungen bis zur Scheune.

»Ja, zehn Damned-Two-Deuces-Schläger mit Sturmgewehren und Sprengstoff. Das war nicht das örtliche Kricketteam.«

»Kricketteam ...« Er zuckte zusammen, als sie ihm irgendwas auf die Wunde gaben. »Besteht das nicht aus elf Spielern?«

»Nebensächlichkeiten«, sagte Aziz und legte ihm die Hand auf die Schulter.

MacNeice sah auf. Mehrere Fledermäuse vollführten die wildesten Flugfiguren über der Ruine, ihre Orientierung wurde wahrscheinlich durch die nach wie vor in der Luft treibenden Schwebeteile beeinträchtigt. Weit jenseits des Maisfelds sah er ein Gewitter aufziehen – Blitze tasteten nach Angriffspunkten im Boden. »Die Leute, die die Leichen einsammeln, sollten sich lieber mal beeilen.«

»Machen sie. Swets hat ihnen mit den Kojoten gedroht. Ich will erst sicherstellen, dass man sich um Melanie und die Kinder kümmert, dann müssen wir sehen, wie wir nach Dundurn zurückkommen. Willst du noch irgendwas aus deinem Wagen?«

»Meine Schlüssel, die CDs aus dem Handschuhfach und meinen Aktenkoffer im Kofferraum.«

»Okay, rühr dich nicht vom Fleck. Ich bin gleich wieder da.«

Der junge Sanitäter erhob sich, und sein Kollege packte die Tasche zusammen. »Okay, Sir, das sollte erst mal genügen. Sie haben eine Menge Blut verloren, heute Abend also nicht mehr viel Alkohol und kein Joggen.« MacNeice rollte das Hosenbein runter und dankte ihnen. Erst als er aufstand, bemerkte er, dass sein Schuh mit Blut vollgesogen war. Er wollte nichts mehr davon sehen, wurde ihm jetzt klar, also setzte er sich wieder. Vielleicht lag es an der Kraft der Suggestion, aber mit einem Mal war ihm schwindlig.

Aziz war zwischen den Leuten und Fahrzeugen verschwunden. Überall standen Feuerwehrfahrzeuge, Krankenwagen, Streifenwagen und jetzt auch die Abschleppwagen der Polizei. In der gesamten Straße zuckten die Blinklichter, so dass die Baumwipfel in Rot und Blau aufblitzten. MacNeice versuchte sich vorzustellen, wie die Farm ausgesehen hatte, als sie errichtet wurde – voller Hoffnung und Leidenschaft, sich ein Leben auf dem Land aufzubauen –, aber er konnte sich nicht auf dieses Bild konzentrieren. Dann gab er es auf, als er einen Feuerwehrmann sah, der sich ganz in der Nähe hinkauerte und eine weitere gelbe Markierung anbrachte.

48

Swetsky fuhr sie mit einem der Streifenwagen, die die Kreuzung blockiert hatten, zur Dienststelle zurück. MacNeice saß vorn, Vertesi, Aziz und Williams hinten. Als die Trümmerlandschaft und die blinkenden Lichter außer Sichtweite waren, schaltete MacNeice das Funkgerät ab und sah hinaus in die nächtliche Landschaft. Eine unbehagliche Stille erfüllte den Wagen.

Nach einigen Kilometern fragte Williams: »Melanie Butter und ihre Kinder kommen zurecht?«

»Ich denke schon«, antwortete Aziz. »Der Sanitäter hat ihr ein Beruhigungsmittel gegeben, sie fahren jetzt zu ihrer Mutter nach Oakville. Ich hab ihr gesagt, dass wir sie noch befragen müssen, aber das kann noch ein, zwei Tage warten. Ich hab für sie ihre Mom angerufen, sie hat sich große Sorgen gemacht. Melanie sollte es jedenfalls gut gehen, denke ich ... hoffe ich.«

»Da bin ich froh«, sagte Williams. »Wie dieses Haus in die Luft geflogen ist, werd ich mein Lebtag nicht vergessen.«

»Was ist da Ihrer Meinung nach abgelaufen, Boss?«, fragte Vertesi.

»Ursprünglich dachte ich, es könnte Erdgas im Keller gewesen sein, das durch die Blendgranate entzündet wurde. Mittlerweile glaube ich, dass Ross ein Fehler unterlaufen sein muss, als die Blendgranate explodiert ist. Mehr kann ich dazu nicht sagen.«

»Muss jedenfalls eine scheißgroße Menge Sprengstoff gewesen sein.«

»Das kann man wohl sagen ...«

Wieder wurde es still im Wagen, bis Swetsky sagte: »Sie müssen doch erleichtert sein, dass es vorbei ist, Mac.«

»Ja, bin ich auch – falls es vorbei ist.«

MacNeice ging in Gedanken die Punkte durch, die in dem Fall noch anstanden. Vanuccis Unterlagen mussten durchgesehen, Anzeigen gegen das *Old Soldiers* durch die New Yorker Behörden verfasst, Wenzel Hausman sicher nach West Virginia zurückgebracht werden, bevor er mit seinen Rechnungen für den Zimmerservice, die Minibar und die Videos die Stadt noch in den Ruin trieb. Die Zeit der Vergeltung hatte für Roberto Mancini schon begonnen, wahrscheinlich würde sie schlimmer ausfallen als jede Strafe, die ein Richter ihm aufbrummen konnte. Swetsky würde nach den letzten Versprengten der D2D und der Jokers fahnden, aber die Mitglieder, die entkommen konnten, trugen wahrscheinlich längst die Kutten rivalisierender Gangs. Und es stand auch noch die Rückgabe von Gary Hughes' Ehering an.

Und William Dance. Er durfte William Dance nicht vergessen.

Als der Wagen auf die Sky-High hinauffuhr, sah er über die schlafende Stadt und widerstand dem Drang, ganz oben zur östlichen Fahrspur hinüberzusehen – obwohl er spürte, dass alle drei auf der Rückbank den Blick dorthin gewendet hatten. Der Große wollte schon auf der Lakeshore rausfahren, als MacNeice sagte: »Swets, tun Sie mir einen Gefallen. Fahren Sie weiter bis zur Ausfahrt Mountain Road und bringen Sie mich nach Hause.«

»Alles in Ordnung, Mac? Der Sanitäter sagte, du solltest in die Notaufnahme.« Aziz beugte sich zur trennenden Plexiglasscheibe vor.

»Alles in Ordnung ... ich bin nur müde.« Wieder wurde es still im Streifenwagen.

Es war 23.43 Uhr, als Swetsky vor dem Cottage anhielt. MacNeice stieg aus. Hinten verließen Williams und dann auch Aziz den Wagen. Sie reichte ihm das lederne CD-Etui, den Aktenkoffer und die Schlüssel.

»Wir sehen uns morgen?«, fragte Aziz und stieg vorne ein.

»Ja, in aller Frische ganz früh. Danke, Fiza, Swets, Vertesi, Williams. Ruhen Sie sich aus.« Er sah zu Swetsky. »Wenn Sie sie abliefern, begleiten Sie sie bis zur Tür und überprüfen Sie das Zimmer. Vergewissern Sie sich, dass ein Polizist vor der Tür auf Posten ist.« Swetsky nickte. MacNeice klopfte auf das Dach des Streifenwagens und winkte, sah aber nicht mehr zurück.

Im Bad zog er sich aus, wusch sich das Blut vom Bein und Fuß und zog ein T-Shirt an. Er griff sich sein Handy, leerte die Taschen und warf die zerrissene und blutverkrustete Hose in den Müll unter dem Ausguss. Er drehte die Lichter runter, schenkte sich einen doppelten Grappa ein, setzte sich ans Fenster und sah in die Nacht hinaus. In Gedanken kehrte er zum Farmhaus zurück, zu den Bikern und der Frage, ob die neuen Männer ebenso begierig darauf gewesen waren, es auf einen Kampf ankommen zu lassen. Auf den Anhänger hatten sie nicht gefeuert, weil sie mit den darin untergebrachten Maschinen hatten flüchten wollen, nachdem Ross alle draußen in die Luft gejagt hatte. Hatten die neuen Männer irgendetwas von dem Kellerversteck gewusst? Hatte Melanie Butter davon gewusst? Er konnte es sich nicht vorstellen, nicht, wenn ihre Söhne hier wohnten.

Die Schmerzen im Bein machten ihm nun doch etwas Sorgen. Er hatte das seltsame Gefühl, Blut würde aus der Wunde sickern, als er aber nachsah, war am Verband nichts zu erkennen. Um sich abzulenken, dachte er an Swetskys Vorschlag, was mit dem Geld aus dem Ölfass geschehen sollte. Es war anzunehmen, dass die Witwenrente des Militärs Sue-Ellen Hughes lediglich in ihrer komfortablen Armut belassen würde. Zweihunderttausend würden ihr den Freiraum schenken, den sie bräuchte, um für sich und ihre Familie ein neues Leben aufzubauen.

Aber es quälte ihn. Wenn es das Richtige war, warum es dann geheim halten? Dann kam ihm der Gedanke: Das Geld war schmutziges Geld, aber das musste es nicht sein, wenn man damit jemandem ein Geschenk machen konnte. Er lächelte, schenkte sich einen weiteren Grappa ein und griff sich sein Handy.

»Bob, hier ist Mac.«

»Weißt du, wie spät es ist?«

»Ich weiß.«

»Hast du die Pressekonferenz gesehen?«

»Nein. Warum?«

»Wallace hat sich vor Lob für dich und dein Team gar nicht mehr eingekriegt, für das SWAT-Team auch. Er wird noch zu deinem größten Fan ... Alles in Ordnung?«

»Ja, ja. Und du?«

»Du meinst wegen der Mancinis?«

»Unter anderem.«

»Ich bin angerufen worden. Sie sind dir sehr dankbar, das soll ich dir ausrichten. Anscheinend hat sich sogar Roberto Mancini lobend über dich und Aziz geäußert, aber das war vielleicht auch nur, um noch irgendwie das Gesicht zu wahren – aber das kann er knicken.«

»Er und Pat hatten keine Ahnung, was sie da heraufbeschworen haben.«

»Gut, dass du heute Abend die junge Frau und ihre Kinder rausschaffen konntest ...« Er hörte den Bürgermeister gähnen.

»Glück gehabt.«

»Also, warum zum Teufel rufst du mich an, Mac?«

»Sorry, warst du schon im Bett?«

»Ja, aber das spielt jetzt keine Rolle mehr ... Was ist los?«

»Wir können morgen darüber reden.«

»Fick dich und sag es mir. Sonst liege ich die ganze Nacht wach und grüble darüber nach, was dir durch den Kopf geht.«

»Swetsky hat in der Scheune in Cayuga in einem Ölfass über achthunderttausend Dollar gefunden. Es war das Geld, dessentwegen Frédéric Paradis zurückgekommen ist.«

»Eine Menge Schotter ... Und?«

»Du erinnerst dich an Sergeant Hughes' Frau, Sue-Ellen Hughes?«

»Natürlich.«

»Na, wir haben eben erst offiziellen Vertretern des US-Kriegsveteranenministeriums den Leichnam ihres Mannes übergeben – mit Händen und Füßen. Sie bekommt jetzt Witwenrente, die vergangenen zwei Jahre hat sie von dem gelebt, was sie von ihren Eltern und an Sozialhilfe für sich und ihre Kinder zusammenkratzen konnte.«

»Worauf willst du hinaus?«

»Keiner außer uns dreien weiß, was in dem Ölfass war. Nimm zweihunderttausend von den achthunderttausend und gib sie ihr. Der Rest kann in die Kasse der Stadt wandern – oder ins *Hamilton-Scourge*-Projekt, das ist mir egal.«

Mindestens eine halbe Minute verging, bis der Bürgermeister zu einer Antwort ansetzte. »Wie sollen wir das überhaupt deichseln?«

»Wir nehmen die zweihunderttausend, wechseln sie in US-Dollar und geben sie ihr, wenn wir ihr den Ehering ihres Mannes bringen – er hat noch an einem Finger der Hand gesteckt, die im Garten vergraben war ...«

»Um Gottes willen, hör auf mit den Schauergeschichten. Ich krieg noch Albträume.«

»Ich will, dass du ja sagst. Ohne deine Zustimmung machen wir es nicht.«

»Kann ich das morgen entscheiden?«

»Nein, wir sind jetzt dran – entscheide jetzt. Mach dieser Frau das Leben einfacher, Bob. Du wirst das niemals jemandem erzählen können, aber du wirst wissen, dass du das Richtige getan hast.«

»Du hast wieder diesen Scheiß-Grappa getrunken?«

»Ja, hab ich, aber mein Verstand ist ganz klar ... Ich warte auf eine Antwort.«

»Du bist völlig durchgeknallt, das weißt du! Okay, schöpf zweihunderttausend ab – ich decke dich. Darf ich jetzt schlafen?«

»Bob – Albträume sind nicht so schlimm. Ich hab sie ständig.«

»Gute Nacht, Mac. Danke für das, was du da draußen getan hast, ich sehe dich dann unten im Hafen, wenn wir das Band durchschneiden. Es wird eine richtig große Sache.« Ohne auf eine Antwort zu warten, legte er auf.

MacNeice sah hinaus auf die glitzernden Lichter von Secord. Plötzlich erhoben sich von einem Ast des nächststehenden Ahorns zwei kleine, runde, silbrige Scheiben. Sofort war MacNeice wieder hellwach. Die Scheiben verschwanden, einfach so, aber dann tauchten sie wieder auf. Er stand auf, humpelte zum Fenster und sah gerade noch, wie die Schleiereule zwischen den Bäumen davonglitt. Er bildete sich ein, ihren Flügelschlag zu hören – *wa-whumpp, wa-whumpp, wa-whumpp* –, aber er wusste, dass sie ein lautloser Jäger war, das war ihre größte Stärke. Er sah ihr nach, bis sie von der Dunkelheit verschluckt wurde. Mehr Schwingen als Vogel – er wünschte sich, sie wäre geblieben. Der Grappa hatte die Schmerzen gelindert, das Bein pochte aber immer noch.

Er begann, einen alten Greatful-Dead-Song zu summen und hauchte seinen kondensierten Atem ans Fenster. Als er zum Refrain kam, hörte er auf zu summen und sprach laut den Text: »*What a long, strange trip it's been ...*« Tränen traten ihm in die Augen und liefen ihm über die Wangen, als er sich vom Fenster abwandte. Mit einem Husten versuchte er sich wieder in den Griff zu bekommen, trank den Grappa aus und ging ins Bett.

Der Morgen kam zu früh. Wallace rief als Erster an und teilte MacNeice mit, dass Aziz bei *Jane in the Afternoon* auftreten werde, eine Talk-Sendung, die landesweit live ausgestrahlt wurde. Ihr Erfolg ruhte auf den Schultern von Jane Tierney, einer klugen, attraktiven, engagierten ehemaligen Auslandskorrespondentin. Tierney sollte jetzt den Beitrag bringen, den Aziz wegen der Schießerei in Cayuga verpasst hatte. Vorgesehen war ein Einzelinterview, das sich vor allem um das »Psycho«-Thema drehen sollte.

Um noch etwas Zeit zu gewinnen und richtig wach zu werden, fragte MacNeice, ob die Ereignisse in Aldershot Dance als Story nicht in den Schatten stellten. Wallace meinte nein, obwohl Tierneys Produzent ihm mitgeteilt hatte, dass er Melanie Butter groß rausbringen möchte. »Folgendes hat der Produzent gesagt«, sagte Wallace. »›Um mit unserem Publikum zu sprechen: Die Biker haben bloß bekommen, was sie verdient haben, aber die Friseuse und ihre Kinder – das ist doch eine Story.‹«

»Ich ruf Aziz an.«

MacNeice trat ans Whiteboard und starrte auf die hässliche Realität des einen und die traurigen Reste des anderen Falls. Dann sah er zu Aziz. »Du bist bereit?«

»Ich denke doch. Ich bin meine Notizen mehrmals durchgegangen.«

»Wo stecken Vertesi und Williams?«, fragte er.

»Michael hat mich heute Morgen hergebracht, er ist zu Montile gefahren, um die Vanucci-Unterlagen zu holen. Sie müssen bald hier sein.«

MacNeice, noch von letzter Nacht geschlaucht und mit Schmerzen im Bein, ging zur Kaffeeküche, um für sich und Aziz Kaffee zu machen. Er konnte sich nicht dazu aufraffen, den Bericht über die Ereignisse in Aldershot aufzusetzen. Was dort passiert war, die Bilder der vergangenen Nacht, würde so schnell nicht verblassen, daher zögerte er, es in Worte zu fassen, um das alles nicht noch mehr in seinem Gedächtnis zu verankern. Er setzte sich mit seinem Espresso und betrachtete das Foto von Dance, auf dem er in die Überwachungskamera lächelte. Warum war er von seinem Plan abgewichen? Jedenfalls war er ihm dafür dankbar. Nur hoffte er, Dance hielt sich versteckt, weil ihm klar war, dass jeder Streifenwagen in der Stadt Fahndungsfotos von ihm, dem Motorrad und dem Camry seiner Mutter bei sich hatte. Die drei Frauen, die sein Team als potenzielle Opfer identifiziert hatte, standen zwar immer noch unter Polizeischutz, aber das bedeutete nicht, dass sie auch wirklich auf Dance' Liste standen oder dass seine Liste nicht noch ganz andere Frauen umfasste. Und dann war da noch Aziz.

Sie saß an ihrem Schreibtisch und notierte sich die Hauptpunkte, die sie ihrem Publikum nahebringen wollte. Er sah auf seine Uhr. »In ungefähr zwei Stunden«, sagte er, »wirst du landesweit im Fernsehen sein. Kann ich dir irgendwie helfen?«

»Ich versuche bloß, den Kopf frei zu bekommen nach letzter Nacht und dem gestrigen Nachmittag mit Roberto Mancini ... Sonst ist alles okay. Ich werde im Grunde nur meine Ansicht wiederholen – dass William Dance ein sehr kranker Mensch ist, der sich den Behörden stellen sollte.« Sie legte ihren Stift zur Seite und wandte sich zu ihm. »Warum? Soll ich irgendwas Bestimmtes sagen?«

»Sei nur vorsichtig, Fiza.«

»Alles ist gut, Mac. Trotzdem danke.« Sie lächelte, dann widmete sie sich wieder ihren Aufzeichnungen.

Vertesi und Williams brachten gemeinsam die Kartons aus Buffalo. Williams ließ sich theatralisch auf den Stuhl fallen und streckte beide Arme von sich. Als MacNeice Aziz' anstehendes Live-Interview mit Jane Tierney erwähnte, sagte Vertesi: »Ja, erzählen Sie mir mal was Neues. Die Ankündigung lief innerhalb einer halben Stunde dreimal im Radio, und am Morgen, nach den Nachrichten, wurde auch im Fernsehen darauf hingewiesen.«

»Der Sender macht ein Riesen-Tamtam darum«, sagte Williams. »Sie haben ein Bild von Fiz von der ersten Pressekonferenz gebracht, dazu den Titel – haltet euch fest: ›Jagd auf einen Serienkiller: Exklusivinterview mit der Kriminologin und Polizistin Dr. Fiza Aziz.‹« Williams leerte seinen Karton auf dem Schreibtisch aus, stellte ihn in den Gang und kam mit dem nächsten zurück, um ihn ebenfalls auszuleeren. »Wie gehen wir das heute an, Boss?«

»Wir beide begleiten Fiza zur Sendung und bringen sie auch wieder hierher. Williams, Sie geben Sue-Ellen Hughes bitte den Ehering des Sergeants zurück und teilen ihr mit, dass die Abgeordneten des Kriegsveteranenministeriums die sterblichen Überreste in die USA überführt haben.«

»Gut. Das ist alles?«

»Nein. Sie bringen zweihunderttausend Dollar zu einem

Geldwechsler in Niagara und lassen den Betrag auf ihr Konto überweisen. Sie müssen Sie also vorher anrufen und sich ihre Bankdaten geben lassen.«

»Wow! Haben wir den Hut rumgehen lassen?«, fragte Vertesi.

»In gewisser Weise – es ist ein Geschenk von Frédéric Paradis. Wenn Swetsky kommt, wird er Ihnen sagen, wo Sie das Geld umtauschen können.«

»Das ist alles von oben abgesegnet?«, fragte Williams.

»Vom Bürgermeister höchstpersönlich.«

»Was sage ich ihr?«

»Gary hat für den Job eine Versicherung abgeschlossen. Wir haben die Auszahlung veranlasst. Es muss aber Stillschweigen darüber bewahrt werden, sie soll niemandem davon erzählen.«

»Kein Problem. Wessen Idee war das?«

»Swets.«

49

»Wofür sind die Plastikhüllen?«

»Authentizität. Was hältst du von meinen gestalterischen Talenten – überzeugend, was?« Er hielt einen farbigen Ausdruck hoch: *TR Kuriere*, in großen roten Buchstaben mit schwarzem Schatten, darunter eine erfundene Telefonnummer.

»Cool, aber wofür?«

»Siehst du dieses doppelseitige Hochleistungsklebeband? Zwei davon kommen links und rechts auf den Benzintank, ein weiteres kommt auf den Rucksack. Wir sind jetzt Kurierfahrer. Keiner macht sich die Mühe, den Namen zu überprüfen, Typen wie uns gibt es wie Sand am Meer.«

»TR – Tempelritter – und die Farben des Dritten Reichs ...«

»Freut mich, dass du das bemerkt hast. Auch darauf kommt kaum einer.«

Wenn Billie allein war, lächelte er so gut wie nie, aber der Gedanke, dass die Leute nicht schnallten, wofür »TR« und die Farben standen, entlockte ihm ein Grinsen. »Den Meisten entgeht eben das Meiste – das ist unser größter Vorteil.«

»Junge, Junge, das Siegel der Tempelritter zeigt doch aber zwei Typen auf einem Pferd – das sieht ziemlich schwul aus.«

»Ja, das hat vor tausend Jahren funktioniert, jetzt würde man bloß darüber lachen.« Er nahm die mit Klebeband zusammengehaltene Sonnenbrille und die zerschlissene Yankee-Mütze ab.

»Ich weiß nicht ... MacNeice, das ist ein harter Brocken. Ich meine, schau dir die Explosion letzte Nacht an – er ist ausgebufft. Du meinst wirklich, du kannst ihn schlagen?«

»Zugegeben, letzte Nacht, da hat er ziemlich clever ausgesehen. Aber auch eine kaputte Uhr zeigt zweimal am Tag die richtige Uhrzeit. Also, ja, ich kann ihn schlagen.«

»Wo warst du?«

»Du meinst, als ich wie ein Penner raus bin? Ich hab eine Busfahrt unternommen.«

»Ohne Scheiß? Wohin?«

»Erkundigungen eingeholt. Die ganze Stadt hat kein anderes Thema als die in die Luft gesprengten Biker, und MacNeice und seine Leute heimsen das ganze Lob ein. Wir hätten es nicht besser planen können.«

»Ja?«

»Alle sind abgelenkt und ausgelaugt nach dem großen Spiel! Und unsere kleine braune Muslimin wird heute Nachmittag im Fernsehen auftreten. Danach ist sie ein Superstar. Wie tragisch, richtig tragisch – abgemurkst, dahin mit all ihrer Pracht und Herrlichkeit.«

»Was sind das für Zeichnungen, die du auf dem Tisch liegen hast?«

»Der Grundriss der Polizeidienststelle. Schon erstaunlich, was man im Internet alles findet. Wenn man weiß, wo man suchen muss.«

Billie nahm einen kleinen blauen Metallzylinder von der Größe einer Maus zur Hand – einer Maus mit zwei Drahtschwänzen, von denen einer weiß, der andere rot war. »Es überrascht mich, dass du nicht danach fragst.«

»Gestern hattest du drei davon.«

»Wohl wahr. Aber zwei habe ich schon installiert.«

»Wo?«

»Das ist eine Überraschung.«

»Und der hier?«

»Den brauche ich nicht. Den lassen wir hier – als Andenken.« Er warf ihn auf den Tisch neben den silbernen Helm. Das darauf angebrachte, neu gestaltete Hakenkreuz war jetzt von einem fünf Zentimeter großen Papierquadrat bedeckt, auf dem in rot und schwarz TR gedruckt stand.

»Und das?«

»Das ist Teil der Überraschung. Der rote Draht nimmt, der weiße gibt es wieder her. Und dieser Transponder« – Billie nahm die silberne Fernbedienung – »das ist ihr Gott.« Er steckte ihn sich in die Tasche und befestigte den schwarzen Tank am Rahmen der Yamaha. Als er damit fertig war, trat er zurück und bewunderte sein Werk.

»Sie ist schön ... auf eine irgendwie hässliche Art.«

»Du sprichst mir aus der Seele. Sie ist auf eine irgendwie schöne Art hässlich.«

»Sie werden Aziz nicht einfach wie eine Touristin durch die Stadt spazieren lassen.«

»Ich weiß. Ich rechne fest damit. Sonst würde es auch nicht so viel Spaß machen.« Theatralisch tippte er sich an die Tasche.

Auf der anderen Straßenseite, gleich gegenüber dem zweigeschossigen Gebäude, stand ein in jeder Hinsicht gleiches Gebäude, außer dass dort ein alter Mann auf der Betonveranda saß. Wie immer wappnete er sich, wenn er hörte, dass das japanische Motorrad angelassen wurde. Dann, wusste er, würde es nur noch wenige Sekunden dauern, bis der Typ aus der engen Gasse schoss und auf der Straße bis zu der hundert Meter entfernten Kreuzung raste. Von dort war das Motorrad noch bis zu der sechs Straßen weiter entfernten Brücke zu hören, die hinüber nach Dundurn führte. Jedes Mal wenn der Typ losfuhr, überlegte er, ob er sich nicht mal bei der Stadt wegen Lärmbelästigung beschweren sollte – *kann man denn, um Gottes willen, nicht ein bisschen Frieden und seine Ruhe haben?* Er rief niemals an, aber nach fast fünf Jahrzehnten Schichtarbeit in der Beizanlage des Stahlwerks wollte er nichts anderes mehr als Frieden und Ruhe; das zumindest stand ihm doch zu. Er hatte keinen Fernseher, kein Radio und keinen Computer. Er las nicht den *Standard* und nicht die *Globe* – er wollte nichts über die wirtschaftliche Lage oder den Krieg in Afghanistan erfahren. Er hatte ein Abo für die *Hockey News* und für *Reader's Digest*, mehr an Zerstreuung brauchte er nicht.

Vielleicht, sagte er sich, als die Maschine aufröhrte, lag es an der vorstädtischen Sackgasse mit den vier gleich aussehenden Vorkriegshäusern, in der er wohnte und in der ein sogenannter Canyon-Effekt entstand, der den Lärm bündelt. Zwei der Häuser gehörten pensionierten Stahlarbeitern wie ihm, die von aller Welt vergessen wären, wären nicht die Post oder die Rechnungen oder der Müll. Allerdings verbrachten seine Nachbarn den Sommer auch nicht in der Stadt, sondern zogen die kühle Brise irgendeines Sees vor, der Neuankömmling war für sie daher kein Problem. Vielleicht wurde der Harold Crescent aber auch zu einem Lärm-Canyon für Motorräder, weil direkt an der Einmündung zur Hauptstraße zwei leerstehende flache Gewerbebauten standen. Seine Gedanken schweiften ab. Wer zum Teufel war dieser Harold überhaupt gewesen? Und dann dämmerte ihm, dass bei seinen Nachbarn nördlich von ihm und an den beiden Eckgebäuden *Zu vermieten oder zu verkaufen*-Schilder angebracht waren, er im gesamten Block also mit dem Motorradfahrer allein war. Er bezeichnete sich zwar mit Stolz als Einsiedler, jetzt aber schlug sein Herz doch etwas schneller, und zum ersten Mal wurde ihm wegen seiner Einsamkeit bang.

Das Motorrad kam mit furchterregendem Kreischen aus der Gasse. Der Fahrer – den er nie ohne Helm gesehen hatte – hielt an der Einmündung zur Straße, bevor er wieder volle Pulle Gas gab. »Ah«, murmelte der Alte, »heute der silberne Helm – er hat eine Verabredung. Hoffentlich wird er von einem Laster plattgemacht.« Der Helm drehte sich kurz in seine Richtung, als hätte der Fahrer ihn gehört – ein lächerlicher Gedanke angesichts des Getöses –, trotzdem senkte er den Blick und vertiefte sich in seine *Hockey News*, nur für den Fall. Über die Seiten der Zeitschrift hinweg bemerkte er, dass das Motorrad die Farbe gewechselt hatte. Es klang genau wie früher, war jetzt aber silbern und schwarz, nicht mehr orange, und der Fahrer trug Jeans und ein kariertes Hemd statt seinen ausgefallenen Biker-Overalls. Der Motor röhrte ohrenbetäubend auf, das Vorderrad hob ab, und die Maschine dröhnte auf dem hinteren Rad schneller zur Kreuzung, als man niesen konnte. Und wie immer, seitdem der Typ ein halbes Jahr zuvor hier eingezogen war, verklang der Lärm allmählich, als er den Highway hinaufraste.

Der Alte nahm einen Schluck von seinem Kaffee, las von den jüngsten Transfers und hoffte, dass sich endlich irgendjemand über den Motorradfahrer beschwerte oder ein Unfall das Problem ein für alle Mal lösen würde.

In der Innenstadt fuhr MacNeice in seinem neuen Dienstwagen gleich hinter Williams aus dem Parkplatz. Aziz stöhnte auf, als der Chevy von der Einfahrt auf die Straße holperte. Sie lag quer über dem Getriebetunnel und hatte den Schlag ungefiltert in die Rippen abbekommen. »Tut mir leid«, sagte er. »Ich bin den Wagen noch nicht gewöhnt.«

»Kein Problem. Ich war nur nicht darauf gefasst. Hat er einen CD-Player?«

»Nein.«

»Kann ich mich wieder aufsetzen?«

»Bleib unten, wenn es dich nicht stört. Ich werde dich warnen, wenn wieder ein Hubbel kommt.« MacNeice hielt etwa zwanzig Meter Abstand zu Williams.

»Ich weiß, ich provoziere ihn, Mac, aber ich will Menschenleben retten.«

»Wir sind fast da. Wir ziehen das als Team durch.« MacNeice hielt hinter Williams an. »Warte, bis wir dir die Tür aufmachen.«

Weil der Fernsehsender in einer ruhigen Gegend lag, konnten sie bis direkt vor die Tür fahren. Williams stieg aus, kam zu MacNeice' Wagen herum und öffnete Aziz die Tür. »Nichts Ungewöhnliches auf dem Weg hierher – wir haben weder einen Camry noch ein Motorrad gesehen.«

»Gut. Vergewissern Sie sich, dass der Gang frei ist.« Nachdem Aziz ausgestiegen war, sah sich MacNeice in der Umgebung um und hielt Ausschau nach Dingen oder Personen, die irgendwie fehl am Platz wirkten.

»Alles klar«, sagte Williams, als er zurückkam.

Beiläufig nahm MacNeice die Hand von seinem Holster. »Okay, dann rein. Du gehst zur Maske, dann bringst du die Sendung hinter dich, und in einer Stunde sind wir wieder weg.«

50

Jane Tierneys erste Fragen drehten sich um die Biker. Aziz gab nichts preis, was nicht bereits der Deputy Chief am Vorabend bekanntgegeben hatte, und bekräftigte noch einmal, dass alles unternommen worden war, um ein Feuergefecht zu vermeiden. Auf den Studiomonitoren wurde daraufhin ein Beitrag über den Messerstecher, die beiden Morde und den versuchten Mord an Lea Nam eingespielt. Die Frage, die MacNeice erwartet hatte, kam gleich am Anfang. Jane Tierney beugte sich auf ihrem Sessel vor und fragte Aziz mit grenzenlosem Mitgefühl in der Stimme: »Haben Sie als Polizistin, als Kriminologin und als muslimische Frau denn keine Angst, sich durch diesen Auftritt einem gewissen Risiko auszusetzen?«

Aziz war gesagt worden, auf das Licht an der Kamera zu achten, wenn sie wissen wollte, welche Kamera gerade auf Sendung war – die für die Nahaufnahme oder die für die Totale. So richtete sie ihre ruhig vorgetragene Antwort jetzt an die Kamera für die Nahaufnahme: »Aufgrund der bisherigen Angriffe lässt sich sagen, dass der Täter seine Opfer räumlich isoliert, so dass sie ihm schutzlos ausgesetzt sind. Er greift ohne Vorwarnung an, allerdings vermeidet er es, jemandem gegenüberzutreten, der bewaffnet und ihm im Kampf ebenbürtig ist.«

»Wollen Sie damit sagen, dass seine Angriffe von einer gewissen Feigheit zeugen?«

»Ohne Zweifel. Ein schwarz gekleideter Mann, der sein Gesicht verbirgt, junge Frauen mit einem Messer angreift und auf einem Motorrad flieht? Ja, er ist ein Feigling, aber das ist typisch für solche Fälle. Serienmörder, die sich ihrem Opfer offen zum Kampf stellen, sind selten oder gibt es so gut wie gar nicht.«

»*Ein Feigling.* Das hören wir zum ersten Mal.«

»Ich gebrauche dieses Wort absichtlich, Jane. Mit hoher Wahrscheinlichkeit wird er wieder zuschlagen, und immer geht es um Macht – das ist Teil seiner Mission.«

»Entschuldigen Sie, wenn ich nachhake, Detective Aziz, aber meinen Sie nicht, dass Sie als berufstätige junge Frau, als muslimische Migrantin nicht das perfekte Opfer für diesen Täter abgeben?«

»Wenn ich mir jeden Vorfall in meinem Leben zu Herzen nehmen würde, bei dem mein Glaube, mein Geschlecht, meine Bildung oder mein Beruf mich angreifbar machen, dürfte ich nicht mehr vor die Tür gehen. Ich bin kein Opfer.«

»Ich muss gestehen, als in unserer Produktionsbesprechung die Idee zu diesem Interview aufgeworfen wurde, habe ich mich zunächst dagegen ausgesprochen. Ich war nämlich der festen Meinung, dass wir uns mitschuldig machen, falls Ihnen irgendetwas zustoßen sollte. Wenn ich Sie jetzt aber höre, bin ich überzeugt, dass Ihnen wirklich nichts geschehen wird.«

»Vergessen Sie nicht, ich kann immer auf mehrere erfahrene Polizisten – meine Kollegen – zurückgreifen. Ich bin selten allein.«

»Gut. Haben Sie noch etwas zum Täter zu sagen?«

»Natürlich ist es möglich, dass der Täter vom Bedürfnis nach sexueller Erfüllung getrieben ist, ich halte es jedoch für wahrscheinlicher, dass seine Sexualität so unterdrückt ist, dass ihm noch nicht einmal der Gedanke kommt. Unsere Ermittlungen sind weit fortgeschritten, und aufgrund der großen Erfahrung, über die die Mordkommission verfügt, sowie des Einsatzes modernster forensischer Mittel sollte es nur eine Frage der Zeit sein, bis wir den Täter fassen.«

»Halten Sie es für möglich, dass er sich selbst stellt?«

»Es handelt sich um einen extrem kranken jungen Mann, das Beste für ihn wäre zweifellos eine psychiatrische Behandlung. Leider halte ich es für unwahrscheinlich, dass er sich stellen wird. Wir können nur darauf hoffen.«

»Ich danke Ihnen, dass Sie sich für uns Zeit genommen haben, Detective Inspector Aziz. Ich spreche für unser Publikum in ganz Kanada, wenn ich sage, dass wir alle hoffen, dass Sie und Ihre Kollegen in Dundurn diesem Horror bald ein Ende bereiten.«

»Danke.«

Während Aziz darauf wartete, dass jemand sie vom Reversmikro befreite, sagte Jane Tierney, noch auf Sendung: »Passen Sie auf sich auf und bleiben Sie gesund.« Ein Kommentar, der Aziz etwas aus der Fassung brachte, weil er von Herzen zu kommen schien. Sollte es Dance tatsächlich gelingen, sie zu töten, wäre ihm und seiner Sache auf jeden Fall landesweite Aufmerksamkeit sicher – was immer das bedeuten mochte.

Sie und Tierney gaben sich die Hand und verabschiedeten sich in der Werbepause, dann ging sie, von Williams und MacNeice begleitet, hinaus zum Wagen. Sie sollte mit Williams zurückfahren. Diesmal kauerte sie auf dem Boden hinter dem Beifahrersitz und sah zur Mittelkonsole. »Wie war ich, Montile?«

»Ehrlich gesagt, gehst du meiner Meinung nach ein viel zu hohes Risiko ein.« Er sah kurz zu ihr nach hinten, als er auf die Main Street einbog.

»Ich weiß nicht genau, was du meinst.«

»Du weißt verdammt noch mal sehr gut, was ich meine, Aziz. In der Sendung hast du gesagt: ›Er vermeidet es, jemandem gegenüberzutreten, der bewaffnet und ihm im Kampf ebenbürtig ist.‹ Ende des Zitats. *Im Kampf ebenbürtig?* Das ist mittelalterlicher Mist. Was willst du damit beweisen?«

Die nächsten Minuten schwiegen sie, Williams sah immer wieder in den Rück- und die beiden Seitenspiegel, ob ihnen ein Fahrzeug folgte. Schließlich, als sie sich dem Parkplatz der Dienststelle näherten, sagte sie: »Ich lenke ihn von unschuldigen Frauen ab. Ich denke, das ist mein Job.«

»Nein – dein Job, Aziz, ist es, am Leben zu bleiben und weiterhin der Bevölkerung zu dienen und sie zu schützen, aber nicht, dich selbst zu opfern. Dieser ganze Cowboy-Scheiß pisst mich an. Du hast gesehen, wozu er fähig ist, verdammt, und er ist überfällig.«

»Cowboy? Wenn, dann aber ein muslimisches Cowgirl ... Wie kommst du überhaupt da drauf?«

»Du weißt, was ich meine.« Er hielt neben MacNeice' Wagen, stellte den Motor ab und drehte sich zu ihr um. »Ich meine es ernst. Dieser Typ ist völlig durchgeknallt, und du treibst diesen Scheiß zu weit.«

Als MacNeice aus dem Chevy stieg, sagte Williams: »Okay, warte auf den Boss, und dann sofort rein.«

»Mac«, sagte Aziz beim Aussteigen, »Williams hält mich für einen Cowboy, wenn ich mich Dance so direkt als Köder präsentiere. Was meinst du?«

»Ich stimme Williams zu.« MacNeice beobachtete den Parkplatz. »Aber das muss dir doch klar sein – professionell, ich meine, abstrakt gesehen. Okay, gehen wir.« Langsam gingen sie über den Parkplatz. »Wenn es schon vor dem Interview für ihn unwiderstehlich war, dich anzugreifen, dann ist er jetzt auf einer ganz anderen Ebene unterwegs – eine Mission, das war doch das Wort, das du benutzt hast.«

Dennoch, dachte sie, bedauerte sie nicht, was sie gesagt hatte.

Als sie sich dem Eingang näherten, sprang bei beiden Chevys plötzlich der Autoalarm an. Alle drei blieben stehen, und beide Männer versuchten mit der Fernbedienung, die Wagen zum Verstummen zu bringen. »Sofort rein mit dir«, sagte MacNeice zu Aziz, öffnete ihr die Tür und schob sie ins Gebäude.

MacNeice und Williams hatten nur wenige Meter zurückgelegt, als MacNeice abrupt stehen blieb. »Scheiße, das diente bloß der Ablenkung.« Sie rannten zur Tür zurück – aber sie war verschlossen.

Williams blickte durch die Seitenscheibe. »Ich glaube, da hat jemand den Drehknopf umgedreht. Ich wusste gar nicht, dass das Ding überhaupt funktioniert.«

»Können Sie sie sehen?«

»Niemand da, Boss. Vielleicht ist sie schon rauf. Ich ruf in der Zentrale an, die sollen einen schicken, der uns aufsperrt.«

»Keine Zeit.« MacNeice lief zum ersten Fenster und pochte dagegen, bis sich jemand blicken ließ. Er deutete zur Tür und brüllte: »Die Tür ist abgesperrt. Macht sie auf – schnell!« Wenige Sekunden später erschien ein stämmiger Uniformierter im Seitenfenster und öffnete ihnen die Tür.

»Hier war noch nie abgesperrt ... tut mir leid, Sir.«

MacNeice sah zur Treppe. »Es gibt hier keine Überwachungskameras.«

»Wahrscheinlich dachte sich da jemand, der Diensteingang zu einer Polizeidienststelle, die nie zu hat ...«

MacNeice unterbrach ihn. »Überprüfen Sie alle Büros und Gänge auf diesem Stockwerk. Halten Sie Ausschau nach Detective Aziz und einem Attentäter. Williams, nach oben. Suchen Sie Stockwerk für Stockwerk ab. Los!«

»Schon dabei.« Williams zog seine Waffe und nahm drei Stufen auf einmal.

Der Uniformierte war schon durch die Tür, als MacNeice ihm nachrief: »Was ist da unten?« Er deutete die Treppe hinunter.

»Keine Ahnung, Sir. Die Arrestzellen sind im Keller auf der anderen Seite, aber dazwischen ist eine Betonwand. Vielleicht die Heizungsanlage?«

»Okay, beeilen Sie sich. Und alarmieren Sie den diensthabenden Sergeant. Riegeln Sie das Gebäude ab. Und schicken Sie Leute raus, sie sollen nach einer Yamaha Ausschau halten.«

»Scheiße, dieser Dance! Schon unterwegs, Sir.« Er verschwand.

MacNeice lauschte auf Kampfgeräusche, hörte aber nichts. Er sah zum Boden: keine Schleifspuren, kein Blut. Dann stieg er die Treppe hinunter und betrachtete den Bügel an der Feuertür zum Keller. Das Vorhängeschloss lag auf der Stufe unter ihm. MacNeice zog die Waffe, entsicherte sie und schob die Tür auf.

Er tastete die Wand ab, fand den Lichtschalter und betätigte ihn – nichts. Er überlegte, ob er die gesamte Dienststelle in den Keller beordern sollte, aber das würde Dance noch mehr anstacheln. Er wollte zu seiner Maglite greifen, erst dann fiel ihm ein, dass sie im Handschuhfach seines Wagens lag, den er zusammen mit Williams' Wagen immer noch gellen hörte. Er schloss die Feuertür hinter sich und wartete, dass sich seine Augen an die Dunkelheit gewöhnten. Der fahle Schein eines roten Notausgangschilds ließ ihn undeutlich die Umgebung erahnen, während er in den schmalen Gang schlich, stehen blieb und wieder lauschte. Nichts.

Er konnte vier Türen ausmachen, zwei an jeder Seite, alle aus Stahl. Unter jeder einzelnen zeichnete sich ein schmaler Lichtstreifen ab. Langsam ging er zur ersten rechts, legte das Ohr an die Tür und lauschte. Nichts. Er drehte am Griff und spürte, wie er nachgab – schnell öffnete er die Tür und trat ein. Eine Art Lagerraum der Dienststelle: Berge von Toilettenpapier und Papiertüchern in Pappkartons, Flüssigseife, Handdesinfektionsmittel und industrielle Reinigungsmittel, alles sauber in grauen Metallregalen verstaut. Er beugte sich in den angrenzenden Raum, hielt den Atem an und horchte erneut. Wieder nichts. Er klemmte einen Karton Seifenflaschen in die Tür, so dass er in dem schmalen zusätzlichen Lichtspalt erneut den Gang absuchte. *Noch drei Türen, kein Laut.*

Er ging weiter. Er lauschte, und als er nichts hörte, öffnete er vorsichtig die nächste Tür – der Lagerraum für Büromaterialien. Formulare waren ordentlich neben Büropapier gestapelt, Befragungsformulare, Aktenordner, Stifte und Bleistifte, die die Bürokratie der größten Polizeidienststelle der Stadt am Laufen hielten. Er stand in der Tür und lauschte wieder. Ein gedämpfter Laut, allerdings konnte er nicht sagen, von welcher der beiden noch übrigen Türen er gekommen war. Leise überquerte er den Gang, hob die Waffe und probierte den Knauf – abgeschlossen. Er ging zur letzten Tür.

Das plötzliche Aufleuchten der Blinker, der losgellende Alarm hatten Aziz zusammenfahren lassen. Im ersten Moment hatte sie Angst, aber dann kam sie sich ziemlich albern vor und fragte sich nur, warum beide Autoalarmanlagen gleichzeitig angesprungen waren. MacNeice hatte sie durch die Tür geschoben. Ein Motorradkurier stand drinnen mit dem Rücken zu ihr, hatte seinen Helm unter den Arm geklemmt und sprach in sein Handy.

»Ja, ja, bin gerade hier fertig. Ich fahre jetzt nach Mohawk ... ja.« Eine tonlose Stimme; die Stimme von jemandem, der es gewohnt war, Befehle entgegenzunehmen.

Aziz drehte sich um, wollte durch die Seitenscheibe nach draußen sehen, als sie einen Schlag spürte – dann wurde alles schwarz. Sie schnappte nach Luft, und ein seltsamer Geruch erfüllte ihren Mund und ihre Nase. Sie wollte nach ihrer Glock fassen, aber ihre Knie gaben nach, und sie sackte nach vorn. Es fühlte sich an, als würde sie davonschweben – was nicht unangenehm war.

Billie Dance hatte ihr seinen Motorradhelm über den Kopf gestülpt, damit die chloroformgetränkte Damenbinde darin voll ihre Wirkung entfalten konnte. Als ihr die Knie wegsackten, hievte er sie sich auf die Schultern und eilte die Treppe hinunter.

Der Heizungsraum hatte zwei Türen, was noch aus der Zeit herrührte, als die Heizungs- und Klimaanlagen der größten Polizeidienststelle der Stadt zwei voneinander getrennte Ungetüme gewesen waren. Große verzinkte Rohre verzweigten sich an der Decke, bevor sie in den darüberliegenden Stockwerken verschwanden. Als er den Raum bei seiner Erkundungstour entdeckte, hatte er die erst vor kurzem installierte moderne Wärmepumpe bewundert, die nur den Bruchteil des Raums einnahm und ihm genügend Platz für seine Zwecke ließ. An einer Seite standen vier grüne Spinde, so ähnlich wie die, die er aus seiner Highschool-Zeit kannte, an der anderen Seite ein kleiner Tisch mit vier unterschiedlichen Stühlen. Der Tisch war chromgefasst und hatte eine abgenutzte Oberfläche in Marmoranmutung. Ordentlich aufgereiht fanden sich ein Kartenspiel, ein Cribbage-Brett – mit Streichhölzern als Stifte – und ein blecherner Kochtopfdeckel, der als Aschenbecher diente.

Billie legte die bewusstlose Polizistin auf den Boden, verschränkte ihr die Hände auf dem Bauch und fesselte sie mit einem Kabelbinder. Dann warf er ein Bungee-Seil, das er in seinem Rucksack hatte, über die Sprinklerleitung, hakte es im Kabelbinder an den Handgelenken ein und zog sie in die Höhe.

An beiden Türen war an der Innenseite ein Riegelschloss angebracht, zu welchem Zweck – außer dem seinen –, war ihm schleierhaft. Er sperrte die erste Tür ab, ließ die Tür unmittelbar vor ihr aber unverriegelt, drehte sich um und bewunderte seine Gefangene.

Ihr Kopf in der silbernen Kapsel hing nach vorn. Obwohl ihre Füße gerade so den Boden berührten, war ihr ganzer Körper gespannt; sie wurde nur vom Bungee-Seil gehalten, das ihr die Handgelenke über den Kopf nach oben zog. »Es wird Ihnen irgendwann die Schultern auskugeln, Miss Aziz, aber um solche Eventualitäten machen wir uns keine Sorgen, nicht wahr?«

»Schauen wir sie uns doch mal an, Billie.«

»Okay, bewundere ihren Anblick, eine Sekunde lang ...«

Er zog das Holster und die Glock 17 von ihrem Gürtel und legte alles auf den gut einen Meter entfernten Tisch.

»Ich will ihre Titten sehen, Billie.«

»Gut, machen wir.« Billie nahm das Messer, zog Aziz die Bluse aus der Hose und schnitt sie vorn mit einer Bewegung auf. Die Knöpfe kullerten über den Boden.

»Ja, Mann. Den BH auch.«

»Immer mit der Ruhe. Erst die Jacke.« Er trat hinter sie und schnitt die Jacke vom Rückenschlitz bis zum Kragen auf, so dass sie in zwei Teilen an ihr hing. Dann machte er das Gleiche mit der Bluse. Er schob die einzelnen Teile jeweils den Arm hinauf und knotete sie über dem silbernen Helm und ihren jetzt nackten Schultern zusammen.

»Sie hat eine fantastische Haut.«

»Egal. Okay, bereit?«

»Mach es.«

Billie schob die Messerscheide zwischen ihre Brüste und

zog mit einem Ruck an. Der schwarze BH löste sich und hing locker an ihr. Billie hob ihn von den Brüsten weg.

»Wie ich sagte, Brombeernippel ... Schöne Titten – bisschen klein, aber fest. Ich will sie anfassen.«

»Noch nicht. Ich bin noch nicht fertig.«

»Ach ja, der Busch ... werfen wir einen Blick drauf.«

Unter dem Helm war ein leises Stöhnen zu hören, Aziz bewegte leicht die Beine und suchte nach festem Stand, dann sackte sie wieder in die Bewusstlosigkeit.

»Wow, das war knapp.«

»Mach dir doch nichts vor, Mann. Ich will, dass sie wach wird und mir in die Augen schaut, wenn ich sie öffne.« Billie löste den Gürtel, zog den Reißverschluss von Aziz' grauer Hose auf und riss sie ihr mit einem Ruck nach unten, wo sie zusammengeknüllt um die Knöchel liegenblieb. Aziz' Körper wippte auf und ab.

»Ja, Mann, schwarzes Höschen ... Richtig cool auf ihrer Haut.«

»Vergiss nicht, Junge, wir befreien die Welt von einer weiteren Muslimin, wir verlieben uns nicht.«

»Ich sag doch bloß, dass sie eine geile Araberin ist, mehr nicht.«

Der silberne Helm wippte vor und zurück, wieder stöhnte Aziz. Sie versuchte sich hinzustellen, aber ihre Beine gaben immer noch nach. Das Bungee-Seil ließ sie mehrmals auf und ab schwingen.

»Wie witzig – wie ein Hampelmann. Okay, Billie, runter mit dem Höschen.«

»Du meinst, wir wollen ihr mal auf den Busch klopfen?«

»Scheiße, Mann, du hast doch immer einen Spruch auf Lager.«

Aziz stöhnte erneut, aber Billie lauschte auf etwas anderes – die knarrende Stahltür im Flur. »Er ist da«, flüsterte er.

»Das Höschen, Billie – reiß es ihr runter.«

»Er ist draußen«, flüsterte Billie. »Das wird gut. Nehmen wir ihr den Helm ab für den glorreichen Augenblick.« Er riss ihr die silberne Kapsel vom Kopf, schälte den TR-Aufkleber von der Rückseite und klatschte ihn ihr auf den Mund, bevor sie schreien konnte. Sie öffnete die Augen und blinzelte mehrmals.

Sie betrachtete ihn jetzt mit aufgerissenen Augen. Nachdem sie an sich hinabgesehen hatte – sie war bis auf ihr Höschen nackt –, sah sie wieder zu ihm. Sie riss den Kopf vor und zurück, versuchte die Beine zu bewegen, wollte gegen ihn ausholen, was durch die nach unten gezogene Hose aber verhindert wurde. Die Bewegung sorgte nur dafür, dass sie auf und ab schwang und Billie noch mehr Lust bereitete. Er trat mit gezücktem Messer um sie herum, legte ihr den kalten Stahl an die Wange, beugte sich zu ihr hin und lächelte. Dann strich er mit der Messerspitze zwischen ihren Brüsten nach unten zum Nabel und drückte leicht dagegen. Aziz wich zurück, um dem Messer zu entkommen. Billie hielt den Druck aufrecht, bis sie nicht mehr konnte, bis sie lockerlassen musste und gegen die Messerspitze schwang. Ein dünnes Blutrinnsal lief hinunter zu ihrem Höschen.

Er beugte sich zu ihr und flüsterte ihr ins Ohr. »Bist du jetzt zufrieden, Schlampe? Mit meinem nächsten Schnitt werden wir sehen, woraus du gemacht bist.« Dann trat er zurück und zog eine Linie von ihrer rechten Hüfte über die linke Brust zur Schulter. »Du wirst alles mitbekommen. Genau wie dein Freund, wenn er noch rechtzeitig eintrifft.«

Mit aller Kraft schwang sich Aziz nach unten, stieß sich mit den Beinen ab und nutzte die Spannkraft des Bungee-Seils, um noch höher zu kommen, holte aus und traf Dance hart unterhalb des Knies. Ein unbeholfener Tritt, aber effektiv; er taumelte nach hinten, und in diesem Moment flog die

Tür auf. MacNeice stand in der Tür und hatte die Waffe auf Dance' Rücken gerichtet.

»Messer fallen lassen, Dance!«, rief MacNeice. Billie hatte sich gefangen, aber sie war jetzt gut einen halben Meter außerhalb seiner Reichweite. »Zum letzten Mal – Messer fallen lassen!« Billie machte einen Schritt in Richtung Aziz. MacNeice drückte ab. Das Geschoss durchschlug den TR-Aufkleber auf dem Rucksack und warf Billie nach vorn. Er hielt immer noch das Messer umklammert, als er mit dem Gesicht voran auf dem Betonboden aufschlug.

MacNeice eilte zu ihm, riss ihm das Messer aus der Hand und durchtrennte damit das Bungee-Seil. Er stützte Aziz und entfernte ihr so sacht wie möglich den TR-Aufkleber auf dem Mund. So – ihre Hände waren immer noch oberhalb des Kopfs gefesselt – blieben sie einen Augenblick, bis sie sich mit der Hüfte von ihm abstieß und ihm die Hände entgegenreckte. Er durchschnitt den Kabelbinder. Sie rieb sich die Handgelenke, dann zog sie sich die Hose hoch.

Dance lag in einer immer größer werdenden Blutlache. Dunkelrote Rinnsale folgten den Rissen im Betonboden, er selbst keuchte und spuckte. Seltsamerweise schien er mit jemandem zu reden.

Aziz ließ mehrere Male die Schultern kreisen. Dann schlüpfte sie so gut es ging in ihre zerrissene Kleidung und wankte zu ihrer Glock, die immer noch auf dem Tisch lag. »Dreh ihn um, Mac. Bitte.«

MacNeice wusste, was kommen würde. Er verriegelte die Tür, erst jetzt wurde ihm bewusst, dass die andere Tür verschlossen war – Dance hatte geplant, dass er direkt ins Geschehen treten sollte. Er drehte Dance auf den Rücken. Es war nicht zu fassen, trotz des Bluts, das aus der klaffenden Wunde in seiner Brust floss, lächelte er. Und er flüsterte etwas, obwohl er kaum noch Luft bekam.

MacNeice erhob sich. Aziz trat näher. Als er die Wut in ihrem Blick sah, stellte er sich zwischen sie und Dance. »Überlass es mir, Fiza. Ich kann mit Schuldgefühlen umgehen.« Er griff nach ihrer Waffe, aber sie schüttelte ihn ab.

Sie setzte sich breitbeinig auf William Dance und beugte sich vor, bis ihr Gesicht vor seinem war. »Siehst du mich? Siehst du mein muslimisches Gesicht? Ich bin noch da.« Sein Blick war glasig. »Aber du ... du wirst sterben, Dance, bald, und ich verspreche dir, man wird dich bloß als einen ekelhaften Missgriff, als eine erbärmliche kleine Kreatur im Gedächtnis behalten – die tot ist.«

Dance' Blick trübte sich noch mehr ein. Er hustete, Blut und Speichel rannen ihm über die Wangen. Er schloss den Mund, und die dunkelrote Linie zwischen seinen Lippen ließ sein Lächeln noch obszöner erscheinen. Es gelang ihm tatsächlich noch, zu blinzeln. Aziz entsicherte die Pistole und richtete sie auf seinen Kopf, dann fuhr sie damit seinen Körper entlang und gab einen Schuss in seine Leiste ab. Sein Körper zuckte heftig.

Wieder starrte Aziz ihm ins Gesicht. Das Pochen an der Tür bekam sie gar nicht mit. Williams rief ihren Namen. MacNeice versuchte ihr die Waffe zu entwenden. »Es ist vorbei, Fiza. Er ist tot.«

»Noch nicht. Noch nicht. Schau, das Lächeln ist noch da.« Ohne zu zögern feuerte Aziz in Dance' Mund und zerschmetterte dieses Lächeln. »Jetzt hat es sich ausgelächelt, William Dance.« Dann reichte sie MacNeice die Pistole, ging unsicher zur anderen Wand und lehnte sich gegen die Spinde.

Draußen vor der Tür brüllte jemand: »Zurücktreten!« Gleich darauf flog unter dem Ansturm einer Ramme die Tür auf, der Riegel schoss durch die Luft und blieb vor Dance' Füßen liegen. Williams stürmte mit erhobener Waffe herein. Hinter ihm schien sich die gesamte Dienststelle in den Raum drängen zu wollen. »Schaffen Sie sie raus, Williams. Sofort!«, schrie MacNeice.

Nach einem schnellen Blick zu Aziz' zerfetzter Kleidung drehte sich Williams um. »Raus, raus, raus – es ist vorbei. Alle raus – los!« Er schob sie weg, packte seine Kollegen an den Schultern und drückte sie durch die Tür zurück. Nachdem sie draußen waren, drehte er sich um. »Ich bewache die Tür. Lasst euch Zeit.« Damit stapfte er hinaus und versuchte die Tür zuzuwerfen, die allerdings nur noch lose am verbogenen Metallrahmen hing.

Die Stimmen draußen waren laut und aufgeregt, im Raum aber schien eine außerordentliche Ruhe eingekehrt zu sein. Nur der Geruch des Bluts war wahrzunehmen, das sich um Dance' Leiche ausbreitete.

MacNeice steckte sich Aziz' Glock in den Gürtel, schloss das Holster seiner eigenen Waffe und zog das Jackett aus. Er legte es Aziz über die Schultern, hielt sie sanft fest, zog sie dann zu sich heran und nahm sie in die Arme. Sie zitterte, sagte aber nichts.

»Wir können hierbleiben, so lange du willst«, murmelte MacNeice, »aber mir wäre es lieber, wenn du dir den Anblick, den Geruch nicht antun würdest. Wir können oben in einem Befragungsraum auf die Sanitäter warten.«

»Montile hatte recht«, sagte sie leise und ganz nah an seinem Ohr. Sie schien sich zu beruhigen.

»Das mit dem Unterleib?« MacNeice löste sich und nahm ihr Gesicht in beide Hände.

»Ja.« Sie entspannte sich ein wenig. Da er fürchtete, sie könnte zusammenbrechen, legte er ihr den Arm um die Taille.

»Fiza, komm, gehen wir. Ich bring dich über die hintere Treppe nach oben. Wir flicken dich zusammen und gehen mit den Internen Ermittlungen den Vorfall durch.«

»Okay.« Sie sah zu dem Toten – seine Augen, eins noch halb offen, waren mit Blut besprenkelt und endlich blind.

»Williams«, rief MacNeice, »lassen Sie den Gang räumen. Machen Sie den Weg frei zur Hintertreppe und besorgen Sie ein sauberes T-Shirt aus dem Kraftraum.«

»Ja, Sir.« Sie bekamen mit, wie er die anderen durch den Gang scheuchte, hier und da war Murren zu hören. Zehn Sekunden vergingen, bis er ihnen zurief: »Boss, Sie können jetzt.«

MacNeice schloss zwei Knöpfe seines Jacketts, um ihren Oberkörper zu verdecken, und legte den Arm um sie. Sie traten an der Blutlache vorbei und verließen den Raum.

Williams erwartete sie. »Er hat Transponder an den Wagen angebracht, Boss. Seine Yamaha war auf der anderen Gebäudeseite. Sie ist keinem aufgefallen, weil er sie schwarz und silbern gestrichen hat.« Ohne sie direkt anzusehen, hielt er ihr ein T-Shirt hin. »Hier, Fiz. Damit bist du jetzt offizielles Mitglied des Tauziehen-Teams.«

»So fühle ich mich auch«, sagte sie. Es gelang ihr sogar zu lächeln. »Danke, Montile. Und du hattest recht.«

»Womit?«

»Es war ein Fehler, ihn zu provozieren. Ich entschuldige mich.«

»Na, wie heißt es so schön in einem berühmten Comic? Ende gut, alles gut.« Er brachte sie zur Treppe.

»Wer hat das gesagt?«, fragte sie.

»Ich.« Williams verbeugte sich leicht. »Ich komm gleich mit den Sanitätern nach.«

MacNeice brachte Aziz in den Befragungsraum, bevor er verschwand, um ihnen Kaffee zu machen. Als er mit zwei doppelten Espressi zurückkam, trug sie das Tauziehen-T-Shirt und hatte ihre zerfetzten Kleidungsstücke in den Mülleimer geworfen.

»Sorry, Fiza, die brauchen wir als Beweismittel.«

Sie verzog das Gesicht.

»Schon in Ordnung, wenn du eine Weile nicht allzu viel nachdenkst, aber dann musst du beizeiten wieder deinen Kopf einschalten. Fiza, du musst bei klarem Verstand sein, wenn du mit den Internen Ermittlungen redest.« Er stellte ihr den Kaffee hin, nahm ihre Kleidung aus dem Mülleimer und legte sie auf den Rolltisch in der Ecke des Raums. »Zeig mir deinen Bauch«, sagte er.

Aziz zog das T-Shirt hoch. Die Wunde war gut zwei Zentimeter lang und tief, hatte aber aufgehört zu bluten. Ihre Bauchdecke bewegte sich heftig und verriet, dass sie ihre Ruhe nur vortäuschte. Durch das Zurücklehnen und Strecken löste sich ein frischer Blutstropfen und lief am geronnenen Blut hinab zum Bund der Hose.

»Sie setzt genau am unteren Rand des Nabels an. Sieht aus wie ein übler Schnitt mit einer Rasierklinge, was gut ist – er ist so fein, dass keine Narbe bleibt.«

Sie ließ das T-Shirt nach unten fallen und kippte den Stuhl wieder auf alle vier Beine. Im Gang hörten sie näher kommende Schritte, Williams erschien im Seitenfenster. Vorsichtig öffnete er die Tür. »Die Sanitäter sind hier. Und« – er sah zu MacNeice – »zwei unserer Leute für den Einsatzbericht.« Er schwang die Tür weiter auf und trat für die Sanitäter zur Seite.

»Bringen Sie die beiden anderen in einen anderen Raum. Ich bin gleich bei ihnen.« MacNeice ließ den Espresso in der Tasse kreisen, um die Crema vom Rand zu lösen, dann kippte er ihn hinunter. »Ich lasse Sie dann allein«, sagte er zu den Sanitätern. »Fiza, wenn du kommst, erzähl ihnen einfach, was passiert ist.« Kurz drückte er ihr die Schulter, bevor er sich umdrehte und ihre Kleidung aufhob. »Wenn du mit der Befragung fertig bist – die nicht lange dauern sollte –, bring ich dich ins Hotel.«

Sie nickte. »Okay, Boss. Danke.«

Lächelnd verließ MacNeice den Raum.

Die stämmige junge Sanitäterin mit ihren kurzgeschorenen blonden Haaren streifte sich Latex-Handschuhe über. »Detective, würden Sie sich bitte auf den Tisch legen, damit wir uns die Wunde ansehen können?« Ihr Kollege, ein korpulenter Mann mit roten Haaren, lächelnden Augen und absurd langem Schnauzer, kauerte auf dem Boden und wühlte in einer großen Medizintasche aus Nylon. Er summte eine Melodie, die Aziz gefiel, die sie aber nicht einordnen konnte. Sie legte sich auf die kühle Holzfurnieroberfläche und schloss die Augen, während sich die beiden an die Arbeit machten. Als sie die Hände der Frau spürte, die ihre Haut berührten, schlug sie die Augen auf und betrachtete die Neonröhren an der Decke, studierte das verschachtelte Rautenmuster der Plastikabdeckung und die Brechung und Streuung des Lichts aus den langen, schmalen Röhren.

»Gib mir vier normale und vier Alkoholtupfer«, hörte sie die Frau sagen. Der Rothaarige mit dem Comic-Schnauzer antwortete »Hier« und summte anschließend weiter.

Aziz spürte einen scharfen Stich und zuckte zusammen. »Entschuldigung, Detective, ich hätte Ihnen sagen sollen, dass es etwas pikst. Es ist ziemlich tief.«

Aziz nahm ein leichtes Ziehen wahr, als die Frau die Wunde verschloss, dann die kühlen Alkoholtupfer, mit denen sie das geronnene Blut wegwischte. Ihr wurde bewusst, dass sie sich noch gar nicht angesehen hatte, was er ihr angetan hatte. Auch wenn es für William Dance keine Rolle mehr spielte, sie gönnte ihm diese Befriedigung nicht. Stattdessen schloss sie wieder die Augen und konzentrierte sich auf ihren Atem. Innerhalb von wenigen Sekunden – berichteten die anderen später – war sie eingeschlafen.

51

Aziz saß auf dem Beifahrersitz und ging die Plastiktüte mit den netten Schlafmittelchen durch, die MacNeice ihr nach der Befragung besorgt hatte – Baldrian, Melatonin und zwei Fläschchen Lavendelöl. »Das nehme ich alles zusammen?«

»Ja. Drei oder vier von den Kräutern, und vom Lavendelöl so viel, wie du aushältst.« Er fuhr auf der King Street zu ihrem Hotel.

»Was wollten sie von dir wissen, Mac?«, fragte sie und knüllte die Tüte zusammen.

»Das Gleiche wie von dir. Ein Stenograph war da, ein Gewerkschaftsvertreter und ein Angehöriger der Polizeiaufsicht. Sie machen nur ihre Arbeit.«

»Die beiden Schüsse sind ein Problem, oder?«, sagte sie und sah hinaus auf die Straße.

»Ja. Es wird aber eine Voruntersuchung geben, bei der wir die Möglichkeit haben, uns zu erklären.« Er bog nach links auf den Osler Drive. »Wie geht es dir jetzt?«

»Erschöpft. Ich würde gern baden, aber Doris – die Sanitäterin ... Doris und ihr Kollege Dave –, sie haben abgeraten. Der Schnitt ist getaped, und sie meinen, ich sollte mindestens achtundvierzig Stunden warten, bis Nässe drankommt.«

»Klingt vernünftig.« Er bog auf den Hotelparkplatz ein und machte den Motor aus. »Wenn du willst, bleibe ich, bis du eingeschlafen bist.«

»Ja, bleib.«

In ihrem Zimmer verschwand sie zum Umziehen im Badezimmer und kam erst nach langer Zeit zurück. Sie trug einen weißen Frottee-Bademantel über ihrem blassblauen Pyjama. Sie setzte sich auf das kleine Sofa. »Als er mich ausgezogen hat, wurde mir klar, dass das für dich genauso schlimm werden könnte wie für mich. Es tut mir leid, dass ich dich in diese Situation gebracht habe, Mac.«

Er schaltete die Nachttischlampe an. »Es muss dir nicht leid tun. Ich bin erwachsen. Ich wusste, was du tun würdest, und ich hab dich nicht daran zu hindern versucht.«

»Weißt du, ich bin tatsächlich eingeschlafen, als sie mir die Wunde versorgt haben.«

»Der Schock.«

»Meinst du?«

»Ja.«

MacNeice ging ins Badezimmer und füllte ein Glas mit kaltem Wasser. Er kam zurück und reichte es ihr, öffnete die Baldrian- und Melatonindöschen und gab ihr jeweils vier davon. Laut seinen Anweisungen legte sie sich die Melatonintabletten unter die Zunge, damit sie sich auflösten. Er zog die schweren Vorhänge vor, und als er sich umdrehte, ruhte ihr Kopf auf der Sofalehne, und sie hatte die Augen geschlossen.

»Komm, ich bring dich ins Bett.« Er nahm sie an beiden Händen und zog sie sacht hoch. Sie stöhnte.

»Dir tut alles weh, oder?«

»Ja.«

MacNeice zog die Bettdecke zurück, schüttelte das Kissen auf und nahm ihren Bademantel, während sie sich aufs Bett sinken ließ. Allein die Anstrengung, die es sie kostete, sich ins Bett zu legen, ließ erkennen, wie traumatisiert sie war. Er beugte sich über sie, strich ihr die Haare aus dem Gesicht und gab ihr einen Kuss auf die Stirn. »Keiner von uns wird jemals vergessen, was heute passiert ist, Fiza«, sagte er leise.

»Aber in dem ganzen Horror zeigt sich für mich nur dein außergewöhnlicher Mut.«

Sie schaffte es zu lächeln, bevor ihr Tränen in die Augen traten und über die Wangen liefen. Er wischte sie zärtlich mit den Fingerspitzen weg, legte ihren Bademantel über die Stuhllehne und sagte: »Ich bin drüben auf der Couch. Wenn du was brauchst, ich bin da.«

»Danke, Mac«, antwortete sie mit geschlossenen Augen. »Für alles.«

MacNeice setzte sich und wartete, bis sie schlief. Er sah immer noch die Szene mit Dance vor sich. Er wusste, der Einsatzbericht war gespickt mit Fragezeichen, und in der Voruntersuchung würde bezweifelt werden, ob er und Fiza für den Polizeidienst noch geeignet waren. Sobald Richardson die Autopsie durchgeführt hatte, würden die Internen Ermittlungen eine Erklärung für die beiden Geschosse aus ihrer Waffe einfordern.

Die Internen Ermittlungen ließen sich möglicherweise nicht durch die Tatsache umstimmen, dass Dance sie gefoltert, dass er sie wie Schlachtvieh aufgehängt, sie entkleidet und in Todesangst versetzt hatte, das alles in der Absicht, sie aufzuschlitzen, wie er es zweimal bei anderen Frauen getan hatte. Vielleicht stellten sie sich auf den Standpunkt, dass Dance provoziert, in die Enge getrieben und kaltblütig umgebracht worden war. Es überstieg vielleicht die allgemeine Vorstellungskraft der Polizeiaufsicht, dass Dance die Geschehnisse im Keller der Dienststelle minutiös geplant hatte – vom Ende mal abgesehen. Hätte Aziz nicht nach ihm getreten, hätte MacNeice nicht die Tür geöffnet ... würden die Mitglieder der Polizeiaufsicht mitsamt der Einwohnerschaft von Dundurn den Tod einer Polizistin beklagen, die ihr Leben geopfert hatte, um das von anderen zu retten.

Natürlich hatte MacNeice seine eigenen Fragen, zu denen

vor allem die laxen Sicherheitsvorkehrungen in der Dienststelle gehörten – der Parkplatz, das Drehschloss am Eingang, die Treppe ohne Überwachungskamera, die Tür zum Dienstbereich und den Büros, die nur über ein schmales Gitterfenster verfügte, der Keller, von dem nur der Hausmeister und die Putzkräfte wussten – und Dance ... Warum waren an den Türen des Heizungsraums innen Riegel angebracht? Wie, wann und wo hatte ein junger Mann seinen und Williams' Wagen mit einem Transponder ausstatten können? Und wie konnte ein als Motorradkurier verkleideter Serienmörder im Treppenhaus einer Polizeidienststelle herumlungern, ganz in der Nähe von mehreren bewaffneten Polizisten, ohne bemerkt zu werden, vor allem, da jeder Polizist in der Gegend wissen sollte, dass der Junge vor allem eines konnte – sich unsichtbar machen?

Aber bald forderten die Dunkelheit im Zimmer und seine Müdigkeit ihren Tribut. Ihm wurde erst bewusst, dass er eingenickt war, als er sie nach ihm rufen hörte. Wie viel Zeit vergangen war, konnte er nicht sagen. »Was ist, Fiza?«

»Nichts funktioniert, Mac. Weder der Baldrian noch das Melatonin noch das Lavendelöl auf den Schläfen und Händen. Ich muss aufstoßen und rieche wie eine Blume, aber ich kann nicht schlafen.«

»Gut, es gäbe noch was, ein letztes Mittel ...«

»Wir haben keinen Grappa hier.«

»Keinen Grappa.«

»Drogen?«

»Nein. Etwas viel Wirksameres als Schlaftabletten – vielleicht, weil du was dafür tun musst.«

»Ich bin bereit.«

»Kates Mom hat mir mal ein Buch geschenkt, *Das Tagebuch eines Pfarrers in den Cotswolds*.«

»Es ist so langweilig, dass man darüber einschläft?«

»Ganz im Gegenteil – es ist faszinierend. Aber am meisten haben mich die Namen der Figuren und Ortschaften beeindruckt – Namen, die ich bis dahin nie und seitdem auch nicht mehr gehört habe.«

»Wie hilft einem das beim Einschlafen?«

»Ich hab mir, als ich das Buch gelesen habe, die Namen herausgeschrieben und sie auswendig gelernt. Wenn ich einschlafen möchte, sage ich sie mir vor. Ich schaffe es nie durch die ganze Liste – wahrscheinlich komme ich noch nicht mal zur Hälfte –, bevor ich auch schon wegdämmere. Ich weiß gar nicht mehr, wie ich sie mir überhaupt habe merken können.«

Sie setzte sich auf und schaltete die Nachttischlampe an. »Ich hab hier irgendwo einen Stift.«

»Ist nicht nötig.« Er ging zum Schreibtisch, auf dem ihr Laptop und ihr tragbarer Drucker standen. »Ich geb sie auf deinem Computer ein und drucke sie aus. Das dauert fünf Minuten. In der Zwischenzeit kannst du ja Schäfchen zählen.«

»Hab ich schon versucht.«

Er schaltete den Computer an, öffnete eine neue Datei und tippte: *Upper Slaughter. Crickley Hill. Aston Blank. Haw Passage. Mrs Hippisley. Frogmill. Mrs Backhouse. Giggleswick. Cleeve Cloud. Charlton Kings. Andoversford. Cricklade. Evenlode. Apphia Witts. Wood Stanway. Miss Gist. Chipping Norton. Cubberley. Birdlip. Nether Swell. Uley Bury. Over Bridge. Sharpness Point. Minchinhampton. Mrs Vavasour. Mundy Pole. Chipping Sodbury. Lord Ribblesdale.*

Er druckte den Text aus und ging mit dem Blatt zu ihr. »Okay, lies es leise für dich durch und konzentrier dich auf die Wörter – sie können knifflig sein.«

»Ich mag Herausforderungen.«

»Ich weiß, aber darum geht es nicht. Es geht darum, sie

einfach zu lesen, jedes Wort zu betonen und, wenn nötig, ein zweites Mal zu lesen.«

Er gab ihr das Blatt und kehrte zum Sofa zurück. Sie las die Wörter, langsam zunächst und übertrieben betont, als würde sie sich über das Ganze lustig machen. Aber als sie bei »Nether Swell« und »Uley Bury« angelangt war, hatte sich ihr Tempo merklich gelegt, und ihre Stimme war nur noch ein Flüstern. Er hörte sie gähnen und wartete auf »Lord Ribblesdale«, aber das kam nicht mehr.

Nach zehn weiteren Minuten Stille trat er leise ans Bett. Sie hatte immer noch das Blatt Papier in der Hand, das jetzt auf dem Bett neben ihr lag. *Funktioniert immer*, dachte er und schaltete die Lampe aus. Er tastete sich zum Sofa zurück, wo er weitere zehn Minuten wartete. Dann schlich er zur Tür, legte vorsichtig die Hand auf die Klinke, damit sie keinen Laut von sich gab, und verließ das Hotelzimmer wie ein Einbrecher.

Im Chevy atmete er mehrmals tief durch, bevor er sein Handy und das Funkgerät anstellte. Er kam nur noch dazu, den Motor anzulassen, als beide summten. Er meldete sich am Handy. »MacNeice.«

»Wallace. Wo immer Sie sind, suchen Sie sich ein Festnetztelefon und rufen Sie diese Nummer an.«

MacNeice notierte sich die Nummer auf einem Zettel, hielt vor dem Donut-Laden in der Main Street und ging zu dem dort an der Wand montierten Fernsprecher. Wallace hob sofort ab. Als Erstes wollte er wissen, in welcher Verfassung sich Aziz befand, dann Einzelheiten zu den Vorkommnissen im Heizungsraum erfahren, weil Williams entweder nichts darüber wusste oder man ihm nichts sagen wollte.

»Er weiß es nicht.«

MacNeice erzählte dem Deputy Chief in groben Zügen, was sich abgespielt hatte. Er sagte ihm, dass Dance seiner Aufforderung, die Waffe fallen zu lassen, nicht nachgekommen sei, sondern zu einem Stich mit dem Messer ausgeholt habe, durch den ihr der gesamte Bauch aufgeschlitzt worden wäre, genau wie den vorherigen Opfern.

»Sie haben den tödlichen Schuss abgegeben?«

»Ja.«

»Und die anderen beiden?«

Er war versucht zu fragen, ob Wallace eine ehrliche Antwort wolle oder eine, die er den Medien verkaufen konnte. Aber dann beschloss er, einfach die Wahrheit zu sagen. Anschließend fügte er nur noch hinzu, dass er mit eigenen Augen gesehen habe, wozu Dance fähig war – und was er zu diesem Zeitpunkt Fiza bereits angetan hatte.

»Mac, sie hat ihm in den Mund und in den Schritt geschossen. Was war das? Bestrafung, Vergeltung? Was?«

Wahrscheinlich beides, dachte MacNeice und schwieg. Vielleicht wollte sie aber auch bloß sein krankes Lächeln auslöschen und ihm zu verstehen geben, dass es keine gute Idee gewesen war, sie auszuziehen und ihr mit dem Messer zwischen den Brüsten entlangzufahren – dafür hatte er zu büßen. Vielleicht gab es noch einen anderen Grund, doch über den würde er mit niemandem reden. Aziz hatte ihre Fähigkeit, sich selbst zu schützen, falsch eingeschätzt. Genau darauf wäre es allerdings angekommen nach allem, was sie getan hatte, um Dance zu provozieren.

Wallace unterbrach das Schweigen und fasste MacNeice' ausbleibende Antwort als ein Ja in beiden Fällen auf. »Es wäre für alle besser gewesen, wenn Sie es gemacht hätten, Mac. Sie hätten leicht behaupten können, dass drei Schüsse nötig waren, um diesen Irren von den Füßen zu holen.«

»Dazu habe ich nichts zu sagen, Sir«, erwiderte MacNeice.

»Aber Sie könnten in Erwägung ziehen, dass der Bürgermeister eine unabhängige Untersuchung zu der Frage anberaumt, wie im Keller einer Polizeidienststelle eine Folterkammer eingerichtet werden konnte.«

»Scheiße, Mac, wenn Sie mal die Polizei verlassen sollten, könnten Sie in der Öffentlichkeitsarbeit anheuern.«

»Ich bin Polizist – ich bin in der Öffentlichkeitsarbeit.«

»Trotz dieser Vorgänge«, sagte Wallace, »ist Aziz durch die Ermittlungen zum Liebling der Medien geworden.«

»Das weiß ich.«

»Der perverse Kram, der da unten abgelaufen ist, wäre ein gefundenes Fressen für diese Wichser.«

»Sir, Sie müssen nur sagen, dass die Sache von der Polizeiaufsicht untersucht wird und Sie keinen Kommentar dazu abgeben.«

»Mac, diesen Job sollten wirklich Sie übernehmen.«

»Auf keinen Fall. Im Moment möchte ich nichts anderes als meinen eigenen Job machen. Aber erst brauche ich ein wenig Schlaf.«

52

Seine Schritte verlangsamten sich merklich, je mehr er sich im Keller den großen Stahltüren zu Richardsons Labor näherte. Er scheute sich davor, sie zu öffnen und Dance nackt auf dem Tisch liegen zu sehen; er hatte von ihm im bekleideten Zustand schon genug. Außerdem hatte er für das blutige Spektakel einer Autopsie noch nie sonderlich Interesse aufbringen können. Er zögerte, atmete einmal tief durch und drückte die Tür auf. Richardson saß in ihrem Büro und winkte ihn zu sich heran.

Junior rollte eine Bahre hinaus, die Leiche lag – gnädigerweise – unter einer weißen Plastikplane. Der Boden war nass, die altersschwachen Abflüsse rülpsten ihren letzten gurgelnden Protest gegen das, was sie hatten schlucken müssen.

»Das Schlimmste wissen Sie ja schon, Detective. Sein Mund und seine Genitalien wurden durch ein anderes Kaliber zerfetzt als das, das seinen Brustkorb durchbohrt hat. Das letztere Geschoss stammt aus Ihrer Waffe, soweit ich weiß. Es hat die Aorta durchtrennt und auch das Herz in Mitleidenschaft gezogen. Ich vermute, die anderen beiden Schüsse kamen aus Aziz' Waffe. Bitte setzen Sie sich, Mac.«

Im Hintergrund liefen die *Goldberg-Variationen*. Das gedimmte Licht in ihrem Büro sorgte für eine gedämpfte, fast intime Atmosphäre und stand damit im starken Gegensatz zum ultra-grellen Licht im Labor.

»Ich kann diesen Bericht nicht frisieren, Mac«, sagte sie. »Die Schüsse in den Mund und in die Genitalien waren unnötig. Falls sie als Gnadenschuss abgegeben wurden, werden Sie die Gründe dafür erklären müssen. Das Beste, was ich noch sagen kann, lautet: Sie haben am Ergebnis nicht das Geringste geändert. Der junge Mann war mit dem ersten Schuss tot.«

»Ich weiß.«

Sie hörte die Müdigkeit in seiner Stimme. »Ich mache Ihnen etwas Tee«, bot sie an, was recht ungewöhnlich für sie war. »Ich bin der festen Überzeugung, nichts ist so schlimm oder tragisch, dass es mit einer Tasse Tee nicht besser gemacht werden könnte.«

»Sehr gern.«

Richardson ging an die kleine Theke mit Ausguss, kleinem Kühlschrank, elektrischem Wasserkocher und einer Teekanne. Er sah ihr zu, wie sie mit ruhigen, präzisen Bewegungen dieses Ritual ausführte, das sie wahrscheinlich schon ihr Leben lang begleitete. Dazu ließ er sich mit der Musik treiben, überlegte, ob Glenn Gould spielte oder irgendein Pianist aus dem einundzwanzigsten Jahrhundert, den er nicht kannte – die Musik war so leise, dass Goulds begleitendes Summen nicht zu hören war.

»Ansonsten war er gesund, wissen Sie. Gut, ich kann nichts zu den durchgebrannten Sicherungen in seinem neuralen Schaltkreis sagen. Sein Gehirn wurde entnommen, damit sich andere damit befassen können. Aber er war ein gesunder junger Mann. Milch und Zucker?«

»Nur Milch, danke.«

Sie kam mit dem Tee zurück. Tassen und Untertassen waren blau geblümt.

»Glockenblumen …«, sagte er.

»Glockenblumen und Narzissen haben den Frühling in England für mich immer erträglich gemacht. Egal, wie viel es regnet, wenn sie blühen, kann man nicht Trübsal blasen.«

»Wir haben da drüben die Asche von Kates Vater auf einen Glockenblumenteppich in einem alten Wald verteilt.«

Sie setzte ihre Tasse ab und sah auf ihren Bericht; die Angelegenheit, derentwegen sie hier waren, ließ sich nicht verdrängen. »Mac, ich werde betonen, dass Mr Dance bereits tot war, als Aziz ihre beiden Schüsse abgegeben hat. Es tut mir leid, mehr kann ich nicht tun – ich bezweifle nicht, dass er es verdient hat.«

»Hat er. Und ich hätte sie stoppen können. Aber ich hatte das Gefühl, ihr die Gelegenheit geben zu müssen, damit sie ihre Würde zurückgewinnen konnte.«

»Professionelle Distanz war Ihnen beiden nicht mehr gegeben.«

»Sie haben die Frauen gesehen, Mary. Sie wissen, was er Aziz antun wollte.«

Sie schwiegen und tranken den Tee, während sie der Musik lauschten. Als er ausgetrunken hatte, bot Richardson an, ihm nachzuschenken, aber er lehnte ab, stand auf und gab ihr die Hand. »Ich danke Ihnen, Mary. Sie sind meinem Dezernat eine gute Freundin.«

»Ich bin auch Ihnen eine gute Freundin, Mac«, stellte sie klar. »Ich kann mir nicht vorstellen, dass Sie jemals etwas tun könnten, das etwas daran ändern würde. Wenn ich aussage, werde ich meinem Bericht eine Anmerkung hinzufügen. Ich war als Chirurgin während des Kriegs in Bosnien im Einsatz, ich habe genug Brustverletzungen gesehen, um sagen zu können, dass Dance auf der Stelle tot war. Daran hätte sich nichts geändert, egal, wie brillant Ihre medizinische Ersteinschätzung ausgefallen wäre. Daher waren Aziz' Schüsse – die man als Leichenschändung einstufen könnte – für den jungen Mann irrelevant.«

»Auch wenn er sie noch angelächelt hat?« MacNeice musste die Frage stellen.

Sie seufzte und legte beide Hände auf die Knie. »Ich bin als Kind in Wales aufgewachsen, und mein Großvater hatte Hühner – vor allem der Eier wegen, aber auch, um sie zu schlachten. Ich war oft auf dem Hof, wenn er ihnen den Kopf abhackte ... Sie wissen, worauf ich hinauswill. Ihre Leiber rannten noch wie verrückt herum, bevor sie irgendwann umfielen, die Augen in den abgeschlagenen Köpfen blinzelten einen noch an, und ihre kleinen Schnäbel gingen auf und zu ... aber sie waren definitiv tot.«

»Eine sehr lebendige Beschreibung.«

»Der Tod ist etwas Lebendiges ... und das Essen war zum Niederknien.« Lächelnd erhob sie sich. Teatime war zu Ende.

53

Vertesi und Williams waren damit beschäftigt, die Bilder von den Whiteboards zu entfernen, als MacNeice hereinkam. Sie erkundigten sich nach Aziz und fragten, ob der Vorfall sie von jeder weiteren Polizeiarbeit abschrecken würde.

»Ganz im Gegenteil, denke ich.«

Vertesi stopfte die Bilder und Aziz' zerschnittene Kleidung in einen Karton, um sie den Internen Ermittlungen zu übergeben, dann rollten er und Williams die Whiteboards in den Abstellraum. Ryan und MacNeice sahen ihnen schweigend hinterher.

Als MacNeice sich an seinen Schreibtisch setzte, um den Bericht über sein Treffen mit dem Coroner zu verfassen, erschien die Mitarbeiterin von der Poststelle mit ihrem Wägelchen. »Das ist per Kurier für Sie gekommen, Sir«, sagte sie. Sie reichte ihm ein Paket und fuhr den Gang weiter.

Es war ordentlich verpackt und mit einem Aufkleber versiegelt, der oberhalb seines Namens und Dienstgrads angebracht war und auf dem *TR Kuriere* stand. MacNeice sprang auf, legte das Paket auf den Tisch und trat einen Schritt zurück.

»Ist was, Sir?« Ryan schwang sich auf seinem Stuhl herum.

»Alles okay. Obwohl ich gerade das Gefühl habe, einen Geist vor mir zu sehen.«

»Was ist los?«, fragte Williams, der mit Vertesi zurückkehrte.

»Ich habe ein Geschenk von Dance bekommen.« Er deutete auf das Paket auf dem Schreibtisch.

»Großer Gott, was jetzt? Sollen wir das Sprengstoffkommando rufen und das Gebäude evakuieren?«, fragte Vertesi.

»Nein, das ist nicht sein Stil. Er war jemand, der dicht rangegangen ist, wenn er getötet hat. Hat jemand eine Kamera?«

»Ich hab meine Kompaktkamera bei mir, die macht auch ganz anständige Videos.« Ryan kramte in seinem Rucksack herum.

»Video, genau.« Er wartete, bis Ryan nickte, dann sah er auf seine Uhr. »Es ist jetzt 17.18 Uhr. Das Paket ist mit der üblichen Post gebracht worden. Es muss – ich lese den Eingangsstempel – aber schon seit gestern Nachmittag 15.34 Uhr im Haus sein. Wahrscheinlich hat es William Dance persönlich abgegeben.«

Er setzte an der oberen Kante die Schere an und schlitzte an drei Seiten das Klebeband auf, damit man die obere Seite wie einen Deckel aufklappen konnte.

»Das heißt, er muss mit mindestens zwei Personen gesprochen haben: zum einen mit jemandem, den er nach der Poststelle gefragt hat, und dann mit der Person dort, die das Paket entgegengenommen und dafür unterschrieben hat«, sagte Vertesi und zog sich einen Stuhl heran.

Für die Videoaufzeichnung kommentierte MacNeice mit monotoner Stimme alles, was er tat. »Ich löse den TR-Aufkleber, auf dem steht: ›DS MacNeice, beste Grüße von Ihrem SS-Freund‹. Das, nehme ich an, ist eine Anspielung auf Hitlers SS.«

»Falls es nicht für ›süßer Spender‹ steht«, witzelte Williams trocken.

»Du kannst nicht anders, oder?«, kam es von Vertesi kopfschüttelnd.

»Nein«, entgegnete Williams. »Ich halte mich nur an die Devise: ›Jeder Witz muss raus.‹«

»Gut. Die Bedeutung ist also offen für Interpretationen«,

sagte MacNeice und wollte, dass sich sein Team wieder konzentrierte. Er legte den Aufkleber auf den Tisch und hob den Deckel an. »Drinnen liegt ein Briefumschlag, adressiert an ›MacNeice‹.« Er nahm ihn heraus und legte ihn neben den Aufkleber. »Darunter findet sich ein USB-Stick an einem schwarzen Trageband, eine DVD und eine Karte mit einer handschriftlichen Adresse, Harold Crescent 8, daran ist ein Schlüssel geklebt. Wiederum darunter eine gefaltete Karte mit handschriftlichen Großbuchstaben – ›EINIGE MEINER LIEBLINGSDINGE‹. Und schließlich ein von einem Gummiband zusammengehaltener Packen Fotos.«

Er gab den USB-Stick Williams und reichte die DVD an Ryan weiter, öffnete den Umschlag und las den Brief. Ryan unterbrach die Aufnahme.

Lieber Detective MacNeice,
das mit Detective Aziz tut mir sehr leid, aber Sie wissen so gut wie ich, dass sie es geradezu herausgefordert hat. Kein schöner Anblick, ich weiß. Nein, ich will mich korrigieren – es ist ein fantastischer Anblick! Das Fleisch teilt sich, als würde man durch Karamellpudding schneiden. Man glaubt es nicht, aber so ist es. Es ist so schön. Aber nicht für Sie – das kann ich verstehen. Zwischen Ihnen und Aziz war etwas ganz Besonderes.

Wahrscheinlich hat es Sie überrascht, dass ich nicht versucht habe zu fliehen oder mich zu ergeben, aber bedenken Sie Folgendes: Alle großen Bewegungen beginnen mit einem Opfer – in diesem Fall ihrem und meinem. Und natürlich das der beiden anderen. Ich wusste, wir würden beide schnell sterben, zumindest diese Barmherzigkeit war uns vergönnt.

Sie sind ein guter Polizist, MacNeice, aber ich bin ein besserer Killer. Wäre ich es nicht – eine extrem abwegige, aber nichtsdestotrotz reale Möglichkeit – werde ich tot und Aziz am Leben sein.

Die Wahrscheinlichkeit dafür ist allerdings so gering, dass ich sie nicht weiter berücksichtigen will.

Für meinen »Kreuzzug« habe ich nun genug getan, damit er weiteren Zulauf gewinnen kann – glauben Sie mir –, die Statistik wird mir recht geben. Ich habe in einem sehr trockenen Wald ein Streichholz entfacht. Es ist nicht mehr nötig, dass ich noch dabeibleibe und zusehe, wie das Feuer emporlodert. Es fängt vielleicht nicht morgen an, vielleicht noch nicht mal nächstes Jahr, aber es hat begonnen.

Es knistert und prasselt. Millionen Menschen werden im Netz weltweit nach Bildern von Ihrer ausgeweideten Freundin und mir suchen. Meine werden denen von Che gleichen. Nicht von Che als Politiker – nur den Bildern, die ihn tot zeigen. Ich habe nichts dagegen, wenn Sie sich dabei fotografieren lassen, wie Sie einen Finger in meine Einschusswunden stecken, wie es der bolivianische Soldat bei ihm getan hat.

Wenn ich eine Bitte hätte, dann, dass ich in Zukunft als »der weiße Attentäter« bezeichnet werde, denn ich habe – völlig zu Recht, wie ich meine – mehrere aus Entwicklungsländern zu uns gekommene Führungskräfte und potenzielle Zuchtstuten ausgemerzt. Menschen wie sie werden die Weißen in diesem Land bald zahlenmäßig übertreffen. Schauen Sie sich meine Recherchen an, Sie werden sehen, dass ich recht habe.

Ich lasse etwas Nippes zurück, einige Lebensweisheiten, darüber hinaus – nichts.
Leben Sie wohl,
William (Billie) Dance
Der weiße Attentäter

»Tabellen, Sir«, sagte Ryan und starrte auf den Bildschirm. »Überschrieben mit ›Rasseprognosen aufgrund empirischer Evidenz‹, sie scheinen zu zeigen, dass dieses Land, wenn man ethnische Abstammung oder Herkunftsländer zugrunde legt ... in fünfzig Jahren ... lassen Sie mich zur Schlussfolgerung runterscrollen ... Hier ist es – dass dieses Land eine Bevölkerung aufweisen wird, von der lediglich achtzehn Prozent noch weiß sind, und zwölf Prozent davon werden in den Seeprovinzen leben.«

»Noch was?«

»Es gibt einen umfangreichen Quellenteil und eine Art grafische Aufarbeitung, Provinz für Provinz, die zeigt, wie diese Entwicklung ablaufen wird. Ontario und British Columbia sind die Vorreiter, gefolgt von Quebec, Alberta und so weiter. Wow, er hat sogar eine Art Vorgabewert definiert, denn hier steht: ›Sollte der Klimawandel ungebrochen voranschreiten, werden Nunavut und die Nordwest-Territorien in die Gleichung mit einfließen, und der Rückgang des ohnehin kleinen weißen Bevölkerungsanteils in diesen Regionen dürfte sich noch beschleunigen. Dadurch verschiebt sich der zeitliche Eintritt dieser Prognose um 1,5 Jahre nach vorn.‹ Der Typ war gründlich, Mann. Er war ein Freak, dazu hätte er gar nicht morden müssen.«

Erneut erschien die Mitarbeiterin der Poststelle. Sie sah aus, als würde es ihr nicht besonders viel Spaß machen, die vier großen weißen Umschläge zu verteilen. Sie zögerte und wusste nicht recht, welchem Polizisten sie sie überreichen sollte.

»Was ist das, Carol?«, fragte MacNeice.

»Der Zeitplan für die Voruntersuchung durch die Internen Ermittlungen, Sir ...«

»Geben Sie sie mir, danke.« MacNeice betrachtete die Namen auf den Umschlägen: DS MacNeice, DI Williams, DI Vertesi und DI Aziz. Statt sie weiterzureichen, warf er sie einfach auf den Schreibtisch.

»Auf dem USB-Stick befindet sich ein Tagebuch seiner

Angriffe«, sagte Williams und scrollte durch das Dokument. »Das alles endet mit irgendwelchem Geschwafel über die Tempelritter, die zweihundert Jahre Zeit hatten, um das zu erreichen, was er in weniger als einem Monat vollbracht hat, nämlich, ich zitiere, ›die Schaffung einer legendären Bewegung, deren Ziel es ist, die Dinge wieder geradezurücken‹.«

»Tempelritter ... *TR Kuriere*«, sagte MacNeice und sah zum Aufkleber.

»Was steht in dem Brief, Boss?«

MacNeice gab ihn Vertesi und nahm die Fotos zur Hand. Es gab mehrere Bilder seiner Recherchen über Taaraa und Samora. Taaraa im Krankenhaus, auf dem Parkplatz, auf der Straße mit Wendy Little, beim Kommen und Gehen vor ihrer Wohnung in der Wentworth 94; Samora bei der Ankunft im Burger Shack, an der Theke bei der Ausgabe von Getränken und Essen, am Ende ihrer Schicht, wie sie mit ihrem Tablett und ihren Büchern zur Mole geht, an der sie sterben würde. Eine leere Karte trennte diese Bilder von denen der Toten – hastige Nahaufnahmen ihrer leeren Gesichter im Augenblick des Sterbens, dazu jeweils zwei Aufnahmen ihrer Wunden.

Darauf folgte eine weitere Trennkarte, diesmal versehen mit der handschriftlichen Notiz: *Knapp daneben*. Fotos von Lea Nam beim Lauftraining, bei Dehnübungen oder beim Verlassen der Sporthalle nach dem Training, und mehrere von Narinder Dass, wie sie aus einem Mercedes steigt, zum Aufzug in einer Tiefgarage geht oder ein Gebäude betritt.

MacNeice sah auf seine Uhr. »Williams, fahren Sie nach der Pressekonferenz zum« – er nahm sich die Karte mit der Adresse und dem daran befestigten Schlüssel – »Harold Crescent 18. Da hat er wohl gewohnt. Geben Sie der Spurensicherung Bescheid, die soll Sie begleiten.«

»Gut.« Williams steckte Schlüssel und Karte in seine Jackett-Tasche.

54

Zwei Wochen waren schnell vergangen. Aziz, weit davon entfernt, an die Universität zurückzukehren, brachte ihren Umzug hinter sich und ließ ihre Sachen aus Ottawa kommen. Da ihre alte Wohnung noch leer stand, zog sie dort wieder ein und war froh, dass es mit dem wirtschaftlichen Aufschwung nicht weit her war, schon gar nicht in Dundurn. Die Dienststelle war bemüht, ihr die Medien vom Leib zu halten. Noch immer sorgte die Story von William Dance für Schlagzeilen, nur allmählich wurden sie vom Museum der Großen Seen verdrängt, dessen Grundsteinlegung in Kürze anstand. Wie der Zufall es wollte, fielen dieses Ereignis und die Voruntersuchung auf den gleichen Tag.

Wallace und Dr. Richardson wurden am Tag davor befragt, bevor MacNeice und seine Kollegen einbestellt wurden. Obwohl er weder darum gebeten wurde noch es erforderlich war, hatte der Bürgermeister MacNeice und seinem Ermittlerteam durch eine schriftliche Stellungnahme seine Unterstützung ausgesprochen und dabei insbesondere DI Aziz' Heldenmut hervorgehoben.

MacNeice war als Letzter an der Reihe, nach Vertesi, Williams und Aziz. Er sah auf seine Uhr – 11.57 Uhr – und stieg die Treppe zum zwei Stockwerke höher gelegenen Befragungsraum hinauf. Vor der Tür war ein uniformierter Polizist postiert. »Es wird nicht lang dauern, Sir. Bislang haben sie sich an ihren Zeitplan gehalten.«

MacNeice nickte ihm dankbar zu und trat ans Fenster, von dem man den Parkplatz überblicken konnte. Vielleicht zeigte sich ja Interessantes in den Bäumen. Eine Minute vor Mittag kam eine sichtlich erschütterte Aziz aus dem Raum und ging die Treppe hinunter, ohne MacNeice überhaupt wahrzunehmen. Der Uniformierte wurde nach drinnen gerufen, eine Minute später erschien er wieder und begleitete ihn hinein.

MacNeice warf einen letzten Blick auf die Bäume am Rand des Parkplatzes. Zwei Krähen flogen darüber hinweg, eine ging tiefer und landete auf einem jungen Gingkobaum, dessen Zweige heftig unter dem Gewicht des Vogels schwankten. MacNeice lächelte.

Namensschilder standen vor den jeweiligen Angehörigen der Polizeiaufsicht: Dorothy Peterson, Elizabeth Wells-Carpenter, Alice Yeung, David Hruby und Robert Crawford. Alle drei Frauen waren etwa Anfang bis Mitte vierzig. Sie trugen graue oder schwarze Businesskostüme, nur Yeung zeigte Mut zur Farbe – sie hatte eine jadegrüne Bluse an. Die beiden Männer trugen dunkelblaue Anzüge und sahen aus wie Versicherungsmakler. Eine Gerichtsstenographin saß am Ende des Tisches, gleich neben dem Fenster, hinter ihrem Computer. Ihre Miene war ein Ausbund an huldvoller Neutralität. Vor jedem Mitglied lagen ein Notizblock, ein Stift und ein mit Papierklemmen zusammengehaltener Bericht, in dem vermutlich die Einzelheiten zum Dance-Fall aufgeführt waren. Jeder hatte dazu ein Glas Wasser vor sich stehen sowie eine Tasse Kaffee oder Tee. Sie wirkten entspannt und selbstsicher, als müsste jedem Beobachter klar sein, dass sie genau die Richtigen waren für diese Aufgabe.

Mit einem breiten Lächeln stellte sich Robert Crawford als Vorsitzender vor. Der Austausch von Freundlichkeiten dauerte fast zehn Minuten, wozu die Würdigung von Mac-

Neice' bisherigen Leistungen im Dienst sowie die Aufzählung seiner vielen Auszeichnungen gehörte. Crawford zitierte aus den wohlmeinenden Dokumenten, die die Rechtsmedizinerin Mary Richardson und Deputy Chief Wallace zur Verfügung gestellt hatten, sowie aus der Aussage des Bürgermeisters. Er sprach von der Notwendigkeit, dass die Räumlichkeiten sämtlicher Polizeidienststellen unter sicherheitstechnischen Gesichtspunkten zu begutachten und festgestellte Defizite unverzüglich zu beseitigen seien. Er würdige MacNeice' Mut, als er im Keller William Dance gegenübergetreten war – aber dann war es mit den Schmeicheleien auch schon vorbei.

Die Frau ganz links, Dorothy Peterson, ergriff als Erste das Wort. »DS MacNeice, warum sind Sie allein in den Keller gegangen?« Sie lächelte – ehrlich, wie er glaubte.

»Ich hätte DI Williams bitten können, den Keller zu übernehmen, aber das habe ich nicht getan. Es war keine Zeit, um groß darüber nachzudenken. Wir mussten uns auf unsere Intuition verlassen und schnell handeln. Dance hat es so eingerichtet.«

»Erklären Sie, was Sie mit dem Satz ›Dance hat es so eingerichtet‹ meinen.«

»Er wollte sterben, nachdem er sein letztes Opfer getötet hatte. Hätte DI Aziz ihm keinen Tritt verpasst, wäre alles auch genauso gekommen.«

»Sie sind sich dessen sicher?« Sie legte ihren Stift ab und musterte ihn eindringlich.

MacNeice sah zur Stenographin, die ihn ebenfalls anblickte und wartete. Er antwortete nicht.

»Detective?«, beharrte Crawford.

»Ja.«

David Hruby übernahm. »Die Rechtsmedizinerin hat uns gesagt, dass Ihr Schuss tödlich war.«

»Das war so beabsichtigt.«

»Davon gehe ich aus. Warum war es dann notwendig, zwei weitere Schüsse abzugeben?«

»Notwendig?«

»Ja. Wenn Sie Dance bereits getötet hatten, warum wurde ein zweites und ein drittes Mal auf ihn geschossen?«, fragte Hruby und klang recht herablassend dabei.

»Einmal für Taaraa Ghosh und einmal für Samora Aploon.«

»Soll das jetzt witzig sein?« Hrubys Gesicht lief rot an.

»Lassen Sie mich die Frage beantworten, die Sie mir doch eigentlich stellen wollen. Nein, es war keine Exekution.«

»Nein?«, kam es von Dorothy Peterson.

»Es war keine Hinrichtung. Mein Schuss hat Dance getötet, als er mit seinem Messer auf DI Aziz losgehen wollte. Hätte ich nicht geschossen, wäre DI Aziz jetzt tot.«

»Aber Sie sagten, er hätte es so eingerichtet – also haben Sie ihn im Grunde doch exekutiert«, wandte Peterson ein.

»Ich habe ihn zweimal aufgefordert, die Waffe fallen zu lassen, was er nicht getan hat. Also habe ich geschossen. Ich habe ihn nicht exekutiert.«

»Ihrer Meinung nach gab es also keine andere Möglichkeit, um zu verhindern, dass er DI Aziz umbringt?« Ihr Stift schwebte über dem Notizblock.

»Nein.«

»Und der zweite und dritte Schuss?« Sie betonte jedes Wort. Hruby sah von seinen Notizen auf.

»Ich habe Aziz vom Seil losgeschnitten, ich habe ihr ihre Dienstwaffe gegeben und sie dazu ermutigt, zu feuern. Ich dachte, sie würde damit ihre Würde zurückerlangen – wobei ich wusste, dass Dance bereits tot war.«

»War ihre Würde so wichtig?«, fragte der Vorsitzende.

»Ist sie Ihnen nicht wichtig, Sir?«

»Was meinen Sie damit?«

»Wenn man Sie entkleidet, wie eine Rinderhälfte aufhängt, sexuell quält und Sie jeden Moment damit rechnen müssen, aufgeschlitzt zu werden, wäre das Überleben da für Sie nicht auch von größter Wichtigkeit?«

»Ganz bestimmt, ja.«

»Ja. Und wenn Sie dann dieser Bedrohung entkommen sind, wenn Sie losgeschnitten werden – befreit sind, aber nackt –, wäre Ihnen Ihre Würde dann nicht auch wichtig?«

Crawford antwortete darauf nicht, aber Alice Yeung mischte sich ein. »Wollen Sie damit sagen, dass es sich um einen Racheakt handelte, Detective?«

»Nein. Dance war schon tot. Es ging um den Versuch, die eigene Würde wiederherzustellen. Aziz ist eine wunderbare Polizistin. Sie hat ihre eigene Sicherheit aufs Spiel gesetzt, damit er gefasst werden konnte ...«

Yeung unterbrach: »Hielten Sie es für vernünftig, was Aziz tat – Mr Dance dazu zu provozieren, sie anzugreifen? Haben Sie als ihr Vorgesetzter diese Strategie gutgeheißen?« Sie lehnte sich zurück und verschränkte die Arme.

»Ich unterstütze Detective Aziz in allem, was sie tut. Daher habe ich es gutgeheißen, ja.«

»Sie hielten es nicht für hochmütig ... für unnötig riskant?«

»Aziz hat sich diesem Risiko ausgesetzt, damit andere Frauen in der Stadt, möglicherweise Frauen wie Sie selbst, nicht zu Schaden kommen.«

Crawford wechselte das Thema. »Detective Aziz ist wohlauf?«

»Was meinen Sie damit, Sir?«

»Ist sie stabil? Meines Wissens ist sie wieder im Dienst.«

»Ich dulde keinen labilen Mitarbeiter im Dienst, Sir.«

»Dann ist sie also stabil?«

»Detective Aziz ist Profi. Natürlich braucht es seine Zeit, um das, was im Keller geschehen ist, zu verarbeiten, aber wenn Sie jemanden für die Mordkommission wollen, würde ich nicht zögern, sie zu empfehlen – jetzt nicht und auch nicht in Zukunft.«

Elizabeth Wells-Carpenter blätterte durch ihre Notizen und meldete sich nun zum ersten Mal zu Wort. »Detective Aziz hat bis vor kurzem an der Universität Kriminologie gelehrt. Können Sie uns sagen, warum sie zur Mordkommission in Dundurn zurückgekehrt ist?«

»Soweit ich weiß, hat der Bürgermeister das in seiner letzten Pressekonferenz angesprochen.«

»Und Sie stimmen mit seiner Version überein?«

»Natürlich.«

Die Frau lächelte ihm zu und widmete sich wieder ihren Notizen. Crawford sah der Reihe nach zu jedem im Ausschuss, alle nickten, worauf er sich an MacNeice wandte.

»Detective Superintendent MacNeice, als Vorsitzender dieses Untersuchungsausschusses möchte ich klarstellen, dass es nicht unsere Aufgabe ist, DI Aziz grundlos anzuklagen oder zu belangen. Die zu ihren Gunsten verfassten Schreiben vom Deputy Chief und vom Bürgermeister bekräftigen die Hochachtung, die Sie und Ihre Kollegen, DI Williams und DI Vertesi, ihr entgegenbringen. Wir können allerdings nicht die Tatsache außer Acht lassen, dass nach Ihrem tödlichen Schuss auf William Dance noch zwei weitere Schüsse abgegeben wurden. Warum das geschah – ob aus Rache oder, wie Sie angedeutet haben, als Sühne für die beiden schrecklichen Morde an zwei jungen Frauen –, diese Frage, Sir, muss eingehender betrachtet werden.

Falls Detective Aziz oder Sie durch den Ablauf der Ereignisse – nun, sagen wir mal – aus dem Gleichgewicht geworfen wurden, könnte man Ihre Zuverlässigkeit bei künftigen derartigen Auseinandersetzungen in Frage stellen. Falls Detective Aziz Dance dazu angestachelt hatte, sie anzugreifen, ließe sich das in mehrfacher Weise interpretieren. War sie nicht nur professionell, sondern auch persönlich in das befremdliche Leben und Treiben dieses jungen Mannes verstrickt? Überschritt sie die Linie verantwortungsbewusster Polizeiarbeit, indem sie ihr Leben – und das Ihre, möchte ich hinzufügen – in anmaßender, überheblicher Weise aufs Spiel setzte, gleichgültig, welche Gerechtigkeitsmotive sie dazu antrieben? Hat sie sich als Angehörige einer Minderheit zu sehr mit den Opfern identifiziert?«

Er verschränkte die Hände und sah in großer Gelassenheit zu MacNeice – als würde er ihm die Regeln des Rasenbowling erläutern –, bevor er fortfuhr. »Falls, wie Sie sagen, Sie ihr die Waffe gegeben haben, damit sie zwei Schüsse auf den toten oder sterbenden Mr Dance abgeben konnte, dann sind Sie beide verantwortlich dafür. Falls die Sache weiterverfolgt wird, ist das die kritische Frage, die bei dieser Untersuchung zu klären ist. Ich möchte Ihnen versichern, dass wir keine Hexenjagd veranstalten wollen. Die Stadt steht in Ihrer und in DI Aziz' Schuld. Aber da Sie beide die Einzigen sind, die lebend den Heizungsraum verlassen haben, müssen wir klären, was sich darin abgespielt hat – und warum. Habe ich mich klar ausgedrückt, Sir?«

»Ja.«

»Gut. Es handelt sich hier um eine Voruntersuchung. Die nächsten Schritte hängen davon ab, zu welchem Ergebnis dieser Ausschuss kommt. Wollen Sie uns noch etwas mitteilen, bevor wir Sie entlassen, Detective MacNeice?«

MacNeice sah zu allen Ausschussmitgliedern. Die lächelnde Wells-Carpenter lächelte immer noch, Ms Yeung hatte immer noch die Arme verschränkt, und die anderen waren entspannt, weil sie auf der anderen Seite des Tisches saßen, mit Ausnahme von David Hruby, der immer noch herablassend wirkte.

»Vor einer Weile wurde mir der Posten des Deputy Chief angeboten. Ich möchte Ihnen sagen, warum ich abgelehnt habe.«

»Nur zu.« Der Ältere lehnte sich zurück.

»Ich habe mich verpflichtet, dieser Stadt zu dienen und für die Mordkommission die besten Polizisten des Landes auszubilden. Sie lernen dabei zu ermitteln und zu beobachten, sie lernen, ihrer Intuition sowie ihren Kollegen zu vertrauen. Sie lernen, Befragungen durchzuführen und gründlich zu sein. Sie erlangen einen tiefen Respekt vor dem Gesetz, sie arbeiten im Team, profitieren von den Stärken der anderen und helfen sich gegenseitig, um ihre Schwächen zu überwinden. Aber das – weitaus – Wichtigste, das sie hoffentlich von mir lernen, ist Mitgefühl für das Opfer, für die Familie, für die Stadt und, ja, auch für den Täter.

Was DI Aziz in der Pressekonferenz und im Fernsehinterview getan hat, ist für mich und dieses Team Zeugnis des höchsten Mitgefühls, das ich jemals erlebt habe. Es war nicht hochmütig – es war mutig.« Er nahm sein Notizbuch und schob sich seinen Stift in die Jackett-Tasche. »Aziz wollte nicht, dass Dance stirbt. Sie hat versucht, ihn unverletzt zu fassen – das belegen ihre öffentlichen Auftritte. Ich hingegen wollte nur, dass er gestoppt wird, weil ich glaubte, dass er sich nicht freiwillig stellen würde.«

MacNeice stand auf. »Suchen Sie es sich aus. Es hätte alles ganz anders ablaufen können. Noch mehr Frauen hätten sterben können, und wir würden immer noch nach ihm fahnden, wenn Aziz nicht ihr Leben aufs Spiel gesetzt hätte ... oder Aziz würde jetzt tot neben Dance liegen. Das hatte er nämlich vorgesehen – das hat er mir in einem Brief geschrieben.«

Ohne Vorwarnung schlug MacNeice heftig gegen das Notizbuch. Der laute Knall ließ alle am Tisch hochschrecken, auch die Stenographin. »So viel Zeit hatte ich, um über alles nachzudenken, meine Damen und Herren – so viel. Nachdem ich Aziz vom Seil geschnitten habe, gab ich ihr die Waffe und damit ein kleines bisschen ihrer Würde zurück, ein kleines Geschenk.«

Er nickte allen zu. Die lächelnde Frau lächelte nicht mehr. Er beugte sich über den Tisch, gab allen die Hand, dann verließ er den Raum und das Gebäude.

Bauschige Wolken strichen über den Himmel. In ihren Septemberfarben schienen sie vor Kraft zu strotzen, gleichzeitig wirkten sie aber auch irgendwie zerbrechlich, unbeständig. Es fehlte ihnen an Entschlossenheit, sie nahmen jede Form an, die der Wind ihnen zugedacht hatte. Er stand auf dem steinernen Fußgängerweg und blickte hoch, bis vier Möwen vorbeiflogen, die sich von der Brise tragen ließen und hoch über Dundurn zur Bucht hinausglitten. Die Stadt lag ruhig vor ihm, während er die City Hall Plaza überquerte. Er steuerte kein bestimmtes Ziel an, und ohne besonderen Grund begann er »Over the Rainbow« zu summen.

EPILOG

Die Zeremonie und das Durchtrennen des Eröffnungsbandes waren für 15.00 Uhr im östlichen Hafenbecken angesetzt. Soldaten in historischen Uniformen, aber auch Angehörige der Streitkräfte beider Länder säumten den Weg von der Burlington Street zur vorgesehenen Museumsstätte. Für MacNeice standen sie in seltsamem Kontrast zu den rostigen Gebäudeungetümen des Stahlwerks, jenen vergessenen Wächtern aus Dundurns industrieller Vergangenheit.

Östlich vom Hafenbecken war ein Parkplatz angelegt worden. Nachdem die Würdenträger sicher und bequem zum Grund des Hafenbeckens gebracht waren, wurden die gewöhnlichen Bürger von Dundurn sowie der gesamten Region Niagara zu beiden Seiten der amerikanisch-kanadischen Grenze durch Metalldetektoren geschleust und zu einer Tribüne geleitet, die am Rand des Hafenbeckens, oberhalb der Baustelle, errichtet worden war. Als MacNeice in einen der zwölf Industrieaufzüge stieg, die für die Bauarbeiten nötig waren – die eigentlichen Bauarbeiten sollten eine Woche später beginnen –, kam ihm der Gedanke, dass die Bevölkerung den besten Blick haben würde.

Kanadisches und amerikanisches Sicherheitspersonal hatte mehr als eine Woche lang die Baustelle unter die Lupe genommen, bis alle zufrieden und überzeugt waren, dass der Festakt stattfinden konnte. Von den Notfallplänen, falls es zu einer gewaltsamen Abweichung vom Programm kommen sollte, war gegenüber den offiziellen Gästen allerdings recht wenig bekanntgegeben worden.

Politiker und VIPs aus den USA, Großbritannien und Kanada waren anwesend, unter ihnen der amerikanische Außenminister, der britische Außenminister und der kanadische Premierminister. Vor den Reden fand ein Überflug einer amerikanischen F-15 und einer kanadischen F-18 statt. Sie kamen von Süden und Norden, unmittelbar über der Baustelle stiegen sie senkrecht nach oben, drehten sich in korkenzieherähnlichem Tanz himmelwärts, bis nur noch das verspätete Donnern und der leiser werdende Lärm ihrer Triebwerke zu hören und sie selbst ein winziges Glitzern im Sonnenlicht waren.

Noch beeindruckender war das, was folgte. Der mit Wimpeln verzierte amerikanische Zerstörer USS *Arleigh Burke*, der seit einer Woche im Hafen von Dundurn vor Anker lag und von der Bevölkerung besichtigt werden konnte, feuerte mit seinem Geschütz 21 Salutschüsse ab, die einem durch Mark und Bein gingen. Obwohl das Schiff mindestens zweihundert Meter entfernt im östlichen Hafenbecken lag, war das Geschützfeuer so ohrenbetäubend, dass sich die meisten Besucher – wie Kinder auf ihrer ersten Achterbahnfahrt – breit grinsend die Ohren zuhielten. Und weil das Schiff an die zwanzig Meter über ihnen lag, brachte jeder Donnerschlag aus dem Geschütz den roten Teppich auf der Baustelle zum Zittern, ein Vibrieren, das sich in den Beinen der sechshundert versammelten Gäste fortsetzte.

Die am Seegrund, am nördlichen – zur Bucht hin gelegenen – Rand der Baustelle aufgebaute Bühne war mit roten und weißen Wimpeln und den Flaggen Kanadas, der USA, Großbritanniens, Ontarios und der Stadt Dundurn geschmückt. Unter den Würdenträgern befanden sich wichtige Geldgeber und Geschäftspartner, verdiente Beamte der Stadt, der Provinz und des Landes sowie Museumsdirektoren, Historiker, Pressevertreter von diesseits und jenseits der

Grenze, Architekten und Ingenieure und die wichtigsten Zulieferer. Alberto Mancini, Sean McNamara und Peter Glattfelder, der US-amerikanische Vorsitzende von ABC Canada-Grimsby, und ihre Frauen saßen zusammen.

Auch Sue-Ellen Hughes und ihre Kinder waren eingeladen worden. Der Bürgermeister hatte es sich nicht nehmen lassen, sie auf dem Podium offiziell zu begrüßen, und nachdem der Außenminister vom Schicksal ihres Ehemannes erfahren hatte, bestand er darauf, dass eine Ehrenabteilung von Sergeant Hughes' Bataillon ihr in aller Förmlichkeit die Fahne überreichte.

In der letzten Reihe saßen MacNeice, Aziz, Vertesi, Williams und Swetsky neben dem Deputy Chief. Auf der anderen Seite des Gangs fanden sich Dr. Sheilagh Thomas, ihre Postdoc-Studenten und Ryan – angeregt im Gespräch mit der jungen Frau vertieft, die MacNeice im Labor kennengelernt hatte. Er hoffte, dass sie sich nicht über Computer unterhielten.

Dahinter waren die Angehörigen der Krieger der Six Nations versammelt, deren Überreste auf der Baustelle gefunden worden waren. Ein Ältester in perlenbesetztem Wildleder saß mit einer Adlerfeder in der rechten Hand neben dem Premierminister auf der Bühne. Er würde das Projekt im Namen der First Nations beider Länder mittels einer traditionellen Räucherzeremonie segnen.

So fing es also an. Ein Chor mit zweihundert Schülern – jeweils hundert aus jedem Land – sang die Nationalhymnen von Großbritannien, den USA und von Kanada. Daraufhin erhob sich der Älteste und ergriff das Mikrofon. Er sprach Mohawk, schritt langsam die Stufen zum Mittelgang hinunter, fächelte mit seiner Adlerfeder den Rauch in alle Richtungen und verteilte damit den angenehmen Geruch von glimmendem Mariengras und Weißem Salbei. Für ein paar

Minuten vertrieb er damit den feucht-kühlen Modergeruch, der unten in der Tiefe herrschte. Dann, wie nicht anders zu erwarten, wurden Reden gehalten. Manche Vortragende folgten starr ihrem ausformulierten Manuskript, andere ließen sich ausgiebig über Geschichte, Krieg und Frieden aus. Als Letzter kam Bürgermeister Robert Maybank, und seine Rede war mit Abstand die fesselndste. Er sprach von der Geschichte Dundurns, von den glorreichen Zeiten der Stahlindustrie, den Tragödien, die sich in diesem Hafenbecken ereignet hatten. Aber zu ganz großer Form lief er auf, als er auf seine Vision für das Museum der Großen Seen und die *Hamilton* und *Scourge* zu sprechen kam.

Nachdem er geendet hatte, sprangen die Gäste auf und applaudierten ihm lautstark, wenn auch nicht gar so ohrenbetäubend wie der einundzwanzigschüssige Salut, während unter den Jubelrufen der mehr als dreitausend Zuschauer minutenlang Konfetti und Luftschlangen auf sie niedergingen. Zwischen dem bunten Schnee und den wirbelnden Papierschlangen konnte MacNeice den strahlenden Bürgermeister sehen. Er hatte die Augen zum Himmel emporgewendet und die Arme ausgestreckt – seine größten Hoffnungen für Dundurn waren endlich Wirklichkeit geworden.

Auf dem Parkplatz winkte MacNeice Vertesi und Williams zum Abschied zu und öffnete Aziz die Beifahrertür. »Wohin fahren wir?«, fragte sie.

»Zu den Wasserfällen.«

»Ich hab Niagara an die hundert Mal gesehen«, sagte sie und stieg ein.

»Nicht nach Niagara – zu den Ball's Falls. Da ist es ruhiger und schöner. Wir besorgen uns ein paar Pfirsiche und setzen uns in den Park.« Er schloss die Autotür.

»Warum heißen sie Ball's Falls?«, fragte sie, während er auf den Queen Elizabeth Way einbog und die Abzweigung nach Secord ansteuerte.

»Die Familie Ball hat dort vor langer Zeit eine Mühle betrieben.«

»Toller Name.«

»Ja. Und der letzte der Balls, der, der das Land an die Provinz verkauft hat – der hieß Manley Ball.«

»Das erfindest du jetzt«, sagte sie, lehnte sich an die Tür und beobachtete ihn.

»Fiza, ehrlich, um mit Williams zu reden, so einen Scheiß kann man nicht erfinden.«

Er bog links auf den Highway 8 ein, sie fuhren an Secord vorbei, passierten die Pfirsich-, Birnen- und Kirschplantagen, die Weingärten und die stillen Ortschaften, die früher die hart arbeitenden Familien von Dundurn bis Niagara, von der Schichtstufe bis zum See mit Obst und Gemüse versorgt hatten. Sie passierten die ausufernden Siedlungen charakterloser Eigentumswohnungen und Monsterhäuser, die jedes Jahr mehr von der Geschichte auslöschten, mehr von dem, was ihm wichtig war.

Er hielt vor einem Verkaufsstand einer Farm und parkte im Schatten eines jahrhundertealten Ahorns. »Warte.«

Sie sah, wie er das Obst prüfte, jedes Stück in die Hand nahm und auf Druckstellen untersuchte. Er sagte etwas zu der jungen Frau am Stand, die herzlich lachte und das Obst in eine Papiertüte packte. Er gab ihr Scheine, sie gab ihm Wechselgeld – sie genossen den Augenblick. *So muss ein ganz normales Leben sein*, dachte Aziz.

Er kehrte zum Wagen zurück. »Ich hab hier Pflaumen und Nektarinen, aber dieser Pfirsich ist wunderbar reif, genau richtig, um ihn gleich zu essen.« Er nahm ihn aus der Tüte und reichte ihn ihr.

»Er ist perfekt«, sagte sie, hielt ihn an die Nase und atmete tief ein.

»Genau das hab ich ihr auch gesagt.« Er nickte in Richtung der Frau am Stand, die zu ihnen sah und vermutlich auf Fizas Reaktion wartete. Als die Frau sah, dass sie beide zu ihr blickten, lächelte sie, winkte und rief ihnen etwas zu.

»Was hat sie gesagt?« Aziz hielt sich immer noch den Pfirsich an die Nase und drehte ihn langsam in beiden Händen.

»Ich glaube, ›Alles Gute‹. Nächster Halt: Manley Ball's Falls«, sagte er und legte den Sicherheitsgurt an.

MacNeice steuerte den Chevy auf den Highway zurück, während Aziz in den Pfirsich biss.

DANKSAGUNG

Meine Lebenspartnerin Shirley Blumberg Thornley war die erste Leserin dieses Buches. Sie ist eine begeisterte Krimileserin und unfehlbares Barometer in Sachen Authentizität. Ich halte mir zugute, dass ich in dieser Hinsicht selten korrigiert werden muss, aber natürlich trifft das nicht immer zu. Ich bin auch nur ein Mensch. Genau wie MacNeice. Shirley kennt ihn jetzt – er ist der andere Mann in ihrem Leben.

Annie Collins, meine bemerkenswerte Lektorin, zeichnete sich durch eine Aufrichtigkeit aus, die ihresgleichen sucht, und zögerte kein bisschen mit ihrem Lob oder ihrer Kritik – wobei die Leser die Tatsache wertschätzen dürfen, dass Lob von der Kritik immer ausgestochen wird. Anne und die Korrektorin Gillian Watts hatten unermesslichen Anteil daran, wie ich diese Geschichte erzählt habe. Dankbar bin ich auch für die Unterstützung von Marion Garner und Louise Dennys bei Random House Canada. Bruce Westwood und Chris Casuccio von Westwood Creative Artists wurden zu frühen Verfechtern dieses Buches sowie der Serie, für ihr Engagement bin ich ihnen zutiefst verpflichtet.

Musik zieht sich durch das gesamte Buch und ist für MacNeice wie für mich im Hintergrund stets präsent. Bei meiner eigenen Sammlung – und meinen Vorlieben – wurde ich von zwei tollen Freunden angeleitet, von Steve Wilson in Toronto und Richard Fleischner in Providence, Rhode Island. Zusammen haben sie mir eine unglaubliche Playlist erstellt. Nicht nur schreibe ich zu Musik, MacNeice hört sie auch ständig, wenn er durch Dundurn fährt.

Die Ärzte Dody und John Bienenstock, Dr. Rae Lake und Dr. Sarah Jane Caddick haben – manchmal ohne es zu wissen – psychologische, medizinische oder naturwissenschaftliche Fragen beantwortet, die in dieser Geschichte eine Rolle spielen. Ich bin froh, dass sie mich immer ernst genommen haben – mochten die Fragen auch noch so skurril gewesen sein –, und Dank an dich, Dody, dass du mir *Das Tagebuch eines Pfarrers in den Cotswolds* geliehen hast. Monika Bohan, Kirk Stephens, Carmen Seravalle, Mark Lyle und Melissa Hernandez von Scott Thornely + Company haben ihre Zeit und kreative Energie in dieses Projekt gesteckt. Shin Sugino hat erneut und ohne zu zögern für MacNeice sein Studio geöffnet. Dank an Tim Seeton für seine Freundschaft und dafür, Merlin zum Leben erweckt zu haben.

Neben Shirley möchte ich auch meiner Familie danken, die meine Abwesenheit akzeptiert oder toleriert hat (auch wenn ich anwesend scheine, weiß ich doch, dass ich gelegentlich nicht ganz hier bin und durch die schmalen Straßen einer anderen Stadt streife). Dank an euch, Marsh und Andrea, Ian und Christine, Daniela, Sophia, Ozzie, Charles und Kathryn – für eure Liebe und Unterstützung, ohne die ich ein armer Mensch wäre.

Zum Schluss Dank an alle bei House of Anansi Press – vor allem an Scott Griffin, Sarah MacLachlan, Douglas Richmond, Maria Golikova, Alysia Shewchuk, Sara Loos und Joshua Greenspon – ihr habt dieses Buch in Druck gebracht und MacNeice einem neuen Publikum vorgestellt.

Platz 1 der Krimibestenliste

Johannes Groschupf
Berlin Prepper
Thriller
Herausgegeben von Thomas Wörtche
suhrkamp taschenbuch 4961
Klappenbroschur. 237 Seiten
(978-3-518-46961-3)
Auch als eBook erhältlich

Bereit zum Überleben?

Noack, Online-Redakteur bei einer großen Zeitung, der täglich Abertausende Pöbeleien und Hasstiraden in den Kommentaren löschen muss, schliddert allmählich in die trübe Szene von waffenhortenden Preppern, Reichs- und Wehrbürgern, abgestoßen und fasziniert zugleich. Als es in Berlin während der brutalen Sommerhitze zu Großbränden, Unruhen und offener Anarchie kommt, merkt er, dass er sich mit den falschen Leuten eingelassen hat. Jetzt geht es nur noch um Leben oder Tod.

»Schnell, hart und gut.«
Sonja Hartl, Deutschlandfunk Kultur

»Ein rasanter Höllentrip durch ein düsteres Berlin.«
Hanspeter Eggenberger, Tages-Anzeiger

suhrkamp taschenbuch

Weitere Informationen erhalten Sie unter www.suhrkamp.de
oder in Ihrer Buchhandlung.